KB165921

ADONIS

아도니스

ADONIS vol.2
아도니스

초판 1쇄 인쇄일 | 2015년 7월 24일
초판 1쇄 발행일 | 2015년 8월 6일

지은이 | 남혜인
편   집 | 이은미
기   획 | 이예희
펴낸이 | 박성면
펴낸곳 | (주)동아

출판등록 | 제396-2007-00071호

주소 | 경기도 파주시 문발동 535-7 세종출판벤처타운 203호
전화 | (031)8071-5201
팩스 | (031)8071-5204
E-mail | bear6370@hanmail.net
홈페이지 | http://blog.naver.com/lion6370

정가 | 11,800원

ISBN 979-11-5511-399-8(04810)
ISBN 979-11-5511-397-4(SET)

REMINISCENCE
ADONIS
아도니스

Part 01
vol.02
남혜인 장편소설

동아

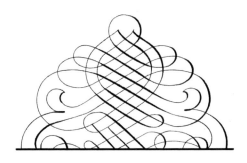

6. 입학식 편

6. 입학식 편

검술대회 참전은 불가했다.

예선전은 20일도 채 남지 않았는데 왼팔은 그대로였고, 오른팔의 뼈가 모두 붙는 데에는 4주가 걸린다고 했다. 뛰어난 회복력 덕분에 그보다 더 빨리 나을 테지만 안정을 취해야 할 기간까지 생각하면 절대 무리였다.

흙의 정령왕을 부르면 완치할 수 있다지만 한 달을 기다려야 했다. 또, 흙의 정령을 부를 수 있냐는 질문에 핀은 고개를 절레절레 저었다. 즉 물의 정령왕을 다시 불러내 흙의 정령을 소환하는 방법을 알아내야 한다는 말이었다.

이아나는 완치를 위해 미련 없이 기권하기로 했다. 그러자 마음에도 한결 여유가 생겼다.

덜그럭, 덜그럭.

부드러운 천을 겹겹이 깔아 놓은 수레 위에는 이아나와 핀이 앉아 있었다. 이아나는 팔을 다치기 전과 마찬가지로 제 발로 걸으려 했지만, 사람들이 절대 무리하면 안 된다고 만류하며 억지로 휴식을 취하게 했다.

"하암……."

이아나는 하품을 크게 했다. 빠른 회복을 생각한다면 이러는 게 맞지만 가만히 앉아 똑같이 생긴 나무들만 보고 있자니 무척 지루했다.

문득, 그녀는 가방 안에 있을 병을 떠올렸다. 검은 로브의 남자가 주고 간 정체 모를 병. 팔 다친 사람에게 주고 갔으니 약일 가능성이 높지만 막상 쓰려니 꺼림칙했다.

액체의 색깔은 아주 이상했다. 투명한 색 같으면서도 구정물처럼 검은색에 가까운 회색빛이 간혹 났다. 가지각색의 물감들을 씻어놓은 물 같았다.

의사에게 가져가 무엇인지 물었지만 그는 어리둥절한 표정으로 모르겠다고 고개를 저었다. 의사가 맛을 보겠다고 했지만 이아나가 거절했다. 극소량인 데다 독인지 약인지 밝혀지지 않은 액체를 함부로 맛보게 할 수는 없었다.

'에이지는 이 액체의 정체를 알까?'

정보상이라고 했으니 알 수도 있었다. 학술원에 돌아가 물어보리라고 생각을 끝맺으면서, 이아나는 병에서 관심을 껐다.

'그보다, 그 남자는 대체 누구야.'

누구기에 도둑처럼 잠든 제게 살그머니 다가와서는, 손가락

하나하나에 짙게 키스를 하고, 들키고 나니 이상한 병을 건네주고는 도망쳐 버리는가?

남자가 찾아온 밤, 이아나는 찜찜한 기분에 쉬이 잠을 이룰수 없었다. 그 와중에 막사 입구에서 갑자기 인기척이 느껴지자 숨을 고르고 깊이 잠든 척을 했다.

남자는 이아나의 오른손에 손을 얹고, 끌어 올려, 손가락 마디마다 키스를 했다. 감히 잠든 여인의 방에 몰래 찾아와 그딴짓을 하다니. 벌떡 일어나서 파렴치에 최악의 저질이라 비난을해야 했지만, 이아나는 차마 손을 거칠게 뿌리치고 남자를 경멸의 눈초리로 노려볼 수가 없었다.

이아나는 손가락을 쭉 뻗어 보았다.

짙은 독점욕이 느껴지던 강한 악력. 옅은 두려움이 섞여 나던 미세한 떨림…….

마른 입술이 손끝에 가볍게 내려앉았을 뿐인데도 혈관이 이어진 것처럼 전해져 오는 그 감정들은 그녀를 뒤흔들었다. 그순간, 우습게도 불쾌감은 사그라지고 호기심이 샘솟았다. 하지만 곰곰이 생각해 본 결과 처음보다 훨씬 더 불쾌해졌다.

회귀 후 그녀가 로베르슈타인 영지를 빠져나온 건 최근이처음이며, 누군가를 위해 특별한 일을 한 적은 없다. 적발과적안은 흔치 않으니 그 남자가 다른 사람과 착각했을 가능성이 높았다. 후에 남자를 만나게 되면 무슨 일이 있어도 그 오해를 풀고 싶었다. 다른 누군가와 혼동당해 목표 없이 쏟아지는 감정을 받는 것은 사절이었다.

"……지금 내 품에 있는 너는 환상이 아닌가……?"

이아나는 문득 떠오른 어처구니없는 망상을 바로 지워 냈다. 그가 아니다. 아무리 남자의 목소리가 기억 속의 목소리와 섬뜩할 정도로 비슷했고, 기억 속의 그처럼 뛰어난 실력자라고 해도, 현 시점에서 그가 자신을 알 리 없었다.

"이놈의 숲은 대체 언제 끝나."

"끝이 보일 때가 됐는데……."

전날 밤의 소동에서 희생자가 다수 있었기 때문에 사람들의 분위기는 흠뻑 젖은 먹구름이 끼얹어진 듯 침울했다. 맨 뒤쪽에서는 시신들을 수습한 수레가 휘청거리면서 마음의 족쇄처럼 따라붙었다. 사람들은 이따금 뒤를 돌아보면서 훌쩍거렸다.

상행을 다니다 보면 몬스터나 도적에 인한 피해는 부지기수로 발생한다. 하지만 이번 사건은 상행을 오래 다녀 본 사람도 일찍이 겪어 본 적이 없는 대참사였다.

이십 마리가 넘는 광폭한 미노타우루스 떼의 습격. 중급 몬스터인 놈들은 무리를 짓더라도 서넛이 최대라고 알려져 있었는데, 이변이 일어났다.

상단은 자비를 들여 용병과 호위대로 물품과 짐꾼들을 보호해야 하므로 차이판 후작의 기사단을 탓하는 사람은 없었다. 기사단이 아니었다면 피해는 더 극심했을 터였다.

위험한 숲을 하루빨리 지나가고 싶다는 조급함에 사람들의 발걸음이 절로 빨라졌다.

"숲의 끝이 보입니다!"

마침내 숲이 끝나고 나무의 뿌리처럼 온갖 방향으로 뻗어지는 갈림길이 보이기 시작했다. 일행의 종착지였다.

"신이시여."

숲의 끝이 보이자, 사람들은 라오스 신에게 감사 인사를 올리며 안도의 숨을 내쉬었다. 선두에 있던 기사가 신호를 보내자 수레들이 덜걱거리며 멈춰 섰다.

"고생하셨습니다. 갈 길 가시면 됩니다."

탁.

프레드릭이 동행의 종료를 알리자 이아나는 수레에서 가볍게 뛰어내렸다.

포툰 영지로 향하는 파엘라 상단과는 여기서 헤어져야 한다. 숲을 통과하는 사람들의 보호가 임무였던 차이판 후작의 기사들과도 마찬가지다. 좀이 쑤셨던 이아나는 기지개를 켰다.

'이제 한번 달려 볼까.'

제자리에서 몇 번 뛰어 보던 이아나는 작별인사를 하려고 무르시에게 다가갔다. 하지만 뜻대로는 되지 않았다.

"저는 괜찮습니다. 상단 업무를 보셔야 하지 않습니까."

"일은 롱스텀에게 맡기면 됩니다. 로베르슈타인 영지에서 학술원 기숙사로 짐을 옮기셔야 한다는 말을 핀에게 들었는데, 그 팔로는 힘드실 겁니다. 제가 아가씨를 모시겠습니다."

프레드릭까지 이에 가세했다.

"저도 마찬가지입니다. 다친 레이디를 홀로 보낼 순 없습니다. 후작님께 사정을 설명할 몇몇은 돌려보내고, 저희 기사단은 레이디를 모시겠습니다."

이아나는 고민했다. 그녀도 혼자 다니겠다고 고집을 부릴 입장이 아니라는 것을 알고 있었다. 위험한 게 문제라는 건 아니다. 적이 나타나면 도망치거나 다리로 상대하면 되니까.

로베르슈타인 영지를 버리러 가는 길이라는 게 문제였다. 영지에 가면 제 흔적을 모두 지우고 중요한 물건들만 챙겨서 제 발로 영지를 떠날 생각이었다. 그런데 두 팔을 다쳤고, 무거운 짐을 지고 다닐 처지가 못 되었다. 사라체가 위험하다며 억지로 사람을 붙일 수도 있었고 이스피와 카니츠가 고집을 부려 따라올 수도 있었다. 그런 사태를 방지하려면…….

이아나는 한숨을 내쉬었다.

"그럼, 부탁드리지요."

그리하여 이아나는 군사강국인 로안느 왕국에서도 왕의 검으로 명성이 자자한 차이판 후작의 제2기사단과 희귀물품 수집가들 사이에서는 아주 유명한 파엘라 상단의 주인, 그리고 아주아주 희귀한 하프엘프 꼬마로 구성된 휘황찬란한 일행과 함께 로베르슈타인 영지에 입성했다.

"누구십니까?"

별이 총총 뜨기 시작하는 이른 밤이었다. 문지기가 굳게 닫혀 있는 성문을 지키고 있었다.

두 달 만에 영지에 돌아온 이아나를 문지기가 다소 불경한 눈빛으로 훑었다.

"이아나 로베르슈타인이다. 개문하라."

"아, 그렇군요. 그 사람들은 누구입니까?"

"차이판 후작가의 제2기사단장과 기사들, 파엘라 상단의 상단주와 수행원들이다."

헛숨을 들이킨 문지기가 그제야 다급히 문을 열었다.

"기본이 안 되어 있군요."

프레드릭이 불쾌하다는 듯 중얼거렸다.

"경비병이 영주의 딸의 얼굴을 기억하지 못해 저리 무례한 태도로 신원을 확인하고, 그녀가 데려온 사람들을 의심하다니요? 처벌감입니다."

"알고도 저러는 겁니다."

"예?"

"이 영지에서 이런 취급은 가벼운 축에도 들지 못하니 신경 쓰지 마십시오."

"그게 무슨……."

프레드릭이 말뜻을 이해하지 못해 멍청하게 되물었지만 이아나는 대답해 주지 않고 끼이익— 하는 시끄러운 쇳소리와 함께 열리는 문 안으로 발을 들였다.

'이상하군.'

프레드릭과 무르시는 이질감을 느꼈다. 여태껏 아주 당연하다는 식으로 행동해서 의식하지 못했지만, 곰곰이 생각해 보면 이아나의 상황이 매우 이상했다.

검을 본격적으로 배우는 귀족 여인은 아주 드물지만, 영 없지는 않다. 검술에 엄청난 재능을 보이는 이아나가 검을 배울 수는 있다. 그러나 아무리 그렇다 해도 백작 영애가 수행기사 한 명 없이 혼자 다니는 것도 그렇고, 평민들이 다니는 학술원에 입학한 것도 그렇고, 문지기의 태도도 그렇고…….

느낌이 이상했다.

"저택에는 너무 많은 인원이 오지 않았으면 합니다만."

두 사람이 이아나의 말에 퍼뜩 정신을 차리고 고개를 저었다.

"저희 모두 저택이 아니라 밖에서 머물겠습니다. 레이디를 돕기 위해 따라왔는데 폐를 끼칠 수는 없지요."

프레드릭이 기사들에게 손짓했다.

"숙소를 잡은 후 한 명만 저택 앞으로 와라. 나는 백작님께 인사를 드리고 바로 밖으로 나오겠다."

무르시가 프레드릭에게 물었다.

"단장님, 저희 직원들이 기사님들과 동행해도 되겠습니까?"

"나쁘지 않지."

프레드릭이 승낙하자 무르시가 직원 하나를 부르더니 그에게 돈을 건네었다.

"숙소는 좋은 데로 잡고, 먼저 식사하고 있어. 기사님들 몫도 전부 내가 낼 테니 부담 없이 드시라 그래."

"흠, 고맙군. 사양하지 않겠네."

"아닙니다. 상인에게 남아도는 건 돈뿐인 것을요."

프레드릭과 수레에 앉아 있던 핀을 품에 안은 무르시는 저택으로 향하는 이아나의 뒤를 따랐다. 그때였다.

"꺄악!"

한 여자가 기분 좋은 미소를 지으며 길을 지나치다가 이아나를 보고 비명을 질렀다. 이아나는 건물 벽에 바짝 붙은 그 여자를 쳐다보지도 않고 지나쳤지만 프레드릭과 무르시는 당황한 얼굴로 멈춰 서서 이아나와 여자를 번갈아 쳐다보았다.

이아나의 모습이 멀어지자 여자가 안도의 한숨을 내쉬며 벽에서 떨어졌고, 프레드릭과 무르시는 조심스레 여자에게 다가갔다.

"이보시오. 이 영지의 주인 아가씨를 보고 왜 그런 반응을 보이는 거요?"

"히익! 놀래라. 갑자기 나타나시면 어떡해요!"

"미안하게 됐소."

여자는 헐떡거리는 가슴을 쓸어내렸다. 진정이 된 후에는 두 사람을 한심하다는 눈으로 보며 혀를 쯧쯧 찼다.

"사정을 모르는 걸 보아하니 외지인이신가 보죠? 저 아가씨를 가까이하지 않는 게 좋을 거예요."

"왜……?"

"왜긴 왜야. 저분은 자기 외조부를 죽이고 재산을 빼앗은 데다 빌어먹을 첩년이긴 했지만 제 어미마저 죽였을지도 모를 살인자니까! 어휴, 안 보이신다 싶더니 다시 오셨네. 어머머, 무서워라!"

여자는 톡 쏘아붙이고 가 버렸다. 여자의 폭탄발언에 프레드릭과 무르시는 굳어 버렸다. 핀이 멀어지는 여자를 째려보았다.

"저 아줌마 싫어."

프레드릭과 무르시가 여자의 말을 곱씹어 보는 사이, 이아나는 그들을 기다려 주지 않고 저 멀리 가 버렸다. 이아나의 부재를 깨달은 그들이 허둥지둥 따라붙자 이아나가 돌아보지도 않고 입을 열었다.

"저에 대해 무슨 말을 들었습니까?"

둘이 대답하지 못하자 이아나가 대신 대답을 했다.

"천한 첩의 더러운 딸? 아니면…… 천륜을 저버린 살인자?"

"아, 아가씨?"

"전부 다 맞는 말입니다."

이아나가 걸음을 뚝 멈추었다. 고개를 슬쩍 돌려 그들을 쳐다보더니 묘한 웃음을 지어 보였다.

"그래서, 제가 달라 보입니까?"

"아닙니다!"

무르시가 바로 부정했다. 오랜 세월 상인으로 살면서 수많은 사람들을 만나 본 무르시는 자기의 눈을 믿었다.

"아가씨는 훌륭한 분이십니다. ……그러셔야 했을 이유가 있겠지요."

프레드릭도 옆에서 빠르게 고개를 끄덕거렸다. 무슨 생각을 하는지 알 수 없는 표정으로 둘의 얼굴을 바라보던 이아나가 몸을 돌렸다.

"글쎄요."

묘한 말을 내뱉고는 다시 발을 앞으로 내딛었다. 프레드릭과 무르시는 숨소리조차 죽이고 조심스레 뒤를 따랐다.

그들은 얼마 걷지 않아 로베르슈타인 백작 저택에 도착했다. 문지기에게 미리 소식을 전해 받았던 체르노와 사라체는 대문 앞에서 그들을 기다리고 있었다.

체르노는 복잡한 표정으로 뒤에 서 있었고 사라체는 안절부절못하다가 이아나를 보자마자 반갑게 달려갔다.

"어서 오…… 아니! 팔이 그게 뭐니?"

반가움도 잠시 붕대를 칭칭 감은 흉측한 두 팔을 발견한 사라체가 파랗게 질린 채 손으로 입을 막았다. 이아나는 두 팔을 내려다보고는 다시 고개를 들어 싱긋 웃었다.

"학술원에는 합격했습니다."

"팔은!"

"실수로 조금 삐끗했습니다. 일주일이면 완치될 겁니다."

프레드릭과 무르시가 뒤에서 질린 표정을 지었다. 하지만 다소 안심한 사라체의 표정은 사르르 풀렸다.

"그래도 다시 의사에게 진찰을 받아 봐."

"괜찮습니다. 그냥 둬도 나을 상처인데 이 밤에 의사를 불러 고생시키고 싶지 않습니다."

"……그러니. 식사는 했어? 준비하라고 할까?"

"알아서 해결할 테니 신경 쓰지 않으셔도 됩니다."

사라체는 쓴웃음을 지었다. 두 달여 만에 보았는데도 변함없이 단호한 거절이었다.

"괜찮으냐."

뒤에서 이아나의 하얀 붕대를 안타깝게 응시하던 체르노가 짧게 물은 말에 이아나도 짧게 말했다.

"네."

입을 뻐끔거리던 체르노는, 결국 아무 말도 못 하고 고개를 획 돌렸다.

프레드릭과 무르시는 어쩔 줄 몰라 했다. 분위기가 너무 딱딱해서 정원에 서리가 내려앉은 것 같았다. 아랑곳 않은 이아나가 그들을 소개하기 시작했다.

"왼쪽 분은 차이판 후작님의 제2기사단의 단장, 프레드릭 홀트 경입니다."

"로베르슈타인 백작님, 백작 부인. 만나 뵙게 되어 영광입니다. 프레드릭 홀트라고 합니다."

전혀 생각지도 못한 사람의 등장에 체르노와 사라체가 놀라서 눈을 크게 떴다.

"여긴 어쩐 일로 오셨습니까. 이아나와는 어떻게 함께?"

"경."

이아나의 부름에 프레드릭이 쳐다보았다. 이아나가 자세히 말하지 말라는 의도를 담아 고개를 살짝 저었고, 그 뜻을 알아챈 프레드릭이 어설프게 웃었다. 그는 이제껏 있었던 일에서 알맹이는 쏙 골라내고 껍데기만 남은 사실을 읊었다.

"알라카모라숲에 몬스터가 출현해서 저희 기사단이 사람들을 보호하는 도중, 레이디의 존재를 알게 되었습니다. 두 팔을 다친 레이디를 홀로 보낼 수 없어 저와 기사들이 동행했습니다. 다른 기사들은 밖에 있습니다."

"아, 그랬군요."

두 팔이 모두 하얀 붕대로 휘감긴 이아나는 무척 가엾어 보였으므로 수도에서 영지로 오는 길 중간에 위치한 차이판 후작령의 정의로운 기사들이 돕고자 했다는 말은 충분히 이 상황을 설명할 수 있었다.

"몬스터라니……. 혹시 이아나가 몬스터 때문에 다쳤나요?"

"아닙니다."

이아나가 나섰다.

"그리고 이분은 파엘라 상단의 상단주, 무르시 씨입니다."

이아나는 팔에 대한 이야기가 나올 때마다 주제를 단칼에 전환하며 사라체와 체르노가 팔에 대해 물을 여지를 주지 않았다. 이아나의 팔을 흘끔흘끔 쳐다보던 그들은 두 손을 모은 채 사람 좋은 얼굴로 서 있는 무르시를 보았다. 무르시가 공손하게 인사했다.

"라오스의 축복이 함께하시길. 토라카 왕국이 주 활동지역이지만 이번에 영역을 로안느 왕국까지 넓히게 된 파엘라 상단의 주인, 무르시라고 합니다."

"반갑소. 파엘라 상단이라면 들어 본 적이 있는 큰 상단이군. 그대는 어쩐 일로?"

"몬스터 사건 때문에 동행을 하신 이아나 아가씨께서 제 부족한 아들 녀석을 내내 보살펴 주셨습니다. 아들이 아가씨를 너무 좋아하는 바람에……."

무르시가 눈을 찡긋하자 핀이 이아나의 다리에 찰싹 달라붙었다.

"아가씨께 작게나마 도움을 드리고 싶어 수도로 가실 때 제가 모시기로 했습니다. 거절하셨지만 다친 아가씨를 혼자 보내는 건 제가 마음이 편치 않아 동행을 부탁드렸습니다."

"예에……."

사라체가 우울한 기색으로 중얼거렸다.

로베르슈타인에서 아무것도 해 주지 않았음에도 이아나는 알아서 척척 잘해 내고 있었다. 호르비의 막대한 재산을 아주 능숙하게 처분하질 않나, 입학하기가 별 따기보다 어렵다는 학술원의 검술학부에 당당히 합격해서 오질 않나, 바라지 않았음에도 그녀를 돕지 못해 안달이 난 사람들이 곁에 있질 않나…….

이아나는 마음의 문을 아예 닫아 버렸다. 사라체가 아무리 상냥하게 대해도 돌아오는 건 색이 없는 반응뿐이었다. 문제가 생기면 언제나 스스로 해결하던 이아나는 결국 가문을 떠나겠다고 주장했다.

남편은 소통하기를 두려워하며 이아나를 보려 하지 않았다. 주변 사람들은 사라체에게 첩년의 딸에게 뭘 그리 신경 쓰냐고, 너무 상냥하다고, 호르비는 죽었고 르보니는 실종되었으니 이아나만 로베르슈타인가에서 쫓아내면 모든 게 제자리로 돌아오는 거라고 말했다.

노력하는 건 사라체뿐이었다.

정말 계속 이런 상태로 지내다가 완전히 관계를 끊어 내야 하는가. 이아나라는 여자아이가 로베르슈타인에 존재하지 않았던 것처럼, 푸름 속에서 붉은 존재를 지워 내는 것이, 그것이 정말 옳은 답인가?

사라체는 속이 답답해져서 두 손을 꼭 쥐었다.

모두가 옳다고 말하는데 혼자 이건 아니라고 외치는 듯한 기분. 아무것도 해결되지 않은 것 같은데 주변에서는 다 잘됐다며 끝내자는 듯한 기분.

사라체는 답을 찾을 수 없는 미궁에 빠져들었다.

"아, 그리고 오늘 짐을 싸서 내일 아침에 바로 출발할 겁니다. 홀트 경, 무르시 씨. 죄송하지만 양해해 주시겠습니까?"

"물론입니다."

상황이 대충 정리된 듯하자 프레드릭과 무르시는 고개를 숙여 인사했다.

"그럼 저희는 가 보겠습니다."

"손님방을 내어 드릴 수 있소만."

"아닙니다. 저희 말고도 밖에 일행이 꽤 되는데 그들이 방을 잡아 놓았습니다. 저택에는 인사만 드리러 온 겁니다."

"그래요……."

"예, 그럼. 언제나 라오스의 광명이 함께하시기를. 레이디, 아침에 뵙겠습니다."

"핀, 이리로 오렴."

무르시가 손짓을 하자 이아나의 곁에서 눈치를 보고 있던 핀이 쪼르르 달려가 안겼다. 그렇게 인사를 한 셋은 떠나고, 정원에 남아 있던 셋 사이에는 침묵이 감돌았다.

"들어가시지요. 쉬고 계셨을 텐데, 늦은 밤에 오는 바람에 괜히 나오시게 한 것 같아 죄송합니다."

더 이상 여기에 있을 필요성을 느끼지 못한 이아나가 고개를 꾸벅 숙이고 별채로 돌아가려 할 때였다.

"팔은……."

머뭇거리던 체르노가 용기를 내 입을 열었다.

"제대로 한 번 더 치료를 받고 가거라. 일주일 만에 낫는 얕은 상처라지만…… 그래도 걱정이 되는구나. 약도 지금 바로 수소문해서 구해 줄 테니 쉬고 있으면 보내 주마."

"아, 체르노!"

사라체가 감격하는 사이 이아나의 몸은 완전히 경직되었다.

걱정한다고?

여태껏 체르노가 무슨 행동을 해도 이아나는 시큰둥하기만 했다. 그런데 바로 지금, 그가 저를 진심으로 걱정하고 있다는 사실을 깨닫는 순간 속에서 거부감이 역하게 치밀어 올랐다.

……당신이 뭔데?

"너 때문이다. 너 때문에 사라체가……."

사라체가 죽은 후에도 귀족적인 모습을 유지하던 체르노는 이따금 격렬하게 치솟는 분노를 참지 못했고, 분노의 화살은 모조리 이아나에게 돌아왔다.

담뱃재가 가득 든 재떨이든, 뜨거운 차가 든 찻잔이든, 모서리가 흉기에 가까운 두꺼운 책이든…… 뭐든 날아와 머리가 깨지고, 코피가 나고, 멍이 들고, 살갗이 찢어졌다. 아파하며 쓰러지면 머리카락이 휘어 잡힌 채 얻어맞았다.

"가문이 이 꼴이 된 것도, 내가 이리 미쳐 가는 것도 전부, 이 모든 게, 전부, 너 때문에!"

몸보다 마음이 더 아팠던 폭언과 폭력이었다.

"너 같은 건 죽어 버렸으면……."

그런 당신이, 나를 걱정해?

깊숙한 곳에 뿌리를 내린 채 잠들어 있던 혐오감이 가시덩굴처럼 온몸을 타고 자라났다. 이아나의 온몸을 찔러 댔다. 몸을 온통 뒤덮은 덩굴은 목까지 올라와 숨통을 옭죄었다. 시야마저 덩굴로 가려질 때였다. 사라체가 눈에 들어왔다.

사라체는 독살당하지 않고 바로 저기에서 남편을 감격한 눈으로 바라보고 있었다.

모순이다.

이아나는 정신을 차렸다.

스겅!

이아나는 즉시 혐오감을 잘라 내어 무너뜨렸다. 그러자 순식간에 마음이 냉정하게 가라앉았다.

이아나가 감정에 잡아먹힌 건 한순간이어서 사라체와 체르노는 이상을 알아채지 못했다. 이아나는 다친 팔 때문에 이마에서 배어난 식은땀을 닦아 내지 못한 채 눈을 감았다.

어리석다. 사라지고 없는 과거와 현재를 겹쳐 보다니.

체르노는 변하지 않고 그대로 있어 주는 게 좋았다. 르보니처럼 달라져서 제 과거가 들쑤셔지는 건 사절이었다. 방금 그가 보인 걱정이 한순간의 변덕이기를 바랐다.

"필요 없습니다. 그럼, 내일 아침에 뵙겠습니다."

이아나는 대답을 듣지 않고 곧장 등을 돌려 자리를 떴다.

이제 와서 저런 걱정이 무슨 소용일까. 끊어 내기로 한 결정에 번복은 없을진대. 이미 한 번 내 손에 죽었던 당신들이 가여워 이번 생에서는 또 한 번 죽이지 않고 그저 나 혼자 떠나려는 것을 다행으로 알고 얌전히 있으란 말이다.

이아나는 메마른 웃음을 지어 보였다.

"이게 대체 어찌 된 일일까요?"

저택을 나온 무르시가 걱정스러운 어조로 중얼거렸다.

"낸들 알겠나. 다만 집안사정이 아주 복잡한 건 알겠군."

"이아나 누나는 나쁜 사람 아니에요!"

"그래, 그래. 하지만 존속살해라니. 그 아가씨가……. 대체 무슨 일이 있었기에."

이아나는 존재만으로도 다른 이들을 이끄는 매력이 있었고 프레드릭과 무르시는 그 빛만을 좇아 이곳까지 따라왔다. 그녀의 사정에 대해서는 아는 바가 없었다.

"이쪽입니다."

마중 나와 있던 기사가 세 사람을 여관으로 데려갔다. 여관에서는 파엘라 상단의 직원들이 오랜 여정의 피로를 풀기 위해 벌여 놓은 술판이 한창이었다. 기사들도 임무수행 중이 아니었기에 꼿꼿했던 태도를 풀고 다른 이들과 어울리고 있었다.

황당해하는 무르시를 알아본 상단 직원이 반갑게 손을 흔들었다.

"하하하, 무르시 씨! 당신이 전부 내겠다고 했으니 책임지십시오!"

"이놈들이 작정을 했군. 그래, 마셔라, 마셔! 단장님도 앉으시지요."

무르시가 껄껄 웃으며 빈 의자에 핀을 앉히고는 자신도 털썩 앉았다. 프레드릭도 싫지 않은 표정으로 무거운 갑옷을 벗으며 앉았다. 그들이 일행의 수장임을 알아챈 여관의 주인이 웃으면서 슬금슬금 접근했다.

"어서 옵쇼, 나리들. 어디서 오셨습니까요? 통이 크십니다요."

"통이 큰 건 이쪽이네. 나는 흔한 기사 나부랭이일 뿐이지."

"어이쿠, 알아 모시겠습니다요. 하지만 기사님도 갑옷이 번쩍번쩍한 것이 보통 분이 아닌 듯……."

여관 주인의 아부에 프레드릭이 품에서 10실버짜리 은화를 꺼내 튕겼다. 반짝이는 은화를 낚아챈 주인의 안색이 밝아졌다.

"감사합니다요! 서비스는 걱정하지 마십쇼, 하하하하! 그런데 우리 영지에는 어쩐 일로 오셨습니까요? 변방이라 외지인이 잘 오지 않는 곳인데……."

고기를 먹지 못하는 핀을 위해 옆에 곁들어진 야채를 먹기 좋은 크기로 잘라 입에 넣어 주던 무르시가 아무 생각 없이 입을 열었다.

"우리는 이아나 로베르슈타인 아가씨를……."

"아이쿠, 나리! 그분의 얘기는 영지 사람들 사이에서는 그다지 반갑지 않은 주제입니다요."

여관 주인의 호들갑스러운 거부에 들뜬 기분이 순식간에 팍 가라앉았다.

"뭐요?"

"외지에서 오셔서 잘 모르시는 모양인데 말씀드릴깝쇼? 돈만 많았던 천한 평민 계집이 있었습니다요. 그런데 그년이 더러운 수를 써서 우리 영주님의 첩이 되었습니다. 그 계집이 어찌나 악독하고 질투가 많은지, 상냥하신 부인을 독살까지 하려고 했습니다요."

프레드릭과 무르시가 막을 새도 없이 주인은 나무를 부리로 뚫는 딱따구리처럼 빠르게 떠들어 댔다.

"그리고 그 계집의 딸이 이아나 아가씨입죠. 그런데 혼인 전에 몸을 더럽게 굴려 댄 어미만 쏙 빼닮은지라, 이아나 아가씨가 누구 딸인지 모르겠단 말입죠. 흐흐."

여관 주인은 영지에 만연한 소문을 장난스럽게 떠들어 댄 거지만 의도치 않게 이아나의 어두운 과거와 더러운 소문을 알아 버린 프레드릭과 무르시는 돌처럼 굳었다.

성이 난 프레드릭이 여관 주인에게 호통을 치려고 할 때였다.

"으음, 그리고 몇 개월 전 그 아가씨가 자기 외조부의 가슴을 검으로 찔러 죽였습죠."

그들은 여관 주인의 입에서 튀어나온 말에 눈을 빛냈다.

"그건 알고 있네. 어찌 된 일인가?"

"저도 자세한 사정은 잘 모릅죠. 하지만 첩이 영주님을 포기하고 저택을 떠나려 했는데, 그전에 제 아비와 함께 이아나 아가씨를 찾아갔다고 합디다. 소문으로는 아비에게 부탁해 영주님과의 인연의 증거인 아가씨를 죽이려 했던 모양인데…… 아무리 생각해도 미친년이었습죠."

무르시의 젓가락에서 음식이 툭 하고 떨어져 내렸다.

"하지만 검을 몰래 수련하고 있던 아가씨가 도리어 외조부를 죽였고, 첩년도 행방불명이 되었습죠. 사실 그년도 죽였는데 천하에 둘도 없을 패륜을 저지른 년이라는 소문을 피하기 위해 영주님이 입막음을 시킨 걸지도 모릅니다요."

"……."

"아, 그런데 이런 소문도 있습니다요. 아가씨가 재산을 가로채기 위해 외조부와 어미를 죽였다는. 이 소문도 꽤 신빙성이 있습니다. 왜냐하면 호르비의 재산이 모조리 아가씨께 돌아갔거든."

아무리 풀어져 있더라도 늘 기사로서 품위를 지키는 프레드릭이 입을 떡 벌렸다.

"사정이 어찌 되었든 간에 이 평화로운 영지에서 친족을 살해한 이아나 아가씨가 섬뜩해서 피하고 싶은 건 어쩔 수 없습니다요. 물론 이 일이 아니더라도 미운 첩을 꼭 닮은 붉은 외모의 아가씨를 좋아하는 사람은 없었지만요."

그들은 낄낄대는 여관 주인을 따라 웃을 수가 없었다. 대체 무엇이 웃겨서 저리 웃는단 말인가?

문지기도 그렇고, 비명을 질렀던 여인도 그렇고, 여관 주인도 그렇고, 우연히 마주친 사람들이 보인 일관된 태도를 생각해 봤을 때 영지에서 이아나의 처지가 어떤지 알 만했다. 이성을 갖추지 못한 채 감정만 내세우는 인간들이 모인 역겨운 군집을 보는 듯하여 구역질이 났다.

살인을 옹호할 수는 없지만, 그들은 이아나를 동정했다. 그녀의 어미나 그 주변 환경이 그녀가 그렇게 할 수밖에 없도록 절벽으로 몰아갔지 않은가.

열여섯 살 소녀답지 않게 늘 진중하기만 하던 이아나를 떠올린 그들은 치를 떨었다. 그녀가 훌륭하게 성장한 것이 기적이라 여겨질 정도였다.

이아나의 예상대로 이스피는 뒷목을 잡고 휘청거렸다.

"세상에! 오랜만에 뵌 건 좋은데 대체 그게 무슨!"

"오는 길에 사고가 좀 있었다."

"그렇게 무뚝뚝하게 말씀만 하시면 다예요? 어휴, 진짜 아가씨 때문에 제가 못 살겠어요! 무슨 사고인데요!"

이스피가 성을 내면서도 옷을 갈아입을 수 있도록 시중을 들어 주었다. 이아나의 입가에 편안한 미소가 맺혔다.

이스피의 도움을 받아 먼지 묻은 옷을 벗고 부드러운 천 옷으로 갈아입은 이아나가 스트레칭을 하며 뭉친 근육을 풀어 주었다. 뒤통수로 이글거리는 시선이 느껴진다. 이아나는 어설프게 웃었다.

"한 아이를 구해 준다고 좀 굴렀다."

"그 애가 누구인지는 모르겠지만요. 그 애만 다치지 않고 무사하면 다인가요? 아가씨의 몸은 소중하지 않나요?"

이스피는 화가 났다. 이아나가 몸을 함부로 굴렀다고 생각했기 때문이다. 이아나가 두 팔을 천천히 흔들었다.

"단순히 부상을 막은 게 아니라 생명을 구했어. 조금만 있으면 나을 팔 두 짝으로 귀여운 아이의 생명을 구했으면 싸게 치인 것 아닌가?"

이스피는 말문이 막혔다.

"그보다 이스피, 짐 싸는 걸 도와줘."

"……학술원에 합격하셨나 보네요."

"당연하지. 이번에 떠나면 두 번 다시 오지 않을 테니 방을 아예 정리해야 한다."

"아가씨는 정말 못됐어요."

이아나는 침대에 걸터앉아 챙겨야 할 것을 이스피에게 말해 주었다. 흥흥, 투덜거리면서도 시키는 대로 정성스레 짐을 싸는 이스피를 무릎에 턱을 괸 채 보고 있던 이아나가 입을 열었다.

"너를 냉정하게 쳐 낸 내가 밉지 않나? 한 달 전만 해도 서럽게 울었던 것 같은데."

"밉다니요. 제가 어떻게 아가씨를 미워할 수 있겠어요. 아가씨는 로베르슈타인 가문에서 벗어나고 싶어 하시는 거잖아요. 슬프긴 하지만 뭐……. 당연한 거죠. 제가 아가씨였다면 일찍이 이 빌어먹을 집구석을 뛰쳐나갔을 거예요. 아무튼, 저도 여길 나가든지 해야지. 아가씨의 유모 이스피는 아가씨가 나가는 순간부터 로베르슈타인 저택에 있을 필요가 없는 거예요."

"나 때문에 그런 생각을 하지 마."

"저는 제 멋대로 할 거예요. 흥. 아가씨 말씀대로 제 인생을 살려고요. 아무렴요. 아가씨께서 내리신 명령인데 입 다물고 따라야지 어쩌겠어요!"

"반항적인 태도긴 하지만 좋은 생각이구나. 이스피, 화내지 마라. 다 널 걱정해서 이러는 거다."

이아나가 상냥하게 웃었다. 그 웃음을 본 이스피는 순간 울컥했지만 애써 고개를 돌리고 짐을 마저 쌌다.

"시험 치면서 친구는 좀 사귀셨어요? 지금부터라도 아가씨 곁에는 좋은 사람들만 있어야 할 텐데."

"새로운 사람들을 많이 만났는데, 이스피 너만큼 좋은 사람들 같아."

"저만큼이라니요. 저만큼 좋은 사람은 없어요. 저보다 아가씨를 잘 보살펴 드리는 사람은 없을 거라고요. 아가씨는 저를 내치신 걸 후회하실 거예요."

"그래, 그래."

"아가씨, 카니츠입니다."

문을 두드리고 카니츠가 들어왔다. 그는 여전히 무뚝뚝한 인상이었다. 하지만 이아나를 향한 반가움은 감춰지지 않았다. 이아나 또한 반갑게 맞이해 주었다.

"어서 와라. 내가 없는 한 달 동안 잘 지냈나?"

"잘 지내지는 못한 것 같습니다만 어느 정도 익숙해진 것 같긴 합니다."

"고얀 기사로군."

"학술원은 합격하셨습니까?"

"그래."

"그렇군요. 예. 아가씨께서 합격하시는 건 당연한 일이지요."

카니츠가 담담히 합격을 축하했다. 이아나는 전혀 변하지 않은 그의 모습에 저도 모르게 풋 하고 웃고 말았다. 카니츠의 흔들리는 시선이 그 웃음으로 향했지만 알아채지 못한 이아나는 야속하게도 웃음을 금방 지워 버렸다.

"이렇게 가면 학술원을 졸업할 때까지 이 영지에 올 일이 없을 거다. 카니츠 너도 내 호위기사라는 귀찮은 자리에서 해방이군. 이제 네 멋대로 행동해도 되니 좋겠구나?"

이아나의 농담에 카니츠가 더없이 진지한 얼굴로 고개를 끄덕였다.

"예. 아가씨께서 그러라 하셨기에, 저도 한번 제멋대로 해 보려고 합니다."

이아나의 표정이 딱딱하게 변했다. 아까부터 자꾸 제멋대로, 제멋대로. 이 둘은 대체 무엇을 제멋대로 하겠다는 말인가. 이 아나는 냉정하게 말했다.

"이스피, 카니츠. 내가 예전에 했던 말, 기억하겠지?"

따라오는 것을 불허한다. 관계를 단절하겠다는 가혹한 선언.

"당연히 기억하고 있습니다."

"네, 그럼요."

카니츠와 이스피가 욱한 표정을 지었지만 매정하게도 이아 나는 그들을 위로해 주지 않았다.

"이때까지 나를 진심으로 따라 줘서 고마웠다. 이스피, 저기 옷장의 오른쪽 아래 서랍을 열어 보거라."

"……?"

이스피는 종종걸음으로 걸어가서 이아나가 말한 서랍을 열어 보았다. 그 안에는 주머니 두 개가 있었다.

"한 개씩 가져라. 너희에게 주고 싶어서 모은 돈이다."

"필요 없습니다. 아가씨께서 쓰십시오."

카니츠는 보지도 않고 고개를 저었다. 이스피도 말없이 서랍을 다시 닫았다.

"너희의 상관으로서 내리는 내 마지막 명령이자 너희를 좋아하는 내 마지막 부탁인데도?"

이스피와 카니츠는 답이 없었다. 이아나는 한숨을 쉬었다.

"너희가 가지지 않는다면 버리고 갈 수밖에 없다. 이건 내가 너희의 인생을 위해 주는 선물이니, 내가 떠난 후에라도 마음이 바뀌면 가져가도록 해라."

"……."

"너희는 이제 나와는 별개인 사람들이다."

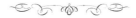

이른 아침, 이아나는 굳은 표정의 백작 앞에 정리된 장부와 함께 금괴와 금화가 섞여 들어 있는 주머니를 내려놓았다.

"이게 뭐냐."

"지금까지 제가 가문에서 받았던 지원 내역을 돈으로 환산해서 계산해 놓은 장부와, 총액보다 훨씬 웃도는 돈입니다. 이제 저에게 일절 신경 쓰지 말아 주십시오. 가문의 지원은 이제부터 받지 않겠습니다."

그 말만 내던지고 이아나는 백작의 답을 듣지도 않고 문을 닫고 나가 버렸다.

이아나가 영지에 머문 건 단 하루다. 그것도 저녁에서 새벽을 거쳐 새로운 태양이 밝아 오는 아침까지, 하루의 반도 되지 않는 짧은 시간이었다. 이아나는 그 짧은 시간 동안에 로베르 슈타인 영지에 남아 있는 자신의 모든 흔적들을 정리했다.

쏴아아—

그리고 시간의 끝에서, 이아나는 사늘한 바람이 불어오는 그녀만의 쉼터에 서 있다.

바람이 붉은 머리카락을 잔뜩 흩어 놓았다. 눈을 감은 이아나는 반갑다는 듯 그녀를 잔뜩 휘감는 바람의 상쾌함을 만끽했다.

회귀 전에도, 회귀 후에도 언제나 그녀만의 쉼터였던 곳.

하지만 이제 이곳도 정말 안녕이었다.

이아나가 천천히 눈을 떴다. 푸르른 숲과는 달리 붉기만 한 눈동자가 그녀의 쉼터를 품었다. 그리고 서서히 지워 냈다.

"안녕."

이아나는 앉아 쉬곤 했던 나무 그루터기를 살짝 두들겨 주고는 소리 내어 인사했다. 그대로 등을 돌려 뒤 한번 돌아보지 않고, 미련 한 줌 남겨 놓지 않고 떠났다.

쏴아아—

이아나의 모습이 사라진 지 얼마 되지 않아 그곳에 또다시 바람이 불었다. 붉은 온기를 잃은 그곳에 푸르른 나뭇잎들이 바람에 안겨 회오리처럼 흩날렸다.

무르시가 준비한 마차는 일행을 태우고 빠른 속도로 수도를 향해 달렸다. 알라카모라숲을 통과할 때는 긴장했지만 다행히도 몬스터의 습격은 없었다.

차이판 후작령에 도착했을 때는 프레드릭의 부탁으로 잠시 마차를 멈춰 세웠다. 프레드릭과 기사들은 성으로 들어갔고, 얼마 지나지 않아 프레드릭이 시무룩한 표정으로 다시 나왔다. 후작에게 이아나를 소개시켜 주려고 했으나 후작이 아직 귀환하지 않았기 때문이었다.

프레드릭이 '기다렸다가 차이판 후작님을 만나 보시는 게 어떻겠습니까?', '좋은 분이십니다. 그분과 인맥을 만들어 두면 힘든 레이디에게 많은 도움이 될 겁니다.' 등등 만남의 중요성을 역설하며 꼬드겼지만 이아나는 고개를 저었고, 도리어 여기서부터는 위험하지 않다며 프레드릭을 떼어 놓으려 했다.

결국 만남의 주선을 포기한 프레드릭은 '몬스터가 없어도 사람이 위험합니다.'라며 혼자 이아나를 따라왔다.

오른팔은 2주가 채 지나지 않았는데도 정상적인 상태로 움직이기 시작했다. 잠깐이지만 검도 휘두를 수 있었다. 이아나의 엄청난 회복력과 영지에 들를 때마다 무르시가 공수해 온 최상급 약이 합작해서 이뤄 낸 쾌거였다.

왼팔은 수도로 돌아오는 길에 뛰어난 의사에게 수술을 받아

빠른 회복을 기대해 볼 만했다.

결국 검술대회 예선전 하루 전에 수도에 도착했다. 마차가 학술원 입구에 섰고, 무르시가 부리는 일꾼들이 이아나의 짐을 내려 주었다. 무르시는 짐을 방까지 가져다주겠다고 했지만 겨우 가방 두 개였으므로 이아나가 거절했다.

"끙, 끙."

"아빠, 그거 그렇게 세게 잡고 가면 안 돼. 안에 있는 옷 다 구겨져. 오빠! 그거 절대 떨어뜨리지 마! 화장품이랑 엄청 비싼 액세서리들 들어 있단 말이야."

이아나의 옆으로 엄청난 크기의 짐을 안고 가는 남자 둘과 잔소리를 하는 여학생이 지나갔다.

"시끄러워! 너 솔직히 말해. 공부하러 가는 게 아니라 남자 꼬시러 가지? 무슨 이런 짐이 몇 개나 되냐고!"

"어머머머, 무슨 소리야. 이건 여자의 필수품이라고."

"퍽이나. 오크 같은 게. 처바른다고 해서 사람 되냐? 어, 어, 야. 나 건들면 이거 바닥에 던진다."

빈정거리는 남자의 정강이를 걷어차려던 여학생이 이러지도 저러지도 못 하고 서서 부르르 떠는 사이 남자 둘은 저 멀리 가 버렸다. 여학생도 결국 씩씩거리며 그들을 따라갔다.

화장품, 장신구, 옷을 몽땅 싸들고 와 날라야 할 짐이 아직도 몇 개는 남은 여학생에 비해 이아나의 짐은 아주 간소했다. 가장 부피를 많이 차지하는 옷은 편한 수련복 두 벌과 교복, 속옷과 양말이 다였다. 필요하다면 수도에서 구매할 생각으로 있던 옷을 다 버리고 온 탓이었다.

그밖의 물품이라면 이스피가 울어 버려서 들고 온 피부 관리용 화장품과 머리 손질용 빗, 라오스의 성서, 회귀 전의 굵직굵직한 사건과 지금의 제 상황을 정리해 놓은 노트, 필기구, 검을 손질해 주기 위한 숫돌과 수건이 전부였다. 간소할 수밖에 없었다.

이아나는 마차에서 내려 짐 가방을 양 어깨에 하나씩 멨다.

"무르시 씨, 부탁이 있습니다."

"말씀만 하세요."

무르시가 넙죽 허리를 숙였다. 학술원의 입구였기에 오가는 학생들이 많았고 그들의 시선이 공손한 인사를 받는 이아나에게 향했다. 이아나가 오른손으로 좁아진 미간을 꾹꾹 폈다.

"예를 차릴 필요가 없다고 몇 번이나 말씀드렸습니다만…….
그리고 제가 부탁드리는 입장입니다. 허리를 숙이지 마십시오."

"아, 알겠습니다."

말에서 한기가 느껴지자 무르시가 허리를 꼿꼿하게 폈다.

"상행으로 바쁘시더라도, 핀을 적어도 한 달에 한 번 정도는 봤으면 합니다. 가능하겠습니까?"

"예?"

무르시는 멍하니 있다가 환하게 웃었다. 부탁이라니, 당치도 않다. 오히려 자신이 매달려서 청하고 싶었다.

"당연히 됩니다. 그래 주시겠습니까?"

무르시의 바지 자락을 붙잡은 채 이아나와의 작별에 의기소침해 있던 핀도 좋아서 이아나에게 달려가 한쪽 다리를 꼭 끌어안았다. 이아나가 고개를 꾸벅 숙였다.

"감사합니다."

"저야말로 감사하지요. 안 그래도 몇 년은 로안느의 수도에 머무를 생각이었으니 언제든지 찾아와 주십시오."

"찾아와 달라면…… 수도에 파엘라 상단과 접선할 수 있는 수단이 있습니까?"

"건물을 하나 사 두었습니다. 이번 일처럼 제가 직접 상행을 가지 않는 한 저와 핀은 그곳에서 계속 머무를 텐데…… 아, 약도를 한 장 그려 드리겠습니다."

무르시는 황급히 종이 한 장을 꺼내 휴대용 깃펜으로 선을 쭉쭉 휘갈긴 후 내밀었다. 종이를 받아 든 이아나는 내용을 살폈다. 유명한 상가들이 쏠려 있는 중심거리 쪽이었다. 이아나는 고개를 끄덕이고 종이를 접어 호주머니 안에 넣었다.

"이것도 받아 주십시오."

무르시는 품에서 무언가를 꺼내 두 손으로 건넸다. 나무 한 그루가 새겨진 황금패였다. 딱 봐도 평범해 보이지 않는 패를 제게 내민 의도를 몰라 이아나가 무르시를 말끄러미 쳐다보자 무르시가 고개를 숙였다.

"저희 상단의 가장 귀한 고객님들께 드리는 패입니다. 이아나 아가씨는 저의 은인이십니다. 이 은혜는 두고두고 갚을 터이니 도움이 필요하시거든 언제든지 파엘라 상단의 문을 두드려 주시길 바랍니다."

이아나는 말없이 패를 내려다보다가 손을 내밀었다. 여기서 패를 거부한다면 무르시는 계속 빚진 기분에 시달릴지도 모른다. 패를 받는다고 해서 신세를 질 생각은 없으므로 감사의 의미로 받는 표창장이라고 생각하면 될 것 같았다.

그렇게 생각하며 이아나가 패를 쥘 때, 무르시는 속으로 중얼거렸다.

'또한 이 무르시, 확신합니다. 아가씨와의 인연은 놓쳐서는 안 된다고 말입니다.'

황금패는 파엘라 상단을 상대로 무엇이든 청구할 수 있는 백지수표나 마찬가지였다. 여태껏 그의 친우와 엄청난 신분의 단골 고객들에게만 선물한 황금패는 알고 지낸 지 몇 주 되지 않은 사람에게 함부로 줄 물건이 아니었다.

그러나 무르시는 확신했다. 패를 건네받고 있는 붉은 소녀와의 인연이 후에 어떤 식으로든 그에게 크나큰 도움이 될 것이라는 미래를 말이다. 이는 평생토록 수많은 성패를 맛본 상인으로서의 직감이었다.

이아나와 이어진 인연에 무르시가 흐뭇하게 웃는 반면, 프레드릭은 아쉬워서 입맛을 다셨다.

"그럼 여러분들, 이만 가 보셔도 좋습니다. 여기까지 저를 데려다 주셔서 감사합니다."

"아닙니다, 당연히 했어야 할 일인 것을요."

"어라, 이아나 양 아니야?"

작별인사를 하고 있는데 반가움이 가득한 익숙한 목소리가 뒤에서 들려왔다. 이아나가 고개를 슬쩍 돌렸다. 아니나 다를까 에이지가 밝게 웃으며 손을 흔들고 있었다.

"켁."

에이지는 이아나 쪽으로 휘적휘적 걸어오다 말고 걸음을 멈춘 채 안색을 시퍼렇게 물들였다. 두 팔에 붕대를 감고 있는 이아나의 처참한 꼴을 본 탓이다. 에이지가 두다닥 달려와서 팔을 요리조리 살폈다.

"팔이 왜 이래?"

"사고가 좀 있었다. 몬스터의 습격을 받는 바람에."

"몬스터의 습격을 받았다고?"

에이지가 이해가 가지 않는다는 얼굴로 이맛살을 찌푸렸다.

"검기로도 상대가 안 될 정도로 강한 몬스터가 있었어?"

"그건 아냐. 검기를 쓰기 어려운 상황이어서."

"대체 열흘이 겨우 넘어가는 시간 동안에 무슨 일이 있었던 건데? 로베르슈타인 영지로 가는 길이라면 북쪽 변방이긴 해도 몬스터는 없을……."

에이지가 말을 하다 말고 입을 손으로 막으며 얼굴을 딱딱하게 굳혔다. 갑작스러운 표정 변화에 의아해진 이아나가 그를 툭 건드렸다.

"왜 그러나?"

"아, 아니, 아무것도."

에이지가 손을 내저을 때 이아나의 다리를 끌어안고 있던 핀이 얼굴을 빼꼼히 내밀었다.

"누나, 가 볼게요."

"아, 그래. 잘 가렴, 핀. 나중에 보자."

"얼라리?"

이아나를 향해 수줍게 웃는 핀의 얼굴을 빠르게 훑은 에이지가 요상한 소리를 내었다.

"핀을 알고 있나?"

이아나의 의문에 에이지가 눈을 접으며 방긋 웃었다.

"아니, 아무것도 아니얌. 꼬마가 너무 귀여워서 말이징."

"어디서 역겨운 아양을 떠는가. 못 본 사이에 많이 이상해졌군."

에이지가 대충 둘러대자 혀를 찬 이아나가 핀을 챙겼다. 친근한 모습을 뒤에서 쳐다보던 에이지가 턱을 긁적이며 묘한 눈으로 핀을 내려다보았다. 미소가 사라진 얼굴은 무표정했다. 그는 누구도 듣지 못할 정도로 작은 소리로 중얼거렸다.

"헤에에……. 미움 받기는 싫은데 어찌해야 할까나."

핀은 제게 꽂히는 날카로운 시선을 느끼고 무심결에 에이지를 올려다보았다가 움찔했다. 저를 물끄러미 쳐다보고 있는 시릴 정도로 푸른 눈동자가 너무 섬뜩해서 작은 핀은 몸을 푸르르 떨고는 이아나의 뒤에 숨었다. 이아나는 핀을 따라 시선을 주었다가 에이지의 형형한 눈빛을 목격했다.

"뭐 하는 짓이야."

"……아야. 아야야! 악!"

이아나가 매끈한 아미를 좁히며 오른손으로 에이지의 귀를 홱 잡아당겼다. 핀에게 집중하고 있던 에이지는 엄청난 고통에 비명을 꽥 질렀다. 이아나는 있는 힘껏 귀를 잡아당기며 살벌하게 경고했다.

"아이를 상대로 무언가를 뜯어내려고 수작 부리지 마라. 귀를 뜯어 버리는 수가 있어."

"악, 알았어, 알았다고! 진짜로 귀 뜯어지겠어! 으아아악."

"누나. 저 진짜로 가 볼게요! 안녕! 아빠 가요, 빨리빨리."

"그래. 아가씨, 안녕히 계십시오."

"레이디, 저도 가 보겠습니다. 무운을 빌겠습니다!"

사람들이 모두 떠나고, 이아나는 너무 아파서 발버둥 치던 에이지의 귀를 놓아주었다. 에이지는 벌겋게 달아오른 귀를 잡고 끙끙거리다 볼멘소리를 냈다.

"아니, 예쁜 애 한번 쳐다봤다고 이러기야?"

"쳐다보는 눈이 몹시 불순하고 음흉했지."

"불순하고 음흉하다니. 누가 들으면 오해하겠네. 크으으으. 팔 다친 거 거짓말 아니야? 진짜 아파!"

"진짜다. 오른팔은 치료를 받아서 이 상태지만, 왼팔은 아파서 움직이고 싶지도 않아."

이아나가 오른손으로 축 늘어진 왼팔을 두드리자 에이지의 입이 그대로 다물렸다.

"어쩌다 다친 건데? 몬스터를 피할 수도 없었어?"

"아까 그 아이를 구해 주다가 내 실수로 팔 두 개가 모조리 나갔어. 의사 말로는 후유증이 남을 것 같다지만 내 생각은 안 그래."

이아나가 오른손을 움직여 보였다.

"오른팔이 멀쩡히 움직이는 걸 보니 이대로라면 완치다. 왼팔도 좀 오래 걸리겠지만 완치할 거고."

"과연."

에이지가 갑자기 짝, 하고 두 손을 모으더니 고개를 숙였다.

"미안해, 이아나 양."

이아나는 뜬금없는 사과에 떨떠름해졌다.

"당신이 왜 미안해하지?"

"아니, 이아나 양이 팔 두 짝을 바쳐 구한 아이를 음흉한 시선으로 쳐다봐서 미안해. 용서해 줄 거야?"

"……하?"

이아나가 어이없다는 듯 웃어도 에이지는 민망해하지도, 두 손을 내리지도 않았다. 에이지의 미친 행각에 이아나가 고개를 절레절레 저었다.

"별 미친…… 됐고, 할 일 없어서 나온 거면 짐 옮기는 거나 좀 도와줬으면 좋겠군."

"예이, 예. 공주마마."

에이지가 그제야 히죽 웃으며 그녀의 짐을 건네받아 어깨에 멨다. 그는 다른 남자들에 비해 몸이 호리호리한 편이었지만 힘은 아주 셌다.

"아."

접수처에서 기숙사 배정을 받고 여자 기숙사로 향하던 도중, 에이지가 팔을 이리저리 움직여 보고 있는 이아나에게 조심스레 말을 걸었다.

"검술대회에는 나갈 수 있는 거야?"

"안 나갈 거다. 아직은 영 시원찮아서."

이아나는 오른손으로 몇 번 주먹을 쥐어 보고는 손을 내렸다. 에이지는 안타깝게 쳐다보았다.

"완치될 때까지 무리하고 싶지 않아."

"그건 그렇지. 그럼 기권?"

"그래야 할 것 같다. 아."

이아나가 말을 하다 말고 에이지가 어깨에 메고 있는 가방에 손을 쑥 넣었다. 한참을 뒤적거리던 이아나가 작은 병을 꺼내 들어 불쑥 내밀었다. 에이지는 의아한 눈으로 그 병과 이아나를 번갈아 보았다.

"혹시 이게 뭔지 알겠나?"

"일단 짐부터 내려놓고 보자고. 하지만 기대는 하지 마. 난 약장수가 아니니까 말이야."

둘은 이아나에게 배정된 방에 도착했다. 기숙사는 2인실이다. 방 한쪽에는 룸메이트의 것일 물건들이 난잡하게 널려 있었다. 가위며, 조각 조각난 천 쪼가리며, 실이며…….

실내용 슬리퍼 두 짝이 입구에 던져져 있는 것을 보아 룸메이트는 외출을 한 모양이었다. 방의 지저분함에 이아나의 안에서 보지도 않은 룸메이트의 첫인상 점수가 대폭 깎였다.

"뭐야 이게? 어디서 났어?"

에이지는 짐을 내려놓고 병을 건네받았다. 방을 둘러보던 이아나는 침대에 풀썩 앉았다.

"누가 줬다."

"함부로 맛볼 수도 없고. 준 사람이 누군데? 그 사람의 정보를 기반으로 알아낼 수도 있어. 좀 가르쳐 줘 봐."

"난 그 사람에 대해 아는 게 아무것도 없어."

이아나가 고개를 저으며 한 말에 에이지가 끙— 하고 앓는 소리를 냈다.

"이아나 양, 모르는 사람한테 함부로 뭘 받으면 안 돼. 독이면 어쩌려고."

"나쁜 것은 아닐 것이라 확신해."

"내 참, 근거 없는 자신감은 여전하다니까. 어쨌든 결국 이 액체만 가지고 알아내야 한다는 건데……."

에이지는 액체를 흔들어도 보고 빛에도 비추어 보고 뚜껑을 열어 냄새도 맡아 보았다. 그래도 계속 알쏭달쏭한 표정을 짓다가 손가락을 더듬어 병을 만져 보았다. 병에 새겨진 문양을 살피던 그가 갑자기 몸을 시체처럼 빳빳하게 굳혔다. 그리고 황급히 다시 햇빛에 비추어 보았다. 액체에는 무심코 넘겼던 검은빛이 햇살 아래에서 일렁이고 있었다.

이아나는 에이지의 변화를 알아챘다.

"뭐 알아낸 거라도?"

"이거 어디에서 얻었어?"

"나도 잘 모르는 사람에게 받았다고 했잖아. 왜?"

이아나가 에이지를 빤히 응시했다. 에이지가 퍼뜩 정신을 차리고 고개를 푸르르 저었다.

"아니, 여기 있어서는 안 될 물건이라."

"뭔데?"

"뭐가 어떻게 된 건지도 모르겠고, 자세히 말해 줄 수도 없지만 이거."

에이지가 다시 이아나에게 건네주었다.

"엄청난 치료약이야. 황금 수백 덩어리를 낸다고 해도 절대 살 수 없는 약이지."

"……."

"오른팔에 발라서 흡수시키면 금 간 뼈 정도는 단번에 다

붙을 거야. 왼팔까지는 양이 적어서 무리겠지만······."

에이지의 말을 듣고 제 손에 놓여 있는 작은 병을 물끄러미 내려다보던 이아나가 조심스레 병을 집어 올렸다.

"대단하군. 양이 적은데 함부로 맛보지 않길 잘했어. 그나저나 곧 완치될 뼈에 이 약을 바르는 건 아까운데."

병을 지그시 노려보던 에이지의 시선이 병을 흔들어 보고 있는 이아나에게 향했다. 할 말이 있는데 말 못 하는 벙어리처럼 입을 벙긋거리고, 제 목을 몇 번 감쌌다가 풀었다가 하면서 답답해하다가 결국 말문을 텄다.

"그거 줬다는 사람. 어떻게 알게 된 사람이야?"

이아나는 굳은 표정의 에이지를 물끄러미 쳐다보았다.

"왜?"

에이지가 이아나의 의문에 욱한 표정을 지었다. 약을 준 자에게 꽤나 호감을 가진 듯한, 그래서 걱정이 치솟게 만드는 표정이었다. 에이지는 저도 모르게 충동적으로 입을 열었다.

"충고하는데 앞으로 가까이하지 않는 게 좋아."

"그자를 알아?"

"나도 아는 건 별로 없어. 그자에 대해 아는 거라고는 말할 수 없는 것뿐이야. 다만 이건 확실히 말해 줄 수 있지."

이아나는 에이지의 입에서 나올 말들을 얌전히 기다렸다. 입을 달싹이던 에이지는 갈증이 찾아온 목젖 언저리를 더듬거렸다. 하지만 하고자 했던 말을 멈추지는 않았다.

"그 사람은 세상에서 가장 무서운 적이 있는 사람이고, 세상에서 제일 위험한 사람인 데다, 언제 죽어도 이상한 게 없는…… 아니, 곧 죽을지도 모른다는 것."

말없이 다시 시선을 내린 이아나는 병 안에 있는 액체를 찰랑찰랑 흔들었다. 에이지가 주먹을 꽉 쥐었다.

"나는 이아나 양이 그 사람이랑 친해지지 않았으면 좋겠어."

'예전에는 곁에 있어 주길 바랐지만, 지금은 아냐.'

에이지가 속으로 중얼거렸다.

"왜?"

이아나는 동요 한번 하지 않고 의문을 표했다.

"난 이 이상으로는 정말 아무것도 말해 줄 수 없어."

한번 말하기 시작하면 호박넝쿨처럼 줄줄이 연이어 나올 검은 비밀들을 말해 줄 수는 없다. 하지만 눈앞의 소녀는 두루뭉술하게 위험하다고만 하면 납득하고 물러날 성격이 아니었다.

에이지는 답답해져서 이마에 손을 짚었다.

"고집부리지 말고 내 말 들어. 이유는 말해 줄 수 없지만 그 사람 정말 위험하단 말이야."

"그러니까 그렇다고 해서 내가 왜 그 남자와 가까이하지 말아야 하는 거냐고."

그제야 에이지는 '왜?'의 의미를 알아챘다. 그 남자가 왜 위험하냐고 물은 게 아니라, 위험한 건 알겠지만 그렇다고 해서 제가 왜 피해야 하는 거냐고 물은 거였다.

위험하니까, 다칠 수도 있으니까 피하라는 거지 거기에 또 다른 이유가 왜 필요하단 말인가. 에이지는 할 말을 잃었다.

이아나가 어깨를 으쓱했다.

"후, 에이지, 내 성격을 아직도 잘 모르는군."

이아나가 오른손을 까딱하며 심장 부근을 짚었다.

"나는 아무리 위험하더라도 하고자 마음먹었다면 절대 포기하지 않아. 친분에 있어서도 마찬가지. 만일 누군가가 아주 마음에 든다? 그러면 그 사람이 먼저 나를 버리지 않는 한, 위험에 처하는 일이 있더라도 나는 그 사람과의 인연을 끊지 않을 거다. 나로 인해 상대가 위험해진다면 모를까. 난 위험해져도 별로 상관없어."

에이지가 잠자코 듣고 있다가 끙, 하고 앓는 신음을 흘리며 옆에 있는 의자를 손으로 짚었다. 한동안 고개를 숙인 채 침묵을 일관하던 그는 천천히 고개를 돌려 이아나를 오한이 들 정도로 짙푸르기만 한 눈동자로 쳐다보았다.

"그 정체 모를 남자가 그렇게 마음에 들었어?"

"얼굴도 모르고, 말도 한번 제대로 나누어 본 적 없는 상황에서 그런 말을 하기엔 너무 이른 것 같군."

"그러니까 정말 친해지기 전에 자르라고."

에이지의 목소리가 겨울의 찬바람처럼 싸늘했다.

"가까이하지도 마. 위험하다니까? 대놓고 말해 줘? 죽을 수도 있다고. 이아나 양도 죽는 건 싫잖아."

이아나의 실력이 흠잡을 데 없이 뛰어나다는 건 알고 있지만 부족했다. 그녀 홀로 감당할 수 있는 문제가 아니었다. 에이지는 정말로 이아나가 걱정되었다.

그녀는 얼마 전까지만 해도 영입해야 할 인재 리스트의 일순위였지만, 이제는 그녀가 빛 속에서만 살기를 바랐다. 그의 일에 끌어들이지 않고 그녀의 성장을 지켜보고 싶었다.

"이봐, 에이지."

"왜."

이아나의 부름에 에이지가 시큰둥하게 대답했다. 모처럼 다른 이들이 섬뜩해하는 본래의 모습으로 경고했음에도 이아나는 전혀 겁먹은 기색이 아니었다.

"지레 겁먹어서 해 보지도 않고 포기하는 건 겁쟁이들이나 하는 짓이다. 누군가와 친해지고 말고는 내 마음이지, 외부적 요소에 휘둘리고 싶지 않군."

"그 외부적 요소가 위험이고, 죽음이라도?"

"물론이지. 그런 건 상관없다. 그리고 평탄한 삶보단 위험한 삶이 더 재밌어."

에이지는 기가 막혔다.

"이아나 양은 죽음이 두렵지 않아? 철부지 아가씨라서 그런 걸까, 될 대로 돼라는 식으로 살려는 걸까, 아니면 죽을 때가 다 된 애늙은이처럼 삶과 죽음에 통달하기라도 한 걸까."

허탈함이 느껴지는 질문에 이아나는 곰곰이 답을 생각해 보았다. 아마도 한 번 죽어 봤기 때문일 것이다. 죽음은 생각보다 별것 아니었다.

물론 죽음이 달갑다는 소리는 아니다. 그냥 목숨을 내다 버리겠다는 소리도 아니다. 그저 회귀하여 다시 살게 된 두 번째 삶에서 한 번 겪어 본 죽음이 두려워서 하고 싶은 무언가를 포기하는 것은 아깝다고 생각했을 뿐이다. 이아나는 이제 뭔가에 구애받지 않고 내키는 대로 살고 싶었다.

회귀를 통해 가지게 된 마음가짐을 말해 봤자 다른 이들은 이해는커녕 믿지도 못할 터였다. 그래서 대충 대답했다.

"내 한 몸 건사할 정도는 되기에 하는 소리다. 걱정 마라."

이 또한 진실이었다. 제가 아르하드 외의 사람에게 죽을 일은 없을 테니까.

이아나의 자신만만한 태도에 에이지가 투덜거렸다.

"자신감 하나는 칭찬해 줄 만하네. 몬스터한테 당해서 팔도 부러진 주제에 말은 잘해요."

이아나가 싱긋 웃더니 항상 허리춤에 매어 두는 검의 손잡이에 손을 올렸다.

"그래, 그런 사람한테 팔이 한번 부러져 보고 싶나 보지?"

"죄송합다."

드르륵.

에이지가 건성으로 허리를 푹 숙였다가 펴면서 책상 안에 밀려들어 가 있던 의자를 질질 끌어 꺼냈다. 의자에 걸터앉아 손잡이에 팔꿈치를 놓고 손바닥에 턱을 괴었다. 그의 표정은 허무했다.

"그래그래. 이게 바로 고집불통 자신만만 이아나 양이었지."

사람 말을 고분고분 알아먹고 수수깡처럼 쉽게 뜻을 굽힐 여자였으면 여기까지 오지도 않았다. 저도 그런 면에서 매력을 느끼고 치근덕거리고 있지 않은가.

에이지는 김이 새서 한숨을 내쉬었다. 굵은 나무도 너무 곧으면 부러지는 법이다. 어쩔 수 없다. 자신이 나서서 자연재해에 가까운 폭풍을 좀 막아 주는 수밖에.

"하여간, 그 남자가 어떤 인간인지도 모르는 주제……."

투덜거리다 문득 이상함을 느낀 에이지가 말을 끊고 이아나를 보았다. 그새 허리춤에서 검을 풀어낸 이아나는 짐에서 꺼내 온 수건으로 아기를 목욕시키듯 검을 닦아 주고 있었다.

"아니, 내가 그 사람을 알고 있다는 식의 말을 막 하는데도 이아나 양은 그 사람에 대해 전혀 묻지 않네? 그러고 보니 그 사람을 알고 있냐는 질문이 다잖아? 안 궁금해?"

에이지를 흘끗 쳐다본 이아나가 다시 검으로 시선을 내렸다.

"궁금하긴 하지만 예전에도 말했듯, 나는 마음에 드는 누군가가 숨기려고 애를 쓰는 건 호기심을 죽이고 못 본 척해 주는 주의라서."

이아나에게 있어 에이지는 에이지로 충분했고, 로브를 쓴 남자는 로브를 쓴 남자로 충분했다. 그들이 숨기고 있는 것을 자발적으로 말하면 들어 주기야 하겠지만 먼저 나서서 캐고 다니고 싶진 않았다. 다른 사람 눈에는 무신경하고 상대방에게 관심 없는 모습으로 보일 수도 있지만 이는 이아나가 상대에게 보이는 일종의 신뢰이자 성의였다.

"게다가 당신의 비밀을 알게 된다면 내가 당신 단체에 들어가지 않는 이상 우리 둘 중에 한 명은 죽어야 한다고, 당신이 했던 말을 잊었나?"

"아."

에이지가 이제야 생각났다는 것처럼 감탄사를 내뱉었다.

"그래서 당신이 아무리 알쏭달쏭한 말을 해도 캐물을 생각은 없어. 그 남자에 대해서도 당신의 비밀과 관련 있는 것 같아서 묻지 않는 거다. 당신을 죽이고 싶진 않으니까."

"이아나 양은 참 재밌다니까."

에이지가 배를 잡고 낄낄대며 웃었다. 이아나뿐만 아니라 자신도 웃겼다. 어느새 그녀에게 비밀을 말하지 않는 이유는 조직의 목적 때문이 아니게 되었다. 말을 했다가는 이아나가 해를 입을까 봐 말을 할 수가 없었다. 에이지는 자신의 심리상태를 깨닫고 위험하다고 생각하며 입매를 싹 굳혔다.

"그리고 당신의 눈에는 내가 그 남자에게 무척 호의적인 것처럼 보이겠지만, 사실 미묘해."

"뭔 소리야?"

"정체는 중요하지 않아. 그보다 궁금한 건……."

이아나가 닦고 있던 검을 내려놓고 고민스러운 얼굴을 한 채 팔짱을 꼈다.

"그 남자가 한 행동들의 이유다."

"왜? 그 남자가 이아나 양한테 무슨 짓을 했는데?"

"……"

"어? 어? 말해 줘!"

진지함은 순식간에 홀랑 던져 버릴 정도로 호기심이 동한 에이지가 재촉했다.

"그 남자, 처음 만났을 때 내게 어마어마한 살기를 보냈어."

"뭐?"

"그래서 처음엔 날 죽이려는 살인마인 줄 알았다."

입매에 대롱대롱 걸려 있던 호기심이 파삭 부서졌다. 에이지가 자리에서 벌떡 일어섰다.

"그거 위험한 거 아냐?"

"그다음엔 나를 쫓아와서 뒤에서 엄청난 힘으로 끌어안았지."

손바닥 뒤집듯 바뀐 상황에 에이지가 입을 떡 벌렸다.

"몰래 따라오다가 내가 위험에 처했을 때 구해 줬고."

"……."

"내가 자는 척할 때는 내 손가락 하나하나에 몰래 키스까지 하더군. 팔을 다친 걸 알고는 당신이 말한 그 엄청나게 비싸고 귀한 약까지 쥐어 주고, 그냥 가 버렸다."

"절대 그런 로맨틱하고 스토커스러운 인간이 아닌데 다른 인간인가?"

진심이었다. 너무 혼란스러웠다. 에이지가 아는 남자는, 이때까지 이아나와 설전을 벌인 주제의 그 남자는 절대 그런 사람이 아니었다.

이아나가 고개를 갸웃했다.

"그런 사람이 아니라고? 나는 나와 누군가를 착각했다고 생각해서 불쾌했는데. 죽은 연인이라든가."

"그건 아닐걸."

에이지가 바로 부정했다. 검은 남자가 보인 행동의 원인이 점차 미궁에 빠져든다. 이아나가 미간을 좁혔다.

"그럼 뭐지."

"내가 봤을 땐 그 무뚝뚝한 인간, 이아나 양한테 첫눈에 반했어."

그 이유 말고는 그 냉정하고 잔인한 남자의 행동을 설명할 도리가 없었다. 그 인간도 남자긴 했구나. 에이지는 쯧쯧 하고 혀를 찼다.

"그건 아냐."

이아나는 바로 손을 내저었다.

"그렇다면 처음의 살기가 말이 안 되지 않나."

"그런가?"

에이지도 일리가 있다고 생각하며 알쏭달쏭한 표정을 지었다. 그러나 살기 외의 행동들은 순전히 사랑에 빠진 남자의 행동들이 아니었던가. 물론 생전 처음 보는 여자를 끌어안거나 밤에 몰래 찾아가 손에 키스를 하는 건 비상식적인 행동이었지만.

"그리고 그 남자는 내 생김새가 익숙한 것 같아 보였어."

남자가 저를 끌어안았을 때 중얼거린 말이 아직도 생생하기만 했다.

"마지막으로 난, 절대 남자들이 좋아할 만한 여자가 아니야."

이아나는 제가 남자들의 취향이 아님을 알고 있었다. 단단하고 사나운 분위기는 부드럽고 사근사근한 다른 여자들과 달라 남자들을 주눅 들게 만들었고, 자기보다 강한 여자라는 사실은 뭇 남자들의 자존심을 상하게 하는 요소였다.

"그건 아닌데."

"빈말할 필요 없어. 그리고 내가 다시 한 번 만나면 죽이겠다는 말까지 했는데 매력을 느꼈다면, 그자는 정말 정신이 이상한 거다."

에이지가 질린 표정을 지었다.

"우와, 그런 말까지 했어? 심하다."

"아무튼 당신이 그 남자의 모든 것을 알지 않는 이상 그자가 아는 누군가, 예측건대 헤어진 연인을 내가 닮았을 거라는 가정이 맞을 것 같군."

"물론 내가 그 사람의 과거를 다 아는 건 아니지만, 그럴 리가 없는데."

이아나의 굳건한 부정에 에이지가 정말 그런가, 하고 혼란스러워하기 시작했다. 이아나는 쐐기를 박았다.

"그럴 리가 없는 건 당신이 가정했던 상황이다."

다음 날, 예비소집일이나 마찬가지인 검술대회 예선전 1일차에 이아나는 두 팔에 붕대를 감은 그대로의 모습으로 검술학관에 갔다.

이아나는 결국 팔에 약을 바르지 않았다. 남자가 약을 준 지 열흘이 넘었다. 남자는 바로 사용하라고 줬겠지만 팔은 약을 쓰지 않아도 정상에 가까워지고 있었다. 에이지가 기겁을 할 정도로 귀한 약을 쓰기엔 너무 아까웠다.

무르시가 주기적으로 보내오는 최고급 약도 있었기에 더욱 쓸 필요를 느끼지 못했다. 잘 간직해 뒀다가 비상사태에 쓰거나, 혹시라도 남자를 만나면 돌려주면 되리라.

"앗, 안녕하세요."

"언제 왔는가? 헉. 팔이."

"헤레이스, 타로. 오랜만이다."

이아나는 검술학관에서 헤레이스와 타로와도 조우했다. 그들도 이틀 전의 에이지와 다를 바 없이 반갑게 인사하다가 이아나의 팔을 보고 경악했다.

이아나는 그들에게 무슨 일이 있었는지 말해 주었다. 미노타우루스의 돌진으로부터 아이를 구해 주느라 다쳤다는 말에 헤레이스는 자신도 모르게 헉하고 헛숨을 들이마셨다.

"몬스터라면 악마의 짐승들 아닌가요? 전 몬스터에 대해서 귀로 듣거나 책으로 보기만 했지 실제로 본 적이 없는데…….
왕국 내에서도 몬스터가 출현하나 봐요?"

살면서 몬스터를 한 번도 본 적이 없는 헤레이스는 왕국 내에 몬스터가 나타났다는 사실이 신기했다. 이아나는 부연설명을 해 주었다.

"훌륭한 치안과 군사력을 자랑하는 왕국이니 변방으로 가지 않는 이상 몬스터를 볼 일은 없을 거다."

"아, 그랬군요. 제가 예전에 몬스터 도감을 한번 본 적 있는데요. 전부 흉측하고 무섭게 생겼더라고요. 그런데 그런 놈들을 상대로 팔을 내주면서 아이를 구하시다니……."

헤레이스는 눈물까지 글썽일 정도로 감동했다. 예전부터 이아나가 강한 건 두 눈으로 똑똑히 봤기에 알고 있었고, 블랙폭시의 악명에도 아랑곳 않고 덴마를 구했다며 격렬하게 칭찬하는 단테 덕분에 꽤 정의롭다는 것도 알고 있었다. 그리고 이번에는 검사의 생명이나 마찬가지인 두 팔까지 버려 가며 아이를 구했다.

명망 있는 기사 가문에서 태어난 헤레이스는 세뇌라고 해도 과언이 아닐 정도로 어려서부터 '기사는 선한 약자를 악한 강자로부터 보호해야 한다.'라는 가치관을 바탕으로 하여 교육받

왔다. 그런데 완벽한 표본이 지금 그의 앞에 있었다.

헤레이스는 손을 꼼지락거리며 이아나를 흘끔흘끔 쳐다보다가 결국 참지 못하고 속내를 드러냈다.

"역시 이아나 양은 대단하시고 또…… 멋있어요."

"능력껏 구했을 뿐이니 그렇게까지 칭찬할 필요 없어."

칭찬에도 오만은커녕 자랑스러움조차 드러내지 않고 당연한 일을 했을 뿐이라는 듯 담담히 말하는 그녀는 대단했다.

이아나는 귀족이다. 귀족 중에서도 고위층에 속하는 백작가의 영애다. 이제껏 봐 온 귀족들, 그중에서도 귀족 소녀들은 달콤한 칭찬에 무척이나 약하고 오만하기 짝이 없었다. 그런데 대체 이아나는 어디서 튀어나온 귀족이란 말인가?

변방에 위치한 로베르슈타인은 5대 개국공신 가문 중 하나다. 로안느가 건국될 때부터 왕가에 깊은 충성을 바쳐 온 우수한 문관 가문이기도 했다.

헤레이스는 그다지 관심을 두지 않았던 이아나의 가문, 로베르슈타인에 호기심이 생겼다. 문관의 가문에서 뛰어난 무와 훌륭한 기사도를 가진 소녀가 배출됐다는 점이 몹시 특이했다.

헤레이스는 이아나를 흘끔 쳐다보았다. 서 있는 자세는 무척 곧고, 시선은 땅이 아닌 정면을 향한다. 귀티 나는 예쁜 외양과 독특한 남성적인 말투는 둘째 치고, 평범한 옷을 입고 있는데도 나 귀한 몸이요, 하는 아우라가 풍겨져 나오는 듯했다.

헤레이스는 흐릿한 외모를 따라가듯 성격도 상냥하다 못해 유약했다. 스스로가 그렇다는 것을 본인도 잘 알고 있었다. 이따금 활력을 얻기 위해 평복을 하고 시장에 나가도 그가 귀족임을 알아채는 사람은 없었다.

헤레이스는 이아나를 닮고 싶었다. 그녀를 알게 된 건 정말 엄청난 행운이었다.

그러다 문득 섬뜩함을 느끼고 몸을 부르르 떨었다. 이아나는 정말 이질적일 정도로 완벽하고 무결한 사람이었다. 사람이 어찌 이리 완벽할 수가 있을까?

아니, 그건 아무래도 좋다. 저런 완벽한 사람에게, 틈이 생기면 어찌 될까? 매끈하고 단단한 그릇이 금 한 줄에 부서져 내려 산산조각이 나는 것처럼 이아나도 그리되는 것은…….

헤레이스는 거기까지 생각하고 자신의 두 뺨을 딱 쳤다. 이 무슨 쓸데없는 망상인가. 얼굴을 마구 휘저었다.

"오메, 몬스터를 한 마리도 못 본 겨? 헤레이스 니눔은 아직 애기구마잉."

타로의 반응은 차원이 달랐다. 타로는 이아나의 어깨를 큼직한 손으로 툭툭 쳤다.

"이아나 양은 말이여. 아무리 생각해도 요 예쁘장한 껍질 안에 상남자의 영혼이 턱 하고 들어앉아 있는 게 틀림없어 브러. 여인네가 어떻게 요래 사내놈답난 말이여, 잉?"

헤레이스가 발끈했다.

"그건 아니지 않아요? 이아나 양은 그냥 멋진 것뿐인데."

"아니, 솔직히 말하자믄. 나가 이아나 양 앞에서 부끄럼 안 타는 게 이상하당께. 나는 여인네 앞에서는 뻣뻣한 돌뎅이랑께. 돌뎅이. 근디 처음을 제외하면 이아나 양 앞에서는 거시기 요래 말을 촬촬 할 수 있다는 게 겁내 요상하단 말이여? 한디 오늘 들어 보니께!"

타로가 팔짱을 끼고는 음, 음 하고 고개를 끄덕였다.

"이아나 양은 역시 여인네란 말이여. 아니, 그런 송아지들이 음메 허면서 달려드는 기 뭐라고 팔까지 똑 부러지는 겨? 쇠뿔을 콱 잡아채 가지고 그냥 휙 날려 버리거나 땅에 처박아 넣으면 되는디. 그라고……."

타로는 주륵 흐르는 침을 슥 닦더니 껄껄대며 웃었다.

"고기를 구워 먹으면, 오메 환장해 브러. 겁나게 맛있어라."

허풍인지 사실인지 파악할 수가 없었다. 타로의 힘이 몬스터 못지않음을 알고 있었으나 돌진해 오는 미노타우루스의 뿔을 붙잡을 정도였나. 더구나 성인 남성 무게의 세 배는 넘는 미노타우루스를 장난감처럼 잡아서 던진다니.

상상이 되질 않았기에 일행은 떨떠름한 표정을 지을 수밖에 없었다.

타로의 목소리는 무척 커서 주변 사람들의 시선이 자연스레 집중되었다. 옆에 있던 헤레이스는 자기가 더 민망해서 슬쩍 얼굴을 붉히며 헛기침을 했다.

에이지는 그들 몰래 속닥거렸다.

"뭐야, 그 약 안 발랐어?"

"일이 주 정도면 나을 상처에 바르기엔 아까워서."

"하긴. 그럼 나한테 말하지. 그거만큼은 아니라도 좋은 약을 구해 줬을 텐데."

"무르시 씨가 최고급 약을 주기적으로 보내 주고 있었으니까. 그 약을 바르고도 이 상태다."

"그렇구나. 그럼 검술대회는 정말로 포기하는 거?"

"그래야지."

헤레이스가 옆에서 팔을 잡고 흔든 덕분에 웃음을 그친 타로는 이번에는 이아나의 두 팔을 아깝다는 눈으로 흘끔흘끔 쳐다보았다.

"그건 그렇고 팔이 부러진 건 아깝구먼. 검술대회에 못 나가게 됐응께."

"왼팔이 낫는 건 확실한가요? 움직이지 않을 정도면 심각한 것 같은데……."

헤레이스도 안타까운 시선을 보내는 건 마찬가지였다. 이아나가 참가한다면 상위권 입성은 당연했기 때문이다.

이아나가 걱정하지 말라는 뜻에서 어깨를 으쓱였다.

"검술대회는 성적에 들어가지 않으니 별 상관없고, 왼팔도 시간이 지나면 완전히 나아. 딱히 생활에 문제 될 것도 없으니 걱정하지 마라. 관객석에서 응원하고 있겠다."

"진짜 아깝네요."

그들은 아쉬움을 한 번씩 표하고는 이아나의 팔을 거론하는 것을 그만두었다. 내색은 안 해도 제일 속상한 사람은 본인일 터였다. 웬만한 수험생은 찜 쪄 먹을 만한 실력을 지니고 있음에도 기권을 해야 한다니 얼마나 억울할까 싶었다.

하지만 정작 이아나는 시큰둥하기만 했다.

"선배님."

이아나는 검술대회의 책임자로서 조교들에게 여러 가지를 지시하고 있던 라이언에게 갔다.

"앗, 이게 누구십니까. 우리 검술학부의 홍일점…… 아니, 후배님 팔이 왜 그런 건가요?"

이아나의 얼굴을 보고 반가운 웃음을 지었던 라이언의 표정은 팔을 보자마자 착 가라앉았다.

"실수로 다쳤습니다."

"대체 무슨 실수기에 두 팔이 전부…… 심각한 겁니까?"

라이언이 난처한 표정으로 붕대를 만져 보았다. 이아나는 괜찮다며 오른팔을 흔들었다.

"오른손으로 검을 쥘 수는 있지만 아직 완전히 나은 건 아니라서 회복을 위해 검술대회에 기권하려 합니다."

"아……. 어쩔 수 없네요. 제가 하도 자랑을 해 놔서 새내기들한테 딱히 관심 없던 녀석들도 이아나 양을 보러 올 생각이었는데. 아쉬워요."

"죄송합니다."

"이아나 양이 죄송할 건 없죠. 그런데 검술대회의 기권은 꼴찌나 마찬가지입니다. 그런 녀석들은 학기 내내 비웃음을 당할 텐데…… 괜찮겠어요?"

라이언은 정말로 걱정스러웠다. 자신이야 시험 때 책임자였으므로 이아나가 신입생, 아니 재학생 중에서도 손꼽힐 실력자라는 것을 알고 있었다.

시험 내내 그녀가 보여 준 능력은 탁월했다. 1차 시험 때 직접 목격한 허수아비 사건도 그렇지만 2차 시험 성적도 다섯 손가락 안에 꼽히는 순위였고, 3차 시험에서는 근력 측정기를 부숴 먹었으며, 4차 시험도 여유롭게 합격했다. 그리고 라이언은 마지막 시험을 관전했었는데, 이아나가 다른 수험생들을 처리하는 모습을 보며 감탄했다.

하지만 제가 이아나의 실력을 안다고 해서 다른 이들도 아는 건 아니었다. 말해 줘도 직접 겪어 보지 않는 이상 믿지 못하는 이들이 태반이었다.

검술학부 대다수가 지망하는 기사의 경우, 무력으로 주군과 약자를 보호하는 것을 주된 가치관으로 삼는다. 희망 직업이 기사가 아니라 하더라도 그들의 뇌리 속 여자란 몸이 가늘고 연약해서 지켜 주어야 할 대상이었다.

또 발젠타 학술원의 검술학부는 실력뿐만 아니라 끈기의 대명사로 유명했다. 언제나 육체가 피로를 이기지 못하고 무너질 때까지 검을 휘두르는데, 다른 학부 학생들이 그들의 처참한 꼴을 보고 혀를 내두를 정도였다.

물론 그런 수련을 자발적으로 하는 사람들은 소수에 불과하고, 대다수는 호랑이 같은 교수들이 억지로 시켜서 하는 것이기에 다소 오해가 있긴 했지만, 어쨌든 근육이 비명을 지를 때까지 몰아붙이는 건 사실이었다.

어렸을 때부터 수련을 해 온 남자도 차라리 죽는 게 낫다 싶을 정도로 힘들어서 꺽꺽대는 수련을 태생적으로 남자보다 힘도 약하고 체력도 약한 여자가 견뎌 낼 수는 없었다.

그래서 무술 관련 학부, 특히 엄청난 수련량을 자랑하는 검술학부는 남성들의 학부로도 잘 알려져 있었다.

게다가 요새는 전 대륙적으로 전쟁빈도가 줄어들어 전쟁 때문이라도 검술에 흥미를 가지고 있던 여성들의 수가 확연히 줄었다. 그리하여 검술학부에는 십 년이 넘도록 여성이 없었다.

이아나는 그런 검술학부에서 단 한 명밖에 없는 여성이 된 것이다.

쏟아지는 편견과 고정관념이 심하리라. 그리고 그런 고정관념을 타파할 수 있는 기회가 교수들과 검술학부 학생들 다수가 구경하는 신입생 검술대회였다. 그런데 팔을 다쳐 기권을 한다면 이아나를 무슨 시선으로 볼지 안 봐도 뻔했다.

이아나는 어깨를 으쓱거렸다.

"다 나은 후에 실력으로 증명하면 됩니다. 물론 오른팔은 꽤 잘 움직이니 이번 대회에 못 나갈 것도 없지만……."

이아나는 오른손으로 왼팔을 툭툭 두들겼다.

"왼팔은 계속 붕대를 하고 있어야 합니다. 그런데 그런 처참한 꼴로 나가 싸우면 여성이라는 이유까지 합쳐져 대련 상대가 상당히 위축될 거고, 제게 진다면 저 여자가 다쳐서 내 실력을 제대로 낼 수 없었다는 둥의 변명을 할 수 있겠지요."

"……."

"저는 제 온전한 실력으로 완벽하게 승리를 거두고 싶습니다. 변명의 여지를 주고 싶지 않습니다."

이것이 이아나가 검술대회에 나가지 않는 가장 큰 이유였다. 상대방이 깨끗하게 패배를 인정하지 못할 수도 있다는 점.

이아나는 두루뭉술한 건 딱 질색이었다. 끊어 낼 것은 가차 없이 끊어 내고, 받아들일 것은 온화하게 수용한다. 특히 전투에 있어서는 적이 졌다고 말할 때까지 만신창이로 짓밟았다. 그 결과 상대가 검을 놓든 불구가 되든 알 바 아니었다.

"이왕 패배시키려면 고개도 못 들고 다닐 정도로 철저하게 패배시켜야겠죠. 선배님의 걱정이 무엇인지는 압니다만, 그런 이유 때문에 이번에는 기권할 수밖에 없습니다."

라이언이 감탄하며 고개를 끄덕였다.

"일리가 있네요. 알았어요, 그럼 기권으로 처리해 둘게요."

이아나는 기숙사로 돌아오면서 생각에 잠겼다.

아르하드.

그는 그녀와 달랐다. 그는 그녀를 한 번이 아닌 수십, 수백 번을 무릎 꿇렸다. 그러면서도 한 번도 그녀에게 중상을 입힌 적이 없었다. 언제나 아슬아슬하게, 그러나 큰 실력 차로 패배시키며 계속 검을 쥘 수 있게 해 주었다.

'이제 와서 생각해 보면, 아르하드가 상냥했던 걸지도……'

아니, 다정하다기보다는 집요했던 거다. 통째로 가지고 싶었던 거겠지. 패배를 인정하고 제 휘하로 들어오기만을 기다렸을 것이다.

'하지만 나는 죽어서야 완전한 패배를 인정했다.'

새삼스럽지만 이아나는 실력 차가 명백한데도 깔끔하게 패배를 인정하지 못한 스스로가 조금 부끄러워졌다. 만일 그의 손에 죽지 않았다면 끝까지 인정하지 못하고 계속 검날을 들이댔으리라. 수명을 다해 죽었다면 억울한 기분으로 눈을 감았을지도 모른다. 이아나는 아르하드가 잘 죽여 줬다고 태평하게 생각했다.

2월 24일부터 26일까지는 학술원 전 학년 공통 수강신청 기간이다. 각 학부는 수강신청 기간 전에 소집일을 가져 학부의 선배들이 신입생들에게 학술원 생활 전반에 대해 알려 준다.

그리고 오늘은 2월 22일, 검술학부의 정식 소집일이었다.

"수강신청은 수강편람 안에 들어 있는 신청서의 맨 위에 자신의 이름, 학부, 학년을 적고, 듣고 싶은 과목명과 교수명을 적어서 제2검술학관 내에 위치한 학부 사무실에 제출하면 됩니다. 3월 1일에 입학식을 하고, 3월 2일부터는 정식으로 수업이 시작됩니다."

두꺼운 수강편람을 신입생들에게 한 권씩 나누어 주며 수강신청은 어찌해야 하고, 이 수업은 어떠하고, 우리 학부는 무슨 수업을 들어야 한다는 등 수업에 관련된 사항들을 가르쳐 주는 것이 첫째.

"수련장과 수련관이 아닌 장소에서는 반드시 교복을 착용해야 하며, 노란 스카프가 아닌 푸른 스카프를 하고 계신 분들은 교수님들이니 유의해 주십시오."

학술원의 기본적인 내규가 둘째.

"무술원 학생들의 경우 기본적으로 무기 소지가 가능합니다만, 자칫 흥분했다가는 다른 학생들에게 상해를 입힐 가능성이 있으므로 무기를 꺼내 드는 것을 허용하지 않습니다. 긴급 상황이 아닌데도 무기를 꺼내 들 경우 바로 징계 조치가 내려지니 매사에 조심해 주십시오."

"각 부의 부장과 교수님에게 허락을 받은 공식적인 진검 결투는 가능하지만, 비공식적으로는 금지되어 있습니다. 또한 기

물 파손과 다른 학생에 대한 이유 없는 폭력도 엄중하게 처벌됩니다."

"우리 검술학부는 한 학기에 한 번씩 성적과 관련 없이 학부 내 검술대회를 개최하며, 우승자에게는 상품과 상금도 넉넉하게 주어집니다. 꽤 인기 있는 행사지요."

오랜 세월이 흐르며 각 부가 가지게 된 고유의 규칙과 행사들이 셋째.

줄줄이 이어지는 설명은 이걸로 끝이고 다음으로는 신입생들의 질문을 받는 시간을 가진다. 마지막으로 학술원을 돌아다니며 건물을 안내받고 나면 소집일 일정은 끝난다.

탁, 타닥.

80명의 신입생 앞에서 라이언이 칠판에 주요 사항들을 써내려간다.

이아나와 에이지는 앞쪽에, 타로와 헤레이스는 뒤쪽에 앉아 있었다. 타로는 어젯밤 깔끔 떠는 룸메이트와 신경전을 벌이느라 잠을 설치는 바람에 오자마자 피곤하다며 뒤쪽에 엎드려서 잠들어 버렸다. 헤레이스는 그런 타로가 걱정되어 조교들의 시선이 닿을 때마다 깨우기 위해 그의 옆에 앉아 있었다. 이아나와 에이지는 자업자득이라며 내버려 두라고 했지만 잔걱정이 많은 헤레이스는 그러지 못했다.

"아, 씨."

심기가 불편해 미간을 확 찌푸린 에이지는 옆에서 열심히 필기하고 있는 이아나를 팔꿈치로 건드렸다.

"이아나 양, 짜증 안 나?"

"뭐가."

오른팔은 거의 완치되어 붕대를 풀었다. 자유로이 움직일 수도 있었다. 지금도 이아나는 뒤쪽에 앉아 라이언이 일러 주는 사항들을 오른손으로 종이에 휘갈겨 쓰고 있었다.

"아무것도 모르는 녀석들이 불순한 눈으로 쳐다보고 있잖아. 옆에 있는 내 뒤통수가 뚫릴 것 같다."

이아나는 필기를 하느라 내리고 있던 얼굴을 들어 뒤쪽을 슥 훑었다. 아무 감정도 담기지 않은 적안과 마주친 몇몇 이들이 황급히 시선을 피했다.

그들의 시선이 이아나에게 향하는 까닭은 사백 명가량 되는 검술학부에서 단 하나밖에 없는 여성이기 때문만은 아니었다.

'설마 검술대회 피하려고 일부러 다친 척한 거 아냐?'

이아나는 부상으로 검술대회에 기권했다. 그런데 며칠 지나지도 않아 붕대를 풀고 글을 쓰고 있으니 의심스러웠다.

게다가 예선전을 구경하는 이아나를 까마득한 선배이자 부장인 라이언이 옆에서 챙겨 주는 모습이 자꾸 보였다. 여자라서 특권을 누린다는 착각에 신입생들의 불만이 폭주했다. 망상이 지나친 이들의 머릿속에서는 이아나가 라이언과 몸이라도 섞었나…… 하는 더러운 상상이 똬리를 틀었다.

"내가 다 짜증나네."

에이지가 두 손으로 깍지를 끼고 턱을 괴었다. 그리고 천천히, 서늘한 목소리로 중얼거렸다.

"저놈들의 생각을 알 것 같으니 더 짜증나. 개자식들, 그냥 다 죽여 버릴라."

도를 지나친 과격한 발언에 이아나는 펜을 놓으며 어이없다는 눈으로 쳐다보았다.

"남들과 싸우고 싶지 않다면 그런 흉악한 농담은 하지 마."

"진심인데?"

"당신이 화낼 필요 없어. 화를 내더라도 내가 내야지. 그리고 상황이 미묘하게 맞물려서 저런 시선을 받는 건 당연하다."

에이지는 독기가 빠져서 푸욱 하고 한숨을 내쉬었다.

"이아나 양은 감정이 없어? 성인군자야?"

"헛소리하지 마. 쓸데없이 감정을 낭비하며 화를 낼 필요가 없기 때문에 가만히 있는 거다. 실력으로 증명하면 돼."

"그래도 너무 침착하단 말이야. 이아나 양이 흥분하는 건 상상이 안 가. 인간은 감정의 동물이라는데…… 이아나 양은 대체 감정에 둔한 건지 목석인 건지 돌덩어리인 건지."

에이지가 투덜거리다 말고 아, 하고 감탄성을 내뱉으며 검지를 딱 세웠다.

"검을 쥐었을 때는 빼고."

"쓸데없는 소리할 시간에 선배의 말이나 듣지."

이아나는 단칼에 에이지의 말을 잘라 버리고는 다시 필기에 집중하기 시작했다.

에이지는 빠르게 움직이는 이아나의 손에 관심을 가지고 얼굴을 쭉 내밀었다.

"필기 속도가 엄청 빠르네. 뭘 그렇게 열심히 적어? 그냥 듣고 이해하면 되지."

"나는 일단 뭐든지 필기하고, 필요하다면 달달 욀 정도로 암기하는 게 습관이라서.”

이아나는 육체적 능력은 뛰어난 편이었으나 머리는 평범한 축에 속했다. 그래서 회귀 전, 강의 내용을 바로바로 이해할 수가 없어 강의 시간에는 열심히 필기한 후 밤에는 코에서 피를 쏟아 내는 한이 있더라도 모조리 암기하고 이해했다.

노력은 이아나를 배반하지 않았다. 시간이 흘러 필사적으로 공부한 지식들과 노련한 경험이 쌓이다 보니 응용력과 이해력도 증진되어 이아나의 머리는 비상한 수준에 이르렀다.

뭐든 무작정 필기를 해 두는 버릇은 현재까지 이어졌다. 이아나는 몇 주 전 정령왕이 한 말들도 노트에 필기해 두고 시간이 날 때마다 들여다보고 있었다.

“헤에. 노력파구나.”

“칭찬 고맙군.”

둘이 작은 목소리로 이야기를 나누는 사이 어느덧 라이언의 설명도 끝났다.

“설명은 이걸로 끝입니다. 지금부터 30분 드릴 테니 수강편람을 꼼꼼히 읽어 보세요. 궁금한 게 있으면 물어보시고요. 30분 후에는 공개적으로 질문을 받겠습니다.”

이아나는 수강편람의 두꺼운 표지를 넘겼다. 앞쪽에는 학술원의 학부에 대한 설명이 대충 나와 있었다.

학술원은 크게 무술원, 마법원, 문술원, 기술원, 의술원, 예술원으로 나뉜다. 무술원의 경우 검술학부, 궁술학부, 창술학부 등 무기마다 학부가 있고 마법원에는 마법학부와 마도공학부가 있다. 문술원에는 정치학부, 행정학부, 역사학부 등이 포진해 있고, 기술원에는 요리학부, 의상학부, 집사학부 등이 있다. 의술원에는 의학부와 약학부가 있고, 예술원에는 관악부와 현악부를 총괄하는 음악학부와 미술학부 등이 있다.

그리고 각 학부 안에는 세부 전공으로 나뉘는 과가 있었다.

여기서 학술원의 수업에는 전공과 교양이라는 개념이 있다. 전공이란 학부에서 반드시 배워야 하는 과목으로, 검술학부 1학년의 경우 마나학 초급, 검술학 초급, 전술학 초급, 실전검술 초급, 기마술 초급을 전공으로 배우게 되며, 세계사와 라오스 신학은 전 학부 공통으로 필수전공이었다.

전공과목은 상대평가로 해서 A, B, C, D, E, F로 성적이 매겨지는데, 학기말에 최종 평균평점이 E 미만일 경우 낙제이며, 낙제를 두 번 당하면 퇴학을 당하므로 전공은 모두 눈에 불을 켜고 공부했다.

에이지가 옆에서 이아나를 툭툭 쳤다.

"세계사는 샨 교수, 신학은 피앙카 사제를 추천해. 학점 잘 주기로 소문났거든."

"나는 학점보다는 알찬 수업을 중시한다만. 신학이나 세계사는 이야기 형식이었으면 좋겠다."

"그럼 세계사만 일럿 교수로 해."

이아나는 에이지가 말한 교수들의 강의 계획을 한 번 훑어보고는 그대로 수강신청지에 적었다. 에이지가 정보 계열 업종 종사자이니 아는 게 많겠다 싶었다.

"교양은 뭐 들을 거야?"

교양은 타 학부의 전공 수업에 들어가 수업을 듣는 것으로,

시간만 된다면야 숫자에 상관없이 얼마든지 신청해서 배울 수 있었다. 예를 들면 출세를 원하는 이들은 정치학부의 전공인 귀족의 정세를 들으며 괜찮은 귀족을 미리 점찍어 놓을 수 있었고, 예쁜 장신구를 만들어 보고 싶은 이들은 의상학부의 전공인 소품 제작학을 배울 수 있었다.

교양은 성적이 합격과 불합격으로 나뉘는데, 불합격은 교수에게 경고 다섯 번을 받을 경우, 지각을 다섯 번 할 경우, 결석을 세 번 할 경우 주어진다. 교양은 흥미 위주로 듣는 것이기 때문에 성적이 좋고 나쁘고는 합격 여부에 상관없었다.

다만, 교양은 신청이 자유로운 반면 불합격을 세 번 받으면 불성실을 이유로 퇴학이었다. '배움의 기회는 무궁무진하게 제공하되 불성실은 용납하지 않는다.'가 학술원의 이념이었다.

재학 내내 전공만 듣고 졸업하는 사람도 없지는 않다. 하지만 정말 전공만 파는 극소수만 그리고 대다수는 평소에 관심을 가지고 있던 교양을 듣곤 했다.

"나는…… 흠, 정세학이나 좀 들어 볼까."

에이지가 옆에서 수강편람을 뒤적이는 사이 이아나는 혼란에 빠졌다. 그녀의 목적은 이곳에서 3년간 버티다가 청년 검술제에서 아르하드를 만나는 것, 그리고 평범하게 졸업하는 건 6년이 걸리므로 조기 졸업을 하는 것이었다.

그래서 고위 학년의 전공과목을 들으려고 했는데, 상위 학년의 수업을 듣는 것은 성적 우수생에게만 허용되며 1학년 1학기에는 해당되지 않는다고 편람의 제일 앞장에 주의사항으로 명시되어 있었다.

'남는 시간에 검술수련이라도 해야 하나.'

이아나가 고민하고 있을 때 에이지의 입이 열렸다.

"설마 검술 수업만 들으려는 건 아니지?"

"맞는데."

"어이구, 너무 재미없게 사시네요. 취미나 배우고 싶은 건 없어?"

"검술 수련이 곧 취미고, 배우고 싶은 건 진보된 검술이다."

에이지는 수강편람에서 손을 떼고 진지한 표정으로 이아나의 팔을 붙잡았다.

"뭐야."

"이아나 양은 뇌를 검에서 약—간 떼어 놓을 필요가 있는 것 같아. 뇌가 숨 좀 쉬게 해 달라네."

이아나가 말이 없자 에이지는 이아나의 수강편람을 자신의 앞에 끌어 뒤적거렸다.

"속는 셈치고 교양과목 두 가지 정도만 들어 봐. 불합격 세 번이 퇴학이니까 짜증나면 그냥 안 나가면 되잖아? 졸업하면 수준 높은 지식을 싸게 배울 기회가 그리 많지 않다고."

이아나는 그 말에도 일리가 있다고 생각했다. 수련으로 몸을 계속 혹사시키는 건 좋지 않았다. 쉬어 주는 셈치고 다른 지식을 쌓아 보는 것도 괜찮을 듯했다.

이아나가 손바닥에 뺨을 괴었다.

"나는 잘 모르겠군. 당신이 추천을 해 봐."

"흠. 음악은 어때? 나는 음치라서 딱 질색이지만 음악 연주는 취미로도 잘 이용되는 거니까 꽤 괜찮지 않아? 이아나 양처럼 손에 감각이 좋은 사람은 음악에도 재능이 있는 경우가 많더라고. 특히 현악기에서 말이야."

"그럼 그걸로 하지. 음악 듣는 걸 싫어하는 건 아니니까. 그런데 악기를 구체적으로 정해야 하나? 악기에 대해서는 잘 모르는데."

"흐음. 악기별로 과목이 나뉘어져 있긴 한데 이아나 양 같은 사람이 많아서 그런지 취미현악이라는 과목도 개설되어 있어. 원하는 현악기를 다루어 보며 음악을 즐겨 본다—라고 되어 있는데? 시간도 전공이랑 안 겹쳐."

"좋아, 이걸로 하지."

"그럼 다음은……."

이아나가 종이에 '취미현악─랑블로트 교수'를 적자 에이지는 휘파람을 불며 책장을 한 장 한 장 넘기며 괜찮다고 소문난 과목들을 추천하기 시작했다.

추천하는 것들이 별로 끌리지 않아 고개를 젓고, 젓고, 또 저으며 팔락팔락 넘어가는 페이지에 쓰인 과목명을 유심히 보고 있던 이아나가 눈을 빛내며 손바닥을 집어넣었다.

"이걸로 하겠어."

"뭐…… 켁."

이아나가 짚은 과목은 '로안느와 바하무트의 역사'였다. 역사학자인 제라드 후플루드에게 대강은 배웠지만 로안느와 바하무트뿐만 아니라 전 왕국에 대해 두루두루 얕게 배웠으므로 바하무트에 대해 아는 게 거의 없었다.

'바하무트로 국적을 바꿀 테니 알아 두는 게 좋겠지.'

이아나는 이 과목을 듣기로 결심했다.

"컥. 크헉."

그런데 에이지가 사레가 들린 듯 벌건 얼굴로 기침을 했다. 이아나는 별생각 없이 걱정해 주었다.

"사레들렸나? 바보 같군. 물이나 마시고 오지 그래."

"필요 없어, 큼, 큼. 그런데 이걸 왜 들어?"

"바하무트에 관심이 있어서."

"그래? ……뭐, 나쁘지는 않겠지. 시간도 괜찮네."

이아나는 종이에 '로안느와 바하무트의 역사-엘리리 교수'를 적었다. 두꺼운 수강편람을 뒤적이다 보니 30분은 금방 지나가서 조교들이 질문을 받는 시간이 되었다.

"퇴학당하는 사람들이 꽤 많습니까?"

"입학한 게 다인 줄 알고 방탕하게 노는 사람들은 나중에 퇴학당하게 되어 있더라고요. 울고불고해도 소용없으니 첫 학기부터 열심히 하세요."

"수업은 어렵나요?"

"노력 나름이죠. 하지만 꽤 우수한 성적으로 입학한 저도 힘듭니다."

"검술학부를 졸업하면 무엇을 하죠?"

"고급 의뢰를 받는 실력 있는 용병이 될 수도 있고, 귀족에게 선택받아 기사가 되는 경우도 있습니다. 마을에서 검술학관을 열어 아이들을 가르치는 선생이 될 수도 있겠지요."

"학술제에서 검술학부는 뭘 합니까?"

"시월에 열리는 학술제 말씀이시죠? 당연히 검술제지요. 거기서 좋은 성적을 보이면 여러모로 좋습니다?"

"부장님은 연인이 있으신가요?"

"하하, 왜요. 소개시켜 주시게요? 아직은 없습니다. 어여쁜 여인네들 소개는 환영합니다."

"부정입학도 있을 수 있나요?"

라이언이 잠시 멈칫했다가 웃으면서 대답해 주었다.

"절대 있을 수 없습니다."

"그런데 어떻게 여자가 입학할 수 있죠?"

순전히 이아나를 노린 질문이었다.

정작 이아나는 앞만 보고 있는데 에이지의 서늘한 시선이 능글맞아 보이는 탁한 금발의 남자에게 향했다. 뒤쪽에 앉아 있던 헤레이스와 어느새 깨어난 타로의 눈매도 날카롭기는 마찬가지였다.

"아니, 솔직히 그렇잖아요? 다들 궁금하잖아? 저 아가씨, 부정 입학해 놓고 실력이 드러날까 봐 일부러 팔을 다친 척해서 기권한 거 아닌가 하고."

"거기 질문한 학생."

상냥하기만 하던 라이언의 음성이 쩡하니 얼어붙었다. 급격하게 반전된 싸늘한 분위기에 남자도 웃음을 멈췄다.

"이름이 뭡니까."

"샤, 샬럿이라고 합니다, 선배님."

"샬럿. 검술대회 32강전 진출자?"

"예, 그렇습니다."

"샬럿 군, 이아나 양은 뛰어난 실력으로 입학했습니다. 그녀를 한 번만 더 모욕했다가는 시험의 책임자인 저를 의심하고 비방하는 것으로 알겠습니다."

샬럿이 파래진 얼굴로 황급히 고개를 숙였다.

"예, 옛. 죄송합니다."

"이아나 양에게도 사과하십시오."

"……죄, 죄송합니다. 아가씨."

이아나에게도 고개를 숙였지만 납득한 분위기는 아니었다. 라이언의 위압감에 눌려 어쩔 수 없이 나온 사과였다.

이아나는 대답 없이 남자를 흘끗 쳐다보고는 고개를 돌렸다. 저를 무시하는 듯한 행동에 남자의 얼굴이 벌게졌다.

그렇게 화기애애하던 질문시간은 끝났다.

라이언은 후배들을 이끌고 학술원을 돌아다니며 이곳저곳을 설명해 주었다. 헤레이스와 타로, 에이지는 샬럿을 노려보았다.

"저놈 새끼 분—명히 32강전에 진출했다고 했당게?"

타로가 살기등등하게 중얼거렸다. 검술대회에서 에이지는 싸우는 게 별로 내키지 않는다며 대충 져 버렸지만 헤레이스는 뛰어난 검술로, 타로는 엄청난 괴력으로 승승장구하고 있었다.

"나랑 붙는 놈이면 아주 허리를 똑딱 분질러 버릴 겨."

"헛소리 못 하게 이빨도 전부 털어 버려."

"저는 뭘 해야 할까요?"

실력이 있음에도 늘 자신이 없고, 사람을 다치게 하는 것을 꺼려하는 헤레이스조차 굳은 눈빛으로 검집을 꽉 쥐고 있었다.

"넌 이기기나 해. 그리고 이렇게 말하는 거야."

에이지가 엄지손가락을 세우고 밑으로 뒤집었다.

"실력은 쥐뿔도 없이 입만 산 녀석이군. 하고 피식— 비웃어 주는 거지."

"알겠어요!"

흥분해서 길길이 날뛰어 대는 그들을 물끄러미 지켜보던 당사자가 입을 열었다.

"그럴 필요 없어. 나중에 저 남자도 자기가 했던 말을 후회할 거다."

"나중은 나중이고 지금은 지금이랑게!"

"맞아요! 진짜 짜증나."

"본보기로 반 죽여 놓을 줄 알아라."

자기 대신 저 하늘 끝까지 폭발해 버린 분노에 이아나는 결국 풋— 하고 웃고 말았다.

안타깝게도 샬롯은 헤레이스와 타로가 손보기 전에 탈락했다. 그리고 며칠 후, 이아나는 학술원 내를 거닐며 건물을 구경하다가 샬롯과 우연히 마주쳤다. 그의 몸은 온통 붕대로 뒤덮여 성한 곳이 없었다. 샬롯은 이아나를 보자마자 얼굴을 시퍼렇게 물들이고는 히익, 하고 도망가 버렸다. 영문을 모를 노릇이었다.

마침내 입학식 날이 되었다. 구름 한 점 없이 푸르른 하늘에

눈부시도록 밝은 태양이 떠올라 수많은 사람들을 비추었다.

[안녕하십니까, 여러분.]

사람 좋은 인상을 한 하얀 수염의 노인이 확성 마법 아티팩트를 들고 인사했다.

[저는 발젠타 학술원의 학장, 하인리히입니다.]

대마법사로 더 잘 알려진 하인리히가 긴장한 사람들 앞에서서 시골 할아버지 같은 너그러운 웃음을 지었다. 사람들은 침을 꿀꺽 삼키며 그를 올려다보았다.

[이런 자리에서 만나 뵙게 되어 몹시 기쁘게 생각합니다. 여러분도 그렇지요?]

"예!"

[자랑스럽기도 할 거예요.]

"그렇습니다!"

신입생들은 큰 소리로 대답했다. 그의 말대로 스스로가 자랑스러웠다. 수많은 경쟁자들과 맞붙어 승리를 거두었고, 승자인 자신이 이곳에 서 있다는 건 더할 나위 없는 쾌감을 주었다.

봄에 젖은 공기는 부드러웠다. 날카로운 얼음송곳 같았던 겨울바람은 햇살을 품었다. 따뜻한 바람이 신입생들의 틈새로 지나가며 긴장감을 훔쳤다. 신입생들이 헤실헤실 웃음을 흘리기 시작했다.

하인리히는 코끝으로 내려온 안경을 올려 쓰며 웃었다.

[긴말은 하지 않겠습니다. 학술원은 여러분을 위한 배움의 보고입니다. 배우고 싶은 것은 마음껏 배우십시오. 도전하고 싶다면 마음껏 도전하십시오. 이 학술원을 졸업하는 날, 여러분은 이 시대에 획을 그을 사람들이

되어 세상 밖으로 힘차게 발을 뻗게 될 것입니다. 여러분이 포기하지 않는 한, 학술원은 여러분께 든든한 지원자가 되어 드릴 겁니다.]

신입생들은 감동받은 표정을 지었다. 하인리히가 하는 말 한마디 한마디가 좋아서, 다음에는 무슨 말을 할지 숨죽여 기다렸다. 하인리히는 한 팔을 쭉 뻗더니 스윽 휘둘렀다. 사람들의 시선이 그 손길을 따라갔다.

[여러분의 주위에 있는 수많은 사람들은 경쟁자이기도 하지만 더할 나위 없이 좋은 동기라는 것도 잊지 마십시오. 짧다면 짧고 길다면 긴 학술원 생활 동안 엮이고 엮일 동기와의 인연은 여러분께 소중한 인연이 되어 줄 것입니다.]

신입생들은 서로 눈을 마주치고 악수를 하거나 쑥스럽게 미소를 지었다. 보기 좋은 모습들을 위에서 내려다보던 하인리히는 박수를 짝짝 쳤다.

[이상으로 입학식을 마칩니다. 짧아서 좋죠? 여러분, 다시 한 번 발젠타 학술원에 입학한 것을 축하합니다!]

펑! 펑!

마법학부에서 심혈을 기울여 준비한 마법이 허공에서 화려하게 터져 나갔다.

"와아아아."

"예쁘다!"

분명 허공에는 아무것도 없었다. 하지만 하늘에서는 반짝거리는 빛으로 이루어진 꽃잎이 산더미같이 터져 나왔다.

그때, 바람이 불어 벚꽃나무의 분홍 꽃잎이 바람에 휘날려 왔다. 빛의 꽃잎들은 분홍 꽃잎과 뒤섞여 장관을 만들어 내며 신입생들 사이사이로 떨어져 내렸다. 고위 마법을 이용하지 않고서는 절대 볼 수 없는 아름답고 환상적인 광경에 크나큰 환성과 박수소리가 울려 퍼졌다.

"……."

그리고 그 안에, 푸른 하늘 아래에 서 있는 붉은 이아나가 있다.

이아나는 가만히 손을 들어 올려 빛으로 이루어진 꽃잎들을 톡 건드렸다. 꽃잎은 빛으로 산산이 흩어지며 이아나를 감싸 안았다. 당신을 만나게 되어 정말 기쁘다는 것처럼, 진심으로 환영한다는 것처럼 말이다.

―입학식 편 終

7. 학술원 편

7. 학술원 편

각진 방. 낡은 나무탁자 하나와 의자 세 개밖에 없는 삭막한 응접실.

하지만 방은 응접실만 있는 게 아니었다. 응접실에 들어올 수 있는 입구 말고도 바닥의 한구석에는 닫힌 문 하나가 있는데 그 아래에서 약초의 것인지 독초의 것인지 모를 알싸한 풀냄새가 틈을 비집고 나오려고 요동쳤다.

문 아래에는 풀냄새뿐만 아니라 역겨운 냄새, 달콤한 냄새, 구토 냄새, 고소한 냄새, 비릿한 냄새 등등 온갖 기기묘묘한 냄새들이 뒤섞여 있었다. 평범한 이가 들어온다면 이 지독한 냄새들에 못 이겨 금세 뛰쳐나갈 것이다. 아니, 그전에 목숨을 잃을 터이니 이승을 뛰쳐나간다는 게 맞다.

그러나 문은 현재 목적을 잃은 듯 굳게 잠겨 있다. 오늘은 이곳이 아니라 일 년에 열두 번밖에 쓰이지 않는 응접실이 요긴하게 쓰일 것이다.

응접실에는 두 남자가 있었다. 이 은밀한 장소의 주인인 빼빼 마른 남자 하나와 그와 대조적으로 살집이 덕지덕지 붙어 있는 남자 하나가 의자에 앉아 있었다.

뚱뚱한 남자는 신음을 흘리며 식은땀을 흘렸다. 무언가 속이 몹시 뒤틀리는 모양이다. 비밀스런 문을 닫아 놓았기에 참을 수 없는 냄새가 아니라 단순히 퀴퀴한 먼지 냄새가 접대실을 꽉 채우고 있을 뿐인데도.

끼익.

청년 한 명이 방에 들어섰다. 문을 열고 들어오는 청년과 눈이 마주친 뚱뚱한 남자가 비틀린 웃음과 함께 그를 맞이했다.

"왔냐? 건방진 꼬마. 늦었군."

"안 늦었는데? 그리고 거 꼬마, 꼬마 하지 마쇼. 직급은 똑같으면서."

"어쭈, 많이 컸다?"

남자가 아랫것 대하듯 코웃음 치자 청년은 이를 드러내며 노골적인 적개심을 드러냈다.

"댁이 늙은 거지. 허구한 날 노예를 안더니 그새 정력을 다 쏟아 낸 모양이요? 흰머리가 희끗희끗하네."

"이 새끼 봐라? 노예일 때부터 키워 줬더니 은혜도 모르고 말을 함부로 하네."

"은혜는 개뿔."

청년은 시니컬하게 웃으며 바지 뒤춤에서 작은 나이프들을 꺼내 들었다. 청년의 손가락에 걸려 윙윙 맴도는 은빛의 나이프들은 침침한 허공 속에서 섬뜩한 빛을 빚어냈다.

"등짝에 남아 있는 흉터를 볼 때마다 댁 배때기에 칼침을 수십 번은 놓고 싶다고. 언젠가 그 더러운 취미생활을 접을 수 있도록 위풍당당한 거시기에 칼을 잔뜩 쑤셔 박아 주지."

쐐애액— 파악!

청년이 날린 나이프 하나가 기이한 곡선을 그리며 남자가 벌리고 있는 허벅지 사이에 꽂혀 들었다. 나이프가 꽂힌 간당간당한 위치를 내려다본 남자의 안색이 창백해졌다. 그 우스운 꼴에 청년이 낄낄대며 웃었다.

"브루스 씨, 얼마 남지 않았어요, 으응? 못 쓰기 전에 하루하루 분발하세요옹."

브루스가 얼굴을 붉히며 탁자를 내리쳤다.

"빌어먹을 새끼, 둘째 주인님이 널 아낀다고 해서 나대지 마라. 그분의 총애가 영원할 것 같아? 총애가 끝나는 그날 네가 그렇게 자랑하는 머리를 뜯어내 주마."

"어디 한번 해 봐. 내가 얌전히 당해 줄 줄 알아?"

"네놈들 아구창에 이걸 처넣기 전에 그만해라, 이 추접스러운 새끼들아."

빼빼 마른 한 남자가 약병 하나를 품에서 꺼내며 짜증스레 경고하자 브루스와 청년은 입을 닫았다. 퀴퀴한 공기가 그들의 폐부를 잠식할 즈음 청년은 다시 입을 열었다.

"그래서."

이번에는 한결 온건한 어조였다.

"페인, 이번엔 또 뭔데 일 잘하고 있는 사람을 부른 거요?"

"잘하고 있긴 한 거냐?"

비꼬는 어투는 아니었으나 의심 한 덩어리가 스며들어 있었다. 청년은 귀를 후비적거렸다.

"머리가 있다면 정체를 숨긴 채 꼭꼭 숨어 있을 거고, 마나를 쓰지 않는 이상 내가 가까이 가더라도 공명을 일으키지 않을 테니 알 수 없어. 이런 상황에서 여자인지 남자인지도 모르는 인간을 어떻게 찾아? 이십 년 가까이 해결하지 못한 걸 해결하라고 닦달하는 건 좀 아니잖수."

"하지만 그자를 찾는 것이 네놈을 지금의 위치에 올려 주는 대신 주인님들이 거신 조건이었다."

"아무도 못 하는 걸 나한테 떠넘긴 거지."

"네놈도 분명 할 수 있다고 장담했었어."

"그거야 못 하겠다고 하면 목이 댕겅 날아갔을 테니까. 하지만 정보상을 나만큼 잘 운영한 자는 없잖아? 로이긴족 건이 아니더라도 내 덕에 득 본 게 얼만데. 후암."

청년은 기지개를 켰다. 남자들은 반박하지 못하고 청년을 쏘아보았다.

"주인님들이 너무 성급하셨어. 아무리 화가 나셨다지만 몇은 남겨 두셔야 했는데."

"뭔 소리야. 네놈이 남아 있잖아?"

브루스가 킥킥 웃으며 비아냥거렸다. 청년의 눈썹이 꿈틀거렸다.

"로이긴들끼리 뭐 통하는 거 없어? 네놈이 이 일을 맡게 된 것도 반은 네놈 출생 덕분이잖아? 그러니 주인님들의 기대에 좀 부응해 보라고."

브루스가 피식피식 웃었다.

"다른 로이긴들처럼 목이 베이기 전에 얼른 찾아내는 게 좋지 않을까나?"

콰직.

청년의 나이프가 테이블을 부수며 박혔다. 나이프를 쥔 손에는 푸른 핏줄이 도독도독 돋아 있었다. 청년의 하얀 치아가 짐승의 송곳니처럼 드러났다.

"이봐. 내 출생에 대해서는 더 이상 언급하지 않기로 한 것 아니었나? 나는 분명 주인님의 발에 입을 맞췄고, 충성을 맹세하며 페인의 약을 먹었어."

"그래, 그래서 그 많던 로이긴 노예들 중에 네놈 혼자 살아 있잖아."

"브루스, 그만하라는 말이 한 번만 더 내 입 밖으로 나오게 하면……."

"알았어, 페인. 알았다고. 독극물은 치워 둬."

페인이 품에 손을 넣자마자 브루스가 항복이라는 듯 두 손을 흔들어 보였다.

"저 새끼가 너무 금방 출세한 게 짜증나서 그런 거야."

"이 녀석의 두뇌가 보통이 아닌 건 너도 알고 있을 텐데?"

"하지만 이게 말이 돼? 우리 나이의 이분의 일도 안 되는데다 노예였던 녀석이 지금 건방지게 우리랑 동등한 위치에서 이렇게 대화를 나누고 있다는 게 말이야!"

청년은 나이프를 뽑아 허리춤에 다시 꽂으며 브루스를 비웃었다.

"헹. 꼴불견이네. 뭣도 아닌 주제에 개처럼 학학대서 그 자리에 앉아 있는 댁이 난 즈엉말, 제에일 경멸스럽다고."

"뭐야? 그러는 네놈은!"

개와 고양이처럼 으르렁대는 둘 사이에서 페인은 한숨을 내쉬며 자리에 앉았다.

"이젠 빌어먹을 네놈들 싸움을 중재하는 것도 지친다. 바로 본론으로 들어가지. 어이, 에이지."

"뭐."

청년, 에이지는 테이블을 손가락으로 두드렸다.

"주인님들이 놈을 찾으라고 재촉하시는 주기가 짧아지고 있다. 그분들의 인내심이 점점 바닥나고 있다는 소리다. 하루빨리 그놈을 찾는 게 좋을 거다. 네놈의 목이 달아나기 전에."

"나도 하고는 있어. 하지만 이십여 년 전에 도망간 여자 뱃속에 있던 태아가 지금 어떻게 자랐는지 내가 무슨 수로 알아? 이름은커녕 성별도, 생김새도 모르는데! 단서는 단둘. 첫째, 어미의 외모가 주인님께서 홀릴 정도로 뛰어나다. 여자의 외양은 로이긴족 특유의 진녹색 머리에 푸른 눈동자다."

에이지가 검지를 날카롭게 세웠다.

"그리고 둘째, 악마의 파편을 가진 자이니만큼 마나 제어력이 비정상적일 정도로 뛰어날 것……."

그러나 이내 빳빳한 손가락을 굽히며 한숨을 푹 쉬었다.

"……이라는 건데. 너무 추상적이야. 이 세상에 실력자가 한둘이 아닌 데다 실력을 숨기고 있을 수도 있잖아. 그렇다고 해서 특별히 구분할 수 있는 방법이 있는 것도 아니고. 이건 뭐

모래사장에서 쌀 한 톨 찾는 것보다 더 심해. 어미는 코빼기도 안 비치고…… 혹시 둘 다 뒈진 거 아니야?"

"헛소리는 집어치워. 그분들은 핏줄이 살아 있다고 확신하고 계신다. 그리고 너도 알고 있지 않나? 로이긴족이니까."

"내 참. 못 찾으면 나 혼자 무능력으로 몰려 죽게 생겼네. 그러니까 왜 로이긴족을 몰살시킨 거냐고. 그놈들에게서 정보를 뜯어냈어야지."

"아무리 끔찍한 고문을 해도 놈들은 여자의 행방을 불지 않았어. 처음부터 작정을 한 거야. 그리고 놈들을 몰살시키지 않으면 악마의 힘이 옅어지니까, 어쩔 수 없으셨던 거겠지."

여태껏 냉정한 모습을 유지하던 페인이 새하얗게 질려 부르르 떨었다.

"그때 주인님들은 정말 지옥의 악마라도 되신 듯 섬뜩하고 잔인하셨다. 그만큼 피에 잠들어 있는 불완전한 악마가 중요하다는 거겠지. 그 존재를 손아귀에 쥐고 있기 위해 천 년이 넘도록 근친혼을 행하셨다니 말이야."

에이지는 페인의 말을 들으며 중얼거렸다.

"아무리 들어도 너무 비현실적이야. 악마라니……."

하지만 그도 잠시, 미간을 좁히며 고개를 저었다.

"……그분들의 힘과 나를 생각해 보면 꼭 비현실적이기만 한 건 아닌 것 같기도 하고."

"악마에 대해서는 의심해서도, 발설해서도 안 된다는 걸 잊지 마라. 그러고 보니 오늘 발젠타 학술원에 입학했다지?"

"어, 재밌을 거 같아서. 그렇게 노려보진 마. 내가 하는 일이 파편의 혜택을 받는 젊은 인재를 찾는 거잖아? 그럼 학술원이 딱이지. 없을 수도 있지만 있을 수도 있으니까."

"재미는 미뤄 둬. 네 주된 임무는 바하무트의 피를 훔친 자를 찾는 것이다. 알겠나?"

"예이, 예이."

에이지가 건성으로나마 고개를 끄덕이자 페인은 고개를 돌려 브루스를 보았다.

"브루스, 제국으로 보낼 노예들은 준비되었나?"

"물론이지."

"카마트로스 때문에 피해를 많이 입었을 텐데?"

"납치와 유괴 횟수를 늘렸어. 나는 저 빈둥거리는 놈과는 달리 착실하니 염려 말라고."

브루스가 뻐드렁니를 드러내며 웃었다.

"우웨엑."

에이지는 역겹다는 듯 손으로 토하는 시늉을 했다. 발끈한 브루스의 살집이 덜컹했다.

"저 새끼가······! 그래, 네놈!"

눈을 번뜩인 브루스가 능글맞은 웃음을 짓는다.

"이것저것 벌여 놓은 일이 많은 주제에 말이야. 요새 여자랑 붙어먹고 다닌다면서?"

"무슨 여자? 줄리를 말하는 건가?"

"줄리?"

"줄리 걘 밤에 몇 번 상대한 것 말고는 그다지 붙어 다닌 적 없는데."

"아, 그년 말고 무뚝뚝한 붉은 머리 계집애 말이야."

그 순간 에이지의 시푸른 눈이 시린 안광을 발했다.

"꽤 곱상하고 몸매도 죽이던데. 흐흐. 한번 찍어 눌러 보고 싶은 계집애더군."

"……헤에에……?"

브루스의 음란한 말에 에이지의 입술이 비틀렸다. 그의 손가락이 따악, 딱 테이블을 두드렸다. 두드리는 음색에는 섬뜩한 살기가 실타래처럼 감겨 있었었다.

"내 뒤를 밟은 거?"

"뒤를 밟았다면 쥐새끼 같은 네놈이 눈치채지 못했을 리가 없지. 한 달 반쯤 전…… 여관에서 난동을 부리던 우리 애들을 그 여자가 쫓아냈다는 건 보고받아서 알고 있는데, 걔네를 네놈의 부하들이 처리했다고 하더라고? 아앙? 그리고 그때부터 네놈이 여자를 졸졸 쫓아다니고 있다는 건 다른 애들이 목격해서 말해 줬지. 어, 그렇지. 그러고 보니 잊고 있었군."

"……."

"내 밑의 애들을 네 멋대로 처리하다니, 이 빌어먹을 자식. 어쩔 거야? 돈이든 사람이든 좋으니까 그놈들 몸값을 치러."

에이지가 이를 드러내며 살기를 들이밀었다.

"오히려 내가 조직의 이름을 아무 거리낌 없이 드러내는 쓰레기들을 처분해 준 값을 받아야지, 이 멍청한 새끼야. 하여간 주인이나 그 밑에 있는 것들이나 똑같이 답이 없다니까."

"블랙폭시를 입에 담았다고? 뭐, 그 점에 대해서는 할 말이 없군. 어쨌든 그 여자, 네 이거냐? 킬킬."

브루스가 새끼손가락을 흔들었다. 에이지는 그를 노려보다가 이내 섬뜩하게 웃었다.

"그래. 공들이고 있는 여자니까 손댔다가는 그 비계 낀 몸뚱어리를 산 채로 구워서 돼지한테 던져 줄 줄 알아."

경고는 살벌했지만 브루스는 아랑곳 않고 뱃살을 흔들어 대며 웃었다.

"킬킬킬! 그 여자가 아주 마음에 든 모양이구먼!"

"흘려 넘기지 마, 이 개새끼야. 내가 못 할 것 같아?"

"예에, 예에. 못 할 리가 없지. 이미 바닥까지 떨어져 본 놈이 못 할 게 뭐가 있어? 근데 네놈이 그렇게 흥분하는 꼴을 보고 있자니 더 당기는 거 있지? 언제 한번…… 흐흐."

"건드렸다간 진짜 죽인다."

말려도 말려도 계속해서 으르렁대는 둘을 뒤로한 채 비밀의 문을 열고 지하에 들어갔던 페인이 병 하나를 들고 나왔다.

"에이지."

껄껄대는 브루스를 죽일 듯 노려보던 에이지는 페인이 내민 병을 보고 흠칫했다. 그리고 신음을 내뱉으며 질색했다.

"끄응, 벌써 날짜가 다 됐나."

"이게 가장 중요한 용건이지. 약효가 다 됐을 거다. 마셔라."

"그 맛대가리 없는 약, 진짜 최악이야. 저 망할 인간부터 마시라고 해."

브루스가 미간을 좁힌 채 탁자를 탕탕 내리쳤다.

"난 벌써 마셨어, 멍청아. 마신 게 두 시간 전인데도 아직 속이 니글거린다고. 땀 흘리는 거 안 보여?"

"난 또 댁이 살쪄서 그런 줄 알았지. 어이구, 어쩐지 오늘 작정하고 시비를 털어 대더라."

"어서 마셔라."

에이지는 페인이 쥐고 있는 병을 끔찍하다는 듯 내려다보다가 건네받았다. 그리고 천천히 입가에 가져다 대고 그 안에서 찰랑거리는 시커먼 액체를 꾸역꾸역 들이켰다.

이아나는 병에 꽂혀 있는 꽃다발을 물끄러미 쳐다보았다. 오늘, 하르첸이 입학식에 왔었다.

"입학, 진심으로 축하해."

"도움이 필요하다면 언제든지 연락하도록 하고."

"꼴 보기도 싫겠지만 주고 싶었어."

하르첸은 언제나처럼 꽃다발을 내밀었고, 이아나는 언제나 그를 무시했었지만 오늘은 되묻고 말았다.

하나 묻겠습니다.

왜 나에게 꽃을 주는 겁니까?

도련님께는 나에게 이렇게 해야 할 의무도, 이유도 없습니다.

"……왜일까."

테오도르 아카데미의 개학식마저 무시하고 찾아온 하르첸은 이아나의 의문에 그렇게 웃었고, 그렇게 돌아갔다.

아무리 생각해도 이해 못 할 종자였다. 평화롭던 가문을 온통 어지럽힌 이복동생을 증오하기는커녕 꽃을 선물하는 이유가 대체 무어란 말인가. 책임감? 안쓰러움? 동정심?

'떠나 주겠다는데 왜 구질구질하게 구는지.'

이아나는 침대에 풀썩 누웠다.

입학식과 신입생 검술대회가 끝나자마자 에이지는 볼일이 있다고 어디론가 가 버렸고, 헤레이스는 입학식을 보러 온 가족들과 함께 뻣뻣한 얼굴로 식사를 하러 갔으며, 타로는 울면서 검술학부 입학 축하연에 갔다.

신입생 검술대회의 우승은 쥬비스라는 노련한 검사가 차지했다. 헤레이스는 중위권에 머물렀고, 타로는 준우승을 했다.

구경을 하던 이아나는 타로가 실전에 아주 익숙하다는 걸 알 수 있었다. 예전부터 어디선가 본 것 같다는 느낌이 들지만 도저히 기억이 나질 않는 그의 성장 배경이 심히 궁금해졌다.

그렇게 엄청난 괴력과 실력으로 승승장구를 하며 결승전에 오른 타로는 관객석을 보고 한눈을 팔았다가 어이없게 지고 말았다. 타로는 지고도 헤벌쭉하게 웃으며 관객석으로 달려갔다. 그곳에 그가 반한 여자가 있음을 깨달은 일행의 시선이 뒤를 따랐지만 사람이 너무 많아 누가 누군지 알아볼 수 없었다.

돌아온 타로는 울었다. 여자에게 퇴짜를 맞았기 때문이다.

타로가 엉엉 울면서 축하연에 함께 가자고 했지만 이아나는 시선이 불편하기도 하고, 다친 팔로 술을 마시기도 뭐해서 그냥 방에서 쉬고 있는 참이었다.

째깍째깍.

벽시계의 초침이 호선을 그리며 회전했다.

'룸메이트는 왜 오질 않지?'

내일 수업이 시작되는데도 룸메이트의 얼굴 한번 보지 못했다. 이아나가 짐을 옮겼던 날, 방을 완전히 어질러 놓은 상태로 나갔던 룸메이트는 기숙사에 한 번도 오지 않았다. 그래서 이아나가 방을 대충 치워 놓은 참이었다.

의상학부 4학년 프리실라.

방 밖에 붙은 명패에 적혀 있던 룸메이트의 인적사항이었다. 학부와 학년 관계없이 무작위로 방이 배정되다 보니 이아나는 전혀 관계없는 학부의 고학년과 같은 방이 되고 말았다.

창문을 내다보니 달빛에 의지하지 않고는 길을 걸을 수 없을 정도로 밤이 깊어 있었다.

'들어오지 않을 생각인가?'

그리 생각하며 침대에 누우려 할 때였다.

콰앙!

"흐에헤."

문이 열리자마자 자욱하게 퍼지는 술 냄새에 이아나가 멈칫했다.

문에 의지한 채 딸꾹거리는 것이 선을 넘을 정도로 마신 게 분명했다. 민소매 원피스라서 드러난 뼈마디가 몹시 가늘었다.

짧은 금발을 잔뜩 흐트러트린 그녀는 피부가 흴 것 같았지만 얼굴이 몹시 벌겠기에 흰지 까만지 알 수 없었다.

이아나는 할 말을 잃었다.

"으응? 당신이 이번 내 룸메이트으? 반가워요오. 나는 프리실—라……."

저를 소개하는 여자의 몽롱한 푸른 눈동자가 못마땅한 표정의 이아나에게 내리꽂혔다.

"끼아아악!"

프리실라는 제 뺨을 감싸며 비명을 질렀다. 이아나는 황급히 달려가서 그녀를 방 안으로 끌어당기고는 문을 닫았다. 프리실라는 균형을 잡지 못해 비틀거리면서도 지진이 난 듯 흔들거리는 눈으로 집요하게 이아나의 모습을 뒤좇았다.

"하아."

이아나는 잠시 문손잡이를 쥔 상태로 미간을 좁히고 있다가 몸을 돌렸다. 저를 응시하는 프리실라 앞으로 성큼성큼 다가섰다. 열여섯 소녀치고는 큰 이아나지만, 그렇다 치더라도 프리실라는 이아나의 턱까지밖에 오지 않을 정도로 체구가 작았다.

이아나는 프리실라를 내려다보며 차갑게 말했다.

"늦은 시간에 이 무슨 행패입니까. 게다가 사람을 보자마자 비명을 지르다니, 상당히 불쾌하군요."

프리실라는 이아나를 멍하니 올려다볼 뿐 대답을 하지 못했다. 이아나는 싸늘하게 쏘아보다가 침대에 털썩 앉았다. 인상을 찌푸리며 팔짱을 끼고 다리를 꼰 채 어느새 바닥에 주저앉아 버린 프리실라를 내려다보았다.

룸메이트와 무탈하게 지내 볼 생각이었지만 이러면 말이 다르다. 사이가 냉랭해지는 한이 있더라도 딱 잘라서 경고해야 했다. 그러나 지금 룸메이트가 말을 알아먹을 것 같진 않았다.

이아나는 민소매 티와 반바지 차림이었고, 그녀의 탄력 있는 피부와 잘 빠진 몸매가 적나라하게 드러나 있는 상태였다. 이아나의 몸을 핥듯이 관찰한 프리실라는 신음을 흘렸다.

"오, 세상에……."

정체 모를 오싹함을 느낀 이아나의 피부 위에 소름이 오도독 돋았다. 왜인지 눈앞의 여자가 위험하게 여겨졌다.

"완벽해!"

프리실라가 괴성을 지르고는 팔을 벌린 채로 달려왔다. 설마 설마했는데 끌어안을 의도로 보인다.

이아나는 프리실라가 안기 전에 벌떡 일어나서 그녀의 얼굴을 손바닥으로 밀어냈다. 프리실라의 불타는 시선이 이아나의 얼굴과 몸을 쓸었다. 코에서 김이 새어 나오는 것 같았다.

"와, 완벽해! 헉헉! 빵빵한 몸매, 커다란 키, 냉정하면서도 도도한 외모! 도발적인 붉은 머리카락! 오오오오, 드디어 만났어! 헉헉!"

이 이상한 여자는 대체 뭔가.

골치가 아파 온 이아나는 인상을 쓰며 프리실라를 막고 있던 팔을 물렸다.

"아, 이, 이 완벽한 몸을, 헉헉, 내, 내 손으로 직접 만져 보고 싶…… 켁."

이아나는 팔을 물리자마자 알 수 없는 소리를 해 대며 달려드는 프리실라를 피한 후 그녀의 뒷목을 가볍게 후려쳤다. 그리고 정신을 잃고 땅에 고꾸라지려 하는 그녀를 붙잡았다.

프리실라는 이아나가 한 손으로 번쩍 들 수 있을 정도로 조그맣고 가벼웠다. 원래 작고 가녀린 것에는 손을 잘 쓰지 않지만 이번만큼은 어쩔 수 없었다.

이아나는 프리실라를 안아 올려 침대에 조심스레 눕혔다. 사내놈들처럼 내동댕이치면 다칠 것 같았기 때문이다.

방 안에 술 냄새가 진동했다. 앞으로의 생활이 피곤해질 것 같다는 예감이 든 이아나는 이마를 짚고 길게 한숨을 쉬었다. 술이 깨면 대화로든 쫴쳐서든 태도를 바꿔 놓거나 사감에게 항의해서 방을 바꿔야겠다고 생각했다. 고약한 상태의 여자와 일 년 내내 함께 지내는 건 절대 사양이었다.

뒤숭숭한 밤이 지나가고 새로운 날이 밝았다. 습관처럼 일찍 일어난 이아나는 이른 아침이라 한적한 식당에 가서 식사를 마쳤다. 방으로 돌아와 욕실에서 세수를 한 후 수련복으로 갈아입었다. 빗으로 몇 번 빗어 준 머리카락을 대충 묶어 올리면서 방을 나서려던 이아나는 뒤를 돌아보았다.

소음 때문에 한 번 뒤척거릴 법도 한데 프리실라는 죽은 듯이 잠만 잤다. 경고는 나중을 기약하고, 이아나는 침대 옆에 세워 뒀던 검을 들고 방을 나섰다.

미인은 잠꾸러기라는 속설을 믿는 여인들은 늦잠을 자고 스스로를 화려하게 가꾸고 싶은 여인들은 치장을 하는 시간에 이아나는 기숙사를 빠져나왔다.

새벽의 맑은 바람은 하늘을 가르고, 숲을 가르고, 꽃밭을 갈라 이아나에게 당도해 붉은 머리카락을 헝클였다. 그녀는 주변을 돌아보며 천천히 걸음을 옮겼다.

구름 한 점 없는 맑은 하늘은 태양의 여명에 젖어 들며 밝아 왔다. 잠이 짧은 아침 새들의 지저귐은 생명을 일깨웠다. 푸르른 나무들은 정성스런 관리를 받아 싱그러움을 뽐내고 알록달록한 꽃들은 태생적으로 어여쁨을 타고나 아침을 맞이한다는 기쁨에 살랑살랑 춤을 추었다. 잎사귀에 맺힌 투명한 이슬은 잎에 그려진 길을 타고 또르르 떨어져 내려 얼어붙어 있던 대지를 촉촉이 적셨다. 흙 안에 꼭꼭 숨어 있던 씨앗은 마른 목을 축이며 연둣빛 어린 싹을 틔울 준비를 하였다.

이아나는 미소를 띤 채 기지개를 켰다. 그녀는 이렇게 모든 것이 새롭게 시작되는 듯한 아침의 풍경을 무척 좋아했다. 축축한 토양을 거름 삼아 싱그럽게 피어오를 신록은 분명 어제보다 더 푸를 것이기에.

학술원의 조경은 아름다웠다. 조경학부 학생들이 실습이라는 명목 하에 지속적으로 관리를 해 주기 때문이다.

학술원은 학생들이 만들어 가는 것.

신입생들의 초상화를 그려 주는 이들은 미술학부, 학술원의 새 건물을 짓는 이들은 건축학부, 식당에서 요리를 하는 건 요리학부, 교복을 제작하는 이들은 의상학부, 비상사태 시 학술원을 지키는 건 무술원과 마법원이다.

학술원의 모든 게 학생들의 손으로 이루어진다. 수고비도 두

둑하게 나오는 데다 자신들이 생활할 공간을 스스로 만들고 지킨다는 자부심을 가질 수 있어 학생들은 이러한 자생 체계에 불만은커녕 무척 만족하고 있었다.

이 외에도 시험제도, 성적제도, 수업제도, 장학제도 등등 학술원의 제도들은 특이하면서도 우수했다. 사람들이 부대끼며 지내다 보면 필연적으로 생기는 비리도 아예 없진 않지만 아주 적어서, 배움을 원하는 이들에게 있어서 학술원은 천생 낙원이었다.

경치를 만끽하며 기숙사를 벗어난 이아나는 실전검술의 수업장소인 제1연무장으로 향했다.

해가 겨우 고개를 내민 이른 아침이어서 사람은 몇 없었다. 이아나가 들어서자마자 모두의 시선이 그녀에게 향했다.

검술학부의 홍일점. 부상을 이유로 신입생 검술대회에 기권하여 실력이 비밀에 싸인 어린 소녀.

시선은 과녁에 꽂히는 다트의 침처럼 뾰족했다. 아무도 그녀의 검을 기대하지 않았다. 설령 시험을 제 실력으로 통과했다 하더라도, 화려하게 외모를 꾸며 장신구가 된 양 남편을 돋보이게 하는 여인들처럼 이아나 또한 부진한 실력으로 자신들을 돋보이게 해 줄 하위권의 여검사에 불과했다. 심지어는 마지막 5차 시험에서 같은 조였던 학생들조차 '그래 봤자 여자잖아.'라는 지극히 편파적인 생각을 하고 있었다.

남성우월주의가 만연하는 무의 세계에서 살아가기 위해, 이아나는 이 거대한 편견의 벽을 반드시 넘어야 했다.

이아나는 오른팔을 빙글빙글 돌려도 보고 휘둘러도 보았다.

치료사가 후유증이 남을 것이라 했던 팔이었다. 하지만 제 몸과, 물고기의 능력은 대단했다. 이틀 전에 붕대를 푼 오른팔은 이제 완벽하게 정상이었다.

여전히 붕대 신세인 왼팔도 조금 아프긴 하지만 참지 못할 정도는 아니라 움직이는 건 가능했다. 십여 일 후에 물고기를 부르면 완치될 것이다.

이 수모는 나으면 그대로 갚아 주리라.

학술원은 잠시 머무는 장소일 뿐이므로 실력 발휘를 할 생각이 없었지만, 편한 학술원 생활을 위해 한 번쯤은 날뛰어 줄 필요성을 느꼈다. 한 학기에 한 번 개최된다는 검술학부 내 공식 검술대회가 화려한 데뷔식이 될 것이다.

모든 것은 그녀의 검이 해결해 주리라.

스릉.

이아나는 검을 뽑아냈다. 새벽의 푸르스름한 빛을 품어 더더욱 섬뜩한 빛을 뿜내는 검날을 보며 이아나는 누구도 이해하지 못할 황홀한 미소를 지었다.

모두가 인정하지 못하는 그녀를 모두에게 인정받게 만드는 혹독하고도 아름다운 영혼.

빛바랜 그녀의 과거 속에서 저 홀로 빛으로 어둠을 베어 가르는 잔인함.

아아, 검이여. 너는 나를 의미하는 모든 것일지니.

이아나가 개인수련을 시작한 지 한 시간쯤 지났을 때 학생들이 몰려들기 시작했다. 에이지, 헤레이스, 타로도 함께 도착해서 먼저 땀을 빼고 있는 이아나에게 반갑게 인사했다.

검술학부의 경우 인원이 많아 두 조로 나누어 전공을 듣는데 이아나 일행은 전공 조 신청을 받을 때 한꺼번에 같은 조에 신청을 해서 같은 1조였다. 그 후로도 학생들이 계속해서 도착해 총 인원은 마흔 명이 되었다.

"언제부터 와 있었어?"

"날이 밝지 않았을 때부터."

이아나가 숨을 몰아쉬며 검집에 검을 꽂았다. 타로는 진심을 담아 박수를 쳤다.

"이야, 참말로 열심히구마잉. 대단허네, 대단혀. 아따, 나도 아침에 검 휘두르는 거 좋아하는디 말이여. 깔끔 떠는 잿덩어리 범생이 땜시 만날 잠을 제대로 못 잔당께."

타로의 하소연에 이아나가 의문을 표했다.

"잿덩어리?"

"아, 머리카락하고 눈동자가 회색이거든요. 이아나 양과 동갑인 녀석인데, 머리가 아주 비상해서 정치학부 톱으로 들어왔대요. 대단하죠? 생기기도 잘생겼어요. 안 그래도 지적인 이미지인데 날카롭게 각진 안경도 써서 분위기가 장난이 아니에요. 범접하기 어려운 최상위권 우등생의 모습이랄까……."

"어이, 고만! 그 망할 놈 칭찬은 하지 말어!"

"타로 형님이랑은 정반대랄까."

헤레이스의 말에는 웃음기가 가득했다. 타로가 커다란 주먹을 꽉 쥐고 부르르 떨었다.

"크으으으. 그건 그 사이코의 잘난 면일 뿐이란 말이여. 그 놈은 말이여, 사근사근 말 걸어도 사람 신경줄을 살살 긁으면서 잘난 척으로 받아치질 않나, 나가 아무리 코를 골았다 쳐도 잘 자고 있는 사람 얼굴에 베개를 던지질 않나, 쪼잔하게시리 넘어오지 말라면서 방 한가운데에 줄을 그어 놓질 않나! 저는 뭐가 그래 잘났다고! 만날 책만 끼고 앉아서 혼잣말만 중얼중얼중얼중얼! 아주 그냥 쥐 패 버리고 싶은데 한 대라도 맞으면 따악 뒈질 것 같이 생겨서 패지도 못하겠고…… 나가 참말로 속이 터져 뒤질 것 같단 말이제! 끄으응!"

에이지가 입맛을 다셨다.

"하긴 애가 되게 날카롭고 신경질적이긴 하더라. 그런데 그렇게 피곤하면 방을 바꾸지 그러냐?"

"안 디여! 그건 그 빌어먹을 잿덩어리한테 지는 거란 말여. 그 시끼가 항복하고 지 발로 나갈 때까지는 절대, 저얼대 나가 먼저 나가지 않을 거랑께!"

"타, 타로 형님!"

"흠!"

타로가 폭발한 화산처럼 룸메이트의 험담을 늘어놓는 동안 교수는 이미 도착해 있었다. 안 그래도 사나운 얼굴의 교수는 못마땅한 표정을 짓고 있었다.

헤레이스가 당황해서 타로를 툭툭 건드렸고, 교수는 기회를 주기 위해 헛기침을 했지만 흥분한 타로는 그를 알아채지 못했다.

"뭣이여! 나가 시방 열 뻗쳐 죽겠으니께 말리지 말드라고!"

"그게 아니라······."

"나가 아주 잿덩어리 그놈을 제대로 잿더미로 털어 버릴 것이랑께!"

"그전에 자네를 털어 주도록 하지!"

"헛?"

교수의 고함에 그제야 존재를 알아챈 타로가 고개를 홱 돌렸다. 긴장한 학생들은 입을 다문 지 오래였고 타로 혼자 떠들어 대고 있었다.

"부수석 타로 군, 지금 당장 내 옆으로 와 엎드려뻗치는 것이 좋을 것이네. 낙제를 받고 싶지 않다면 말이야."

타로는 사색이 되어 교수의 옆에 달려가 엎드렸다.

"그만하라고 할 때까지 팔굽혀펴기 실시."

"예엡!"

허겁지겁 팔굽혀펴기를 시작한 타로를 옆에 둔 교수는 두 다리를 어깨 너비만큼 벌리고 팔짱을 꼈다. 암석처럼 단단한 분위기로 무장한 채 목을 가다듬고는 사자처럼 쩌렁쩌렁하게 말했다.

"제군들, 다시 한 번 검술학부에 입학한 것을 축하한다!"

갑작스런 큰 소리에 학생들이 움찔하며 흐트러진 모습을 보였지만 이내 몸을 바로 하고 긴장한 채 교수를 바라보았다. 교수는 그제야 흡족한 표정으로 고개를 끄덕였다.

"나는 필리거, 1학기 동안 실전검술의 지도를 맡을 교수다. 5차 시험을 마치고 여러분들을 한 번 봤었고 신입생 검술대회에도 쭉 참관했으므로 내 얼굴은 익숙하겠지?"

"예!"

"좋다. 제일 먼저 칭찬 한마디 하도록 하겠다. 검술대회에서 여러분이 선보인 실력을 봤을 때, 이번 신입생들의 실력은 타 학년의 입학 당시보다 훨씬 우수하다. 정신머리 없는 학생이 하나 있지만."

"큼!"

필리거의 시선이 타로에게 날카롭게 내리꽂혔다. 팔굽혀펴기를 하다 말고 싸한 시선을 느낀 타로가 헛기침을 했다.

빠아악!

필리거는 타로의 머리에 꿀밤이라고 하기엔 너무나 강력한 꿀밤 한 방을 먹였다.

"억!"

충격을 이기지 못하고 땅에 얼굴을 처박은 타로는 뒤통수를 잡은 채 괴로워했다. 필리거는 타로에게 들어가라고 윽박질렀다. 타로는 시무룩하게 어깨를 늘어뜨리고 들어갔다. 필리거는 혀를 한 번 찬 후 큰 소리로 수업내용을 설명하기 시작했다.

"1학년이 배우는 실전검술 수업의 목표는 다음과 같다. 검술을 위해 바른 자세를 배우고 기초 체력을 증진시키는 것, 아무리 거센 공격을 받아도 검을 놓지 않는 습관과 위기의 순간에도 눈을 감지 않는 습관을 만드는 것. 즉 실전에서 숨 쉬는 것처럼 당연하게 취해야 하는 행동을 몸에 익히는 것이다."

이아나는 필리거의 말에 동의했다. 검은 유희가 아니라 살상을 위해 만들어진 무기다. 실전에서 살상의 기초는 손에 든 무기를 결코 놓지 않고 기회를 노리는 것, 그리고 공격을 막거나 피해 내기 위해 살기가 덕지덕지 붙은 날붙이가 눈을 도려낼 듯 덮쳐 와도 눈을 감지 않는 것이다.

"일주일에 세 번, 여러분의 오전을 통째로 차지하는 실전검술은 개인 수련 시간이나 다름없다. 내가 매 시간마다 수련량을 정해 줄 텐데, 수련의 완수 여부는 매일 기록되어 성적에 반영된다. 끝내고도 자기계발을 위해 수련을 더 하고 싶은 이는 더 해도 상관없다. 더 하고 싶다고 해도 더 할 수 있을지는 모르겠지만."

악질적인 농담이었다.

"한 시간은 대련을 한다. 사람마다 선호하는 전투 패턴이 있으므로 그 패턴을 다양하게 경험하기 위해 매일 대전 상대를 바꾼다. 하지만 대련이라고 해서 대강 할 생각은 하지 마라. 내가 돌아다니면서 여러분의 향상을 평가할 텐데, 이 평가는 점수로 환산되어 성적에 반영된다. 아, 물론 열심히만 하면 낙제점은 주지 않겠다."

학생들은 식은땀을 흘리며 실없는 웃음을 흘렸다.

"자, 오늘도 예외는 없다. 우선 가볍게 연무장 스무 바퀴! 가장 먼저 도는 선착순 다섯 명에게는 가산점이 있다!"

가산점이라는 단어를 듣자마자 학생들의 눈이 빛났다. 하나둘 달리기 시작하더니 누구랄 것 없이 앞다투어 달려가는 모습에서는 열심히 하겠다는 각오와 치열한 경쟁심이 엿보였다. 신입생이기에 가질 수 있는 생생한 긴장감이었다.

남자들 사이에서 부대낄 생각이 없었기 때문에 잠시 상황을 지켜보며 몸을 풀던 이아나도 슬슬 뛰려 할 때였다.

"아, 이아나 학생? 이리로 잠시 와 보게."

이아나가 의아한 얼굴로 필리거에게 다가갔다.

"무슨 일이십니까."

"나중에 팔굽혀펴기 같은 것도 할 텐데 자네, 괜찮겠나? 무리하지 않는 게 좋을 것 같은데."

검술학부 학생들에게 필리거는 괴물호랑이 교수라고 불렸다. 그럼에도 그를 아는 학생들이 본다면 경악할 정도로 이아나에게 조심스러웠다.

필리거와 마주한 이아나는 익숙한 편견을 느꼈다.

귀족과 평민을 차별하지 않고 공평하게 대하는 건 학술원 교육방침이다. 출석부에는 성이 적혀 있지만 강의나 행사 등 이름이 드러나는 공식석상에서는 이름에 학생이라는 호칭만 붙여 부르는 게 암묵적인 규칙이다. 심지어는 기숙사 문 앞에 붙어 있는 명패에도 이름만 적혀 있었다.

필리거는 이아나의 신분을 알았다. 하지만 그는 그녀의 신분 때문에 조심스럽게 행동하는 것은 아니었다. 필리거의 풀 네임은 필리거 애슐턴트. 애슐턴트 백작 가문의 전 가주였고 전 근위대장이었던 거물. 그는 이아나보다 훨씬 높은 신분이었다.

다만, 평생을 남자들과 부대끼며 살아온 필리거는 이아나의 존재에 이질감을 느꼈다. 또한 그는 기사도가 몸에 박혀 있는 사내였다. 이아나에 대한 태도를 결정하지 못한 그는 습관처럼 그녀를 학생이 아닌 귀족 레이디로 취급했다.

어느새 한 바퀴를 돌아 이아나와 필리거의 얼굴과 마주하게 된 이들이 따가운 시선을 보냈다. 이아나를 흘끔흘끔 쳐다보며 얼굴을 붉히는 자도 있고, 불만스럽게 쏘아보는 자도 있었다.

"후!"

어쩐지 유쾌한 기분을 느낀 이아나는 흐트러진 머리를 쓸어올리며 짧게 웃었다.

'저 얼굴들이 언제까지 갈까.'

저치들도 언젠가는 저 짓뭉개 버리고 싶은 얼굴들을 사정없이 일그러뜨리며 제게 벅찬 희열과 환희를 가져다줄 것이다. 그리고 제 발아래에 머리를 조아리게 될 것이다. 기억 속의 사내들이 그랬듯이 말이다.

그 순간만 생각하면 지금 이 상황이 전혀 불쾌하지 않았다. 오히려 기대감으로 즐겁기까지 했다.

이아나는 웃음을 띤 얼굴로 고개를 저었다.

"제게 편의를 주지 않으셔도 괜찮습니다. 팔굽혀펴기도 한 팔로 할 수 있습니다."

"흠! 괜히 무리하지 않아도 되네. 자네의 부상은 평가할 때 염두에 둘 테니."

이아나는 고개를 저었다.

"아니요. 정말 괜찮습니다."

필리거와 이아나의 눈이 마주쳤다. 또렷하게 떠진 두 눈동자 속에서 검을 향한 열정을 넘어선 그 무언가를 직접적으로 목격한 필리거는 저도 모르게 흠칫했다.

"교수님, 저는 쉬고 싶지 않습니다. 이깟 부상 때문에 강해질 수 있는 시간을 헛되이 보낼 수는 없습니다."

"허어."

"편의를 바라지 않습니다. 지도해 주십시오."

흔들리지 않는 동공. 검에 한해서 절대 타협하지 않는 자존심과 오기.

권력욕도 아니고, 누군가를 지키기 위해서도, 죽이기 위해서도 아닌 오로지 검사로서의 정직한 욕심과 열정을 이아나는 가지고 있었다. 필리거는 입매를 씰룩거렸다.

"자네 마음에 드는군. 부상과 신분, 그리고 여인이라는 이유만으로 자네의 역량을 과소평가한 것 같아. 사과하고 정정하지. 수련량을 채우지 못하면 벌점을 줄 테니 그렇게 알도록."

말이 통하는 교수다. 이아나는 옅게 웃어 보이고는 등을 돌려 달려 나갔다.

필리거는 다른 남학생들보다 왜소한 그 뒷모습을 보며 생각했다. 마음에 드는 욕심, 열정, 그리고…… 필리거는 헛웃음을 지었다. 저 어린 소녀의 치기 어린 각오에서 그들과 같은 것을 보다니? 분명 멍청한 착각이리라.

그것은 이십여 년 전, 피비린내가 자욱한 전쟁터에서 언젠가 우연히 마주쳤던, 절망했던, 그리고 이제는 서서히 잊어 가고 있던…….

광기.

아무렴 다르지 않겠는가. 그들은 아득한 공포를 선사하여 검사의 자존심을 완전히 무너뜨렸지만, 소녀는 죽어 있던 검사를 들끓게 하는 열정을 선사했으므로.

하지만 이것도 웃겼다. 어린 소녀를 상대로 이 무슨 망상이란 말인가. 광기는 무슨, 그저 젊은이들의 특권인 빛나는 야망을 보고 동요한 것뿐이다. 필리거는 고개를 절레절레 저었다.

실전 검술 수업이 파하고, 기진맥진해 쓰러지기 일보 직전인 남학생들은 남자 샤워실에, 비교적 멀쩡한 이아나는 여자 샤워실에 들어갔다.

무술원 학생들의 경우 수련 내내 땀에 절어 있는데, 수업을 마치고도 그 꼴로 학술원을 돌아다니게 할 수는 없으므로 학술원 측에서는 무학관마다 샤워실을 마련해 주었다.

남학생들은 샤워실 앞에서 부들거리는 다리를 억지로 세운 채 줄을 선 반면 이아나는 한 번에 샤워실에 쏙 들어올 수 있었다.

무술원에는 전공과 교양수업 통틀어서 여학생이 몇 없다. 하지만 그런 소수를 위해 평소에 관리를 잘 해 두어 시설은 아주 깔끔했다.

이아나의 손이 닿는 곳에는 새 비누와 새 수건까지 마련되어 있었다. 순전히 이아나를 위해 가져다 놓은 것이다. 검술학관의 샤워실은 그녀의 전유물이나 마찬가지였다.

이아나는 뛰어다니고 구르고 하느라 땀으로 축축하게 젖은 옷을 벗어 선반에 던지고는 바로 수도꼭지에 손을 뻗었다. 끼익 하는 소리와 함께 위에서 쏟아지는 차가운 물이 수고했다는 듯 몸을 두들겼다.

"하아……."

뿌연 흙먼지도, 맺혀 있던 땀도, 오물이 묻은 것처럼 찜찜하게 들러붙은 시선도 차가운 물에 모조리 씻겨 내려간다.

악명 높은 검술학부의 수업다웠다. 신입생들이 받는 첫 수업인데도 평상시에 해 온 강도 높은 수련과 다를 바 없었다. 아니, 그 나날들보다 훨씬 힘들었다.

한 손만으로 모든 수련을 소화한 데다, 학관에 비치된 고난이도의 수련 보조 도구를 사용하도록 요구받아서 로베르슈타인가의 작은 산에서 맨몸으로 수련했을 때보다 난이도가 어려워졌기 때문이다.

이아나는 앞의 거울에 손을 짚고 거울에 비친 얼굴을 물끄러미 바라보았다.

아, 내가 여기에 있구나.

이곳에는 작은 공터가 아닌 드넓은 수련장소가 있었고, 풍경 속의 자연물이 아닌 수련을 위한 체계적인 기구들이 있었다. 기진맥진할 때까지 몰아붙이는 지옥 같은 수련 때문에 그녀에게 관심을 보이던 이들은 점차 시선을 떼었다. 계속 들러붙는 시선이 있긴 했지만 검을 쥘 때면 그런 것들은 그녀에게 있어 먼지 한 톨의 존재감도 되지 못했다.

영지에 있을 때는 발목이 잡힐까 봐 몰래 수련했지만, 이제는 누구 눈치 볼 필요 없이 마음껏 검을 휘두를 수 있었다. 아침이든, 점심이든, 저녁이든, 언제든지. 타인은 그녀의 세계에 침범할 자격이 없기 때문이다.

이아나의 눈이 호선을 그렸다. 입매에는 작은 미소가 맺혔다. 그녀는 눈을 감고 퍼부어지는 차가운 물을 만끽했다.

끽.

뜨거운 물을 사용하려고 온도 조절 레버를 돌렸지만 나오지 않는다. 수도꼭지를 훑어본 이아나의 눈에 마나석 슬롯이 보였다. 뜨거운 물을 쓰고 싶다면 마나석을 개인적으로 가져와서 슬롯에 꽂아야 하는 구조로 설계된 아티팩트인 듯했다.

아티팩트는 마나를 동력원으로 하여 기능하는 마도시대의 마법 도구다. 슬롯에 마나석을 장착하면 활성화되고 탈착하면 비활성화되는 아티팩트에는 마법진이 새겨져 있었다.

마법은 마나가 배열됨으로서 발현되는 이능. 이 마법을 조금 더 쉽게, 체계적으로 발현할 수 있는 방법이 있다. 중구난방으로 마나를 배열하는 게 아니라, 마나가 움직이지 못하도록 고정시킬 동그란 마나 틀을 형성한 후 그 안에 마나를 차곡차곡 쌓으며 배열하는 방법이다.

이러한 원형의 마나 배열은 마법진이라고 불렀다. 마도시대의 마법은 대부분 마법진으로 연구되고, 발현되었다. 기하학적인 마법진은 무척 아름다웠기 때문에 예술적인 가치도 있어 더욱 각광받았다.

새겨진 마법진에 마나만 공급하면 마법이 발현되는 아티팩트는 마도시대를 살아가는 사람들의 생활 전반에 깊숙하게 녹아들어 가 있었다. 마법을 쓸 수 없는 이들도 마법의 혜택을 받을 수 있다는 점 때문에 한번 구비해 두면 아주 쓸모가 많았다.

하지만 아티팩트는 마구 사서 사용하기엔 아티팩트 자체의 가격도, 쓸 때마다 들어가는 비용도 부담스러운 물건이었다.

이유는 세 가지인데 첫째, 실제로 발현되는 마법진을 정확하게 그려 내는 건 아주 어려운 일이다. 마법진이 조금이라도 틀리면 마법이 발현되지 않고, 드문 경우지만 마나 폭발을 일으킬 수도 때문이다. 그래서 정확한 마법적 지식과, 마법진을 조금의 오차도 없이 새겨 내는 기술이 필요했다.

둘째, 마법이 발현될 때는 강한 압력이 발생하기 때문에 아티팩트를 쓰면 쓸수록 새겨진 마법진이 마모되므로 압력에 강한 비싼 물질을 본체로 써야 했다.

셋째, 마나를 제어할 수 있는 사람은 마나석 없이 마나를 불어넣어 사용할 수 있지만, 일반인의 경우 마나를 응축시켜 놓은 마나석을 구매해서 써야 하는 단점이 있었다. 마나석의 가격은 제조업체마다 천차만별인데, 마나석은 규격 사이즈가 정해져 있다. 같은 사이즈에 더 많은 마나를 응집한 마나석이 비쌌다. 하지만 일반인에게는 최하급 마나석도 비쌌다.

물을 데우기 위해서는 가열 마법을 따로 활성화해야 해서 마나석 소모량이 크다. 비용을 생각한다면 유료시설로 전환하는 게 맞았다.

이아나는 온도조절 레버를 뜨거운 물 쪽으로 돌려놓고 비어 있는 마나석 슬롯에 마나를 불어넣었다. 그러자 차가운 물이 뜨거운 물이 되어 떨어져 내리기 시작했다.

콸콸 쏟아지는 뜨거운 물을 맞고 있자니 기분이 좋았다. 학술원 출신의 마도공학자들이 마법 지식과 최신 건설기술을 융합하여 설계한 샤워실은 푸근한 만족감을 주었다.

한참이나 몸을 씻던 이아나는 흘러내리는 머리를 쓸어 올리며 수도꼭지를 잠갔다. 바닥에 고이는 물을 몇 번 찰박거리며 튀겨 본 후 수건으로 머리카락과 몸을 잔뜩 적신 물기를 깨끗이 닦아 냈다.

이아나는 뽀송해진 상태로 나와 일행을 기다렸다.

"헉!"

샤워를 끝내고 나오던 남학생들은 그런 이아나와 마주치자마자 하나같이 헛숨을 들이키며 몸을 굳혔다. 대충 물로만 씻고 나온 그들과는 다르게 그녀가 풍기는 비누향을 맡고 얼굴을 홍당무처럼 붉힌 채 후다닥 도망가 버렸다. 그냥 지나치는 이들이 없는 건 아니었지만 대부분이 그랬다. 이아나는 일행이 나올 때까지 그런 꼴불견들을 마주하다 결국 한숨을 내쉬었다.

헤레이스가 제일 먼저 반갑게 달려왔다.

"이아나 양, 벌써 나오셨어요?"

"여자는 나 혼자밖에 없으니까."

"그렇긴 한데…… 여자분들은 이것저것 많이 하지 않나요?"

"화장을 안 하기 때문에 머리를 말리고 빗는 시간만 제외하면 너희와 씻는 시간이 엇비슷할 거다."

"우와."

나오면서 이아나의 말을 들은 에이지가 감탄을 터뜨리더니 능글맞은 표정을 지었다.

"편하겠다아. 남자 샤워실은 전쟁이야, 전쟁. 나도 그냥 여자 샤워실에서 같이 씻으면 안 되나?"

"뼈마디가 부러져서 실려 나가고 싶다면 따라 들어오든지."

에이지는 능글맞게 농담을 했다가 본전도 찾지 못하고 입을 다물었다.

"그런데 에이지 형님, 흘끗 봤는데 몸이 장난 아니세요."

"음?"

헤레이스는 스쳐 지나가듯 본 에이지의 몸이 아직도 기억에 남아 있어 놀라움을 감추지 않았다.

"뭐가, 근육이?"

"몸에 흉터가 많으시더라고요. 어렸을 때 몬스터가 많은 지역에서 사셨대요."

헤레이스가 감탄하자 에이지가 잠시 머쓱한 표정을 지었다가 이내 콧대를 세웠다.

"내가 힘들게 살면서 얻은 훈장이니라."

"뭐가 어째 됐든 밥 먹으러 가자고, 밥!"

밥을 찾는 타로의 성화에 이아나 일행은 학술원 곳곳에 마련된 식당 중 하나에 점심식사를 하러 갔다.

삼시세끼를 기숙사에서 해결하는 이들은 없다. 드넓은 학술원 부지에서도 구석진 곳에 위치한 기숙사까지 가는 게 귀찮다는 점, 다음 수업시간에 맞춰서 건물들이 집중되어 있는 학술원 중심부로 돌아와야 하므로 휴식을 제대로 취하지 못한다는 점, 기숙사 밥이 지겹거나, 남녀 간에 친분을 다질 수 없다는 점들 때문에 저녁은 기숙사에서 먹더라도 점심식사는 친한 이들끼리 뭉쳐 식당에서 먹는 경우가 많았다.

"야, 저기 봐."

식당에 검을 찬 이들이 들어서자 식사를 하고 있던 이들의 시선이 쏠렸다. 남자고 여자고 구분할 것 없이 선망과 부러움을 시선에 담아 그들을 바라보았다.

이 시대에서는 무력이 곧 권력이다. 학술원의 검술학부 졸업생들은 배경만으로도 알아주기 때문에 능력을 피력하지 않아도 된다. 귀족들이 데려가고 싶어 난리니 안정된 미래가 보장되어 있었다.

그런 의미에서 검술학부는 타 학부 남학생들에게는 부러움의 대상이고, 여학생들에게는 선망의 대상이다. 출세가 보장된 능력 있는 사내들의 집단, 뿐만 아니라 인간의 안전에 대한 본능적 욕구를 철저하게 만족시켜 주는, 흉흉한 일이 벌어져도 넓은 등 뒤로 숨겨 지켜 주리라는 믿음을 주는 최고의 신랑감들의 집단인 것이다.

식당에 검술학부 학생이 없는 건 아니었다. 그럼에도 이들에게만 시선이 집중되는 이유는 준수한 생김새의 남자 둘과 덩치가 크고 사납게 생긴 남자, 그리고 예쁘장한 여자로 구성된 특이한 일행이었기 때문이다.

그중에서도 이아나에게 시선이 가는 건 어찌 보면 당연하다. 검술학부는 오랜 시간 동안 남자들의 전유물이었고 그것은 점차 진리로 굳어졌기 때문에 근육덩어리들이 넘쳐 나는 검술학부에 여자가 있다고는 생각하기 어려웠다.

하지만 이아나는 검을 매고 있었고, 그녀를 목격한 학생들은 의문을 품었다. 저 여인은 누구인가.

"거참, 따갑다, 따가워."

에이지가 숟가락을 들고 투덜댔다.

"그만큼 이아나 양이 주목을 받는다는 거 아니겠어요?"

"그게 좋은 의미일지 나쁜 의미일지 모르겠네."

식사를 하던 헤레이스는 여학생 하나와 우연히 눈이 마주쳤다. 그녀는 '어멋!' 하고 빨개진 얼굴로 고개를 돌렸고 헤레이스는 어색하게 웃었다.

"검술학부가 여러모로 대단한 학부이긴 한가 봐요."

"안 그렇겠냐? 이백 대 일에 가까운 경쟁률을 뚫고 들어온 애들인데. 출세도 보장되어 있잖아."

에이지와 헤레이스가 대화를 나누고 있을 때, 이아나와 타로는 말이 없었다. 타로는 식판에 산더미처럼 음식을 쌓아 와서는 정신없이 해치우고 있는 중이고 이아나는 음식을 꼭꼭 씹어 맛을 음미하는 습관이 있어 조용히 식사 중이었기 때문이다.

걸신들린 듯 식사를 하는 타로와 수련하듯 식사하는 이아나, 그리고 저들끼리 시시덕거리며 웃는 에이지와 헤레이스. 묘하게 어울리는 일행의 모습이다.

"전공은 모두 오전에 들어 있으니 같이 다니는 건 점심시간까지인가 보네. 으으으, 뼈근해."

식당에서 나오면서 에이지가 기지개를 켰다. 검술학부 전공 수업의 경우 편의를 위하여 전부 오전에 몰려 있는 데다, 모두 같은 조를 신청했기 때문에 이아나 일행은 오전까지 계속 함께 있을 수 있었다. 하지만 오후에 쏠려 있는 교양의 경우, 각자 듣고 싶은 수업과 수업 시간이 달랐기 때문에 일행은 함께 점심식사를 한 후에는 헤어져야 했다.

전 학부 공통 필수전공인 세계사와 신학도 듣는 수업이 전부 달랐다. 교수와 커리큘럼이 몹시 다양해서 각자 마음에 드는 교수를 선택한 탓이다.

그래서 수업 시간이 모두 달랐다. 이아나는 오늘 점심식사가 끝난 후에 일주일에 한 번 들어 있는 세계사 수업을 들어야 하지만 에이지, 헤레이스, 타로는 아니었다.

"아따 거시기, 이아나 양은 요기까지만 보겠구먼. 그러게 사내놈으로 태어나지 말이여, 쯧쯧. 그려, 다시 태어나는 건 어떤감? 아무리 생각혀도 이아나 양은 남자로……."

타로가 혀를 끌끌 차며 이런 말을 하는 이유가 있었으니 셋은 남자이기에 기숙사에서도 같이 몰려다닐 수 있지만 이아나는 여자기에 따로 만나지 않는 이상은 볼 수 없었다.

"만약 내게 볼일이 있다면 수련관으로 와. 수업을 마치고 언제나 그곳에서 수련을 할 거니까."

"히익, 힘들어 죽겠는데 또 수련을 하고 싶어?"

에이지가 질색했다.

"그리고 우린 한 배를 탄 동지야. 동지는 뭉쳐 다녀야지!"

이아나는 영문을 모르겠다는 표정으로 어깨를 으쓱였다.

"꼭 붙어 다닐 필요는 없지 않나. 보면 보는 거고 안 보면 안 보는 거지."

"이런 차가운 사회성 제로 여자 같으니."

에이지가 검지를 흔들었다.

"볼일이 있어야만 보나? 몸이 멀어지면 마음도 멀어지는 법, 우리는 그걸 바라지 않아용. 친목을 다져야지."

"……."

"아, 좋은 생각이 났어. 우리 금요일 저녁에 술 마시는 건 어때? 피로를 푸는 거지. 그전에도 시간 나면 마시러 가고."

"캬, 에이지 이 짜슥, 간만에 머리 좀 굴렸구마잉! 나가 안 그래도 술은 마시러 갈라 혔는데 같이 가면 더 좋제!"

"그건 괜찮은 것 같군."

타로가 헤벌쭉하게 웃으며 에이지에게 어깨동무를 했다. 이아나도 술은 좋아했기에 긍정의 뜻을 표했다. 하지만 집사에게 자신의 술버릇을 들어 알고 있는 헤레이스는 뻘쭘한 표정으로 머리를 긁적였다.

"저, 저도 술…… 마셔도 될까요?"

"헤레이스 넌 옆에서 오렌지주스나 마셔라."

"싫어요! 그게 뭐예요. 취하지 않을 정도만 마실게요."

"그래? 술주정하면 버리고 간다?"

"네, 알겠어요!"

"그럼 금요일 일곱 시에 학술원 정문에 모이기다! 크으, 코가 삐뚤어지도록 마셔 버릴 테다. 하루하루 그날만 기다려질 것 같네."

일행과는 식당 앞에서 헤어지고, 이아나는 가볍게 산책을 하다가 시간이 되자 사학관으로 향했다.

강의실의 앞자리는 학구열을 불태우는 신입생들이 몽땅 차지해서 만석이었다. 이아나는 중간쯤에 앉았다.

"우와, 저 사람 봐. 예쁘다아."

"와. 그런데 귀티가 좀 흐르는 것 같지 않아?"

똑같은 옷을 입은 채 평민들 사이에 섞여 있어도, 이아나의 예쁘장한 외모와 절도 있는 자세에서 우러나오는 우아한 분위기는 시선을 모았다.

"세계사는 양이 방대하므로 1학년 1학기 동안은 깊은 탐구를 위한 기초를 마련합니다. 이 수업에서 제가 가르쳐 드릴 것은 세계사의 큰 줄기와 현존하는 각 왕국의 건국사입니다."

자신을 일럿이라 간단하게 소개한 중년 교수가 수업의 개요를 설명했다.

"첫날부터 무거운 주제를 선정하는 건 바람직하지 않은 듯해서 오늘은 가볍게 유서 깊은 왕국의 공통된 건국 신화만 살펴보고 마치고자 합니다."

학생들의 얼굴에 화색이 돌았다. 이아나는 노트의 제일 위에 공통 건국 신화라고 필기했다.

"건국 신화 하면 라오스 신화를 빼놓을 수는 없지요. 하지만 저는 기록된 역사만을 가르칠 것이기에 신화에 대해서는 오늘만 언급할 겁니다. 시험에 나오지 않으니 필기할 필요 없습니다. 이야기를 듣는다고 생각하세요."

"와아, 교수님 최고!"

다른 학생들은 히히거리며 펜을 내려놓았지만 이아나는 신화라는 말에 눈을 빛내며 펜을 움켜쥐었다. 라오스의 광신도처럼 열성적인 태도였다.

"까마득한 옛날, 라오스 님이 이 세계에 현신하시어 생명체를 창조하시던 시절 건국왕들은 모두 라오스 님의 열렬한 신도였다고 합니다. 창조의 힘은 경이적이었고, 왕들은 라오스 님을 추종하며 창조의 역사를 지켜보았다고 하죠."

일럿이 목소리를 가다듬었다.

"라오스 님은 모든 것을 창조하신 후 얼마 지나지 않아 이 세상에서 사라지셨지만, 추종자들은 스스로를 왕이라 칭하며 지배자가 되었습니다. 그중에서도 로안느 왕국의 시조, 로안느 데 로안느 여왕께서는 라오스 님의 가장 충실한 종이었다고 합니다. 그래서 라오스 님으로부터 강력한 마나 제어력을 선물 받았다는 전설이 있지요. 왕실의 귀한 분들은 대다수가 능숙하게 마나를 제어하신다고 하니까요. 그래서 라오스 신을 추종하면 마나 제어력이 높아진다는 미신도 있는 모양입니다."

라오스가 사라졌다. 신들은 신력을 모두 소모하면 죽는다.

'혹시 라오스는 창조에 모든 신력을 사용하고 르보니처럼 소멸한 걸까?'

최하급 신이 아니라면 신들은 스스로 신력을 만들어 낼 수 있으므로 영생을 살 수 있었다. 만일 정말로 신력을 다해 소멸했다면, 라오스는 최하급 신이었던 걸까.

그나저나 라오스 신을 추종하는 정도에 따라 마나 제어력이 달라질 수 있다면 자신은 라오스 신의 광신도란 말인가? 정말 어처구니없는 전설이었다.

"여기까지 들었을 때 질문이나 의아한 점이 있는 학생 있습니까? 역사를 공부하며 끊임없이 질문을 던지고 해결하는 건 꽤 좋은 공부가 될 겁니다."

"교수님."

이아나가 손을 들었다.

"네, 말씀하세요."

"만일 추종하는 정도로 마나 제어력이 강해진다면, 바하무트 황실의 경우에는 어떻게 된 겁니까? 그들은 라오스를 믿지 않지만 아주 강하다고 들었습니다."

"흠."

일럿은 목을 한 차례 가다듬었다.

"바하무트 제국은 마도시대 초창기에는 존재하지 않았습니다. 라오스 님이 세상에서 모습을 감추신 이후 왕국들이 패권다툼을 하던 시절 바하무트는 거센 물결을 가르는 난폭한 상어처럼 갑자기 솟아올랐지요. 그들 황족은 소수지만 그 힘은 그 시대 최강이라 불리던 로안느 왕실과 비견될 정도로, 아니 훨씬 더 강력했다고 알려져 있습니다. 그런데 바하무트 황실은 황족의 역사를 철저하게 은폐하기 때문에 우리는 알 길이 없습니다. 즉 그들의 힘이 어디서 유래했는지, 어떻게 해서 그들이 그리 강할 수 있는지 알 수 없다는 거죠."

일럿이 미소 지었다.

"어쨌든 좋은 질문입니다. 이 모든 게 근거 없는 전설이기 때문에 우리는 신화라고 말하는 겁니다. 저는 마나 제어력이 라오스 님을 추종하는 정도가 아니라 하나의 성질이고, 혈계로 유전되는 특성이라고 생각합니다. 그렇기 때문에 천 년에 가까운 시간 동안 모두의 위에서 군림할 수 있는 게 아니겠습니까?"

그럴듯했다. 유전은 부모가 가지고 있는 특성이 자식에게 전해지는 현상. 만일 친화도가 머리카락 색이나 생김새처럼 하나의 특성으로서 유전된다면, 바하무트 황실 대대로 강력한 마법사나 무인이 배출되는 현상도 유전적인 특성일 가능성이 높았다.

'그들이 근친혼에 집착하는 이유도 거기에 있지 않을까.'

이아나는 마나 제어력이 유전된다는 가정 하에 생각을 거듭

했다. 유전은 선천적인 부분이며, 마나 제어력의 네 재능 중 천성적인 재능은 친화도뿐이다. 다른 재능은 명상을 하고 수련을 하는 등 피나는 노력을 해야 향상시킬 수 있다.

즉, 친화도는 피를 통해 이어진다. 그런데 친화도는 단순한 성질에 불과한가?

'아니면 친화도를 결정하는 뭔가가 있는 걸까?'

이아나는 고민하고 고민하다가 기억 속에서 단서를 하나 발견했다. 호르비 사건 때, 마나는 엄청난 생기가 느껴지던 신력을 향해 달려들며 입맛을 다셨다.

'신력은 누구나 가지고 있댔어. 그러면 친화도는 신력에 영향을 받는 걸지도 몰라. 신력의 양이라든가, 물고기가 말한 신력의 맛이라든가.'

꽤 그럴듯한 결론이다. 로안느 데 로안느 여왕도 그렇고, 마도시대 초중반에 나타난 바하무트 황실의 시조 또한 어떤 사람인지는 밝혀져 있지 않지만 신력이 평범하진 않으리라.

신력에 마나가 이끌린다는 추측에 점차 확신이 생긴다. 신력과 마나는 비슷하지만 다르다. 신력과 마나 사이에는 대체 무슨 관계가 있기에 마나는 신력에 유혹 당하는가. 신력과 마나는 정확히 무엇인가?

이아나가 복잡한 표정으로 펜을 쥐었다.

"다른 질문 없습니까? 그럼 인간이 아닌 이종족들의 이야기로 넘어가 보죠. 이종족에 대해 알려진 사실은 거의 없으므로 몇 가지만 간단히 말씀드리고 수업을 마치겠습니다. 이종족은 마도시대 초창기에만 모습을 드러내던 신비로운 이들입니다.

지금은 인간이 접근할 수 없는 깊숙한 오지에 살아가고 있다고들 하지요."

이종족이 완전히 모습을 감춘 지 삼천 년이 넘었다. 그래서 현재 이종족은 신화 속 존재들로 여겨지고 있었다.

"라오스 님께서는 인간을 만들어 내기 이전에 다양한 이종족들을 창조하셨는데, 그들은 마도시대 초창기에는 인간들과 어울려 살았으나 점차 사라지더니 현재 엘프들은 동부의 샤우부 대삼림에, 드워프들은 남부의 카란켈 바위산맥에서만 살고 있다고 알려져 있습니다. 서부 기로하이 사막에는 다양한 종족들이 모여 살고 있습니다. 사막에는 순수하게 무력을 숭상하는 사막 전사들이 많아 이종족 중에서도 강력한 힘을 지닌 수인족은 다른 이종족들에 비하면 인간과 친하게 지내며 모습을 많이 드러낸다고 합니다. 특히 토라카 왕국에서 말이죠."

토라카 왕국. 이아나는 어디선가 들은 듯하여 인상을 찌푸렸다. 곰곰이 생각에 잠겨 있던 이아나가 아, 하고 입을 벌렸다. 토라카 왕국은 파엘라 상단이 로안느 왕국에 오기 이전에 주로 활동했던 왕국이었다.

엘프는 나무처럼 가느다란 몸과 아름다운 외모를 가졌고, 드워프는 난쟁이처럼 작지만 단단한 근육을 지녔으며, 수인족은 동물로 변이할 수 있는 능력을 지녔다. 이 세 종족 외에도 다른 종족이 더 있다고 하는데, 나머지 종족에 대해서는 아는 바가 없었다.

이종족의 물건은 희귀품목으로 분류되는데, 엘프의 약초와 활, 천은 돈 많은 왕족들과 귀족들이 눈에 불을 켜고 구하러 다닌다. 드워프들의 무구는 최상급으로서 귀족들이 탐을 내는 건 당연하고, 무구를 구하기 위해 직접 드워프를 찾아 헤매는 전사들도 있었다.

수인족의 경우에는 물건보다는 그들 자체가 품목이 되는 경우가 많았다. 요즘에는 수인족이 연합해서 몰려다니기 때문에 노예로 잡기가 힘들어 드물다고 하지만 과거에는 수인족 노예가 수두룩했다. 예를 들면 고양이족이나 토끼족 여인은 관상용이나 성노리개용, 조류형 수인족들은 비행용, 맹수류 수인족들은 전투용 노예였다.

"그리고 북부 히마라페 빙원에는 무언가가 산다고 알려진 바가 없습니다."

이종족에 대해 한차례 설명을 늘어놓은 일럿이 목을 가다듬었다.

"우리 수업 주제는 세계사니 이종족에 대해 자세히 알고 싶은 학생들은 도서관에서 찾아보도록 하고, 이것으로 오늘 수업은 끝입니다. 다음 주부터는 본격적으로 수업을 시작하겠습니다. 그럼 해산!"

세계사 수업이 오늘의 마지막 수업이었기 때문에 이아나는 곧장 검술학부의 수련관으로 직행했다.

수련관에서는 나이가 많아 보이는 사람들이 검을 열심히 휘두르고 있었다. 땀내 나는 수련관에 예쁘장한 여인이 들어서자 역시나 시선이 쏠렸다.

"핫, 이아나 양?"

목검으로 허수아비를 무자비하게 구타하다가 반갑게 인사하는 라이언도 있었다. 이아나는 다가오는 라이언에게 꾸벅 허리를 숙였다.

"선배님, 안녕하십니까."

라이언은 헛기침을 했다.

"험. 여자 후배님한테 깍듯이 인사 받으니까 기분이 요상하네요."

"뭐냐, 라이언. 이분이 그 유명한 후배님?"

호기심을 가진 그의 친구들이 슬금슬금 다가와 이아나를 신기한 눈으로 내려다보았다.

이아나는 키가 무척 큰 그들을 빤히 올려다보며 눈을 깜빡였다. 아무 생각 없이 한 행동이지만 보고 있는 이들의 반응은 달랐다. 연인이 있는 이들이 없는 건 아니지만 일단 학술원에서는 출세를 위해 검술 수련에만 매진하기에 대부분이 여자에 면역력이 없었다.

한 사람이 뒤로 물러서며 얼굴을 붉혔다.

"이, 이 예쁜 아가씨가 진짜 우리 후배님이시라고?"

"어이, 무례하게 굴지 마라."

라이언은 그들에게 미리 윽박질렀다.

"이아나 양은 검술학부에 정정당당하게 우수한 실력으로 입학한 우리 후배님이시다."

"알았어, 알았어. 그건 네 녀석한테 귀에 딱지가 앉도록 들어서 알고 있는데 이런 땀내 나는 곳에 예쁜 아가씨가 있으니까 내 뇌에 혼란이 생기는 것 같다고."

이곳에 있는 이들은 모두 고학년이었고, 그들은 긴 시간을 함께해 온 라이언의 공정성을 신뢰하고 있었다. 그가 이아나를 하도 칭찬해 놓아서 그녀를 불만스레 쳐다보는 이들은 없었다. 하지만…….

라이언은 주변을 빙 둘러보았다. 수련관에는 이미 검을 내려 놓고 입을 헤벌린 채 이아나를 구경하는 이들이 대다수였다. 라이언은 한숨을 푹 쉬었다.

"흠, 이거 문제인데."

"저는 상관없습니다."

"곤란해요. 물론 강직한 이아나 양은 괜찮겠지만 여기 있는 늙수그레한 아저씨들이 문제입니다. 여기 있는 사람들 거의 다 졸업반이라서 빡세게 수련해야 하는데 이아나 양이 있으면 쳐다보면서 헤헤거릴 테니까."

"아저씨라니!"

옆에 있던 한 남자가 억울하게 소리쳤다. 라이언은 눈 한번 꿈쩍하지 않고 바로 되받아쳤다.

"아저씨 맞잖아. 이아나 양은 이제 겨우 열여섯 살이라고. 여기서 나이가 제일 어린 사람이 스물넷이야. 할 말 있어?"

"우린 단지 예쁜 후배님과 친해지고 싶을 뿐인데……."

남학생들은 시무룩한 표정을 지었다. 잠자코 그들의 대화를 듣고 있던 이아나는 마음에 들지 않아서 미간을 좁혔다.

"그렇다면 제가 검술학부의 수련관에서 수련조차 제대로 할 수 없다는 겁니까?"

저 멍청이들 때문에? 라는 말을 꾹 삼켰다.

불만스러운 이아나의 표정을 보고 곤란해하던 라이언이 좋은 방법을 떠올리고 손가락으로 딱 소리를 냈다.

"딱이군! 내 개인 수련장을 빌려 줄게요. 요즘에는 이 인간들 수련을 돕느라 거기에 갈 일이 별로 없으니까."

"개인 수련장?"

이아나가 의문을 표하자 라이언은 고개를 끄덕였다.

"검술학부에서는 1학년 2학기부터 학년별 성적 상위 다섯 명에게 개인 수련장이 제공되거든요. 이봐들, 이아나 양을 데려다 주고 올 테니 훈련하고 있어라, 응?"

"치사한 새끼. 자기 혼자 예뻐하겠다 이거냐."

누군가의 투덜거림에 라이언이 밝게 웃었다.

"란쯔, 기억해 뒀어."

"켁!"

라이언이 으름장을 놓고 이아나를 데려간 곳은 단체 수련장에서 별로 멀지 않은 장소였다. 수련장 자체가 학술원의 외곽에 있었기 때문에 개인 수련장도 외진 곳에 있었다.

개인 수련장 건물에 들어온 라이언과 이아나는 계단을 올라 5층으로 향했다. 라이언은 5층에 있는 쇠문 네 개 중 한 개 앞에서 굳게 잠긴 자물쇠에 열쇠를 꽂았다.

철컹 하는 소리와 함께 문이 끼익 하고 열렸다. 수련장 내부는 정면의 창문에서 쏟아지는 붉은 노을빛에 물들어 있었다. 이아나는 내부를 휘 둘러보았다. 단체 수련장보다는 협소했지만 개인이 수련하기에는 넓었다. 방구석에는 수련장에서 봤던 수련 기구들이 마련되어 있었다.

"좋은 곳이네요."

"그렇죠? 단체 수련장은 사람이 많으니까 불편하면 이곳에서 수련해요. 아, 방 전체에 방어 마법이 걸려 있으니 마나 수련도 가능합니다."

라이언의 말대로 벽에는 파괴방지용 방어 마법진이 그려져 있었다. 이아나는 설레는 얼굴로 벽을 쓸어 보았다. 벽에서 마나의 약한 유동이 느껴졌다. 방어 마법은 늘 활성화되어 있는 듯했다.

"호의에 감사드립니다."

이아나가 허리를 숙이자 라이언이 황급히 손을 내저었다.

"아니에요. 이아나 양을 수련관에서 내쫓은 것 같아 오히려 내가 미안합니다. 그럼 오늘부터 수련을 시작하시겠어요?"

"예."

이아나가 당장이라도 검을 휘두르고 싶어서 근질거리는 손으로 검집을 만지작거렸다.

"열쇠는 여기 선반에 두고 갈게요. 나는 절대 여기에 오지 않을 테니 마음 놓고 수련하고."

"감사합니다."

"그럼!"

이아나가 다시 한 번 허리를 숙였고, 라이언은 손을 흔들며 밖으로 나갔다. 수련장의 문이 쾅, 닫혔다.

이아나는 천천히 허리를 폈다. 흘러내린 붉은 머리카락이 길게 허공에 너울졌다. 뚜벅거리는 라이언의 발소리가 점차 멀어지고 더 이상 귓가에 들리지 않을 때까지 그저 가만히 서 있었다.

"······."

주변을 둘러보았다. 조용했다. 이곳은 잠잠한 고요가 지배하는 곳. 누구도 침범할 수 없는 사각. 서 있는 생명은 고동치는 심장을 가진 이아나 혼자였다.

조용하다.

기분이 좋다.

"하아······."

이아나는 눈을 감으며 한껏 고개를 올려 길게 숨을 들이켰다. 들이켰던 숨은 폐부를 조이자 천천히 빠져나간다.

붉은 눈동자가 천천히 드러난다. 고개가 옆으로 살짝 젖혀졌다. 붉은 시선이 창밖에서 지고 있는 붉은 태양과 하늘을 가득 물들인 아름다운 붉은 석양으로 향했다.

온통 붉구나.

"후."

이아나는 단숨에 머리를 묶어 올리면서 언제나 침잠해 있는 눈매를 접어 웃었다. 날카로운 눈이 빛을 발했다.

이제 전진뿐이다.

혼신의 힘을 다해 수련을 한 이아나는 지친 몸을 이끌고 숙소로 돌아왔다.

"아, 어, 어서 와요!"

그리고 그런 그녀를 맞이하는 사람이 있었으니, 바로 얼굴을 익은 토마토처럼 발갛게 물들인 프리실라였다.

이아나는 방에 들어가지 않았다. 현관에서 문손잡이를 잡은 채 비아냥거리는 어조로 물었다.

"어제와는 다르게 정신을 좀 차렸나 봅니다?"

"어…… 음, 어제는 정말 미안해요. 내가 정말 잘못했어요. 속상한 일이 있어서 마셨는데 그게 좀 심했던 것 같아요. 룸메이트인 당신을 배려하지 못했어요."

스스로가 생각해도 어제의 자신이 부끄러웠던 프리실라의 목소리가 점점 기어 들어갔다.

"미안하다니 어제 일은 됐고. 만일을 대비해 경고 한번 하겠습니다."

"네, 네?"

이아나가 방에 들어옴과 동시에 문이 철컥하고 닫히자 프리실라가 긴장했다. 이아나는 바늘로 찔러도 피 한 방울 안 나올 듯한 얼굴로 그녀를 내려다보았다.

"기숙사의 경우 통금시간이 따로 없지만 주류 반입이 불가하고, 술도 마시고 들어오지 못하는 것으로 알고 있습니다. 사감에게 들키지 않고, 룸메이트가 눈감아 준다면야 상관없지만 불쾌한 룸메이트가 항의하면 바로 퇴소 조치라는 것, 알고 있습니까?"

"네……."

"저는 아주 불쾌합니다. 그러니 두 번은 없습니다. 술을 마시면 밖에서 자고 오십시오. 또 한 번 이런 일이 있었다간 사감에게 항의할 겁니다."

"응, 이제 그럴 일은 절대 없을 거예요!"

이아나는 사이가 아예 틀어질 각오를 하고 정떨어지는 어투로 딱딱하게 경고했지만, 프리실라는 경고에 들어 있는 한 번의 용서에 활짝 웃었다. 넉살이 좋은 여자였다.

이아나는 프리실라가 알아먹은 것 같으니 이 문제에서는 이제 손을 떼기로 했다. 땀을 거하게 뺐으니 평소처럼 샤워나 하고 싶었다. 프리실라를 지나쳐 옷장에서 갈아입을 옷을 꺼내 욕실로 갔다. 아무 생각 없이 옷을 벗어 세탁 바구니에 집어 던지고 있는데 옆에서 집요한 시선이 그녀의 몸을 훑었다. 이아나는 바지를 벗다 말고 프리실라 쪽을 보았다.

"아, 전 신경 쓰지 말아요."

반짝거리는 눈빛에 이아나는 살짝 당황스런 기분으로 잠시 그녀를 쳐다보았다. 프리실라는 노골적으로 자신의 몸을 훑어 보고 있었다. 꺼림칙한 기분이 들었지만 결국 바지까지 벗고는 민소매 티와 짧은 속바지 차림으로 욕실에 들어가려 했다.

"아, 아름다워."

그 순간 튀어나온 말에 이아나는 할 말을 잊었다. 어쩐지 몸을 가리고 싶다는 충동이 들었다. 하지만 같은 여자끼리 왜 그래야 하나 싶어 이마를 미미하게 찌푸렸다.

"어제부터 계속 무례한 시선을 보내시던데, 이유가 뭡니까. 무척 부담스럽습니다."

"헉! 쏩, 미안해요."

프리실라가 깜짝 놀라 입에 맺힌 침을 쓱 닦아 냈다.

"사실 이아나 양이 제 상상 속 모델과 너무 똑같아서. 아니, 완벽해요. 저기요, 그래서 말인데요, 이아나 양."

프리실라는 슬금슬금 다가와서 팔을 꼭 붙들었다. 이아나는 이 작은 여자가 대체 뭐 하자는 건가 싶어 어이없는 눈으로 내려다보았다. 이상한 행동을 하는 이유가 궁금했기에 잠시 무례한 행동을 용납하기로 했다.

"초면에 이런 말하는 내가 웃기겠지만요. 그래도 1년 동안 같이 지내게 될 룸메이트인데 부디, 간곡히 부탁드릴게요. 제 부탁 좀 들어줘요."

프리실라가 이아나의 손을 꼭 붙잡았다.

"제 모델이 되어 주세요!"

"……뭐요?"

"저, 이래봬도 재봉은 한 솜씨 하거든요? 일상복이든, 속옷이든, 코르셋이든, 이아나 양이 원하는 옷은 제가 다 만들어 드릴게요. 그 대신 당신의 몸을 내게 줘요……. 하아하아…… 지금 당장 당신의 사이즈를 재고 싶어……."

이아나는 입을 다물었다. 이 여자가 오늘도 술에 취한 건가 싶었다. 하지만 술 냄새가 나지 않는 걸 보면 제정신인 듯했다.

"머리와 전신의 비율. 상반신과 하반신의 비율. 어깨에서 팔꿈치, 팔꿈치에서 손목에 이르는 비율."

팔에 소름이 돋았다. 이아나는 처음 받아 보는 이상한 관심에 대한 어색함과 기피감에 당혹스러운 기분을 참지 못하고 손을 떨쳐 내려 했다. 하지만 프리실라는 놓치지 않았다. 이아나의 몸을 훑어보는 눈에는 기이한 광기가 흘렀다.

"허벅지와 종아리의 비율. 다른 여자와 차별성을 강조하듯 몸 곳곳에서 제 존재를 내세우는 적절한 근육량. 상완 이두근

과 대흉근과 외복사근과 광배근…… 츄릅……. 견갑골, 쇄골, 복
장뼈, 갈비뼈로 이어지는 멋진 상체 라인, 어깨에서 허리로 흐
르는 아름다운 허리 라인과 각도. 요추, 천추, 미추로 이어지
는 예쁜 엉덩이 라인……. 그리고 남자들이 보면 한 번에 뿅
갈 만큼 예쁜 모양의 탄력 넘치는 가슴……."

프리실라는 손을 놓고 이아나의 팔을 주물럭거리며 손가락
을 꿈지럭거렸다.

이아나는 그녀의 제안을 단칼에 거절했다. 그리고 면전에서
욕실 문을 쾅 닫았다.

결국, 어젯밤 이아나는 프리실라를 울렸다.

이아나가 계속 졸라 대는 프리실라에게 북쪽의 얼음 바람처
럼 냉기를 폴폴 날리며 단호하게 거절하자 그녀가 입을 꾹 다
물고 훌쩍거리며 침대에 누워 버린 것이었다.

프리실라는 잠이 들 때까지 훌쩍거렸는데, 이아나도 저 때문
에 끅끅 우는 여자와 같은 방에 있는 게 마음이 편한 건 아니
었다. 그 바람에 잠을 약간 설쳐 버렸다.

또 오늘 아침에는 검술과 전술의 이론을 듣고 기마술을 배
워야 했지만, 부상에 깐깐한 교수가 말은 한 팔로 탈 수 있는
생물이 아니라며 앉아서 지켜볼 것을 요구했기에 이아나는 엉
덩이가 배길 정도로 오랫동안 앉아 있어야만 했다.

그 뒤로 이어진 마나학 수업도 지루했다.

"마나란 무엇일까요? 설명할 수 있는 학생 있습니까?"

"마나는 마도시대에서 우열을 가르는 힘의 근원입니다."

"정석적인 정의군요. 학생 말대로 마나는 무인의 강력한 강기가 될 수도 있고 마법사의 마법의 근원이 될 수도 있으므로 힘의 근원이 맞습니다. 그러나 만물을 이루는 근원이기도 하지요. 불, 물, 공기, 대지, 나무, 동물, 사람…… 이 모든 게 마나의 아름다운 배열로 이루어져 있으니까요. 마법사들이 파이어볼, 라이트닝과 같은 마법이라는 신비한 현상을 인위적으로 일으킬 수 있는 이유가 바로 이것 덕분입니다. 그런데 이러한 마나는 어디서 비롯되는 걸까요?"

"……"

"사제들은 마나가 라오스 님께서 창조해 낸 기운이라고 말합니다만 사실 마나가 어디서부터 비롯되었는지는 아무도 모릅니다. 어째서 마나가 고갈되지 않는지도 모르지요."

솔직히 말해 수업내용 중에 기억나는 건 그 말밖에 없었다. 이미 뼛속 깊이 알고 있는 것들을 듣고 있자니 잠이 와서 수업을 듣다 말고 수업 교재를 읽어 봤지만 기초 중에서도 기초만 있어서 그다지 유익하지도 않았다. 수업 교재에서 도움이 될 만한 게 있다면 자연물을 이루는 복잡한 마나의 배열이 아주 자세하게 나와 있다는 점이었다.

오늘은 여러모로 되는 게 없었다.

"성서는 전 대륙의 보물이랍니다. 라오스 신께서 모습을 감추시기 이전에 그분과 태초부터 함께한 검은 신도가 있었습니다. 검은 신도는 라오스 신께서 해 주시는 이야기들과 신과 함께 만들어 간 역사를 일기로 썼지요. 그 기록을 격식에 맞추어

정리해서 추종자들의 사연을 기록한 서적과 합본한 책이 바로
성서입니다.”

상념을 일깨우는 상냥한 목소리에 정신을 차린 이아나는 일
단 잡생각은 집어치우고 수업에 집중하기로 했다.

지금은 피앙카 사제의 신학 수업이다. 피앙카 사제는 라오스
대신전에서 학술원에 파견된 사제 중 한 명으로 나긋나긋한
수업과 상냥한 학점으로 유명했다.

“성서의 표지를 넘겨 볼까요?”

나의 황금의 악마여.
나는 구슬피 통곡한다.
약속의 증표, 페임드라의 생명은 마르고
낙원에는 종말밖에 남지 않았구나.
오늘, 너는 나의 검을 받들고 스러지리라.
탄생과 불멸의 끝에 위치한 판데모니엄.
그곳에서 너는 잠들라.
나 또한 너의 곁에서 함께하노라.
마침내 세상에는 태양의 눈이 빛나는 순간이 오리니……

르보니 사건 이후로 닳도록 외웠기에 이아나에게는 아주 익
숙한 문구였다.

“모든 역사는 이 시와 함께 시작되지요. 이 시에 관련해서는
알려진 바가 전혀 없습니다. 추종자들조차 라오스 신께서 직접
비석에 새기신 이 시에 대해서는 단 한마디도 듣지 못했다고

합니다. 신성시대에 대해서도 거의 언급이 없으셨죠."

이아나는 펜을 들고 집중하기 시작했다. 신성시대의 비밀을 풀기 위해 신학 수업은 한마디도 놓쳐서는 안 된다.

"다만 라오스 신께서 지나가듯 언급하시길, 신성시대는 무척이나 아름다운 시대였고 그 시대에는 라오스 말고도 수많은 신들이 살았다고 합니다. 그래서 오랜 세월간 이 시에 대해 논란이 많았지요. 여전히 아주 골치 아픈 주제랍니다. 가르칠 수 있을지도 의문이에요."

피앙카는 곤란한 미소를 지었다.

"하지만 최근 신전에서 이 말을 어떻게 해석하고 있는지에 대해 말씀드리겠습니다. 다들 아시다시피 여기에 나오는 황금의 악마는 신성시대의 종말을 불러온 절대 악으로 평가받고 있습니다. '나의'라는 단어에 대해서는 말이 많은데, 우스갯소리 중 하나로 황금의 악마는 아름다운 외모로 라오스 신을 유혹해 연인이 되었고, 그래서 '나의'라는 말이 붙었다는 말이 있습니다. 통곡한다는 건 사랑했던 악마에게 배신당해 악마를 죽이는 상황이 슬퍼서 울음을 터뜨렸다는 거죠. 흠흠."

신성시대를 끝내 버린 악마가 신의 연인이었을지도 모르고, 악마에게 배신당했을지도 모른다는 헛소리를 내뱉기 민망해진 피앙카가 헛기침을 했다.

"신도 어쩔 수 없네요, 외모에 홀랑 넘어가다니! 악마가 얼마나 아름다웠으면 신까지 넘어갈까?"

"나라를 멸망시킨 미인보다 더 위대한, 시대를 끝낸 미인! 한번 보고 싶네요!"

누군가 큰 소리로 농담을 했고 모두가 동조하여 웃음을 터뜨렸다.

"그래서 우스갯소리라고 했잖아요. 짓궂으셔라. 넘어갑시다! 여기서 약속의 증표 페임드라가 뭔지는 알 수 없어요. 다들 롯소산맥에 사는 드래곤 사건은 알고 계시겠죠? 드래곤이 침입자들을 모조리 죽이는 과정에서 말했지요. '신의 비밀을 엿보는 자, 지옥의 업화 속에서 죽을지어다.'라고. 신전은 드래곤이 페임드라를 지키고 있다고 생각한답니다. 말라 버렸다는 말을 근거로 유추해 보았을 때 꽃이나 나무 혹은 샘이나 호수 등 자연물일 가능성이 높은데……. 그게 뭔지 밝혀지지는 않았지만 약속의 증표가 말라 버렸다는 건 약속이 깨졌다는 거겠죠. 아마 악마와 라오스 사이에 어떤 맹약을 맺었는데 모종의 이유로 약속이 깨졌고, 그로 인해 종말이 찾아왔다는 게 호사가들의 우스갯소리가 아닌 신전의 진짜 추측이에요."

이아나는 진지한 얼굴로 펜을 툭툭 두들겼다. 피앙카 사제가 말했던 것을 라오스를 로베르슈타인이라고 바꾸어 그대로 필기했다.

"악마는 검을 맞고 죽습니다. 탄생과 불멸의 끝에 위치했다는 판데모니엄은…… 흠. 아주 다양한 해석이 있는데, 사제님들 대부분이 판데모니엄은 악마가 탄생한 곳이고, 또 악마의 불멸이 끝나는 곳이기에 어딘가에 존재할 지옥이라 생각하고 있습니다. 잠들었다는 말은 죽었다는 뜻일 가능성이 높죠. 그리고 나 또한 너의 곁에서 함께하노라…… 이 말이 가장 추측하기 어렵답니다. 여러분은 이 말에 대해 어떻게 생각하시나요?"

피앙카의 질문에 한 학생이 웃으며 말했다.

"악마가 혹시라도 되살아날 수 없도록 지옥에 시체를 처박아 놓고 악마의 죽음을 감시하겠다는 말이 아닐까요? 공포 소설에서 나오는 언데드처럼 죽어도 다시 되살아날 수 있을지도 모르잖아요."

환상적인 추측에 피앙카가 웃음을 터뜨렸다.

"호호, 혹시 알고 있는 사제분이라도 계신가요? 학생이 말한 추측은 신전에서도 밀고 있는 추측이랍니다. 악마는 어떤 힘을 지녔는지 알 수 없는 미지의 존재거든요. 어쩌면 라오스 신께서는 지금 악마의 옆에서 악마를 감시하고 있을지도 모르지요."

"엑."

학생들은 이상한 소리를 내었다. 이미 죽은 생명체가 되살아나는 것은 상식적으로 불가능하기 때문이다. 거의 대부분 학생들이 '말도 안 돼요.' 하며 웃음을 터뜨렸다. 신화적인 이야기들은 무척 비현실적이라 그들의 가슴에 와 닿지 않았다. 모름지기 인간이란, 제 눈으로 직접 확인하지 않는 이상 가슴 한구석에 의심을 품는 종족이다.

라오스의 신화 상기는 수천 년, 아니 그보다 더 오래되었을지도 모를 아득한 옛날의 기록이었다. 그랬기에 지금 학생들은 허구의 이야기를 듣는 것처럼 긴장감이 없었다.

하지만 회귀라는 이상한 현상을 겪은 이아나의 생각은 달랐다. 신은 창조도 하고 회귀라는 괴이한 짓도 저지를 수 있는데 그들을 멸족시킨 악마가 죽은 생명 하나 되살려 내지 못할까.

"다음, 태양의 눈이 빛나는 순간. 이 말을 하루로 치면 언제쯤일까요?"

"눈이 빛난다는 건 눈을 뜬다는 소리 아닐까요? 새벽과 아침 사이라고 생각합니다."

"네, 그렇죠. 밤의 끝, 만물을 빛으로 비추는 태양이 떠오르는 시간. 새로운 하루가 시작되는 아침을 의미할 가능성이 높아요. 악마를 죽임으로써 종말을 끝내고 모든 것을 새로 시작한다…… 창조를 의미하는 겁니다!"

이아나는 펜을 휘갈겼다. 아침이라, 그럴듯한 가정이다.

확실히 사제와의 직접적인 성서 수업은 유익했다. 십여 년을 공작으로 살면서 뇌가 지극히 현실적인 쪽으로 굳어 버린 자신이 상상하지 못하는 부분에 대해서 들을 수 있었기 때문이다.

이아나에게 있어 주말마다 열리는 신전의 예배는 라오스를 향한 찬사의 말을 쏟아부은 후, 성서의 한 부분에 대해 설명한 후 설교하고, 그를 찬양하는 노래를 부르고 춤을 춘 후에, 오늘도 잘 부탁드린다는 말을 미사여구로 치장한 기도로 끝을 맺으며 헌금만 걷는 쓸모없는 행사였다. 그래서 신성시대에 대해 궁금해하면서도 예배에는 한 번도 참가해 본 적 없다. 그러나 학술원의 신학수업은 괜찮은 편이었다.

물론 성서는 라오스와 검은 신자만이 존재하던 상기, 라오스와 추종자들이 존재하는 중기, 추종자들만 존재하는 하기로 나뉘므로 라오스의 추종자들 이야기가 시작되는 하기부터는 하등 쓸모없는 수업이 될 테지만 말이다.

"이제 1장 2절로 넘어가 볼까요?"

라오스는 악마의 피가 묻은 서글픈 그림자를 떠나보냈다.

또한 그림자를 떠나보내지 못하고 간직했다.

"이 부분도 알쏭달쏭하긴 한데, 그림자는 악마의 심장에 꽂은 검이라는 해석이 있어요. 앞뒤 전개상 그림자가 될 수 있는 건 검밖에 없으니까요. 아마 지옥에 악마의 시체를 버릴 때 악마의 심장에 꽂은 검도 함께 버린 게 아닐까 싶어요."

이아나는 피앙카의 말을 메모하다 이 부분에 이르러 곧장 엑스 표를 쳤다.

그림자는 로베르슈타인일 것이다. 1장의 이야기는 라오스와 황금의 악마가 아닌, 로베르슈타인과 황금의 악마가 주역일 가능성이 높다. 피앙카가 말하는 내용 중에 라오스의 이름은 모조리 로베르슈타인으로 고칠 필요가 있었다.

모든 게 사라진 종말의 끝에는 아무것도 없었다.

홀로 서 있는 라오스에게 주어진 사명은 단 하나, 무너진 세상을 다시 창조하는 일이었다.

그는 제일 먼저 페임드라를 중심으로 악마의 심장을 가로지르는 거대한 산맥을 일으켜 흔들리는 세상의 중심을 바로잡았다.

"그리고 1장 3절, 여기서 으스스한 추측을 할 수 있는데요."

피앙카가 사제답지 않은 음흉한 표정을 지었다.

"앞서 1장 1절의 해석을 토대로 3절 마지막 부분에 대해 생각해 봅시다. 페임드라를 중심으로! 롯소산맥의 중심이죠? 그리고 악마의 심장을 가로지르는 거대한 산맥! 즉, 롯소산맥 아래에 악마의 심장이 있다……. 어쩌면 우리가 딛고 있는 이 땅 아래에 거대한 악마가 잠들어 있는 지옥이 있을지도 모릅니다."

"……하하?"

학생들은 어찌 반응해야 할지를 몰라 어색하게 웃었다.

"라오스께서는 몬스터라는 존재들을 만든 적이 없으십니다. 순한 짐승들만 만드셨지요. 즉 짐승이 지옥에서 새어 나오는 악마의 악독한 기운을 쬐고 몬스터로 변이했다……. 아주 강력한 가설입니다. 산맥은 지옥에서 새어 나오는 악한 기운 때문에 솟아오른 지형이므로 산맥에서는 몬스터가 끊임없이 탄생한다. 몬스터 연구 학회와 신전에서 공동으로 제기한 신빙성 있는 학설이에요. 무섭죠? 만약 지옥의 문이 열리고 악마가 다시 살아 나오면 라오스 신께서 사라지신 지금, 마도시대는 종말을 맞이할지도 몰라요!"

"에이…… 사제님, 무서워요!"

"만일 그렇게 되면 신을 모시는 사제님들이 신의 이름으로 막아 주시지 않겠어요?"

"그런데 악마가 너무 아름다워서 사제님들도 반하면 어떡해? 깔깔!"

피앙카의 농담을 학생들도 웃으며 받아 주었다.

라오스는 슬프게 말했다.

페임드라여, 너의 몸은 메말랐지만

신의 약속은 아직 유효할지니

너는 영혼은 이곳에 머물라.

그렇게 이제는 누구도 찾지 않을 안온이 되어 다오.

라오스는 페임드라를 뒤로하고 영영 떠났다.

세상을 다시 빛으로 가꾸기 위하여.

"마지막 1장 4절. 약속의 증표인 페임드라에게 맡겨진 신의 약속이라는 게 무엇인지는 아무도 모릅니다. 롯소산맥 중앙에 들어갈 수 없으니 페임드라가 뭔지 알 수도 없고요. 누구도 찾지 않을 안온이라는 건, 이제 찾을 사람이 없다는 뜻으로 대변됩니다. 그 말대로 우리 인간들은 페임드라를 찾아갈 수 없죠."

"에에……."

"자, 이것으로 두루뭉술한 1장은 끝이 납니다. 이 모든 게 상상력이 바탕이 된 끼워 맞추기식 해석이긴 하지만, 이렇게라도 신에게 가까워지려 노력하는 자식들을 본다면 사실이 아닐지라도 라오스 신께서는 웃어 주실 겁니다. 성서는 우리 생활과 밀접하게 연관되어 있으니 성서를 독파하신다면 신과 가까워짐과 동시에 교양도 한껏 쌓으실 수 있을 거예요. 다음 시간부터는 2장, 라오스께서 하늘과 땅을 창조하시는 장을 읽어 보도록 합시다. 인사합시다. 라오스의 광명이 여러분과 함께하시기를."

"라오스의 광명이 함께하시기를."

인사를 끝내고 학생들이 왁자지껄하게 떠들며 강의실 밖으로 나갔다.

피앙카 사제는 다른 교수들처럼 먼저 강의실을 빠져나가지 않고 웃으면서 학생들을 배웅하고 있었는데, 학생들이 모두 나가자 이아나는 노트를 챙겨 들고 그녀에게 다가갔다.

"안녕하십니까, 피앙카 사제님."

"응? 아, 수업을 몹시 진지하게 듣던 기특한 여학생이네요. 어쩐 일이세요?"

"음⋯⋯."

이아나는 어떻게 말해야 사제가 경계하지 않을까 말을 고르다가 학생의 신분을 이용하기로 했다.

"실례되는 질문일지도 모르지만, 제가 원체 호기심이 많아서 1장 1절 수업 내내 사제님께 여쭈고 싶은 게 있었습니다."

"어머, 정말 열심이네요. 물어보세요."

"신전의 보물, 1장 1절이 새겨졌다는 비석이 대체 어떤 것이고, 어떤 기운을 품고 있는지 궁금합니다. 마주해 보신 적이 있다면 혹시 비석에 대해 말씀해 주실 수 있습니까? 아, 실례가 된다면⋯⋯."

"아니에요. 실례라니, 천만의 말씀. 학생의 궁금증을 풀어 주는 게 저의 역할이 아닌가요? 그래요, 저는 그 비석을 직접 마주한 적이 있어요."

이아나는 숨을 죽였다.

"외부인의 방문은 철저히 막지만, 라오스 신께 평생을 바치기로 한 정식 사제들은 모두 신전의 지하에 꼭꼭 감추어져 있는 그 비석을 한 번씩 방문해 만져 볼 수 있답니다. 일종의 순례지요. 그게 꽤 오랜 옛날이지만, 저는 아직도 그 순간을 기억해요."

피앙카는 눈을 감고 두 손을 마주 잡더니 부드러운 미소를 지었다.

"저는 비석을 마주하는 순간 따스함을 느꼈답니다."

"따스함이요?"

"그래요. 분명 비석의 재질은 차가운 돌이었음에도…… 저는 거기서 가슴을 따사로이 데우는 온기를 느꼈어요."

그날의 기억을 되새기는 피앙카의 표정은 몹시 안온했고, 또 그리워 보였다. 이아나는 그런 그녀를 물끄러미 바라보았다.

"라오스의 신력이라 일컬어지는 그 기운을 움켜쥐었을 때 저는…… 뭐라고 해야 할까요. 그래요, 마치 어머니의 품에 안긴 기분이었어요. 미아가 되어 헤매던 아이가 엄마를 다시 만난 것처럼 엉엉 울고 싶어졌죠. 그래서 저도 모르게 눈물이 났어요. 울어 버렸답니다. 저 말고도 다른 사제들도 같은 걸 느꼈는지 모두 울고 있었죠. 그로 인해 제 가슴 속에 있는 라오스 신을 향한 마음이 더욱 깊어졌답니다. 아."

말을 끝맺던 피앙카가 탄성을 내뱉었다.

"그리고 그런 애틋한 감정뿐만이 아니라 전신에 활기가 샘솟기도 했어요. 축 늘어지던 몸이 가벼워지는 느낌이었죠. 그것은 마치…… 생명과 활력."

이아나가 눈을 반짝 빛냈다.

"모든 생명을 창조하신 신의 기운다웠습니다."

피앙카 사제까지 빠져나가고 아무도 없는 텅텅 빈 교실에서 이아나는 필기한 종이를 내려다보며 펜을 빙글빙글 돌렸다.

신력은 생명체라면 당연히 품고 있는 생명. 즉 수명이다. 그랬기에 신들은 신력을 모두 소모하는 순간 죽었고, 인간들도 라오스 신에게 받은 조그마한 신력을 모두 소모하면 죽는다.

'로베르슈타인은 대체 어떤 신이지?'

왜 종말 직전 르보니를 봉인하며 모든 신력을 떠넘겼는지 알 수 없다. 그건 자살 행위였다.

기껏해야 허무맹랑한 신화들이라고 생각했었다. 그러나 신화는 이제 회귀의 원인을 찾기 위하여, 오랜 옛날부터 심장 속에 잠들어 있는 신력의 정체를 알기 위하여 밝혀 나가야 할 과제가 되었다.

그리고 제 정체성을 위해서.

이아나는 모호한 건 싫었다. 특히 저에 한해서는 모르는 게 없어야 했고, 제 모든 것을 통제할 수 있어야 했다.

과거에도, 현재에도, 미래에도, 온전히 소유할 수 있는 것은, 소망을 절대 저버리지 않는 존재는 스스로와 검밖에 없기 때문에.

이아나는 가슴께를 짚었다.

시간은 하루하루 느리게 가는 것 같으나 정신을 차리고 보면 벌써 이렇게 되었나 싶을 정도로 빠르게 흐른다. 그리하여 2월 초에 이아나가 정령왕을 소환한 지도 벌써 한 달이 지났다.

왁자지껄한 상업 지구를 거닐고 있던 이아나는 한 커다란 건물로 들어갔다. 파엘라 상단의 본점이었다.

"이아나 님, 어서 오세요."

직원들이 웃으며 인사했다. 처음에 찾아왔을 때는 그녀가 내민 황금패를 보고 기겁을 하며 허리를 직각으로 숙여 댔지만 몇 번 찾아오다 보니 이제는 공손하게 고개만 숙였다.

"누나!"

이아나가 왔다는 말에 이 층에서 헐레벌떡 뛰어내려 온 핀이 활짝 웃으며 와락 안겼다. 이아나는 그런 핀을 어린 강아지를 안듯 꼭 껴안아 주고는 한 팔로 가볍게 안아 올렸다.

"오랜만이야, 핀. 잘 지냈니?"

"헤헤, 네! 누나, 저 요즘 재밌는 걸 많이 배워요."

"뭘 배우는데?"

"음, 화가 선생님한테 그림 그리는 것도 배우고, 정원사 할아버지한테 식물 가꾸는 법도 배우고…… 아, 할아버지가 제가 식물을 키우는 데에 재능이 있대요. 제가 기른 식물이 정말 싱싱하다고 하셨어요, 히히! 나중에 누나한테 선물할게요!"

핀의 혈색은 아주 좋았다. 핼쑥했던 한 달 전과는 달리 눈에 띄게 밝아진 모습에 이아나가 무슨 좋은 일이라도 있냐고 물었다. 핀은 이아나가 몬스터로부터 저를 구해 준 이후로 악몽을 꾸지 않는다고 활기차게 대답했다.

이아나는 다행이라고 생각했다. 핀이 무척 안쓰러웠는데, 단순히 구해 준 행동만으로 지옥에서 구원을 받은 듯 이리 환히 웃을 수 있다면 몇 번이고 구해 줄 수 있을 것 같았다.

이아나가 핀을 내려놓으며 머리를 쓰다듬어 주자 핀은 얼굴을 빨갛게 물들이며 좋아했다. 핀이 이아나의 손에 제 손을 겹쳤다.

"사실 오늘만 손꼽아 기다렸어요. 히. 이아나 누나도 볼 수 있고, 누나 팔도 고치고. 앗, 누나, 빨리빨리 숲으로 가요."

핀의 속삭임에 이아나는 손을 꼭 마주 잡았다. 오늘을 기다린 건 그녀도 마찬가지였다.

핀을 데리고 건물을 빠져나온 이아나는 수도 서쪽에 위치한 산책용 숲으로 향했다.

로안느 왕국은 개척 당시 땅을 모조리 뒤엎고 나무를 베어 냈으나 숲 하나는 관상용으로 갈아엎지 않고 내버려 두었는데, 사람들은 정말 탁월한 선택이었다고 두고두고 말했다. 푸르른 숲은 화려한 수도 옆에 늘 존재하며 지친 사람들의 좋은 휴식처가 되어 주었다.

사람들은 길을 따라 거닐 뿐 길을 벗어나 인적이 드문 깊은 곳까지는 가지 않는다. 이아나는 그런 곳 중에서도 가장 어둑하고 은밀한 곳으로 향했다. 저녁이라면 음탕한 애정표현을 하는 연인들이 있었을지도 모르나 지금은 환한 낮이라서 없었다.

이아나는 기감을 넓혀 인기척을 살피고는 사람이 없음을 확인하고 핀을 향해 고개를 끄덕였다.

"핀, 부탁할게."

"부탁은요. 제 친구를 부르는 일인걸요."

핀이 바로 제 두 손을 맞잡고 눈을 감는다. 이아나는 그에게서 뿜어져 나오는 신력에 흠칫했다.

그러고 보니 어째서 핀의 엄마는 핀에게 정령은 신력…… 즉 생명을 먹어 치우는 것이라고 말해 주지 않았을까. 아무리 엘프라도 생명력을 무의미하게 쓰는 건 자제해야 할 터인데. 엘프는 인간과 뭔가 다른 건가.

허공에 물방울이 하나둘 생겨났다. 핀의 앞에 물 덩어리가 생성되고, 이아나가 물을 만지자마자 한 달 전처럼 물 덩어리가 터졌다. 무언가가 손끝으로 스며들어 와 혈관을 타고 헤엄쳐 올라오는 느낌, 그 끝에서 심장의 뭔가를 먹어 치우는 느낌.

신력. 이아나가 헛웃음을 지었다. 이 느낌이 생명이 갉아먹히는 느낌이었다니…….

알고 당하자니 기분이 몹시 묘했다. 하지만 정령이라는 신비한 존재를 부르기 위해 생명이 어느 정도 깎이는 것쯤은 감수해야 하리라.

한참이나 심장에서 머무르던 것은 마침내 혈관을 타고 흘러내려 손가락 끝으로 나왔다.

[꺄아, 나를 또 불러 주었구나! 아웅, 행복해!]

투명한 물고기는 나타나자마자 오두방정을 떨었다. 이아나에게 좋다고 달라붙어 물장난을 쳐 댔다. 하지만 이렇게 장난을 칠 시간은 없었다.

"잠깐, 진정하고, 내 부탁을 좀 들어줬으면 하는데……."

부탁이라는 단어에 물고기가 기쁘다는 듯 몸을 반짝하고 빛냈다.

[웅, 웅! 물론이지, 말만 해!]

"내 왼팔을 고쳐 주겠나?"

물고기는 이아나의 말을 듣자마자 대답도 않고 그녀의 왼손으로 파고들었다. 하지만 곧장 으앙— 하고 빠져나왔다.

[잉, 예전에도 말했지만 이건 내 수준에서 해결할 수 있는 게 아니야.

붙이는 거라면 흙의 정령이 있어야 해. 쳇…… 아껴 먹을 의도였지만 고여 있는 신력을 한 번에 다 먹어 치우지 않길 잘했네. 에잇. 야, 핀!]

"네, 네!"

핀이 바짝 얼어붙은 목소리로 대답했다.

[흙의 정령을 부르는 방법 알아?]

"아니요."

[시간이 없으니 어서 땅에 무릎을 꿇고 땅에 두 손을 짚어. 그리고 나를 부를 때랑 비슷하게 두 손을 통해 네 힘을 땅으로 보내면서 흙의 기운을 충만하게 느끼고, 흙의 정령을 보고 싶다는 의지를 가지는 거야!]

핀은 엉거주춤하게 엎드려서 물고기가 시키는 대로 했다.

"흙의 정령아, 나와 줘."

그 말과 동시에 땅을 짚은 핀의 두 손 사이로 작은 흙더미가 파스스 올라왔다. 그리고 이리저리 움직이는데, 꼭 두더지가 땅 속에서 움직일 때 지상에 그려지는 모습 같았다.

[저걸 만지면 녀석이 소환될 거야. 어서 만져!]

이아나는 물고기가 말한 대로 흙더미를 툭 건드렸고, 건드리자마자 흙더미가 흩어졌다. 그 후 물고기 때와 마찬가지로 무언가가 이아나의 손가락에 흘러들어 왔다. 심장까지 치고 올라가서 심장에 있는 것을 야금야금 먹어 치웠다.

동시에 허공에는 가느다란 모래, 질퍽한 흙, 딱딱한 돌과 같은 것들이 수없이 많이 형성되어 이아나를 핵으로 해서 펼쳐지는 폭풍처럼 주변을 빙글빙글 돌기 시작했다.

그사이에 심장에서 성에 찰 만큼 먹어 치웠는지 섬광 같은 속도로 쭈욱 뻗어져 나온 그것은 생성된 것들을 재료 삼아 이아나의 손끝에서 제 모습을 갖추었다.

[허어…….]

그것은 작은 흙 인형이었다. 그것도 무척 귀여운. 동글동글한 머리, 몸통, 두 팔, 두 다리, 크게 여섯 부분으로 이루어진 흙 인형은 믿을 수 없다는 듯 앙증맞은 팔다리를 허우적거렸다.

[이건 대체…… 출싹이한테 듣긴 했어도 정말일 줄이야.]

물고기가 못마땅한 눈으로 흙 인형을 쳐다보다 이아나의 왼 팔로 쏙 들어갔다.

[이 느림보야! 빨리 이 애의 왼팔로 들어와서 팔을 고쳐. 우리 둘이 동시에 소환돼서 시간이 없단 말이야!]

[고친다고? 아, 음. 알았다.]

한참이나 허우적거리던 작은 흙 인형이 느릿느릿하게 걸어와 이아나의 왼쪽 손가락을 작은 두 팔로 꼭 쥐었다. 이아나는 그 모습을 지켜보고 있다가 흠칫했다. 흙 인형의 팔과 자신의 손 가락이 융합되는가 싶더니 흙 인형이 피부가 되어 사라져 버렸 기 때문이다.

그때부터 변화가 일어나기 시작했다.

우드득. 우득 우드드득.

이아나의 팔이 이리저리 뒤틀렸다. 뼈가 피부를 뚫고 나올 듯 뾰족하게 튀어나왔다가 다시 움푹하게 들어가고 지그재그 로 꺾였다가 다시 원상태로 되돌아갔다.

괴이한 모습에 핀은 창백하게 질려서 고사리 같은 두 손으 로 제 입을 감쌌고 이아나는 끔찍한 고통에 이를 악물었다.

하지만 고통은 잠시였다. 왼팔이 정상적인 모습이 되어 얌전

하게 툭 떨어짐과 동시에 물고기는 왼손에서, 흙 인형은 오른
손에서 퐁 하고 튀어나왔다.

[완벽하게 고쳤어! 옹? 잘했지? 잘했지? 죽은피를 빼내고 신선한 피로
갈아엎었어. 칭찬해 줘!]

물고기가 나오자마자 이아나의 팔에 축축하게 비비적거렸다.
이아나는 주먹을 움켜쥐어 보았다. 팔이 완전히 나았다. 이아
나는 미소 지었다.

"고맙다."

[히힛!]

흙 인형이 오른쪽 손가락을 쭈욱쭈욱 잡아당겼다. 이아나는
오른쪽을 내려다보았다.

[오른팔에서 불완전하게 나은 부분도 손을 좀 봤다. 아마 예전보다 더
튼튼할 거다.]

"정말 고마워."

[흠, 흠.]

이아나의 인사에 흙 인형이 팔을 버둥거리더니 모래로 변하며
폭삭 무너졌다. 흙 인형이 기쁜 감정을 표현하는 방법이었다.

[그나저나……]

다시 몸을 만들어 낸 흙 인형은 타박타박 걸어서 이아나의
앞에 섰다.

[소녀여, 우리는 로베르슈타인을 사랑했다. 그런데 너는 그녀의 느낌을
풍기는 신력을 가지고 있구나. 어째서인지는 모르겠지만 우리는 정말 기
쁘다. 양이 무척 적긴 했지만 그것만으로도 충분히 만족했다. 오랜만에
그녀와의 추억을 되새길 수 있어서 행복했어.]

"……"

[하지만 그녀의 느낌을 차치하고도 아주 근사한 신력이다. 그 말은 너 또한 아주 멋진 인간이라는 것……. 너는 누구지? 나는 너와 친해지고 싶다.]

작은 흙 인형이 동글동글한 팔로 이아나의 손가락을 꼭 쥐었다.

[나를 언제든지 불러 다오. 기꺼이 너의 힘이 되어 주겠다.]

[친해지고 싶어서 안달이 나 있는 주제에 괜히 비싼 척은!]

물고기가 파닥거리며 꼬리로 흙 인형을 때려 댔지만 흙 인형은 무시했다.

[이런 꼴로 도와주겠다고 말하는 게 우습겠지만 이건 우리의 본 모습이 아니다. 그대의 신력이 적어 아주 작은 모습으로 소환될 수밖에 없었어.]

[응응, 우리는 아주 거대하고 멋진 정령왕들이라고! 나도 이런 쪼끄마한 물고기가 아니란 말이야! 네 심장에 있는 신력을 개방한다면 우리도 본체로 현신할 수 있을 텐데……. 그런데 우리 곧 역소환될 거 같아. 끙.]

[아쉽군.]

이아나는 자신의 손에 들러붙어 아쉬움을 표하는 그들을 물끄러미 내려다보다 입을 열었다.

"너희, 정령왕들이라고 했지. 이곳에 머물 수 있는 시간이 얼마 남지 않았겠지만 묻고 싶은 게 몇 가지 있는데, 미안하지만 돌아가기 전까지 대답을 좀 해 줬으면 좋겠다."

[우리가 아는 사항이라면 얼마든지 대답해 주겠다.]

[응, 응. 물어봐!]

물고기와 흙 인형이 이아나의 말을 숨죽여 기다렸다.

"첫 번째, 신력이 뭔가?"

[추상적이고 어려운 질문이로군. 굳이 대답하라 한다면…… 신의 힘이

라 답하겠다. 신력神力은 위대한 근원의 힘이다.]

"생명의 성질은 뭐고 힘의 성질은 뭔지 물어도 될까?"

[신력은 두 가지 용도로 쓰이지. 시간의 축 위에서 세상을 살아가는 데 필요한 생명으로, 각종 이능을 발휘하기 위한 힘으로. 그걸 각각 생명의 성질과 힘의 성질이라고 하는 거다.]

"그렇군. 그렇다면 두 번째, 마나는 뭐지? 이 세계 전체에 퍼져 있는 기운 말이다. 마나와 신력과의 차이점은?"

[마나…… 마력을 말하는 건가.]

[아우, 진짜. 그거 정말 기분 나빠!]

흙 인형과 물고기는 고개를 절레절레 저었다.

[마력의 어감이 나빠서 라오스가 마나라고 이름을 붙였지만 사실 마나가 아니라 마력이다.]

"마력이 대체 무엇이기에?"

[마력魔力은 악마의 힘이라는 뜻. 황금의 악마로부터 비롯된 기운이다.]

황금의 악마의 기운!

생각지도 못한 존재의 등장에 놀란 이아나가 헛숨을 들이켰다.

[진짜 싫어! 기분 나빠!]

흙 인형이 담담하게 설명하고 있는데 물고기가 벌컥 화를 내며 끼어들었다. 물고기는 치가 떨린다는 듯 지느러미를 파르륵 털더니 참방하고 이아나에게 헤엄쳐 왔다.

[마력은 말이야, 근본은 신력이지만 신력과는 전혀 다른 기운이야. 악마가 신력에서 생명의 성질을 쏙 빼먹어서 힘의 성질만 남은 죽은 기운이라고. 닿기만 해도 오싹해지고, 섬뜩한 느낌이 들어. 정령들은 그 기운을 진짜 싫어해.]

"잠깐……."

이아나는 정령의 말을 멈추고는 생각을 정리했다.

신력은 생명의 성질과 힘의 성질을 가진 기운. 마나, 아니 마력은 힘의 성질만 가진 기운.

"악마는 어떻게 그 생명의 성질이라는 것을 빼먹을 수 있었던 거지?"

[악마는 언제나 신력에 담긴 생명을 탐했다. 혹시 신에 대해 아는 바가 있나? 인간이라면 모를 텐데……. 신에 대해 모른다면 이해가 불가능할 거다.]

"대충은 알아. 혼돈의 조각에서 신력이 생산되었다는 사실, 생산되는 신력의 양으로 신의 등급이 나누어졌다는 사실…… 이 정도. 이해 못 해도 괜찮으니 내가 신에 대해 안다고 가정하고 빨리 설명을 해 줘."

[그래? 어떻게 알고 있는지 궁금하지만 시간이 없으니 그럼…… 악마는 신력을 전혀 만들어 낼 수 없는 최하급 중에서도 최하급 신이어서 언제나 생명이 부족했다. 생명과 힘을 동시에 미친 듯이 갈구하던 악마는 어느 날 신력을 마력과 생명으로 분리해서 사용할 수 있게 되었다. 그 원리는 우리도 몰라.]

이해하는 게 어렵지는 않았다. 르보니의 말을 수십 수백 번을 곱씹어 이해했기 때문이다.

지금 흙 인형이 하는 말도 일단은 외워 뒀다가 나중에 완벽히 이해해야 할 터. 이아나는 흙 인형의 말을 머리에 쑤셔 박듯 암기했다.

그렇다면 마력이 신력의 주변에서 얼쩡거리는 이유는?

"마나가 신력 주변에서 맴도는 걸 본 적 있다. 왜 그런 줄 아나?"

[마력은 불완전한 신력이라고 해도 무방하다. 결핍되어 있기 때문에 결핍을 채우고자 생명을 갈구하니 완전한 힘에 이끌릴 수밖에. 생명을 탐하는 건 마력의 본질이다. 또한, 신을 질투하고 미워했던 악마의 힘이라서 맛있는…… 아니, 멋있는 신력을 가진 이에게 잘 접근한다. 삐뚤어진 악마는 강하고 매력적인 신을 죽이는 걸 즐겼거든. 그래서 마력은 신력을 많이 가지거나 멋진 신력을 가진 생물에게 잘 이끌리지.]

의문 하나가 해결되었다. 예상이 맞았다. 결국 마나는 신력을 탐해서 생물에게 다가온다는 소리다. 마나 친화도의 비밀은 여기에 있었다.

"혹시 신력의 양이 유전되나?"

[유전…… 부모의 형질을 이어받는 걸 말하는가? 자식은 부모를 닮기 때문에 신력도 엇비슷한 양을 가지는 게 보통이긴 한다. 하지만 예외도 많지. 존재의 탄생 원리는 라오스만이 알 것이다.]

나머지 의문도 해결되었다. 그나저나 마나가 악마의 힘이라니. 이아나는 혀를 내둘렀다. 라오스의 신도가 알면 기절초풍해서 입에 거품을 물 만한 진실이다. 대체 로베르슈타인의 손에 죽었다는 악마의 힘이 왜 세상에 가득 차 있단 말인가?

"악마의 힘이 이 세계에 퍼져 있는 이유가 뭐야? 대체 신성시대를 끝낸 종말이 대체 뭐지?"

[미안하지만 그 두 질문에 대해서는 답할 수 없군. 우리는 신성시대 후반에 악마의 방해로 소환된 적이 거의 없기 때문이다. 후우우. 설마 심판자인 로베르슈타인조차 악마와 함께 죽어 버릴 줄이야……]

[내가 안 그래도 그놈 처음부터 마음에 안 들었어! 쭉정이 녀석!]

이아나는 흙 인형이 내뱉은 심판자라는 정보를 가슴 깊이 새겨 두었다.

[어쨌든 우리가 오랜만에 이 세계에 불려 온 날은 종말 직후였다. 이 곳에 서 있는 건 라오스와 녀석의 애완동물밖에 없었지.]

이아나의 눈썹이 꿈틀했다. 그녀는 기억을 되짚었다.

'애완동물? 종말 후에는 분명 라오스밖에 없었을 터…… 아.'

라오스의 첫 번째 창조물이자, 라오스와 태초부터 함께했다는 검은 신도.

정령왕들은 검은 신도를 애완동물이라고 부르고 있는 듯했다. 왜 굳이 동물이라고 부르는 걸까? 물론 인간도 동물의 일종이니 인간이 아닌 정령왕들이 인간을 동물이라고 일컬을 수도 있다. 하지만 전 세계에 퍼져 있는 라오스 신교의 초대 교황으로 추대 받던 위대한 검은 신도가 애완동물 취급당하고 있으니 기분이 이상했다.

[종말의 끝에는 그들과 모든 게 뒤섞인 혼돈밖에 없었다.]

생각도 잠시, 흙 인형의 말이 계속 이어지자 이아나는 정신을 차리고 정령왕의 말에 집중했다.

[그리고 통제력을 잃은 마력이 이 세상 전체에 유령처럼 둥둥 떠다니고 있었어. 음, 그러니까…… 도움이 못 되어서 미안하지만 우린 종말에 대해 모른다.]

물고기는 투덜거리며 꼬리와 지느러미를 참방거렸다.

[라오스…… 처음 보는 녀석이긴 했지만 어쨌든 종말에서 살아남은 신이었으니 종말 때 있었던 일은 자기밖에 모를 텐데 아무리 캐물어도 다

죽었다는 말밖에 안 해 주더라. 나쁜 꼬마 녀석. 히잉. 그래도 정들었었는데 그 꼬마도 갑자기 사라져 버리고……. 앗, 몸이 뒤틀린다!]

벌써 정령들이 돌아갈 시간이 다 되었다. 흙 인형과 물고기의 몸이 꿀렁거리며 요동쳤다. 물어보고 싶은 건 몹시 많은데 10분 정도 되는 시간은 너무 짧았다. 하지만 짧은 대화를 나누며 얻게 된 신성시대의 조각은 엄청났다. 시간을 두고 이를 완전히 이해하고 다음 질문을 정리해 놓는 것도 좋을 것이다.

[우리 또 불러 줘야 해, 응?]

"알았다. 나도 많이 아쉬우니까."

[기쁘군.]

[꺄악, 아쉽대! 어?]

갑자기 화들짝 놀란 물고기가 이아나의 주변을 파닥거리며 빙빙 돌았다.

[우리 아직 네 이름이 뭔지도 몰라! 이런 멍청이들! 아무리 로베르슈타인의 힘을 품고 있다 한들 너에게도 이름이 있을 텐데!]

[그래. 이름이 뭔가?]

이아나 또한 불러낼 때마다 정신이 없어서 그들에게 이름을 가르쳐 주지 않았다는 사실을 이제야 깨달았다.

"이아나."

[이아나, 기억해 두겠다.]

[이아나. 이아나. 이아나. 이아나.]

"그런데 너희에게도…… 이름이 있나? 물고기, 흙 인형이라 부르기는 좀 그런데."

[이름? 물고기랑 흙 인형도 괜찮은데? 히히히. 우리끼리 부르는 이름

들은 있어. 난 촐싹이, 앤 느림보, 바람의 정령은 내숭이, 불의 정령은 다 혈질이지만…… 음, 사실, 우린 네가 불러 줬으면 하는 이름이……]

퍼어어어어어엉!

물고기가 말을 다 잇지 못하고 굉음과 함께 터졌다.

쿠아아아아아아앙!

얼마 지나지 않아 흙 인형도 터져 버렸다.

예전에 물벼락을 맞았던 일을 교훈 삼아 대비하고 있었던 이아나는 핀을 안아 들고 뒤로 빠르게 물러섰다. 정령들이 있던 곳에는 물에 흠뻑 젖은 흙산이 하나 만들어졌다.

"무슨 일입니까! 아니!"

우연히 근처에 돌아다니고 있었던 경비병이 초토화된 숲을 보고 기겁을 했다가, 무슨 생각을 하는지 애매한 표정의 이아나를 마주 보았다. 경비병은 그때부터 쩔쩔매기 시작했다.

"저기, 마법사님. 여기서 마법 실험을 하시면 안 됩니다. 산책을 하는 다른 분들이 다칠 수도 있어서……."

경비병은 이아나를 마법사로 착각했다. 자존심이 세고 괴팍한 마법사는 아주 귀한 몸이기에 일개 숲의 경비병일 뿐인 남자는 몹시 긴장했다. 흙산을 하나 뚝딱 만들어 낼 정도면 아주 강한 마법사일 터였다.

이 상황을 어떻게 해명해야 할지 고민하고 있었는데 잘됐다 싶었다. 이아나는 미안하다며 고개를 한 번 숙이고는 핀을 데리고 숲을 빠져나왔다.

'정령들과 한 시간만이라도 제대로 대화할 수 있으면 좋을 텐데. 그러나 과욕을 부리면 안 되겠지.'

이아나는 생각에 잠겼다.

신력은 신의 힘. 마력은 악마의 힘.

라오스 신을 믿는 자들이 악마의 힘을 사용하고 있다니 이 얼마나 모순적인 상황인가? 또한 죽었다고 알려진 악마의 힘이 어째서 세상에 충만하게 가득 차 있는가?

수없이 많은 파편으로 조각나 버린 수수께끼. 모아서 맞추면 맞출수록 더욱더 복잡한 그림이 되어 가는 신성시대의 조각들.

생각이 깊어진다.

"이아나 누나."

숲의 길에 들어섰을 때, 핀이 생각에 빠져 있던 그녀를 불렀다. 이아나는 정신을 차리고 손을 꼼지락거리고 있는 핀을 보았다.

"왜?"

"팔 정말 다 나았어요?"

제 왼손을 힐끔힐끔 쳐다보며 안절부절못하는 핀의 정수리를 내려다본 이아나의 입매에 짧은 웃음이 맺혔다. 아무래도 이 불안해하는 꼬맹이를 완전히 안심시켜 줘야 할 듯했다.

"그래. 이렇게 꼬맹이 하나쯤은⋯⋯."

"앗!"

이아나는 핀의 팔 밑에 손을 집어넣고 정말 사뿐히 안아 올렸다. 갑작스레 시야가 높아진 핀이 놀라서 허둥지둥 이아나의 목을 끌어안았다. 무심결에 고개를 돌린 핀의 녹색 눈동자가 이아나의 웃음기 어린 선명한 적안과 마주했다.

"가볍게 안아 줄 수 있을 정도로."

"히이이⋯⋯."

핀은 어쩐지 얼굴이 화끈거렸다. 아마 얼굴이 사과처럼 빨개졌을 것이다. 이 예쁜 누나는 어쩜 이렇게 멋진 걸까 싶었다.

이아나는 핀을 안아 든 채 걸음을 옮겼다. 그리고 말이 없어진 핀의 등을 오른손으로 토닥거렸다.

"전부 네 덕이야, 핀."

"누나, 그런 말하지 마세요. 팔은 저 때문에 다치신 거잖아요."

"아니야. 나는 네 덕분에 얻은 게 정말 많아. 고맙다, 핀. 이 은혜를 어찌 갚아야 할까?"

핀은 고개를 휘휘 저었다.

아니에요. 전 이 이상으로 아무것도 바라지 않아요. 저는 누나가 이렇게 만나 주고 이야기해 주고 저를 안아 주는 것만으로도 충분히 행복한걸요.

핀은 너무 부끄러워서 그 말을 가슴 속에서 꺼내지 못했다. 그저 이아나를 꼭 끌어안으며 제 붉은 뺨을 숨겼다. 붉은 머리카락에 얼굴을 파묻고 어찌할 바를 모르던 핀은 이내 자신을 지탱하고 있는 이아나의 왼팔을 느끼고 헤실헤실 웃음을 터뜨렸다.

"헤헤. 다행이다아."

이 멋진 사람에게 도움이 될 수 있어서, 핀은 정말로 기뻤다.

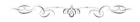

오늘은 로안느와 바하무트의 역사 교양을 처음으로 듣는 날

이다. 교수의 개인 사정으로 휴강을 세 번이나 하는 바람에 입학한 지 3주가 되어서야 첫 강의를 들으러 정책학부의 건물에 올 수 있었다.

정책학부의 전공 과목이라 남학생이 아주 많았지만 여학생이 아주 없진 않았기에 검술학부에서만큼 이목이 쏠리지는 않았다. 하지만 평민에게서 쉽사리 볼 수 없는 외모와 분위기가 어디 가는 것은 아니라서 몇몇 학생들은 이아나를 흘끔대며 훔쳐보았다.

얼마 지나지 않아 교수가 들어섰다. 교수는 거만한 걸음걸이로 느릿하게 들어서자마자 배불뚝이 배를 쭉 내밀었다.

"안녕하십니까, 여러분. 저는 오늘부터 여러분을 가르칠 엘리리 샤마르 준남작입니다."

준남작이라는 말에 무표정하게 앉아 있던 학생들이 탐욕으로 눈을 빛냈다.

"강의 교재는 제가 집필한 로안느와 바하무트의 역사서지요. 보잘 것 없는 평민이었던 저는 이 역사서를 집필함으로써 샤마르 준남작이 되었습니다."

"와아!"

"대단하세요, 교수님!"

학생들이 감탄을 터뜨렸다. 엘리리 교수의 출세는 그들이 바라는 완벽한 미래상이었다.

부러움과 선망이 뒤섞인 눈빛을 받는 게 기분 좋았던 엘리리는 에헴, 하고 헛기침을 하고 출석부를 폈다. 한참이나 이름을 불러 내려가던 엘리리는 한 이름에서 눈을 한 번 비비고는 믿을 수 없다는 듯 중얼거렸다.

"이아나 로베르슈타인?"

귀족의 성은 출석부에만 기재되어 있다. 그래서 귀족의 신분은 어디선가 정보를 물어 온 학생들이 소문을 낸다거나, 귀족 스스로가 신분을 밝혀서 알려지는 경우가 많았다.

교수가 어려워하는 태도를 보여서 학생들이 눈치를 채는 경우도 있지만, 고학년이 되도록 신분을 숨기고 평민처럼 행동하는 귀족들이 학술원에 꽤 많은 점을 생각하면 교수 때문에 신분이 밝혀지는 경우는 거의 없다고 봐도 좋았다.

그런 의미에서 교수가 공개적으로 이아나의 성을 들먹이며 놀라워한 적은 없었다.

이아나는 찝찝한 기분으로 대답했다.

"……예."

이아나의 대답에 몸을 파르르 떨 정도로 놀란 학생들의 시선이 그녀에게 쏟아졌다.

들었어? 로베르슈타인이래. 로안느 왕국 북방에 있는 5대 개국공신 가문이지? 백작가야. 맞아. 우와, 친해지고 싶다. 백작이라니! 그런 귀하신 분이랑 이렇게 같은 장소에 있을 기회는 얼마 없잖아. 인맥을 만들어 둘까? 나중에 한번 말 걸어 보자! 그런데 백작가의 귀족 영애가 왜 여기 있어? 왜 테오도르 아카데미에 가지 않은 거래? 뭐 하러 이 수업을 듣는 거지? 무슨 학부에 들어간 거야?

귀가 밝은 이아나에게 그들의 말은 빠짐없이 전달되었다. 강의실 내의 분위기가 미묘하게 흘러가는 걸 느낀 이아나의 미간이 찌푸려졌다. 이런 식으로 주목을 받는 건 딱 질색이었다.

"이제껏 남작 가문이나 자작 가문의 자제분들은 많이 뵈어 왔지만 백작 가문은 처음입니다. 게다가 개국공신가라니! 귀한 분께서 제 수업을 들어 주셔서 영광입니다!"

교수가 얼굴을 활짝 편 채 호들갑을 떨며 칭찬을 늘어놓았다. 그는 들뜬 얼굴로 출석부를 뒤적였다.

"학술원은 아무리 귀하신 분이라고 해도 쉽게 입학할 수 있는 곳이 아닌데 대단하십니다. 그런데 학부가…… 헉, 검술학부?"

교수의 경악은 다른 학생들에게도 전염되어 모두들 입을 떡 벌렸다. 교수는 멍청하게 물었다.

"그 검, 장식용 아니었습니까?"

이아나의 눈썹 끝이 못마땅하게 휘었다. 익숙하다고는 하지만 불쾌하지 않을 수 없는 태도였다.

"이 검은 장식용이 아니고, 저는 검술학부입니다. 무슨 문제라도 있습니까, 교수님?"

"하하하. 문제……는 없습니다만."

공작으로서 수없이 많은 인간군상을 봐 온 이아나는 다소 불편한 표정을 짓고 있는 교수가 무슨 생각을 하고 있는지 알 것 같았다. 분명 높은 신분으로 압박을 넣으며 산더미 같은 기부금을 내고 들어왔다고 생각하리라.

엘리리는 실제로도 그리 생각하고 있었다. 정책학부의 경우에는 시험이 논술 형식이기 때문에 교수들의 평가가 가장 중요했으므로 거액의 기부금을 받고 입학시켜 주는 경우가 아주 없지는 않았다.

철저하게 공개 시험만으로 신입생을 모집한다고 알려진 명망 높은 검술학부였지만, 비리가 아예 없을 수는 없을 것이다. 돈과 권력 앞에서는 모래성처럼 무너지는 존재가 바로 사람이라는 생물이기 때문에.

검술학부의 자존심 센 교수들이 안다면 펄쩍 뛸 만한 생각이었다.

엘리리는 이아나의 경우에도 분명 그러할 것이라고 생각했다. 그는 백작 영애인 이아나가 테오도르 아카데미가 아닌 학술원의 검술학부에 입학한 이유를 대충 상상해 보았다.

실력 있는 기사를 직접 구하고 싶었거나, 평민들의 부러움과 선망이 어린 시선을 한 몸에 받고 싶었거나, 테오도르 아카데미에 들어가지 못할 정도로 성격에 문제가 있거나 신분에 문제가 있는…….

"이아나 로베르슈타인 님, 수고하셨습니다."

"뵙게 되어 영광이었습니다."

시작부터 수업이 마음에 들지 않았던 이아나의 표정은 수업이 진행될수록 점차 굳어 갔고 끝난 지금은 싸늘한 무표정이 되었다.

몇몇 학생들이 살갑게 인사했지만 이아나는 고개를 끄덕여 인사를 받아 주기만 했다. 학생들은 말을 더 붙여 보고 싶었지만 가라앉은 분위기로 책을 뒤적이기 시작한 이아나에게 차마 엉겨 붙지 못하고 입맛을 다시며 강의실을 떠나갔다.

이아나는 입술을 비틀었다. 저들은 곧장 로베르슈타인의 성을 가진 귀족 영애에 대해 알아볼 것이다. 그리고 안주거리가 될 만한 이야기만 알아내서 입방아를 찧어 댈 것이다. 사정이 어떻게 된 건지 자세히 알아보는 이는 없을 터다. 깊은 친분도 없거늘 누가 가벼운 관심만으로 누군가의 진실을 파헤치려 들까.

"하."

이아나는 엘리리 교수가 집필했다는 역사서를 읽다가 기가 차서 혀를 찼다. 책은 로안느를 향한 찬양과 우월함으로 온통 도배되어 있었다. 바하무트는 그저 악이라 묘사되어 있어 읽기가 무척 거북했다.

적국에 대해 중립적인 입장을 보이는 수업을 바란 것이 잘못이었는가? 서점에 가면 널려 있는 로안느 역사서와 다를 바 없는 책의 저자에게 작위를 주다니, 현재 로안느 지도자들의 정신 상태가 얼마나 해이한지 알 만했다.

어쩌면 돈을 주고 작위를 샀을지도 모른다.

출세를 향한 평민들의 열망은 엄청나다. 출세를 바라는 게 잘못되었다는 건 아니지만, 만인의 위에 서는 귀족에게는 책임이 뒤따른다. '귀족이 되어 아래에서 떠받는 이들을 위해 능력을 아끼지 않겠노라'와 같은 야망이 출세의 바탕이 되어야 진정한 귀족이 될 터였다.

출세만을 목표로 한다면 고위 귀족의 발을 꼬리 치며 핥아 주는 개밖에 되지 않을 것이다. 과거에 그런 개들이 너무 많아 나라가 온통 어지러워지지 않았던가.

어쨌든 이아나는 이번 수업을 통해 그 아무리 대단한 학술원이라도 강의에 열정이 넘치는 교수만 있는 건 아니라는 사실을 깨달았다. 앞으로 수업을 어찌하는지 보고 수업을 들을지 말지를 결정해야 할 것 같았다.

"저 머저리들의 알랑거리는 태도가 오래가지는 않을 겁니다, 귀족 나리."

책을 덮고 있는 이아나의 뒤에서 누가 비아냥거렸다. 이아나는 고개를 들었다. 앞에는 아무도 없었다.

'내게 말하는 건가?'

이아나는 뒤를 돌아보았다. 그곳에는 재를 뒤집어쓴 듯 뿌연 회색빛의 소년이 서 있었다.

그 모습을 시야에 담은 순간, 어떤 흐릿한 형상이 머릿속에 아른거린다. 이아나는 기이한 기시감에 미간을 좁혔다.

"정책학부는 속이 까만 뱀 같은 놈들이 대다수라 귀족 나리의 상황이 어떤지 알면 돌변할 테니까."

소년은 신경질적인 표정으로 흘러내리는 안경을 반듯하게 올렸다.

"아마 지금쯤 로베르슈타인이 어떤 가문인지, 로베르슈타인가의 이아나가 어떤 사람인지 알아보고 있겠죠. 친해질 가치가 있는지 그 멍청한 머리들을 굴려 대며 판단하고 있을 겁니다."

지적인 얼굴. 전형적인 문관의 모습이었지만 머리 회전이 무척 빨라 보이는 소년이었다. 이아나는 소년에게 물었다.

"나를 압니까?"

"물론 압니다. 정책사례를 제대로 공부하려면 귀족들의 정보를 꿰고 있어야 하는 건 필수니까."

"나에 대해서도 알고 있습니까?"

"이아나 로베르슈타인. 더러운 방법으로 백작의 첩이 된, 혼인 전에는 아무 남자와 몸을 굴려 대던 평민의 딸. 외할아버지를 제 손으로 죽이고 행방불명된 어미조차 살해했을지도 모르는 천륜을 저버린 여자. 가문에서 극도로 미움 받고 있다.”

이아나의 질문에 소년의 입에서는 아주 직설적인 말들이 튀어나왔다.

이아나는 소년을 물끄러미 쳐다보았다. 제 신분을 알고도 대놓고 저런 말을 하는 평민은 처음이었다. 하지만 목소리에 고저가 없어 모욕으로 느껴지지 않고 단순히 정보를 나열하는 것처럼 들렸다.

“사람들은 당신이라는 사람이 아니라 평민 첩의 딸이 제 외조부를 죽였다는 사실에만 집중하겠죠. 당신이 그런 짓을 저질러야만 했던 이유가 있을 거라고 생각하더라도, 당신을 가까이 하지는 않을 겁니다.”

가만히 듣고만 있던 이아나는 소년에게 물었다.

“내게 이런 말들을 하는 의도가 뭡니까? 나를 모욕하려는 겁니까?”

“설마요. 다만 놈들이 보인 태도가 조만간 손바닥 뒤집듯 바뀔 거라는 걸 알려 드리려고요. 견딜 수 있겠어요?”

소년의 어조는 무척 냉소적이어서, 문장만 보면 걱정으로 들릴 법한 말인데도 전혀 따스하게 들리지 않았다.

“걱정 같아 보이지는 않는데.”

“물론 걱정이 아닙니다. 그냥 그럴 거니까 빨리 그만두는 게 귀족 나리께도 좋지 않을까 싶어서. 교수도 별로인 것 같고.”

걱정이 아니라면 무슨 의도일까? 소년의 태도를 보면 쉽게 알 수 있었다. 이아나는 자리에서 일어나며 말했다.

"내가 수업을 그만두길 바라는가? 결국 너 또한 나를 혐오해서 눈앞에서 치우고 싶은 거냐고."

소년의 눈이 이채를 띠었다. 이아나의 말은 정곡을 찔렀다. 이아나의 정적인 시선이 소년에게 닿았다.

"네가 무슨 자격으로?"

"……그럴 자격은 없지요. 실례했습니다."

소년은 사과했다. 하지만 혐오한다는 말에는 부정하지 않았다. 소년이 고개를 끄덕거렸다.

"오해하지 말아 주세요. 저는 당신이 대단하다고 생각합니다. 학술원의 검술학부는 선발과정이 공개적이라 아주 깨끗한 걸로 유명하죠. 검술학부 교수장이 정의와 실력을 숭상하기로 유명한 왕실 전 근위기사대장이니 말 다했지."

"……."

"당신은 그곳에 합격했습니다. 그 사실만으로도 화장만 떡칠하는 골 빈 여자들과는 다른 종이라고 생각합니다. 하지만 그런 당신도……."

소년은 탁한 잿빛 눈을 날카롭게 번뜩였다.

"결국엔 귀족가에서 나고 자란 귀족."

그 말을 하고 소년은 입술을 비틀어 웃었다. 아까의 침착한 모습과는 달리 적의가 물씬 묻어났다.

"전 당신이 아니라 귀족 전체를 혐오합니다. 웃긴 족속들이니까요."

소년은 히죽히죽 웃으며 빈정거리기 시작했다. 사무적인 태도로 가리고 있던 그의 본모습이었다.

"그들은 권리만 알고 의무는 모르는 머저리들입니다."

소년은 이아나가 어떤 취급을 받아 왔을지 훤히 보였다. 대부분의 귀족은 제가 뿌린 씨인 주제에 책임질 줄을 몰랐다. 제 자식인데도 정부인의 자식이 아니라는 이유로 멸시하고 방치하거나 집안 결합용 물건으로 사용할 뿐이었다.

이아나 또한 비슷한 케이스일 것이다. 돈 때문에 들인 첩에게서 본 자식이라고 해도 제 핏줄이다. 경멸할 것이라면 씨를 뿌리질 말든가. 소년은 속으로 백작을 비난했다.

그밖에도 얼마나 지저분한 짓을 저지르는지. 소년은 구역질이 났다. 최강국으로 손꼽히는 로안느지만, 노블레스 오블리주의 노 자도 모르는 개돼지보다 못한 벌레들이 귀족으로 있으니 언젠가 망하리라.

"반쪽이긴 하지만, 그래도 귀족이라는 이름을 단 당신은 어떨까? 멸시를 받아 온 당신도 결국에는 그들과 같지 않을까……?"

이아나는 피식 웃었다.

"귀족이 들으면 괘씸죄로 사형감이로군."

감정조절을 못 하고 내심을 그대로 드러냈던 소년은 이아나의 말에 정신을 차리고 입을 때렸다.

"이놈의 입방정. 귀족 나리, 죄송합니다. 오늘 했던 말들은 부디 미친놈의 헛소리로 들어 주시길."

낄낄 웃으면서 강의실 문을 나서려는 소년을 바라보던 이아나가 입을 열었다.

"이름이 뭐지?"

즐거움이 묻은 음성이 둘만 있는 고요한 강의실에 퍼졌다. 밖으로 나가던 소년의 다리가 멈추고, 얼굴은 요상하게 변했다.

"왜 물어보시는 거죠? 화가 난 귀족 나리께서 이 미천한 평민이 괘씸해서 처벌이라도 할 생각이신 걸까요?"

"빈정거리지 마. 재밌는 놈이다 싶어서 묻는 거다."

소년은 입을 다물고 이상한 생물체를 구경하는 양 말끄러미 이아나를 바라보았다.

'다른 귀족들과는 뭔가 다른걸.'

심하게 긁었는데 저런 침착하고 여유로운 태도라니. 소년은 한마디를 툭 내뱉었다.

"……리키젠입니다. 오늘 했던 말, 당신에 대한 악의는 정말 없었으니 용서해 주세요."

리키젠은 그 말을 끝으로 뒤도 돌아보지 않고 휙 가 버렸다.

'……리키젠?'

이아나는 익숙한 울림에 고개를 갸웃했다. 어디선가 많이 들어 본 이름이었다.

'리키젠…… 리키젠…….'

"주군, 오늘은 저 여자를 죽이십시오!"

이아나는 뇌리에 떠오른 과거의 한 사람 때문에 헉 하고 숨을 들이켰다. 놀란 시선이 멀어지는 소년의 잿빛 뒷모습에 내리꽂혔다.

"주군께 열등감만 품고 있는 저 망할 여자는 품어 봤자 독밖에 되지 않습니다!"

'리키젠 로스타리!'

잿빛 인상이 눈에 익다 싶었다.

날붙이와 피, 화살과 화약, 강기와 마법이 빗발치는 전쟁 중에도 언제나 주군의 곁에 머무르면서 조언을 하던 남자.

완벽한 주군이 왜 이런 여자에게 목을 매야 하나, 그냥 죽이면 안 되나 하는 불경한 눈빛으로, 저를 증오하는 눈으로 보곤 했던 남자.

항상 그의 주군에게 저 여자를 죽이는 게 휘하에 두는 것보다 훨씬 득이라 말하던 남자.

그의 주군이 제게 매달리는 것을 늘 불만스러워하다가 제가 주군의 손에 죽는 그 순간 속이 아주 시원하다는 표정을 짓고 있던 남자.

리키젠 로스타리.

그는 바하무트 제국의 재상이자 아르하드 로 라르소 바하무트의 최측근 참모였다. 신경질적인 태도와 냉소적인 표정이 그의 어릴 적 모습인 것 같기도 했다. 그런데 그자가 지금 왜 여기에 있단 말인가?

너무나 갑작스레 마주해 버린 아르하드의 파편에, 동요한 이아나의 눈동자가 흔들렸다.

하지만 경악은 잠시였고, 이아나는 침착해졌다. 정말 뜻밖의 인물을 만나 놀라긴 했지만 우연이 겹치면 있을 수도 있는 일이다. 리키젠 로스타리는 아무래도 소년일 적 발젠타 학술원에 다녔던 모양이었다.

'바하무트 사람인 줄 알았더니 타국의 평민이었나?'

경악이 가라앉은 다음에는 흥미가 샘솟았다. 저를 철천지원수로 취급한 데다 시도 때도 없이 아르하드 몰래 암살자를 보내온 씹어 먹어도 모자랄 놈이었으나 회귀해서 그를 만나니 의외로 반가운 감정이 먼저 샘솟았다.

리키젠은 현재 아르하드를 만난 상태인 건가? 아니면 아직 만나지 않은 걸까? 만나지 않았다면 학술원 재학 도중 만나는 건가?

수업이 늦게 끝나서 수련은 하지 못했다. 이아나는 생각에 잠긴 채 어두운 길을 걸어 기숙사로 돌아왔다.

와락!

"이아나 양, 아무리 잊으려 해도 당신이 제 마음 속에서 떠나가질 않아요! 흐으윽!"

"……."

"엉엉."

이아나가 방문을 열고 들어오자마자 룸메이트 프리실라가 그녀에게 안겨 들며 눈물을 터뜨렸다.

"후우……."

이아나는 정말 진심으로 귀찮아서 한숨을 내쉬었다.

프리실라는 울음을 터뜨린 이후에도 몇 번이나 제가 디자인한 옷들의 종이를 내밀며 끊임없이 매달렸다. 이아나는 인형 취급당하는 것도 싫고, 누군가에게 제 몸을 분석당하는 것도 싫으며, 옷을 괜히 차려입기도 싫었기 때문에 디자인은 대충 보고 늘 거절하기만 했다.

프리실라는 이아나가 위협용으로 살기를 살짝 섞어 경고하면 겁을 잔뜩 집어먹고 울면서 나가떨어졌지만, 그다음 날에는 또다시 들러붙어 졸라 댔다.

얼마 전 그만하라고 살벌하게 윽박지르자 며칠간은 잠잠하다가 지금 또 시작이었다.

"다시 한 번 말하지만 싫습니다."

이아나가 제게 폭 안겨 있는 작은 체구의 프리실라를 떼 놓았다. 프리실라가 손등으로 구슬 크기만 한 눈물을 닦아 내다 말고 털썩 주저앉았다. 그녀의 얼굴은 푸르뎅뎅했다.

"흑, 그래요……. 저와 제 옷이 그렇게 싫은 거군요."

떼만 쓰던 프리실라가 처음 보이는 행동에 이아나가 흠칫해서 뒤로 물러섰다. 프리실라는 절망적인 표정을 지으며 바닥에 엎드리더니 자학을 하며 본격적으로 울기 시작했다.

"그래요, 흑흑. 제 재능은 이아나 양이 끔찍하게 질색할 정도로 형편없었던…… 훌쩍, 거예요. 흑흑……. 난 쓰레기야. 난 가게를 열어 봤자 망할 거야. 끝이라고……."

"무슨. 그런 게 아니라……."

이아나가 저도 모르게 반박하자 프리실라가 눈물로 범벅이 된 얼굴로 상체를 일으켰다.

"그렇다면 왜죠? 제가 디자인한 옷뿐만 아니라 이아나 양이 원하는 옷도 만들어 드리겠다고 했는데! 제 옷은 방에서 한번 입어 주시기만 해도 되는데! 이아나 양은 옷을 사 입지 않아서 좋고 저도 원하는 옷을 만들어서 좋잖아요!"

"……."

"당신만 보면 전 영감이 샘솟는다고요! 당신만 보면 제 옷을 입혀 보고 싶어서 죽겠어요! 저, 이때까지 아무리 해도 맘에 드는 옷을 만들 수가 없어서, 모델한테 입혀 놔도 마음에 안 들어서 너무너무 괴로웠는데, 드디어 나의 뮤즈가 나타났나 싶었는데! 더군다나 뮤즈가 룸메이트라니, 이건 운명이라 여겼는데! 이아나 양 너무 매정해요! 엉엉!"

프리실라는 또다시 엎드려서 눈물을 터뜨렸다.

가녀린 여자가 바닥에 쓰러져 흑흑 울자 이아나는 굳어서 어찌할 바를 몰랐다. 그녀의 태도가 다소 누그러지는 상대가 있었으니, 바로 약자였다.

물론 상황도 상황 나름이고 약자도 약자 나름이지만 툭 치면 부러질 것같이 생긴 것들이 울거나 힘들어하면 보고 있기가 힘들었다. 그래서 날이 선 말을 사정없이 내뱉다가도 상대가 울음을 터뜨리면, 입을 다물고 가만 내버려 두곤 했다.

프리실라는 눈물이 가득 고인 눈을 한 채 두 손을 꼭 모았다.

"제발요. 제발 부탁드려요. 절대 실망하지 않으실 거예요."

이 여자, 오늘 아예 날을 잡았나 보다.

이아나는 한숨을 내쉬었다. 몇 주간 함께 지내 본 결과, 프리실라는 한번 물면 절대 놓지 않는 투견처럼 끈질긴 여자였다. 설령 방을 바꾼다고 해도 저를 쫓아다닐지도 모른다.

물론 정말 싫은데도 따라붙으며 귀찮게 군다면 회귀 전의 살인귀 때처럼 쥐도 새도 모르게 죽이면 된다. 하지만 귀찮긴 해도 살인을 저지를 정도로 싫은 건 아니었다.

아무렴, 모욕하는 것도 아니고 좋다고 난리를 치고 있었다. 호감을 보이다 못해 폭발시키고 있었다. 이아나는 그녀의 호감이 딱히 싫지는 않았다. 다만 처음 겪어 보는 상황이 어색했을 뿐이고, 프리실라의 격한 반응이 꺼림칙하고 받아들이기 부담스러웠을 뿐이다.

'그래, 생각해 보면 내게 해가 될 것은 없어.'

아무 대가도 없이 옷을 만들어 주겠다 하지 않는가. 옷의 질도, 디자인도, 학술원의 의상학부 학생이라면 괜찮지 않을까 싶었다. 무엇보다 일 년간 룸메이트로 함께 지내게 될 텐데 이렇게 피곤한 짓을 계속할 수는 없다.

"사이즈를 재면 되는 겁니까."

프리실라가 고개를 숙이고 눈물을 뚝뚝 흘리고 있다가 얼굴을 홱 들었다. 푸른 눈동자가 초롱초롱하게 빛났다.

"그럼요! 방에서 한 번만 입어봐 주시고 마음에 안 들면 버리세요! 마음에 들면 이아나 양이 가지시고요! 전부 다 이아나 양 마음대로 하세요! 하, 하, 하지만⋯⋯."

격하게 말하던 프리실라가 갑자기 말을 더듬더니 기어서 이아나에게 다가갔다. 그녀의 다리를 꼭 껴안았다.

"제 작품을 출품해야 하는 학술제에서만 제 옷을 입어 줘요. 다른 때는 그냥 방에서 따악 한 번만 입어 주시고 밖에서는 입지 않으셔도 돼요. 그때만요, 응?"

프리실라는 이아나의 마음이 변할까 싶어 다리에 매달렸다. 작은 정수리와 떨쳐 낼세라 다리를 꼭 붙들고 있는 가녀린 팔이 이아나의 시선에 맺혔다. 그녀의 몸이 바들바들 떨리고 있었다. 어찌나 간절해 보이는지, 좀 불쌍했다. 그러나 그것도 잠시, 허벅지를 더듬어 오는 손길에 온몸에 소름이 돋았다.

"아이, 탄탄해. 여자에게서 이런 감촉이…… 과연. 검술학부라서 이렇게 탄탄한 몸을 지닐 수 있는 거군요. 자기, 검술학부의 홍일점이라니…… 너무 멋져……."

이아나는 결국 진저리치며 고개를 끄덕이고 말았다.

"알겠습니다. 알겠으니까 그렇게 은근슬쩍 더듬는 건 그만두십시오."

몇 주간의 사투 끝에 결국 이아나의 허락을 얻어 냈다. 프리실라의 만면에 환희와 황홀함이 뒤섞인 환한 웃음이 떠올랐다

"단, 조건이 있는데 사이즈를 재는 것과 당신이 말한 것 이상으로 절 귀찮게 하는 일은 용납하지 않겠습니다."

프리실라는 이아나의 허벅지를 있는 힘껏 껴안았다.

"끼아악! 물론이죠. 알았어요, 사랑해요, 이아나 양! 아앙, 자기, 고마워요!"

"일단 떨어지세요."

프리실라가 이아나의 다리에서 후다닥 떨어진 후 벌떡 일어났다. 이아나는 울음을 그치고 방실방실 웃고 있는 프리실라가 정상에서 살짝 벗어난 여자라고 생각했다. 하지만 자기 일에 열정을 보이고 그것을 위해 끈덕지게 매달리는 모습이 보기 싫지는 않았다.

"그런데 당신이 4학년인 건 알고 있는데 나이가 어떻게 됩니까."

"응, 스물다섯이에요! 이아나 양은?"

이아나는 할 말을 잃었다. 어린 얼굴을 가지고 어린 행동을 하는 작은 여자가 저와 아홉 살 차이였다.

"열여섯입니다."

"역시 그쯤 될 것 같았어! 이아나 양은 몸매가 다른 또래 여자아이들에 비해 성숙하긴 하지만 여인이라기에는 아직 덜 자란 것 같았거든요! 흐아아아아……. 그럼 나중에 스무 살 중반쯤 되면 얼마나 섹시하고 아름다워질지……. 서른 살 즈음 되어 인생경험이 쌓이면 얼마나 박력 있고 품위 있을지……. 저는 도저히 상상할 수가 없네요."

프리실라가 손바닥으로 제 뺨을 감싸고 몸을 배배 꼬았다. 이아나는 어이가 없어서 저도 모르게 웃고 말았다. 프리실라는 이아나의 웃음을 보고 호들갑을 떨었다.

"어머, 그렇게 웃으니 정말 매력 있어, 자기! 제발 그렇게 웃고 좀 다녀요! 제가 그동안 얼마나 무서웠는지 알아요? 얻어맞는 줄 알았어요. 아니다, 저기 모퉁이에 놓여 있는 검에 댕겅 하고 베이는 줄 알았어요."

아마 말할 때마다 살기를 섞어 말했기에 그리 느낀 모양이었다. 의도했긴 하나 두려움에 파르르 떠는 프리실라를 보며 이아나는 일반인을 상대로 심했나 하는 생각이 들었다.

"속으로 저 때리고 싶다는 생각 좀 많이 했죠?"

"……."

"천생 폭군이었어. 손가락 하나 까딱이면서 죽어라, 라고 명령하면 아무 말도 못 하고 넙죽 엎드려서 목을 내밀어야 할 것 같은 기분이었달까? 무서운 걸 넘어서서 공포였다고. 그러니까 의상학부의 미친년이라 불리는 내가 쫄아서 아무 말도 못 하고 침대에 기어들어갔지."

그리고 프리실라를 상대할 때는 그 이상으로 강도를 높여야겠다고 다짐했다.

촤아악.

"자아, 자아. 그것보다 이아나 양. 지금 당장 벗어요."

프리실라가 항상 들고 다니는 줄자를 빼 들며 눈을 번뜩였다. 어떤 적을 마주하더라도 뒷걸음질은 쳐 본 적 없던 이아나가 섬뜩함을 느끼고 자신도 모르게 한 발을 물렀다.

"뭘?"

"당신의 아름다운 몸을 가리고 있는 그 망할 천 쪼가리들을 지금 당장 벗으라고."

이아나는 그날 칼을 대지 않고도 몸이 해부당하는 기분이 어떤 건지 알게 되었다.

로안느와 바하무트의 역사 수업은 교수의 개인사정으로 인해 첫 수업 이후 휴강을 두 번 더 했다. 그리고 입학을 한 지 두 달이 다 되어 가는 지금, 드디어 여덟 번째 수업에 들어갔다.

솔직히 말해서 수업은 최악이었다.

"이아나 양, 대답해 보세요."

교수는 벌레 보는 듯한 얼굴을 한 채 이아나를 공격적으로 몰아붙였다. 이아나는 그를 느릿하게 올려다보았다.

'귀엽게 보고 참아 주는 것도 한계가 있지.'

요즘 들어 직접적으로 건드는 놈들이 많아졌다. 이것들이 가만히 있었더니 누굴 바보로 아는 모양이었다.

이아나는 입매를 비틀었다. 책상을 손가락으로 톡톡 두들겼다. 처음에는 제 성을 알고 살갑게 굴더니 이제는 저렇게 멸시하는 게 웃기기 그지없다.

입학한 지 한 달이 채 지나지 않은 시점에서 학술원 학생 대부분이 이아나의 신분과 학부, 그리고 그녀가 처한 상황을 알게 되었다. 신분이 워낙 대단해서 소문이 퍼지는 속도는 아주 빨랐다.

사정을 알게 된 대다수의 학생들은 엘리리와 같은 태도를 보이거나 이아나를 없는 사람 취급하기 시작했다. 그들이 그녀를 그리 대우하는 이유는 네 가지.

첫째, 이아나가 첩의 자식이기 때문이다. 이 시대에 첩의 자식은 귀족 사회에서 알아주지도 않을뿐더러 귀족끼리의 결합을 위한 물건 정도로 취급된다. 귀족들에게는 멸시를 당하고 평민들에게는 조롱을 받는 처지였다.

귀족의 첩은 보통 밤 생활을 위해 들이는 아리따운 평민이기에 귀족의 총애를 받아 보호받지 않는 이상 이런 취급을 당해도 할 말이 없었다.

그런 사회 풍조에서 부부금슬이 왕국 최고로 좋다고 소문난 백작 부부 사이에 난입한 더러운 여자의 딸, 이아나의 상황은 정말 최악이었다.

둘째, 검술학부에 부정입학했다는 소문이 있기 때문이다. 솔직히 힘깨나 쓴다는 남자도 맥없이 떨어지는 시험에 열여섯 소녀가 정식 루트로 입학했다는 게 말이 되는가? 그것도 반쪽짜리긴 하나 부채만 팔락거렸을 귀족 여인이!

이는 학술원에도 비리가 존재해서 나올 수 있는 말이었다. 공정하게 운영되기로 유명하더라도 어디 그에 속한 사람 모두가 청렴할 수만 있겠는가? 사람은 애초에 선과 악이 뒤섞인 존재이므로 모든 이가 선하고 공정할 수만은 없었다. 학술원에도 뒷돈을 받고 입학시험에서 편의를 봐주는 경우가 수두룩했다.

셋째, 가족을 죽였기 때문이다. 학술원에는 로베르슈타인 백작령에서 온 학생들도 있었다. 그들은 이아나에 대한 소문을 아주 잘 알고 있었고 소문은 학술원에서도 퍼졌다.

외조부를 죽인 건 확실하고, 어쩌면 행방불명된 어미마저 죽였을지도 모를 극악무도한 패륜아. 더구나 제가 죽였음에도 외조부에게 다른 핏줄이 없어 막대한 재산을 모조리 물려받았다.

외조부가 평민이었고, 정상참작이 되었던 데다가, 백작 부부가 감싸서 처벌은 받지 않았다지만 존속살해는 최악이다. 그리고 재산을 탐내 외조부를 죽였다는 소문이 사실이라면 이아나는 정말 꺼림칙하고 경멸스러운 인간이었다.

넷째, 어떤 모욕에도 무반응으로 일관하기 때문이다. 반쪽 귀족이긴 해도 귀족은 귀족. 만일 이아나가 귀족으로서의 권위를 내세웠다면 다른 이들도 대놓고 우습게 보는 태도를 취하지는 못했을 것이다. 또, 이아나가 소문이 진실이 아니라고 적극적으로 주장했다면 아니라고 믿는 사람들도 있었을 것이다.

하지만 이아나는 화를 내지 않았다. 수치스러워하지도, 울지도 않았다. 부정도 긍정도 하지 않았다. 일일이 반응하면 끝이 없기에 귀찮아서 모조리 무시한 것이지만, 사람들은 사정을 알지 못하므로 그녀의 태도는 논란을 불러일으킬 만했다.

'내가 아니라고 말해 봤자 믿을 인간이 몇이나 된다고.'

이아나는 속으로 코웃음 쳤다.

'그나저나 대표적인 개국공신 다섯 가문을 대라고?'

이아나는 교수의 질문 내용을 곰곰이 떠올려 보고는 입매를 굳혔다.

'또 무슨 말을 하며 비꼬려고?'

이제는 이아나의 인내심도 바닥나기 시작했다. 하지만 표정에 불쾌감을 내비치지 않고 교수의 질문에 순순히 대답했다.

"로안느 왕국의 시조이신 로안느 데 로안느 여왕께서는 수많은 백성들을 이끌고 이곳 테오도르에 로안느 왕국의 국기를 세우셨습니다. 그녀의 최측근은 타루이트 공작가, 워니프리드 공작가, 오웬 후작가, 클라우드 후작가, 그리고…… 로베르슈타인 백작가의 시조였지요."

"흥. 근본 없는 더러운 피가 섞였지만 명망 높은 백작 가문의 피가 흐른답시고 머리는 좀 굴리시나 보군요!"

대놓고 모욕하는 발언에 이아나의 입매가 씰룩였다. 엘리리 교수는 여태껏 은근슬쩍 비꼬며 망신을 줬었다. 이렇게 직접적으로 모욕을 준 적은 없는데 오늘은 작정한 듯했다.

'내가 반응을 하지 않는다고 할 말 못 할 말 가리지 않고 다 할 수 있다고 생각하는 건가.'

사람은 우습다. 처음에 상처를 줄 때는 자기도 찔려서 눈치를 보는 주제에, 상대가 분쟁이 싫어 대응하지 않으면 이 정도는 괜찮은 거라는 착각을 한다. 그 후에는 강도를 높여 가며 당연하게 상처를 주기 시작한다.

제깟 게 뭐라고.

이아나는 교수와 학생의 관계를 생각해서 한 번만 더 참아 보기로 했다. 하지만 따질 것은 따져야 했다.

"더러운 피? 머리는 좀 굴려? 교수님, 그게 무슨 뜻인지 설명해 주시겠습니까."

"말 그대롭니다. 더러운 피를 모친에게 물려받았는데 백작 가문의 피 덕분인지 의외로 똑똑하다는 뜻이지요. 하지만 뭐, 하시는 행동을 보면 역시 더러운 피는 어디 가질 않는다고 해야 하나."

이아나의 주먹에 힘이 꽉 들어갔다. 아까부터 주구장창 더럽다, 더럽다, 이 개새끼가 입이 한번 뚫리더니 못 하는 말이 없었다.

"말이 심하시군요. 어머니의 잘못은 인정합니다. 하지만 자식 앞에서 그런 욕은 삼가셔야 하는 것 아닙니까. 그리고 저는 무슨 행동을 했기에 그런 말을 들어야 하는 겁니까."

제 신분이 지금은 로안느 최고의 공작도, 최강의 검사도 아닌 백작 가문의 사생아일 뿐이라는 것을 감안해서 사과만 한다면 넘어가리라.

"어머니가 잘못을 했다고 해서, 왜 제가 부모와 묶여서 판단되어야 하는 거냐 말입니다."

이아나는 마지막 기회를 주었다. 하지만 엘리리는 이아나의 말에서 꼬투리를 잡을 만한 부분을 발견하고 비웃을 뿐이었다.

"당연한 질문을 하시는군요. 부모와 자식은 닮는 법입니다. 이아나 양, 검술학부는 어떻게 입학하신 겁니까?"

쑥덕거리며 상황을 지켜보고 있던 학생들의 귀가 쫑긋하게 섰다. 시험을 내내 지켜봤던 검술학부 조교들을 제외하고는 거의 모든 사람들이 궁금해하는 주제였다.

"여기서 검술학부가 왜 나오는 겁니까. 주제를 벗어나지 마십시오."

"말을 돌리는 게 아닙니다. 외조부의 유산으로 어찌어찌 특례입학을 했을지도 모른다고 퍼져 있는 소문은 스스로도 들어서 알고 계시겠지요? 그래요, 이아나 학생은 존속살해를 저지르고 외조부의 재산을 모두 가졌습니다."

학생들이 헛숨을 들이켰다.

"그 후 체격 좋은 청년들조차 합격하기 어려운 검술학부에 입학을 했죠. 정황은 들어맞지 않습니까?"

엘리리는 손으로 제 턱을 쓰다듬었다.

"돈이 아니라 시험 관계자 중 하나를 유혹해서 들어갔다는 소문도 있더군요. 이아나 학생, 진실은 무엇입니까? 이런 소문이 돌고 있는데도 반박하지 않고 침묵하는 건 무언의 긍정으로밖에 안 보입니다. 말씀해 보세요. 피는 못 속인다고…… 돈을 퍼 주거나 몸을 굴려서 검술학부에 들어간 거지요? 유능한 남자들을 후리고 다니려고."

엘리리는 말이 없는 이아나를 보며 턱밑으로 처진 살을 씰룩였다. 학생들이 긴장하면서도 제가 하는 말에 집중하고 있자이 사건으로 인해 제 명성이 또 한 번 올라가리라는 걸 알았다.

공명심과 출세욕이 높은 데다 주목받는 걸 몹시 좋아했던 엘리리는 속으로 웃었다. 백작 가문의 성을 단 사람을 몰아붙이고 있다는 쾌감으로 등줄기가 오싹오싹했다.

고위 귀족이라도 첩의 자식은 한 등급 낮은 대우를 받으며, 딸일 경우에는 보통 하위 귀족과 결혼하거나 다른 고위 귀족의 첩으로 들어가는 게 일반적이다.

가문의 비호를 받는다면 말이 달라지겠지만, 비호는커녕 가문에서도, 영지에서도 미움만 받는 처지인 이아나는 엘리리와 동급, 혹은 그 이하였다.

학술원에서는 교수와 학생, 신분으로는 백작보다 더 높은 신분의 후작에게 능력을 인정받아 작위를 받은 남작과 몸을 굴린 첩의 배에서 태어난 하찮은 영애.

자신이 우위라고 생각했기 때문에 엘리리 샤마르는 이아나를 마음 놓고 질타할 수 있었다.

소문을 듣자 하니 귀족들도 그녀를 혐오한다고 했다. 이아나는 친해질 가치가 전혀 없었다. 이제 그녀는 아무래도 좋았다.

엘리리는 당당하게 말했다.

"이게 유전의 영향이 아니면 뭐냔 말입니다. 어디 한번 대답해 보시죠."

유전……. 이아나는 중얼거렸다.

언제까지 거기에 얽매여야만 할까. 그리고 르보니의 피가 대체 뭐가 어떻다고.

잊어 가던 르보니에 대한 동정심이 샘솟았다. 르보니는 분명 잘못한 게 맞고, 다른 이들에게 질타 받아 마땅했고, 이아나는 그녀를 혐오했다. 하지만 르보니의 인생은 이해했다.

한 신을 향한 절대적인 복종과 철저한 추종.

사라진 존재들을 그리워하다가, 세상에 홀로 남았다는 외로움에 지쳐 가다가, 그 신의 흔적을 누군가에게서 발견한 순간 심정이 어떠했을까.

누군가의 고통은 직접 겪어 보지 않으면 완전히 이해할 수 없다. 함부로 헤아려서 어설프게 동정하는 건 위선에 가깝다.

르보니의 고통을 이해한다고는 말할 수 없다. 하지만 유년시절에 겪었던 외로움을 떠올릴 때면 그녀가 왜 그렇게 살아왔는지는 납득했다.

"제 수업이 아무리 훌륭하다지만 저는 이아나 학생이 제 수업에 뵈는 게 싫습니다. 그러니 경고 한 번 드리겠습니다. 앞으로도 매일 한 번씩 줄 테니 그리 아세요."

엘리리가 이아나의 검을 흘끗 쳐다보았다.

"흥, 늘 차고 다니는 검도 장식용이겠지."

대답을 하지 않으니 뒷돈을 써서 입학했다고 확신하는 모양이었다. 이아나의 입술이 비틀렸다. 그런데 거기서 더 나아가 감히 검을 향한 진정성까지 모독할 줄은 몰랐다.

이아나의 입술 끝이 일자로 굳고, 적안이 살기로 번들거렸다.

'······건방진.'

극도로 좋은 제 청각이 의도치 않게 몰래 속닥거려지는 조롱을 잡아채는 거면 몰라도, 이렇게 정면에서 퍼부어지는 모욕을 계속 참을 얼간이는 아니다.

이아나가 살기를 잠시 감추고 빙긋 웃었다.

"전 검술학부에 실력으로 들어왔습니다. 부정입학을 했다는 터무니없는 소리를 들어야 할 이유가 없습니다."

"그게 사실인지 어찌 알죠?"

"그렇게 말씀하시는 교수님은 제가 부정을 저지르는 모습을 직접 보기라도 했나 봅니다. 제가 누구에게 얼마를 줬습니까? 누구와 난잡하게 뒤엉킨 채 입학시켜 달라고 간드러진 말을 했습니까?"

적나라한 말에 얼굴이 붉어질 틈도 없었다. 이아나의 주변에 있던 사람들은 몸이 저릿저릿하고 피부가 따끔거려서 무심결에 팔을 쓰다듬었다.

"제가 그걸 어떻게 안단 말입니까? 뒤에서 처리했을 텐데."

"그럼 제가 뒤로 그리했다는 증거는 있습니까?"

"그건……."

엘리리는 말을 잇지 못했다.

근거가 있을 리가 없었다. 이아나의 출신을 바탕으로 탄생한 더러운 추측을 저들끼리 중구난방으로 떠들어 대며 진실이라고 받아들인 것뿐이었으므로. 편견을 가진 그들이 생각했을 때, 근거는 없지만 이아나가 그런 여자인 건 당연했다.

"왜 말을 하지 못합니까. 지금 근거도 없이 그런 말들을 지껄였다는 겁니까?"

이아나의 뜻을 받들어 살심으로 물들던 마나가 완전히 살기로 변모해서 강의실을 집어삼키기 시작했다. 멀찍이 떨어져 있는 교수는 느끼지 못했지만 그녀의 주변에 있던 학생들은 숨이 막히고 눈앞이 캄캄해졌다. 사냥감을 노리는 맹수의 눈에 띄지 않기 위해 도망치는 초식 동물들처럼 이아나에게서 슬금슬금 물러났다.

"그렇다면 내 배경만을 보고 그 모든 것을 억측했다는 소리……."

이아나는 손가락으로 휘휘 돌리고 있던 펜을 세게 움켜쥐었다. 그 직후, 곱게 미소 지었다.

"존대를 해 줄 가치도 없는 작자로군."

하지만 미소 속에서 튀어나온 말은 싸늘했다.

언제나 반응이 없던 이아나가 살벌하게 말을 받아치자 교수는 당황했다. 그래서 말을 더듬으며 제가 생각해도 어이없는 말을 내뱉고 말았다.

"모, 모두가 그렇게 말합니다만."

"그건 심증일 뿐 물증이 아니다. 나는 내가 그렇게 했다는 확실한 근거를 가지고 날 모욕하는 거냐고 물었다."

이아나의 서늘한 말에 교수는 할 말을 찾기 위해 머리를 굴렸다. 하지만 결국에는 언제나 하던 말들을 다시 번복할 수밖에 없었다.

"당신의 어미가……."

"내 일에 타인을 끌어들이지 마라. 당신과 내 대화의 주제는 나지 내 어미가 아니다. 내가 부정입학을 했는지 안 했는지에 대해 언쟁을 나누는 이 시점에서 행방불명된 내 어미가 왜 나온단 말인가? 당신, 학자 맞나? 주제도 제대로 파악하지 못하고, 말하다가도 계속 주제를 이탈하고, 말도 일리 있게 똑바로 하지 못하는군."

미소는 점차 싸늘한 비웃음으로 변했다. 교수는 자존심이 상해 발끈했다.

"교수에게 그게 무슨 말입니까!"

"이때까지 나를 학생이 아닌 창녀로 취급한 주제에 어디서 지금 교수의 권위를 내세우는가."

직설적인 말들이 쉴 새 없이 튀어나왔다. 이아나는 날카로운 검으로 찌르듯 엘리리의 논리를 공격해 댔다.

"그리고 개인 사정으로 계속해서 휴강을 하는 당신에게 교수로서 자격이 있다고 보나? 열의가 없는 수업에, 수업의 반은 벼락출세한 자신의 자랑. 교수와 학생의 신분이 유지되어야 할 강의실에서 학생을 근거 없이 모독하는 것도 모자라 무시하기까지. 그리고 이 책은 대체 뭐지?"

이아나는 책을 들었다가 그대로 책상에 내리쳤다.

"바하무트에 대한 것이라곤 다른 책에도 쓰여 있는 대중적으로 알려진 저급 정보뿐이고 로안느 왕국을 추켜세우는 데만 급급한 이 책. 요즘 왕국에서는 무조건 로안느를 찬양하기만 하면 작위를 주나?"

엘리리의 얼굴이 벌게졌다. 학회에서 늘 듣고 있는 소리였다. 물론 뇌물을 좀 바치기는 했지만, 제가 쓴 책에 자부심을 가지고 있었던 그는 그것이 늘 모욕처럼 느껴졌다.

"강의 내용은 주구장창 이 책으로 남작위를 받은 제 자랑과 로안느에 대한 찬양으로 범벅인데도 강의 이름이 로안느와 바하무트의 역사라니……. 이건 바하무트 제국에 경각심을 가지고 수업을 들으려 했던 이들을 우롱하는 처사다. 차라리 로안느의 찬란한 역사 정도로 하는 게 좋았을 것 같군. 책 제목과 강의 이름이 이런 이유는 로안느의 역사로 승부를 보기에는 학자들의 경쟁이 너무 쟁쟁해서, 관심을 받을 수 없어서 그런가? 그래?"

엘리리가 말 한마디 받아치지 못할 정도로 맹렬한 기세였다. 그는 욱해서 뭐라고 하고 싶었지만 다 맞는 말이라서 반박할 수가 없었다. 그래서 얼굴을 붉히며 한마디 했다.

"이아나 학생, 지금 저를 모욕하는 겁니까?"

"……뭐?"

와그작.

이아나가 쥐고 있던 단단한 펜이 부러졌다. 근처에서 뭉글뭉글 샘솟던 살기가 교수에게 아이언메이든의 가시처럼 뻗어져 나갔다.

펜이 두 동강 나서 책상 밑으로 구르는 것을 목격하고 흠칫했던 엘리리 교수는 온몸을 관통당하는 듯한 고통과 제 목이 졸리는 듯한 질식감에 컥컥댔다. 숨이 턱 막히고 눈앞이 하얘졌다.

이아나는 어둠 속에서 으르렁대는 맹수처럼 엘리리를 살기로 쑤셔 대며 그를 까만 공포 속으로 밀어 넣었다.

"모욕……? 궤변을 늘어놓지 마라. 사실을 말한 것뿐인데 무엇이 모욕이란 말인가? 모욕한 건 증거도 없이 나에게 모욕적인 말들을 지껄인 당신이 아닌가?"

엘리리는 부들부들 떨었다. 심장에서 침묵을 지키고 있던 전장의 폭군은 드러나자마자 이제껏 펜만 잡아 본 엘리리를 두려움에 떨게 했다.

사람을 수없이 도륙한 살인자의 살의는 강렬했다. 이아나의 불꽃같던 적안과 적발이 지금은 마치 피에 젖은 것처럼 보여 엘리리는 본능적으로 움츠러들었다.

"분명 이리저리 재 본 후에 멍청하게 대놓고 모욕을 줬겠지. 몇 번이나 은근슬쩍 비꼬아도 내가 아무런 대꾸도, 반응도 하지 않으니 그런 말들을 지껄여도 괜찮으리라고 판단했을 것이다. 상대가 잠잠히 있으니 모든 게 용납되리라 생각했나?"

"……허윽."

"더러운 입 처닫아."

엘리리가 숨이 막혀서 숨넘어가는 소리를 내다가 이아나의 명령에 입술을 간신히 다물었다.

"그리고 설령 내가 부정을 저질렀더라도, 당신이 날 모욕하는 게 가능한 줄 아나?"

학생들은 숨을 죽이고 이아나를 바라보았다.

무섭다. 얌전한 사람이 화나면 제일 무섭다더니 딱 그 짝이었다. 무표정한 건 평소와 같았지만 분위기가 백팔십도 달랐다. 이전에는 대놓고 손가락질해도 괜찮을 것 같았다면 지금은 욕 한 번 하는 것만으로도 목이 날아갈 것 같았다.

저 사람이 바로 귀족.

고압적인 분위기로 강의실 전체를 압도하는 이아나에게 고정된 그들의 시선은 떼어질 줄 몰랐다. 그들의 머릿속에는 어떤 이미지가 떠오르고 있었다.

생명과 죽음을 단칼에 결정짓는 날 선 검. 그 검을 쥐고 사정없이 적을 베어 가르는 냉혹한 검사.

"가문과 귀족 사회에서 경멸을 당하고 있다고 해도, 어찌 되었든 나는 백작가의 영애고 로베르슈타인의 성을 가지고 있다. 감히 벼락출세로 평민에서 준남작이 된 주제에 그냥 귀족도 아니고 수백 년 전부터 거슬러 내려오는 백작가의 영애를 대놓고 모독해?"

"……"

"당신이 하는 말들이 사실인가? 만일 증거도 없이 헛된 입방아를 찧은 거라면 고발해서 상위 계급 모욕죄로 사형에 처할 수도 있다. 귀족이 다 같은 귀족인 줄 아나?"

엘리리의 얼굴은 이제 완전히 하얬다. 이아나가 입매를 일그러뜨리며 웃었다.

"신분의 도움을 받을 생각은 없다. 그러나 나는 오늘 받은 모욕을 절대 그냥 넘기지 않겠다. 스스로의 말에 책임을 져라."

"무, 무슨…… 책임을 말입니까?"

"지금 당장 무릎 꿇고 머리를 조아려 사죄하지 않는다면 나 역시 가만히 있지 않아. 목숨을 건 결투를 신청한다. 너에게는 거절할 권리가 없다."

엘리리가 경련을 일으켰다.

"모…… 목숨을 건 결투요?"

"사죄하지 않는다? 그렇다면 죽이는 수밖에!"

살기가 휘몰아치기 시작했다. 그리고 그 살기는 엘리리에게 집중되었다.

엘리리의 입에서 침이 주룩 흘러내렸다. 그는 지금 당장 강의실에서 도망치고 싶었다. 하지만 덜덜 떨리는 몸은 움직이지 않았다.

이아나는 그대로 엘리리의 목을 베어 낼 듯한 기세를 풍겼다. 그는 이아나가 실력으로 검술학부에 입학했다는 사실을 몸소 체험하고 있었다.

결투라니. 온몸에 소름이 돋았다. 외조부까지 살해한 여자가 저를 죽이지 못할 리가 없었다. 제가 했던 말들이 충분히 결투 사유가 된다는 것을 깨달은 엘리리가 허리를 폭 숙였다.

"죄, 죄송……합니다."

"내가 그리하라고 했나?"

엘리리가 바로 무릎을 꿇고 이마를 바닥에 붙였다.

"죄송합……."

"무엇이?"

"근거도 없이 당신을 모욕한 것…… 죄송합니다……. 사실이 아닌데도 사실인 양 떠들어 댄 것……."

엘리리는 그 후로도 연거푸 죄송하다고 말했다. 싸늘한 얼굴로 내려다보던 이아나는 그의 비굴한 모습을 보는 게 지겨워졌다.

"죄송, 죄송……."

"입 닥쳐. 보기 역겹다."

"……."

이아나는 책상을 짚고 일어났다. 지레 겁을 집어먹은 엘리리는 히익, 하고 엉덩방아를 찧었다. 이아나가 금방이라도 옆구리에 차고 있는 검을 빼 들 것 같았다.

"무, 뭐, 뭘 하려고! 겨, 경고를 주겠습니다!"

엘리리의 방어 수단은 경고밖에 없었다. 이아나는 그를 내려다보며 입꼬리를 말아 올렸다.

"멍청하게 겁먹기는. 하기는 뭘 해. 쓰레기 수업을 더 이상 듣고 싶지 않으니 나가려 했을 뿐이다. 경고? 아까 한 번 주지 않았던가? 경고는 하루에 한 번밖에 못 주는 걸 잊었나?"

"그, 그……."

이아나는 웃었다. 다리를 하나하나 떼어 내 바르작거리는 바퀴벌레를 관찰할 때처럼 엘리리가 자부심을 가지고 있는 것을 찢어 내고 싶은 잔인한 마음이 들었다. 교수직이 바로 다리 중 하나였다. 더 나아간다면 남작 작위까지도.

"결투는 무르겠지만 학술원 본부에 정식으로 항의를 하겠다. 쓰레기가 교수를 하고 있는 꼴은 못 보겠으니. 일을 어떻게 처리할지는 본부에 달려 있지만, 만일 당신이 계속 교수 노릇을 한다면 나도 이 수업을 계속 듣겠다. 어디까지 돼지처럼 꿀꿀 울어 댈 수 있는지 궁금하니까……."

강심장이라면 지금까지처럼 행동하겠지만 오늘 자부심과 자존심이 송두리째 무너진 데다 극한의 공포를 느껴 본 엘리리가 이아나의 앞에서 그럴 수 있을 리가 없다.

이아나가 수업을 듣지 않더라도 오늘 이렇게 망신살을 뻗치고 학생들 앞에 설 수 있다면 정말 대단하다고 박수라도 쳐줘야 했다.

"교수를 계속할 거라면 수업이라도 똑바로 하든가."

하지만 앞으로 갱생해서 얌전히 수업만 알차게 잘한다면……

내버려 둬도 상관없을 것이다. 무릎 꿇고 머리를 조아린 모습도 봤고, 아무래도 지금은 얌전히 있는 게 좋을 테니 이쯤에서 마무리해도 괜찮을 것 같았다.

"그리고……."

물론 두 번의 자비는 없다. 웃음을 지워 낸 이아나의 얼굴이 무표정했다.

"내 앞에서 헛소리를 한 번만 더 했다가는 정말 가만있지 않을 테니 앞으로는 입 닥치고 네 할 일이나 잘해, 머리에 똥만 들어찬 머저리 새끼야."

"푸핫!"

이아나의 말이 끝나자마자 뒤에서 누군가 웃음을 터뜨렸다. 이아나가 고개를 돌렸다. 뒤쪽에서 리키젠이 머리를 책상에 처박고 낄낄대며 웃고 있었다. 이아나는 별 이상한 놈을 다 보겠다 생각하며 검과 책을 챙겨 들고 얼어붙은 분위기 속에서 홀로 유유히 빠져나갔다.

"어디 갑니까?"

힐끔 뒤돌아본 이아나는 다시 정면을 보고 걸어갔다.

"왜 따라 나온 거지?"

"그 분위기에서 어떻게 수업을 계속해요? 귀족 나리가 분위기를 얼음으로 만들어 놓고 나가신 직후에 교수도 오늘은 일찍 마친다면서 허둥지둥 빠져나갔습니다."

"그런가."

서로 죽이려고 하던 관계에서 이렇게 평화롭게 대화를 나눈다는 게 신기하긴 하다. 하지만 아무리 그런 리키젠이라도 이제는 몇 번 보다 보니 처음보다는 시들했다.

리키젠이 뒤에서 외쳤다.

"어쨌든 어디 가시는데요?"

"도서관에 간다. 곧 중간고사니까."

"저도 거기 가는 길이니 같이 가죠."

책을 팔에 가득 껴안고 옆에 따라붙은 리키젠이 킥킥대며 웃었다.

"오늘 한 건 저지르셨습니다? 설마 일을 그렇게 해결하실 줄이야……. 감탄했어요. 그 교수, 바지에 실례했을지도. 아, 그리고 강의실 안에 있던 사람들 전부 다 무서워서 벌벌 떤 거알아요? 이제 적어도 그 사람들이 나리를 무시할 일은 없을 겁니다."

"무시해도 상관없어. 오늘 교수처럼 정면에서 나에게 덤벼들지만 않는다면."

리키젠은 이아나의 시큰둥한 태도에 고개를 갸웃했다.

"아무리 봐도 신기한 분이시군요. 짜증나지 않습니까? 반박하고 싶지 않습니까? 따지고 싶지 않습니까? 나리는 어째서늘 입을 다물고 계십니까? 침묵하면 사람들은 제멋대로 생각해서 입을 놀려 댑니다."

"내가 아니라고 말해 봤자 소용없어. 전부 다 자기가 생각하고 싶은 대로 생각하니까. 일일이 신경 쓰다가는 피곤해서 못 산다."

"……알고 있어도 못 하는 게 사람입니다."

"익숙해지면 괜찮아. 무뎌지는 거지."

"……."

리키젠은 묘한 눈으로 이아나를 흘끗대다가 화제를 돌렸다.

"아아, 그래도 수업 쪽으로 꽤 명망 있는 교수인데 말이죠."

"명망? ……믿을 수 없는 얘기다. 취향 차일 수도 있지만 수업이 로안느 쪽으로만 공을 몰아주고 치중하는 것이 그다지 좋지는 않은 것 같던데."

리키젠은 잠자코 이아나의 말을 듣고 있다가 대답했다.

"조국에 자부심을 가지고 있는 사람들이 많으니까요. 바하무트 제국도 우리 왕국에는 상대가 안 된다. 우리는 이렇게 대단한 왕국의 사람이다……라는 기분에 도취하는 겁니다. 바하무트 제국과의 전쟁이 끝난 후, 로안느 왕국은 급속도로 우경화하고 있죠. 엘리리 교수의 수업은 우익 성향의 사람들에게는 딱입니다. 출세를 원하는 사람들에게도요."

"……그런가."

"하지만 저는 나리께 동감합니다. 저도 로안느와 바하무트의 입장과 역사를 중립적으로 사색해 보는 공정한 수업을 듣고 싶었는데 말이죠. 로안느에 대한 근거 없는 찬양과 바하무트를 향한 원색적인 비난만 해서 조금 실망. 하지만 전공이라서 귀족 나리처럼 막 나갈 수도 없고."

"나도 교수가 얌전히 수업만 했다면 그렇게까진 하지 않았어."

"어쨌든…… 저는 나리가 십에 십의 확률로 경고 다섯 번으로 낙제한다는 거에 한 표. 나리, 교수가 헛소리만 지껄이지 않는다면 가만 내버려 두실 생각이죠?"

명석한 리키젠은 그녀의 행동을 꿰뚫고 있었다. 이아나는 고개를 끄덕였다.

"그 교수, 출세에 목을 매서 학술원 교수를 그만둘 것 같진 않거든요. 본부에 알고 있는 사람이 많아서 나리께서 항의한다고 해도 어떻게든 무마될 가능성이 높습니다."

"……."

"순간적인 공포는 빠르게 희석되는 법이죠. 나리께서 다음 수업부터 또 조용히 계신다면 안심한 교수는 모욕적인 말은 더 이상 하지 않겠지만 경고를 줘서 나리가 수업을 그만두게 할 가능성이 높습니다."

'과연 그럴까.'

이아나는 속으로 리키젠의 의견을 부정했다.

살기는 엘리리에게만 집중되었다. 보는 것만으로도 두려움을 느꼈을 정도의 살기에 그대로 노출되었다. 죽일 기세로 쥐어짰으니 그 공포는 상상 이상일 터. 그런데 그 공포를 준 당사자에게 경고를 준다? 어림도 없는 소리였다.

직접 당해 보지 않은 사람들은 아무리 설명해도 모른다. 그래서 이아나는 리키젠에게 대충 맞춰 주기로 했다.

"교양이니 낙제하더라도 상관없어. 그리고 받을 만한 짓을 하지 않을 거라 경고 받을 일도 없을 거다."

"글쎄요……. 아주 조그마한 실수나 잘못에도 꼬투리를 잡아서 경고를 줄 것 같은데."

"내가 부족해서 받는 거라면 몰라도, 이해가 가지 않을 정도로 감정적인 경고는 용납할 수 없어. 납득하지 못할 경고라면 징계위원회에 고발해야겠지. 학술원 지침서를 보니 그런 사항이 있었던 것 같은데."

"있긴 하죠. 하지만 그래도 경고가 철회되지 않는다면?"

"학장에게 직접 찾아가 따진다."

"그것도 안 되면?"

"학술원의 명성을 생각해 봤을 때 안 될 리가 없지만 만일 그렇다면 내 손으로 직접 처단하는 수밖에. 나에게 정면으로 도전하는 자는 용서하지 않는 주의라."

"처단……?"

"뭐 이것저것 있다만 제일 끌리는 건…….."

이아나는 저도 모르게 검을 만지작거렸고 리키젠은 그 장면을 목격했다. 리키젠은 그녀가 무슨 생각을 하고 있는지 바로 알아차렸다.

"우아……."

리키젠이 감탄과 동시에 기가 막힌다는 표정으로 쳐다보았다.

"진짜 다시 봤어요. 정말 색다른 분이시네요."

이아나는 피식 웃었다.

"네게 잘 보여 봤자 별 쓸모없을 것 같은데."

"뭐라고요? 이봐요, 귀족 나리. 어라, 그러고 보니 나리가 아닌가? 귀족 누님!"

"너와 나이는 같다. 나리나 누님이나 거북해. 내가 귀족인 걸 비꼴 의도가 아니라면 이름을 불러."

"어쨌든, 제 눈이 얼마나 높은 줄 알아요?"

"알았다. 네 눈이 높은 건 알았으니 책이나 챙겨."

중간쯤에 끼어 있는 책이 제자리에서 슬슬 이탈하는 것을 본 리키젠은 자세를 바로 하며 책들을 다시 단단히 안았다. 하지만 한번 균형에서 흐트러진 책 한 권은 계속해서 밑으로 미끄러져 내렸다. 무거운 책을 너무 많이 들고 있어서 균형 잡기가 힘든 데다 팔까지 아파 오자 리키젠은 투덜댔다.

"아니, 힘들어하는 거 안 보여요? 그 엄청난 검술학부생이면서 도와주겠다는 말도 못 하세요?"

"도와줘? 위급한 상황도 아니고, 도움을 요청하지 않는데도 내가 왜 자진해서 도와줘야 해."

"……허."

리키젠이 멍청하게 입을 벌렸다.

"이 세상은 혼자 사는 게 아닙니다. 서로 돕고 도와 가며 사는 거죠. 딱히 요청받지 않더라도 다른 사람이 힘들어 보이면 도와주는 게 보통이에요. 그런 의미에서 이아나 님, 상당히 비사교적이시네요. 이 험한 세상을 어찌 살아가시려고요."

이아나가 어깨를 으쓱였다.

"잘만 살아가고 있는데. 어쨌든 애초에 책임지지도 못할 일을 저지른 네 잘못이다. 네가 들고 왔으니 끝까지 네가 들고 가. 게다가 사내놈이 그 정도도 힘을 못 쓰면 나중에 사랑스러운 부인에게 어찌 봉사하려 그러나? 그것도 못 하면 너는 정말 형편없는 남자다. 정 힘들면 도와 달라 하든가."

"……여자 맞아요? 아, 됐어요, 됐어. 그 말을 듣고 어떻게 도와 달라는 말을 해."

헛웃음을 지은 리키젠이 책을 고쳐 안았다. 하지만 책은 계속해서 흘러내리려고 한다. 리키젠은 그 책에 정신이 팔렸고, 결국 다른 책까지 그대로 쏟아지려 할 때였다.

탁.

"그래도 뭐, 완전히 쏟기 전에는 가볍게 한 손 거들어 주지."

이아나가 책을 잡아 품 안에 안겨 주었고 리키젠의 자세는 다시 안정을 되찾았다.

"……."

리키젠은 책만 안겨 주고 뒤도 돌아보지 않고 가 버리는 이아나의 뒷모습을 잠시 우두커니 서서 쳐다보았다. 그러다 빠르게 그녀를 뒤쫓았다. 바로 뒤에 도달하자마자 리키젠은 말했다.

"이아나 님은 정말 신기한 귀족이네요."

"계속 신기하다고 하는데 사람을 희귀동물 취급하지 마."

"킥킥."

리키젠의 웃음소리 이후로 대화는 없었다. 둘은 조용한 복도를 지나 도서관으로 걸어갔다. 그리고 침묵 속에서, 리키젠은 심심한 사람이 흥밋거리를 찾은 것처럼 즐거워 보였다.

"타로가 말하는 잿덩어리가 누군지 알 것 같다."

"뭐?"

점심시간에 타로가 또다시 룸메이트가 싸가지 없다는 둥 때리고 싶다는 둥 곰처럼 울부짖을 때 이아나가 꺼낸 말에 일행의 시선이 집중됐다. 이아나는 고기조각을 포크로 집어서 입에 넣었다.

"리키젠. 그 이름 맞나?"

"어, 맞아. 어떻게 알았어?"

"정책학부라서 그런지 로안느와 바하무트의 역사 수업을 듣고 있더군. 어쩐지 타로가 말하는 녀석과 비슷한 듯해서 말해 본 건데…… 역시."

타아아아앙!

타로가 주먹으로 테이블을 내리쳤다. 식탁 위에 있던 식판 네 개가 튀어 오르고 음식이 사방으로 튀었다. 그러나 검술학부생들답게 일행은 자신의 식판을 붙잡고 빠르게 휘둘러서 허공에 떠 있는 음식들을 식판에 도로 담아냈다.

도리어 눈에 띄는 그들을 주시하고 있던 이들이 그 신묘한 장면에 입에 있던 음식물을 흘렸다.

"타로 형니임."

헤레이스가 거리가 너무 가까워 받아 내지 못해 바지에 떨어져 내린 야채무침 몇 조각을 보고 한숨을 내쉬었다. 에이지는 식판을 제 쪽으로 끌어당기고는 기겁해서 소리 질렀다.

"야, 이 미친놈아! 갑자기 무슨 짓이야!"

"험. 미안허네. 고놈 이름만 들어도 빡이 쳐서 참을 수가 있어야제. 그래, 고놈 이아나 양이 보기엔 워뗘."

"확실히."

고기의 맛을 음미한 이아나는 왼손으로는 식판을 쥔 채 오른손에 쥐고 있던 포크로 파스타 면을 두껍게 휘감았다.

"말발로는 당신이 상대하기 힘든 인간이다. 폭력이 아닌 이상."

"맞아요. 타로 형님, 리키젠 군한테 한 번도 말로 이겨 본 적이 없어요. 저도 리키젠 군은 무서워요. 저도 아주 못마땅하게 쳐다보거든요. 에이지 형님도 리키젠 군을 보면 피해요."

"험, 나는 무서워서 피한 게 아니라 상대하는 게 싫어서 피한 거야."

이아나가 피식 웃었다.

"그게 그거 아닌가?"

"달라, 이아나 양. 무서운 거랑 싫은 거랑은 절대 다른 거라고."

"캬아아악, 오메, 고놈 생각하면 더 열 뻗쳐서 환장해 부러. 밥이나 처먹어야제. 아따, 근디 이 스프 색깔이 그 잿덩어리를 쪼매 닮았다잉?"

그 말을 끝으로 타로는 숟가락을 세게 움켜쥐고 전투적으로 식사를 해치우기 시작했다. 마치 그가 쑤시는 스프가 리키젠이라도 되는 것처럼 말이다. 일행은 그런 그를 그냥 내버려 두기로 했다.

이아나는 이해할 수 없었다.

"저렇게 스트레스 받을 바에 방을 바꾸는 게 낫지 않나? 리키젠의 성격이 보통이 아니라 상대하기 힘들 텐데."

"타로 형님도 자존심 세잖아요. 리키젠 군이 나가기 전까지는 절대로 방을 바꾸지 않을 거래요. 그리고 말은 저렇게 해도 두 달 가까이 지내면서 서로 미운 정이라도 든 모양인지 대화도 곧잘 나눠요. 물론 마지막엔 리키젠 군 머리에 놓는 꿀밤으로 끝나지만."

"……그게 정이라고 할 수 있냐. 리키젠 그 녀석, 아파서 죽을 기세였다고."

"그런가? 하지만 제가 보기엔 옥신각신해도 꽤 잘 지내는 것 같던데. 그나저나."

헤레이스가 흔들림 없이 식판을 들고 있는 이아나의 왼손을 흘끗 쳐다보고는 안도의 미소를 지었다.

"팔이 정말로 다 나으셨나 보네요. 붕대를 풀고 나오시자마자 검을 잡고 허수아비를 내리치셔서 무리하시는 게 아닐까 걱정했는데, 안심이에요."

헤레이스의 상냥한 말에 이아나는 이제는 안전해진 듯한 식탁에 식판을 내려놓고는 왼손을 흔들어 보였다.

"완벽하게 정상이다. 하지만 순식간에 나은 것도 문제로군. 움직이지도 못하던 팔이 갑자기 나았다고 빌어먹을 것들이 이러쿵저러쿵 입방아를 찧어 대고 있으려나."

"사람들이 이아나 양의 본모습을 알아주면 좋을 텐데."

"알지 못해도 상관없어."

헤레이스는 한숨을 쉬었다.

"제가 많이 아쉬워요. 사람들이 편견만 가지고 오해해서……. 화라도 한 번 내시면 그렇게 함부로 말하지는 못할 텐데요."

"일일이 대응하면 나만 피곤해."

"그런데 어제는 사고 쳤다며? 교수가 무릎을 꿇었다던데."

에이지가 흥미진진한 표정으로 물었다. 헤레이스도 눈을 동그랗게 뜨고 쳐다보았다. 이아나는 소문 한번 빠르다고 생각하며 혀를 찼다.

"교수가 대놓고 모욕을 줬다. 난 뒤에서 속닥거리는 건 참아도 앞에서 그러는 건 못 참아. 죽일 생각으로 말 하나하나에 반박해 줬더니 입은 닥치더군."

에이지가 몸을 부르르 떨었다.

"……일반인한테 이아나 양의 살기를…… 그 교수 안 울었어?"

"찔찔 짜기 전에 관뒀다. 어쨌든 자잘한 것에 일일이 대응하는 것보다 거하게 한 방 터뜨리는 게 더 효과가 큰 법. 한 달 뒤에 있을 중간고사와 검술대회가 전환점이 되겠지."

에이지가 포크로 콩자반을 쿡쿡 찍었다.

"맞아. 저학년과 고학년은 따로 검술대회를 치르니까 선배들도 없어서 실력을 보여 주기 좋을 거야."

이아나는 손에 턱을 괴었다.

"선배들이 있어도 상관은 없지만…… 아니. 있었으면 좋았을 텐데. 그럼 더 재밌었을 것 같아."

"뭐 어때. 쉽게 쉽게 가는 게 좋은 거지."

"정말 기대되네요."

그렇게 평범한 식사시간이 잔잔한 웃음과 함께 평화로이 흘러가고 있을 때였다.

"……이야, 헤레이스 아닌가?"

갑자기 옆에서 낯선 남자의 비아냥거리는 목소리가 들려왔다. 이아나의 팔이 다 나았다는 사실에 기분 좋은 표정으로 있던 헤레이스가 포식자를 만난 토끼처럼 바짝 굳었다.

타로는 밥을 먹는 데 정신이 팔려 있어 눈치채지 못했지만 헤레이스의 이상한 태도를 알아챈 에이지와 이아나의 시선은 헤레이스를 거쳐 비아냥거린 남자에게로 향했다.

테이블 옆에는 다부진 몸의 사내가 한 명 서 있었다. 상당히 날카로운 분위기를 가진 준수한 사내였는데, 주변에서 여인들이 그를 보고 꺄악거리며 얼굴을 붉히는 걸 보아하니 꽤 유명한 사람인 모양이다.

그런데 가만 보니 헤레이스와 닮은 구석이 있다. 색이 훨씬 짙긴 했지만 그와 같은 갈색 머리에 갈색 눈동자였다.

사내가 눈을 접어 싸늘하게 웃었다.

"그 멍청한 얼굴은 여전하군."

"츠레비스 형님."

헤레이스가 무겁게 사내의 이름을 불렀다. 이아나와 에이지의 시선이 마주쳤고 에이지는 고개를 끄덕였다.

남자, 츠레비스는 헤레이스의 배다른 형님이었다. 헤레이스는 입매의 굳은 근육을 몇 번 우물거려 풀더니 그를 향해 상냥하게 웃어 보였다.

"형님, 오랜만이에요. 입학식 날에도 형님을 뵐 수가 없어서 섭섭했어요. 바쁜 일이라도 있으셨어요?"

"내가 네 입학식을 보러 가야 할 의무라도 있나?"

헤레이스의 표정에 아픔이 새겨졌다.

"……의무는 아니지만 아무리 밉다 하셔도 전 형님의 동생인걸요."

"허어?"

츠레비스가 어처구니없다는 듯 미간을 일그러뜨리더니 헤레이스의 상처를 헤집는 검을 빼 들었다.

"나는 너 같은 쭉정이 동생을 둔 적이 없다."

헤레이스의 얼굴이 창백해졌다. 포크를 쥐고 있던 에이지의 손에 힘이 들어가고 식판에 얼굴을 처박고 있던 타로가 고개를 들었다.

"흐음."

그리고 이아나는 숟가락으로 식판을 툭툭 치며 상황을 지켜보았다.

"쭉정이?"

타로가 못마땅한 표정으로 음식을 삼키고는 되물었다. 창백한 헤레이스에게만 쏘아지던 경멸의 시선이 타로에게 향했다. 타로는 고기조각을 질경질경 씹으며 싸움을 거는 것처럼 츠레비스를 노려보았다.

"그게 뭔 귀신 씨나락 까먹는 소리라요? 옆에서 듣고 있는 사람도 환장하게 기분 나쁘구마잉."

"자네는 이번 기수 부수석 타로 군이군. 이 쭉정이와 친해진 모양인데 알고 있어 봤자 하등 쓸모없는 놈이니 지금이라도 멀어지는 게 좋을 거다."

"그러니까 그 쭉정이가 뭔 말이더냐고요."

"이놈은 마나를 못 쓰는 병신……."

"형님!"

츠레비스가 말을 끝내기도 전에 헤레이스가 비명을 지르듯 그의 말을 가로챘다.

"그만하세요!"

헤레이스는 제 치명적인 결점을 타로와 에이지에게 들키고 싶지 않았다. 병에 대해 알고 있는 사람들은 전부 그를 동정했다. 이아나는 동정하지 않았지만 그녀가 특이 케이스였다.

현재 저를 건강한 동생으로 대해 주는 그들이 병을 알고 어떤 방향으로든 변하는 걸 원하지 않았다. 멋진 형님들에게 동정 받고 싶지 않았다. 이대로가 좋았다. 그래서 밝히고 싶지 않은 비밀을 거리낌 없이 내뱉는 츠레비스의 입을 틀어막고 싶었다.

헤레이스는 덜덜 떨리는 손에서 숟가락을 내려놓았다.

"다시 한 번 말씀드리지만 전 가문을 이을 생각이 없어요. 아버님께도 몇 번이나 말씀드렸고요. 그런데도 어째서 절 이렇게 적대하고 경멸하시나요."

"쯧쯧. 아직도 이해를 못 했나? 네가 이렇게 멍청하니 내가 너를 더 싫어하는 것이다."

헤레이스는 일방적으로 츠레비스에게 물어뜯겼다.

"신입생 검술대회에서 중위권이라? 쭉정이치고는 훌륭한 성적이군. 하지만 후에는 어찌 될까."

츠레비스는 헤레이스의 밀빛 머리카락에 손을 얹고 헤집었다.

"마나를 쓸 수 없는 쭉정이 검사."

그리고 또다시 그를 조롱했다.

"헤레이스, 쭉정이는 아무리 노력해도 언젠가는 도태되게 되어 있다. 끝이 명백한데 왜 계속 검을 쥐려는 거지? 얼마나 비참해 보이는지 아나? 벤덤의 명예를 더럽히지 마라."

"와, 나."

타로가 주먹으로 식탁을 탕 쳤다. 이아나와 에이지는 아까처럼 식판을 붙잡았지만 안색이 파랗게 질려 있던 헤레이스는 식판을 수습하지 못했다. 식판에서 국물이 튀고 음식이 후드득 떨어져내려 엉망이 되었다.

아무 말도 하지 못하는 헤레이스를 대신해서 타로는 험악하게 말했다.

"시방 말 다 했냐."

살벌한 분위기에 정신을 차린 헤레이스가 타로의 팔을 붙들었다.

"타, 타로 형님. 괜찮아요."

"헤레이스! 한판 붙어 부러. 아따, 형님이라고 막말하는구마잉? 나였으면 벌써 쳤으!"

헤레이스는 입을 뻐끔거리다 고개를 푹 숙였다.

"……못 해요."

"뭣이야?"

"츠레비스 형님은 저보다 훨씬 검술 실력이 좋으세요. 마나도 잘 다루시고요. 그런데 그런 분을 제가 어떻게 이겨요? 그리고 아, 아까 들으셨잖아요……. 헤헤."

헤레이스가 웃지도 울지도 않는 이상한 표정을 지었다. 덜덜 떨리는 입술을 열어 제 상처를 헤집는 말을 스스로 내뱉었다.

"저는 마나를 제어하지 못해요."

"아따, 이 겁쟁이 녀석아!"

타로는 답답하다는 듯 제 가슴을 주먹으로 두들겼다.

"아직 마나 못 쓰는 건 나도 마찬가지여! 그냥 물불 안 가리고 덤벼 보드라고! 이기고 지는 건 덤벼 봐야 아는 겨!"

"타로 군. 끼어들지 말게. 이건 벤덤가의 일이다."

타로의 사나운 시선이 츠레비스에게 돌아갔다.

"그리고 저 녀석은 평생 나를 이기지 못해. 헤레이스를 더 비참하게 만들고 싶다면 계속해라."

결국 헤레이스의 눈동자에 눈물이 고였다. 그걸 본 츠레비스가 입매에 기분 나쁜 웃음을 매달았다.

"우는 거냐? 아주 꼴불견이구나. 천재라고 사람들이 떠받들어 줄 때는 기고만장하더니, 분하나? 비참해?"

"이 새⋯⋯!"

타로가 분개하며 츠레비스의 멱살을 움켜쥐려 할 때였다. 이아나가 조용히 식판을 내려놓았다.

"헤레이스는 당신 생각보다 훨씬 재능 있는 녀석이니 쓸데없이 걱정하지 마십시오."

살기등등하던 타로와 츠레비스의 얼굴이 돌아갔다. 이아나는 아무렇지도 않게 스프를 떠먹었다.

"아니, 제가 봤을 땐 헤레이스가 당신보다 훨씬 더 재능 있는 걸로 보이는데."

츠레비스의 눈썹이 꿈틀거렸다.

"레이디, 지금 저에게 말씀하시는 겁니까? 신입생이라 모르시나 본데, 저는 검술학부 3학년의 톱입니다."

"지금은 당신이 강할지 몰라도, 아직 개발되지 않은 잠재력은 헤레이스가 더 큽니다."

"하, 뭘 안다고 그런 말을 함부로 하는지 모르겠는데…… 아니, 그러고 보니 이게 누구야."

츠레비스는 이아나가 허리에 매고 있는 검을 발견하고, 그다음에는 붉은 외양을 보았다. 그녀가 누군지 알아챈 츠레비스가 과장되게 팔을 벌려 웃었다.

"그 유명한 이아나 로베르슈타인 양이 아닌가."

옆에서 조용히 상황만 지켜보고 있던 에이지의 눈썹이 꿈틀거렸다. 이아나가 손에서 숟가락을 놓았다.

"유명하다는 게 무슨 의미인지?"

"뭐, 본인이 더 잘 알지 않나? 사교계에서도 유명하지만, 학술원에서도 유명한 이아나 양이잖나. 요새는 검술학부 내에서도 말이 많지."

"무슨 말이 많다는 겁니까."

츠레비스가 손으로 입을 막고 큭큭대며 웃었다.

"검술시험을 총괄했던 라이언 부장과 그렇고 그런 사이라서 부장이 시험에서 편의를 많이 봐주었다든가. 부장이 요즘 일개 일 학년 계집애한테 개인 수련장을 빌려 주고 있다든가. 쿡쿡. 미꾸라지 한 마리가 물을 흐린다고……."

싸움은 어느새 헤레이스를 향한 츠레비스의 일방적인 모욕에서 그와 이아나의 신경전으로 번졌다.

"하!"

이아나가 얄팍한 입술로 날카롭게 웃었다. 그리고 식탁을 짚으며 자리에서 일어난다.

"지금 헛소문을 가지고 와 나와 부장을 욕보이는 건가?"

"근거 없는 헛소문은 아닌 것 같은데?"

"대답해 줄 가치도 없군. 그러는 네놈이야말로 헤레이스를 향한 열등감과 자괴감으로 가득 찬 주제에 아주 꼴불견이다. 치졸한 놈."

"……뭐라, 열등감? 자괴감? 치졸해?"

츠레비스가 정말 어처구니없다는 소리를 들었다는 듯 헛웃음을 지었다. 이아나가 살벌한 어조로 말했다.

"좋게 말하려 했다만 안 되겠군. 헤레이스를 깔아뭉개며 자아도취감에 휩싸이는 얼굴이 우습다. 인간쓰레기 같으니."

츠레비스의 얼굴이 일그러졌다.

"지금 말 다 했나?"

"아니? 다 못 했는데? 헤레이스는 너보다 훨씬 더 뛰어난 검사가 될 테니 헤레이스의 걱정일랑 접어 두고 네 허접한 인생이나 챙겨라."

듣고 있던 헤레이스가 깜짝 놀라 이아나를 쳐다보고 츠레비스가 기가 차다는 듯 고개를 절레절레 저었다.

"못 들어 주겠군. 부정입학을 한 네가 뭘 안다고 그딴 말을 지껄이는가?"

"헛소리는 집어치우고, 츠레비스라고 했나. 내기 하나 할까."

"내기?"

"한 달 후 검술학부에서 검술대회가 열리지. 나와 맞붙을 때까지 이겨서 올라와라. 만일 나와의 승부에서 네가 날 이긴다면……."

이아나의 눈매가 휘었다.

"내가 검술학부를 나가 주마. 너 따위에게 진다면 내 실력이 그만큼 형편없다는 것일 테니 내가 검술학부에 들어올 자격이 없었음을 인정하고 자퇴하겠다. 방금 네게 했던 모든 말들도 머리 숙여 사과하지."

"호오?"

에이지, 타로, 헤레이스가 너 나 할 것 없이 경악해서 이아나를 쳐다보았다.

너 따위라는 말에 눈썹을 올렸던 츠레비스가 인위적으로 눈을 크게 뜨고는 즐겁다는 듯 박수를 짝짝 쳤다.

"검술대회 우승을 놓쳐 본 적 없는 내가 쭉쭉 올라가는 건 당연한 일이지만 너는 뭘 믿고 당당한 거지? 뭐, 어찌 되었든 좋아. 네가 바라는 건?"

이아나가 피식 웃었다.

"바라는 것? 없다. 다만 네놈은 다른 이들 앞에서 수치스럽게 내 발밑을 기게 되겠지. 아주 처참하게 밟아 주마."

"입만 살았군. 한 달 후에 검술학부에서 나갈 준비나 하시지 그래."

입가를 씰룩이며 이아나를 비웃은 츠레비스가 떠나고 식탁에는 침묵이 감돌았다. 타로가 숟가락으로 그릇을 톡톡 쳤다.

"어이, 뭘 우짤라고 그런 말을 했는가. 무슨 일이라도 생기면 우짤라 그려."

"난 이긴다."

이아나는 손에 깍지를 끼고 웃었다.

"이변은 없어."

걱정은 한 줌도 보이지 않는 단호함에 에이지와 타로는 한숨을 후 하고 내쉬었다. 그리고 씩 웃으며 이아나의 어깨를 툭툭 두들겨 주었다.

"팔 정말 조심해야 해."

"5차 시험 때처럼만 하면 아주 좋당께."

하지만 헤레이스의 얼굴은 퍼렇게 질려서 안색이 돌아올 줄을 몰랐다.

"이, 이아나 양……."

"헤레이스. 아따, 저놈 형님 맞어? 내 형님들이랑은 차원이 다르게 싸가지 없는 놈이로구마잉."

"이복형제예요. 제가 본부인이었던 어머니의 아들이고, 어머니가 자식을 낳지 못해 들인 첩의 아들이 저분이세요. 벤덤의 이름을 이을 분이시죠. 저와 한 살 차인데 열여섯 살에 검술학부에 수석으로 입학하신 대단한 분이세요. 이아나 양……. 형님에게 어째서 그런 약속을 하셨어요?"

헤레이스의 눈에 고여 있던 눈물이 결국 뚝뚝 떨어지기 시작했다.

"형님은 정말 강하시단 말이에요. 왕실에서 형님을 왕의 근위기사로 데려오려고 아버님께 끊임없이 로비를 할 정도로요."

"너는 나와 그자 중에 누가 이길 것 같지?"

이아나의 질문에 헤레이스는 대답하지 못했다.

츠레비스는 언제나 앞에 서서 망가진 그를 비웃으며 절망의 구렁텅이로 밀어 넣었다. 그가 헤레이스에게 드리운 그림자는 무척 컸다. 이아나가 엄청난 실력자라는 걸 알고 있으면서도 츠레비스를 이기리라고 확신에 찬 대답을 할 수 없었다.

헤레이스의 얼굴이 빨개졌다.

"미안해요, 이아나 양. 저는 이아나 양이 이길 수 있을 거라고 확신할 수 없어요."

"뭐, 그렇게 생각할 수도 있지."

이아나는 아랑곳 않고 바로 다음 질문을 했다.

"그럼 질문을 바꿔서. 네게 있어 저자는 결코 넘어설 수 없는 상대인가?"

"네."

헤레이스가 힘없이 대답했다. 그는 두 손으로 젖은 얼굴을 비볐다. 츠레비스는 저보다 월등히 앞섰다. 등만 보인 지 오래인 그를 병 때문에 뒤쫓아 갈 수조차 없다. 어쩌면 이제는 영원히 그를 따라잡을 수 없을지도 모른다.

이아나는 체념한 기색의 헤레이스를 쳐다보다가 한마디를 툭 내뱉었다.

"넌 겁쟁이다."

"……."

"이, 이아나 양."

신랄한 말에 에이지가 깜짝 놀라서 이아나를 불렀다. 헤레이스는 고개를 들지 못했다.

"너는 저번에 내게 검사로서의 욕심이 있다고 말했었지. 그런데 왜 당하고만 있지? 왜 그렇게 스스로를 비하하고 츠레비스에게 대꾸 한마디 못 하고 있는 거냐."

이어지는 말에 흠칫한 헤레이스가 고개를 들었다. 저를 향하

는 흔들리지 않는 시선을 마주한 순간, 그는 견딜 수 없는 부
끄러움을 느꼈다.

"검으로 네가 이루고자 하는 목표가 강함이든, 누군가에게서 거
두는 승리든…… 네가 죽도록 노력하고, 할 수 있는 건 모두 해
보았는데도 그 목표를 이룰 수 없다면 그때서야 후련하게 완전한
패배를 인정하고 포기하는 거다. 그게 강해지기 위한 마음가짐."

이아나는 차분한 어조로 계속 말했다.

"너는 아직 검을 포기하지 않았어. 그러면 좌절하기엔 일러.
좌절은 네가 포기한 후에나 느끼는 거다. 네가 진짜 욕심이 있
다면 네 자신을 절대 낮추지 마라. 스스로를 믿고 정진해. 너
를 비하하는 이복형에게 나는 잘하고 있으니 네 갈 길이나 가
라고 쏘아붙여. 노력하고 노력한다면 언젠가는 이길 수 있으리
라는 긍정적인 믿음을 가지고 나아가."

"옳으신 말씀!"

에이지가 크게 고개를 끄덕이며 박수를 짝짝짝 쳤다. 헤레이
스의 눈에 또다시 눈물이 글썽하게 고였다.

"하지만 저는…… 평생 마나를 제어하지 못할 거예요. 저도,
저도, 제가 할 수 있는 방법을 다 동원해서 노력해 봤지만."

"그런 부정적인 미래를 머리에 그리고 있으니 안 될 수밖에.
해 볼 수 있는 건 다 해 봤다고 확신하나? 정말로 최선을 다했
어? 최선을 다하지 않았는데도 포기한다면 넌 그냥 패배자다."

신랄하면서도 직설적으로 마음을 푹푹 쑤셔 대는 말이었다.
헤레이스가 식탁 밑에서 두 손을 꼭 쥐었다. 손에서는 땀이 차
고 있었다.

"그리고 마나에 그렇게 집착하지 마. 마나는 중요하지만 제일 먼저 완성되어야 할 건 건강한 신체와 강인한 정신력이다. 그 두 가지가 없으면 아무것도 안 돼. 네가 제일 먼저 갖추어야 할 건 그거야. 너는 마나에 정신이 팔려 그것들을 간과하고 있다. 내가 보기엔…… 헤레이스 너의 재능은 훌륭해. 불운한 병 때문에 다른 것을 경시하지 마라."

긴말을 마친 이아나가 숨을 고르고는 아무렇지도 않은 기색으로 나이프를 들어 식판 위의 고기를 썰었다.

에이지와 타로는 감탄한 기색으로, 헤레이스는 멍한 눈으로 그녀를 보았다. 그런 시선들을 흘려 내며 이아나는 입에 넣은 양고기를 질겅거리며 씹었다.

"그리고 아마도, 츠레비스는 열등감과 자괴감의 덩어리다."

"아까도 그 말씀을 하셨던 것 같은데, 형님이 왜요?"

헤레이스가 이해할 수 없다는 듯 되물었다.

"그전에 내 물음에 대답해 줘. 네가 마나를 제어할 수 없다는 사실이 가문에 알려진 게 언제지?"

이아나의 직설적인 발언에 헤레이스가 에이지와 타로를 흘끔 보았다. 그들은 뭘 쳐다보냐는 듯 멀뚱거렸다.

헤레이스는 안심했다. 그의 멋진 형님들은 그의 병을 알았는데도 변하지 않았다.

"열 살쯤에요."

"그렇군. 감정에 민감한 유년기가 지나갈 때다. 내가 책에서 읽었던 이야기 하나를 해 주지."

"호오."

"과거에 실력이 몹시 뛰어난 일인자가 있었다. 그 빛에 가려 있는 이인자도 있었지. 이인자는 언제나 실력자에게 가려 주목을 받지 못했고, 언제나 질투에 휩싸인 채 언젠가는 이기고 말 거라는 생각으로 노력하고 있었다. 그런데 어느 날 일인자가 사고로 팔 두 짝을 잃어 스스로 추락했다. 그제야 이인자는 일인자가 되어서 모두의 주목을 받게 되었지. 그때 이인자의 심정이 어떨까?"

타로가 끙, 하고 앓는 소리를 냈다.

"열 받을 것 같은디? 내 손으로 분질러 놔야 하는디 지 혼자서 나가떨어지면 어쩌란 말이여? 난 평생 그놈한테 못 이긴 거 아니냔 말여."

"그랬겠지."

에이지가 고개를 갸웃했다.

"글쎄. 그냥 기쁘지 않을까? 어쨌든 거치적거리는 놈이 알아서 자멸한 거잖아."

"그래."

이아나가 무슨 의도로 그런 이야기를 했는지 알아챈 헤레이스가 얼굴을 굳혔다. 이아나는 헤레이스를 쳐다보며 말했다.

"이인자가 바로 츠레비스……. 그자는 너보다 겨우 한 살이 많은 데다 첩의 아들이지. 그런데 가문의 관심을 받기도 전에 네가 태어나 모든 관심을 빼앗겼다고 들었다. 더군다나 너는 어렸을 때부터 뛰어난 재능을 보였다지? 그자는 가장 민감한 유년시절을 너의 그림자에 가려진 채 질투에 휩싸여 보냈을 거다."

"……."

"내가 만약 그자였다면 이를 갈며 생각했을 거다. 저놈은 반드시 내 손으로 꺾어 놓겠다고. 츠레비스 또한 그랬을지도. 그런데 그전에 너는 자멸했지."

이아나는 어깨를 으쓱였다.

"츠레비스는 제 손으로 너를 꺾지 못해서 몹시 화가 났을 거다. 하지만 그 상태에서 벤덤가의 관심은 외롭게 지내던 츠레비스에게 향했다지? 뭐…… 뻔할 뻔 자 아닌가. 화가 났겠지만 한편으로는 몹시 기뻤을 거다. 외로운 사람은 언제나 관심에 목말라 있거든."

"……."

"그런데 너는 아직도 포기하지 않고 검을 수련하고 있다. 검술만으로도 성과를 보이고 있지. 확실하진 않지만 츠레비스의 심정을 대충 상상해 보자면 너에게 뒤처지기만 했던 어린 시절을 떠올리고 간신히 쥔 것을 다시 빼앗길까 봐 불안해하는 것 같아. 너보다 훨씬 앞서 있지만 다시 뒤처질까 봐 두려워하는 거지. 한없이 꼬여 있는 상태랄까."

에이지가 호오, 하고 고개를 끄덕였다.

"일리가 있는데?"

"뭐, 상상일 뿐이고 그냥 헤레이스를 미친 듯이 싫어하는 걸지도. 성격파탄자일 가능성도 없진 않다."

헤레이스의 동공이 흔들리는 걸 보며 이아나는 피식 웃었다.

"말도 안 돼요……."

따아아아아아아악!

"아악!"

헤레이스가 풀린 동공으로 중얼거리고 있는데 이아나가 그의 이마에 엄청난 소리가 날 정도로 강력한 꿀밤을 놓았다. 헤레이스는 이마가 터질 것 같아 제 이마를 부여잡고 식탁에 머리를 박았다. 너무 아파서 눈물이 찔끔찔끔 났다.

"아, 아파아…… 이게 무슨……."

"아까 나를 무시한 벌이야."

이아나는 손을 거두며 빙긋 웃었다.

"난 그자를 이겨. 그리고 내 말이 말도 안 된다니, 괘씸하다. 나는 어느 정도 확신이 있어야 생각을 입 밖으로 내."

"캬, 그 넘치는 자신감, 정말 대단하다니까."

에이지가 옆에서 즐겁다는 듯 박수를 쳤다.

"소문을 없앨 정도의 실력만 적당히 내비칠 생각이었지만 생각이 달라졌어. 저 건방진 놈을 짓뭉갤 때까지 올라간다."

"오우! 내도 한몫 거들 거랑께! 그놈, 이아나 양을 만나기도 전에 나가 꺾어 버리겠스!"

같이 흥분한 타로가 주먹을 불끈 쥐었지만 이아나는 고개를 흔들었다.

"안 돼, 만나면 기권해."

"뭣이라고?"

"3학년 에이스라고 하지 않았나. 그렇다면 나에 대한 소문들을 완전히 잠재울 제물로 딱이다. 반 죽여 놓을 생각이니, 시합이 끝나면 놈은 경기장에서 우스운 꼴로 기어 나가겠지."

"이―열. 진짜 자신감 하나는 멋져 부러!"

왁자지껄하다.

"······."

헤레이스는 지끈거리는 이마에서 손을 떼고 처박고 있던 얼굴을 살짝 들었다. 이아나는 자신만만하게 입가에 미소를 매달고 있었다.

이아나······ 당신은 대체······.

헤레이스는 흔들리는 눈으로 그녀를 바라보았다.

그리고 사건은 그로부터 얼마 지나지 않아 터졌다.

때는 4월 말에 있는 검술학부 1학년 전체의 소집일이었다.

검술학부는 학년마다 80명으로 구성된다. 80명이 두 조로 나뉘어 수업을 듣기에 다른 조의 사람은 만날 일이 거의 없어 같은 학부라도 같은 조 사람들끼리만 친한 게 일반적이었다.

그래서 매월 말에는 검술학관에 모두 모여 친목을 다지고, 저학년 검술대회와는 별개로 1학년끼리 담당 교수들이 보는 앞에서 조별 대항전으로 연습 대련을 하는 행사가 있었다.

사실 행사를 빙자한 새내기 담당 교수들의 자존심 싸움이기도 했다.

"안녕하세요, 이아나 양."

"안녕하십니까, 폴레인 씨."

"안녕하세요! 오늘도 예쁘시네요!"

에이지, 헤레이스, 타로와 함께 서 있는 이아나에게 먼저 반갑게 인사를 하고 장난스럽게 농담을 하는 이들이 있었다. 같은 조 사람들이었다.

어느새 학술원에 입학한 지 두 달이 되었다. 두 달은 슬쩍슬쩍 관찰만 해도 상대방이 어떤 사람인지 대충 파악할 수 있는 시간이다. 그 정도 시간을 매일매일 함께하다 보면 알게 모르게 드는 정도 있다. 그래서 이아나가 속한 1조는 그녀를 어느 정도 인정하고 있는 상태였다.

이아나는 누구보다 수련을 열심히 했다. 누구보다 빨리 교수가 제시한 수련량을 끝냈고, 모두가 짧은 휴식을 가지고 있을 때 누구보다 빨리 개인 수련에 돌입했다.

1조의 학생들은 여자에게 질 수 없다는 생각에 이아나를 뒤쫓았지만 그녀가 보통 사람이 아니라는 걸 깨달을 뿐이었다. 이아나의 수련을 따라 해 보다가 너무 힘들어서 낙오하는 이들이 수두룩했기 때문이다.

남자보다 더한 체력과 끈기를 가진 이아나는 사실 저 사람은 여장한 남자가 아닐까 하는 이상한 의심까지 불러일으킬 정도로 1조 학생들에게 대단한 사람으로 인식되었다. 또, 노력하는 이아나는 남자들이 질 수 없다는 생각으로 더욱 노력하게 만드는 좋은 여검사의 예로 자리 잡았다.

게다가 헤레이스와 에이지의 입담으로 인해 허수아비 시험 당시 이아나가 9999번을 채웠다는 사실을 알게 되고, 부수석인 타로가 '5차 시험에서 이아나 양은 한 마리 암호랭이였당께. 한번 물리면 그냥 고대로 물어뜯기는 겨. 아작 나는 거랑께.'라고 아주 실감나게 극찬함으로써 그녀를 보는 눈빛이 많이 변했다.

여리여리한 여성만 보아 오던 그들에게 있어 이아나는 처음

보는 유형의 여자였다. 다른 여자들이 가련한 암사슴이라면 이아나는 날렵한 재규어였다.

1조 학생들은 웃기게도 여자가 착한 남자보다는 나쁜 남자에게 끌리듯, 쟁취하기 쉬운 착하고 상냥한 여자보다는 사납고 차가운 여자가 더 승부욕을 불러일으킨다는 새로운 여성관에 점차 눈을 뜨게 되었다.

물론, 이아나는 외양도 뛰어났다. 보면 볼수록 매력적인 얼굴이었고, 몸매도 죽여줬다. 얌전히 앉아 있으면 도도한 귀족 고양이고 검을 쥐면 사나운 호랑이니 두 가지 매력을 동시에 느낄 수 있는 셈이다.

하지만 함부로 집적댈 수는 없었으므로 이아나는 본의 아니게 시꺼먼 사내놈들 사이에서 고고한 절벽 위의 얼음꽃이 되어 있는 상태였다.

이아나는 아무것도 몰랐지만 다른 학생들과 친해지면서 그녀에 대한 평가를 알게 된 에이지와 타로는 미친 듯이 웃었고 헤레이스는 당연한 것이라며 고개를 끄덕였다. 그리고 뒤늦게 그 사실을 안 이아나의 표정은 썩어 갔다.

하지만 그녀가 1조에서는 좋은 평가를 받고 있다 하더라도 그녀를 잘 모르는 다른 조의 사람들은 아니었다.

"오, 저기 봐."

그들은 이아나가 검술학관에 등장하자마자 음흉한 눈초리로 쳐다보고 소문을 속닥거렸다. 두 달간 함께 지내면서 이아나와 어느 정도 친해진 1조 학생들은 그들을 못마땅하게 바라보았다.

그리고 어떤 사내들은 오늘 날을 잡았다.

1조 학생들에게 둘러싸여 있는 이아나에게 다가오는 이들이 있었다. 에이지가 제일 먼저 발견하고 불만스레 중얼거렸다.

"아, 저 새끼들, 질 안 좋기로 소문난 놈들인데. 왜 이쪽으로 와?"

검을 매만지고 있던 이아나는 고개를 들어 에이지가 말한 남자 네 명을 보았다. 그들은 저들끼리 쑥덕거리며 다가오고 있었는데 멀끔한 생김새만 봐서는 딱히 질이 나쁘지 않을 것 같은 사람들이었다.

"왜."

"거의 일주일 간격으로 여자를 바꾸는 놈들이야. 꼬셔서 한 번 자고 나면 바로 잔인하게 차서 저놈들이 울린 여자가 한둘이 아니라니까. 아무것도 아닌 놈들이……. 그리고 말인데."

에이지가 귀를 대 보라고 손짓을 하자 이아나는 천천히 에이지 쪽으로 머리를 기울였다.

"저놈들, 몇몇 여자애들을 상대로 넷이서 강제로……."

에이지가 읊어 주는 그들의 더러운 행동들에 이아나는 미간을 좁혔다.

"그런 놈들이 학술원에 있다고?"

"학술원은 착한 놈 나쁜 놈 가리지 않고 받아들이니까. 어휴. 그런데 저놈들이 또 꽤 부유한 집안 자식들이야. 돈으로 무마를 해. 그런 놈들끼리 모여서 의형제를 맺었다느니 하는 걸 보면 토 나온다니까. 검술학부 망신은 쟤네들이 다 시켜. 조금 반반하게 생겼다고 지랄들을 해요, 아주."

"……저게 반반한 건가?"

이아나가 의문을 표하자 에이지가 머리에 물음표를 띄웠다.

"꽤 잘생긴 편이잖아. 행동이 개 같아서 그렇지."

이아나는 어깨를 으쓱였다.

"딱히. 그냥 그런 거 같은데."

"오오, 이아나 양. 눈 되게 높구나? 쟤네들 처음 봤을 때 무슨 생각했어?"

"좀 멀끔하게 생긴 사내놈들."

에이지가 푸흐— 하고 웃음을 흘렸다.

"크크크. 역시 다른 여자랑은 다르단 말이지."

"뭐, 저게 잘생긴 거라면 당신과 헤레이스, 타로도 잘생긴 것 아닌가."

그 말처럼 에이지와 헤레이스도 어디 내놓으면 반반하다는 소리를 듣는 청년들이었고, 타로도 사투리가 그의 이미지를 깨서 그렇지 사납게 생긴 게 매력적인 청년이었다.

"으응? 쟤네가 더 잘생기지 않았어?"

"별로 다를 바 없는데. 아무튼 당신들을 보고 있어도 아무 생각이 들지 않는데 저들을 본다 해서 딱히 다른 감정을 품을 이유가 있을까."

에이지는 박장대소했다.

'잘생겼다…….'

물론 이아나가 그런 생각을 해 본 남자가 없는 것은 아니었다. 바로 아르하드다.

아르하드는 대륙에서 손꼽히는 미남으로 유명했다. 빛이 통과하는 게 불가능할 듯한 새까만 머리칼에 형형한 금안. 뭇 사내들을 내려다볼 만한 큰 키에 근육이 날렵하게 붙은 그는 권력, 재력, 무력 등 모든 면에서 최고였다. 세상에서 제일 잘난 남자였다.

이아나는 남자답게 잘생긴 그 남자를 오랜 시간 알고 지내 왔고, 그의 가장 가까이에서 시선을 마주한 채 싸워 왔다. 하지만 잘생겼다, 그뿐이다. 그는 언제나 적이었을 뿐이므로.

"안녕하세요, 이아나 양?"

"안녕하십니까."

남자들이 인사를 하자 이아나는 일단 인사는 받아 주었다.

"혹시 끝나고 저희와 식사하러 가시지 않을래요? 이아나 양과 친해지고 싶어요. 저희가 살게요."

"사양하겠습니다. 제 친구들과 함께 갈 거라서."

그러나 그들의 제안은 받아 주지 않았다.

이아나가 딱 잘라서 거절하자 남자는 다소 놀랐다. 제가 이렇게 제안했을 때 바로 거절하는 여자는 한 명도 없었기 때문이다. 옆에서 에이지가 꼬시다는 표정을 지었다.

"늘 함께 지내는 친구들하고만 친하게 지내는 건 좋지 않다고 생각하는데요. 다른 사람과 친해져 보는 건 어떠세요?"

"저는 만날 일도 잘 없는 사람들과 인위적으로 친분을 쌓는 걸 좋아하지 않습니다. 거절하겠습니다."

무안함까지 들게 하는 단호한 말에 이아나와 같은 조의 남학생들이 킥킥거리며 비웃었다. 남자의 얼굴이 수치심으로 물들고, 뒤에 있던 한 남자가 들으라는 듯 퉁명스레 중얼거렸다.

"거참, 벌써 다 팔았으면서 되게 비싼 척하네."

이아나는 그들에게서 몸을 돌리려다 우뚝 섰다.

"뭐라고 했습니까?"

"뭐요. 벌써 몸 다 팔고 다닌 거 아니냐는 말이요?"

남자의 생각 없는 말에 1조 사람들의 얼굴이 굳어졌다. 남자의 옆에 있던 또 다른 남자가 앞으로 나서서 불만스러운 표정으로 이아나를 내려다보았다.

"당신, 불량배들이랑도 어울리는 질 나쁜 여자라면서?"

"……불량배?"

이아나가 이해를 하지 못해 미간을 좁히자 남자가 시치미 떼지 말라면서 소리를 질렀다.

"샬럿 몰라?"

"샬럿이 누구지."

"예비 소집일에 당신을 의심했다는 이유로 당신이 불량배들을 시켜서 때린 불쌍한 녀석 말이야! 그 녀석은 그날 너무 호되게 맞아서 수업에 거의 참여하지 못하다가 결국 최근에 휴학계를 냈어!"

"대체 무슨 소리인지."

에이지가 옆에서 끙, 하고 앓는 소리를 냈다. 이아나의 시선이 그에게 향했다. 에이지가 미안한 표정을 지으며 손을 한 번 모으고는 이아나의 앞에 나서려고 했다.

"그건 내……."

이아나가 무슨 말을 하려는 에이지를 팔로 막아섰다. 그의 태도를 보니 대충 무슨 상황인지 짐작이 갔다. 그날 아주 죽여버리고 싶다느니 막말을 하며 분개하더니 결국 일을 저지른 모양이었다.

에이지는 암흑가의 사람이었다. 그러니 알고 지내는 폭력배 쯤은 많으리라.

"그래서."

이아나는 싸늘하게 대꾸했다. 이자들이 시비를 걸고 싶은 건 자신이었다. 괜히 에이지까지 걸고넘어져서 시비를 거는 꼴은 보고 싶지 않았다.

에이지가 왜 그러냐는 듯 팔을 붙잡았지만 이아나는 몰래 나쁜 일을 저지른 것에 대한 응징으로 에이지의 명치에 팔꿈치를 세게 박아 넣었다. 에이지는 켁 하고 배를 부여잡고 주저앉았다.

"그래서라니?"

"뭘 어쩌자는 거냐고."

"우리는 당신이 지인짜로 마음에 안 든단 말이야. 질 나쁜 당신 때문에 검술학부에도 비리가 있을 거라고 소문난 거 알아, 몰라? 그 덕에 우리도 의심받고 있단 말이지. 기분 나쁘게."

그건 자신들이 행실을 잘못했기 때문에 받는 의심이었지만 그들은 그대로 이아나에게 뒤집어씌웠다. 이아나는 무표정하게 그들을 바라보았다.

"그래서 하고 싶은 말은?"

"여자면 여자답게 수나 놓을 것이지 왜 여기서 물을 흐리냐고. 1조 녀석들은 벌써 홀라당 넘어갔는지 당신 얘기가 나오면 헤헤 거리질 않나, 병신같이. 몇 명이랑은 벌써 몇 번 잔 모양이야?"

"부장이랑도 잤지? 부장이 당신한테 개인 수련장도 빌려 줬다면서?"

"시험 전에도 교수님들한테 몸 대 준 거 아냐? 얼굴은 엄청 반반한 편이잖아. 크크."

"그리고 당신 파엘라 상단에 들락날락거린다며? 상단주가 당신을 엄청 챙겨 준다고 들었는데. 혹시 그 사람이랑도 잔 거 아니야?"

"그 정도면 우리랑도 한 번 자 주면 되지, 안 그래?"

대화를 듣고 있던 학생들의 얼굴이 어색해졌다.

모름지기 남자들이 모이면 음담패설을 지껄이는 건 기본이라 저들이 말하는 내용들을 농담 따 먹기 식으로 쑥덕거려 본 적이 없는 건 아니지만 저렇게 상대방 앞에서 대놓고 말하니 저들과 동급이 된 것 같아 얼굴이 화끈거렸다.

자기들끼리 낄낄대는 남자들을 보는 이아나의 눈이 차갑게 식었다.

"저 새끼들이!"

헤레이스와 타로는 다른 학생들과 대화하고 있다가 큰소리가 나자 이아나의 상황을 지켜보고 있었다. 그런데 상황이 막장의 끝을 달리자 견디지 못한 타로가 달려와서 남자들을 향해 주먹을 휘두르려 했지만 이아나가 그 앞을 막아섰다. 그리고 물었다.

"나를 이렇게 모욕하는 이유가 내가 여자이기 때문인가?"

"뭐, 그런 것도 있고. 솔직히 말해서 여자가 어떻게 실력으로 검술학부에 들어와?"

"무엇보다 당신 어머니가 온갖 남자들이랑 몸을 굴리던 여자라면서. 그런 여자 밑에서 큰 당신이 뭘 배우고 자랐겠어? 낄낄."

이아나는 한숨을 후 하고 내쉬었다.

"정말 상종하기 싫은 쓰레기들이군."

"……뭐?"

"뭐, 좋아."

이아나가 웃으면서 어깨를 으쓱였다. 하지만 그 행동은 감출 수 없는 살기로 범벅이 되어 있었고, 그녀를 지켜보고 있던 이들의 몸에는 소름이 오도독 돋았다.

"오늘, 연습 대련에서 너희들은 내가 상대하겠다. 거기서 내가 한 번이라도 지면 당신들의 뜻대로 하도록 하지."

"호오?"

"하지만, 나에게 진 놈들은 힘없고 더러운 여자에게 진 쓸모없는 것들이니……."

순간 에이지와 헤레이스, 타로는 예전에 들은 말이 떠올라서 얼굴이 창백해졌다.

이아나가 허공에 검을 휘둘렀다. 햇빛을 받은 검이 섬뜩한 빛을 반사했다.

"너희들이 그리 자랑스럽게 생각하고 함부로 놀려 대는 남자의 상징들을 깨끗하게 없애 주마."

학술원은 검술학부 소집일에 일어난 사건으로 인해 한동안 들썩거렸다.

공부만 하느라 바빴던 정책학부의 한 남학생이 뒤늦게 소식을 듣고 검술학부의 친구에게 달려왔다.

"야, 너희 학부에서 얼굴이랑 집안만 믿고 나대던 놈들, 단체로 고자 됐다며? 그게 대체 무슨 소리야?"

"뭐냐, 그걸 이제 들었어?"

"아, 빨리. 대체 어떻게 된 일인데."

"뭐……."

친구는 턱을 손가락으로 긁적였다.

"소집일에 녀석들이 이아나 양한테 더럽게 시비를 걸어 댔거든. 그도 모자라서 같이 자자는 둥 음담패설을 지껄이는데 지켜보는 내가 부끄러울 정도로 심하더라."

"그래서?"

"이아나 양이랑 그놈들이 내기를 했어. 그놈들이 이기면 이아나 양을…… 흠, 어쨌든 그렇고, 이아나 양은 자기가 이기면 그놈들의 거시기를 잘라 버리겠다고 했지. 그런데 그놈들 중 맨 첫 번째로 진 놈이 자른다는 거 허세인 줄 알고 배 째라며 드러누웠는데 이아나 양이 진짜로 검으로 쑤셔 버린 거야."

남학생의 얼굴이 창백해졌다.

"그럼 지, 진, 진짜로 자, 잘린 거야?"

"……완전히 관통하기 전에 미친 듯이 비명 지르면서 진짜 잘못했다고 한 번만 봐달라고 울고불고 질질 짰는데도…… 음……. 안 봐줬지. 그놈은 바로 기절해서 의무반에 실려 나갔고. 교수님 중 한 분이 너무 놀라서 무슨 짓이냐고 소리 질렀는데 그 여자가 뭐라고 했는지 알아?"

사내가 침을 꿀꺽 삼키자 친우는 자신이 보았던 이아나의 무표정한 얼굴을 흉내 내며 말했다.

"'검술학부 80명 앞에서 공증한 걸 지켰을 뿐입니다. 약속은 지켜야죠.'"

"허어어어억."

"……라고 진짜 너무 담담하게 말하는 거야! 나 진짜 소름 돋았어. 그다음 녀석이 화가 나서 달려들었는데…… 그냥 그대로 잘려 나가고……. 한 녀석은 지자마자 입 다물고 바로 허리를 숙이면서 잘못했다고 했는데……. 다른 녀석은 도망가려고 했는데……."

친우의 얼굴이 아련하게 변했다.

"절대 안 봐줬지. 응, 절대 안 봐줬어. 귀신같았어."

"그, 그, 그……. 하하. 그럼 그 녀석들 진짜로……."

남학생이 섬뜩해져서 손으로 제 소중한 곳을 가렸다.

"글쎄……. 바로 최상급 치료약을 쏟아부어서 붙었다는 말도 있던데. 모르지. 아무튼 내가 본 건 콱콱 쑤셔지던 모습이야. 크으으으으윽."

"……야, 너 이 미친. 표현력 한번 죽여준다. 콱콱……. 진짜 엄청난 여자네. 전에 엘리리 교수 수업에서도 장난 아니던데."

"어, 진짜 보통이 아니야. 나는 어제 일로 절대 그 여자한테 함부로 덤비면 안 된다는 걸 깨달았어. 그리고 부정입학? 개뿔……. 그 여자 진짜로 검술학부 입학자 맞아. 학부생 네 명을 연달아서 골로 보냈다고."

한 소년이 그들을 지나치다 말고 휘청거리며 벽을 짚었다.

"끄윽끄윽……."

그리고 다른 손으로는 배를 잡고 꺽꺽거리며 미친 듯이 웃었다. 지나가다가 우연히 그 말을 듣고 웃음보가 터진 리키젠이었다.

그리고 한 여인 또한 그곳을 지나치고 있었으니.

"어머, 호호."

영롱한 웃음소리가 복도에 울려 퍼졌다. 탐스러운 포도 알처럼 요사한 빛을 띠는 풍성한 머리카락이 가슴께에 흘러내렸다.

"재밌는 레이디네요."

검은 부채로 입을 가린 여인의 보랏빛 눈동자가 영롱하게 빛나고, 어여쁜 눈매는 곱게 휘어졌다.

"앞으로는 입조심할게."

이아나는 수업을 마치고 에이지와 함께 계단을 내려오고 있는 중이었다. 오늘은 친구들과 저녁식사를 함께하기로 했으므로 식당으로 가고 있었는데, 생각에 잠겨 아무 말도 하지 않던 에이지가 갑작스레 꺼낸 말에 이아나가 흘끗 쳐다보았다.

"새삼스럽게 무슨 소리를."

"며칠 전 그 사건이 너무 인상 깊어서 머리에서 사라지지 않아. 이아나 양한테 무슨 말을 하려고 하면 시도 때도 없이 떠올라."

이아나는 어이가 없었다.

"당신, 날 뭐로 보는 건가. 누가 들으면 내가 시도 때도 없이 남자들의 대를 끊는 잔인한 여자인 줄 알겠군."

"맞잖아. 그거 남자한테 가장 치명적인 최악의 공격이야. 이아나 양 너무 익숙했어. 전에도 몇 번 찔러 본 적 있지?"

회귀 전에는 그런 경험이 다수 있었다. 하지만 회귀 후에는 이번이 처음이었으므로 고개를 절레절레 저었다.

"나도 차라리 죽이면 죽였지 거길 그렇게 쑤셔 버리지는 않아. 당신이 말했잖나. 그놈들은 아랫도리를 함부로 휘둘러 대는 걸로 유명하다고. 더구나 나를 몸을 함부로 굴리는 계집 취급했어. 그러니 그에 상응하는 대가를 줬을 뿐이다. 시범타로 잘못 걸린 케이스이기도 하고."

"결국 그놈들은……."

에이지가 갑자기 한기가 몰아치기라도 한 것처럼 몸을 부르르 떨었다. 그가 알아본 결과, 그중 둘은 더 이상 남자로서 생활할 수 없게 되었다.

"회복이 되었든 불능이 되었든 이후의 일은 나와 상관없어. 그놈들의 운이다. 평소에 행실을 잘했으면 신이 돕겠지."

"푸하하하!"

에이지가 방금 전까지 바들바들 떨었던 게 농담이었다는 것처럼 배를 잡고 웃음을 터뜨렸다.

"하긴, 속이 시원하긴 하더라고. 크크크. 정작 당하면 끔찍할 것 같지만 말이야. 하지만 이아나 양, 그놈들 꽤 잘사는 상인 집안 아드님들이라고? 게다가 망나니지만 검술만큼은 어릴 때부터 재능이 있다 소문나서 부모들이 엄청 아끼는 놈들이란 말이야."

"어쩌라고."

"보복하려고 하면 어쩌려고 그랬어? 대가 끊기게 생겼으니 난리칠 텐데."

"저들이 뭐 할 말 있나. 받아쳐 줄 말은 얼마든지 있다. 그런데 그러고 보니 왜 부모들이 나를 찾아오지 않지?"

"그을쎄에."

에이지가 길게 말을 늘어뜨리며 빙긋 웃었다.

"요즘 좀 바쁘지 않을까? 여러 일을 수습한다고 말이지."

능글거리는 말투에서 수상함을 느낀 이아나가 눈을 가늘게 떴다.

"무슨 짓이라도 했나?"

"그냥 이아나 양을 아끼는 사람이, 세간에 절대 알려져서는 안 될 가문의 비밀들을 알고 있다는 걸 은밀하게 전해 줬지."

"약점이라도 잡았나 보군. 하여간 그 샬럿이라는 놈 일도 그렇고, 당신 멋대로 내 일에 간섭했다가는 갈비뼈가 부러질 줄 알아."

이아나가 주먹을 움켜쥐고 들어 올리자 에이지가 기겁을 해서 손사래를 쳤다.

"알았어, 알았어. 하지만 친구가 모욕당하는 걸 그냥 보고만 있으면 쓰나. 듣고 있으면 나도 모르게 열 받는다고."

에이지는 그것이 너무나 당연하다는 식으로 말했다. 이아나는 손을 내리며 피식 웃었다.

"그리고 샬럿 그 자식 하는 게 마음에 안 들었단 말이야."

"그건 그렇지만…… 아."

다음 계단으로 내려가기 위해 계단의 코너를 돌자마자 얼굴이 보이지 않을 정도로 많은 책을 끌어안고 있는 한 여자가 계단 뒤로 넘어가고 있었다. 일반인일 경우 저대로 계단을 구르면 분명 크게 다치거나 운이 좋지 않을 경우 목숨을 잃을 터였다.

계단을 올라야 하는데 시야가 막힐 정도로 책을 쌓아 들다니, 몹시 부주의한 여자가 아닌가.

이아나는 재빨리 달려가서 계단의 손잡이를 잡고 여자의 얇은 손목을 잡아챘다. 여자가 들고 있던 책이 계단 밑으로 와르르 쏟아지고 여자의 보랏빛 눈과 이아나의 붉은 눈이 마주쳤다.

"조심하십시오."

"어머나."

'……?'

보랏빛을 마주하자마자 이아나는 기이한 기시감을 느꼈다. 하지만 느낌은 뒤로하고 일단 몽롱한 눈으로 자신을 바라보고 있는 여자를 끌어 올려 주었다.

계단에 안정되게 올라선 여자는, 여자인 이아나조차도 저도 모르게 시선이 갈 정도로 고혹적인 소녀였다. 묘한 기분이 들게 하는 보석 같은 보랏빛 눈동자와 맞춘 듯 같은 색으로 탐스럽게 웨이브 진 머리카락. 투명할 정도로 하얀 피부는 그 신비로운 색을 돋보이게 했다. 왼쪽 눈 아래에 펜으로 콕 찍은 듯한 눈물점은 도도하게 올라간 앙큼한 눈매와 어울려 뭇 사내들을 홀릴 듯한 여우상을 만들어 냈다.

그리고 이런 여자의 얼굴을, 이아나는 어디선가 본 것 같다는 느낌을 받았다.

계단 위로 완전히 올라서서도 계단 밑으로 엉망진창 구른 책에는 관심도 없는지 여자의 시선은 생각에 잠겨 있는 이아나에게만 꽂혀 있었다.

"고마워요. 멋진 아가씨."

눈을 접어 웃은 여자가 나른한 몸짓으로 이아나를 감싸 안았다. 기억을 헤집다 얼떨결에 끌어안긴 이아나는 이상한 표정을 지었다. 확신했다. 분명 어디선가 본 적이 있는 여자였다.

"이봐요, 아가씨. 여기 책 주워 왔는데요. 이걸 다 들고 갈 수 있겠어요? 꽤 무거운데."

가느다란 팔로 이아나를 꼭 끌어안은 것도 잠시, 에이지가 책을 주워서 가져오자 여자는 이아나에게서 살짝 떨어지면서 눈꼬리를 매끈하게 휘어 웃었다.

"어머, 저를 구해 주시고 책까지 주워 주시다니 정말 고마운 분들이네요. 그런데……."

그러고는 곤란하다는 듯 뺨에 손바닥을 대고는 고운 한숨을 내쉬었다.

"도와주시는 김에 3층의 연구실까지만 책을 좀 가져다주시면 안 되려나요……? 지하에서부터 이 책들을 들고 왔더니 팔이 떨어질 것 같아. 도와주시면 제가 차와 과자를 대접할게요."

이아나는 여자를 훑어보았다. 전체적으로 몸이 몹시 가늘었다. 저만한 무게의 책들을 말랑한 팔로 2층까지 들고 온 게 가상하게 여겨질 정도였다.

"그럴 것까진 없고, 별로 바쁘지 않으니 도와드리죠."

여자를 떼어 낸 이아나는 에이지가 들고 있는 책들을 반쯤 건네받으며 그에게 고갯짓을 했다. 내려왔던 계단을 이아나가 다시 올라가기 시작하자 에이지도 어깨를 으쓱이고는 그녀를 뒤따랐다.

"친절하셔라."

그리고 여자는 뒤에서 손으로 입을 막고는 그들 몰래 앙큼하게 웃어 보였다.

책을 들어 주는 건 정말 금방이었다. 책이 잔뜩 쌓여 종이 냄새가 폴폴 나는 연구실에 또 다른 책 한 더미를 추가하고는 이아나는 여자에게 인사했다.

"그럼 이만."

"정말 고마운 분들이네요. 이 은혜를 어찌하나."

여자가 박수를 짝 쳤다.

"식사라도 한번 대접하고 싶은데."

"모르는 분에게 얻어먹을 만큼 대단한 일을 했다고는 생각하지 않습니다."

이아나의 완곡한 거절에 여자는 절레절레 고개를 저어 보였다.

"아니요. 나를 구해 주고 책까지 들어 주었잖아요? 나 라랏슈아, 절대 빚지고는 못 사는 성격이에요. 모르는 사람이라서 안 된다고요? 그럼 인사할게요. 나는 마법학부의 라랏슈아 엘마르디알이에요, 고운 아가씨."

살살거리는 눈웃음을 지어 보인 여인, 라랏슈아가 이아나의 손을 홱 붙잡아 올리더니 매끈한 손으로 손등을 쓰다듬었다.

라랏슈아의 이름을 듣고, 익숙한 웃음을 보며, 이아나는 그녀가 누군지 깨달았다.

"미쳐 가는 아르하드와, 이 전쟁, 그리고 대륙이 뒤집히는 것을 막을 수 있는 건 그대뿐이야."

이따금씩 전투로 인해 날카로워져 있는 이아나를 찾아와서는 '시간이 흐를수록 아르하드는 광인이 되어 가고 있어. 그에게 있어 그대를 향한 소유욕은 작열하는 태양 아래에서의 갈증과도 같아. 물을 주지 않으면 완전히 미쳐 버리고 말 거야. 그대, 포기하고 아르하드의 것이 되는 게 어때?'라는 거지같은 소리를 지껄이던 여자였다.

이아나는 무시하고 무시하다가 결국 참다못해 딱 한 번, 신경질적으로 대답했었다.

"미쳤나? 아르하드는 세계를 정복하겠다는 야욕으로 전쟁을 시작했다. 그런 아르하드가 나 하나 가졌다고 다 이긴 전쟁을 그만둔단 말이냐?"

"진심이야, 어여쁜 공작님. 아르하드는 그대를 곁에 두는 순간 모든 것을 그만두고 물러설 가능성이 높아. 그에게 있어 그대는 그 어떤 나라보다 정복해서 손에 넣고 싶은 존재일 테니까."

"……그가 내게 집착하고 있다는 사실은 부정하지 않겠다. 하지만 네 말대로라면 아르하드는 정말로 미친 자다."

"그대는 정말로 그에 대해 아는 게 하나도 없구나. 그는 정말 미쳤는걸."

되도 않는 헛소리를 내뱉는 여자는 무척 짜증나게 하는 존재였다. 그래서 이아나가 그녀와의 대화를 일방적으로 끝맺는 말은 항상 같았다.

"계속 헛소리를 지껄일 생각이라면 꺼져라."

지금 생각해도 어이없는 여자였다.

이아나는 고개를 저어 상념을 털어 내고 자신을 빤히 응시하고 있는 라랏슈아를 마주 보았다.

아르하드의 세력이 온 대륙으로 뻗쳐 나갈 당시 연합군과 바하무트군을 제외한 제3의 세력으로서 아르하드를 미묘하게 적대하는 이들이 있었다. 연합군의 아군은 아니었으나 로안느군이 바하무트군과 한바탕 전투를 치를 때마다 뒤에서 지원사격을 해 주었던 엄청난 조력자, 열 명의 대마법사 중 하나였던 대단한 마녀…….

이아나는 리키젠 외에 또다시 얻어 버린 과거의 파편에 중얼거렸다.

"마법의 귀재 라랏슈아……."

이아나는 놀라긴 했으나 리키젠 때만큼 경악하진 않았다. 리키젠의 난데없는 출현으로 생각지도 못한 장소에서 과거의 인물이 불쑥 등장할 수도 있다는 생각을 가지게 되었기 때문이다.

그리고 뜬금없었던 리키젠과는 달리 이번에는 연결고리가 있었다. 라랏슈아의 스승이 학술원의 학장이자 대마법사인 하인리히였다.

"어머, 나를 알고 있는 모양이야? 이 귀여운 아가씨는."

라랏슈아가 여우처럼 얄궂게 웃는 걸 보며 이아나는 몹시 유명했던 그녀의 별명을 떠올렸다.

북방의 매드 매지션, 그리고…… 사막의 머슴.

여자의 새침한 모습을 보며 늘 어디선가 본 듯한 기분을 들게 하던 타로의 정체도 기억해 냈다. 타로가 여신님이라 울부짖는 여인이 누구인지도, 그가 잘 생각나지 않았던 이유도 알아챘다.

이것 참, 기묘한 인연이 아닌가.

이아나는 저도 모르게 쿡 하고 웃고 말았다.

"일행이 있습니다만?"

"일행도 얼마든지 사 줄게요."

거듭 사양해도 식사 한 끼를 함께할 때까지 졸졸 따라다닐 것이라 고집을 부리는 라랏슈아의 집요함에 이아나는 잠시 고민했다.

매드 매지션이라는 별명은 웃으면서 대규모 마법을 사정없이 난사하는 라랏슈아를 설명하는 완벽한 단어였다. 그래서 그 별명 외에는 그녀에 대해 알고 있는 게 전혀 없었다.

라랏슈아가 지금 뭘 하고 있는지, 타로와 라랏슈아가 마주치면 어떨지 궁금하기도 했던 이아나는 결국 두 손 들고 제안을 수락했다.

"마르디알의 라랏슈아라면 유명하지."

모이기로 한 식당에 다 와 갈 때 즈음 에이지가 자신을 아는 척하자 라랏슈아는 눈을 동그랗게 떴다.

"어머, 당신도 나를 알아요?"

"바하무트 제국 서쪽에 위치한 마르디알 왕국의 왕녀. 학장님이 수석 제자로 받아들여 학술원에 입학한 특이 케이스. 아니에요?"

"맞아요."

라랏슈아는 거물이었다. 바하무트 제국에 조공을 바치는 처지지만 거대한 영토를 자랑하는 마르디알 왕국의 왕녀에, 과거에는 노환으로 죽고 없었지만 살아 있을 당시 최고의 마법사로 칭송받았던 하인리히의 수석 제자였다.

그러고 보니 하인리히가 학술원의 학장이었던가.

"컥!"

"허어엇!"

앞쪽에서 괴이한 비명소리가 터져 나왔다. 라랏슈아를 중간에 두고 그녀에게 시선을 둔 채 걷고 있던 이아나와 에이지의 얼굴이 앞으로 향했다. 하얀 피부가 더할 나위 없이 창백하게 질린 헤레이스와, 온 피부가 후끈하게 달아오른 타로가 앞에 있었다.

"어머머. 이건 또 의외의 조합……."

라랏슈아가 생글생글 웃다 말고 고운 미간을 좁혔다.

"여, 여신님!"

타로가 투다닥 달려와 라랏슈아의 앞에 섰다.

"여기에서 여신님…… 꿀꺽, 을 뵙게 되다니. 이런 행운이…….
시, 식사하러 오셨나 봅니다."

타로는 호탕한 성격에 어울리지 않게 표준어로 말을 더듬었다. 게다가 어찌할 바를 몰라 하며 소심한 태도로 두 손을 꼼지럭거렸다.

이아나는 손으로 입을 가린 채 쿡쿡 웃었고 에이지는 요상한 표정을 지었다.

"여신? 설마 타로를 찬 여자가 라랏슈아 양?"

"촌뜨기 군을 여기서 만나게 될 줄이야. 흐응, 지긋지긋해."

라랏슈아의 질린 표정에 에이지가 웃긴 장면을 다 본다는 듯 낄낄 웃었다.

"어이, 이 녀석이 우리 일행인데."

"⋯⋯어머. 이런 기막힌 우연이."

"뭐, 뭐여. 에이지?"

그제야 에이지를 발견한 타로가 눈을 부릅떴다.

"네 녀석이 왜 여신님의 옆에서 얼쩡거리고 있는 겨?"

"아니, 뭐. 네 여신님이 친히 밥을 사 주시겠다고 해서."

"뭣이!"

이아나는 한 발자국 뒤로 물러나 라랏슈아와 타로를 번갈아 쳐다보았다. 둘이 나란히 서 있으니 흐릿하던 기억이 선명히 떠올랐다.

고혹적인 웃음을 띤 채 두 손을 휘두르며 온갖 마법을 부리던 얼음의 마녀, 그리고 그런 그녀에게 누구도 접근하지 못하도록 거대한 검을 휘둘러 대던 사막의 전사.

그 당시 타로는 라랏슈아의 부속물로 취급되었기에 그녀가 곁에 없는 그를 떠올리지 못한 건 어찌 보면 당연했다. 라랏슈아가 내린 명령이라면 제게 주어진 사명처럼 야차처럼 돌변하던 강력한 전사. 타로는 머슴처럼 라랏슈아가 시키던 모든 일을 하던 남자였다.

"그럼 저어—기서 쫄아서 움직이지 못하는 헤레이스도 일행?"

이아나는 생각지도 못한 라랏슈아의 말에 고개를 홱 들었다. 웃겨 죽는 에이지에게 으르렁거리는 타로의 뒤로 하얗게 질려 있는 헤레이스가 있었다. 그는 고양이에게 쫓기다 궁지에 몰린 쥐처럼 빳빳하게 굳어 있었다.

이아나는 혼란스러워졌다.

'라랏슈아가 어찌 헤레이스를?'

라랏슈아가 허리에 손을 올리고 지그시 바라보자 헤레이스가 주춤하고 뒤로 물러섰다.

"라, 라, 라랏슈아 누님."

"어머, 헤레이스. 이 녀석, 뒤로 물러나지 말고 이리로 오렴."

라랏슈아가 손가락을 까딱했지만 헤레이스는 쭈뼛대며 또 한 번 물러섰다. 그런 그를 보며 라랏슈아는 앙큼한 암여우처럼 웃었다.

"거기서 한 발자국만 더 물러서면 어릴 때처럼 산 개구리를 입안에 넣어 버릴 줄 알아."

생각만 해도 혐오스러운 말이 고운 입에서 튀어나오자마자 분위기는 쩡하니 얼어붙었고 헤레이스는 냉큼 달려왔다.

라랏슈아는 흡족하게 웃으며 이제는 낯빛이 거무죽죽하게 죽어 버린 헤레이스의 머리카락을 쓰다듬어 주었다.

"아이, 착하기도 해라."

단골식당에 자주 출몰하는 이아나 일행은 꽤 유명했다. 그런데 거기에 좋은 쪽으로나 안 좋은 쪽으로나 아주 유명한 라랏슈아 엘 마르디알이 포함되어 있는 일행은 더욱 눈에 띄었다.

하지만 최근에 무시무시한 짓을 저지른 이아나와 마법에 미친 걸로 유명한 라랏슈아가 있는 일행은 주시하고 있기조차 부담스러웠기 때문에 무슨 상황인지 궁금해도 힐끔힐끔 쳐다보기만 할 뿐이었다.

뻣뻣한 나무인형처럼 힘겹게 숟가락을 움직이던 헤레이스가 저를 뚫어 버릴 듯한 일행의 시선을 이기지 못하고 결국 끄응 하고 앓는 소리를 내고는 입을 열었다.

"……라랏슈아 누님은 어려서부터 알고 지낸 분이세요. 큰 외할아버님의 제자시라서."

"라랏슈아 왕녀님의 스승? 설마?"

"네. 학장님이 제 큰 외할아버님이시죠. 비밀이에요."

이건 또 기막힌 인연이다.

헤레이스와 하인리히의 관계를 알게 된 순간 이아나는 그가 들고 다니는 끔찍한 약의 출처를 알 수 있었다.

잠시나마 사람을 죽은 상태로 만드는 약은 일반적인 약제사의 지식과 기술만으로는 절대 만들 수 없었다. 약을 제조하는 데 대마법사인 하인리히가 한 발 걸쳤을 가능성이 높았다. 아마 헤레이스가 욕심을 버리지 못하고 마나를 썼을 때를 대비해서 제조해 주었으리라.

이아나는 생각에 잠겼다.

에이지, 헤레이스, 타로, 무르시, 핀, 프리실라, 리키젠, 라랏슈아, 하인리히, 그리고 과거에는 한없이 얽매여 있었던 로베르슈타인 가문을 버리고 학술원에 와 버린 자신.

미래에 얽히거나 얽힐 일이 없었던 인연들이 한데 모여 현재에 얽히고 있다. 변한 자신과 이 인연들은 미래에 어떤 영향을 줄 것인가.

"너무해, 헤레이스. 입학한 지 두 달이 지났는데도 이 누님을 한 번도 찾아오지 않다니."

라랏슈아는 오른쪽에 앉아 있던 이아나에게 팔짱을 꼈다. 라랏슈아가 의자에 앉자마자 그녀의 왼쪽에 앉았던 타로는 침을 꿀꺽 삼켰다. 이아나가 영 부러운 눈치였다.

"이아나 양도 그렇게 생각하죠, 응?"

생각에 잠겨 있던 이아나는 정신을 차리고 라랏슈아를 밀어내려 했다. 하지만 그녀는 팔을 꼭 껴안은 채 요염하게 웃을 뿐이었다.

헤레이스의 얼굴이 이아나의 팔을 끌어안고 있는 라랏슈아의 진득한 행동을 보고 더 창백해졌다.

"누님, 부탁인데 이아나 양한테 관심 가지지 말아 주세요. 이아나 양은 누님의 실험체가 될 만한 분이 아니라고요. 그리고 제가 누님을 찾아갔다가는 또 무슨 실험을 당할지 모르는데 어떻게 찾아가요?"

"어머, 우리 헤레이스 많이 건방져졌구나?"

"죄, 죄송해요!"

반항적인 태도도 잠시, 라랏슈아가 고혹적인 눈매를 예쁘게 접어 보이자 헤레이스는 바로 꼬리를 말았다.

그의 말을 듣고 있던 에이지가 숟가락으로 접시를 두들겼다.

"하긴 왕녀긴 한데 왕가 쪽에서도 포기하고 하인리히 님에게 보낸 이름뿐인 왕녀라지? 나라를 뒤집어 놓은 천재 중의 천재지만 마법에 미쳐서 흥미로운 연구대상이라면 수단과 방법을 가리지 않고 실험을 해서 문제가 많았다고 들었어. 학술원에서는 자제를 하고 있다지만 숨길 수 없는 실험정신과 특유의 농염한 분위기로 인해 마법학부의 마녀라 불리고, 살아 있는 개구리를 잡아먹는다는 소문도 있, 크픕!"

어디선가 날아온 동그란 물 덩어리가 에이지의 얼굴을 강타하며 터졌다. 물의 공이 날아온 방향의 끝에는 라랏슈아가 있었다. 그녀의 주변에서는 마나가 요동치고 있었다.

바로 옆에 있었던 이아나는 물의 공이 만들어지는 과정을 볼 수 있었다. 라랏슈아의 앞에 빨려들어 저들끼리 엎치락뒤치락하던 마나의 중심에서 투명한 물 한 방울이 생겨났다. 물방울의 크기는 순식간에 커지더니 물 덩어리가 되었고, 주변에 있던 마나는 그 즉시 강한 풍속의 바람이 되어 물 덩어리를 에이지에게 날려 보냈다.

마나로 부릴 수 있는 이능 중 하나, 마법이었다.

라랏슈아의 마법은 눈 깜빡할 사이에 이루어졌다. 소규모의 마법이라서 복잡한 계산이나 마법진이 필요 없다고 해도 범상치 않은 속도였다.

과연, 북방의 매드 매지션. 이아나는 혀를 내둘렀다.

"무슨 짓이에요!"

물 한 주전자를 뒤집어쓴 것처럼 물 범벅이 된 에이지가 화를 냈다.

"당신이야말로 무슨 그런 실례되는 말을."

기분 나쁘다는 표정으로 반박한 라랏슈아는 이아나의 팔을 껴안지 않은 손으로 머리를 쓸어 넘겼다. 푸르르 떨며 물을 털어 내던 에이지가 그제야 제 말이 더없는 실례였다는 것을 깨달았다. 왕국이 버린 이름뿐인 왕녀라는 건 그녀의 자존심을 건들 만했다.

난처해진 그가 턱을 쓰다듬었다.

"하, 하하. 들려오는 게 다 그런 소문뿐이라. 미안해요."

"앞으로는 입조심해요. 난 개구리는 생으로 잡아먹지 않아요. 삶아 먹지."

"……."

"오호호호."

일행은 깔깔대며 웃는 라랏슈아를 멍하니 쳐다보았다. 그녀는 이아나에게서 팔을 풀어내고는 팔짱을 끼며 다리를 꼬았다.

"그딴 소문들은 상관없어. 다 사실이니까."

그 바람에 교복 치마가 슬쩍 올라가며 하얀 허벅지가 드러나자 그의 여신을 주시하고 있던 타로가 침을 꿀꺽 삼켰다. 라랏슈아의 시선이 타로에게 힐끔 향했다.

"그런데 촌뜨기 군은 한 번 혼쭐을 내 줬는데도 아직도 정신을 못 차린 걸까?"

라랏슈아가 말을 걸어 주자 타로는 얼굴을 화르르 붉혔다.

"여신님의 마법에 두들겨 맞은 것도 좋습니다! 얼마든지 혼쭐내 주세요!"

저런 병신. 에이지가 숟가락으로 스프를 헤집으면서 조용히 중얼거렸다. 라랏슈아는 포기했다는 듯 고운 한숨을 내쉬었다. 타로는 그녀를 보며 입을 헤벌렸다.

"됐고, 헤레이스."

"네, 네?"

라랏슈아의 타깃이 되자 헤레이스가 놀란 토끼처럼 화들짝 놀라 긴장한 게 역력해 보이는 표정으로 쳐다보았다.

"난 이아나 양이 마음에 들었을 뿐이란다. 귀한 아가씨를 실험체로 쓸 생각은 저언혀 없어. 우리 헤레이스가 학술원에 있는데 내가 왜에?"

좌절한 헤레이스가 식탁에 이마를 박았다. 라랏슈아는 도톰한 입술을 한쪽으로 주욱 늘려 웃었다.

"남자 넷을 불능으로 만들어 버리는 멋진 아가씨가 또 어디 있겠어? 난 이아나 양이 정말 마음에 들어. 진짜로 친해지고 싶단 말이야."

남자들의 안색이 하얗게 질리는 것은 아랑곳 않고 라랏슈아가 주인에게 애교를 부리는 고양이처럼 이아나의 어깨에 얼굴을 기댔다.

그리고 이제껏 대화를 듣고만 있던 이아나가 입을 열었다.

"⋯⋯당신, 날 이미 알고 있었던 것 같군. 설마 계단 뒤로 넘어지려 했던 것도 노린 건가? 실험실로 책을 들어 달라 한 것도, 고마워서 밥을 사 주겠다고 한 것도."

"호호호호."

이아나는 설마 해서 물었지만 라랏슈아는 아무런 변명도 없이 웃기만 했다.

황당한 식사 시간이 끝나고 라랏슈아는 나중에 보자는 말 한마디와 함께 이아나를 한 번 꼭 부둥켜안고는 연구실로 가 버렸고 타로는 데려다 주겠다며 그녀를 쫓아갔다.

에이지와 헤레이스는 정신도 차릴 겸 몸을 한번 움직여 줘 야겠다며 수련장에, 이아나는 제3도서관으로 향했다. 검술대회 도 검술대회지만 학술원의 첫 중간고사 시즌이 어느새 코앞으 로 다가왔기 때문이다.

이아나는 도서관에 도착했다. 거대한 문을 지나 푸근한 느낌 의 적갈색 카펫을 밟으며 안에 들어서면 홀은 정적으로 휩싸 여 있다. 홀을 지나 안쪽으로 들어가면 사각거리는 펜 소리와 책 냄새가 가득해진다.

이곳은 학술원에 있는 네 도서관 중 자습을 위한 도서관이 었다. 그리고 그곳에는 한 소년도 있었다.

"왔어요?"

이아나를 발견한 리키젠이 작게 인사하며 손을 설레설레 흔 들었다. 이아나가 옆자리에 앉자 리키젠이 책상 위에 있던 책 을 치워 주었다. 자리를 잡아 준 그에게 이아나는 고맙다고 인 사했다.

이아나는 일주일에 두 번, 저녁식사 후에는 이렇게 리키젠과 함께 공부했다. 리키젠은 타고난 두뇌로 이해력이 아주 뛰어났 고 이아나는 경험상 이미 알고 있는 것이 많은 데다 응용력이 뛰어났다. 우연히 도서관에서 마주쳐서 함께 공부한 결과 서로 에게 도움이 된다는 걸 안 이후로는 암묵적으로 같은 자리에 서 공부를 하고 있었다.

이아나는 리키젠을 쳐다보았다. 그는 이아나의 시선이 자신에게 향하는 것도 알아차리지 못할 정도로 공부에 집중하고 있었다.

리키젠은 시간이 날 때마다 도서관에 와서 공부를 한다고 말했다. 비아냥거릴 때와는 달리 진지한 얼굴로 열심히 공부하는 그를 보며 이아나는 '과연, 리키젠 로스타리.'라고 생각했다.

바하무트 제국으로 가기까지의 과정은 알 수 없지만, 뛰어난 두뇌와 공부에 대한 열정이 뒷받침해 주었기에 평민인 그가 제국의 재상이 될 수 있었을 것이다.

이아나도 책을 펴 들었다. 공부는 지루하지만 스스로를 위해서라도 해야 한다. 과거에 이미 한 번 배웠던 것이기에 책을 넘기는 속도는 빨랐다.

시간이 흐르고 흘러 밤이 깊었다. 귀가 시간이었다.

"교양은 중요해요."

도서관에서 나오면서 대화를 나누는 와중에 어쩌다 보니 교양에 대한 이야기가 나왔다,

"성적에는 들어가지 않아도 학생들이 교양을 많이 듣는 이유가 있죠. 그런 과목들을 어디 가서 정식으로 배우기에는 쉽지 않을뿐더러 교양을 많이 들어 지식을 쌓아 두면 나중에 취직할 때 도움이 많이 되기 때문입니다."

리키젠은 교양을 여섯 과목이나 듣고 있다는 말과 함께 교양의 중요성을 주장했다.

"나 학술원 출신에 무슨무슨 학과인데 이런이런 과목들도 교양으로 들었으므로 이것도 할 줄 알고 저것도 할 줄 안다. 다

양한 지식으로 생각의 폭을 넓혀 융통성도 있다. 귀하의 일에 여러 방면으로 도움이 될 것이라 확신한다……라는 말들로 자기 능력을 피력하는 거죠."

"전공에 재능이 있는 이들은 전공만 잘하면 되는 거 아닌가? 굳이 그렇게까지 해야 하나."

"그렇죠. 정말 특출하다면 그 사람의 재능 덕을 보고 싶은 사람들이 돈을 움켜쥐고 줄을 설 테니 상관없어요. 하지만 고 만고만한 사람들은 경쟁자보다 뛰어난 점이 조금이라도 더 많 아야 유리해요."

"그렇군."

"하지만 아무리 재능이 있는 사람이라도 도움이 될 만한 교양 은 여러 가지 들어 두는 게 좋습니다. 사람은 한 가지 일만 잘 해서는 세상을 똑똑하게 살아갈 수 없다는 게 제 생각이에요."

"예를 들면?"

"검은 아주 잘 쓰지만 세상물정에 어둡다면 약삭빠른 고용주 에게 적은 돈으로 이용당하기만 할 가능성이 높습니다. 돈 계 산에는 밝아도 교섭을 할 줄 모르는 상인이라면 망할 가능성 이 높죠. 그래서 학술원에 널려 있는 교양으로 그런 것들을 배 우는 거예요."

이아나는 픽 웃었다.

"너는 뭐야? 취직을 잘 하고 싶어서 그렇게 교양을 시간표 에 꽉 채운 건가? 아니면 세상을 잘 살아가고 싶어서?"

"……말씀드릴 수는 없지만 공부를 하는 목표는 있습니다. 하 지만 다 떠나서 공부가 재밌습니다. 지식은 쌓아 두면 이득이 되면 됐지 해가 되는 일은 없으니까요."

"흐음……."

"이 세상의 모든 지식은 사람들의 삶, 더 나아가 세상과 관련되어 있습니다. 책과 강의에서 배우는 내용들이 세상에 그대로 적용되는 것을 보고 있으면 신기하죠. 저는 나중에 배운 것들을 토대로 세상을 바꿔 나가는 사람이 되고 싶습니다. 솔직히 지금 세상은 너무 썩었어요."

바하무트 제국의 재상이 될 자의 포부를 듣고 있자니 감회가 새롭다. 될성부른 나무는 떡잎부터 알아본다더니, 리키젠은 소년일 때부터 비범한 놈이었다.

"무엇보다 제 뛰어난 머리를 썩힐 수는 없잖아요? 아, 그런데 혹시 6번 거리에 새로 생긴 커다란 서점 알아요?"

콧대를 세우며 스스로를 칭찬하던 리키젠이 갑자기 눈을 반짝이며 이아나를 보았다.

"들어는 봤다만."

"내일 외출할 건데 같이 가 보지 않을래요? 학술원 도서관이 보유하고 있는 책은 많지만 대출시스템 때문에 보고 싶은 책을 제때 볼 수가 없어서."

이아나는 의아했다.

"……왜 내게 그런 제안을 하지?"

저를 죽이고 싶어 환장을 하던 회귀 전의 리키젠과의 괴리감은 둘째 치고, 첫 만남부터 귀족을 향한 반감으로 제게 악의를 보이던 그였기 때문에 의아했다. 도서관에서의 공부는 도움이 되기 때문에 어쩔 수 없이 같이하는 건 줄 알았는데…….

"이아나 님이 독서를 좋아하는 것 같아서……."

리키젠은 별 생각 없이 솔직하게 대답했다가 핫, 하고 정신을 차리고 얼굴을 붉혔다.

"아, 아니, 그게 아니라 내일은 수업도 별로 없고, 갈까 하고 생각하는 중에 이아나 님이 옆에 있었을 뿐이에요. ……뭐, 싫으면 말고."

어두운 밤임에도 눈에 띄게 붉어진 소년의 귓가를 발견한 이아나가 픽 웃었다. 저를 질색을 할 정도로 싫어하지는 않는 모양이었다.

"나쁘지는 않군. 가겠다."

그래서 다음 날, 수업이 끝나자마자 이아나와 리키젠은 시내로 나왔다. 학술원에 틀어박혀 공부만 하고 있기에는 날이 무척 좋았다.

구름 한 점 없는 푸른 하늘에는 동그란 태양이 떠서 세상을 환하게 밝혔다. 맑은 하늘 너머 남쪽에서 불어오는 미풍은 수도 전체를 따스하게 감쌌다. 왕국 곳곳에 심어진 산뜻한 빛깔의 꽃들과 연둣빛 어린잎으로 마른 가지를 치장한 나무들은 아름다운 파스텔 톤으로 세상을 물들였다. 봄이 점점 무르익어가고 있었다.

삭막한 겨울을 쫓아내고 찾아온 따스함에 취한 탓일까? 길을 가득 채운 사람들의 얼굴은 무척 밝았다. 친구들과 함께 뛰어다니는 아이들도 있고, 손님을 맞이하며 호객행위를 하는 상인들도 있고, 봄을 맞이해 새 옷을 입은 세련된 멋쟁이들도 있고, 너희들과는 다르다는 걸 과시라도 하듯 거드름을 피우는 귀족들도 있다.

학술원이 위치한 변두리에서 빠져나온 이아나와 리키젠은 그런 이들이 한데 섞여 걷고 있는 시내의 중심으로 접어들고 있었다.

리키젠이 기지개를 켰다.

"끄으응, 날 한번 좋네. 이 주 뒤의 검술대회, 아주 벼르고 계시다면서요? 열심히 해요."

"벼르고 있다고? 누구한테 들었지?"

리키젠이 끙, 하고 머리를 헤집었다.

"타로 형님한테 들었어요. 이아나 님께서…… 타로 형님, 에이지 형님, 헤레이스 님이랑 친하게 지내고 계시다면서요? 지 인짜 의외."

"너야말로 사이가 안 좋다더니 아닌가 보군."

"처음엔 방도 엉망으로 어지르고, 목소리도 크고, 룸메이트에 대한 예의도 없는 것 같아서 엄청 짜증났는데 지내다 보니까 뭐…… 나쁜 점만 있는 것 같지도 않아서요. 타로 형님, 코도 고는데 익숙해지니까 그 소리도 안 들려요. 이제 자장가로 들을 정도죠. 형님도 제가 하도 뭐라 하니까 치우라고 하면 눈치 보면서 치우기도 하고요. 다른 분들도 꽤…… 괜찮은 것 같아요."

리키젠의 중얼거림에 이아나가 쿡하고 웃었다.

"시간이 좋긴 좋은가 보군. 아주 앙숙처럼 지낸다더니 이젠 그런 말도 다 하고."

"타로 형님이 제 욕했어요?"

"불을 뿜는 듯한 기세로 널 아주 잿더미로 만들어 버리겠다고 했었지."

"아니, 지가 먼저 잘못했으니까 내가 신경질을 낸 거지, 왜 나한테 그런대? 자기 주먹이 흉기라는 건 알고나 있는 거야? 쳇. 어쨌든 이아나 님은 검술대회 준비나 열심히 하라고요. 학술제의 검술제만큼 유명한 건 아니지만, 그래도 학술원 내 학생들과 교수들 시선을 바꿀 수 있는 좋은 기회니까."

이아나는 옆에서 얼굴을 살짝 붉힌 채 떠벌떠벌 말을 늘어놓는 리키젠이 자신을 진심으로 걱정해 주고 있다는 것을 깨달았다.

"걱정해 주는 건가? 고맙군."

"쳇. 걱정은 무슨. 검술학부 남학생 네 명을 고자로 만들어 버린 실력이라면 어떻게든 되겠죠."

"소문을 들었나 보지?"

"학술원 전체를 덮친 그 엄청난 소문을 못 들었을 리가 있어요? 눈으로 직접 보지 못했기 때문에 못 믿는 사람들도 있지만 검술학부 1학년들이 너무 실감나게 전해 주고 또 놈들이 학술원에 안 나오다 보니 거의 대부분 학생들이 사실이려니 해요. 그러니까 당일까지 몸이나 조심해요. 아."

리키젠이 고소하고 맛있는 냄새가 몽글몽글하게 삐져나오는 한 건물을 손가락으로 가리켰다.

"저기, 제가 어릴 때부터 다니던 단골 빵집이에요. 맛있다고 입소문이 자자한 맛집 중 하나죠. 저기부터 들러요."

"지금? 배가 고픈 건가?"

"식사는 아니고 간식입니다. 빵 먹으면서 책 구경하려고요."

"흐음."

이아나는 평소 걸음걸이보다 빠르게 걷는 리키젠을 뒤따라 천천히 걸음을 옮겼다.

맑은 종소리와 함께 삐걱거리는 문을 열고 들어선 빵집은 밖에서 맡은 냄새보다 훨씬 더 진한 빵 냄새로 가득 차 있었다. 빵 색깔과 비슷한 부드러운 갈색 빛의 인테리어와 커다란 창문을 통해 내리쬐는 따스한 햇볕으로 인해 마음을 녹이는 아늑함에 젖어 있었다.

"어서 오…… 아니, 리키젠 아니니?"

"뭐, 리키젠?"

푸근한 미소로 인사하던 중년 부인이 리키젠을 반갑게 맞이했다. 부엌에서 밀가루를 반죽하고 있던 중년 사내가 얼굴을 내밀더니 하얀 손을 흔들었다.

"오랜만이에요, 아줌마, 아저씨."

"이 녀석, 방구석에 사는 케케묵은 책벌레 같은 녀석이 어쩐 일로 학술원에서 튀어나온 거냐? 아니, 뒤에 예쁜 아가씨는!"

사내가 이아나를 보고 깜짝 놀랐다. 이아나가 고개를 숙여 인사하자 사내가 흐뭇한 표정을 짓는다.

"어이구, 리키젠 이 자식, 장하다. 잘생긴 형 손잡고 찔찔 울면서 들어왔을 때의 모습이 아직도 선한데 이제 다 컸다고 여자친구도 데려오네? 데이트냐?"

"아저씨! 여자친구도 아니고 데이트도 아니거든요. 뭔 소리래? 이분, 엄청 무서운 분이세요. 말 한번 잘못하면 아저씨 거시기가."

빠악!

"크으윽······!"

리키젠이 이아나가 때린 뒤통수를 부여잡았다.

"헛소리 말고 빵이나 골라."

"말 잘못하면 거기가 아니라 뒤통수가 날아가겠네요. *끄응, 아파라.*"

빵을 담는 용도의 바구니를 챙긴 리키젠이 어기적거리며 진열되어 있는 빵을 구경하기 시작했다. 이아나는 카운터에 가만히 서서 리키젠을 기다렸고, 부부는 안절부절못하며 그녀에게 사과했다.

"저기······ 실례했습니다, 아가씨."

"미안해요. 이이가 너무 기뻐서 실수를."

"아닙니다. 인사드리지요. 저는 학술원을 함께 다니고 있는 리키젠의 동료, 이아나 로베르슈타인입니다."

이아나가 고개를 숙이며 자신을 소개하는데 사내가 몸을 움찔했다.

"귀족! 리키젠이 귀족과 함께 다닌다고?"

"여보!"

부인이 옆구리를 푹 찌르자 사내는 입을 다물었다. 이아나는 부부의 표정을 훑었다. 얼떨떨해하는 걸 보니 리키젠이 귀족인 자신과 다니는 게 놀라운 듯했다.

리키젠이 귀족을 혐오한다는 건 평소 말하는 것만 들어 봐도 알 수 있다. 이때까지는 그 이유가 단순히 귀족이 사회적 물의를 많이 빚기 때문인 줄 알았는데, 부부의 반응을 보니 귀족과 관련된 안 좋은 사연이 있어서일지도 모른다는 생각이 들었다.

"커흠. 신기하구먼. 리키젠이 여기 데려온 첫 친구가 귀족일 줄이야. 아가씨는 무슨 학부십니까? 리키젠처럼 정책학부?"

이아나는 생각을 묻어 두고 허리춤에 매여 있는 검을 툭 건드렸다.

"검술학부입니다."

"어머!"

부인이 환하게 웃으며 박수를 짝짝 쳤다.

"대단한 분이시네요! 우리 허약한 리키젠한테 검술학부 친구가 있다니 정말 든든해요!"

"남자 구실도 제대로 못 하는 허약한 리키젠보다 훨씬 낫군요. 우리 리키젠 좀 잘 챙겨 주십시오!"

"아, 짜증나게 뭔 소리들을 하는 거예요!"

리키젠이 멀리서 짜증을 내자 부부는 입을 다물었지만 웃음은 지우지 않았다.

"이럴 게 아니지. 빵이라도 좀 골라 보십시오. 리키젠의 친구분이신데 돈을 받을 순 없죠. 공짜로 드리겠습니다. 이래봬도 빵 굽는 솜씨는 일품임을 자부합니다."

부부는 다른 사람과는 달리 이아나가 검술학부라는 사실을 당연하게 받아들였다. 경악하지도, 의심하지도 않았다.

기분이 묘해진 이아나는 빵을 고르고 있는 리키젠에게 다가

갔다. 이아나가 옆에 서자 리키젠은 작은 목소리로 중얼거렸다.

"엄청 좋은 분들이세요. 제가 학술원에 입학하기 전까지 좀 힘들게 살았는데, 어린 녀석이 고생한다고 매일 빵을 공짜로 챙겨 주신 분들이죠. 성품이 따뜻하고 사람을 의심할 줄 모르세요. 너무 순진해서 사기도 많이 당한다는 게 문제지만."

이아나는 납득했다.

"과연. 그런데 그 빵을 다 먹을 수 있나?"

리키젠은 바구니에 빵을 산더미처럼 쌓고 있었다.

"물론이죠. 여기 빵, 진짜 맛있다고요. 뭐, 남으면 타로 형님이나 다른 형님들 줄 수도 있고."

남으면 준다니. 이렇게 많은데 남는 게 당연하지 않은가? 다른 이들에게 나눠 준다는 게 진짜 의도이리라. 신경질적이고 냉소적인 줄만 알았더니 알면 알수록 웃기고 정 많은 녀석이다.

"들 수 있을 정도로 사지 그래. 구매한 책까지 들려면 꽤 버거울 것 같다."

"한 바구니가 한 봉지예요. 한 봉지씩 들면 각자 한 손씩만 이용해도 충분히 들 수 있어요."

"……나는 이미 짐꾼 취급하는 모양이군."

"그래서 이아나 님 빵까지 사 드리려고요. 마음껏 드세요."

리키젠은 한 바구니를 카운터에 가져다 놓고는 또 한 바구니를 더 담아서 카운터로 가져왔다. 리키젠이 지갑을 꺼내 들며 돈을 꺼내려 했지만 부인이 손을 휘저었다.

"우리 사이에 무슨 계산이니. 네 형편에……."

"뭔 소리예요. 저 요새 번역 아르바이트 뛰고 있어서 돈 많아요. 빵 정도는 제가 사 먹을 수 있다고요. 자, 여기요."

"……."

"이때까지 얻어먹은 게 자존심 상해서라도 사서 먹을 거예요. 아, 빨리 받으세요."

리키젠이 고집스레 내미는 돈을 물끄러미 쳐다만 보던 부인이 웃었다.

"그래. 그럼 계산해 줄게."

이아나와 리키젠은 각자 빵 한 봉지를 들고 딸랑거리는 종소리와 함께 빵집을 나왔다.

이아나는 봉지에서 빵 하나를 집어 베어 먹어 보았다. 과연, 리키젠이 호언장담할 만한 맛이었다. 겉은 바삭하고 안은 부드러운 촉감의 빵은 혀 위에서 살살 녹았다. 주르륵 새어 나온 달콤한 크림은 빵맛을 더했다. 이아나는 맛있는 걸 좋아했기 때문에 기분이 좋아졌다.

그들은 나오자마자 한가운데가 텅 빈 길과 길가에 쏠려 있는 사람들을 마주했다. 무슨 일인가 싶어 길 끝을 쳐다보니 멀리서 마차 한 대가 먼지구름을 일으키며 달려오고 있었다. 마차가 시내를 가로지를 것이라고 미리 통보해서 사람들이 길을 만들어 준 듯했다.

먼지구름을 일으키며 달려오는 매끈한 유선형의 백색 마차는 샛노란 금으로 장식하여 태양을 닮은 금빛으로 휘황찬란했으며 화려한 장식을 단 백마 여섯 마리가 이끌고 있었다.

"화려하네요. 백작 이상인 걸까요?"

"아마도. 수도 중심에서 저렇게 대단한 육두마차를 탈 수 있는 귀족이라면 적어도 그 이상은 될 거다."

이아나는 별생각 없이 빵을 문 채 그 광경을 쳐다보고 있었다. 그러나 멍하니 있던 것도 잠시, 눈을 크게 떴다. 달려오는 마차와 마차의 앞을 잠시 주시하고 있다가 혀를 찼다.

"칫!"

빵을 씹어 삼킨 이아나는 리키젠에게 빵 봉지를 떠넘긴 후 발로 땅을 강하게 박찼다. 휘몰아치는 바람에 주춤했던 리키젠은 벌써 일찌감치 앞으로 나가 있는 이아나를 발견하고 입을 크게 벌렸다.

"엇, 이아나 님!"

뿌우우우우!

마차가 지나간다는 나팔소리가 크게 울려 퍼지는데 이아나는 그 앞에 뛰어들었다.

"꺄아아악!"

"으아악!"

사람들이 미친 듯이 비명을 질렀다. 그중에는 뛰어들려는 포즈를 취하고 있다가 이아나가 끼어들자 머릿속이 텅 빈 듯 창백한 얼굴로 주춤거리고 있는 여인도 있었다.

이아나는 허공에 펄럭이던 스카프 하나를 낚아채고 마차 앞으로 달려오던 여자아이를 두 팔로 휘어 안으며 몸을 앞으로 세게 굴렸다.

히히힝!

경악한 마부가 아이가 끼어드는 순간 말고삐를 황급히 잡아당겼지만, 그러고도 이아나가 아이를 껴안고 구른 곳을 한참이나 넘어서서 멈춰 섰다.

"어…… 어……."

아이는 이아나의 품에서 너무 놀라 굳어 있었다. 이아나는 아이에게 괜찮냐고 묻지 않았다. 구를 때 제 몸이 흙바닥을 모조리 쓸어서 괜찮을 것이 당연했기 때문이다.

이아나는 몸을 일으키며 아이도 일으켜 세워 주었다. 그리고 둘에게 달려온 여자가 아이의 어깨를 붙잡고 흔들어 대며 눈물을 터뜨렸다.

"이것아! 엄마가 가만히 있으랬지! 그런데 어떻게 엄마 손을 뿌리치고 거길 끼어들어 가!"

"하지만 엄마의 소중한 스카프가……."

"그딴 게 뭐라고!"

급기야 여자는 아이의 엉덩이를 때려 대기 시작했다.

"우와앙, 아파! 으아앙!"

이아나가 흙먼지를 털어 내고 있을 때 마차 안에서 노성이 크게 터져 나왔다.

"이놈, 이게 무슨 짓이냐. 레리트가 다칠 뻔하지 않았느냐!"

"죄, 죄송합니다, 주인님! 갑자기 여자아이가 뛰어드는 바람에."

"……이이, 치었나?"

"치진 않았습니다만……."

"이 계집! 마차 앞에 뛰어들다니, 무슨 미친 짓이냐!"

마차의 문을 벌컥 연 중년 귀족이 눈썹을 휜 채 이아나에게 고래고래 소리를 질렀다.

"만일 어처구니없는 이유로 이런 짓을 저질렀다면 가만두지 않겠다!"

귀족이 화를 낼 만하다. 이곳이 사람들이 다니는 길이긴 하지만 갈 길이 급했던 귀족은 미리 지나가겠다고 통보했고, 사람들은 납득하여 길을 만들어 주었다. 순전히 아이의 잘못이었다.

"죄송합니다, 죄송합니다, 나리!"

"으아아앙!"

아이의 어미는 아이를 끌어안고 눈물을 줄줄 흘리며 몇 번이나 고개를 숙였다. 아이는 고함지르는 귀족이 무서워 울음을 터뜨렸다. 귀족이 인상을 찌푸리고 그들과 이아나를 번갈아 쳐다보았다.

"뭐가 어찌 된 일이냐. 저 붉은 머리의 계집애가 뛰어든 게 아니었나?"

"저 어린 여자아이가 먼저 마차 앞으로 튀어나왔고, 그 후에 저 아가씨가 달려왔습니다."

"아버님."

그때 마차 안에서 곱고 맑은 목소리가 귀족을 불렀다.

"그냥 가요. 다친 사람은 없지 않습니까."

달칵.

마차 문을 열고 옅은 녹빛 드레스를 차려입은 여인이 마차의 계단을 타고 바닥에 사뿐히 내려섰다. 여인은 화려한 백금발에 맑은 녹안을 가진 가냘픈 미인으로, 마차에서 내려서는 모습이 마치 미의 여신의 강림과도 같은 광경이라 이아나를 제외한 모든 이들이 넋을 잃고 그녀를 바라보았다.

"레리트. 네가 마차 밖으로 나올 만한 일이 아니건만."

"아니에요. 아이를 칠 뻔했다는데 어찌 가만히 마차에 앉아 있을 수만 있겠어요. 거기, 아가씨. 다친 데는 없나요?"

여인, 레리트가 이아나를 바라보며 곱게 미소 지었다. 이아나는 그녀에게 고개를 깊게 숙였다.

"저는 괜찮습니다. 다만 아이가 마차 앞에 끼어든 것은 아직 무얼 모르고 한 짓이니 선처를 베풀어 주십시오."

무려 공작가였다.

이아나는 저 아름다운 여자를 기억했다. 안젤리나 왕녀와 더불어 로안느 최고의 미녀로 손꼽혔던 여자. 사교계의 꽃이라 불렸던 여자, 2왕자 슈나이더 레제 로안느의 아내로 왕위 찬탈 후 로안느 왕국의 왕비가 되었던 레리트 타루이트였다.

"어머, 훌륭한 아가씨네요. 벌할 생각은 없어요. 바빠서 사람이 많은 거리를 가로지른 우리의 잘못도 없지는 않으니까요."

레리트가 이아나를 칭찬하며 아름다운 웃음을 지었다. 그녀는 검은 교복에 흙이 잔뜩 묻은 이아나와 대조되어 더욱 순결하고 고귀해 보였다.

"아버님, 어서 가요. 바쁘잖아요."

타루이트 공작가의 외동딸. 왕가를 제외하고는 가장 지고한 위치에 있는 여인.

사람들은 일상에서는 결코 볼 수 없는 고위 귀족인 레리트의 찬란한 외모에 넋을 잃었다. 레리트의 사근사근한 다독임에 화가 머리끝까지 났던 공작조차 입을 헤벌리고는 레리트를 감싸고 마차에 다시 올랐다.

레리트가 시야에서 사라지자 그제야 사람들은 제정신을 되찾았다.

"햐, 상냥한 아가씨로군."

"성격 나쁜 귀족 아가씨들은 조금만 잘못해도 그 자리에서 목을 날리는 일이 허다하다는데 말이야."

마차가 출발해서 모습을 감추자 목적지가 있는 사람은 다시 길을 떠나고 이아나와 모녀에게 관심이 있던 이들은 멈춰 선 채 그들을 구경했다.

이아나는 무릎을 접고 앉아 아이가 잡으려 했던 스카프를 아이에게 건네었다. 아이는 훌쩍거리면서 스카프를 조심스레 손에 쥐었다. 아이의 어깨를 두 손으로 움켜쥔 이아나는 눈물이 맺힌 눈을 똑바로 바라보았다.

"다음부터는 어머니가 위험하다고 하지 말라는 건 절대 하지 말고, 달려오는 마차 앞에도 뛰어들면 안 된다. 알겠니?"

마치 꿰뚫리는 듯하다. 쏘아진 화살과도 같은 단호한 경고가 아이의 가슴에 깊숙이 새겨졌다.

"네에, 언니."

아이는 제 손에 감겨 있는 스카프를 만지작거리며 작은 목소리로 대답했다. 이아나는 아이의 머리를 쓰다듬어 주고는 자리에서 일어났다.

"그럼 이만."

"저, 저기, 아가씨!"

감동 받은 기색이 역력한 여인은 허리를 숙이며 아이의 작은 머리도 꾹꾹 눌러 댔다.

"정말로 감사합니다! 얘, 어서 인사드리렴."

"언니, 감사합니다!"

"제가 사례라도⋯⋯."

허리를 숙여 대는 모녀를 물끄러미 내려다보던 이아나가 입을 열었다.

"그렇게까지 고마워하실 필요는 없습니다. 다만 아이가 다시는 그러지 않도록 훈계를 하시는 것이 좋겠습니다. 아이일 때의 무지란 죄는 될 수 없지만⋯⋯ 독이 될 테니. 그럼."

이아나의 딱딱한 말에는 생색내기나 거드름이 없었다. 무덤덤한 얼굴에는 쑥스러움이나 뿌듯함도 없었다.

이아나는 고개를 까딱 숙이고는 정말로 휑하니 가 버렸다. 지극히 당연한 일을 했다는 듯 사례를 마다하고 유유히 거리를 떠나는 뒷모습을 사람들의 시선이 뒤따랐다.

"발젠타 학술원의 교복이네요."

"날렵한 행동을 봤을 때 무인인 듯해요."

"검을 옆에 차고 있는 걸 보면 검술을 익히는 아가씨인 걸까요? 대단한데요."

"멋진 아가씨네요."

환상적인 레리트의 잔상은 금세 사라졌지만 이아나의 강인한 뒷모습은 그들의 가슴에 새겨졌고, 따스한 여운을 남겼다.

이아나는 아직도 입을 떡하니 벌리고 있는 리키젠에게 돌아와 의아한 표정을 지었다.

"표정이 왜 그래?"

"이익! 제정신이에요? 미쳤어요? 팔 다치면 어쩌려고 그랬어요? 저번에도 애 하나 구하다가 팔 다 망가진 거라며! 아니, 어떻게 달려오는 마차 앞에 끼어들 생각을 해요! 이 여자가 정말 돌았네!"

리키젠은 안색이 하얗게 질려 있다가 이아나가 오자마자 떽떽 쏘아 댔다. 이아나는 머리가 울려서 귀를 막고 인상을 찌푸렸다.

"운 좋게 피했지만 만일 치였으면 당신 뼈는 모조리 아작 났을 거라고요! 어? 만약 치여서 죽었으면 검술대회는커녕 당신이 그렇게 자랑스러워하는 검도 평생 못 들게 됐을 수도 있어요, 알아요?!"

이아나는 리키젠의 횡설수설을 손을 뻗어 막았다.

"눈앞에서 아이가 죽는 꼴을 보고 있을 수는 없었다."

"아니 그렇다고 해서 댁 목숨은 생각도 안 하고! 당신이랑 상관없는 아이잖아요!"

"물론 생면부지의 아이였지. 하지만 능력이 있는데도 방치해서 죄 없는 아이를 죽게 내버려 둘 수는 없어."

리키젠은 입술을 깨물었다.

"능력이요?"

"나도 무작정 달려든 건 아냐. 저번에 팔을 다쳤을 때는 어쩔 수 없는 상황이었지만 이번에는 그때와는 달리 여러 가지를 재 보고 안전한 순간에 뛰어든 거니 위험은 없었다."

"웃기지 말아요."

리키젠이 주먹을 꽉 쥐었다. 그는 정말 화가 났다.

"변수가 있을지 어찌 알죠? 당신은 가끔 보면 너무 무모한 것 알아요? 실력을 맹신하는 것도 정도가 있지. 그건 자신감이 아니라 자만이라고요!"

"리키젠, 네가 보는 것과 내가 보는 것은 달라."

"뜬금없이 무슨 소릴…… 악!"

이아나가 갑작스레 리키젠의 얼굴에 주먹을 냅다 질렀고 리키젠은 비명을 지르며 팔로 얼굴을 가렸다. 이아나의 주먹이 팔 앞에 멈춰 서 있는 걸 보고 리키젠이 도끼눈을 떴다.

"이게 무슨 짓이에요! 지금 내가 잔소리한다고 때리려고 한 거예요?"

"말해 봐. 내가 주먹을 휘두를 때 무엇을 봤나?"

리키젠은 어이가 없었다.

"보긴 뭘 봐요. 주먹을 봤지!"

"주먹이 다가오는 속도는? 휘어지는 각도는? 전완굴근에서부터 상완삼두근과 이두근까지 이어지는 팔 근육의 뒤틀어지는 정도는? 상대방의 눈이 향하는 곳은?"

"진짜 미쳤어요? 그런 걸 사람이 어떻게 봐?"

이아나는 피식 웃으며 주먹을 거둬들였다.

"그런 것들이 내게는 선명하게 보여."

"……뭐라고요?"

"마차 앞으로 뛰어드는 아이의 움직임, 아이에게 달려드는 마차의 속도와 마부가 고삐를 당김으로 인해 늦춰지는 속도. 그리고 내 육체의 능력……. 그것들을 모두 감안해서 안전하게 피할 수 있을 때 달려든 거다. 절대 다칠 리가 없었어. 하지만."

이아나는 리키젠에게서 다시 빵 봉지를 건네받으며 담담하게 말했다.

"그 꼬마는 다르지. 내가 구해 주지 않았다면 바로 즉사였다."

"……."

"나는 내 육신의 능력을 믿었고, 구할 수 있다는 확신이 있었을 뿐이야. 봐. 지금 나는 다친 데 하나 없이 멀쩡하지 않나? 내가 끼어든 덕에 이 좋은 날씨에 일어났을지도 모를 참사를 막았다. 그것만으로도 흙더미를 구른 대가는 충분해."

"……설령 그렇다 하더라도 주변에 있는 다른 사람이 구할 거라고 생각할 수도 있었잖아요. 왜 당신이 달려들어요?"

이아나가 리키젠의 품에 있는 봉지에서 새 빵 하나를 꺼내 들어 입에 물었다.

"리키젠, 그건 반드시 일어날 일이 아닌 일어날 수도 있다는 추측일 뿐이다. 아무리 용기가 많아도 달려오는 마차 앞에 달려들어 아이를 구해 낼 수 있는 자는 얼마 없지. 더구나 공작의 육두마차 앞에 뛰어들 수 있는 간이 큰 평민이 있을까? 네가 좋아하는 확률로 따지자면 저 살기 바쁜 그들이 저와 상관없는 아이를 구하겠다―라고 생각하고 움직일 확률은 영에 수렴한다. 저도 모르게 달려들면 모를까."

리키젠은 반박할 수 없었다. 떽떽거리는 소리를 막은 것에 만족한 이아나는 빵을 한입 베어 먹고는 빵맛에 만족해서 기분 좋게 미소 지었다.

"나는 내 능력을 믿고, 매번 내가 할 수 있는 일을, 하고 싶은 일을 하려고 노력해. 혹시라도 나중에 후회하지 않도록."

"……."

"실패하더라도 후회하지는 않아. 내가 선택한 길에서, 내가 선택한 것 때문에 실패한 걸 테니까. 다른 사람이 아닌, 내가 선택한."

리키젠은 말이 없다. 다만 불어오는 바람에 아롱지는 붉은 머리카락을 흔들리는 눈으로 쳐다볼 뿐이다.

도심의 중앙. 단단하게 포장된 벽돌 길. 갈증을 불러일으키는 뜨거운 햇볕. 마음을 감싸는 따스한 미풍. 그리고 그 중심에 서서 자신이 추천한 빵을 씹어 먹고 있는 이상하기 짝이 없는 붉은 여자.

"……당신은…… 진짜 이상한 사람이에요. 귀족 맞아요?"

"몰라서 묻는 건가? 허구한 날 귀족 나리 귀족 나리 하며 빈정대던 인간이 누군데 그 소릴 하는지."

이아나가 빵을 입에 구겨 넣은 채 거리로 고갯짓했다.

"어서 가자. 서점에 같이 가 달라 징징거렸던 건 네놈이잖나?"

"……징징 안 거렸는데요."

리키젠은 조용히 투덜거리고는 걸음을 옮기는 이아나를 뒤따랐다.

무척이나 덥다.

눈살을 찌푸린 이아나는 어느새 굳은살이 자리 잡아 딱딱하고 거칠어진 손으로 하늘을 가렸다. 슬쩍 벌려 본 손가락 너머로 작열하는 붉은 태양이 보였다.

더워. 기숙사 입구를 나오자마자 자신을 짓누르는 더위를 느끼며 그리 생각했다. 오월 중순, 아직 봄이므로 여름의 폭염이 기승을 부릴 시기는 아닌데도 어찌 이리 덥게 느껴지는가 하니, 오늘 학술원의 관심이 집중될 검술대회라는 행사 탓일 터였다.

검술로 승부를 가리는 대회. 과거에 이아나는 그런 대회에 두 차례 참가했다. 열아홉 살 직전에 참가했던 로안느 왕실 주최 건국기념 청년 검술제와, 전 세계의 유수한 검사들이 모여 경합을 벌이는 스물두 살의 대륙 검술제였다.

전자는 절벽에서 굴러떨어지는 돌처럼 추락을 경험케 했고 후자는 저 하늘의 태양처럼 정상에 우뚝 서게 해 주었다.

대륙 검술제, 귀족들에게 경멸만을 받던 이아나의 인생이 역전되기 시작한 날이었다. 처음 만난 그날부터 멸시는커녕 제 능력을 필요로 해 준 2왕자 슈나이더 레제 로안느는 이아나에게 누구도 널 무시할 수 없는 고귀한 위치까지 올려 주겠다고 말했다. 이아나는 출셋길을 보장받고 그에게 충성을 바치겠다고 맹세했다.

그날을 기점으로 왕위 다툼을 하고 있던 야심찬 슈나이더는 이아나를 밀어 주기 시작했다. 로베르슈타인 가문을 불살라 버리고 백작이 된 이아나는 슈나이더의 명령이라면 누구라도 베어 가르는 잔인한 검이 되었다. 후작, 공작…… 최초의 여자 총사령관까지 엄청난 출세가도를 달렸다. 그래서 두 번째 검술대회 이후에는 검술대회에 참가할 필요가 없었다.

모든 것을 얻게 해 준 대륙 검술제다. 그런데도 이아나의 빛 바랜 과거 속에서는 자존심에 상처를 입은 첫 번째 검술대회만이 화려한 색으로 덧칠되어 있었다. 영광스런 우승을 거머쥐었던 대륙 검술제의 기억은 온통 흐릿해서 그날 제가 무슨 생각으로 검을 휘둘렀는지도 기억나지 않았다.

어째서인가?

"후……."

덥다. 이아나는 손등으로 이마에 송골송골 맺히는 땀을 닦아냈다. 이마에서 땀이 주르륵 흘러내릴 정도로 더웠다. 심장의 가장 깊숙한 곳에서부터 이글거리며 온몸을 뒤덮는 더위의 정체는 무엇인가. 두려움이던가? 아니다. 긴장이던가? 아니다.

그녀를 비웃었던 자들을 짓밟을 때의 흥분, 환희, 희열…… 아르하드와 검을 맞대며 느꼈던 끈끈한 동질감…… 제 모든 것을 쏟아부을 수 있는 대상에 대한 호승심, 경쟁심, 시기심과 적개심…….

이아나를 덥게 만드는 건, 생애 첫 검술대회에서 영혼을 강타했던 감정의 소용돌이에 대한 기억이었다. 평생토록 살아도 그날만큼 엄청난 쾌감을 느낀 적이 없었다.

더구나 회귀 이후 격렬한 감정의 동요는 극히 드물었다. 그조차도 부정적인 것뿐이었다. 그래서 이아나는 더욱 기대했다. 저를 경멸하던 누군가를 제 영혼과도 같은 검을 휘둘러 발아래에 둘 때 힘겨울 정도로 거세게 벅차오를 희열을.

무릎을 꿇어라. 굴욕적인 얼굴로 패배를 인정하라. 내게 벅찬 승리를 선사하라.

그녀를 실력으로 짓눌렀던 아르하드가 없기에 부정적인 감정을 느낄 이유는 없었다. 이곳에서는 그녀 홀로 이빨을 빛내는 붉은 맹수이기에 비명을 지르는 양떼 사이를 온통 휘저어 놓는 것이 더욱 즐거울지도 몰랐다.

작은 행사인데도 검술대회는 학술원 학생들에게 각광받았다. 검에 재능이 있는 자들이 모여 한바탕 피 터지는 결투를 치르는 광경은 학업에 지친 학생들이 스트레스를 풀 수 있는 구경거리가 되어 주기 때문이었다.

저학년 검술대회는 다음과 같이 진행된다. 각 학년마다 치러진 예선에서 선발된 1학년 네 명, 2학년 다섯 명, 3학년 일곱 명, 총 열여섯 명이 본선에서 경기를 치르는데, 몬스터 토벌 실습까지 경험한 3학년이 우승하는 경우가 대다수지만 가끔은 특출한 1학년이 하극상을 일으키듯 우승하는 일도 있었다. 그래서 검술대회는 저학년들에게는 묘한 기대감을 주고, 고학년들에게는 부담감을 주는 행사였다.

이아나는 당연히 상위권으로 본선에 진출했고, 친구 중에는 타로만 본선에 진출했다. 에이지는 눈에 띄는 건 딱 질색이라며 일찌감치 졌고, 헤레이스는 머뭇거리다가 이번에는 그냥 구경만 하고 싶다며 기권했다. 이아나와 츠레비스가 맞붙을 상황과 그 후폭풍에 대한 걱정으로 속이 몹시 울렁거려서 시합에 집중이 되지 않았던 탓이다.

이아나는 조 추첨을 한 후 결과를 기다리고 있었다. 곁에는 타로 말고 다른 1학년들도 있었는데, 타 학년은 몰라도 이제 1학년들은 이아나와 친해지고 싶어 하는 경향을 보이고 있었다.

이아나가 저를 모욕한 검술학부의 망나니들에게 엄청난 보답을 안겨 준 이후, 1학년 중에는 이제 그녀를 두고 왈가왈부하는 이들이 없었다. 이아나의 검술과 무서움을 확인하게 된 그 엄청난 사건을 계기로 해서 색안경은 조금씩 금이 가기 시작했다.

시간이 지날수록 그녀가 타고난 것으로 인해 생겨난 편견은 무너지기 시작했다. 이아나가 이 세상에 태어나고 나서부터 그녀 스스로 행하기 시작한 모든 것에 의해 서서히 금이 가고 조각조각 깨져 갔다.

맹독이라고 해도 좋을 그 새까만 껍질 사이에서 목격하게 된 이아나는 정말 우월한 여성, 아니 사람이었다.

누구보다도 열심히 수련에 임하는 이아나는 호랑이 교수의 흐뭇한 미소를 이끌어 냈다. 하품만 쩍쩍 나오는 지루한 수업 시간에도 또렷한 눈으로 수업을 들으며 노트에 꼼꼼히 필기하는 그녀는 다른 교수들의 총애도 받는다.

도서관에서 자리를 찾아 돌아다니다 보면 집중해서 공부하고 있는 그녀를 발견하기 일쑤다. 개인 수련장 관리인이 호들갑을 떨며 칭찬한 바로는 이아나가 라이언이 빌려 준 수련장에서 제일 늦게까지 수련을 한다고 했다.

학업에 최선을 다하는 게 유일한 장점이고 성품은 모가 났냐고 한다면 그것도 아니다. 평민의 피가 섞였다고는 하지만, 그래도 귀족이다. 하지만 이아나는 고위 귀족으로서의 우월함을 과시하지 않고 조용히 행동했다. 그런데도 다른 이들이 이아나를 볼 때마다 몸을 움츠리는 까닭은 가만히 있어도 숨겨지지 않는 위압감과 고아함 탓이었다.

뿐만 아니라 수도 상인들 사이에서는 이아나가 입학 전에 영지로 귀환하던 도중 대상단인 파엘라 상단주의 아들을 짓밟으려는 미노타우루스의 돌진을 막아 내다가 두 팔이 모조리 아작 났다는 이야기, 그래서 신입생 검술대회에 참가하지 못했다는 이야기가 돌았다.

주민들 사이에서는 '검술학부의 빨간 머리 아가씨를 아나? 그 아가씨가 타루이트 공작가의 마차 앞에 뛰어들어서 치일 뻔한 아이를 구해 줬다네. 눈 깜빡할 사이에 일어난 일이었지!'라는 극찬이 있었다.

상인의 자식이거나 소문에 민감한 이들만 해도 그런 이야기들을 모를 수가 없었다.

이아나가 전혀 의도치 않았음에도 그녀가 검술학부 신입생의 마스코트로 자리 잡은 까닭은 시간이 지나도 변하지 않는 단정한 태도와 이러한 이야기들 때문이었다.

1학년들 사이에서 변화한 인식은 점차 다른 이들에게까지 퍼져 나가고 있었다. 귀족 여성을 단 한 번도 만나 보지 못한 학생들 중에는 '귀족 영애들은 다 저렇게 멋지신 건가! 모실 맛이 나겠어!'라는 순진한 생각을 품는 이들도 있었다.

"추첨 결과가 나왔습니다!"

대진표가 그려진 커다란 현수막이 내걸렸다. 결승에 이르기까지 여덟 명씩 두 조로 나뉘는데 츠레비스와 타로가 같은 조고 이아나가 다른 조였다. 이아나가 츠레비스와 싸우려면 츠레비스가 타로를 꺾고 결승전에 올라야 한다는 말이었다.

"미안혀, 이아나 양."

옆에 서 있던 타로가 갑자기 사과를 했다.

"뭐가."

"오늘 여신님이 이 경기를 구경하러 오셨응께 내도 진심으로 휘두를 것이여."

타로가 주먹을 꽉 쥐었다.

"일부러 그놈을 봐주지는 않을 것이란 말이랑께."

이아나가 에이지, 헤레이스, 리키젠과 함께 앉아 있는 라랏슈아에게 시선을 흘끔 주었다.

"뭐, 상관없다. 당신의 실력을 무시하는 것은 아니지만 당신에게 진다면 단지 그뿐인 남자라는 거겠지. 그런데 저 여자에게 잘 보이려 하는 건 좋지만……."

이아나의 시선에 라랏슈아가 예쁘게 웃으며 손을 흔들자 옆에 있던 타로가 헤벌쭉하게 웃었다.

"……앞뒤 보지 않고 구애를 하지는 마."

이아나는 얇은 한숨을 내쉬며 가볍게 충고했다.

회귀 전 타로는 조종당하는 게 아닌가 싶을 정도로 라랏슈아의 말에 절대적으로 복종하는 광적인 추종자였다. 그녀가 손가락질만 하면 사지에도 망설임 없이 뛰어드는 남자가 그였다.

이아나는 라랏슈아를 볼 때마다 좋아서 웃어 대는 타로를 볼 때마다 회귀 전 라랏슈아의 뒤에서 당신을 너무나 사랑한다는 듯 열렬한 시선을 보내던 그가 기억났다. 언젠가 저 사내가 네 남편인가 하고 물었을 때 라랏슈아가 고갯짓하며 그냥 귀여운 애완 사막호랑이야……라고 말했던 기억도 어렴풋이 났다. 전장에서 나를 지켜 주고, 온갖 마법 실험을 당해 주는 애완 맹수지, 라고 말했던 것도 기억이 났다.

그 순간까지 매드 매지션 라랏슈아는 마법과 진리의 탐구에만 미쳐 있었을 뿐 사랑은 몰랐다.

보답 받지 못하는 감정. 정을 바라고 바라다 지쳐서 결국 포기했던 자신과, 사랑을 받지 못해 미쳐 가던 르보니를 생각해 보면 짝사랑과 같은 일방적인 정의 갈구는 사람이 할 만한 짓이 못 되었다.

이아나는 타로가 안타깝게 느껴졌다. 타로와 라랏슈아는 자신이 죽을 때도 살아 있었기 때문에 제가 죽은 이후에도 시간이 계속 흘렀다면 그들이 어찌 되었을지는 모르나 그 순간까지 라랏슈아에게 있어 방패막이밖에 되지 않았던 사람이 타로였다.

"그냥 좋은 걸 워떡하남."

타로는 시무룩하게 중얼거렸다.

"네 감정에 이래라저래라 할 생각은 없다만…… 네 모든 것을 바쳐 왕녀를 좋아하는 건 추천하지 않는다는 소리다. 네 것을 챙겨."

"나도 아직 그 정도는 아닌디?"

타로는 그냥 예쁜 라랏슈아가 좋았다. 까맣고 커다란 저와는 다르게 하얗고 가느다래서 지켜 주고 싶은 여자. 촌스럽고 우둔한 저와는 다르게 세련되고 도도한 여자.

외지의 순박한 청년 타로는 거리를 거닐던 우아한 라랏슈아를 보고 한눈에 반해 버렸다. 꺼지라는 말과 함께 마법에 한 번 세게 얻어맞긴 했지만 그것이 애교로 보일 정도로 그녀가 좋았다. 하지만 저를 뒤돌아봐 주지도 않는 여인을 제 모든 걸 바칠 기세로 좋아하는 건 아니었다.

"아직은……이라. 그렇군, 아직은 아니겠지. 그래도 내 말을 흘려듣지는 마."

"이상한 소리를 하는구먼. 근디…….

타로가 얼굴을 붉히며 손을 꿈지럭거렸다.

"여신님이 날 좋아해 준다면야 그래 할 수 있을 것 같다는 기분도 드는구만. 어어, 그려. 거시기, 나가 이래 소심한 찔찔이처럼 찔찔매지 말고 적극적으로 들이대면 워떨 것 같여? 여신님이 홀딱 반해 부릴까? 잉?"

"불확실한 미래일 뿐이군. 상대방이 자신을 좋아해 줄 거라고 확신할 수도 없는데 그것을 위해 노력한다는 건 어리석다."

타로가 이상한 표정을 지었다.

"이아나 양답지 않은 말이구먼. 신조가 자기가 원해서 노력하기만 하면 뭐든 이룰 수 있다는 거 아니었는가?"

"……."

입을 다문 채 말이 없던 이아나는 잠시 후 조용히 말했다.

"사람은 달라. 사람과 사람 간의 관계는 언제나 가장 어렵다."

회귀 전 그렇게 노력했는데도 얻지 못한 게 사람의 정이었고, 처음으로 체념한 게 사람의 정이었다.

어린아이가 애정을 원하는 건 당연하다. 그것은 본능에 가깝다. 그래서 선택이랄 것도 없이 당연히 본능처럼 애정을 갈구했던 유년시절을, 이아나는 혐오했다. 엉망진창이었다.

"어렵다고?"

"검술과 공부처럼…… 사람의 정과 관계되지 않은 일은 나만 제대로 행동하면 되지만 누군가와 감정의 교류를 나누는 것은 나 혼자 잘한다고 해서 되는 게 아니니까."

그래서 성장한 이아나는 사람의 정을 포기하기로 선택했다. 마음에 철옹성을 둘렀다. 먼저 다가가는 것을 포기하고 그저 멀리서 다른 이들의 행동을 관조하듯 바라보았다.

사람들을 아군과 적군으로 나누었다. 저를 절대 배신하지 않으리라 판단한 사람들은 성안에 두고 그들의 편이 되어 주었으며, 아군이 아닌 사람들은 적으로 돌변할 경우 언제든 베어 가를 수 있도록 무생물처럼 취급했다.

그것이 그녀가 이제껏 적을 무심하게 처분하는 잔인한 심판 자가 될 수 있었던 비결이었다.

그렇다고 해서 아군에게 정을 주었냐면, 그것도 아니었다. 정 없이 자란 차가운 검은 저 홀로 고고하기에 바빴다. 그녀는 누구에게도 마음을 허락한 적 없었다. 왕에게도, 아랫것들에게도 마찬가지였다. 다른 이들이 그녀를 헐레벌떡 뒤쫓았을 뿐이다.

앞만 보고 달려가다가 잠시 뒤돌아봤을 때 그들이 힘들어하고 있으면 손을 잡아 주고 도와주었을 뿐, 그 이상의 감정의 교류는 없었다. 필요 없었다.

정을 구걸하는 것을 포기하고 결국에는 받는 것조차 거부하게 된 인간의 말로였다.

타로는 묘한 표정으로 고개를 저었다.

"그렇지는 않은 거 같은디."

"……그런가."

이아나는 얌전히 납득했다. 과거에는 누군가와 진심을 내보이며 가까이 지낸 적 없었다. 다정한 이스피는 일찌감치 죽었고, 무뚝뚝한 카니츠는 이아나를 감싸며 마법에 직격당해 죽는 그 순간까지 수많은 심복들 중 하나였을 뿐이며, 라랏슈아는 성가시게 구는 마법사였고, 타로는 그녀의 부속물, 슈나이더 레제 로안느는 충성을 바치는 대가로 모든 것을 안겨 준 주군이었을 뿐이며 아르하드는 자존심을 무너뜨리는 경쟁자이자 적이었을 뿐이다.

그러나 이번 생은 정말로 달랐다. 어릴 적 자신에게 정을 쏟아부어 준 이스피와 카니츠가 있었고, 공작이 아닌 그녀와 동등한 위치에 서 있는 학술원의 동료들이 있었다.

인생을 새로 시작함으로써 복잡하게 얽혀 가는 관계는 가끔 이상한 기분이 들게 했다. 과거를 회상하며 가끔 이래도 되는 건가— 라는 생각이 종종 들었으나 나쁘지는 않다.

이아나는 정말 나쁘지는 않다고 생각했다.

"누가 이길까?"

"아무래도 3학년 수석 츠레비스 님이 우승하시지 않겠어?"

수업이 있는 시간대인데도 대광장의 관람석에 옹기종기 모여 앉아 있는 관객은 많았다. 오늘 수업을 해 봤자 학생들이 집중을 잘 못 하리라는 진리를 학술원의 오랜 역사가 증명해 주었기에 휴강을 한 강좌가 꽤 많았기 때문이다.

"멋져요, 멋진 오빠들!"

"힘내요!"

아리땁게 치장을 한 몇몇 여학생들은 관람석 벽에 찰싹 달라붙어 고운 미소를 띤 채 응원했다. 모름지기 검술학부의 남학생들, 특히나 검술대회 본선까지 올라온 학생들은 출세가 보장된 최고의 신랑감인 법.

하루 종일 교수가 내주는 수련 과제를 소화하는 것만으로도 벅차서 여자를 잘 접하지 못하는 검술학부 학생들은 그녀들의 사근사근한 웃음에 얼굴을 붉혔다.

"저 사람이 검술학부 유일한 여학생이래."

"백작 영애시라며?"

관객들의 눈에 띄는 사람은 단연코 검술학부의 홍일점 이아나였다. 우락부락한 남자들 사이에 얌전히 서 있는 그녀의 모습은 이질적이었다.

학생들은 그녀를 관심 있게 쳐다보았다. 이아나는 좋은 의미든 나쁜 의미든 주변에서 말이 많은 여학생이었다. 하지만 경기장 위에서 다른 검술학부 학생들과 함께 대열하고 있는 이상, 그들이 그녀에 대해 궁금해하는 사항은 그 무엇도 아닌 실력뿐이다. 저 여자가 어디까지 할 수 있을까?

"자아, 자아. 왔습니다, 왔어요! 매 대회마다 오는 재미난 우승자 내기!"

내기를 빙자한 도박도 성행했다. 엄연한 불법임에도 누구 하나 눈살을 찌푸리지도 않고 단속하지도 않는 이유는 이 도박이 학술원에서 각종 대회가 열릴 때마다 함께 열리는 용돈벌이용 행사였기 때문이다.

"흐음……."

배당률을 구경하던 에이지는 건들거리며 입술을 삐죽였다. 이아나의 배당률은 가히 극악이라고 해도 좋을 정도로 저조했다.

"하여간, 후회나 하지 말라 그래."

에이지는 오늘은 자기 날이라며 수중에 있던 모든 돈을 깡그리 모아 이아나의 이름에 쏟아부었다. 돈을 받던 사람이 액수를 보고 눈을 휘둥그레 뜨고 돈을 잘못 냈거나 우승자를 잘못 선택한 거 아니냐고 물었다. 하지만 에이지가 단호하게 손을 내젓자 돈 많은 멍청한 놈을 보는 듯한 표정으로 명부에 에이지의 이름을 적고는 종이 한 장을 내주었다.

그 장면을 어설프게 웃으면서 지켜보고 있던 헤레이스도 주머니를 탈탈 털어 이아나와 타로에게 반씩 걸었다.

에이지와 헤레이스의 옆에는 심기가 불편한 사람이 또 한 명 있었다.

"공부하고 있는 난 왜 끌고 온 건데요. 모처럼 공강이라서 복습하고 있었는데."

에이지에게 억지로 끌려 나온 리키젠이 불만에 가득 차 있자 에이지가 혀를 찼다.

"이런 공부벌레 녀석. 이런 중요한 날에 공부는 좀 접어 두지 그래."

"나는 무식하게 검 휘두르는 걸 구경하는 것보다 공부가 훨씬 중요해요. 난 하루빨리 공부를 해서……."

"이 재미없는 녀석아, 공부해서 출세하는 거 말고 더 있어?"

리키젠이 입을 다물었다.

"너 이아나 양이랑 좀 친하다면서? 이아나 양이 얼마나 검을 잘 휘두르는지 보고 싶지 않아? 이아나 양을 응원하고 싶지 않냐고."

"응원할 필요가 뭐 있어요. 어차피 그분이 이길 텐데."

"어라."

리키젠이 중얼거리는 말을 들은 에이지가 묵묵히 안경을 고쳐 쓰고 있는 리키젠을 요상한 눈으로 쳐다보았다.

"매사에 의심 많은 네 녀석이 어떻게 그리 확신을 하냐."

"리키젠 군, 이아나 양이 검 휘두르는 걸 본 적 있어요?"

"……본 적은 없지만 이아나 님이 대단하다는 건 압니다. 엄청난 속도로 달려오는 마차에 뛰어들어 순식간에 아이를 구하던 그분은 아무것도 모르는 제 눈으로 봤을 때도 보통이 아니었으니까. 뭐, 좋아요."

리키젠은 품에서 돈주머니를 꺼내 도박사에게 툭 던졌다.

"이아나."

도박사는 돈주머니 안에 든 돈을 세어 보고는 꽤 많은 액수에 깜짝 놀랐다. 정말 이 액수를 이아나에게 거는 게 맞나 싶어 에이지 때처럼 되물으려 했지만 리키젠이 귀찮다는 듯 손을 내젓자 말없이 명부에 이름을 작성했다.

"이왕 이렇게 된 이상 그분이 얼마나 대단한지 제 눈으로 확인이나 해 보죠. 그분이 얼마나 더 절 놀라게 할지 궁금하네요."

리키젠은 도박사가 내미는 종이를 받아서 호주머니에 쑤셔 넣으며 중얼거렸다.

"제 전 재산을 걸어도 될 만한 사람일까요?"

"이런 건방진 자식. 어쨌든 잘 선택한 거다. 네놈은 오늘 부자가 될 거야!"

에이지가 낄낄 웃으며 리키젠에게 어깨동무를 했다가 바로 목을 팔로 조였다. 리키젠이 비명을 질렀다.

"아, 아프다고요! 젠장, 날 댁들처럼 우락부락한 검쟁이들과 같은 취급하지 마요! 악! 진짜 아프다고!"

"엄살은."

"형님, 진짜 아파서 죽을 것 같은 표정인데요."

"이 건방진 놈은 좀 당해도 싸!"

"악!"

"재밌게들 노는군."

에이지가 사정없이 리키젠의 목을 조이고 있는데, 검술학부 학생이라면 듣기만 해도 절로 기합이 들어가는 중후한 목소리가 뒤에서 들려왔다.

에이지는 몸부림을 치는 리키젠을 놓아주고 헤레이스와 함께 그에게 인사했다.

"안녕하십니까, 필리거 교수님!"

"안녕들 하신가. 그래, 자네들은 누구한테 걸었나?"

"물론 이아나 양이죠."

"그렇군. 나도 이아나 학생에게 걸러 왔다네."

검술학부의 교수장 필리거, 그를 알아본 학생들은 숨을 죽였다가 그가 이아나의 이름에 돈을 걸자 이아나에게 관심을 가지기 시작했다.

필리거가 도박상을 떠나자 에이지가 헤죽헤죽 웃었다.

"역시 이아나 양은 교수님들께 총애 받는다니까."

에이지의 말에 조심스레 이아나의 이름으로 돈을 걸어 보려던 사람들이 주춤했다. 교수가 아끼는 제자의 배당률이 극히 낮은 것이 안타까워서 돈을 걸었는지, 아니면 정말 이길 거라 생각해서 돈을 걸었는지 알 수 없었다.

일행은 고민에 빠진 사람들을 뒤로하고 유유히 도박장을 떠났다.

특유의 고압적인 분위기로 관람석의 가장 좋은 자리를 미리 맡아 두고 있던 라랏슈아와 합류한 그들은 경기장을 지켜보았다. 경기장에 학생들이 등장하기 시작했다. 그리고 이아나가 등장하는 순간이었다. 일행의 옆쪽에서 한 여자의 요란한 비명 소리가 울려 퍼졌다.

"예뻐요, 이아나 양! 섹시해요, 이아나 양!"

조그마한 체구에 짧은 금발을 가진 여자가 부끄럽지도 않은지 '나의 아름다운 뮤즈, 이아나 양 파이팅!'이라는 문장을 휘갈겨 놓은 천을 휘날리고 있었다. 여자는 활짝 웃으면서 천을 들썩였다.

"아잉, 이런 행사가 있으면 진작 말해 주지이. 내가 멋지고 튼튼한 옷을 만들어 줬을 텐데!"

멀찍이서 익숙한 고함에 무심결에 여자를 쳐다본 이아나가 골치가 아파 이마를 부여잡았다.

여자와 이아나를 번갈아 보던 에이지가 엄지를 세우며 자신 있게 외쳤다.

"저 여자가 이아나 양의 골치 아픈 룸메이트라는 것에 내 손가락을 걸겠어."

여자, 프리실라가 그들을 바라보았다.

"누구? 내가 이아나 양의 룸메이트라는 걸 어떻게 알아요?"

"그야, 우리가 이아나 양의 친구니까요."

"어머머, 어머."

그 말에 눈을 빛낸 프리실라가 일행의 옆쪽에 앉아 있던 남자에게 양해를 구한 후 자리를 바꿨다. 두 자리 모두 좋은 자리였기에 바꾸는 데에는 어떠한 소란도 없었다.

"반가워요! 정식으로 인사할게요. 전 의상학부의 4학년 프리실라예요. 그쪽은?"

"검술학부의 에이지라고 합니다, 프리실라 양. 듣자 하니 그쪽이 만만찮은 룸메이트라고 하던데?"

능글맞게 웃은 에이지가 자신을 아는 척하자 프리실라가 호 홋 하고 웃으며 쥐고 있던 천을 흔들어 보였다.

"이것 봐요. 오늘도 이아나 양을 응원하러 옷을 만들려던 천에 온통 붓질을 해서 왔다니까? 그런데 이아나 양의 분위기와 그 아름다운 몸매에 반해 버려서 어쩔 수 없어요."

"34—24—35?"

"어머머머. 완벽해요! 아니, 그런데 이 사람이? 만져 보기라도 했어요?"

"무슨 그런 뺨 맞고 벽에 처박힐 소리를……."

에이지와 프리실라는 죽이 잘 맞았다.

"무슨 얘기해? 나도 끼워 줘."

그리고 이아나를 바라보고 있던 라랏슈아도 대화에 관심을 보이며 끼어들었다.

셋이서 와자지껄하게 떠드는 걸 내버려 두고 손바닥에 턱을 괸 채 침묵을 지키고 있던 리키젠은 옆에서 조용히 얼굴을 붉히고 있는 헤레이스에게 말했다.

"그분의 친구 중에 정상적인 사람은 헤레이스 님밖에 없는 거 같네요."

"아."

헤레이스가 흠칫 놀라 리키젠을 보았다가 얼굴을 살짝 붉히며 웃었다.

"하하. 아니에요. 저렇게 이상한 상태인 건 다들 이아나 양을 좋아해서 그런 거니까. 솔직히 말해 이아나 양, 정말 멋지잖아요? 물론 저는 저렇게 이아나 양의 사이즈가 주가 되는 대화에는 부끄러워서 못 끼겠지만……."

"……."

리키젠은 시선을 이아나가 도열해 있는 경기장에 두었다. 헤레이스도 경기장을 바라보았다. 그곳에는 너 따위는 쭉정이에 불과하다며, 검사 따위는 포기하라며 헤레이스를 언제나 말로 짓뭉갰던 츠레비스와 네가 도전한다면 병을 이겨 내고 대단한 검사가 될 수 있으리라 희망을 주었던 이아나가 있었다.

기나긴 소년 시절 가지게 된 자괴감과 체념이 갑자기 찾아온 희망을 밀쳐 내서 그날은 대답하지 못했지만…….

헤레이스의 마음에 불안과 기대감이 동시에 스멀스멀 차올랐다. 그는 입술을 잘근잘근 씹으며 두 손에 깍지를 끼고 긴장한 얼굴로 경기장을 내려다보았다.

"우와……."

"와……."

학생들은 흙먼지가 피어오르는 경기장 위의 붉은 여자에게 온통 홀려 있었다.

채앵!

"으, 윽!"

키기기기긱. 키긱.

쇠가 맞물려 소름 끼치는 비명소리가 났다.

"헉, 헉."

파비온은 대치 상태에서 정신없이 숨을 몰아쉬었다. 그리고 제 검의 날을 타고 아무 낌새도 없이 미끄러져 내려오는 검을 보자마자 재빨리 검을 세로로 세웠다.

정신이 없었다. 자신이 공격을 하면 가볍게 피한 이아나는 한 발자국만 내밀어 귀신처럼 다가오더니 빈틈을 노리며 치고 들어왔다. 계속 그런 상태로 가다가는 죽도 밥도 안 될 것 같아 부상을 도외시하고 공격했다가 얻은 것이라곤 욱신거리는 옆구리의 상처뿐이었다.

섬뜩하리만치 날카롭고 길쭉한 레이피어는 신기라도 되듯 이아나의 손에서 휘둘러졌다.

채앵!

가까이서 마주한 이아나는 정말 섬뜩하리만치 감정이 없어 보였다. 너무 침착한 나머지 이대로 사람을 죽여도 표정변화가 없을 것 같아서 소름이 끼쳤다.

파비온은 검술학부 3학년 중에서도 실력이 뛰어난 우수생이었다. 그리고 그런 스스로를 자랑스럽게 여겼다.

하지만 속사포와 같은 이아나의 공격을 막아 내는 데 급급해 제대로 된 공격 한번 못 하고 있었다. 파비온은 얼굴에 초조함이 그대로 묻어나는데, 그의 상대 이아나는 감흥이 없는 듯 표정이 없었다. 파비온은 주눅이 들었다.

어느 순간, 이아나의 검이 파비온의 검을 가로지르고 쑤욱 하고 튀어나와 그의 목젖을 노렸다. 파비온은 기겁했다. 그리고 외쳤다.

"하, 항복!"

피잉—

검은 파비온의 목젖에 닿은 순간 멈췄다. 목젖을 감싼 피부에 뾰족하게 닿은 레이피어는 붉은 피 한 줄기를 만들어 냈다.

기묘할 정도로 섬뜩한 간극에 관람석에서 환호성이 울려 퍼졌다.

"이아나 승!"

"대단……하시네요."

숨을 헉헉대며 몰아쉬던 파비온이 추켜세웠지만 이아나는 검을 거두는 과정에서 그를 한 번 쳐다만 봤을 뿐 대답 없이 돌아서서 가 버렸다.

파비온은 그녀가 이겨 놓고도 무엇이 그리 불만인지 알 수 없었다. 그는 경기장에서 힘없이 터덜터덜 내려와 츠레비스에게 다가갔다.

"츠레비스 님, 저 여자, 보통이 아닙니다."

"……."

츠레비스도 봐서 알고 있었다.

이아나는 준결승전까지 올라 저와 친하게 지내는 파비온과 붙었다. 제가 모욕했던 이아나는 검술학부에 능히 입학할 만한 자격을 갖추고 있었다. 그도 모자라 2, 3학년들을 꺾고 여유롭게 결승전에 오를 만한 실력자였다.

하지만 그래 봤자 열여섯 살 소녀. 어릴 적부터 어머니의 혹독한 독촉을 받으면서 악에 받쳐 수련한 자신을 이길 수는 없다. 저는 이미 마나를 어느 정도 제어할 수 있어 고학년도 능히 이기는 실력자였고, 왕실에서 근위기사로 스카우트를 받고 있었다.

"한 달 후 검술학부에서 검술대회가 열리지. 나와 맞붙을 때까지 이겨서 올라와라. 만일 나와의 승부에서 네가 날 이긴다면 내가 검술학부를 나가 주마."

평소에도 첩의 자식으로 태어나 타인에게 경멸 받고 무시당하는 이아나가 싫었다. 제 처지를 떠올리게 해서 마음에 들지 않았다. 하지만 그날 이아나를 모욕한 건 정말로 흥분해서 실수한 것이었다. 헤레이스와 관련된 일이라면 비뚤어진 괴물이 냉정을 유지하고 있던 마음을 비집고 튀어나오기 때문이다.

이아나를 근거 없이 모욕한 건 자신이다. 사과를 하는 게 맞다. 내기를 무르는 게 옳다. 퇴학당해야 한다는 명분도 없는데 이아나가 내기에 져서 자퇴한다면 이 사건은 두고두고 마음에 남아 저를 괴롭힐 터였다.

하지만 이아나가 식탁을 짚고, 코웃음 치며 했던 오만한 말들이 사과를 망설이게 했다.

"헤레이스를 향한 열등감과 자괴감으로 가득 찬 주제에 아주 꼴불견이다. 치졸한 놈."

"헤레이스를 깔아뭉개며 자아도취감에 휩싸이는 얼굴이 우습다. 인간쓰레기 같으니."

"바라는 것? 없다. 다만 네놈은 다른 이들 앞에서 수치스럽게 내 발밑을 기게 되겠지. 아주 처참하게 밟아 주마."

다시 생각해 봐도 건방지다.

결국 츠레비스는 사과와 양심 대신 내기와 자존심을 택했다. '그 여자가 먼저 내기를 하자고 했어. 내가 내기를 강요한 게 아니다. 흥. 제 입으로 말한 대로 자퇴나 하라지.'

물론 용서를 빌면 저도 사과를 하며 내기를 물러 줄 생각도 있었다. 어쨌든 잘못한 점이 없진 않으니까.

츠레비스는 제가 이길 거라고 확신하고 있었기 때문에, 졌을 때의 상황은 떠올려 보지도 않았다. 준결승에서 이루어질 타로와의 일전을 기다리며 츠레비스는 검을 한 차례 휘둘렀다.

"으따, 무슨 일 있는 겨? 표정이 장난 아닌디?"

"……그냥."

이아나는 굳은 표정으로 대답했다. 까닭을 알지 못한 타로는 어리둥절해하면서도 츠레비스와의 결전을 위해 경기장에 올라섰다.

이아나는 미간을 좁힌 채 검 손잡이를 꾹 쥐었다.

이상했다. 달아오른 경기장 위, 땀이 줄줄 흐르는 더위 속, 관중들의 뜨거운 환호를 받으며 변명할 여지도 주지 않고 상대를 꺾었음에도, 상대의 눈빛이 패배감에 젖어드는 것을 정면에서 목격했음에도…… 기대했던 것과는 다르게 어떤 감정도 벅차오르지 않는다.

이아나는 손바닥으로 이마에 송골송골 맺히는 땀을 훔쳐 냈다. 뙤약볕 아래, 제 검 끝에서 꼭두각시 인형처럼 이리저리 휘둘리기만 하다가 결국 패배를 외치던 자들의 모습을 떠올리자마자 속이 뒤집힌다.

"……짜증나."

몇 시간 전만 해도 설렘으로 고조되어 있던 이아나의 기분이 진창으로 곤두박질쳤다. 승리의 순간들이 너무나 허무해서, 검으로 상대를 꺾었음에도 아무런 감흥도 느끼지 못해서 심각할 정도로 짜증났다.

'재미없다.'

그래, 재미없었다. 굴복한 그들은 그녀에게 어떤 흥미도 선사하지 못했다.

'재미없어.'

이아나는 검집에서 휴식을 취하는 검의 손잡이를 꾹 쥐었다. 심심풀이도 못 된다. 놀아 주고 싶은 기분도 아니다. 차라리 베어 버리고 싶다. 이런 생각을 하는 제가 이상했다.

이아나는 눈을 감고 감정이 제어가 안 되는 자신을 진정시키려 애썼다.

"후우……"

내리쬐는 뜨거운 빛에 허덕였다. 땀이 주르륵하고 흘렀다.

덥다.

분명 이 더위는 열아홉 때와 같은데, 그 속에 있는 자신은 무언가 달랐다.

"……"

"……"

경기가 시작되었지만 타로와 츠레비스는 서로를 살피기만 할 뿐 움직이지 않았다. 상대가 실력자인 걸 알고 있기에 섣불리 공격을 시도하지 못했다.

타로는 자신을 진지하게 쳐다보는 츠레비스와 한참이나 대치하고 있다가 지루함에 하품을 한 번 크게 하고는 검을 고쳐 잡았다.

"흐음. 그냥 해 볼까."

타로는 대검을 허공에 한 번 휘둘렀다. 거대한 검은 타로의 힘에 속도를 입어 날카로운 파공성과 함께 바람을 일으켰다.

"어이, 거기 잘난척쟁이 귀족 나리."

"날 두고 말하는 건가?"

츠레비스가 날카롭게 대답했다.

"그라믄 여기 댁 말고 잘난척쟁이가 어디 있다요?"

"하고 싶은 말이 뭐냐, 촌놈."

촌놈이라는 말에 타로는 입가를 씰룩였다.

"나가 여러 가지 이유로 힘 조절을 좀 못 해 부러야."

"그래서."

"그래서 말이요, 합!"

타로가 순식간에 달려들어 머리를 쪼갤 기세로 대검을 내리찍었다. 츠레비스가 피하지 않는다면 즉사였다. 위협적인 공격에 관객들이 눈을 손으로 가리고 비명을 질렀다.

하지만 츠레비스는 힘만 잔뜩 들어간 단순한 세로 베기를 침착하게 피해 냈다.

콰아아아앙!

타로의 검은 굉음과 함께 경기장 바닥에 박혀 들다 못해 아예 돌을 부숴 버렸다. 잘게 조각난 경기장 타일이 허공에 튀어

올랐다가 우박이 떨어지는 것처럼 타닥탁 소리를 내며 다시 떨어져 내렸다.

"알아서 잘 피하쇼."

타로가 검을 제 어깨에 척 하고 올린 채 하얀 이를 드러내며 웃었다. 츠레비스는 잠자코 그 무시무시한 광경을 보고 있다가 입을 열었다.

"한 번만 맞아도 골로 가겠군. 나를 죽일 셈인가?"

"헹. 것도 못 피하믄 헤레이스의 형님도 아녀라."

츠레비스의 눈가가 꿈틀거렸다.

"헤레이스는 요리조리 피하면서 섬뜩한 공격도 잘한단 말여. 고놈이 몸이 좀 허해서 그렇지 검술은 제법……."

채애애앵!

"내 앞에서 그놈 칭찬을 하지 마라."

츠레비스가 타로에게 검을 내리친 채 이를 빠득 갈았다.

챙! 채앵!

한 번, 두 번, 타로의 대검을 강하게 두들겼다. 하지만 타로는 여유롭게 그 검을 받으면서 다른 생각을 하고 있다가 갑자기 감탄사를 내뱉었다. 타로는 감탄하고 있었다.

"히야, 이아나 양 말대로구마잉?"

츠레비스가 아닌 이아나에게 말이다.

"뭐?"

"댁이 헤레이스헌티 쫄아 있다믄서? 홋차!"

츠레비스의 얼굴이 쩡하니 얼어붙고, 타로는 검을 왼쪽 아래에서 오른쪽 위로 베어 올렸다. 뒤늦게 정신을 차린 츠레비스는 피할 기회를 놓치는 바람에 옆으로 피하기가 마땅찮아 타로의 검을 흘리듯 받아 냈다.

콰아아앙!

하지만 그 힘은 압도적이라 츠레비스를 뒤로 날려 버렸다.

"……!"

허공에 떠서 날아가던 츠레비스는 저린 팔에 인상을 찌푸렸다. 빙글 돌아 몸을 바로 하고는 바닥에 검을 박아 넣으며 안착했다.

속이 부글거린다. 츠레비스는 구역질이 나려는 걸 참으며 타로에게 반문했다.

"내가 헤레이스를 왜?"

"껄껄. 댁이 말하는 본새가 딱 그 짝인디? 오메, 우리 이아나 양은 대단도 허지, 검도 차암 잘 휘두르는디 똑똑하기까지 하당께. 껄껄껄."

자신을 비웃는 듯한 너털웃음에 츠레비스의 머리에 점점 열이 뻗쳐올랐다.

대체 저들이 무얼 안다고 자신을 멋대로 평가한단 말인가? 분노에 힘입어 솜털까지 뻣뻣하게 곤두섰다.

"머, 댁이 헤레이스가 그 뭣이냐. 뭔 저주라는 거에 걸리기 전만 해도 관심도 못 받았담서? 그 이후로는 줄기차게 헤레이스를 괴롭히고 망신을 줬다 하던디…… 흐미…… 쪼잔해 브러."

쪼잔하게 헤레이스를 정신적으로 괴롭혔다는 발언에 속에서 욱하는 감정이 활화산의 용암처럼 치솟아 터졌다. 냉정을 유지하고 있던 츠레비스는 얼굴을 시뻘겋게 붉히며 소리 질렀다.

"닥쳐! 네가 뭘 안다고!"

츠레비스는 검을 바닥에서 빼내 타로에게 강하게 내리쳤지만, 타로는 쉽게 그 공격을 받아 냈다. 츠레비스는 이를 악물었다. 괴력으로 유명한 타로는 단순히 힘이나 기술로 상대할 수 있는 상대가 아니었다.

우우우웅…….

츠레비스는 검에 마나를 불어넣기 시작했다.

마나를 사용하지 않는 자를 상대로 강기를 만들어 내는 행동은 너를 죽이겠다는 의사를 피력하는 것이나 다름없다. 그래서 상대를 죽일 수 없는 대련에서는 강기를 쓰는 게 암묵적으로 금지되어 있었다.

하지만 실력의 우열을 가리는 검술대회는 예외다. 마도시대에서는 무기술뿐만 아니라 마나까지 이용하는 전투가 진정한 싸움이기 때문이다.

상대를 죽이면 안 되지만, 마나는 이용해도 된다. 즉, 츠레비스는 지금 진심으로 너와 한판 붙겠다는 의사를 내비친 것으로, 타로도 검기를 만들어 내야 했다.

우웅, 웅.

마나가 압축되면서 희뿌연 빛이 츠레비스의 검을 감쌌다.

"검기다!"

관객들이 환호했다.

마나를 제어할 수 있는 사람의 수는 평균적으로 전 대륙 인구의 사 할이라고 한다. 그리고 보통 이십 대 초중반은 되어야 마나 제어를 제대로 할 수 있다고 했다. 그전의 나이에는 마나가 말을 잘 듣지 않아 마나 제어가 어려웠다.

그런데 츠레비스는 열여덟 어린 나이인데도 다른 이들의 눈에 뿌옇게 보일 정도로 압축된 검기를 구현해 냈다. 엄청난 인재였다.

관객들은 아슬아슬한 광경을 숨죽여 바라보았다. 검기는 사람의 몸쯤은 한 방에 썰어 낼 수 있을 정도로 예리하다. 조금만 실수해도 인체의 한 부위가 날아갈 수 있었다.

타로는 츠레비스를 따라 검기를 만들어 내지 않고 눈을 동그랗게 뜬 채 가만히 서 있기만 했다. 그런 타로를 겨누는 츠레비스의 검기는 금방이라도 목을 따 버릴 것 같았다.

"컥. 마나를 제어할 수 있쇼? 오메⋯⋯."

타로는 이마를 탁 쳤다. 검을 세게 휘두르려던 츠레비스는 김이 새는 태도에 멈칫했다.

"망했구먼. 검도 썩둑썩둑 자르는 것인디 나는 아직 쓰지도 못허고⋯⋯ 더 했다가는 몸 한 군데가 잘려 부릴랑가⋯⋯."

저를 앞에 두고 타로가 긴장감 없이 중얼거리기만 하자 츠레비스가 인상을 일그러뜨렸다.

"뭐 하자는 거냐. 진지하게 해!"

"진지하게 하긴 무신. 항보옥. 난 마나를 못 쓴단 말여."

타로는 깔끔하게 포기했다. 마나 수련이 늦는 타로에게 가족들이 항상 하는 말이 있었으니 마나 제어를 할 수 있는 상대는 정말 위급한 상황이 아니라면 되도록 피하라는 것이었다.

타로는 검을 등 뒤에 꽂고는 두 팔을 들어 보였다. 심판이 깃발을 흔들었다.

"츠레비스 승!"

츠레비스가 황당해하자 타로가 혀를 찼다.

"마나 제어까지 할 줄 아는 걸 보면 대단허신 분인 듯헌디 왜 죄 없는 헤레이스를 괴롭히고 그러쇼? 작작 좀 하쇼잉. 아가 댁만 보면 주눅이 들어 있는 기 영 입맛이 쓰던디."

"……."

"하이고, 여신님이 실망허면 워쩐다냐."

츠레비스가 검기를 일으킨 보람도 없게 타로는 그의 속만 온통 뒤집어 놓고는 입맛을 쩝쩝 다시며 경기장에서 내려갔다.

"젠장……."

홀로 경기장 위에 남은 츠레비스는 욕설을 내뱉었다.

츠레비스는 태어난 지 일 년도 되지 않아 가문의 관심을 잃었다. 그가 왜? 라는 생각을 할 수 있을 정도로 성장했을 쯤, 가녀린 귀족 여자의 아들이자, 검사로서 소질을 보이지만 병약했던 헤레이스는 넘치도록 사랑받고 있었고 츠레비스는 골방 신세였다.

헤레이스가 가솔들에게 둘러싸여 옹알이를 할 때 츠레비스는 무관심 속에서 어머니의 손에만 의지한 채 걸음마를 떼었다.

헤레이스가 정원에서 사람들과 하하호호 웃으며 걸음마를 뗄 때 어린 츠레비스는 이를 악물고 달리기 같은 기초적인 운동으로 몸을 단련했다.

대마법사 하인리히가 손수 헤레이스의 마나 수련을 봐줄 때 츠레비스는 혼자 책을 넘겨 가며 스스로 터득했다.

후계자 생산을 위해 씨받이로 들어왔으나 츠레비스를 낳으며 꿈에 부풀어 있던 평민 어머니는 헤레이스가 태어난 이후로 모든 것을 다 잃은 제 신세가 너무 처량해서 시도 때도 없이 울었고, 츠레비스는 그런 어머니에게 닦달을 받으며 단 한 번도 놀지 않고 수련만 하면서 자랐다.

그런데도 일 년 늦게 검을 쥐기 시작한 주제에 탁월한 재능의 소유자였던 헤레이스는 노력하는 츠레비스를 금방 따라잡았다.

너는 왜 헤레이스보다 못해? 헤레이스만큼 열심히 검을 좀 휘둘러 봐! 헤레이스보다 못한 녀석. 헤레이스 공자님은 밥 먹고 자는 시간만 제외하면 검을 휘두릅니다. 정말 기특하시죠. 공자님도 노력하십시오. 헤레이스의 재능은 대단해. 훌륭한 검사가 될 것이네. 따뜻한 성품의 헤레이스 님은 가문을 잘 이끌어 주시겠죠. 가주가 될 분은 그분밖에 없습니다. 평민 신분의 누구와는 달라요.

헤레이스, 헤레이스, 헤레이스······.

그놈의 헤레이스, 헤레이스, 헤레이스!

츠레비스는 어머니 말고도 온 집안의 식구들, 심지어는 아비에게마저 헤레이스와 비교당하며 민감한 유년시절을 보냈다. 칭찬을 받기는커녕 한 살 어린 동생에게 비교나 당하고 있자니 매일매일 환장할 노릇이었다.

그런데도 역겹기 그지없는 순진한 웃음으로 자신에게 형님, 형님 하는 헤레이스가 무척이나 싫었다. 그래서 어느 날 결심했다. 실력을 키워서 가솔들에게 자신이 헤레이스보다 더 뛰어나다는 사실을 각인시키리라. 저 역겹게 웃는 자식이 제 앞에서 웃지 못하도록 오로지 실력으로만 철저하게 짓밟아 버리리라.

어린 소년에게 남은 상처는 그만큼이나 컸다.

그러던 와중에 헤레이스가 검사로서는 사형선고나 마찬가지인 마나의 저주라는 병에 걸렸다는 것이 밝혀졌다. 그때부터 헤레이스는 사람들의 동정을 받음과 동시에 벤덤이라는 무가의 관심에서 멀어졌고, 츠레비스는 그를 대체할 수 있는 아이로서 그제야 수면 위로 부상했다.

츠레비스는 그 상황이 몹시 통쾌하면서도, 한편으로는 참담했다.

실력으로 헤레이스라는 그림자를 없앤 것도 아닌데 그는 저 혼자 무너져서 사라져 버렸다. 실력으로 뛰어넘은 게 아니었기 때문에 헤레이스의 자리를 메우는 이인자의 위치에서 츠레비스의 꿈은 강제로 끝나 버렸다.

하지만 그는 자신을 잠정적인 후계자로서 우대해 주는 사람들의 태도에 점점 익숙해지기 시작했다. 울기만 하던 모친은 기분 좋은 웃음을 흩뿌리고 다녔고, 헤레이스를 차게 식은 눈으로 바라보기 시작한 부친은 츠레비스의 뛰어난 실력을 발견하고 몹시 흡족해했다. 하인들은 이전처럼 그를 홀대하지 않았고 볼 때마다 허리를 깊게 숙였다.

츠레비스는 처음 헤레이스의 소식을 들었을 때 느꼈던 참담함과 자괴감 따위는 평생 묻어 놓아도 좋다고 생각할 정도로 그 나날들이 무척 좋았다.

헤레이스는 더 이상 진보할 수 없다. 곧 검을 포기할 게 분명했다. 그래서 츠레비스도 그러한 감정들을 더 이상 떠올리지 않으려고 애썼다. 그렇게 묻었다. 잊어 갔다.

하지만 끈질기게도 눈엣가시와도 같은 헤레이스는 검을 포기하지 않았다. 그를 바라보는 집안 가솔들의 희망찬 눈빛에는 언제나 '헤레이스가 마나 제어만 할 수 있다면······.'과 같은 마음이 듬뿍 담겨 있었다.

해가 지날수록, 갑자기 병이 나아서 노력한다 해도 쉽사리 따라붙지 못할 정도로 실력의 차는 벌어져만 가는데, 초라하고 꼴사나운 헤레이스는 포기하지 않았다. 츠레비스는 그런 그가 짜증났다. 볼 때마다 분노가 북받쳤다. 뒤죽박죽 뒤섞인 감정들로 속이 부글부글 끓었다.

망가질 테면 빨리 망가져 버린 말이다.

쪽정이 주제에! 내 눈에 거슬리지 말고 사라져 버려.

너 따위는 아무리 노력한다 해도 이 이상 나아갈 수 없어.

자존심 상하게 저딴 걸 나와 비교하다니.

남들의 시선에는 츠레비스가 졸렬해 보일지도 모른다. 하지만 그에게는 헤레이스 자체가 거대한 트라우마였다.

열여덟, 아직은 폭발하듯 샘솟는 감정을 이성적으로 다스릴 수 있는 나이가 아니다. 청년은 참지 못하고 동생에게 시시때때로 악담을 퍼부으며 상처를 주었다.

두려움.

츠레비스는 타로가 했던 말을 이해할 수 없었다.

'내가 쪽정이가 된 그 자식을 왜 무서워한단 말인가?'

그저 자신보다 훨씬 뒤떨어지게 된 헤레이스가 꼴불견이어서 비웃었을 뿐이고 경멸했을 뿐이다.

그는 커다란 불안이 제 마음 전체를 드리우고 있다는 사실을 알지 못했다. 그리고 이아나는 그의 심장에 몰래 돋아 있던 그 거대한 역린을 건드렸다.

와아! 와!

연거푸 대단한 실력을 발휘해서 승리를 거두는 이아나와 저학년 최고 에이스 츠레비스의 대결은 관객들의 흥분을 불러일으켰다.

결승전 시작 전, 막간의 휴식시간에 학생들은 이아나에 대해 종알거리며 노점상에서 간식거리를 샀다.

"대단했지?"

"으응. 만약 내가 그 사람이랑 붙는다고 하면 얼마나 버틸 수 있을까?"

"얼마나는 무슨. 한입거리다, 인마."

오늘 이곳에서 경기를 본 사람들은 더 이상 이아나의 실력을 의심하지 않는다. 그녀에 대한 평가는 손바닥 뒤집듯 완전히 바뀌었다.

"어떤 놈들이 헛소문을 퍼뜨리고 다닌 거야?"

"나쁜 놈들, 여자라고 무시하는 거야, 뭐야? 괜히 이아나 님이 여자니까 그런 소문을 낸 거 아냐."

"이아나 님이 불쌍해. 얼마나 화가 나셨을까."

평소 이아나의 태도와 좋은 소문들로 인해 평가가 조금씩 변해 가고 있긴 했었다. 하지만 오늘을 기점으로 이아나는 권력, 돈, 혹은 몸을 이용해 검술학부에 들어왔을지도 모르는 더러운 반쪽짜리 귀족에서 검술학부에 우수한 성적으로 입학한 뛰어난 검사이자 고고한 귀족 소녀로 완벽하게 탈바꿈했다. 지금 학생들이 입에 담는 대한 칭찬은 모두 그런 유였다.

작은 일을 하나하나 해결하는 것보다는 크게 한 번 터뜨리는 게 군중의 심리를 변화시키는 데 더 적절하다. 이아나의 예상대로였다.

과연, 저 대단한 이아나 로베르슈타인은 3학년 에이스까지 꺾을 것인가?

그렇게 될 가능성은 희박했지만 학생들은 승승장구하는 이아나를 보며 그녀의 승리를 기대했다. 그들의 시선에는 어느새 의심과 호기심이 아닌 감탄과 호감이 묻어났다.

"와하하. 새끼들, 무시하더니 꼴좋다."

"당연한 일이제. 이아나 양은 잠자는 호랭이였다고."

타로가 합류해서 더욱 북적북적해진 이아나의 동료들이 앉아 있는 관람석은 축제 분위기였다.

하지만 여전히 못마땅해하는 사람도 있었다. 검술은 남자의 전유물이라고 생각하여 여자가 이기는 것이 싫은 자들과, 이아나의 출신과 과거가 마음에 안 드는 자들, 이아나에게 패배한 이들에게 돈을 걸었던 자들, 그리고 츠레비스를 응원하는 자들이었다.

츠레비스와 이아나를 응원하는 거센 함성소리가 드넓은 관객석을 꽉 채웠지만 츠레비스는 평소처럼 그런 환호성을 만끽하며 온몸을 짜릿하게 감싸는 전율과 가벼운 긴장감으로 들뜰 기분이 아니었다.

"……"

몇 발자국 떨어진 거리에서 무표정한 얼굴로 서 있는 이아나를 노려보는 시선에는 분노가 묻어났다. 거센 파도처럼 일렁거리는 눈동자는 이아나의 붉음을 담아 더욱 이글거렸다.

하지만 손에 쥔 검을 가만히 내려다보는 이아나는 츠레비스의 감정적 동요에는 별 관심이 없었다.

"이아나 로베르슈타인."

검을 물끄러미 쳐다보고 있던 이아나는 츠레비스가 이름을 부르고 나서야 고개를 들어 제대로 시선을 마주했다. 츠레비스는 가벼운 긴장조차 하지 않는 이아나의 태도에 그녀가 자신에게 눈곱만큼도 관심이 없다는 사실을 깨달았다.

자존심마저 와작 하고 구겨진 츠레비스는 얼굴을 귀신처럼 일그러뜨렸다.

"네가 그렇게 잘났나?"

츠레비스가 입술을 짓씹으며 말했다. 이아나는 멀리서도 느껴지는 격렬한 분노에 무슨 헛소리냐고 반문하려 했다.

"네가 뭔데, 네가 나에 대해 뭘 안다고 함부로 지껄여."

그러나 츠레비스의 중얼거림에 다시 입을 다물었다.

"내가 헤레이스를 뭘 어쩐다고?"

그가 왜 이리 흥분하는지 깨달은 이아나가 가라앉은 눈으로 쳐다보았다. 준결승에서 말다툼을 한다 싶더니 타로가 예전에 제가 했던 말을 츠레비스에게 그대로 퍼부었나 보다. 이아나는 손으로 턱을 쓰다듬었다.

'그래서 지금 나에게 짜증이라도 내는 것인가?'

이아나는 저를 추궁하는 듯한 츠레비스의 태도가 같잖았다. 그녀는 붉은 입술 끝에 날 선 비웃음을 머금었다.

"자괴감에 휩싸인 네놈이 헤레이스에게 겁먹어서 벌벌 떤다고 했다."

"뭐?"

조롱하듯 완성한 단어의 나열에 츠레비스는 욱해서 검을 휘두를 뻔했다. 하지만 아직 시합이 시작되지 않았기 때문에 주먹을 쥔 손에 힘을 주고 이아나를 지그시 노려보았다.

"……어이없다. 정말 짜증나는군."

츠레비스는 한 단어, 한 단어를 또박또박 내뱉었다.

"나는 헤레이스가 검을 포기하지 않는 게 마음에 들지 않을 뿐이야. 되지도 않을 것을 붙들고 늘어지는 그놈이! 꼴사나운 모습을 보이며 우리 가문의 명예를 더럽힐 게 분명하니까!"

"그런가?"

이아나는 어깨를 으쓱였을 뿐 긍정도, 부정도 하지 않았다. 츠레비스가 입술을 깨물었다.

'저 태도는 뭐야. 그렇다는 거야, 그렇지 않다는 거야.'

헤레이스에 대한 변호도, 저에 대한 사과도 하지 않는다. 사과는커녕 상대할 가치도 없다는 듯 제게서 시선을 거둬 버린 이아나 때문에 속이 터질 것 같았다.

"정정하고 사과해라."

"무얼?"

"네가 했던 그 모든 모욕들을 말이다!"

이아나는 손으로 입을 막고 쿡, 하고 웃었다. 그 웃음이 마치 저를 비웃는 것처럼 여겨져 츠레비스는 움찔했다. 이아나는 천천히 손을 내리며 말했다.

"내가 왜 사과해야 하지?"

정말 모르겠다는 듯 묻는 이아나 때문에 화를 내려던 츠레비스는 순간 할 말도 잊고 멍하니 바라보았다.

"네가 모욕이라 한다면 모욕이겠지. 그런데 왜 네게 사과해야 하나? 내가 네 감정에 신경을 써 주어야 할 이유가 뭐가 있지?"

이아나가 코웃음 쳤다.

"너 따위는 내게 아무것도 아닌데."

이아나는 평소보다 훨씬 날 선 반응을 보였다. 안 그래도 정체 모를 지루함 때문에 심사가 꼬여 있는데 츠레비스가 짜증나게 굴자 더럽던 기분은 더더욱 뒤틀리기 시작했다.

하지만 방금 전 그 말은 진짜였다. 츠레비스는 그녀에게 어떤 의미도 갖지 못하는 인간이었다. 아니, 적에 가깝다. 그는 동료인 헤레이스를 모욕했다. 그녀의 눈빛이 차갑게 가라앉았다.

"나는 내가 보고 느낀 것을 말했을 뿐이다. 어디, 내가 너를 보며 생각한 것을 더 듣고 싶은가?"

이아나는 입꼬리가 휘었다.

"감정에 휘둘려 스스로를 제어하지 못하는 종자, 그런데 그것이 상대방 탓이라 여겨 책임을 전가하고 악담을 퍼붓는 너 같은 인간이 제일 꼴불견에 볼썽사나운 부류다. 그도 모자라 그런 자신을 깨닫지 못하기까지 한 인간은 민폐에 최악이다. 보고만 있어도 불쾌해. 너 같은 쓰레기와는 말을 섞는 것조차 거절하겠다."

대놓고 하는 조롱이었다.

"……이 망할 계집이."

검을 쥐고 있던 츠레비스의 손등에 푸른 핏줄이 돋아났다. 이아나를 노려보는 눈동자는 함부로 말을 지껄이는 그녀의 목을 움켜쥐어 조르고 싶은 욕구로 불타올랐다.

분위기가 심상치 않자 심판은 둘 사이에 끼어들어 주의를 주었다. 대화가 끊기자 심판은 지금부터 결승전을 시작하겠다는 말과 함께 깃발을 위에서 아래로 휘둘렀다.

쩌어어엉!

거세게 충돌한 검들이 노란 불꽃을 빚어냈다. 시합 시작이 선언됨과 동시에 츠레비스가 달려들어 검을 내리친 것이다. 이아나가 방어하지 못했다면 큰 부상을 입거나 죽었을지도 모를 공격이었다.

"사과하지 않겠다고? 그렇다면 내가 나서서 그 대가를 받아 내는 수밖에! 그 건방진 입을 다물고 학술원에서 제 발로 걸어 나가게 해 주마! 이왕이면 병신인 꼴로 말이야!"

분노로 얼룩진 검이 이아나를 두 동강 낼 듯 쇄도했으나 이아나는 검을 대각선으로 휘둘러 막아 냈다.

챙! 채앵! 쩌엉! 챙!

츠레비스가 검을 무자비하게 휘둘렀지만 이아나는 검격을 하나하나 차분하게 걷어 냈다. 눈 한번 깜빡하지 않았고, 틈 한번 주지 않았다.

이아나는 반격하지 않고 츠레비스의 공격을 지켜보았다. 검술학부 저학년 에이스라 불릴 만했다. 재능도 있었다. 쇄도하는 츠레비스의 검은 이성을 제대로 갖추지 못한 상태에서도 몹시 날카로웠다. 이아나가 슬쩍 내비친 틈을 향해 본능적으로 맹공을 가했다. 금방이라도 틈을 내줬다가는 살과 뼈를 갈라 버릴 듯했다. 그러나 앞뒤 가리지 않고 막무가내로 공격해 오는 바람에 허점이 아주 많았다.

이아나는 나른하게 그를 내려다보았다. 지금이라도 손목을 비틀어, 팔을 꺾어, 배를 쑤셔 내장을 모두 토해 내게 할 수 있을 것이다. 한 번 크게 피해 준 후에 옆구리에 팔꿈치를 박아 넣고, 부러진 갈비뼈로 숨 막혀하는 사이 그의 심장에 검을 꽂아 넣을 수 있을 것이다. 그 외에도 할 수 있는 공격이 무궁무진했지만 무엇보다 마나만 사용한다면야 어깻죽지부터 옆구리까지 갈라 두 동강 내는 건 순식간이었다.

이아나의 머릿속에서는 그 모든 것이 선연히 그려졌다. 하지만 죽일 수도 없고, 츠레비스가 제정신도 아닌 데다 실력을 모두 드러낸 것도 아니기에 그저 묵묵히 막기만 하며 기다렸다. 저 상태로 졌다가는 완전히 굴복하지 못하리라. 제 모든 실력을 내보이고도 무릎 꿇을 수밖에 없는 패배가 더없는 좌절을 선사하는 법.

츠레비스가 점차 냉정을 되찾아 가면서 거칠기만 하던 검은 날카롭게 벼려지고, 혼잡하기만 하던 공격은 압축되어 굵직굵직하게 쏟아졌다.

츠레비스는 수십 번이나 공격이 저지당하고 나서야 무언가 이상하다는 걸 깨달았다. 그의 눈동자와 이아나의 냉철하기 짝이 없는 눈동자가 정면에서 마주쳤다. 츠레비스의 얼굴이 확 달아올랐다.

관객 한 명 없는데 무대에서 혼자 열연을 한 듯한 비참한 기분.

정신을 차린 츠레비스는 이아나를 상대하면서 그녀가 검을 휘두르는 속도도 빠르고, 힘도 남자 못지않게 세고, 팔의 근육과 뼈를 자유자재로 뒤틀고 꺾을 수 있는 유연성마저 갖추었다는 사실을 깨달았다. 생각했던 것보다 훨씬 더 엄청난 여자였다. 그런데 그런 여자가 공격 한번을 하지 않는다.

이제껏 이아나는 한 번도 반격하지 못했으므로 자신이 우세하다고 생각했는데, 그녀는 방어에 급급한 게 아니라 침착하게 무언가를 기다리고 있었다.

'대체 무엇을? 빈틈이 나기만을? 내가 실수하기만을?'

기묘한 긴장감에 츠레비스의 얼굴이 일그러졌다.

"왜 반격하지 않는 거냐."

그의 질문에 이아나가 입가를 씰룩였다.

"네가 정신을 차리는 이 순간을 기다렸지."

그때부터 이아나의 검이 흡사 잔혹한 고문관의 채찍처럼 인정사정없이 휘둘러지기 시작했다.

쩌엉! 쩡! 스걱! 챙! 사악! 채챙!

츠레비스는 공격을 막느라 정신이 없었다. 하지만 막는다고 해도 어느새 미끈하게 흘러내린 검은 손등을 그었고, 뚝 떨어져 내린 검은 팔뚝을 베었으며, 돌진하는 괴물의 뿔처럼 맹렬하게 쏘아진 검은 배를 한 번 찔렀고, 귀신이 휘두른 양 기척 없는 검은 허벅지의 살점을 도려내며 피를 보았다.

이아나는 날카로운 레이피어를 찌르고 휘갈기며 사방으로

쇄도했다. 흡사 맹독을 지닌 뱀 백 마리가 한꺼번에 달려드는 듯한 광경이었다.

"하아, 하아!"

숨을 헐떡이는 와중에 마주친 검 사이로 목격해 버린 이아나의 무표정한 얼굴은 정말 소름 끼쳤다. 검의 섬광을 받아 붉은 광망을 띠는 적안은 괴물의 것 같았다. 두 눈이 그냥 빨리 끝내고 싶다는 듯 서서히 짜증으로 물들어 가고 있다는 게 더욱 공포스러웠다.

실제로 이아나는 상대를 그냥 죽여 버리고 싶을 정도로 짜증이 나 있었다. 결승전 상대인 츠레비스 또한 똑같았다. 어째서 결승에 이르기까지 내 모든 것을 쏟아부을 만한 이 하나 없나.

누구, 없나?

내 검을 받아 줄 이는 어디 없나?

아르하드, 그 남자처럼……

속이 울렁거렸다. 마음속에 괴물 한 마리가 살고 있는 듯했다. 불가해한 감정은 괴물의 촉수가 되어 엉망으로 엉겨든다. 끌어당겨져 괴물의 입 속으로 추락한다.

삼켜지기 직전, 괴물은 속삭였다.

너는 이제 그 남자 외에는 절대 만족할 수 없을 거라고.

"이게 다인가? 입만 살았군."

이아나는 피를 머금은 듯한 붉은 입술을 열어 당하고 있는 사람 입장에서는 섬뜩하기만 한 말을 내뱉었다. 그리고 츠레비스는 이 여자는 미쳤다고 생각했다.

뒷걸음질 치던 그가 경기장의 모서리에서 멈춰 섰다. 츠레비스가 고양이에게 쫓겨 궁지에 몰린 쥐처럼 옴짝달싹하지 못하자 이아나는 엄청난 속도로 베어 들어갔다. 츠레비스는 황급히 피해 봤으나 옆구리에 상처를 입고, 이내 심장 근처 갈비뼈가 꿰뚫릴 위기에 처하고 말았다.

제정신인 이상 이런 친선경기에서 살인을 저지를 수 있을 리가 없건만 그는 제 목에 사신의 낫이 드리워지는 듯한 느낌을 받았다.

우웅! 우우웅!

츠레비스는 정신없이 검에 마나를 둘렀다. 이아나의 검이 잠시 멈칫했다. 그는 그 틈을 타 몸을 굴려 구석에서 벗어났다.

어느새 관객석은 조용해져 있었다.

"헉. 헉."

형편없이 땅을 구른 츠레비스의 몸은 만신창이였다. 검에 베이고 찔린 온몸이 욱신거리고 아팠다. 죽음에 대한 공포로 손이 덜덜 떨려 왔다.

츠레비스는 자신의 뺨을 때려 억지로 정신을 차리고 검을 바로 쥐었다. 자신에게는 검기가 있다. 간절히 바라고 바라고 바라서 노력하고 노력하고 노력해서 단련한 검기가 있다.

츠레비스는 마지막 자신감을 꼭 붙들고 어디 계속해 보시지, 라고 외치려고 했다. 하지만 그럴 수가 없었다. 이마에서 굵은 땀이 투두둑 하고 흘러내렸다.

이아나의 얼굴에서는 짜증조차 사라져 버렸다. 그녀의 주변에서는 지금 당장 그의 몸을 두 동강 내도 이상하지 않을 정도의 살의가 넘쳐흐르고 있었다.

"검기라…….."

그런 풋내기처럼 엉성한 검기로 나를 상대하겠다고?

이아나는 사각사각 말라 오는 입술을 훑었다.

"나를 어디까지 짜증나게 할 생각인 건지…….."

관객석 곳곳에서 숨넘어가는 소리가 났다. 이아나가 검기를 만들어 낸 것이다. 기운을 조절해 아주 희미하게 만들어 냈을 뿐이지만 사람들을 경악시키기에는 충분했다.

이아나는 그 검을 어깨 위로 치켜들고 굳어 버린 츠레비스에게 사납게 내리쳤다.

콰아아아아앙!

이게 아닌데.

채앵.

깨져 버린 마나의 파편이 튀어나와 바닥을 때렸고, 바닥은 괴물의 도끼질에 찍힌 것처럼 거하게 파였다.

이게 아니라고.

점점 사나워지는 이아나의 얼굴에 츠레비스가 멈칫 굳었다. 이아나는 속으로 중얼거렸다.

대체 네가 왜 여기 있을까…….

이아나는 자신이 검술대회에 환상을 가지고 있었을지도 모른다고 생각했다. 대련이 아닌 정식으로 승부를 가린다는 것에 저도 모르게 과도하게 흥분했나 보다. 이름만 다를 뿐 재능 넘치는 청년들이 결투를 벌이는 점은 같은데도, 똑같은 우승자를 가리는 결승전인데도 열아홉 살의 그날과는 달랐다.

상대를 짓밟아도 그날처럼 우월감이나 희열이 들지 않는 이유를 대충 알 것 같다.

그 시절의 자신과 오늘의 자신은 다르다. 그 시절의 자신은 타인에게 받은 마음의 상처가 아물지 않은 상태였다면 오늘의 자신은 상처가 나은 건 물론이요 타인에게 흔들리지 않을 정도로 단단했다. 느끼는 감정의 정도가 다를 수밖에 없었다.

또한 이미 수십 년을 살아온 경험이 있고, 그 경험 속에서 자신을 경시하는 누군가를 짓밟고 도륙하는 행위는 너무나 당연한 일이었다. 그런 자신이 누군가를 무릎 앞에 꿇린다고 해서 벅찬 희열을 느낄 리는 없었다.

그리고…… 또 한 가지 깨달은 사실.

열아홉, 아르하드라는 남자에 의해 자신의 검이 꺾여 버린 그날. 제 모든 것을 쏟아부어 상대할 수 있는 상대가 나타난 그날…….

그날 이후 저는 어떠했던가. 언젠가 그 남자를 무릎 꿇려 놓겠다는 목표 하나만을 바라보며 살지 않았던가.

이아나는 수십 년간 검을 휘둘러 사람을 베었다. 죄인도 베었고, 적도 사정없이 베었다. 이아나의 검이 행하는 것은 파괴, 아르하드 아닌 다른 이들에게 있어 그녀의 검은 그 용도일 뿐이었다.

다만, 그날 심장을 저릿할 정도로 뛰게 만든 아르하드라는 남자만이 이아나가 검으로 이기고 싶은 '유일한' 대상이었다.

그래서 아르하드가 없는 두 번째 검술대회에서 허무함을 느끼지 않았던가. 그래서 그 허무함 탓에 더 이상 검술대회에 참가하지 않았던 게 아니었나. 그래서 지금에 와서는 두 번째 검술대회에 대한 작은 추억마저 떠올리지 못하는 게 아니었던가.

아르하드가 있었던 그날만이 색채를 입고 있는 까닭은 그날이 너무나 강렬했기 때문이, 제 인생을 온통 그 남자에게 저당잡혔기 때문이 아니었던가.

검을 휘두르는 건 즐겁다. 하지만 그렇다고 해서 누군가를 꺾는 게 즐거운 건 아닌가 보다. 진정한 승부의 행방은 아르하드라는 남자에게 맞춰져 버렸기에.

그러니 이건 아니었다.

내 모든 걸 쏟아부을 수 있는 사람은 그 남자밖에 없는데, 네가 왜 거기 있냐고.

빠가가가각! 탱경!

이아나의 검이 츠레비스의 검을 갈랐다. 검이 부러져서 경기장 바닥에 떨어져 내렸다. 관중석에서 헛숨 들이키는 소리와 비명소리가 쨍쨍하니 경기장을 덮쳤다. 이아나는 그제야 정신을 차렸다.

위험했다. 하마터면 목을 벨 뻔했다.

이아나의 검은 펄떡대며 뛰어 대는 동맥 옆에서 간신히 멈춰 섰다. 검은 멈췄어도 날을 감싸고 있던 검기는 살을 저며 버렸기에 상처에서는 피가 주룩주룩 흘렀다.

"헉…… 헉……."

츠레비스의 얼굴은 죽은 시체처럼 퍼렇게 질려 있었다. 이아나는 쇠도 갈라 버리는 검기를 두른 검을 목 옆에 가져다 댄 채 그를 물끄러미 쳐다보았다. 츠레비스는 공포에 질린 채 덜덜 떨며 저를 마주 보고 있었다.

퍼어억!

이아나는 츠레비스의 무릎을 걷어차서 앞에 무릎 꿇렸다. 관중석은 조용했다.

츠레비스는 온 세상이 윙윙거리는 와중에 고개를 들었다. 한 여자가 제 앞에 서 있었다. 여자가 든 검에서는 제 것으로 보이는 피가 바닥에 투욱툭 떨어져 내렸다. 츠레비스는 서서히 시선을 올려 태양을 등지는 바람에 그늘이 져 잘 보이지 않는 그녀의 얼굴을 쳐다보았다.

그늘에서 새빨간 살기가 넘실거린다. 금방이라도 저를 집어삼켜서 숯 덩어리처럼 까맣게 태워 버릴 듯한 지옥불 같다. 너무 무서워서 저도 모르게 고개를 숙이고 말았다.

그의 눈동자는 공포로 얼룩져 있었다. 심장에서 뾰족뾰족하게 튀어나와 있던 헤레이스를 향한 역한 감정들은 갑작스레 엄습한 공포의 칼날에 썩둑 베여 나가고 몇몇 것들은 겁에 질려 심장의 굴을 파고 숨어 버렸다.

이아나는 두려움이 가득한 그의 얼굴을 물끄러미 바라보다 피식 웃었다.

"후우."

고개를 들어 태양을 바라보았다.

너는 그날과 같이 더위를 선사하건대 어째서 나는 그날과 다른가. 그날처럼 적을 패배시키며 얻을 수 있었던 도취감은 없다.

그래, 이 모든 게 다른 이유는 그날의 중심에는 그 남자가 있었는데, 이곳에는 없기 때문이다.

당신을 만났기 때문에 나는 죽는 그날까지 도전하는 마음으로 검을 휘두를 수 있었다.

그래서 당신이 없는 딱딱한 경기장 바닥은 이리 식어 버려 열기마저 앗아가 버린다.

"이아나 우승─!"

이아나는 검 손잡이를 꾹 움켜쥐었다.

와아아아─!

허공에 울리는 승리의 환호성은 허무하기만 하다.

"……3년."

이아나는 조용히 읊조렸다. 3년, 길다면 길고 짧다면 짧은 그 시간이 당신을 만나기 전까지 남은 시간. 어쩐지 그 시간이 잡아당긴 고무줄처럼 늘어난 기분이 들었다. 너무나 멀게 느껴졌다.

고학년 검술대회까지 성황리에 끝나고, 그날 밤 검술학관 건물들 중에서도 가장 큰 곳에서 뒤풀이가 열렸다. 뒤풀이의 주연은 당연하게도 이아나였다.

교수들은 '마나 제어를 벌써 그 정도까지 할 수 있다니, 이건 정말 전대미문의 재능일세!'라며 극찬했고, 1학년들은 이제 검술학부의 주류가 될 게 분명한 그녀와 말이라도 한번 섞어 보고 싶어 주변에서 얼쩡거렸으며 2, 3학년은 어린 1학년 여학생에게 3학년 에이스마저 패배했다는 사실에 침울한 분위기였다. 그들의 구심점이던 츠레비스가 심한 부상으로 실려 나가는 바람에 그런 분위기는 더했다.

"됐습니다."

"아유, 내가 우리 집 여동생을 보는 것 같아서 그래요. 뭐 불편한 거 있으면 꼭 말해요!"

나이가 제법 든 고학년은 이아나를 예쁜 여동생 취급하고 있었다. 특히 6학년 학생들 중에는 부장인 라이언이나 입학시험의 조교를 맡았던 동기들에게서 들은 게 있어 처음부터 그녀를 흰 눈으로 보지 않는 이들이 꽤 많았다. 유일한 여자 후배이자 어리고 예쁜 이아나와 친해지고 싶은 이들도 많았다.

이아나는 남자들만 우글거리는 검술학부의 붉은 꽃이었다. 물론 툭 건드리면 휘청거리는 여린 것을 뜻하는 그 단어는 이아나와 잘 연결되지 않았지만 시꺼먼 짐승들 사이에서 우아하게 걸어 다니는 예쁜 소녀가 꽃이 아니면 무엇이리오.

그리고 꽃에는 뾰족한 가시가 가득하니 이아나라는 소녀는 붉은 장미라!

웃겨 죽으려 하는 에이지가 이러한 얘기들이 고학년들 사이에 떠돈다는 걸 전해 주자 이아나는 정신 나간 작자들이냐며 몹시 불쾌해했다.

"이거 더 먹어요."

"됐습니다."

"어라, 잔이 비었네요. 더 마실래요?"

"제가 따르겠습니다."

"어허, 선배가 한 잔 주고 싶어서 그럽니다."

"……."

그들은 이아나의 곁에서 얼쩡거리며 접시가 비면 알아서 음식도 가져다주고, 술잔이 비면 술도 가져다주는 등 챙겨 주었다. 이아나는 덩치 큰 남자들이 옆에 달라붙는 게 부담스러워서 계속해서 딱 잘라 거절했다. 계속되는 거절에 무안해할 법도 한데 그들은 이아나가 아무리 냉정하게 굴어도 원래 그런 성격이라는 것을 알고 있었기 때문에 능글맞게 굴었다.

나이가 열 살 가까이 차이 나는 이들이 꽤 되다 보니 우습게도 그들의 눈에 이아나는 아기처럼 보였다. 아기에서 더 쳐주면 뾰로통한 예쁜 여자애였다.

어쨌든 이런저런 이유로, 부장인 라이언이 수작 부리지 말라며 호통을 쳐서 자제는 하고 있지만 일부 고학년은 이아나를 몹시 예뻐하고 있었다. 물론 이성으로 보고 얼굴을 붉히는 이들이 없는 건 아니었지만 좋은 오빠 노릇 하려는 이들이 대부분이었다. 그들은 이아나의 옆에서 이것저것 계속 넉살좋게 챙겨 줬다.

이아나는 어느 정도 사람들과 어울려 주다가 혼자 있고 싶다며 테라스로 빠져나왔다. 그녀의 손에는 필리거 교수가 장하다면서 챙겨 준 발퇴르 30년산 와인이 들려 있었다. 회귀 전부터 술을 즐기는 편이었던 이아나는 그것이 귀한 술임을 알았기에 거절 한번 하지 않고 감사히 받았다. 호랑이 교수는 여장부라면서 껄껄대며 웃었다.

"맥주도 엄청나게 마시더니, 오늘 왜 그렇게 많이 마셔?"

이아나가 난간에 기댄 채 일반인이면 한 잔만 마셔도 취하는 술을 벌써 몇 잔이나 홀짝이고 있는 와중에 에이지가 테라스의 문을 벌컥 열어젖히고 들어왔다.

"얼굴이 빨간 게 이아나 양답지 않게 많이 취한 거 같아."

"……."

"타로가 이아나 양이 검술대회 중간부터 기분이 엄청 나빠 보였다고 하던데 진짜네."

이아나는 대답하지 않았다. 에이지는 팔짱을 낀 채 계속해서 술을 마시는 그녀를 한동안 지켜보다 입을 열었다.

"벼르고 있던 검술대회에서 이긴 게 별로 안 기뻐? 기뻐서 마시는 거면 나도 옆에서 아주 난리를 치면서 마실 텐데 지금 이아나 양, 하나도 안 기뻐 보여서 나 눈치 보고 있어. 무슨 일이라도 있는 거야?"

"……기쁠 줄 알았는데."

걱정하고 있는 듯 평소답지 않게 진지한 에이지의 질문에 이아나가 또 한 번 잔을 비우며 대답했다.

"너무 당연한 것이라 아무렇지도 않은가 보다."

에이지가 피식 웃었다.

"않은가 보다는 또 뭐야?"

"그냥 기분이 좀 그래. 하지만 그뿐이다. 경기장에서 내려온 지금은 기분이 나쁘지 않아. 술은 그냥, 당겨서 많이 마시는 것뿐."

조르륵.

에이지가 또다시 자작하려는 이아나의 와인병을 빼앗았다. 이아나가 쳐다보자 직접 잔에 따라 주었다.

"재미없게 자작이 뭐야. 내가 따라 줄 테니 얘기나 좀 해 줘 봐. 검술학부 애들이 이아나 양 기대에 그렇게 못 미쳤어? 이야, 대단하네."

투명한 유리잔으로 검붉은 와인이 졸졸 흘러내리는 걸 가만히 쳐다보면서 이아나가 중얼거렸다.

"검술학부 학생들 문제가 아니야. 검으로 누군가와 승패를 가리는 게 재미가 없다."

"왜? 검 휘두르는 거 좋아하잖아?"

"검은 여전히 좋아. 단지 그 검으로 누군가를 상대하는 게 재미없을 뿐. 연습 대련은 그다지 상관없지만 검술대회처럼 승부가 중요한 실전에서는 아주 짜증이 나. 예전에 참가했던 검술대회를 생각하니 더 짜증…… 취했군."

말을 늘어놓던 이아나는 고개를 푸르르 흔들었다. 생각을 정리해 보던 에이지는 그녀가 기분 나쁜 이유가 예전에 참가했다는 검술대회와 아주 밀접하게 관련되어 있다는 걸 알아챘다.

"그, 옛날에 참가했다는 검술대회에 안 좋은 기억이라도?"

"……그런 거 아냐. 오히려 좋았지."

"헤에."

호기심을 보이는 에이지 앞에서 이아나는 와인을 홀짝였다.

"내가 꼴사나운 모습을 보였던 건 멋대로 그때와 같을 거라고 기대해 버린 탓이다. 하지만 이제 괜찮으니 신경 쓰지 마. 별로 말하고 싶지 않으니 예전 검술대회에 관심을 가지지도 말고."

벌컥!

둘이서 진지하게 대화를 나누고 있는데 불청객들이 테라스에 들이닥쳤다.

"크아악."

"안녕하세요."

큰 맥주통을 들고 주정을 부리는 타로와 술을 마시지 않은 듯 잔뜩 긴장한 기색으로 옷매무새를 가다듬고 있는 헤레이스였다.

"여기서 두리 무어 하는 겨! 엉!"

"아, 이 자식아. 내가 작작 마시랬지. 캬, 이 자식 또 인사불성 됐네. 크, 술 냄새야."

에이지가 인상을 찌푸린 채 코를 막고 손으로 부채질했다. 그를 무시한 타로는 벽에 제 큰 몸을 박았다.

"나가 하루빨리 마나를 다루등가 해야제…… 크흑. 여신님……."

타로가 눈물을 줄줄 흘렸다. 그가 울면서 이런 말을 하는 이유가 있다. 오늘, 타로가 아직 마나를 못 다룬다는 게 밝혀지자 타로의 아름다운 여신님 천재마법사 라랏슈아가 평소보다 더 차게 식은 눈으로 그를 바라보았기 때문이다.

타로는 벽을 붙잡고 꼴사납게 꺼이꺼이 울었고 에이지는 욕을 하면서도 등을 토닥이며 그를 위로해 주었다.

"저어, 이아나 양."

헤레이스가 조심스레 다가와 고개를 푹 숙였다.

"드리고 싶은 말씀이 있는데…… 잠시 시간을 내주실 수 있으세요?"

이아나는 동그란 정수리를 물끄러미 쳐다보다가 그래— 하고 대답했다. 그 작은 목소리는 또 귀신같이 알아들은 타로가 벽에 박고 있던 얼굴을 홱 들어 그들을 쳐다보았다.

"뭐여, 둘이 연애하남? 머…… 대장이랑 쫄다구 같은 느낌이 긴 허지만 말이여……. 그려, 어울린다고 치장게에! 오메, 닭살이 팍팍 돋아 부러! 부러버, 잉!"

타로의 주사에 에이지가 끙, 하고 앓는 소리를 냈다.

"아우, 이 떨떨아. 그만해."

에이지가 이야기하라는 듯 둘에게 턱짓을 하고는 타로를 끌고 가려 했다. 타로는 나가지 않으려고 몸부림을 쳤지만 에이지가 정신 차리라며 애정으로 뒤통수를 몇 대 때려 주자 결국 몸부림을 멈췄고, 둘은 테라스에서 사라졌다.

둘이 사라지고 나서도 헤레이스는 생각을 정리하느라 말이 없었다. 이아나는 와인이 얼마 남아 있지 않은 병을 흔들어 보다 먼저 입을 열었다.

"할 말이 뭐지?"

헤레이스는 이아나가 말문을 트자마자 바로 고개를 푹 숙였다. 이아나는 쳐다만 볼 뿐 아무 말도 하지 않았다. 헤레이스가 천천히 고개를 들면서 시선을 마주했다.

"제발 저를 도와주세요."

헤레이스의 눈은 눈물로 글썽거리고 있었다. 말이 끝나지 않은 것 같아서 이아나는 대답하지 않고 다음 말을 기다렸다.

"이아나 양이 검술대회에서 우승한 날 이런 말을 하는 제가 얼마나 얍삽해 보일까요?"

"그렇지 않아."

"아니요……. 전 이런 제가 부끄러워요."

헤레이스가 결국 눈물을 뚝뚝 흘리며 훌쩍거렸다. 그는 볼을 타고 흘러내리는 눈물을 손바닥으로 정신없이 닦아 냈다.

"저를 도와주시겠다고 한 그날…… 망설여서 정말로 죄송해요. 그날 성질 낸 것도 죄송해요. 다 죄송해요. 정말로 죄송해요. 형."

이아나가 어깨를 으쓱였다.

"뭐가 그리 죄송하다는 거지? 그럴 필요가 전혀 없는데."

눈물과 콧물로 범벅이 된 얼굴로 헤레이스는 획획 고개를 저었다.

"아니요. 죄송해요. 저는 이아나 양이 보여 주신 호의를 받아들일 게 아니라 제가 이아나 양께 부탁드려야 해요. 그러려면 그때의 제 태도를 설명 드리고 용서를 구해야겠죠. 제 이야기를 들어 주시겠어요……?"

이아나는 계속하라는 듯 고갯짓했다. 헤레이스는 그런 행동에 힘입어 떨리는 목소리로 말을 이어 나갔다.

"저는요, 제가 정말 나을 수 있을지 확신이 없었어요. 대마법사이신 큰 외할아버님도 낫는 게 불가능할지도 모른다고 하셨는걸요. 어떤 약을 먹어도 조금도 나아지지 않은 것을요……. 그때요, 검사의 욕심이라며 오기를 부렸지만요. 저는 사실 거의 포기하고 있었어요. 그래도 학술원의 검술학부에 가 보는 게 제 꿈이었기 때문에, 합격한 후의 6년이 제 모든 것을 쏟아부어 볼 마지막 시간이자 미련을 버리기 위해 필요한 마지막 일이라는 생각으로 검술학부에 지원했어요. 한 번 낙방하고, 또 지원해서…… 이아나 양을 만났죠."

그 말과 동시에 그날처럼 흔들리는 헤레이스의 눈동자. 그리고 그날처럼 여전히 흔들리지 않는 이아나의 눈동자.

"이아나 양이 거짓말을 할 사람이 아니라는 건 그때도 알고 있었지만, 갑작스레 너는 나아서 훌륭한 검사가 될 수 있을지도 모르는 말을 도저히 믿을 수가 없었어요. 희망을 가지기가 두려웠어요. 겨우 체념할 수 있을 것 같은데 괜한 희망을 가졌다가 결국 안 된다면…… 견딜 수 없을 거라고 생각했어요."

말을 하면 할수록 동요가 사라지는 듯 정처 없이 흔들리던 헤레이스의 눈동자가 이아나의 것처럼 정적을 되찾는다. 그러나 그 대신 축 처진 눈꼬리에는 다시 눈물이 한 방울 한 방울 고였다.

"……그런데, 그날 이후 저는 매일 꿈을 꿔요. 꿈에서는 저보다 더 악질적으로 몰려드는 마나를 자유자재로 조절하시던 이아나 양이 나타났어요."

헤레이스는 손등으로 눈물을 슥 닦아 냈다.

"그런 이아나 양이 내밀어 주신 손을 붙잡지 않으면 저는 그냥 용기 없는 겁쟁이보다 더한 세상에서 가장 멍청한 바보일 것 같더라고요."

헤레이스는 침을 한 번 꼴깍 삼키고는 여전히 무슨 생각을 하는 건지 모를 표정으로 가만히 있기만 한 이아나에게 조심스레 말했다.

"저는 끝까지 해 보려고 해요. 이아나 양의 말씀대로 또 다른 방법이 있을지도 모르는데 그냥 앉아만 있다가 포기할 수는 없죠. 부디 절 도와주시겠어요?"

이아나는 피식 웃으며 와인을 들이켰다.

"바란다면야······."

결국 헤레이스는 또다시 눈물을 터뜨리고 말았다. 떨어진 한 방울이 다른 눈물방울까지 불러 결국 볼에서 눈물이 비처럼 후드득후드득 떨어졌다.

"할 수 있는 데까지는 함께 가 보도록 하자."

"감사합니다······. 흐윽."

"울지 마. 사내새끼가."

"허엉."

헤레이스가 눈물을 그치려고 고개를 푹 숙인 채 부들부들 떨었다. 이아나는 동그란 뒤통수를 내려다보았다. 그리고 천천히 말을 이었다.

"처음에 나는 네게 몰려드는 거대한 마나를 다룰 수 없을 거라고 생각했기 때문에 네게 약을 먹는 걸 그만두라 말한 거였어. 더 이상 하는 건 네 몸을 축내기만 할 것이 당연했기 때문에."

"······."

"하지만 7년 동안 네가 마나 제어를 포기하지 않고 싸워 왔다는 말, 검사가 되고 싶다는 욕심이 있다는 말에 생각을 바꿨다."

헤레이스의 가슴이 울컥했다.

"7년은 결코 짧은 시간이 아니지. 약에 의존한 것이 칭찬해 줄 만한 일은 아니지만 그 끈기와 노력, 그리고 의지만 보더라도 그 거대한 마나의 폭동을 제어할 수 있는 가능성이 있다.

그리고 널 보면 볼수록 네가 할 수 있다는 감이 강하게 왔어. 왜일까?"

이아나가 중얼거렸다.

"방법은 아직 잘 모르겠지만, 네 병은 나을 수 있다는 감이 와. 내 감은 좋은 편이니 포기하지 마라."

이아나가 담담하게 풀어내는 말에 헤레이스는 옆에 있던 벽에 힘없이 몸을 기댔다.

"……누구도 그런 말을 해 주지 않았어요. 누구든 저를 이러다 곧 죽을 놈으로 봤죠. 한심하고, 제 목숨 아낄 줄 모르는 멍청이."

점차 허약해져서, 어릴 적 보였던 재능도 사람들의 기억 속에서는 더 이상 성장할 여지가 없는 검사라는 판단 속에서 묵빛으로 흐려졌다.

"큰 외할아버지는 언제나 안쓰럽다는 얼굴로 보셨고, 아버지는 실망해서 외면하셨고, 집안 가솔들은 불쌍하다는 듯 쳐다보았죠. 네가 아무리 악을 쓰더라도 너는 계속 실패할 거고, 결국 포기할 거야, 라고 말하는 듯한 그런 눈빛들이 너무 싫었어요. 아무도 제가 해낼 수 있을 거라고 말해 주지 않았어요. 아무리 마나의 저주가 불치병이라고 알려져 있더라도 말이에요."

헤레이스는 멍한 눈으로 이아나를 쳐다보았다.

"그런데 이아나 양은 누굴까요?"

"무슨 뜻에서 묻는 거지?"

"정말 에이지 형님의 농담대로 전설 속의 드래곤인 게 아닐까요?"

"……정말 헛소리들을 하고 있군."

이아나가 혀를 차고는 다시 병째로 얼마 남아 있지 않은 술을 들이켰다. 유려한 목을 통해 와인이 꿀꺽꿀꺽 넘어가는 걸 보며 헤레이스가 저도 어이없다는 듯 웃었다.

"물론 헛소리라는 건 알고 있지만요. 이아나 양이 너무 대단해서요."

어느새 와인병을 모조리 비워 바닥에 내려놓은 이아나가 헤레이스를 쳐다보았다.

"마나의 저주가 정말 양날의 검이라는 걸 이아나 양을 보고서야 깨달았어요. 그걸 다룰 수 있는 자에게는 축복이고, 다룰 수 없는 자에게는 저주일 뿐인."

헤레이스가 새까만 구렁텅이에서 구원의 손길을 잡은 사람처럼 환하게 웃어 보였다.

"저 정말 열심히 할게요."

그리고 저는 당신의 동료라고 떳떳하게 말할 수 있는 강한 검사가 되고 싶어요. 당신의 뒤를 지켜 줄 수 있는 동료가 되고 싶어요. 당신이 위험할 때는 언제라도 달려와서 든든하게 도울 수 있는 동료가요.

헤레이스는 이 말들도 하려다가 대단한 이아나 앞에서 그 말을 한다는 게 너무 창피해져서 꾹 삼켰다. 얼굴이 홍당무처럼 빨개졌지만 이아나는 알아채지 못하고 헤레이스에게 가장 해 주고 싶은 말을 하기로 했다.

"일단 그 약은 절대 먹지 마. 한동안은 그 허약한 몸부터 열심히 키워라. 정신은 육체가 건강을 되찾고 난 이후에야 강해질 수 있는 법."

"네, 그럴게요."

"그리고 잘 들어. 나는 널 도와줄 수 있다는 감이 강하게 들었을 뿐 방법을 정확히는 몰라. 마나의 저주는 나도 처음 들어보는 병이니까."

"네, 그렇다면 혹시 나중에 제 큰 외할아버지를 함께 만나 주실 수 있으세요?"

이아나가 멈칫했다. 헤레이스의 큰 외조부는 학술원의 학장이자 라랏슈아의 스승인 하인리히였다.

"학장님?"

"네. 할아버지께서 제 병에 대해 많이 연구하셨거든요. 무슨 단서를 얻을 수 있을지도 몰라요."

이아나는 천천히 고개를 끄덕이고는 생각에 잠겼다.

회귀 전에는 단 한 번의 접점도 없었던 대마법사 하인리히. 그는 과거에 시대를 풍미하던 대마법사였다. 이아나가 이십 대 일 때 노환으로 죽어 전 대륙을 충격으로 물들인 적 있었는데, 그랬던 그가 아직은 살아 있었다.

헤레이스의 병에 대한 연구라면 제게도 도움이 될 수 있는 정보를 얻을 수 있을지도 모른다. 이아나의 가정에 의하면 인간의 생명과 마찬가지인 신력이 마나를 끌어들인다. 그렇다면 헤레이스도 이아나처럼 신력에 관련된 특수한 무언가가 있을 지도 모른다는 게 그녀의 가설이었다.

하지만 신력에 대해 아무것도 밝혀지지 않은 지금 이 마도 시대에서 그녀가 할 수 있는 것은 아무것도 없었다. 차라리 마법사의 이론이 더 도움이 될 터였다. 마법사의 관점에서 봤을 때 마나의 저주는 대체 어떤 병일 것인가?

"그런데요 이아나 양…… 혹시, 혹시라도요. 정말 혹시나 해서 묻는 건데요……."

헤레이스는 머뭇거리다가 이아나가 의아한 표정을 짓자 고개를 폭 숙였다.

"츠레비스 형님……. 저 때문에 츠레비스 형님을 싫어하시는 거라면 그러지 말아 주셨으면 좋겠어요……."

"……."

"츠레비스 형님은 제가 태어나는 바람에 집안에서 거의 없는 사람 취급당하셨어요. 저랑 비교도 많이 당하시고……. 어렸을 때는 그걸 몰랐는데 어떤 기분이셨는지 이제는 알 것 같아요. 그래서 늘 미안해요. 형님께서 절 미워하는 것도 당연하다고 생각해요."

이아나가 아무런 대답도 하지 않자 헤레이스가 민망해서 황급히 손을 내저었다.

"아, 하지만 저 때문에 싫어하시는 게 아니라면 어쩔 수 없는 거고요."

이아나는 말없이 빈 잔을 손바닥 위에서 굴리다 입을 열었다.

"뭐, 오늘 그자를 만신창이로 만들어 놓은 건 너 때문도 있지만 무엇보다 나에게 주었던 모욕과 내기의 대가였을 뿐이다. 하지만 오늘 제대로 짓밟아 놨으니 더 시비를 걸지 않는 이상 내가 먼저 그자를 모욕하는 일은 없을 거다. 별로 좋아하지도 않는 사람에게 신경을 쏟는 건 피곤할 뿐이니까."

이아나의 말에 헤레이스가 안도의 한숨을 쉬었다.

"고맙습니다, 이아나 양."

"고마워할 필요 없어. 내가 귀찮아서 그러는 거니까. 그나저나 나는 이만 들어가 보지."

이아나가 테라스의 난간 위에 섰다. 2층에서 뛰어내리는 것 정도는 다른 검술학부 학생들에게도 식은 죽 먹기였다. 그랬기에 헤레이스도 별다른 만류는 하지 않았다.

"가시게요?"

"피곤해서. 다른 사람들에게는 피곤해서 먼저 갔다고 전해."

"네에. 오늘 정말 수고하셨어요. 조심히 들어가세요."

"그럼."

타악.

이아나가 난간에서 뛰어내려 바닥에 가볍게 착지했다. 헤레이스는 어둠 속에서도 빛나는 이아나가 천천히 발걸음을 옮기는 모습을 보며 행복하게 웃었다.

"감사합니다!"

이아나는 검은 밤하늘에 노랗게 뜬 달 아래에서 천천히 거닐었다. 사실 검을 작정하고 휘두른 게 아니기 때문에 전혀 피곤하지 않았다. 그저 술을 너무 마셔서 기분이 살짝 들뜨고 몽롱한 상태였다.

이아나는 이 상태로 기숙사에 들어갈 생각이 눈곱만큼도 없었다. 털털한 프리실라라면 전혀 신경 쓰지 않겠지만 제가 프

리실라에게 술을 마시고 들어오지 말라고 경고했고 그녀는 그
날 이후 약속을 지키고 있는데 자신이 어길 수는 없었다.

"후우."

이아나가 숨을 내쉬자 와인 냄새가 혹 하고 풍겼다. 필리거
교수가 선물해 준 술은 상당히 맛이 좋았으나 도수가 강해서
한 병을 혼자서 다 마신 결과 타로가 말하길 강철 술고래인
이아나임에도 술이 잘 깨지 않았다. 발걸음은 정상이었지만 정
신은 멍했다. 취해서 몽롱한 상태로 있는 건 오랜만이라서 퍽
기분이 좋았다.

헤레이스가 있을 때는 정신을 똑바로 차리고 그와 대화를
나누었지만 이렇게 아무도 없는 검은 어둠 속, 황금빛 달 아래
에서 홀로 산책하며 풀어져 있으니 기분이 들떠 버린다.

"흐으음……."

봄인데도 바람은 차다. 낮의 더위와는 천지차이였다.

혼자 열을 내고, 혼자 식어 버린 어이없는 낮. 그와 상반되
는 회귀 전의 그날이 새록새록 떠올랐다.

갑작스레 경기장이 보고 싶어진 이아나는 목적지 없이 거닐
던 발걸음을 오늘 검술대회가 열렸던 대광장 쪽으로 옮겼다.
사람이 없다면 혼자서 그날을 회상하며 검이라도 이리저리 휘
둘러 볼 생각이었다. 만취한 상태이므로 흥은 더하리라.

허리춤에 매달린 검이 이아나가 걸을 때마다 찰각찰각 소리
를 내며 자신도 즐겁다고 말했다.

이아나는 광장에 도착했다. 광장을 나올 때만 해도 관객들이
버리고 간 쓰레기들이 가득했는데 도우미들이 청소를 한 탓에

광장은 검술대회가 열리기 전처럼 깨끗했다.

이아나는 커다란 관객석을 슬슬 지나쳐 경기장에 오르려다가 경기장 위를 보고 멈칫했다. 먼저 온 손님이 있었다. 어떤 남자였다. 눈앞이 흐릿해서 어떤 생김새인지는 잘 보이지 않았다. 다만 남자가 이 시간의 밤하늘처럼 온통 까맣다는 것과, 경기장 한가운데서 한쪽 무릎은 바닥에 대고 다른 무릎은 굽힌 채 바닥에 손바닥을 짚고 있다는 것만 알 수 있었다.

이아나는 숙취 때문에 머리가 아파서 이마에 손을 올리고 인상을 찌푸리고 있다가 두통도 가라앉고 시야도 어느 정도 맑아지자 남자를 똑바로 쳐다보았다.

그는 학술원의 학생인 듯 새까만 교복을 입고 있었는데, 팔다리가 길쭉길쭉해서 흡사 정장처럼 보였다. 그리고 허리춤에는 검 한 자루가 매여 있었다.

'검술학부인가.'

저 이상한 남자가 이 밤에 교복을 입고 대체 뭘 하고 있나 싶었다. 남자는 한참이나 앉아 마나의 파편이 바닥에 남긴 파인 자국을 쓸어 보다가 자신의 검을 뽑아 들더니 자국에 꽂아 넣었다. 그리고 검자루를 쥔 채 한참이나 눈을 감고 있었다.

남자의 태도가 사뭇 진지한 것이 무언가 중요한 생각을 하고 있나 보다 싶어 이아나는 그냥 말없이 그곳을 뜨려고 했다. 그러나 그 순간 남자가 검을 뽑아 들고 자리에서 일어났다. 그리고 그녀를 향해 몸을 돌렸다.

"헉!"

그리고 이아나는 너무 놀라서 숨이 막혔다. 놀라다 못해 경악해서 저도 모르게 뒷걸음질을 치고 말았다.

대체 이자가 왜 여기에……!

청년은 어둠 속에서 어둠과 닮은 검은 머리칼을 늘어뜨린 채 저 하늘 위의 달처럼 빛나는 황금색 눈으로 이아나를 직시했다.

청년은 낮에 작열하는 태양과도 같은 이아나와는 반대로 차갑게 가라앉은 밤하늘의 달이었다.

"누구냐."

너무나 익숙한 목소리였다.

이아나는 너무 갑작스러운 상황에 당황해서 아무 말도 하지 못했다. 숨까지 멈춘 채 살기까지 일으키며 서서히 다가오는 그를 보았다.

"내가 너무 감상에 빠져 있었던가? 사람이 다가오는 것조차 알지 못하다니……."

청년은 이아나의 앞에 다가와 들고 있던 검을 겨누었다. 서늘한 눈동자가 그녀를 쏘아보았다.

"그렇다 하더라도 상대방을 몰래 훔쳐보고 있었다니 상당히 불쾌하다."

그때 그의 뒤에서 구름을 걷어 내고 휘영청 떠오른 달은 청년의 얼굴은 어둠으로 감추어 그 황금빛 눈동자를 더욱 빛나게 만들었고, 이아나의 얼굴은 은은한 빛으로 드러냈다. 이아나가 형형한 금안을 숨 막히는 기분으로 마주하고 있는 사이, 그녀의 붉음이 청년에게 노출되었다.

"……붉어."

청년은 이아나의 강렬한 붉음에 머리가 아픈 듯 인상을 찌푸렸다. 하지만 이내 눈을 크게 뜨더니 이아나를 뚫어져라 쳐다보았다.

"이아나 로베르슈타인?"

청년은 너무나 익숙한 목소리로 이아나를 불렀고, 이아나는 정신을 차렸다. 극도로 당황한 몸이 바짝 굳어졌다. 이 남자가 어떻게 여기에 있는지는 둘째 치고, 저를 어떻게 아는가?

"저, 를 어떻게 아시는 겁니까."

"……아."

이아나의 반문에 청년은 눈을 내리깐 채 잠시 아무 말도 하지 않다가 다시 그녀에겐 너무나 익숙한 감정의 눈빛을 하고 그녀를 직시했다.

"오늘 검술대회의 주인공이셨으니까요."

"……."

"경기는 인상 깊게 잘 봤습니다. 대단한 실력이시더군요. 홀려서 정신없이 쳐다볼 정도로, 저도 모르게 이 밤에 다시 여기에 찾아와 흔적을 찾아볼 정도로…… 당신의 검술은 무척 매력적이었습니다."

청년의 말에 이아나의 숨이 거칠어졌다.

"……그럼."

청년은 까딱 인사를 하고 빠르게 지나치려고 했다. 이아나는 제가 정말 술에 취해 헛것을 보나 싶어 청년이 가 버리는데도 우두커니 서 있었다. 하지만 발걸음 소리가 점차 멀어지자 몸을 돌렸다. 뒤돌아서 달려갔다.

"잠시만!"

그의 손목을 세게 움켜쥐었다. 청년의 팔이 순간 경직되었다. 그러나 이아나는 그것을 알아챌 만한 상황이 아니었다.

이아나가 덜덜 떨리는 숨을 몰아쉬었고 그가 몸을 돌렸다.

"왜 그러십니까?"

분명 그 남자다. 앳되지만 분명 그 남자였다. 자신이 누구보다 가까이서 마주했던 이 남자의 체격을, 외양을, 목소리를, 눈빛을 잊을 수 있을 리가 없었다.

"……당신, 이름이?"

이아나는 지금 이 청년의 정체를 확인하는 게 그 무엇보다 중요했다. 키가 큰 청년은 그런 그녀를 음미하듯 깊게 들여다보았다.

"아르하드입니다, 이아나 양."

청년, 아르하드의 손목을 쥐고 있던 이아나의 손에서 힘이 빠졌다. 팔이 밑으로 떨어졌다. 아르하드는 혼란스러워하는 이아나를 물끄러미 내려다보다 등을 돌렸고, 이내 빛을 감췄다.

술이 확 깨는 기분이었다.

털썩.

이아나는 침묵밖에 남아 있지 않은 경기장에 주저앉았다. 한동안 답지 않게 멍하니 앉아 있던 이아나가 이내 두 손에 깍지를 끼고 그가 사라진 어둠 속을 노려보았다.

'……아르하드 로이긴.'

과연 대단한 남자다. 모습을 드러냈을 뿐이거늘 자신은 평소의 냉정함을 잃고 이리 잘게 떨고 있었다. 하지만 그도 그럴 것이 정말로 경악스러운 조우가 아닌가.

어둠에서조차 뚜렷하게 드러났던 남자의 깎아지른 듯한 턱선은 여전했다. 저와는 다르게 밤의 장막처럼 새까만 머리칼도, 맹수들을 거느리는 사나운 왕의 황금색 눈동자도, 여인들 중에서도 큰 키를 자랑하는 저를 내려다볼 만큼 큰 키도.

하지만 처음 만난 날의 그보다 훨씬 앳된 그는 무척 생소했다. 이아나는 시간의 흐름이 완전히 왜곡되었다는 것을 절감했다.

아르하드 로이긴, 아르하드 로 라르소 바하무트.

근친을 일삼는 황실의 피의 유출에 철통같은 바하무트 제국의 숨겨진 황자로, 훗날 반란으로 황족들을 모조리 도륙하고 피의 황제로 등극했다.

뛰어난 치정능력과 누구보다 강력한 무력으로 만인의 위에 완벽하게 군림했던 현왕이 바로 그였다. 추측컨대, 그는 학술원에 다니며 리키젠과 같은 출중한 심복들을 구했을 것이다. 학술원에서 지내다 운명과도 같은 청년 검술제에 참가해서 자신과 만났을 것이다.

그렇다. 지난 시간에서는 열아홉 살이 다 되어 갈 무렵에 아르하드를 만났다. 그러나 이번 생에서는 열여섯 살인 지금 만나 버렸다. 과거와 다른 현재의 변수에 톱니바퀴가 예상보다 훨씬 일찍 맞물리기 시작한 것이다.

이아나는 깍지 낀 손에 힘을 주었다.

돌발적인 만남에서 아무것도 할 수 없었다. 아르하드와 다시 조우하는 날만을 기다려 왔고, 더욱이 오늘은 그에 대한 향수에 젖어 평정심마저 잃었건만 정작 당사자인 그에게는 말 한

마디 붙여 보지 못했다. 믿을 수 없었던 나머지 이름을 묻기 위해 그의 굵은 손목을 붙잡았으나 이름을 듣고 나서는 손에 힘이 빠져 그를 놓쳐 버렸다. 밤안개 속으로 천천히 사라지는 아르하드를 잡는다 하더라도 무엇을 어떻게 해야 할지 몰라서 그대로 보내 버렸다.

이아나는 그로 인해 또 한 번 삶이 완전히 달라졌다는 것을 뼈저리게 느꼈다. 지금도 모든 게 새롭기만 한데 인생의 목표나 마찬가지인 아르하드를 예정된 시간보다 훨씬 일찌감치 마주해 버리자 순식간에 앞이 보이지 않는 컴컴한 구렁텅이 속으로 내던져지는 것 같았다.

그녀의 머릿속은 '내가 앞으로 어찌 행동해야 할까.', '그 남자와의 관계는 어찌해야 할까.'와 같은 잡다한 생각들로 엉망진창이 되어 버렸다.

하지만 그런 상태는 오래가지 않았다. 평소 냉정으로 무장하고 정적을 유지하던 그녀의 온몸이 초조함과 흥분 때문에 달아올랐다. 이아나는 입술을 잘근잘근 씹었다.

'멍청하다.'

마음을 어지럽히는 그의 잔상에서 빠져나온 지금, 자신이 멍청했다고 여기는 까닭은 허무를 채울 기회를 놓쳤음에 있다.

언제나 전력을 다해야 상대할 수 있었던 아르하드, 그 대단한 존재의 부재를 오늘에 와서야 사무치게 느껴 버린 이아나는 지금 무척 아쉬웠다.

'그 남자가 내 검술이 인상 깊었다고 말했을 때, 한번 겨뤄보자고 제안할 것을.'

이아나는 아쉬움에 어찌할 바를 몰랐다. 떨리는 두 손을 모은 채 머리를 푹 숙였다.

'겨뤄 보고 싶다. 지금 당장!'

그와 싸우고 싶다는 생각으로만 가득 찬 이아나는 분명 정상이 아니었다.

이 세상에 하나밖에 없는 이해자이자 호적수.

언제나 침잠해 있는 그녀를 극도로 몰아붙여 살아 있음을 느끼게 하는 기폭제.

그는 소중하다. 그런 이가 소중하지 않다면 대체 무엇이 소중하리?

"……소중하다……."

이아나가 중얼거린 혼잣말이 주변을 웽웽 맴돌았다. 이전에는 얻지 못한 깨달음이었다.

회귀 전, 이아나의 모든 것은 아르하드에게 집중되어 있었다. 그를 만난 이후 즐겁게 검을 수련하던 그녀는 그를 꺾기 위해서 독기를 품고 수련했다. 무신경하던 그녀는 그에게만 신경을 바짝 곤두세웠다. 필요할 때만 사람에게 검을 겨누던 그녀는 그만 보면 검을 뽑아서 달려들었다.

아르하드 외에 잔챙이들은 눈에 뵈지도 않았다. 방해되는 하수들은 베어 넘기고 그만을 뒤쫓았다. 그랬기 때문에 아르하드가 아닌 다른 누군가를 진심으로 상대하는 일이 이리도 짜증 나고 재미없을 줄은 몰랐다.

하지만 오늘에 와서야 깨달았다. 이제 자기가 진심으로 검을 겨눌 수 있는 상대는 단둘, 살해의 대상과 아르하드뿐이라는 것을. 그리고 제 모든 것을 끌어내 흥을 돋울 수 있는 상대는 아르하드만이 오롯하다는 것을.

소중함은, 체감하는 순간 가슴에 사무쳤다.

"후⋯⋯."

이아나가 소리 내어 웃었다.

그를 향한 적개심은 이제 없다. 죽음으로써 완전히 패배를 인정했다. 그의 검에 삶이 끝맺어지면서 그보다 실력이 한 수 뒤떨어진다는 사실을 가슴으로 받아들였다. 생명을 놓음과 동시에 남자를 향한 적개심과 거부감을 내려놓았다. 숨이 멎어 가면서 다음 생에는 그의 것이 되어 주겠다고 맹세했다.

그리고 시간의 순리를 거슬러 모든 기억을 끌어안고 다시 태어났다.

다시 태어났음을 인정하지 못해 과거의 시간만을 맴돌던 유년시절, 이아나를 건져 준 것은 아르하드에 대한 회상이었다. 회상을 거름 삼아 피어난 삶의 목표는 과거의 꿈을 꾸던 그녀를 일깨웠다.

이번에야말로 그를 이기고, 그의 것이 되어 주리라.

강력한 라이벌을 꺾고 싶다는 욕망은 예나 지금이나 심장 속에서 괴물처럼 날뛰어 댔다. 이는 이아나라는 인간이 존재하는 한 절대 사라질 수 없는 야망이었다.

하지만 아르하드를 이기고 싶다는 강렬한 승부욕과 기사가 될 것이라는 맹세 중, 지금의 이아나가 더 중요시하는 건 맹세였다.

어찌 이럴 수 있는가 하면 패배를 인정했기 때문이다. 저보다 한 걸음 더 앞으로 나아가고 있을 아르하드를 인정했기 때문이다. 욕망이 이전처럼 절박하고 악질적이기만 한 것은 아니기 때문이다.

이아나의 마음은 이전보다 느긋했다. 그에게 몇 번이나 진다고 해서 달라질 것은 없으므로, 지고 지더라도 최후에는 꺾고 말 것이므로 빛나는 목표에 도달하기 전까지는 한 번 겪었던 패배를 수십, 수백 번 더 겪는다 해도 상관없었다.

그리고 다른 까닭이 하나 더.

"……나는 너라는 인재가 탐이 난다."

그날의 아르하드.

"당신의 검술은 무척 매력적이었습니다."

오늘의 아르하드.

이아나는 눈을 감았다. 똑같다. 언제나 자신을 수하로 만들고 싶어 했던 아르하드였다.

이상하게 느껴질 정도로 집요하던 아르하드.

사람의 관계에 있어서 어느 하나도 확신하지 못하는 이아나지만 이것만큼은 확신했다. 세상의 모든 게 변한다 해도 제 검을 바라는 아르하드만큼은 변하지 않으리라고.

이유는? 알 수 없다. 이유가 뭐든 간에 예상에 한 치의 빗나감도 없이 그 남자는 같았다. 과거를 기억할 리가 없는데도 예전과 같은 눈빛으로 자신을 보았다.

그는 언제나 자신을 바라 왔고 이번 생에도 그럴 것이다. 지난 생에서 그랬던 것처럼 시간이 흐르면 흐를수록 탐욕은 더욱더 짙어질 것이다.

기뻤다. 입매가 삐죽삐죽 올라갔다. 검을 쥐지도 않았는데 붉은 눈동자에 생기가 빼곡하게 들어찼다.

……이제는 그 열렬한 갈망에 보답해 주어도 되지 않겠는가.

하지만 앞으로 어찌 행동해야 할지는 감이 잡히질 않았다.

내 밑으로 들어오라고, 곁에서 나를 위해 검을 휘둘러 준다면 그 누구도 너를 경멸하지 않게 해 주겠다고, 너에게 영광의 끝을 보여 주겠다고, 그러니 내게 오라고. 그리 말하며 끈질기게 달라붙었던 건 언제나 아르하드였다.

이아나는 잘근잘근 씹어 살짝 튼 입술을 엄지로 훑었다.

'내가 어찌 행동해야 하는 거지?'

먼저 찾아가 당신을 위해 검을 들겠다고, 당신과 함께하고 싶다고 말해야 하는가? 아니면 욕망의 해소를 위해 그에게 다짜고짜 대련을 신청해야 하는가?

이아나는 고민스러웠다.

"에이지, 혹시 아르하드라는 남학생을 알고 있나?"

일단 아르하드의 소재를 확인해 두고 싶었던 이아나는 다음 날 검술 수업에서 만난 에이지에게 밥은 먹었냐는 일상적인 질문을 하듯 물었다. 정보에 능통한 에이지가 혹여 그를 알까 싶었기 때문이다.

"푸큽!"

그리고 온몸에 굵은 땀을 주렁주렁 매단 채 시원한 물을 벌컥벌컥 들이켜고 있던 에이지는 허공에 물분수를 가득 뿜었다.

"컥, 컥. 쿠에에엑."

"……왜 그러지?"

이아나가 이상한 놈을 다 본다는 듯 쳐다보자 에이지가 눈물을 찔끔찔끔 흘리며 목을 감싸 쥐었다.

"아니, 켁. 쿨럭. 갑자기 물이, 컥. 기도로 넘어가서…… 켁, 켁. 컥…… 죽겠네……."

"멍청이."

이아나는 얼굴이 익은 토마토처럼 벌게져서 오두방정을 떠는 에이지의 태도를 대수롭지 않게 넘겼다. 그는 사레들린 자들의 전형적인 반응을 보이고 있었다.

어느 정도 진정이 된 에이지는 입가로 흘러내리는 물을 손등으로 닦아 내며 대답을 기다리고 있는 이아나에게 말했다.

"커흠, 그런데 그 사람을 왜 찾아?"

"관심 있어서."

이아나는 마음속에서 떠오르는 말을 곧이곧대로 내뱉었다.

"……."

에이지가 입을 다물더니 한동안 말이 없다. 이아나는 이상한 태도에 미간을 살짝 좁혔다.

"뭐 문제 있나?"

"문제라기보단…… 어쨌든 알고는 있어. 그런데 이아나 양은 그 사람을 어떻게 알게 된 건데?"

에이지의 대답에 이아나는 놀랐다.

"알고 있다고?"

"학술원 학생들, 그중에서도 여학생들은 대부분이 알고 있는 유명한 남자지. 이아나 양은 주변에 관심이 없어서 몰랐겠지만. 그런데 어떻게 그 사람을 알게 된 거냐니까?"

에이지가 웃으면서 이아나의 대답을 재촉했다.

"이아나 양이 먼저 관심을 가지다니……. 어제 선배들한테 그 사람에 대해 듣기라도 했어?"

사람의 감정을 읽는 데 능숙한 이아나는 에이지의 웃음이 평소와는 다르게 어딘가 어색하다는 걸 느꼈지만 그보다는 그가 말하는 내용에 더 신경이 쓰였다.

"유명하다고?"

"뭐, 매 학기마다 반 이상을 병결로 결석하면서도 학술원에 계속 다니고 있는 불가사의한 이단아라던가."

'병결?'

이아나는 아르하드가 병을 앓았던가— 하고 과거의 기억들을 정리해 보다 코웃음 쳤다. 웃기지도 않는 소리다. 바하무트 제국을 집어삼키기 위해 수작을 부린다고 바쁠 가능성이 높았다. 아마 그의 사정을 봐주고 있는 학술원의 고위 간부가 있을 것이다.

"혹은 학술원 최고의 미남이라 여자들이 그 남자만 보면 환장한다던가."

아르하드는 예전에도 출중한 외양과 탁월한 능력, 그리고 특유의 분위기로 들러붙는 여자들이 많았다. 하지만 아르하드는 여자에게 전혀 관심이 없었다. 귀찮음이 역력한 뿌리침에 여자들은 떨어져나갔다. 또, 아르하드가 이아나만 쫓아다니는 바람에 그가 그녀를 열렬히 사랑한다고 오해한 채 물러나는 경우도 많았다.

이아나는 어이없었다. 정말 어처구니없는 오해다. 사실인데도 부정하는 게 아니라, 정말로 오해였다.

아르하드는 제게 단 한 번도 남자로서 구애한 적이 없었다. 저를 향한 그의 감정은 모든 것을 쟁취했던 그를 거부하는 한 인간에 대한 집착과 뛰어난 검사를 얻고 싶다는 강한 소유욕이었을 뿐이다.

"어떻게 알게 된 거냐고, 어? 어? 멍하니 있지 말고 말 좀 해 봐."

에이지가 어깨를 잡고 흔들자 이아나는 정신을 차렸다.

"어제 경기장 근처에서 산책을 하다가 만났다. 그 남자가 내 검술을 칭찬했어."

이아나가 천천히 말을 골랐다.

"느껴지는 기세로 봤을 때 대단한 실력자 같았고, 허리에 검을 찬 것으로 보아 검사인 듯해서 호기심이 생겼을 뿐."

이 말이 현재 알려 줄 수 있는 아르하드와 자신 사이에 얽힌 일의 전부였다. 그 남자와 제가 한데 엉킨 과거의 일들은 이제 자신만이 가지고 있을 꿈의 실타래일 뿐이니.

"그 관심이라는 거 말이야, 혹시 남녀 사이에 불타오르는 뜨끈뜨끈한 감정이야?"

"그딴 거 아냐."

은근한 질문에 이아나가 바로 부정했다. 에이지는 그런 이아나를 말끄러미 바라보다 푸욱 하고 한숨을 내쉬었다.

"그나마 다행이네."

"쓸데없는 소리하지 마. 그런데 당신, 아까부터 아주 경직된 반응을 보이는데 그 남자와 무슨 문제라도 있나?"

"그냥, 이아나 양이 남자한테 관심을 보이는 걸 보고 있자니 연애하는 딸내미를 보는 아빠의 쓸쓸한 심정을 알 것 같아서. 어흑."

"미쳤군."

눈물을 닦아 내는 척하는 에이지에게 이아나는 무뚝뚝하게 일갈했다.

"미쳤다니 아빠한테 너무……."

이아나가 주먹을 드는 걸 발견한 에이지가 다급히 손을 휘저었다.

"아, 알았어. 그만할게. 그놈의 주먹 좀 내려! 어쨌든 모습을 드러낸 걸 보면 그 남자를 곧 다가올 소집일에서 볼 수 있을지도 모르겠어. 아르하드 선배, 검술학부니까."

주먹을 거두던 이아나가 눈을 크게 떴다.

"선배? 검술학부라고?"

"어어. 그것도 검술학부에서 손꼽히는 실력자지. 지금 4학년이야. 그런데 이아나 양, 다음 수업 있지 않아?"

"아."

아르하드가 검술학부라는 충격적인 소리를 듣고 흐트러진 모습을 보이던 이아나는 수업이 있음을 인지하고 몸을 추슬렀다. 손을 흔드는 에이지에게 고개를 까딱여 인사를 하고 가볍게 등을 돌리고, 무겁게 발을 떼었다.

'당신이 검술학부라고.'

숨소리가 절로 엇박자를 그렸다.

그렇다면 당신을 다시 만날 그날은 머지않아 찾아오리라. 또다시 조우하는 그날, 나는 당신에게 어떻게, 당신은 내게 어떻게.

아르하드와 새로운 인연을 시작하게 될 그날을 생각하자 심장이 규칙을 잃은 발걸음 만치 초조해졌다. 타박거리는 걸음소리가 뒤죽박죽으로 뒤섞인 생각과 엉켜든다.

모든 것이 혼란.

타박.

모든 것이 흥분.

타박.

모든 것이 기대.

타박.

그리고 한 치 앞을 바라볼 수 없는 어둠.

이아나는 걸음을 멈췄다. 타박거리는 소리도 멎었다. 그녀는 허리춤에 매달린 검을 내려다보았다. 슬쩍 쓰다듬어 보고는 꽉 움켜쥐었다. 그러고는 웃었다.

다만 확신하는 건.

어그러진 곡선을 그리던 숨이 제 박자를 되찾는다. 이번에는 가볍게 발걸음을 옮긴다.

어둠의 끝에 그의 곁에서 검을 쥔 자신이 함께하고 있으리라는 것……

"……후우."

이아나의 뒷모습이 서서히 작아지자 쾌활한 웃음을 항상 매달고 다니는 그답지 않게 에이지는 입매를 일자로 굳히고 매끈한 미간을 좁혔다. 그리고 턱을 슬슬 쓰다듬으며 가시 돋친 어투로 중얼거렸다.

"그래, 그 인간. 이아나 양에게 그 약을 준 것도 모자라서 깨어나자마자 이아나 양을 보러 갔단 말이지……?"

퍼걱! 파아앙! 서걱!

곳곳에서 다양한 형태의 검들이 허공을 휘저었다. 이리 내리치고 저리 휘두를 때마다 더운 물방울이 튀었다. 물방울의 정체는 단련에 열중하는 이들이 흘릴 수밖에 없는 뜨거운 땀이었다. 오후가 되어 서쪽하늘로 천천히 붉은 기운을 옮기는 태양은 이들이 마지막 땀방울까지 쥐어짜 내도록 부추겼다.

타아아앙!

이아나가 양손으로 내리친 목검이 목각인형의 어깨를 강하게 쳤다. 강화 마법이 걸린 수련용 인형인데도 타격을 이겨 내지 못해 금이 간 부위에서 가루에 가까운 나무 조각이 파스스 하고 터져 나왔다.

기가 죽어 수업 도중에도 항상 그녀의 눈치만 슬금슬금 보는 엘리리 교수의 수업까지 모두 마친 직후부터 이아나가 서 있는 장소는 검술학부의 거대한 단체 수련장 중에서도 야외에 있는 수련장이었다.

이아나가 왜 라이언이 빌려 준 개인 수련장에 가지 않고 이곳에 있는가 하니 6학년만 치르는 중요한 시험 때문에 라이언이 미안하다면서 일주일간은 자신이 그곳을 써야겠다고 양해를 구한 탓이다.

애초에 수련장은 그의 것이었기에 이아나는 절대 미안해할 필요 없다며 고개를 설레설레 저었다.

"과연, 저 사람이……."

"대단하네. 소리 봐."

공용으로 사용하는 단체 수련장인 탓에 검술대회의 폭풍의 핵이었던 이아나는 주목의 대상이었지만 그녀에게 타인의 관심은 있으나 마나였다. 무엇보다 지금 그녀의 머릿속은 수련, 수련, 또 수련으로 가득 차 있었다.

아르하드를 만나고 말았는데, 언제 맞붙을지 모르는데 어찌 수련을 설렁설렁 할 수 있겠는가. 평소에도 다른 사람들이 기가 질릴 정도로 독하게 수련을 하던 그녀였다. 하지만 아르하드를 만난 후 수련에 더 많은 시간을 쏟아붓겠다고 각오했다. 심장에서 피어난 집념의 불은 기세에도 옮겨붙어 활활 타올랐다.

이아나가 두 발을 벌리고, 종아리부터 시작하여 허벅지를 이어 허리까지 서서히 힘을 주었다. 검을 세게 움켜쥐고 너덜거리는 목각인형을 눈에 담았다.

와자자자작!

다시 한 번 가해진 강력한 충격 때문에 금이 간 부위부터 쩌적쩌적 쪼개지기 시작한 목각인형은 결국 두 동강이 나 둔탁한 소리와 함께 떨어져 내렸다.

강화된 목각인형과 이아나의 평범한 목검 중 부러져 나간 것이 인형이라는 놀라운 결과에 그녀의 수련을 훔쳐보고 있던 이들이 혀를 내둘렀다. 검기로 날카로이 베거나 오래되어 낡지 않은 이상 쪼개지는 일이 거의 없는 목각인형이 부러져서 널브러지는 처참한 꼴이란 목각인형 하나와 몇 달을 씨름하는 이들 입장에서는 정말 희한한 광경이었다.

"힘도 엄청 세구나."

누군가가 중얼거렸다. 이아나가 검술에 조예가 깊을 뿐 아니라 힘도 장사처럼 강하구나―라는 새로운 인식을 심어 주는 광경이었으나 이는 힘만으로 되는 일이 아니었다.

이아나가 힘이 약한 것은 아니다. 일반 남성보다야 훨씬 셌다. 그러나 타로처럼 근력이 괴물 수준으로 강하지 않은 이상 힘만으로 강화 마법이 부여된 인형을 쪼갤 수 없는 노릇이었다.

"이 멍청한 후배님아, 저거 힘만으로 절대 되는 거 아니야."

넋이 나간 후배 옆에서 이아나를 처음부터 끝까지 지켜보았던 한 고학년이 고개를 절레절레 저었다.

"괴물이 아닌 이상 누가 강화 마법까지 걸린 목각인형을 힘으로 부러뜨려?"

"네? 그럼 뭔데요?"

"말끔하게 가공되어서 보이지는 않지만 나무라는 재료에 있을 수밖에 없는 결을 노리고, 거기만 계속 강하게 치는 거야."

그 말대로 힘에 더불어 정확하게 한 타격점을 연거푸 내리치는 기예가 있었기에 이 같은 일이 가능했다.

"그런데 계속해서 한곳만 내리치는 게 절대 쉬운 일이 아니지. 게다가 나무의 결은 선이나 마찬가지인데 넌 머리카락 한

가닥을 일자로 펼쳐 놓고 한 시간 내내 그거만 강하게 치는 게 가능하냐?"

"……아니요."

"그렇지? 그런데 말야. 내가 계속 봤는데 이아나 후배님은 그렇게 하더라고. 정말 대단하다, 대단해."

결국 놀라운 집중력이 빚어낸 결과였다. 어떤 이는 믿을 수 없다는 듯 이아나의 얼굴과 볼륨감 있는 몸매를 훑어보았다. 그러고도 의심스러워 한마디를 툭 내뱉었다.

"여자 맞아?"

주변에 있던 이들은 그를 한심한 눈으로 쳐다보았다.

"이런 한심한 자식. 저 예쁜 이아나 후배님이 여자가 아니면 누가 여자야?"

"미친 놈. 넌 네 여친이 남자로 보이냐?"

"아, 아니!"

남자는 황급히 손을 저었다.

"나는 그냥 저렇게 검을 잘 다루는 여자는 처음 봐서……."

"이아나 후배님에 한해서는 이제 그런 생각을 하지 않는 게 좋을 것 같은데. 검기까지 쓰는 데다 그 대단한 츠레비스 후배님도 의사한테 실려 보냈잖냐."

그 말에 주변이 잠시 조용해졌다.

츠레비스는 고학년들 사이에서도 인정받는 대단한 실력자였다. 검술 실력도 수준급이지만 무엇보다 그 나이에 검기를 그렇게 자유롭게 쓴다는 건 두말할 것 없이 천재라는 말이었다.

하지만 그는 이아나의 무자비한 검에 피투성이가 되었고, 의사에게서 전치 4주 진단을 받았다. 거의 다 검에 베인 상처였기 때문에 천이나 거즈를 댄다면 무리 없이 학술원 생활을 할 수 있었다. 그럼에도 치료기간이 4주로 길어진 까닭은 이아나의 마지막 공격에 검이 두 동강 남과 동시에 팔이 부러졌고, 잠이 들 때마다 땀을 뻘뻘 흘리며 살려 달라는 헛소리를 내뱉는 등 심각한 악몽을 꿀 정도로 정신적 충격이 컸던 탓이었다.

병문안을 갔다 온 이들 말에 의하면 자신만만했던 예전의 모습은 어딜 가고 말수가 현저히 줄어든 츠레비스는 사람을 옆에 두고도 무기력한 표정으로 생각에 잠겨 있다고 했다.

당연한 일이다. 휘두르던 검이 부러지고 검기를 두른 검에 목이 베일 뻔했다. 다리를 걷어차여 무릎을 꿇었고 살기를 띤 채 내려다보는 이아나의 눈을 피해 비참하게 고개를 숙였다.

늘 승승장구하던 그가 그토록 굴욕을 당했는데 충격을 받지 않았다면 그게 비정상이었다.

충격은 결승전을 지켜본 이들도 받았다. 앞서 있던 시합에서 대단한 실력을 보여 주던 이아나였지만 격렬하게 퍼부어지는 공격을 방어하기만 하는 모습에 결국 검술학부의 에이스인 츠레비스는 못 당해 내나 싶었다.

그런데 어느 순간 고양이가 쥐 가지고 놀듯 봐주기라도 했다는 것처럼 매서운 공격이 쏟아져 나오기 시작했다. 이아나의 검은 노예를 매질하는 채찍이라도 된 양 츠레비스를 잔인하게 휘갈겼고 그를 궁지에 몰아붙였다.

다급해진 츠레비스가 비장의 검기를 꺼내 들었음에도, 이아나 또한 아무렇지도 않게 검기를 만들어 냈다. 그리고 그의 검술과 함께 그의 자존심을 완전히 짓밟았다.

대단하다. 대체 누가 저 대단한 여자가 검술학부에 비리로 들어왔다는 둥 어이없는 입방아를 찧어 댔는가. 그리고 자신들은 어째서 무작정 그럴지도 모른다고 생각했던가. 눈과 마음을 가리고 있던 못난 껍데기가 우수수 떨어져 내렸다.

더운 바람만이 불어올 뿐 고요로 뒤덮인 관객석의 시선이 쏟아지는 가운데, 이아나는 무릎 꿇은 츠레비스를 한차례 비웃고는 하늘 위의 태양을 보았다. 지켜보던 이들의 몸에 이유 모를 소름이 돋았다.

섬뜩했다. 그저 붉은 소녀가 저를 닮은 태양을 올려다보는 모습이었음에도 섬뜩하기 짝이 없었다. 어째서인가, 하면 무어라 설명할 수 없었다. 느껴지는 감정이라고는 소녀가 자신들과 동떨어져 있는 듯한 비릿한 이질감뿐이었다.

지켜보기만 하던 이들조차 살이 절로 떨릴 정도로 츠레비스를 반 죽여 놓고도 지루하다는 듯 태양을 바라보는 소녀가 무슨 생각을 하고 있는지 범인이 어찌 알리?

평범한 사람들은 승자인데도 기쁨, 뿌듯함, 자부심과 같은 감정을 조금도 내비치지 않는 이아나를 이해할 수 없었다. 다만 그 시간, 그때의 소녀는 자신들과 다른 종류의 인간처럼 느껴졌을 뿐이었다.

그렇게 이아나의 모습은 결승전의 마지막을 지켜본 모든 이들의 가슴 속에 새겨졌다. 현재의 이아나는 그저 열심히 수련하는 예쁜 소녀였으나, 잊히지 않는 결승전의 모습은 섬뜩한 괴리감을 안겨 주었다.

"······하긴. 여자인 걸 의심할 게 아니라 사람인 것부터 의심 해야겠네. 내가 너무 놀라서 턱이 빠졌다는 거 아니냐. 대체 뭘 먹고 자랐길래······."

"이것들아, 헛소리를 할 게 아니라 수련을 해야지, 수련. 새 파란 후배님한테 질 수 없잖아."

남자들은 따끔한 잔소리에 고개를 끄덕이며 다시 수련에 집 중하기 시작했다.

파앙! 파앙! 팡!

사람들의 달라진 태도에는 관심도 없는 이아나는 목각인형 이라는 목표를 잃자마자 그저 검을 휘두르기 시작했다. 베고, 찌르고, 가르고. 허공을 수없이 수놓는 검은 생사대적을 눈앞 에 둔 것 같기도 했다.

그리고 잠시 신중한 태도로 숨을 고른 이아나의 팔이 먹잇감 을 잡기 위해 도약을 준비하는 사자처럼 뒤로 세게 젖혀졌다.

쐐애액— 파앙!

팽팽하게 당겨진 활시위가 화살을 놓듯 찌르기가 공기를 강 하게 베어 갈랐다. 찢겨 나간 공기는 검에 밀려나며 끝내 검 끝에서 터졌다. 목검이라지만 그 앞에 사람이 있었다면 충격으 로 즉사시킬 만한 위력이었다.

짝짝.

"그 찌르기, 한번 잘못 맞으면 골로 가겠네요."

옆에서 구경하고 있던 리키젠이 저도 모르게 박수를 쳤다.

"헉."

갑자기 안색이 창백해진 그가 입을 틀어막았다.

"그때 그놈들이 방금 그 찌르기에 찔려서 고자가 됐다는 건데…… 와…… 엄청 불쌍해……."

"시끄러워. 너도 찔러 줄까."

"죄송합니다."

"네가 웬일로 도서관에 안 처박혀 있지? 여기엔 또 무슨 일로 온 거냐."

이아나가 걸이에 걸어 뒀던 수건으로 얼굴에 맺힌 땀을 닦아 냈다. 턱을 손바닥에 괸 채 그 모습을 구경하고 있던 리키젠은 나지막하게 말했다.

"……뭐, 가끔씩은 퀴퀴한 도서관에서 나와 구경하는 것도 나쁘지 않다고 생각해서요."

"검술을? 이왕이면 직접 해 보는 것도 나쁘지 않아."

"싫습니다. 저처럼 연약한 미소년은 검술 같은 거친 운동 못합니다. 우락부락한 이아나 님과 달라요."

이아나의 손바닥이 허공을 갈랐다.

빡!

"악!"

리키젠이 비명을 지르며 뒤통수를 붙잡았다.

"정말 입만 살았군."

"아, 아이 씨……. 폭력 좀 그만 써요! 내가 괴물 같은 당신네들이랑 같은 줄 알아요?!"

빈말이 아니라 너무 아픈 나머지 눈물까지 찔끔 맺혀 있었다. 안 그래도 요즘 타로에게 빈정댈 때마다 타로가 너무 귀여워서 뒤통수를 쓰다듬어 준다는 핑계로 때리는 바람에 머리가 나빠지는 기분이었다.

"상대해 주는 것도 한계가 있으니 구경을 할 거면 그 입 다물고 해. 나는 검을 다룰 땐 무척 예민해지니까. 요즘엔 더더욱."

수건으로 목검의 손잡이에 묻은 땀까지 꼼꼼히 닦아 낸 이아나가 제자리로 돌아갔다. 리키젠은 뚱한 표정으로 투덜댔다.

"진짜 되게 예민하네요. 그날이에요?"

"뒤통수가 터져 나가고 싶은 모양이로군."

"죄송해요. 닥치고 구경이나 할게요. 그런데 이렇게 구경해도 신경 안 쓰여요?"

"딱히. 시선이 하나 더 추가된다 해 봤자 달라질 건 없으니까."

잠자코 이아나를 쳐다보던 리키젠은 슬쩍 입을 열었다.

"……그럼 가끔 와서 구경해도 돼요?"

그 말에 정자세를 취하던 이아나가 검을 내리고 그를 빤히 쳐다보았다.

리키젠은 회귀 전에도 회귀 후에도 부정할 수 없는 천생 학자 타입이다. 과거에 아르하드를 따라다니긴 했지만 전형적인 책사였던 그가 몸을 움직이는 경우는 거의 없었다.

이아나가 말이 없자 거절당했다고 생각한 리키젠이 조금 민망해져서 툭 내뱉었다.

"안 되면 말고요."

"그건 아니고, 정말 검술에 관심이라도 생겼나?"

"직접 휘두르고 싶은 건 아니고요. 그냥, 뭐. 구경하는 게 나쁘지 않아서요. 검술을 집중해서 본 건 검술대회가 처음이었는데, 꽤 볼 만은 했으니까……."

"검은 구경거리가 아닌데?"

이아나가 매사에 평온한 그녀답지 않게 심기 불편한 표정을 내비치고는 검을 가로로 한 번 신경질적으로 휘둘렀다. 그녀가 평소와 다른 모습을 보이자 리키젠이 피식피식 웃었다.

"확실히, 형님들 말대로네요."

"무슨 말?"

"검만 쥐고 있으면 사람이 달라진다는 말이요. 이아나 님 검이 구경거리라는 말은 절대 아니었어요. 그냥 제가 보고 싶다는 말이었지."

나쁜 의도 없이 그저 보고 싶다는데 막을 이유는 없었다. 책장과 펜촉, 활자의 날카로움과는 상반되는 날붙이의 예리함에 흥미를 느꼈나 싶었다. 이아나는 어깨를 으쓱였다.

"……뭐, 알아서 해."

검을 휘두를 때는 주변이 온통 흐릿해지고 검이 그리는 궤적만 보이니 호기심을 해소할 때까지 내버려 둬도 상관은 없을 것 같았다. 무엇보다 제가 사랑하는 검의 매력을 슬금슬금 느끼고 있다는데 내칠 수도 없는 노릇이 아닌가. 검을 이리저리 휘두르던 이아나는 저도 모르게 웃었다.

그때 리키젠이 머뭇거리며 무언가 말하고 싶은 듯 입을 뻐끔거렸다. 하지만 말하지는 않았다.

태양이 뉘엿뉘엿 저물수록 빛은 걷히고 어둠이 지상을 뒤덮는다. 아름다운 석양이 푸르기만 하던 하늘을 붉게 물들이고 있었다. 밤을 맞이하는 태양의 마지막 시간이었다.

날이 완전히 저물기 전에 수련을 마친 학생들이 한 명씩 돌아가기 시작했다. 마지막으로 남은 사람은 이아나였다. 주변에 사람이 없자 이아나는 햇빛을 받아 붉게 번뜩거리는 진검을 빼 들었다. 누가 채근하지 않는데도 스스로 바라서 수련을 계속했다.

뭉툭한 가검이 아닌 예리한 진검은 묘한 즐거움을 주었다. 예술가가 제 손끝에서 그려지는 아름다운 작품에 홀려 식사하는 것도 잊듯 이아나 또한 내버려 둔다면 밥을 굶는 한이 있더라도 계속 검을 쥘 기세였다. 그만치 즐거워 보였다.

"저기⋯⋯."

결국 리키젠은 달싹거리는 입을 참지 못했다.

"계속 귀찮게 해서 죄송한데요. 진짜 묻고 싶은 게 있었는데 오늘 이아나 님이 검 휘두르는 걸 보고 있으니 더 묻고 싶어졌어요. 진짜 딱 하나만 물어봐도 돼요?"

궁금해 죽겠다는 어투가 검을 멈추게 했다. 이아나도 리키젠이 무엇을 궁금해하는지 궁금해졌다. 이제껏 그가 제게 이리 강한 호기심을 보인 적은 없었다.

"뭔데."

"그날 왜 그랬어요?"

"뭘?"

"결승전 마지막에 엄청 재미없다는 표정을 지었잖아요."

다른 사람과 마찬가지로 그도 그날 보았던 광경을 잊을 수 없었다. 하지만 다른 사람과는 달리 괴리감을 느꼈다거나, 기뻐하지 않는 이아나를 이해할 수 없었다기보다는 강한 호기심을 가졌다.

"검 휘두르는 걸 엄청 좋아하신다고 들었고, 그 말대로 지금도 공부할 때와는 달리 즐거워 보이세요. 그런데 그날은 화가 나신 걸로 보였어요. 왜 그러셨어요?"

"상대가 기대의 발끝에도 못 미칠 정도로 약해서 짜증이 날 정도로 재미없었기 때문이다."

이아나가 즉답했다. 별것도 아닌 질문이었다.

"……오만하시네요."

"오만이라……. 그렇지. 남들이 보기엔 오만이지."

누가 이런 자신을 이해할 수 있을까. 이는 오만이 아니라 공허다.

한 천재 연주가는 제 음악을 가장 잘 이해해 주던 친구가 죽자 은퇴를 선언함과 동시에 가장 아끼던 악기의 현을 끊었다고 했다. 처음부터 없었다면 모를까. 누구보다 저를 잘 이해해 주던 동반자와 함께하던 이에게 이해자의 부재란 굶주림과 같다. 사람들이 아무리 대단하다고 박수를 쳐도 당사자는 허탈하기만 하다.

먹어도, 먹어도 매일 굶주려 있는 듯한 그 기분을 누가 알까. 복에 겨웠다며 나무라면 나무랐지 가엾다고 하는 이는 없을 터였다.

"그러니 다른 사람은 나를 이해 못 해. 너도 마찬가지다."

"……그렇군요."

리키젠은 천천히 고개를 끄덕였다.

"그런데 왜 그런 게 궁금한 거지? 그때 내 얼굴이 그렇게 살벌했나?"

"이렇게 검 휘두르는 걸 좋아하시는데 그날은 다르셨으니까요. 이상하잖아요."

어둠이 저 멀리서 서서히 잠식해 온다. 어둠에 잡아먹힌 하늘에는 별이 총총 떠올라 달이 뜨기만을 기다리고 있었다. 리키젠은 하늘을 우두커니 노려보고 있다가 입을 열었다.

"저는요. 예전부터 따르고 싶었던 사람이 있어요."

뜬금없는 말에 이아나가 고개를 슬쩍 돌려 쳐다보았다. 과거를 말해 주려는 건가? 구미가 당겼다.

불어온 바람에 리키젠의 회색 머리카락이 흔들거렸다.

"⋯⋯어렸을 때, 정말 끔찍한 상황에서 저를 구해 주신 데다 제가 학술원에 입학하기 전까지 보호해 주시던 분인데⋯⋯. 아주 대단한 사람이에요."

아르하드일까. 리키젠의 미래를 아르하드에게 묶어 놓은 이아나는 자연스럽게 그를 떠올렸다.

"그 사람의 정체는 잘 모릅니다. 다만 암흑가에서 엄청난 세력의 실세라는 건 알아요. 저는 암흑가에서 쭉 자랐거든요."

암흑가라고 하니 자연스레 에이지가 생각났다. 이아나가 아는 암흑가 사람이라고는 그밖에 없었기에 당연한 결과였다.

"전 그 사람을 보좌하고 싶어요. 그 사람이 뭘 하고 있든 간에 관계없이 도움이 되고 싶어서 필사적으로 공부하고 있죠. 어릴 때부터 머리는 잘 돌아간다는 소릴 들은 만큼 공부가 저한테는 맞고, 할 수 있는 일이라곤 그것밖에 없으니까요."

리키젠이 말하고 있는 그 사람이 아르하드라고 이아나는 확신했다. 리키젠은 주군인 아르하드에게 언제나 맹목적이었고,

그에게 도움이 되고자 깨끗한 일 더러운 일 가리지 않고 온갖 일을 했다. 그 모습이 지금의 그에게서 얼핏 보였다.

아르하드가 바라는 것이라면 무슨 수를 써서라도 얻어 내고 그에게 해가 되는 것이라면 제 선에서 모조리 처리하던 남자 리키젠 로스타리는, 주군이 모든 것을 뒤로하고 집착하는 이아나 로베르슈타인을 증오했었다.

"그런데 그 사람은 늘 저한테 저 살길이나 찾으라고 말해요. 저는 필요 없다는 것처럼 모든 걸 혼자서 척척 잘해 내죠."

리키젠은 무릎에 제 얼굴을 묻었다.

"그 사람은 뭐든 잘해요. 그중에서도 검을 예로 들면 암흑가에서 그 사람보다 강한 사람은 없대요. 저도 구역에 침범한 거구들을 그 사람이 순식간에 아작 내는 걸 몇 번이나 봤어요."

아르하드라면 당연했다. 누구도 감히 대적할 수 없다. 최강자로서 사람들의 두려움을 한 몸에 받던 그를 이길 자, 누가 있으리.

"그런데요. 그 사람도 그때의 이아나 님과 비슷한 표정을 자주 지어요. 주변에서는 망가진 인간들이 신음을 흘리는데 말이죠."

심장이 순간 덜컹했다.

"그 사람도 이아나 님처럼 짜증이 나는 거야. 같은 위치에서 자신을 이해해 줄 수 있는 사람의 부재가. ······그렇죠?"

검을 세게 움켜쥐는 손이 흔들거렸다.

"그 사람은 싸울 때가 아니라 평상시에도 자주 그래요. 그 사람은 인간이 아닌 것처럼 뭐든 잘하니까. 자기가 잘나서 전부 다 혼자 처리할 수 있는데 눈에 차지도 않는 상대가 왜 필요하겠어요? 그 사람도 이아나 님처럼 제대로 상대해 주는 인간이 없어서 짜증이 난 거겠죠? 그 사람이 저한테 거리를 두는 이유가 제가 아직 쓸모없어서 그런 거라는 생각이 드니까 괜히…….”

리키젠이 씩씩거리며 발로 흙을 퍽퍽 걷어찼다.

“하지만 전 앞으로 더 노력할 겁니다. 끝장나게 능력을 길러서 그 사람 옆에서 그 사람을 이해할 수 있는 보좌관이 될 거예요.”

“……굳이 필요 없다 하는데 그렇게까지 하는 이유가?”

“저는 은혜를 갚고 싶습니다. 그 사람의 이해자가 되고 싶어요. 그런 사람은 항상 혼자일 수밖에 없으니까. 외롭잖아요?”

욱한 표정을 지은 리키젠이 툭 내뱉은 말에 이아나가 입을 다물었다.

“아무리 잘났다고 해도 자신을 이해하는 사람 하나 없다면 짜증나고 외롭지 않을까요. 그래서 그런 지루한 표정을 지은 거 아니겠어요? 아니, 분명해.”

분기 어린 회색 눈동자가 이아나를 향했다.

“당신도 그런 거잖아요?”

이아나는 반박할 수 없었다.

그래, 아르하드. 당신은 나와 같다. 이 세상에 하나밖에 없는 나의 호적수. 내가 항상 불꽃처럼 살아갈 수 있게 해 주었던 남자.

내가 그러했던 것처럼 당신에게도 나는 그러한 의미였던가. 유일한 이해자를 곁에 두고자 했던가.

악을 쓰고 덤비는 나를 다 잡은 전쟁에서도 항상 풀어 주었던 당신은 나를 도저히 죽일 수 없었음이라. 그래서 더더욱 내게 집착했고, 수중에 넣고 싶어 안달했을지도 모른다.

다만 마지막에는 결국에 지친 표정으로 나를 죽였던 당신. 그리고 그런 당신은 이곳에.

이아나는 입술을 꾹 깨물고 마음을 가다듬었다.

"아니."

"……."

이아나의 부정에 리키젠이 영문 모를 표정을 지었다.

"지금까지는 그랬을지도 모르지만…… 이제는 상황이 달라."

이아나는 검을 고쳐 쥐고 눈부신 검날에 얼굴을 비추어 보았다. 그리고 그곳에 비친 제 눈동자가 더없이 이글거리고 있는 걸 보며 입술을 달싹거렸다.

"……그자를 만나 버렸으니까."

오랜 세월 동안 내 앞에 서서 내 검을 꺾기만 했다고 생각했지만 유일한 동반자였던 그 남자를.

그자가 누군지 몰라 말을 이해할 수 없었던 리키젠은 어리둥절해했지만 이아나는 더 이상 말이 없었다.

서걱—

이아나의 손목이 기이하게 꺾여 노을의 마지막 붉은 빛깔을 베었다. 그와 동시에 하늘을 뜨거운 색색깔로 물들이며 학술원 중심에 우뚝 서 있는 회색탑 너머로 저물어 가는 태양이 밤을 불러들인다.

회색탑, 회색 벽돌로 동그랗게 쌓아올려 하늘을 뚫을 듯 솟은 그곳은 마법학부의 학부장이자 학술원의 학장인 대마법사 하인리히가 기거하는 정신의 마탑이다. 하인리히가 마법 중에서도 정신 계열 마법에 조예가 깊어 붙은 이름이었다.

"……."

그리고 마탑 꼭대기에 서서히 다가오는 어두운 밤을 똑 닮은 남자가 있었다. 밤하늘처럼 어두운 칠흑의 머리카락과, 보름달을 닮은 눈동자, 최고의 조각사가 최상급 재료로 깎아 만든 듯 밖으로 드러난 모든 부분이 준수한 남자였다.

탑 안의 어둠 속에서 나른한 황금빛 눈동자로 무언가를 골똘히 쳐다보는 것이 언뜻 보기에는 퇴폐적인 인상이다. 그는 어딘가를 집요하게 쳐다보고 있었다.

툭…… 툭…….

창의 틀을 규칙적으로 두들기는 손가락은 생각에 잠긴 그의 상태를 대변했다. 학술원 전체가 내려다보이는 탑의 정상에, 학술원의 모든 건물이 보이는 그곳의 거대한 창틀에, 아르하드는 비스듬히 앉아 있었다.

붉은 석양은 항상 마음을 어지럽히는 요상한 재주가 있다.

시선을 올려 아르하드는 태양이 지는 모습을 가라앉은 눈으로 바라보다 입을 열었다.

"내가 깨어난 건 용케 알았군. 아직 모습을 드러내지도 않았는데 말이야."

"하여간 눈치 빠른 건 귀신같다니까."

누군가 투덜대며 어둠이 가라앉은 구석에서 모습을 드러냈다. 녹색 머리카락에 푸른 눈동자를 가진 청년, 에이지였다.

에이지가 제게 걸어오고 있음에도 아르하드는 왕궁 너머로 져 버린 태양의 잔흔만을 좇았다. 에이지는 자신에게는 눈길조차 주지 않는 아르하드를 향해 이를 갈았다.

"일단 하나 묻죠. 지금 제정신입니까?"

"무슨 뜻에서 그런 말을 하는 거지? 충분히 제정신이다."

"다른 이의 팔이 엉망진창인 꼴이 안타까워 당신의 목숨이나 마찬가지인 그 약을 주다니, 정신이 나가지 않고서야 저지를 수 없는 짓을 하는 당신이 수상해서 말이지요."

그제야 아르하드는 에이지에게 시선을 주었다.

"……어떻게 알았지?"

"가사상태에 빠진 게 그 약을 먹지 않았기 때문이지 다른 이유가 뭐 있습니까. 탑에 돌아오자마자 잠들기에 이상해서 품을 뒤져 봤더니 약병은 없지, 칠칠맞게 잃어버렸다고 생각했더니 약병이 다른 사람 손에 있지……. 후."

에이지가 신경질적으로 머리를 헤집었다.

끼이이익—

그때 문을 열고 인상 좋은 노인 한 명이 들어왔다. 짙은 색의 로브를 입고 있는 노인의 외양은 전형적인 마법사였다. 노인은 화가 나 있는 에이지와 아르하드를 번갈아 보더니 아르하드를 향해 인자한 미소를 지어 보였다.

"몸은 좀 어떠한가, 아르하드 군."

"양호합니다."

"어제 깨어나자마자 사라지는 바람에 놀랐다네."

"여러 가지로 죄송합니다, 하인리히 님."

아르하드가 고개를 숙이자 하인리히는 자애롭게 웃었다. 그 모습을 바라보고 있던 에이지가 인상을 팍 찌푸렸다.

"하인리히 님, 그렇게 자상하게 대해 주지 마십시오. 저 인간의 존재를 들킬까 싶어 하인리히 님과 제가 아주 사방으로 뛰어 대면서 악마라고 해도 좋을 짓을 하며 그 약을 만들어 내고 있는데 저 인간은 은혜도 모르고 그딴 행동을 하다니…… 제정신이 아니든지, 혹은……."

에이지가 비릿하게 웃었다.

"이아나 양에게 사랑에 빠졌거나?"

순간 금안이 어둠을 살피는 맹수의 눈처럼 번뜩였다.

"……너, 이아나를 알고 있나?"

아르하드의 입에서 튀어나온 익숙한 이름에 에이지의 눈이 유례없이 날카롭게 칵 하고 치켜떠졌다.

"경고하는데, 그 아가씨를 우리 일에 끌어들이려는 생각은 하지 않는 게 좋을 겁니다."

에이지가 거칠게 쏘아붙였다.

"내가 당신과 함께 움직이고 있는 이유는 오로지 그들을 멸족시키기 위해서야. 그게 보통 위험한 일인 것 같아? 더구나 요새 위가 심상치 않다고, 잘하면 당신을 찾기 위해 황태자나 황녀가 직접 내려올 수도 있다고 내가 몇 번이나 말했습니까. 진짜 심각하다고!"

흥분한 에이지가 한참이나 씨근덕거리더니 이내 끙, 하고 이마를 짚었다.

"일단 당신이 이 거사의 주체이기 때문에 하고 싶은 대로 놔두는 거지만 이아나 양을 건들면 말이 달라져요. 만약 쓸데 없이 치근덕거리면서 이 일에 끌어들이려고 하면 내가 무슨 수를 써서라도 골방에 처박아 버릴 테니까 알아서 하십쇼. 그건 그렇고 이아나 양은 대체 어떻게 알게 된 거야?"

아르하드는 말없이 창틀에서 탑 안으로 뛰어내렸다.

"그건 내가 묻고 싶은 말인데……?"

가늘게 휘어진 눈매로 에이지를 바라보는 아르하드의 주변 공기가 저릿저릿해지기 시작했다. 마나가 그에게 동조하여 날카로운 칼날처럼 에이지를 향해 날을 세웠다. 마나의 흐름에 민감한 에이지는 자신을 노리는 소름 끼칠 정도로 섬뜩한 살기를 느꼈다.

"네가 그 여자를 어떻게 알고 있는 거지?"

아르하드가 턱을 쓰다듬으며 느릿하게 말을 이었다. 에이지는 반색을 하고 얼굴을 일그러뜨렸다.

"지금 뭐 하자는 겁니까……? 지금 이아나 양 때문에 나한테 살기를 보내는 겁니까? 와, 당신이 한 여자를 쫓아다니고 잠든 여자 손에 입 맞추는 짓까지 할 줄은 몰랐는데. 이건 진짜 배신이다."

살짝 당황한 아르하드가 미묘하게 낯을 굳혔으나 이내 표정을 갈무리하며 팔짱을 꼈다.

"대답이나 해. 그 여자를 어떻게 알고 있는 거냐고. 그 일은 또 어떻게 아는 거냐."

"이번에 학술원에 입학하면서 친해진 시험 동기입니다. 친구라고요. 당신, 그 아가씨한테 정말 반하기라도 했습니까?"

아르하드는 말이 없었고, 에이지는 이를 갈았다.

"또 그렇게 입 다물 줄 알았어. 그렇게 항상 지 감정은 꼭꼭 숨겨 두고 철가면을 뒤집어쓰지. 이 정 안 가는 인간아. 아무튼 잘 들어요. 당신이 그 아가씨를 어떻게 생각하든 간에 나는 그 아가씨를 이 일에서 철저하게 배제할 겁니다. 이아나 양이 위험하기 짝이 없는 일과 절대 연관될 일이 없을 거라고. 무엇보다."

에이지가 아르하드에게 일침을 가했다.

"거사를 치르기 전까지의 당신은 절대로 약점이 될 소중한 무언가를 만들면 안 돼."

아르하드는 에이지의 말을 잠자코 듣고만 있다가 피식하고 웃었다.

"나도 알아."

에이지는 그를 힘껏 노려보다 말도 없이 등을 돌려 나갔고 하인리히도 아직 몸이 정상이 아닐 텐데 쉬라고 자상하게 말하고는 에이지를 따라 나갔다.

탑 안에 혼자 남겨진 아르하드는 다시 네모난 창문으로 다가갔다. 두 손으로 창틀을 짚고 어느새 완연히 밤이 되어 차게 식어 버린 공기를 깊게 들이마셨다. 그리고 다시 후…… 하고 깊은 숨을 내뱉었다.

아르하드의 시선이 저 언덕 너머, 방금 전까지만 해도 이아나가 있었던 단체 수련장으로 향했다.

너는 그때도, 그 이후에도 내 곁에 없었고, 지금도 없어야 할 터였다. 하나.

방금 전까지만 해도 무심하기만 했던 그의 얼굴에는 몹시 당혹스럽고 혼란스러운 듯한 표정이 떠올라 있었다.

너는 어째서, 바로 지금, 여기에.

⌒⟲⟳◉⟲⟳⌒

이아나가 고대하던 날은 아르하드와 조우한 그날로부터 머지않아 학술원 전체를 뒤덮은 요란한 술렁임과 함께 찾아왔다.

"아르하드 선배님이 다시 학술원에 나오시나 봐!"

"맞아, 맞아, 나 어제 봤어! 하아아아. 시간이 흐를수록 점점 더 멋져지는 외모란 정말 우리들한테는 선물이라니까."

"나, 검술학부 모임 때 뵈러 갈 거야. 꼭!"

특히 여학생들은 하나같이 한 주제를 겨냥하여 대화를 했다.

"진짜 잘생겼더라. 정말 평민 맞아?"

"아이참, 성이 없잖아."

조잘대는 여학생 무리 옆에 식판을 내려놓던 한 여학생이 의아한 표정으로 그들에게 물었다.

"안녕하세요, 선배님들? 아르하드 선배님이 누군데 이렇게 학술원 전체가 들썩거려요?"

"어머어머, 그렇지. 너 신입생이라서 잘 모르겠구나."

아르하드 선배님은 말이지. 검술학부를 통틀어서 손꼽히는 실력자신 데다가, 시험만 쳤다 하면 수석을 할 정도로 대단한 분이셔! 그, 그리고 정말, 정말 잘생기셨어. 진짜 말로 표현을 다 못 할 정도로 잘생기셨단 말야. 그분이 무슨 생각을 하시는 건지는 몰라도 가끔 멍하니 앉아 계실 때가 있는데, 그 순간을 놓쳐서는 안 돼. 그분이 생각에 잠겨 계실 때만 볼 수 있는 퇴폐적인 섹시함은 정말 말로 표현할 수가 없어. 대체 무슨 생각을 하고 계시기에 그런 바람직한 표정이 나오는 건지. 츄릅. 아, 이건 진짜 직접 봐야 하는데. 하지만 그분께도 단점은 있지. 보기에는 몹시 튼튼해 보이지만 몸 어디가 안 좋으신지 병결을 길게, 자주 하셔. 아, 미남의 고통은 여인네의 가슴을 문드러지게 하는구나.

"……."

이아나는 식당에서 식사를 하다 우연찮게 한 여학생이 아르하드에 대해 잔뜩 늘어놓는 이야기를 들었다.

드디어 등장했던가. 이아나가 눈을 깜빡였다.

이제 행동의 방향을 결정해야 한다. 제가 먼저 다가갈 것인가, 혹은 남자가 다가오기를 기다릴 것인가.

언제나 제게 먼저 다가온 건 아르하드였다. 저는 그를 내치거나 칼부림을 하면 그만이었다. 하지만 이제는 버려야 할 과거다. 자신은 사라진 회귀 전의 시간이 아닌 현실을 살아가고 있다. 새로 시작되는 인연이었다.

오늘 아침에는 검술학부 전체 모임이 있었다. 이아나가 일찍 도착했음에도 조례장소인 공터에는 삼백 명에 육박하는 사람들이 와글거리고 있었다. 왁자지껄한 소란. 그러나 소란은 한 장소에 집중되어 있었다.

이아나는 사람들을 밀어내며 중심으로 파고들었다. 누군가가 밀어내는 손길에 학생들은 눈살을 찌푸리며 뒤돌아보았다가 이아나를 알아보고 인사를 했다. 하지만 이아나는 고개를 까딱여 인사를 해줄 뿐 인파를 밀쳐 내며 지나가는 행동은 그만두지 않았다.

그녀의 눈은 한곳에 고정되어 있었다. 눈매가 가늘게 좁아졌다. 익숙한 검은 머리칼이 눈앞에 아른거린 탓이다.

과연, 그곳에는 아르하드가 있었다. 실제의 아르하드가 라이언을 비롯한 다른 이들과 이야기를 나누고 있었다. 이아나는 걸음을 뚝 멈추고 익숙한 옆모습을 뚫어져라 쳐다보았다.

아르하드 로이긴…….

아르하드는 자신에게 향하는 따가운 시선을 느끼고 고개를 돌렸다.

채앵—

검을 맞부딪치는 환영이 보이고 환청이 들려왔다.

이아나와 아르하드의 눈이 마주쳤다. 마주한 시선이 직선을 그리는 그 순간 그곳은 시간이 멈추기라도 한 듯 불어오는 바람 한 점 없이 고요했다.

이아나는 주변의 공기가 마르기라도 한 듯 메말라 오는 목이 힘에 겨웠다. 아르하드만을 바라보고 있기 때문에 그렇게 느껴지는 것일지도 몰랐다.

쨍하니 내리쬐는 아침의 태양은 영광의 낮이 저물고 몰락의 밤이 저물어 마침내 지금 이 순간을 맞이한다는 바를 알리는 빛이다.

사람들은 숨을 죽였다. 낮과 밤처럼 상반되는 외모가 맞부딪쳐 만들어 낸 뚜렷한 경계, 칼날처럼 날 선 시선이 곧게 뻗어져 허공을 채우는 그곳에서는 어쩐지 입을 함부로 열어서는 안 될 것 같았다.

그런 기분이 들 만큼 이아나의 시선은 아르하드를 꿰뚫을 듯 집요했다. 방학까지 합쳐 거의 6개월 만에 학술원에 나온지라 신입생인 이아나와 전혀 접점이 없었을 아르하드는 의아할 법한데도 조용히 그 시선을 받고 있었다. 이아나의 입에서 무슨 말이 나올는지 아무도 예상할 수 없다.

찰나의 시간이 흐르고 그녀를 바라보던 아르하드의 눈이 오묘하게 뭉그러지는 순간 이아나가 천천히 손을 들어 올렸다.

"이리 다시 만나 뵙게 되어……."

아침의 밝은 하늘 위로 손이 그려 내는 곡선은 나무랄 데 없이 유려했다. 이아나의 손이 아르하드를 향해 부드럽게 뻗어졌고 그의 앞에서 멈춰 섰다.

"기쁩니다. 아르하드 선배님."

눈에 띄게 움찔한 아르하드가 제게 뻗어진 이아나의 손을 훑자 마침내 두 쌍의 눈이 만들어 내고 있던 직선은 어그러졌다.

바람이 불었다.

"후후……."

바람과 함께 들려오는 웃음소리에 무언가가 파창— 하고 깨지는 소리가 나는 것 같았다. 이는 아르하드의 눈동자가 정처 없이 흔들린 탓이리다.

깨진 유리처럼 날이 선 아르하드의 시선이 이아나가 저를 향한 내민 손을, 팔을, 어깨를, 따라 그 얼굴까지 흘렀다.

이아나의 눈과 입술이 아주 동그란 호선을 그려 내고 있었다. 반달로 접힌 붉은 입술이 하얀 치아를 드러낼 정도로 명백한 웃음이었다. 언제나처럼 풋— 하고 터뜨렸다가 순식간에 사라지는 것도 아니고, 입꼬리만 슬쩍 끌어 올리는 것도 아닌, 평범한 미소였다. 그녀를 아는 그 누구도 보지 못했던.

다른 이들의 웃음이면 보고도 그냥 넘어갔겠지만 그 주체가 이아나라니, 흔치않은 특별한 모습이 사람들에게 무척이나 뚜렷해 보이는 건 당연한 수순이었다.

지금의 상황이 몹시 유쾌했던 이아나의 입술에서는 계속해서 웃음이 새어 나왔다. 고요히 흐르는 강물처럼 세월이 흘러 만나기를 고대했던 남자를 이리 정식으로 마주하게 되었다.

아르하드는 이아나가 살아왔던 인생 전반을 차지했던 남자이자 현재 인생의 목표다. 그래서 그와의 만남은 이제껏 알고 있던 인물들을 만날 적과는 차원이 다른 동요를 불러일으켰다.

유쾌하다. 지루한 정적 속에서 용솟음치는 감정의 격동이 어찌 유쾌하지 않을 수 있겠는가.

아르하드는 말이 없었다. 그는 무례하게도 이아나가 내민 손을 잡지도 않고, 만나서 기쁘다는 말에 대답도 하지도 않은 채 읽을 수 없는 표정으로 이아나의 얼굴을 바라보고 있었다. 그러다 눈길이 스멀스멀 아래로 향했다. 이아나는 함께 시선을 내려 아르하드의 시선이 꽂힌 제 손을 기묘한 기분으로 내려다보았다.

어색하지 않은가, 이 손. 첫 만남부터 아르하드를 매정하게 쳐 내기만 하던 손이 그가 저를 잡기를 기다리고 있었다. 참 어색하고 기묘하다. 그러나 그 기묘함에 심장이 이루 말할 수 없이 세차게 뛴다.

'당신은 지금 내 손을 보고 무슨 생각을 하고 있을까.'

순간 이아나의 입술에서 실소가 흘러나왔다. 우스운 생각이다. 아르하드는 그저 지난 밤 만났던 여자가 저를 기억하고 인사를 청하는 것이라고 가벼이 생각할 것이다. 과거에도, 이번에도 제 검술을 매력적으로 느꼈을 테니 기뻐하고 있을지도 모른다. 어쩌면 어리둥절해하고 있을지도.

왜냐면, 이미 한 번 흘러갔던 시간을 모를 테니까.

그러니 씁쓸해지는 건 어쩔 수 없다. 이번 생에서는 아르하드가 바라기만 한다면 그의 것이 되어 줄 것이다. 하지만 과거의 아르하드는 언제나 거부당하기만 했다.

이아나는 눈을 내리떴다. 과거의 아르하드와 눈앞의 아르하드는 분명 동일인물이다. 하지만 영혼 여기저기에 절망한 표정이 빼곡히 새겨진 탓에, 둘 다 다시 태어나 새 인생을 살아가는 게 아닌 저만 회귀하여 이미 흘러갔던 시간을 되짚어 가고 있는 탓에, 이아나는 과거의 그와 지금의 그가 각기 별개의 인물로 여겨졌다.

이아나는 오늘 손을 내밀고 나서야 깨달은 사실 한 가지가 있었다. 자신이 이번 생에 그의 기사가 되어 준다 하더라도 과거의 그는 그때도, 앞으로도 저를 가지지 못한다는 것이었다.

아니다. 아르하드가 아르하드지 이 무슨 헛된 생각이란 말인가. 이아나는 고개를 휘휘 저었다.

"……."

아르하드는 한참이나 말없이 이아나의 손을 바라보다 주먹을 한 번 꽉 쥐고는 제 손을 펼쳐 들었다. 그리고 제가 만들어 낸 긴 간극은 거짓이었던 것처럼 한 치의 머뭇거림도 없이 이아나가 내민 첫인사의 손을 마주 잡았다.

"예, 다시 보는군요. 저를 기억해 주시다니 무척 기쁩니다, 이아나 양."

다시…….

이아나는 그 단어를 곱씹었다. 무척 어색하게 느껴지는 단어였다. 아마도 아르하드가 말한 다시와 자신이 말한 다시라는 단어에는 며칠과 십여 년이라는 엄청난 차이가 있기 때문일 것이다.

마주 잡은 손 너머로 거칠한 느낌이 전해졌다. 이아나의 손은 수련으로 인해 꽤 거친 편이었으나 부드러운 피부를 타고난 여성이라는 태생 탓인지 굳은살이 잔뜩 박인 아르하드의 손보다는 부드러웠다.

커다란 검을 사신의 낫처럼 가벼이 휘두를 만큼 큰 손이 이아나의 손을 폭 감쌌다. 이아나의 손은 큰 편이지만 다섯 살이 많은 성인 남성인 데다 남자들 중에서도 유난히 큼직한 아르하드의 손에 비하면 작았다.

이아나는 그런 손에 꽉 붙잡힌 채 생각했다. 이 감촉도, 이 크기도…… 모든 게 낯설었다. 이렇게 아르하드의 손을 마주 잡은 건 처음이었다.

어째서 그가 그렇게 저를 원했음에도 손 한번 잡혀 본 적 없을까, 라고 이아나는 의문을 가졌다. 답은 바로 나왔다. 아르하드가 제 진심을 얻길 원했기 때문에, 자신을 질질 끌고 가는 등 복종을 강제하지 않았기 때문이다.

이아나는 햇살 아래에서 아르하드의 준수한 얼굴을 물끄러미 바라보았다. 전쟁 이전에 그는 농도 짙은 회유의 편지를 보내거나 직접 찾아와 친분을 쌓으려 했었다. 하지만 이아나가 무시하거나, 날 선 반응을 보이거나, 그것도 아니면 바로 검을 들고 달려드는 바람에 그 긴긴 세월 동안 그는 그녀와 접촉 한번 해본 적이 없었다.

훌륭한 사람은 오랜 세월을 공들여 얻어야 보람찬 법이라, 이것이 끝이라 생각하지 않는다, 이건 예정된 수순이라, 이리 끈질기게 굴면 너도 언젠가는 내 것이 될 것이라 자신 있게 말하며— 아르하드는 적개심을 내비치는 이아나의 앞에서 준수한 얼굴로 항상 아무렇지도 않게 웃어 보였다.

전쟁 중에는 적의 수장 격인 그녀를 다 잡고도 항상 놓아주곤 했다. 부하들의 반발을 모두 무시하고 다음에 또 보자며 악수를 청하는 그를 이아나는 무시하기 일쑤였다.

그리고 시간이 흐를수록 그의 태도에서는 체념이 더해졌다. 생의 후반, 아르하드는 일방적인 승부 후에 분해서 씩씩거리던 이아나를 언제나 가만히 쳐다보기만 하다 뒤돌아서서 가 버렸다.

"……."

이아나는 저도 모르게 쓴웃음을 지었다.

몇 번이나 지고도 속 시원하게 인정할 수 없었던 패배. 적개심에 휘둘려 손을 내밀던 남자에게 모질기만 했던 자신.

그럴 수밖에 없었던 까닭은 검에 대한 광적인 집착과, 온전히 가지고 있는 건 검 하나밖에 없다는 절박함 때문이었다. 그런 검을 아르하드가 너무나 쉽게 꺾어 버린 탓이었다.

검은 제 인생이었다. 검에 의해 구원받았고, 검으로 인생의 모든 것을 이룩했다. 검에 의한 굴복이란 제가 이루어 온 모든 것이 산산조각 나 그 위에 무릎 꿇려지는 것과 다를 바 없었다.

그랬기에 무엇 하나 인정하지 않고 그런 자신을 꺾는 유일한 남자에게 유달리 날 선 반응을 보였다. 매사를 비인간적으로 판단하던 자신이 그에게만 가시를 날카롭게 세운 채 으르렁댔다. 이는 스스로를 지키기 위한 자기 방어 본능이었다.

하지만…… 그뿐만은 아니었다.

이아나는 솔직하게 인정했다.

무승부.

아르하드가 자신을 가지고 싶다는 욕망은 모순적이게도 저를 지탱해 주었다. 제가 허락해야 비로소 이루어질 수 있는 그의 소망은 절망적인 패배감과 충분히 팽팽하게 맞설 수 있는 방패가 되어 주었다. 방패를 넘어서서 그를 찌를 수 있는 무기가 되어 주었다.

만일 아르하드가 저를 바라지 않았다면, 자신은 패배감과 자괴감 때문에 와르르 무너져 망가졌을지도 모른다.

그러니 못났다.

진심 어린 소망을 쳐 내며, 거부감을 버팀목 삼아 스스로를 유지한 자신은 경멸스럽다는 단어로도 모자랄 정도로 못났다. 사람과 사람 간에 있어서 자신은 자기애로도 덮지 못할 정도로 정말 못났었다.

그러나 어찌하겠는가. 그게 바로 자신인 것을.

'여기까지.'

이아나는 생각을 그만두고 마음을 다잡았다. 이렇게 쓸데없이 감상에 빠질 필요가 없다. 못났다고 생각할 필요도 없다. 앞으로 잘하면 되는 것이다. 그래서 회귀한 것이 아니겠는가. 더 나은 삶으로 나아가기 위해서 말이다.

순간적으로 거칠어진 숨을 고른 후, 이아나는 악수를 청했던 손을 빼려 했다. 그러나 손이 빠지지 않았다.

"⋯⋯?"

아프다. 상념에 잠겨 있느라 힘을 느끼지 못했던 이아나가 그제야 고통을 느끼고 인상을 찌푸린 채 잡힌 손을 보았다. 아르하드가 손등 위로 핏줄이 돋을 정도로 손을 세게 쥐고 있었다. 손은 피가 통하지 않아 하얘져 있었다.

검사의 손을 으스러뜨릴 기세로 강하게 쥐고 있다는 사실이 못마땅해서 쳐 낼 법도 했지만 이아나는 그러지 않았다. 마주 잡고 있는 두 손을 바라보고 있는 눈동자에 초점이 없는 것이, 아르하드가 뭔가 골똘히 생각을 하고 있는 듯했기 때문이다. 그래서 정신 차리기만을 기다렸다.

이아나가 저를 물끄러미 바라보고 있자 그제야 정신을 차린 아르하드가 입술을 꾹 깨물었다.

"⋯⋯실례했습니다."

아르하드가 손에 힘을 한 번 세게 주는가 싶더니 천천히 풀어 주었다. 숨 막혀하던 이아나의 손에는 따뜻한 피가 돌았다.

"후우우."

두 손이 떨어지자 주위에 있던 학생들은 저도 모르게 참았던 숨을 토해 냈다.

"방금 전 뭐야?"

"몰라, 그냥 숨이 턱 막히던데."

"뭐지……."

그들은 가만히 서서 서로를 쳐다보고 있는 아르하드와 이아나를 흘끔흘끔 훑었다. 둘 다 외양이 뛰어나기 때문인지, 비슷한 분위기 때문인지는 모르나 상반되는 외모임에도 기묘하게 어울리는 조합이었다.

아르하드. 외양에 돈과 관심을 퍼붓는 귀족들보다도 외모가 월등하게 뛰어나지만 성이 없어 평민으로 추정되는 청년. 병결이 잦으나 검술학부 정상 언저리의 성적을 가진 남자. 실력과 외모 둘 다 준수하니 여인들 사이에서 그의 인기가 폭발하는 건 당연했다.

질시하여 해코지를 할 법한데도 누구도 그리하지 않는 까닭은 그가 마도시대의 검사로서는 치명적인 병을 앓고 있기 때문이기도 하고, 연정을 품고 접근하는 여인을 냉정하게 쳐 내기 때문이기도 하며, 섣불리 건드리기 어려운 분위기 때문이기도 하다.

사람을 감정적인 사람과 이성적인 사람으로 나눈다면 아르하드는 후자에서도 정점에 위치했다. 그만큼 침착했으며 감정 표현이 적었다.

그런 아르하드의 기분을 가장 잘 알아챌 수 있을 때는 화가 났을 때였다. 평소에는 누가 무례하게 굴어도 무시하고 말지만, 선을 넘어서면 싸늘한 태도로 상대의 숨통을 조이듯 몰아붙이는 그는 정말 무서웠다.

사실 화가 났다고 말하는 것도 애매했다. 화가 난 사람은 보통 분을 참지 못해 씩씩거리거나 참더라도 얼굴이 일그러지기 마련인데, 아르하드는 평상시와 같은 얼굴을 한 채 냉정하기만 했으니까. 마치 같은 인간이 아니라 다른 종, 더 나아가 귀찮은 벌레를 상대하는 것처럼.

그 외의 평상시에 침착한 건 당연하거니와 좋은 일이 있을 때도 그저 싱긋 웃는 게 다였다. 그에게는 흥분이라는 단어가 존재하지 않는 것 같았다.

하지만 그는 늘 정중했다. 의외로 서글서글한 라이언과 친하게 지내고 있으며, 누군가 말을 걸면 편하게 잘 받아 줬다. 아는 것이 많은 데다 아주 어른스러웠기 때문에 진지한 문제로 상담을 하면 뼈와 살이 되는 조언을 많이 해 줬다.

사람들은 아르하드가 다정하지는 않지만 좋은 사람이라고 말했다. 그런데도 건드리기 어렵다고 말하는 이유는 좋은 사람인 것과는 별개로 함부로 대해서는 안 된다는 느낌을 주기 때문이다. 분명 위협적인 태도를 취하지 않는데도 적대했다가는 오히려 이쪽이 일방적으로 물어뜯길 듯한 위험한 느낌을.

그런 아르하드를 멋진 놈으로 여기며 호감을 가지고 있는 남학생들은 많다. 그를 뜨거운 시선으로 좇으며 친분을 쌓으려 노력하는 여인들은 더더욱 많았다.

그리고 이아나 로베르슈타인. 학술원에서 결코 볼 수 없었던 고위 귀족이면서도 백작가의 경멸받는 서녀인 특이한 신분. 돈이나 몸을 바쳐 검술학부에 들어왔다고 몇 달간 더러운 오해를 받았던 예쁘장한 소녀. 하지만 성정이 올곧고 냉철하여 소문이 차차 가라앉아 가던 찰나에, 검술학부 3학년 에이스를 패배시키는 대단한 실력을 선보여 학술원 내에서 최근 들어 가치가 폭등하고 있는 붉은 소녀.

그러나 거리감이 느껴지는 신분 차와 더불어 그녀의 무심한 성격 때문에 가까워지고 싶어도 가까워질 수가 없었다. 용건이 있는 게 아니면 말을 걸기가 어려웠다. 대화를 나눈다고 해도 처음부터 친했던 이들이 아니라면 항상 마음 한편 내보이지 않아 일정 선 이상 친해질 수 없는 여자가 이아나였다.

그러니 정말 뜬금없는 인사일 수밖에 없었다. 대화를 들어봐서는 그리 친하지는 않은 듯한데 저 이아나가 저리 반갑게 인사하다니. 무심한 이아나 로베르슈타인도 결국 저 남자의 외모에 휘둘리는 다른 여자들과 다를 게 없는가?

이아나의 냉정한 성정을 생각했을 때는 그럴 리가 없지만 아르하드에게만 유독 반가이 인사하는 걸 목격하니 그런 인식이 뒤흔들리고 새로운 오해가 생기는 건 불가항력이었다.

그건 이아나의 동료들도 마찬가지였다.

"뭐냐, 이아나 양이 저 끝장나게 잘생긴 놈헌티 반해 분 겨?"

"어…… 이아나 양이 누군가의 외모에 흔들린다고는 생각할 수도 없지만, 저런 모습은 처음 보는데 진짜 그럴지도……."

"허허허허."

타로와 헤레이스가 호기심으로 오순도순 대화를 나누는 사이 에이지는 아연한 기색으로 헛웃음을 지었다.

대체 왜. 이아나에게 쓸데없이 얼쩡거리는 걸 막기 위해 지난날 저 남자에게 진지하게 경고했고 남자는 알아먹었건만 어째서 저 여자가 먼저 관심을 보이는 걸까. 저 잘난 상판대기 때문인가. 혼란이 그의 머릿속에 꾸역꾸역 차올랐다.

이아나는 다른 사람은 안중에도 없었다. 다른 사람이 오해를 하건 말건 한 발자국 떨어져서 아르하드를 집요하게 관찰했다.

'그럼 이제는 어찌해야 할까.'

이아나는 그의 위에서부터 아래까지 슥 훑었다. 똑같다. 이 남자는 젊은 날에도 그 나날들과 다를 바 없다. 밤을 지배하는 날렵한 흑표범의 모습이 고스란히 담겨 있었다.

잘난 얼굴은 여전했고, 촘촘하게 짜인 잔 근육과 굵직한 근육이 곧은 뼈대와 조화를 이루어 균형이 잘 잡혔다. 그 외에도 낭창낭창하게 뻗어져 검을 휘두르기에 적합한 팔이라든가, 늘씬하고 유연하되 고목의 줄기처럼 튼튼한 허리라든가, 어떤 자세에서도 균형을 잃지 않을 듯한 탄탄한 다리라든가…….

수련으로 탄탄히 다져진 몸을 보니 욕망이 샘솟는다. 오랜 시간 굳어진 제 버릇을 남 주지는 못한 이아나는 근질근질한 손을 참지 못해 주먹을 꽉 쥐었다.

앞으로 뭐가 어찌 되든 간에 대련이든 실전이든 뭐든 상관없이 당장 그의 강력한 검격을 받아 보고 싶다. 이 남자라면 저를 한없이 들끓게 해 줄 터다.

활기로 활활 타오르는 붉은 눈에서 호승심이 툭툭 튀어나왔다. 살기에 가까운 뜨거운 욕망이 아르하드에게 쏟아졌지만 그는 이아나와 눈을 우연히 마주친 이후로 당황한 감정을 숨기지 못하고 제 턱을 쓰다듬고만 있었다.

처음으로 정식 대면하는 자리에서 싸움을 거는 여자 때문에 충분히 당황스러울 만하다. 이아나는 이것이 무례라고, 그러니 그만두어야 한다고 머리로는 생각했지만 가슴에서 왈칵왈칵 쏟아지는 제 감정을 조절하지는 못했다.

'대련을 신청할까.'

그 마음이 점차 무게를 더해 가는 와중이었다.

"후우우!"

옆에서 라이언이 숨을 크게 내뱉었다.

"알콩달콩한 사이는 아닌 것 같은데, 도무지 끼어들 수 없는 분위기를 만들어 내시네요. 둘이 아는 사입니까?"

"며칠 전에 봤습니다."

아르하드가 허우적대다 간신히 탈출구를 찾은 사람처럼 즉답했다.

"며칠 전?"

"검술대회 날입니다. 멀리서 몰래 구경하다 이아나 양의 실력에 감탄했고, 우연히 마주쳤을 때 그 기분을 감추지 못했지요."

라이언이 고개를 끄덕이며 동의했다.

"하긴. 대단했죠. 그런데 아르하드 후배님, 그때 있었습니까? 왜 몰래 구경했어요. 있었으면 인사하고 좋은 자리에서 구경하지."

"그날부터 모습을 드러낼 생각은 없었으니까요."

"그렇구나. 그나저나 후배님, 역시 굳은 몸을 풀 수 있도록 도와주는 상대가 있는 게 낫지 않겠습니까? 이번에는 결석한 기간이 특히나 더 길었잖아요?"

잠자코 말할 틈을 찾으며 저 혼자 이글거리고 있던 이아나
가 눈을 번뜩하고 빛냈다.

"선배님은 졸업시험을 준비하셔야지요. 괜⋯⋯."

"그럼 제가."

이아나가 냉큼 아르하드의 말을 잘랐다.

"상대가 되어 드려도 괜찮겠습니까?"

"이아나 후배님이요?"

라이언이 의아한 기색으로 반문하자 이아나는 고개를 크게
끄덕여 보이고는 아르하드를 다시 올려다보았다. 크게 확장된
동공이 저를 바라보고 있었다. 아까부터 시선을 묘하게 피하더
니, 이제야 제대로 눈을 마주친다.

"며칠 전 밤, 제 실력에 관심이 있으셨던 걸로 알고 있습니
다. 저도 선배님의 실력에 관심이 무척 많습니다. 그러니 괜찮
겠습니까."

이아나는 머리 하나만큼 키가 큰 아르하드를 올려다보며 생
기와 기대감이 잔뜩 감도는 표정을 한 채― 웃었다.

"제가 선배님의 검을 받아 드려도."

아르하드의 온몸이 경직되었다.

"오늘, 아주 거하게 차이셨다면서요?"

"⋯⋯."

조용한 도서관의 한구석에서, 옆에 책을 한가득 내려놓은 리

키젠이 빙글빙글 웃으며 속삭이자 이아나가 할 말을 잃고 그를 올려다보았다.

"……누가 누구한테 어떻게 차여?"

"이아나 님이, 아르하드 님한테 거하게요. 큭큭, 그 대단하신 이아나 님께서 그런 수모도 겪으시고…… 어찌 이런 일."

빡.

"……아씨, 진짜!"

자리에 앉다가 그대로 뒤통수를 맞은 리키젠이 얼굴을 붉히며 신경질을 냈다.

"왜 나한테 그래요! 형님들한테 들은 얘기인데!"

"들은 얘기는 들은 얘기고 너, 나를 놀리려고 했던 것 다 안다."

그 말에 반박을 하지 못한 리키젠이 투덜대다가 다른 사람들의 눈총에 입을 다물었고, 이아나는 손바닥에 제 턱을 얹은 채 생각에 잠겼다.

'차였다라.'

이아나가 제안하자마자 아르하드는 눈에 띄게 몸을 굳혔고 즉시 대답했다.

"아니요. 거절하겠습니다."

남녀 간의 관계를 전제한 차였다는 말은 옳지 않으나 제안을 단칼에 거절당했음은 부정할 수 없다. 이아나는 저를 열렬하게 쫓아다니던 아르하드에게 생애 처음으로 거부당했다.

"지금, 이아나 양을 상대하고 싶지 않습니다."

거부당한 것까지는 괜찮다. 하지만 그의 황금빛 눈동자는 연약한 먹잇감의 것처럼 흔들렸고, 몸은 궁지에 몰린 쥐의 것처럼 딱딱하게 굳었다.

언제나 다른 누군가에게 보아 오던 모습이다. 아르하드에게선 결코 보지 못했던 모습이기도 했다. 두려움이라니? 전혀 어울리지 않는다. 이아나는 불신의 기색을 숨기지 못했다.

"이아나 양의 실력을 지켜본바 제가 질 게 뻔합니다. 저는 치명적인 병을 앓고 있고, 결코 당신의 기대를 충족시켜 드리지 못할 것입니다. 자칫 잘못해서 실망시켜 드릴까 두렵군요."

듣기에는 입에 발린 듯, 추켜세워 주는 듯 아주 겸양 어린 거절이었다.

'거짓말.'

거짓을 말하는 모습에 기분이 바닥까지 처박혔다.

당신이 그따위 두려움 때문에 나와 싸우는 걸 거절하겠단 말인가?

거짓말.

기분 나쁜 거짓말에 얼굴이 일그러졌다. 삼 년 뒤만 해도 고양이가 쥐 가지고 놀듯 제 무릎을 꿇린 주제에 입만 살았다. 분명 다른 이유가 있는 게 분명했다. 그 대단한 아르하드가 열여섯 살 소녀에게 질까 두렵다는 웃기지도 않은 이유로 대련을 피할 리가 없었다.

이아나는 그를 노려보았고, 아르하드는 눈을 내리떴다.

"죄송합니다. 하지만 언젠가는."

그 말을 하고 등을 돌리는 그를 붙잡지 않았다. 이아나는 그의 등에서 불쾌한 무언가를 읽을 수 있었다. 그것은 미령한 몸을 핑계로 한, 대련에 대한 명백한 회피였다. 마치 꼬리를 말고 도망치는 개와 같은 모습이었다.

몸이 아파 저를 만족시키지 못할까 두려워 상대하기 싫다는 말은 분명 거짓말이다.

'그렇다면 대체 무슨 이유로?'

허공을 노려보는 이아나의 적안이 싸늘한 불쾌함을 발했다.

학술원에 다니는 학생은 일일이 헤아릴 수 없을 정도로 많다. 각 분야별로 나뉘었기에 학부 수가 백 개가 족히 넘고, 학부마다 매년 최소 열 명에서 최대 백 명까지 받으며, 학년 또한 일 학년에서 육 학년까지 존재하니 학술원의 어디든 사람으로 북적거리는 건 당연했다.

그 많은 사람들을 수용할 수 있는 학술원은 부지 자체가 수만 명이 거주하는 한 마을의 규모였다.

설립된 지 얼마 되지 않은 초창기에는 이곳 역시 거대한 수도 한 모퉁이에 존재하는 작은 시설이었다.

과거 바하무트 제국이 북부 대륙에서 뒤늦게 나타나 남부 대륙을 평정한 로안느 왕국과 이파전을 벌이기 전에, 패권을 쥐고자 하는 수많은 왕국들로 인해서 대륙은 혼잡했고 전쟁은 끊이질 않았다. 더운 피와 차가운 시신이 뒤덮인 대지에서 썩은 내가 진동했던 마도시대의 초창기, 그 나날들은 암흑기나 전쟁시대로 일컬어지기도 했었다.

힘이 전부였던 그 시절, 로안느 왕국의 시조인 로안느 데 로안느 여왕의 절친한 친우였던 대마법사 자카라 발젠타가 병력을 육성하기 위해 설립한 소규모의 고급병력 양성시설이 학술원의 유구한 역사의 시초다.

처음에는 당시 가장 필요했던 인재를 기를 수 있는 마법원과 무술원밖에 존재하지 않았다. 하지만 주변 나라들을 정벌하고 막대한 부를 쌓게 되면서 로안느 왕국민들은 사치를 누릴 수 있게 되었고 문화는 꽃피기 시작했다. 이 시류에 편승한 학술원은 다른 학과들을 개설했고 학술원의 매력적인 제도에 끌려 몰려드는 사람들이 차츰차츰 늘어나면서 어느 순간부터 대륙 최고의 배움의 장이 되었다.

학술원에 속한 학생 수가 기하급수적으로 증가하면서 학술원은 중심에 위치한 회색의 마탑으로부터 원의 형태로 영역을 넓혀 가기 시작했다. 이로 인해 중심부에는 오래된 건물이, 외곽에는 새 건물이 많았다.

관리하지 않고 내버려 뒀다면 낡은 건물들은 무너진 지 오래였을 것이다. 하지만 꾸준한 보수의 결과 건물의 외부는 유구한 역사를 간직한 고대 건축물 특유의 고풍스러운 멋을 품고 있었으며 내부의 강의실은 학생들의 편의를 위해 최신식의 시설들을 갖추고 있었다.

검술학부가 전공 수업을 듣는 검술학관 역시 이런 모습이었다. 아치 형태의 대리석 기둥이 줄줄이 늘어선 거대한 복도는 다음 수업을 듣기 위해 다른 학관으로, 점심식사를 해결하기 위해 식당으로, 공부하기 위해 도서관으로 이동하는 학생들로 북적거리고 있었다.

하지만 지나다니는 학생들은 너 나 할 것 없이 어떤 한 강의실 앞을 저도 모르게 흘끗거리고 있었는데, 그 앞에 최근 화제의 인물인 이아나가 서 있었기 때문이다.

"……."

이아나는 팔짱을 끼고 강의가 끝나기만을 기다리고 있었다.

마침내 강의실의 문이 열리고 학생들이 우르르 쏟아져 나왔다. 그들은 고학년 전공수업 강의실 앞에 서 있을 이유가 없는 이아나를 보고 흠칫 놀랐다.

아르하드에게 퇴짜를 맞은 그날, 이아나는 도서관에서 나오면서 이아나 님도 관심을 가지다니 역시 그 선배다, 그 사람 잘생기지 않았느냐, 공부도 잘한다, 검술 실력도 끝내준다더라, 계집애들한테 인기도 많다 등등 마치 신격의 존재를 찬양하는 것처럼 아르하드를 칭찬하는 리키젠이 이미 그의 추종자가 되어 있다는 사실을 깨달았다.

그렇다면 그에 대한 정보는 대부분 꿰뚫고 있을 터. 이아나는 정보 하나를 알려 줄 것을 요구했고 리키젠은 당황했다.

"그, 그걸 왜 저한테 물어요?"
"말하는 걸 듣고 있자니 알고 있을 것 같은데."

리키젠이 눈동자를 굴렸다.

"모르는데요."
"내놔."
"아니…… 모른다니까. 그런데 대체 왜요?"
"관심이 있어서."
"좋아하는 거 아니라면서요."
"좋아하지는 않지만 관심은 있어. 그러니까 당장 내놔."

이아나가 은근히 살기까지 행사하며 요구하자 혼란스러워하던 리키젠은 말없이 종이에 무언가를 적어서 건네었다.

그에게서 얻어 낸 건 이아나가 서 있을 이유가 없는 강의실 앞에 있는 까닭과 상통했다. 아르하드의 시간표를 뜯어낸 것이다.

"……!"

수업을 마치고 강의실에서 나오던 아르하드는 이아나를 보고 귀신을 본 듯 소스라치게 놀라 굳어 버렸다. 아르하드를 발견한 이아나는 팔짱을 풀고 쩡하니 굳어 있는 그의 앞으로 걸어갔다.

구경하고 있던 이들이 아르하드의 잘생긴 얼굴이 뚫려 버릴지도 모른다고 생각할 정도로 이아나는 그를 빤히 올려다보았다.

"잠깐 시간 좀 내주시죠."

아르하드는 말이 없었다. 하지만 문에서 길을 가로막고 있는 바람에 더 눈에 띄는 지금의 상황이 마음에 들지 않았던 이아나는 일방적으로 그의 손목을 붙잡아 벽 쪽으로 데리고 갔다. 아르하드는 순순히 따라왔다.

한적한 곳에 다다르자마자 이아나는 손목을 놓고 그를 마주했다. 아르하드의 표정은 완전히 얼어붙어 있었다. 이아나는 삐딱하게 웃었다. 그는 제가 이런 짓을 벌이는 까닭이 궁금해서라기보다는 당황해서 자기도 모르게 끌려온 것 같았다.

이아나가 이런 짓까지 하는 이유는 간단했다. 꼬리를 말고 도망치는 듯했던 어제의 모습이 착각이었나 싶어 다시 한 번 확인하고 싶었기 때문이다.

"저와 대련해 주십시오."

제안이 아닌 강압적인 요구였다. 정신을 차린 아르하드는 곤란한 얼굴로 제 이마를 문질렀다.

"어제 저는 분명."

"대련을 하면 제가 실망할 거라고 하셨지요."

"……."

"당신이 제게 지더라도 결코 실망하지 않겠습니다. 하지만 대련을 해 주지 않는다면 더 실망할 겁니다. 저는 겁쟁이를 아주 싫어하거든요."

이아나는 협박에 가까운 말을 하며 도발했다. 더 실망할 것이라고 못을 박아 두었으니 거절의 이유가 진짜라면 오만한 말투와 겁쟁이라는 말에 기분은 나빠하겠지만 청을 들어줄 터였다.

하지만 기다림도 잠시, 이아나는 매끈한 미간을 확 좁혔다.

다른 이들은 모르겠지만 아르하드를 정면에서 마주하고 있는 그녀는 알 수 있었다. 십 년이 훌쩍 넘게 그의 집착에 가까운 소유욕을 받아 온 자신이 이 남자의 상태를 어찌 알아차리지 못할까. 이 남자는 정말 젊을 때나 나이가 들었을 때나 똑같았다.

아르하드는 눈에 띄게 탁해진 눈빛으로 그녀를 내려다보고 있었다. 이는 이아나가 저를 격렬하게 거부할 때, 혹은 이아나가 전장에서 무릎 꿇고 있을 때 보이던 모습이었다.

무언가를 골똘히 생각하는 모습. 아마도 죽일까, 말까—라는 선택지 속에서 아주 갈등하던 모습. 이걸 대체 어찌해야 할까—하고 머리를 굴리는 모습.

즉 고민하고 있다는 소리다.

결국 아르하드는 대답 없이 우두커니 서 있기만 하다가 '나중에.'라는 짧은 말 한마디와 함께 그 자리를 피했다.

이아나는 붙잡지 않았다. 그녀는 확신했다. 아르하드는 실망이라는 같잖은 이유 따위 때문이 아니라 다른 이유로 대련을 피하고 있었다.

'대체 왜?'

당최 까닭을 알 수가 없었기에 모호함을 경멸하는 그녀의 기분은 바닥을 쳤다. 검은색은 검은색이고 흰색은 흰색이다. 이도 아니고 저도 아닌 태도를 보이는 아르하드는 이아나의 칼 같은 성정에 거슬렸다. 이리 어물쩍한 관계는 성미에 맞지 않았다.

이아나는 아르하드의 뒷모습을 보며 굳게 결심했다. 대련을 피하는 이유를 반드시 알아야겠다고.

그때부터 이아나는 리키젠에게 뜯어낸 시간표를 참고해서 따라다닐 수 있는 시간에는 그를 집요하게 따라다니기 시작했다. '어째서죠?', '왜요?'라는 말들을 입에 달고 다니면서 말이다.

파앙!

이아나의 뭉툭한 목검이 위에서 아래로 빠르게 그어졌다. 날이 무른 검이 그려 낸 단순한 베기임에도 정확하게 일직선으로 떨어진 검격은 궤도에 있던 공기를 쩍 가를 정도로 파괴력이 있었다. 그 직후 위로 천천히 되올라 간 목검은 같은 행동을 계속해서 반복했다.

검을 휘두르는 행위는 가문마다, 혹은 실력 좋은 검사마다 독특하고 개성 있는 검로로 구성된 다양한 검법으로 나뉘어져 있다. 예측하기 어려운 변칙적인 방위로 상대를 공격하기 위해서 미리 정해 둔 일종의 매뉴얼이 바로 검법이다.

응용력과 창의력이 떨어지는 검사들의 검의 경로는 단순해서 번번이 막히기 일쑤기 때문에 다양한 공격 경로를 익히기 위해서는 훌륭한 검법이 필요했고, 검사들은 우수한 검법을 찾아 헤매었다.

하지만 검이라는 물건은 근본이 살상을 쉬이 할 수 있게 돕는 도구다. 검술의 핵심은 강인한 육체와 기본기, 그리고 실전이었다. 이를 깨닫지 못한 검사들이 화려하지만 틀에 박힌 검법에만 매달리다가 예상치 못한 검격에 제 피를 대지 위에 흩뿌리는 일은 아주 흔한 경우였다.

이아나에게는 검술 스승이 없었고, 문가인 로베르슈타인 가문에는 가문 고유의 검법이 없었다. 오로지 검이 좋아 검을 쥔 이아나는 타고난 감각과 육체에만 의지하여 검사가 되었다. 그랬기에 형식에 얽매이지 않고 바람처럼 자유로웠다.

자연스러운 흐름에 몸을 싣고 상대의 움직임을 눈에 담으며 검을 휘두르다 보면 어느새 상대가 쓰러져 있는 걸 볼 수 있다. 그런 제게 필요한 건 검법이 아니라 기본기라는 것을 이아나는 잘 알고 있었다.

그래서 그녀는 기본기를 중점으로 끊임없이 단련했다. 검법은 검술 책을 읽거나 검법 수업을 받으면서 써먹을 가치가 있어 보이는 경로를 가볍게 익혀 두는 정도였다.

휘익. 휘익.

타앙! 탁! 타닥!

지금은 실전검술 수업 시간으로, 검이 공기를 가르는 파공성이나 검 두 개가 부딪치는 딱딱한 소리가 수련장을 가득 채우고 있었다.

교수가 내주는 수련량을 채우는 것에만 급급하던 나날들과는 달리 최근 학생들은 자발적으로 수련하고 있었다. 평소에도 수련에 몰두한 이들이 내뿜는 열기는 수련장을 덮혔지만, 요즘

들어서는 수련장이 식을 틈이 없었다. 기말시험 때문이었다.

학기도 어느새 후반부에 접어들기 시작했다. 한 학기를 마무리하는 시험과 방학이 다가오는 것이다. 학기 초중반에 치러지는 중간시험보다는 한 학기의 최종 성과를 평가받는 기말시험이 학기 말에 배부되는 성적표에 들어갈 학점에 훨씬 더 중요했다.

중간시험에서 교수의 따가운 눈초리와 함께 최하위 점수를 받은 이들에게 주어진 단 한 번밖에 없는 기회기도 했으므로 학생들이 노력하는 건 당연했다.

시험기간인 탓에 실전검술 수업은 자습의 형태로 진행되고 있었다. 학술원의 모든 규칙은 자신의 일은 스스로가 책임진다는 이념 하에 만들어졌기 때문에 자습 시간에 수련장을 이탈하는 게 문제가 되지는 않았다.

에이지는 잠시 검을 휘두르다 말고 할 일이 있다며 설렁설렁 가 버렸고 타로는 라랏슈아를 쫓아다니느라 수업에 오지도 않았다. 타로는 시간이 지날수록 미래의 그처럼 라랏슈아에게 더욱더 빠져들고 있었다.

그래서 이아나의 옆에서는 헤레이스만 열심히 수련하고 있었다. 이아나와의 약속 이후, 헤레이스는 억지로 마나를 제어하려고 시도하지 않았다. 마나의 폭주를 막기 위해 약을 먹을 이유가 없어지자 망가져 가던 심장은 서서히 회복되기 시작했고 몸에는 활력이 돌아왔다.

파아앙!

이아나가 검을 휘둘렀다. 옆에서 그녀가 정해 준 방침대로 가문의 검법보다는 기본기를 주구장창 수련하고 있던 헤레이스는 자로 잰 듯 정확한 이아나의 자세를 상기된 뺨을 한 채 힐끔힐끔 훔쳐보았다.

실체가 있는 목표물을 타격하는 게 아닌 허공의 한 점만을 노리고 검을 내리치는 일은 아주 어렵다. 반복되는 동작으로 몸에 경련이 이는 것도 문제지만 흐트러지는 집중력 때문에 검로가 흔들리기 때문이다.

그런데도 이아나는 손에 땀이 차서 수건으로 손잡이를 닦아 낼 때가 아니면 쉬지 않고 그 행동을 반복했다. 헤레이스는 그런 이아나가 생각보다 훨씬 더 대단하다는 것을 절절히 깨닫고 있었다.

이아나가 하는 수련을 전부 소화하겠다고 마음먹은 지 한 달도 채 되지 않았는데 그녀의 행동을 그대로 따라 하던 헤레이스가 지쳐서 나가떨어진 횟수는 벌써 수십 번이었다.

이아나의 체력의 반의반도 못 따라간다는 사실과 옆에서 수련할 때마다 드러나는 제 검술의 허술함은 큰 충격으로 다가왔다. 체력은 제가 허약하니 어쩔 수 없다 치더라도, 가문의 검법만큼은 열심히 수련했다 생각해 온 그에게 있어서 이는 무척이나 부끄럽고 낯 뜨거운 일이었다.

시선을 느낀 이아나가 고개를 돌리자마자 헤레이스와 눈이 마주쳤다. 이아나가 멍하니 있는 그의 눈앞에서 손가락을 튕겼다.

"멍하니 있지 마. 수련해야지."

"아……."

"그러고 보니 학장님은 언제쯤 뵐 수 있나?"

이아나는 되도록이면 하인리히를 빨리 만나 보고 싶었다. 헤레이스의 몸에 대한 비밀도 비밀이거니와 신력과 마력의 비밀에 대한 단서를 찾고 싶었기 때문이다. 하지만 뒤풀이 이후 몇 주가 지나도록 헤레이스가 하인리히에게 이아나를 데리고 가는 일은 없었다.

"으음……."

헤레이스는 정신을 차렸지만 질문의 내용에 신음을 흘렸다. 그는 어색한 미소를 지었다.

"기다리고 계실 거라고는 생각 못 했어요. 정말 죄송해요. 제가 할아버지에 대해 설명을 제대로 드리지 못했네요."

이어지는 말은 이러했다. 하인리히가 학술원의 학장이라고는 하나 사회적인 신분일 뿐, 그의 근본은 탐구욕이 끝이 없다 일컬어지는 마법사들 중에서도 정점에 위치한다. 대부분의 행정은 간부들에게 맡기고 그는 학술원의 중앙에 위치한 마탑 깊숙한 곳에서 연구를 하며 대부분의 시간을 보내고 있었다.

하지만 하인리히는 헤레이스를 무척 아끼는 큰 외조부고, 연구를 마치고 나올 때면 어김없이 연락을 해 얼굴을 보곤 했다.

"그런데 지금 하고 계신 연구에서 손을 놓으실 수가 없으신가 봐요. 최근 몇 달 동안이나 연락이 없으시네요. 죄송해요."

"사과할 필요 없어. 시간이 나실 때 뵈면 돼."

"감사합니다."

헤레이스와의 대화로 인해 수련에 맥이 끊어지자 태양의 위치를 본 이아나는 여기서 수련을 멈추기로 했다.

통에 목검을 던져 넣고 저린 손을 몇 번 주무른 그녀는 헤레이스의 어깨를 툭툭 두들겨 주고는 검술학관의 출구로 향했다. 헤레이스의 묘한 눈빛이 어김없이 그녀의 뒤를 좇았다.

몇 주간 반복된 이아나답지 않은 행동. 지금 이 시간도 아마 그녀는 그에게 갈 것이다.

"오늘도 아르하드 선배님께 가세요?"

헤레이스와 멀어지던 이아나가 잠시 걸음을 멈춰 섰다가 손을 흔들어 보였다.

"오늘로 그만둘지도."

생각지도 못한 말에 헤레이스의 눈이 휘둥그레졌다.

시험기간이라 잠을 제대로 못 잔 학생들의 얼굴은 푸석푸석했고 바쁜 발걸음에는 여유가 없었다. 그럼에도 복도의 어떤 한 부분을 오가는 학생들은 흥미로움을 감추지 못하고 두 유명 인물의 언행에 주목하고 있었다.

한 명은 몹시 준수한 청년이고, 또 다른 한 명은 매력적인 여인이 되어 가는 소녀다. 남녀라는 다른 성별의 조합과, 몇 주간 청년을 쫓아다니는 소녀가 보였던 행태는 그녀의 의도와는 관계없이 그들에 대한 염문을 사방에 흩뿌리기에 충분했다.

이아나가 아르하드에게 첫눈에 반했다.

검술학부 소집일에 생겨난 이 소문은 그다음 날부터 시작해서 몇 주간 집요하게 아르하드를 뒤쫓는 이아나의 행동으로 인해 굳건한 신뢰성을 얻기 시작했고 차츰차츰 학술원 전체로 퍼져 나갔다.

이아나의 성정을 알고 있는 이들은 그녀가 남자에게 반했다는 사실을 믿기 힘들었다. 이아나는 언제나 뿌리 깊은 고목처럼 제자리에 서 있었고 다가가는 것은 늘 다른 사람들이었다. 그녀가 먼저 누군가에게 지대한 관심을 보이는 일은 없었다.

성격이 무뚝뚝하고 차가운 건 둘째 치고 검술학부의 멋진 사내들에게 둘러싸여 있으면서도 연애는커녕 남자의 가랑이를 검으로 찔러 버리는 만행까지 저지른 이아나가 남자와 연애를 하는 모습은 상상하기가 어려웠다. 오죽하면 석녀가 아니냐는 말까지 나왔을까.

하지만 지금 이아나는 한 남자를 쫓아다니고 있었다.

이아나가 내뱉는 말은 당신을 좋아해요, 와 같이 달콤한 울림을 품은 말이 아닌 대련해 달라는 끈질긴 요구와 왜 대련을 해 주지 않느냐는 집요한 심문이었고, 아르하드에 대한 못마땅함 때문에 분위기나 말이 살벌함을 띠고 있었지만 핑크빛 소문을 좋아하는 청춘들은 그것이 감정 표현에 서투른 그녀 나름의 애정표현이라 제 입맛에 맞추어 바꾸었다.

즉 이아나의 모습이 나 당신을 좋아해요, 라는 상황으로 탈바꿈된 것이다.

그런데 이아나의 애정을 받고 있는 아르하드는 그저 묵묵하기만 했다. 이는 그가 접근하는 여인들에게 보이던 평소의 차가운 모습이었기에 구경꾼들은 이아나를 안타깝게 여겼다. 하지만 쓸데없는 착각에는 관심도 없는 이아나는 아르하드의 뒤만 쫓아다니며 물었다.

"저와 대련을 해 주지 않으시는 이유가 대체 뭡니까?"

반복하고 반복하여 같은 노래밖에 할 줄 모르는 오르골처럼 이 말이 이제 입에 붙어 버렸다.

이아나의 질문에도 아르하드는 무시하는 건지 대답을 할 수 없는 건지 아무 대답도 하지 않았다. 그저 그녀를 등진 채 제 얼굴을 손바닥으로 비빌 뿐이었다. 이아나는 그런 뒷모습을 물끄러미 바라보았다.

처음 아르하드를 찾아간 날로부터 몇 주가 지났다.

이아나가 쫓아다니기 시작한 첫날, 아르하드는 불쑥 나타난 이아나가 왜 자신과 대련을 하지 않느냐고 묻자마자 고고하기 짝이 없는 무표정한 얼굴을 깼다. 당황해서 대답조차 하지 않고 길쭉한 걸음걸이로 도망쳤다. 벙해서 그를 놓쳐 버릴 정도로 이아나는 어이가 없었다. 다른 이들이 보기에는 무시였겠지만 그녀가 보기에는 줄행랑이었다.

이아나는 한번 자신이 결정한 사항에 대해서는 제 생각이 변하지 않는 한 그 어떤 방해에도 끝을 볼 때까지 포기하지 않는다. 한마디로 고집불통이었다. 게다가 상대는 존재 자체만으로도 신경을 날카롭게 자극하는 아르하드였다. 이아나는 아르하드가 대답을 피하자 이유를 알고야 말겠다는 오기를 품었다.

그리고 다음 날부터 줄곧 아르하드를 쫓아다니며 귀찮게 굴었지만 아르하드는 계속 같은 행태를 보였다. 이아나는 묘한 기분을 느꼈다. 그 대단한 아르하드를 상대로 도망치는 먹잇감을 사냥하는 맹수가 된 기분이니 묘할 수밖에.

하지만 그 짓도 일주일이 되고 이 주일이 되자 분노가 쌓이기 시작했다.

분노는 전적으로 우연히 목격하게 된 그의 검격이 시초였다.

이아나는 수업을 위해 검술학관을 지나치다가 라이언을 상대해 주고 있는 아르하드를 우연히 발견했다. 그녀는 무심결에 멈춰 서서 대련을 구경했다. 그리고 시간이 지날수록 그녀의 영혼은 얼어붙어 갔다.

상대를 압도적으로 몰아붙이고 무릎 꿇리는 그는 역시 아르하드였다. 멍투성이에 만신창이가 되어 힘겹게 숨을 몰아쉬는 라이언을 당연하다는 듯 내려다보는 그는 송곳니를 드러내는 적에게 함께 이를 드러내면 드러냈지 결코 먹잇감이 될 남자가 아니었다. 먼지투성이가 된 라이언의 칭찬에 입꼬리를 끌어 올려 웃는 그는 상대에게 지레 겁먹고 물러설 남자가 아니었다.

땀 한 방울 흘리지 않고 라이언을 상대한 걸 보아 몸이 심각하게 좋지 않은 것도 아니었다.

그런데 대체 어째서.

제 눈으로 아르하드의 거짓말을 재확인하게 된 이아나는 얼굴을 와락 일그러뜨렸다.

대체 이 작자는 나와 무엇을 하자는 거지? 이아나는 이를 갈면서 몸을 돌려 그 장소를 떠났다.

그때부터 아르하드가 정말로 못마땅해지기 시작했다. 저도 모르게 등을 보이는 그에게 살기를 뿌릴 정도로 말이다.

설마 내가 여자라고 붙기 싫어하는 건 아니겠지.

혹은 이 내가 상대해 줄 가치도 없다는 건가?

……내 검을, 나를 그런 눈으로 본 주제에!

아르하드. 당신이 날 이렇게 만들었으니 책임을 져야 할 게 아닌가. 그런데 내가 이리 일주일이 넘도록 당신의 뒤꽁무니만 졸졸 따라다녔는데도 나와 한 번 대련하는 것조차 해줄 수 없고, 나는 이리 무시를 당해야 한단 말인가?

현재의 아르하드에게는 죄가 없다는 걸 알고 있지만, 이아나는 생각만으로도 드높은 자존심에 금이 가는 것 같았다.

며칠 전만 해도 머리에 온갖 부정적인 생각들만 들어차 있던 이아나는 분통이 터져서 당장이라도 그에게 검을 휘둘러 버리고 싶었다. 막무가내로 공격하면 어쩔 수 없이 상대해 주지 않겠냐는 말이다.

하지만 학술원 내에서 검을 휘두를 수도 없는 노릇이고 저를 상대하기 싫어하는 아르하드를 그녀도 상대하고 싶지 않았다.

그렇게 속에서 불만이 쌓여 가는 와중에 아르하드는 언제부턴가 도망가지 않기 시작했다. 오히려 이제는 아예 무시를 하려는 건지 제 뒤통수를 잔뜩 노려보며 따르는 이아나를 뒤에 두고 천천히 걷기 시작했다. 이아나로서는 속이 터지는 일이 아닐 수가 없었다.

'이제는 아주 무시하는 건가.'

초면의 여자가 이렇게 따라다니면 짜증나서라도 한번 상대해 주고 말면 될 텐데 아르하드는 그러지 않았다. 쫓아다니는 게 싫다면 잘못했다 빌 때까지 짓밟아 놓을 법한데도 그러지 않았다. 끝까지 대답해 주지 않는 아르하드는 이아나를 떨쳐 내지도 않고 그렇다고 상대해 주는 것도 아닌 애매모호한 태도를 취하고 있었다. 속이 터질 것 같은 이아나는 아르하드의 머리를 쪼개서 그 안을 들여다보고 싶은 심정이었다. 며칠 전까지만 해도 그랬다.

"……."

이아나는 아르하드의 뒷모습을 물끄러미, 아주 물끄러미 바라보았다. 기억 속의 아르하드에 비하면 완전히 성장하지 않은 청년의 몸이다.

아르하드가 이아나와 거리를 벌리지 않게 되면서, 쫓아가는 것에 급급하지 않고 그의 뒷모습을 그대로 눈에 담을 수 있게 되면서 그녀가 며칠 전에 깨달은 사실은 아르하드가 아직 스물한 살이라는 것, 자신이 열여섯 살이라는 것, 그리고 그들이 만난 그날까지는 아직 3년이라는 긴 시간이 남았다는 것이었다.

찬물을 뒤집어쓴 기분이었다. 만일 남자가 제가 모르는 삼년 새 무언가 변화가 있었던 것이라면 이런 이상한 행태가 이해가 될 것 같기도 했다.

며칠 동안 고민한 이아나는 결정했다. 조금만 더 따라다녀 보다가 이런 행동을 빠른 시일 내에 그만두기로 한 것이다.

"나를 피하는 이유가 뭐냐고."

이제 이아나는 그 말을 맥없이 앵무새처럼 반복하고 있었다. 인내심이 바닥이 나서 이제 와서는 별로 궁금하지도 않았다.

탁.

결국 이아나가 걸음을 멈췄다. 이 시간이면 아직도 졸졸 따라다닐 시간이지만 이아나는 걸음을 멈춘 채 아르하드의 뒷모습을 잠시 쳐다보다가 미련 한 점 없이 등을 돌렸다.

저를 피하는 이유가 무엇이 되었든 간에 몇 주간 쫓아다녀 본 결과 아르하드는 제 입으로 그 이유를 털어 놓을 생각이 추호도 없어 보였고, 무슨 거창한 이유 때문인지는 몰라도 저렇게 입을 다물어야 할 까닭이 있다면 어쩔 수 없었다.

아무리 아르하드라도 이 이상 타인이라는 존재에게 폐를 끼치는 건 이아나로서도 사양이었다.

아르하드에게 휘둘리는 바람에 검술 수련을 할 시간도 준데다 혼자 분노하고 열을 내는 것은 회귀 전과 마찬가지로 쓸데없는 감정 소비였다. 제 수준에 맞는 상대와 맞붙지 못해 욕구불만의 상태로 다니겠다만 그리 문제 되지는 않을 것이다.

이아나는 결국 두 손 들고 말았다. 이때까지 그를 쫓아다닌 것만 해도 저답지 않았다. 냉정을 되찾은 그녀는 결국 그가 스스로 다가올 때까지 기다리기로 했다.

하지만 관심은 놓지 않고 뒤에서 조용히 지켜볼 요량이었다. 십 년을 넘어 이십 년 가까이 자신을 쫓아다닌 아르하드였으니 이아나는 그가 했던 짓을 제가 못 할 것도 없다고 생각했다.

애초에 삼 년 뒤가 적절한 만남의 시기였고 못 기다릴 것도 없었다. 모든 게 달라진 지금에 와서 그 시기를 기다리는 것도 웃기는 일이지만, 어쨌든 인연은 그때부터 시작되었던 게 아니었던가?

아르하드가 이상행동을 보이는 이상 그동안 무슨 일이 있는지 지켜보는 것도 나쁘지 않으리라. 사실 황제라는 드높은 자리로의 등극을 준비하는 시간이었을 3년에 뭉글뭉글한 호기심이 샘솟기도 했다.

노선 변경으로 생각에 깊이 잠겨 있던 이아나는 저에게 뻗어지는 손을 알아채지 못했다.

"······!"

손은 이아나의 팔을 세게 움켜쥐었다. 이아나는 순간 흠칫했
다. 놀라움이나 불쾌함 때문이 아니라 기이한 기시감이 든 탓
이다. 분명 언젠가 이와 비슷한 커다란 손에 이렇게 잡아당겨
지고, 이렇게 끌려가서······.

"기분이 상하셨습니까?"

숨조차 쉬기 힘들 정도로 세게 끌어안겼었다. 새까만 로브를
뒤집어쓴, 이만한 체구의 사내에게.

"······죄송합니다."

퍼뜩 정신을 차린 이아나는 자신이 대체 무슨 생각을 하나
싶어 눈을 몇 번 깜빡이고는 저를 돌려세운 남자를 눈에 담았
다. 머뭇거리는 그는 아르하드였다. 그는 다급해 보였다.

머릿속에서 로브의 사내를 지워 낸 이아나는 아르하드를 말
없이 올려다보았다. 이아나가 대답이 없자 그녀를 붙잡은 아르
하드는 다소 음울해 보인다. 갑자기 왜 이런 모습을 보이는 건
지 이해할 수 없었다.

"무엇이요."

"이아나 양의 제안을 계속해서 거절하는 것도."

이아나는 자신의 눈이 어딘가 잘못되었다고 생각했다. 아주
아주 조심스레 말하는 아르하드는 풀이 죽어 귀가 축 처진 짐
승처럼 보였다. 마치 겁먹은 짐승을 학대한 사악한 가해자가
된 기분이라 이아나가 묘하게 인상을 일그러뜨렸다.

솔직히 말해 그녀는 황당했다. 대체 삼 년 사이 무슨 일이
있었기에 이런 남자가 그토록 여유로운 맹수로 변모할 수 있

었단 말인가. 앞으로 아르하드를 더욱 열심히 주시해야겠다고 생각했다.

"이아나 양이 묻는 말에 대답하지 않는 것도. 이아나 양을 뒤로하고 등을 보이는 것도. 전부. 하지만 결코 이아나 양이 싫어 그런 태도를 보인 게 아니라는 것을 부디 알아주십시오."

자신을 싫어하지 않는다는 것 정도는 알고 있다. 만약 정말 싫었다면 처음부터 검을 빼 들어 쫓아냈으리.

아르하드가 주절주절 쏟아 내는 말을 잠자코 듣고 있던 이아나는 생각했다. 어쩌면 지금이 기회일지도 모른다고.

"그래서 지금 이유를 말해 주실 수 있다는 겁니까?"

"······."

조개처럼 입을 다무는 모습에 이아나는 피식 웃으며 포기했다.

"말해 주실 수 없다면, 이제 됐습니다. 다만 이 부분에 대해서는 대답해 주셨으면 좋겠군요."

이아나는 며칠 전만 해도 아르하드의 멱살을 붙잡고 소리를 지르며 묻고 싶었지만 차마 입 밖으로 꺼내지 못하고 속에 삭혀 두었던 의문을 묵묵히 끌어냈다.

"제가 여자라서 무시하고 계신 겁니까?"

"아닙니다."

아르하드가 즉답했다.

"그게 아니라면 제 검술이 상대해 줄 가치조차 없다고 생각하시는 겁니까?"

"아닙니다!"

이아나의 팔을 쥔 아르하드의 손에 힘이 세게 들어갔다.

"……제가 그럴 리가."

그의 대답은 진심이다 못해 그에 대해 의심을 받은 것에 대한 분노까지 서려 있었다. 아르하드가 손아귀에 힘을 세게 준 건 아주 잠시였지만 이아나가 아파서 인상을 찌푸릴 정도의 강한 악력이었다.

이아나는 잔뜩 곤두서 있는 아르하드를 묘한 눈으로 바라보았다. 이 남자는 정말로 제 검술이 탐나는 모양이다.

'그렇지. 당신은 이래야 해.'

이아나는 아르하드를 따라다니기 시작한 이후 정말 처음으로 웃음이 나올 정도로 기분이 좋아졌다. 입술이 자연스러운 호선을 그으며 웃음을 그려 냈다. 아르하드의 흔들리는 시선이 그 웃음으로 향했다.

"우연히 선배님께서 수련하시는 모습을 목격한 적이 있습니다. 그때 선배님께서는 절대 절 실망시킬까 봐 무섭다고 덜덜 떨 실력이 아니라는 걸 알았습니다. 한 가지만 말해 두죠."

이아나가 웃음을 지우고 아르하드를 지그시 바라보았다.

"저는 거짓말을 하는 사람이 정말 싫습니다. 그래서 집어치우고 막무가내로 덤벼들까도 생각해 봤지만."

그 말에 굳어 있던 아르하드가 움찔했지만 그마저도 우스웠다. 이아나가 후…… 하고 다시 웃었다.

"생각해 보니 그런 거짓말을 한 이유가 악의적인 것 같지도 않고 저와 대련해 주시지 않는 이유가, 제게 말을 하지 못하는 이유가 있으리라 생각해서 그만두려 합니다."

가령 지금은 바하무트를 공략하느라 바빠 외부인을 끌어들

일 생각이 없다든가. 이아나 저를 상대하면 할수록 그 검술에
눈독을 들이게 될까 봐 피한다든가.

이아나는 픽 웃었다. 오만한 이유지만 가능성이 있지 않나.

"그리 생각하고 이리 뒤따라 다니는 행동은 그만두겠습니다.
이때까지 죄송했습니다."

왜인지 슬슬 풀어지던 아르하드의 손에 힘이 꽉 들어갔다.
이아나가 아릿함에 미간을 슬쩍 좁혔지만 향후의 관계를 위해
싸늘하게 뿌리치지는 않았다.

이아나는 잡히지 않은 손으로 아르하드의 손을 쥐었다. 움찔
거림이 느껴졌지만 갑자기 손을 잡혀 놀랐나 싶어 대수롭지
않게 여겼다. 이아나는 그를 흔들리지 않는 눈으로 똑바로 올
려다보았다.

"하지만 언젠가는 말씀해 주시지요. 저는 아르하드 선배님이
마음에 들어 친분을 쌓고 싶은데 저를 피하는 이유쯤은 알고
있어야 하지 않겠습니까."

사실 몰래 관찰할 생각이었지만 이아나는 이에 대해서는 한
마디도 언급하지 않고 시치미를 뚝 뗐다. 시간은 아직 많으
니 급할 것도 없다.

이아나는 가벼이 제 속내를 말하고는 아르하드의 손가락 하
나하나를 떼어 내고 그 손을 놓았다. 손은 힘없이 툭 떨어져
내렸다.

"그럼."

읽을 수 없는 이상한 표정으로 저를 내려다보고 있는 아르
하드에게 고개를 까딱 숙여 보인 이아나는 등을 돌렸다.

"……."

이아나가 차츰차츰 멀어지자 아르하드는 이아나가 쥐었던 제 손을 천천히 들어 올렸다. 그리고 두 눈을 가렸다.

"위험해……."

아르하드가 중얼거렸다.

"너는…… 정말로…… 그날의 마지막 말처럼……."

산뜻한 기분으로 뒤돌아서서 뒤 한번 돌아보지 않고 앞으로만 쭉쭉 나아갔기에 자신의 뒷모습을 뚫어져라 바라보는 아르하드의 황금빛 눈동자가 점차 기이한 열기로 물들어 가고 있다는 것을, 이아나는 몰랐다.

[한 달이 넘었는데도 촐싹이도, 나도 불러 주지 않아 슬퍼하고 있었는데 우리를 잊지 않았구나. 정말 기쁘다. 응?]

흙의 정령왕, 작은 흙 인형은 이아나의 부름을 받자마자 주위를 두리번거리다가 제게 신력을 제공한 이아나와 저를 호기심 가득한 눈으로 바라보고 있는 하프엘프 꼬마 핀, 그리고 자신밖에 없다는 사실을 깨닫고 갑자기 몸을 파스스 하고 무너뜨렸다. 그러나 곧장 다시 몸을 만들어 내더니 이아나의 손가락을 덥석 붙잡았다.

[이번에는 나 혼자인 건가? 더 기쁘다.]

흙 인형은 이아나의 손가락에 제 얼굴을 비비적거렸고 이아나는 그 귀여운 모습에 저도 모르게 손가락으로 흙 인형의 동그란 머리를 톡톡 두들겼다.

둘을 불러내면 그들이 머물 수 있는 시간 또한 반 토막 난다. 그래서 대화를 나눴을 때 짧은 시간 안에 더 많은 정보를 알려 줄 수 있을 듯한 차분한 흙 인형을 불러낸 것이지만, 사실을 말해 줄 필요는 없을 것이다.

아르하드를 쫓아다닌 걸 그만둔 지 얼마 되지 않아 1학기 기말시험까지 우수한 성적으로 끝낸 이아나는 현재 예전에 정령을 불러냈던 숲의 깊숙한 곳에 있었다. 정령왕이 역소환될 때의 참사를 생각하면 적절한 장소는 이곳밖에 없었다.

정령왕을 불러낸 지도 벌써 두 달이 넘게 흘렀다. 한 달에 한 번 부를 수 있음에도 한 달을 건너뛴 이유는 짧은 상행을 나선 무르시를 따라간 핀의 부재는 둘째 치고 이아나가 아르하드를 쫓아다니느라 한 달의 기한을 까맣게 잊어버린 탓이다.

흙 인형이 제 손가락을 붙잡고 불러 줘서 고맙다며 좋아하는 모습을 보고 있자니 이아나는 잘못한 것이 없는데도 괜스레 미안해졌다.

[그러고 보니.]

문득 흙 인형이 바스락거리는 뺨을 떼고 동글동글한 얼굴을 바짝 들었다.

[긴 세월을 정적 속에서 살아온 우리는 삶에 변화를 주는 그대가 소환해 주기만을 기다리고 있다지만…… 그대가 우리를 소환하는 까닭은 무엇이지? 또 다치기라도 한 건가?]

흙 인형은 이아나의 몸을 이곳저곳 살폈다. 이아나는 고개를 내젓고는 흙 인형의 얼굴을 검지로 들어 올렸다.

"이야기를 듣고 싶어서."

[이야기?]

"신성시대에 대해 알고 싶은데…… 아."

이아나가 말을 하다 말고 입을 다물었다. 아이들이 가지고 놀 법한 조그마한 인형 같은 생김새라 하더라도 왕은 왕인데 이리 반말을 사용하여도 되는 건가, 라는 의문이 든 탓이다.

"왕이라고 했는데, 혹여 존대를 해야 할지."

[그럴 필요 없다. 우리는 스스로를 왕이라고 일컫지만 그 말 또한 어떻게 보면 틀리다고 할 수 있다. 정령이 즉 우리이므로.]

이아나는 냉큼 물었다.

"물고기도 전에 그리 말했어. 정확히는 물이 곧 자기라고, 물의 정령들이 자기의 일부라고 말했다. 무슨 말이지? 정령들이 너희의 일부에 불과하다면 어째서 왕이라는 말을 쓰나?"

[흠. 신성시대에 통용되던 지식에 대해 전혀 모른다면 설명해 줘도 이해하기 어려울 텐데. 혼돈과 영혼, 정령과 신체, 신력과 마력, 권능과 마법…….]

흙 인형이 중얼거리는 말들에 이아나의 심장은 세차게 뛰기 시작했다.

[이 시대에서는 마력과 마법 외에는 사장된 지식들이 많지. 신성시대에서는 상식이었지만 마도시대의 인간들은 몰라도 될 거…….]

흙 인형이 말을 끝내기도 전에 이아나가 흙 인형을 꼭 움켜쥐었다.

"난 알고 싶어. 내게 그것들을 알려 줘. 하나부터 열까지 빠짐없이 전부 다."

이아나를 빤히 올려다보던 흙 인형이 고개를 끄덕였다.

[학구열이 대단하군. 음, 궁금해할 수도 하지. 좋아. 아직 돌아가기 전까지 시간은 충분한 듯하니…… 그대가 궁금해하는 신에 대해 이야기해 주겠다. 신이 어떻게 탄생하는지에 대한 이야기면 괜찮을까?]

아주 귀한 정보다.

"아주 좋아."

[그래. 그럼 이야기를 시작하지.]

준비해 뒀던 펜과 수첩을 꺼내 든 이아나는 하나도 놓치지 않기 위해 신경을 곤두세웠다. 타박타박 걸어서 조금 멀어진 흙 인형이 이아나를 마주 보며 이야기를 시작했다.

[태초에 세상은 혼돈混沌이었다.]

흙 인형이 팔을 벌렸다. 흙 인형의 앞에 회오리치는 뿌연 기운이 나타나더니 유동성이 있는 젤리처럼 꾸물거렸다. 이아나는 주먹을 꽉 쥐었다. 그것은 색이 없었지만, 분명 그녀가 그토록 찾아 헤매었던 신력이었다. 이아나는 그것을 뚫어져라 쳐다보았다.

[혼돈은 엄청난 양의 원기元氣 덩어리였지.]

"신력이 아니라?"

[원기가 곧 신력이다. 신들이 탄생하고 난 이후에 이름이 바뀌었어.]

흙 인형이 덩어리에서 조그맣게 떼어 낸 신력을 둥둥 띄우며 설명을 계속했다.

[원기는 영체靈體로 변이할 수 있었다. 영체는 영계靈界에 속해 있어 눈

으로 볼 수 없으니 이 원기를 잠시 영체라고 생각해 다오.]

"……영체와 영계가 뭐지?"

[음. 영계는 이야기를 조금 더 한 후에 설명하도록 하지.]

이아나는 고개를 끄덕였다.

[영체는 자아를 자각하지 못해 색이 없는 정신체로 영적 요소의 최소 단위다. 여기서 자아를 자각한다는 말은 '나'라는 존재가 이곳에 존재함을 깨닫는 것이다. 요컨대, 자신의 존재감을 느끼고 의식을 가진다는 거지.]

추상적이지만 대충은 이해할 수 있었다.

흙 인형이 신력 덩어리에서 더 많은 신력들을 떼어 내 앞서 떼어 놓았던 신력에 가져다 붙였다.

[그리고 영체가 두 개 이상 뭉친 것을 고등 영체, 영령靈靈이라고 한다. 영령도 아직은 자아를 자각하지 못한 상태야. 하지만 영령의 상태에서 자아를 자각하게 되면 영체일 때와는 달리 영계에서 색을 가지는 영혼靈魂이 돼.]

뿌옇던 신력이 붉게 물들었다.

[영적 요소의 **최종 단위**지.]

영혼이란 단어는 평소에도 많이 들어 보았다. 죽은 후에 라오스에게 영혼의 형태로 귀의한다든가, 마나 제어가 궁극의 단계에 이르면 마나가 영혼의 색으로 물든다든가…….

흙 인형의 말과 알고 있던 개념을 연관 지어 생각했을 때, 영적 요소라는 것은 정신적인 의미를 가지는 듯했다.

"혹시 영……이라는 단어가 정신과 같은 의미인가?"

[맞아. 정신적인 거라고 생각해도 무방하다.]

역시.

"우리 세상에서는 정신적이라는 말을 더 많이 써서."

이아나는 열심히 필기를 했다.

[우리 정령精靈은 신들 이전에 태어났고, 신들과 완전히 구별된다. 우리는 영령의 상태일 때부터, 기억나지 않아서 어떻게 했는지는 모르겠지만 무의식중에도 이미 권능을 사용할 수 있었던 듯해. 자아를 자각해서 영혼이 되기 전까지 힘을 합쳐 흙, 물, 불, 바람이 모두 섞인 입자粒子를 만들어 낸 거지.]

신력 덩어리 안에서 작은 모래 알갱이들이 하나둘 생겨나더니 신력과 이리저리 섞여 들었다. 흙 인형이 모래 알갱이를 하나 떼어 내서 이아나의 앞에서 회전시켰다.

[이것이 바로 입자. 물질계物質界에 속해 있는 물질적 요소의 최소 단위다. 입자에는 원기와 영체를 붙잡거나 깃들게 할 수 있는 성질이 있다. 이렇게.]

모래 알갱이의 주변에 붉은 신력이 일렁거렸다.

[이때 붙잡을 수 있는 영체의 수나 원기의 양에는 한계가 없어. 그리고 입자는 두 종류로 나뉘는데, 신력을 생산할 수 있는 알짜 입자와 신력을 생산할 수 없는 쭉정이 입자다.]

흙 인형이 흠, 하고 고민스러운 한숨을 내쉬었다.

[우리가 이것을 어떻게 구분해서 만들어 냈는지는 몰라. 현재 우리는 쭉정이 입자를 만들어 낼 수는 있지만, 알짜 입자를 어떻게 만들었는지는 아직도 수수께끼다. 알짜 입자와 쭉정이 입자의 구성성분은 같은데 대체 뭐가 다른 건지…… 몇 번이나 만들어 보려고 했지만 쭉정이 입자만 만들어지더군. 라오스 녀석은 아는 것 같은데 실실 웃어 대기만 하고. 흠. 아무튼.]

흙 인형이 덩어리를 가리켰다.

[이로써 혼돈은 영체와 입자와 원기가 섞인 거대한 무언가가 되었다. 여기서부터 신의 탄생이 시작돼. 입자들은 종류에 관계없이 수없이 많이 뭉쳤다가 흩어졌다가를 반복하다가······.]

흙 인형은 혼돈에서 모래 알갱이들을 더 떼어 내더니 그것들을 처음에 떼어 냈던 모래 알갱이와 함께 뭉쳤다. 모래 알갱이들은 빡빡하게 뭉쳐 단단한 돌멩이와 같은 상태가 되었다.

[우연히 만나 뭉칠 때가 있는데, 입자가 뭉치면 자연스레 입자가 생성하는 원기도 모여들고 입자에 깃든 영체도 합쳐져 영령이 된다. 이것을 거시적인 관점에서 보면 입자가 뭉친 것, 집합체集合體는 신력을 만들어 낼 수 있고 영령이 깃들어 있지. 여기서 입자가 그저 뭉쳐 있을 뿐이라면······]

돌멩이가 파삭하고 부서졌다.

[얼마 지나지 않아 부서지고 만다. 하지만.]

흩어졌던 모래 알갱이가 다시 뭉쳐 돌멩이가 되었다.

[이 상태에서 영령이 자아를 자각할 경우, 영령은 영혼이 된다.]

돌멩이 주변에서 안개처럼 뿌연 빛이 감돌았다.

[영체가 영혼이 될 경우 집합체는 스스로를 유지하려는 영혼의 의지에 의해 흩어지지 않아. 더욱더 단단하게 뭉쳐 어떤 결정을 형성하지. 이 결정은 영혼에 귀속되어 영원히 영혼의 소유가 된다.]

단순한 모래 알갱이가 뭉쳐 있던 돌멩이는 투명한 빛을 띠는 단단한 보석이 되었다. 흙 인형은 그것을 공중에서 빙글빙글 회전시켰다.

[이것이 바로 혼돈의 조각破片.]

이아나는 그것을 뚫어져라 쳐다보았다. 혼돈의 조각이라는 단어를 언젠가 들은 적이 있었다.

"아마득한 오랜 옛날, 신성시대에서는 그 시대를 살아가는 모두가 특별한 권능을 지니고 있는 신이었지. 혼돈의 조각에서 만들어지는 신력으로 권능을 부리고, 영원한 생명을 유지할 수 있는 신들의 아름다운 세상!"

르보니에게서…….

신성시대에 대한 정보들은 노트에 바로바로 적어서 완전히 암기했기 때문에 이아나는 흙 인형에게 혼돈의 조각이라는 말을 듣자마자 떠올릴 수 있었다.

혼돈의 조각은 신력을 만들어 내며, 만들어 내는 신력의 양이 조각마다 달라 신력의 생산량에 따라 신의 등급이 나뉜다는 사실도 기억해 냈다.

[이때, 영혼이 자각하고 있기 위해 필요한 것이 조각에서 생성되는 원기, 신력神力이다. 자, 이제 신을 만들어 볼까. 영혼과 신력은 조각에 꽉 붙잡혀 있지.]

보석 주변에서 신력이 넘실거렸다.

[하지만 영혼만으로는 자아를 자각할 수 있을 뿐 아무것도 할 수 없다. 움직이고, 말을 하고, 생각을 하고, 감각을 느끼고, 감정을 느끼는 등…… 세계에서 어떤 활동을 하려면 물질적 매개체인 신체身體가 필요하다. 생각을 할 수 있는 뇌, 의지에 따라 움직일 수 있는 뼈, 감각을 느낄 수 있는 피부……. 이때 신체는 물질적인 요소이기 때문에 영적인 요소인 영혼은 스스로 신체를 만들어 낼 수 없다.]

흙 인형이 자신의 몸을 툭툭 쳤다.

[그때 영혼에게 도움을 주는 것이 바로 우리 정령精靈. 신력을 사용해 권능으로 이 세계를 구성하는 모든 것을 만들어 낼 수 있는 존재들. 제공받은 신력만큼 이 세계에 현신해서 각자 관장하는 물질들을 만들어 낼 수 있지. 따라서 영혼은 우리에게 신력을 제공하고.]

보석 주변에서 넘실거리던 붉은 신력이 스멀스멀 흙 인형의 손에 모였다.

[우리는 흙, 물, 불, 바람을 만들어 내는 권능을 이용해 활력이 넘치는 신체를 영혼에게 제공한다. 영혼이 원하는 대로 신체를 만들어 주지. 가장 먼저, 신체를 만들고 싶은 영혼은 우리의 도움을 받아 조각의 모양을 자기에게 가장 적합한 형태로 만든다. 인간의 경우에는 심장이지.]

보석의 형태가 일그러지며 꾸무럭거렸다. 그리고 그것은 이내 두근거리며 박동하는 익숙한 모양이 되었다. 심장이었다.

[우리는 영혼에게서 신력을 제공받아 심장을 중심으로 갖가지 요소를 더 만들어 낸다.]

흙 인형의 손에 닿은 신력이 흙으로 변이되어 혼돈의 조각에 쏘아졌다. 흙 인형이 만들어 낸 흙은 혼돈의 조각을 감쌌다. 그리고 그로부터 핏줄이 생기고 뇌가 생기고 내장이 생기고 뼈가 생기고 근육이 생겼다. 마지막으로 피부가 온몸을 뒤덮었다. 그것은 이아나의 형상을 한 인형이 되었다. 인형은 흙 위에서 걷기 시작했다.

[이게 바로 영혼을 근본으로 하여 태어난 신神.]

이아나의 몸에 소름이 돋았다. 인간은 넘봐서는 안 될 신의 비밀을 훔쳐본 기분이었다.

열심히 설명을 한 흙 인형이 힘들어서 휴우, 하고 숨을 내뱉었다. 그러고는 여전히 꾸무럭거리고 있던 혼돈의 모형에서 몇 조각을 더 떼어 왔다.

[신의 신체는 인간과 같은 형태를 가장 많이 하고 있었지만, 그 외에도 다양한 형태가 있었다. 물고기나 개미도 일종의 신이었지. 신성시대에서는 우리 정령과 식물植物을 제외한 모든 것이 신이었던 거다.]

조각들은 이아나의 인형이 만들어졌던 방식과 같은 방법으로 여러 가지 형상을 띠는 생물이 되었다. 이아나는 인형들이 이리저리 걸어 다니는 걸 흥미롭게 쳐다보았다. 비록 흙 인형이 조종하고 있는 거긴 했지만 인형이 돌아다니는 모습이 신기했다.

[시간은 누구도 손댈 수 없는 절대영역.]

이아나가 움찔했다. 어째서? 자신은 회귀했는데 정령은 왜 누구도 시간에 손을 댈 수 없다고 말하는 걸까?

신성시대의 존재인 정령이 그리 말하자 이아나는 일순 혼란에 빠졌지만 이내 정신을 차리고 정령의 말에 집중했다. 흙 인형이 폴짝폴짝 뛰었다.

[시간의 흐름 위에서 살아가며, 어떤 활동活動을 할 때 신력이 소모된다. 예를 들면 이렇게 내가 뛰고 있는 것처럼, 고개를 끄덕이고, 악수를 하고, 달리는 등의 신체를 통한 물질적 활동을 할 때도…… 그리고 생각, 감정, 회상 등의 영혼을 통한 영적 활동을 할 때도 신력이 필요하다.]

흙 인형이 뛰던 것을 멈추고 정지했다.

[신력은 기본적으로 신체와 영혼을 유지하기 위해서도 소모된다. 가만히 있는 것 같더라도 시간이 흐르면서 몸 내부에서는 온갖 생체 활동들이

발생하고 있기 때문에 신체를 유지하기 위해서는 신력이 소모돼. 또한 자아를 자각하고 있는 것도 영적 활동의 일종이기 때문에 영혼 유지를 위해서도 반드시 신력이 필요하지.]

기나긴 말을 한 흙 인형이 숨이 찬지 후우, 하고 숨을 한 번 더 내쉬었다.

[자. 이때까지 신력의 성질 중 '생명의 성질'에 대한 이야기를 모두 했다. 이제 정리해 볼까. 혹시 그대가 말해 보겠나?]

"신력은 시간의 흐름 위에서 영혼과 신체를 통해 여러 활동을 하며 살아가기 위해 쓰이기 때문에 생명의 성질. 이해했어."

흙 인형이 폭삭 무너졌다.

[다행이다. 후우.]

이아나는 고개를 끄덕거리며 물었다.

"그럼…… 신력이 완전히 고갈되면 어찌되는 거지?"

[소멸한다. 일단 신력이 고갈되기 시작하면 제일 먼저 신체가 노화된다. 노화되다가 돌아다닐 힘조차 사라지면 대지에 쓰러지고, 마침내 부서져 버려. 그리고 흙, 물, 불, 공기가 되어 자연으로 흩어져 나오지. 자, 저 인형들을 봐라.]

잘 돌아다니던 인형들의 몸이 점점 늙어 가더니 흩어졌다. 흩어진 그곳에는 붉은 기운이 넘실거리는 혼돈의 조각밖에 없었다.

[영혼이 자아를 자각하고만 있으면 혼돈의 조각은 유지된다. 다시 말해 신체가 사라져도 영혼은 계속 살아 있고, 신력만 충분하다면 얼마든지 우리를 불러내 다시 신체를 만들어 낼 수 있어. 하지만 영혼을 유지할 신력마저 모자라게 되면 영혼은 자아를 상실해 버리지. 그렇게 되면 영혼은 혼돈의 조각과 함께.]

조각에서 붉은 기운이 사라졌다. 보석 같았던 조각은 빛을 잃고 다시 돌멩이가 되었다. 폭발 직전의 폭발물처럼 부르르 떨리는 걸 보아 돌멩이가 모래 알갱이로 다시 흩어지는가 싶었는데 팍 하고 터지는가 싶더니 아예 사라져 버렸다.

[완전히 세상에서 소멸하고 만다. 정말로 사라져 버려. 이걸 반대로 생각하면, 죽지 않고 젊은 몸을 계속 유지할 수 있는 방법도 있지.]

흙 인형이 아직 살아서 바들거리고 있던 이아나의 인형에 붉은 기운을 밀어 넣자 인형은 다시 아무렇지도 않게 똑바로 걸어 다녔다.

[신체에 꾸준히 신력을 공급해 주거나, 우리의 권능을 빌려 아예 새로운 몸을 만들거……]

흙 인형의 몸이 갑자기 폭삭하고 무너졌다. 간신히 다시 몸을 만들어 낸 흙 인형이 낑낑대며 몸을 일으켰다.

[이런, 설명하는 데에 신력을 많이 배분했더니 균형이…… 아무튼 신에 대한 기본적인 내용은 이렇다. 혹시 궁금한 점이 있나?]

이아나는 오늘 들은 이야기들을 필기한 수첩의 종이를 팔락팔락 넘겼다. 흙 인형이 흙을 이용해 보여 준 신의 탄생 과정은 요약과 함께 간단한 그림을 그려 정리해 뒀고, 해결되지 않은 의문들은 간단하게 요약한 후에 표시를 해 두었다. 체크한 부분들을 훑은 이아나가 말했다.

"인간의 심장과 신의 심장의 차이점은?"

[아아, 일단 혼돈의 조각은 다음의 기능을 한다.]

첫 번째, 신력을 생산할 수 있다. 두 번째, 아주 단단하다. 세 번째, 소멸 시 완전히 사라진다. 네 번째, 권능이 각인된다.

다섯 번째, 신력을 세게 붙잡아 둔다. 여섯 번째, 영혼에 각인된 영혼의 본체다.

[첫 번째, 두 번째, 세 번째를 제외하면 신의 심장, 혼돈의 조각은 마도시대 생물들의 심장과 다를 바 없어. 마도시대 생물들의 심장은 라오스와 우리가 합작해서 만들어 낸 쭉정이 입자의 집합. 아까 말했듯 우리가 알짜 입자를 만들 수 없기 때문에 신력 생산은 더 이상 불가능하다. 두 번째와 세 번째의 경우엔…… 나도 잘 모르겠어. 알짜 입자에 어떤 성질이 있기 때문일지도.]

"내 심장은 조금이지만 신력을 만들어 내고 있어……."

이제야 르보니의 말을 이해할 수 있었다. 이아나는 차이점에 별표를 하고 '권능의 각인?'이라고 짧게 메모해 두었다. 중요한 부분이지만 이야기가 아주 길어질 듯해 다음 기회에 물어보기로 하고 체크만 해 둔 이아나는 펜을 휙 돌렸다.

"좋아, 다음. 처음에 물었던 질문에 답해 줄 수 있을까? 너희가 왜 정령왕이라 불리는지."

[아, 그래. 하지만 일단 영혼과 계에 대해 다시 한 번 짚고 넘어가지.]

이아나는 '영체는 영계에 속해 있어 눈으로 볼 수 없다. 영혼은 영계에서 색을 가진다.'라고 메모를 해 둔 페이지로 넘어갔다.

[영혼이란 건 고유한 정신체다. 예를 들면 그대가 이아나고.]

흙 인형은 이아나를 가리켰다가 자신을 가리켰다.

[내가 흙의 정령왕이고, 저기 멍하니 앉아 있는 꼬마가 핀인 것처럼

세상에 같은 존재는 하나도 없지. 다시 말해 보겠다. 이아나 그대는 이아나의 영혼을 지녔고, 나는 흙의 정령왕의 영혼을 지녔고, 저 꼬마는 편의 영혼을 지녔다. 영혼은 즉 어떤 존재의 정체성을 결정한다. 영체는 그러지 못한 정신의 덩어리일 뿐.]

자의식을 가졌으니 당연한 소리다. 흙 인형의 설명은 쉬웠다. 이아나는 그의 말 한마디도 놓치지 않기 위해 집중하며 고개를 끄덕였다.

"이해했어."

[좋아. 그리고 영혼에는 중요한 성질이 네 가지 있다. 첫 번째, 영혼에는 신체로 활동해서 얻은 정신적인 결과가 쌓인다. 예컨대 영혼은 기억을 간직하는 보관소와 같다.]

기억을 저장하는 보관소…….

이아나는 중얼거렸다.

[스스로 자각하여 신체까지 만들어 낸 신은 움직이고, 감각과 감정을 느끼고, 생각을 한다. 신체를 거쳐 사고와 감각과 감정을 거듭할수록 만들어진 기억은 영혼에 축적된다. 이로써 회상을 할 수 있게 된 것이다.]

영혼에 기억이 쌓인다…….

이아나는 그 사실을 체감했다. 회상이라면 아주 지긋지긋하게 하고 있었다. 회귀 후뿐만 아니라 회귀 전의 기억까지 되새기고 있었다. 하지만 다른 존재들이 지나간 시간을 잊을 때 제 영혼에 쌓인 기억들은 사라지지 않은 이유가 뭘까. 이아나는 후, 하고 옅게 웃었다. 기억에도 진득함의 정도가 다른 걸까.

[회상을 하려면 영혼에 쌓인 정보를 읽어 들여야 하므로 영혼은 자각 상태여야 하고, 영혼의 본체인 혼돈의 조각도 있어야 하며, 물질적 매개

체인 뇌와 같은 신체가 있어야 한다. 마지막으로 회상도 영적 활동의 일종이니 신력이 반드시 필요하다. 알겠나?]

이아나가 펜을 휘갈기며 고개를 끄덕이자 흙 인형도 만족해서 고개를 끄덕이곤 계속 말을 했다.

[두 번째. 영혼은 혼돈의 조각을 벗어나 돌아다닐 수 있다. 여러 개로 쪼개질 수도 있고 합쳐질 수도 있다. 어떤 물질에 깃들어 있을 수도 있지. 하지만 그뿐이다. 아무런 의식 없이 떠돌아다니는 게 다인 데다 이 상태에서 신력을 공급받지 못하면 영혼은 자각 상태에서 벗어나게 되고 결국은…….]

"소멸하겠지?"

[그래, 그리고 세 번째, 영혼은 권능을 결정할 수 있다.]

"권능을 결정한다고? 아까 전에 혼돈의 조각은 권능이 각인된다고 말했었지."

[정확하다. 그대는 권능에 대해서 잘 모르겠지만…… 권능은 자신만의 이능에 가깝다. 영혼의 소망과 삶에 따라 자연스럽게 권능이 결정되고 그 권능은 조각에 각인된다. 권능은 힘의 성질이니 다음에 만나면 이에 대해 말해 주겠다. 마지막으로 네 번째, 계界.]

흙 인형은 흠, 하고 길게 고민하더니 이야기를 시작했다.

[세상에는 물질계物質界와 영계靈界, 두 계에 걸쳐져 있는 정령계精靈界, 그리고 전체계를 의미하는 원기계元氣界가 존재한다. 여기서 계는 같은 공간에 존재하는— 시향계視響界, 즉 시각과 영향력의 경계를 의미해.]

즉 모든 물질이 존재하는 물질계에서는 물질끼리만, 영혼이 보이는 영계에서는 영혼끼리만 서로를 보고 서로에게 영향을 미칠 수 있다. 또한 한 요소의 활동은 그 요소가 속한 계에서

만 볼 수 있다.

두 계에 걸쳐져 있는 정령계에서는 영혼과 물질 두 가지 모두 볼 수 있고, 물질계와 영계에서도 정령을 볼 수 있다. 다만 후자의 경우 영계에서는 정령의 영혼을 항상 볼 수 있지만 물질계에서는 정령이 영혼으로만 존재할 때는 정령을 볼 수 없고 정령이 신체를 만들어야만 볼 수 있다.

영향도 마찬가지다. 그리고 신력이 속한 원기계는 전체계, 신력은 모든 계와 시각을 공유하고 영향을 주고받았다.

이아나는 '정령의 영혼'이라는 단어에 체크를 한 후 물었다.

"그럼 영혼이 영계에서 색을 가져도 물질계에서는 보이지 않겠군."

[그렇다. 일반적으로 '본다'라는 건 물질적 요소인 눈을 통한 물질적 활동······. 영혼을 직접 보는 건 혹은 영혼이나 영계와 관련된 특수한 권능을 사용할 때가 아니면 불가능하다. 하지만 평상시에도 간접적으로 볼 수는 있다. 바로 영혼이 신력을 머금은 채 신체와 분리될 때다. 물질계의 존재들은 영혼을 보는 게 불가능하니 정확히 말하자면 신력을 보는 거지만······ 영혼은 신력을 머금고 있어야 하기 때문에 언제나 신력과 함께 존재하니 영혼을 보는 거라고 해도 완전히 틀린 말은 아니지. 어쨌든 이건 신력이 영혼의 색에 물들었기 때문에 가능한 일이다.]

"영혼과 신력의 색, 맞아. 이것도 묻고 싶었어. 너희들은 신력에 맛이라는 단어를 썼었다. 색이라는 것도 그렇고, 신력에도 종류가 있는 건가?"

[음. 종류라기보다는······ 그 존재의 본질과 같다. 영혼은 처음에 제각각 다른 고유의 색을 가진다. 제각기 다른 고유 영체가 모이니 영혼의 색

도 모두 다를 수밖에 없지. 하지만 기억이 쌓이고 경험이 쌓이면서 영혼은 그 존재의 삶과 함께 색이 변한다. 즉, 영혼의 색에는 그 존재의 본질이 담겨 있지. 예를 들면 그대는 모든 것을 태울 듯한 태양처럼 붉은색, 나는 부드러운 갈색, 핀은 어린 새싹의 연둣빛이다.]

흙 인형의 손에서 붉은 신력이 뿜어져 나왔다.

[신력이 처음으로 만들어질 때는 기본적으로 투명해서 보이지 않는다. 하지만 신력은 영혼의 주변에 있으면서 영혼의 색에 물들게 되고 그 영혼의 소유가 된다. 우리가 말하는 맛이라는 건 그대의 세계에서 말하는 양념의 차이와 같다. 우리는 그 존재의 본질과 삶을 맛본다.]

이아나는 생각에 잠겼다.

그럼 정령들이 먹은 제 신력에서 붉은 신의 맛이 난다는 건, 무슨 의미일까.

"한번 영혼의 색에 물든 신력이 다른 영혼의 색으로 변할 수도 있나?"

[물론. 다른 영혼의 소유가 되면 변하는 게 일반적이다. 자아가 강할수록 변하는 속도가 빠르지. 하지만 가끔 자아가 아주 강한 신의 신력은 완전히 그 신의 색에 물들어 있기 때문에 강제로 지배당하지 않는 이상 다른 색에 물들지 않아. 과거에 붉은 신의 신력이 그랬지.]

"너희가 내게서 맛본 신력은 그 붉은 신의 맛이 섞여 난다는 신력뿐?"

[그래. 왜? 무슨 문제라도?]

"일단 내 질문에 답해 줘. 맛이 섞여 난다는 게 무슨 뜻이지? 붉은 신의 신력과 내 신력 두 가지가 섞여 있다는 거냐, 아니면 내 신력에서 붉은 신의 느낌이 난다는 거냐."

[후자다. 그대의 신력에서 어쩐지 그리운 맛이 났어. 하지만 붉은 신의 맛과는 다르다. 당연하지. 그대는 로베르슈타인이 아니니까.]

"영혼 두 개가 합쳐질 수도 있나?"

[불가. 공존한다면 모를까 영혼의 상태에서 합쳐지는 일은 절대 있을 수 없다.]

이아나는 펜을 입에 문 채 고민했다. 오늘 흙 인형에게서 들은 이야기와 종합해 봤을 때 신력에서 붉은 신의 맛이 나는 것에 대해 세 가지를 가정해 볼 수 있다.

'첫 번째, 내 몸에 내 영혼만 존재한다. 이 가정이 맞는다면 로베르슈타인의 신력이 내 영혼의 색으로 아직 변하고 있는 중이고 내 신력은 따로 존재했겠지. 하지만 흙 인형은 신력의 종류가 하나뿐이고, 내 신력에서 그 신의 맛이 난다고 말했어. 이 가정은 기각. 두 번째, 내 몸에 내 영혼과 로베르슈타인의 영혼이 공존한다. 이 경우라면 내가 태어날 때부터 내 피에는 로베르슈타인의 영혼이 있었겠지. 그리고 내 신력은 로베르슈타인의 영향을 받았을 거야.'

이아나는 고개를 들었다.

"정령은 영혼을 볼 수 있나?"

[그렇다. 정령은 물질계와 영계에 걸쳐져 있으니까.]

"혹시 내 몸에…… 내 영혼 말고도 다른 영혼이 있나?"

[흠? 아니. 그대의 영혼 하나뿐인데.]

그렇다면 두 번째 가정도 기각. 그렇다면 남은 건 세 번째 가정뿐인데…….

세 번째 가정은 있을 수 없는 일이다. 있을 수 없는 일일 것

이다. 있을 수 없는 일이지만 흙 인형에게 들은 정보들을 종합
해 봤을 때 모순 하나 없는 가장 유력한 가정이었다.

'세 번째, 로베르슈타인의 영혼이 내 영혼이다. 과거에 르보
니가 소유하고 있던 로베르슈타인의 신력이 내게 빨려 들어온
건 이 이유 때문. 하지만 이아나로 살아가면서 영혼의 색이 지
금의 색으로 변했고 신력의 색 또한 변했다.'

이아나는 펜을 빙글빙글 돌렸다. 영혼은 존재의 정체성을 의
미한다고 했다. 만약 세 번째 가정이 진실이라면…… 자신은
누구인가?

물을 필요도 없다. 대답은 정해져 있었다.

'나는 나야.'

이아나는 누구보다 확고한 자아를 지니고 있었다.

'나는 나일 뿐, 그 누구도 아니야.'

자신은 분명 이아나다. 스스로가 그것을 제일 잘 알고 있지
않은가?

제 인생은 제가 이아나로서 사고하며 살아온 삶만으로 이루
어져 있다. 자신의 영혼에 로베르슈타인이라는 이름을 갖다 붙
이는 건 옳지 않았다.

그렇다면 로베르슈타인은.

'기억하지 못하는 전생……과 같은 건가.'

"하."

갑자기 웃음이 나왔다. 웃기지 않느냔 말이다. 전생이 신이
라니.

하지만 전생에 신이었든 벌레였든 관계없다. 설령 전생에는

신이었을지라도 이제는 아니다. 지금은 이아나에 불과했다.

로베르슈타인으로서의 전생은 제 인생이 그 신으로 인해 꼬여야만 했던 이유와 제 몸의 비밀을 알기 위해 파고드는 것만으로도 충분했다.

'설령 아직 로베르슈타인으로서의 뭔가가 남아 있다 하더라도 모두 다 남김없이 내 것으로 집어삼켜 주지. 그래. 필요한 부분은 반드시 알고 있어야 하고, 확실하게 이용할 수 있어야 해.'

영혼은 제 것이다. 신력도 제 것이다. 모두 다 제 소유다. 제 몸에 대해 모르는 게 있는 건 있을 수 없는 일이다.

로베르슈타인 가문.

이아나는 펜으로 입술을 톡톡 두들겼다. 가문의 피에 비밀이 있을 것이다. 회귀 전 가문의 가주가 되었지만 강제적인 승계였기 때문에 가문의 모든 것을 제대로 물려받지 못했다. 그러니 가주만 알고 있을 비밀이 따로 있을지도 모른다.

하지만 이아나는 버린 가문에 관심을 가지고 싶지 않았다. 일단 이 사안은 뒤로 미루기로 했다.

이아나는 영혼과 신력에 대한 정보를 수첩에 빠르게 필기했다. 이제 기숙사로 돌아가 이 지식을 정리해야 했다. 빼곡히 채워진 수첩을 내려다보던 이아나가 고개를 들고 자신의 말을 기다리고 있는 흙 인형에게 말했다.

"이제는 처음 질문에 답해 줘. 그리고 정령계의 이야기를 들으면서 의문이 생겼는데, 너희는 영혼만으로도 존재할 수 있는 건가?"

[아, 내가 내 기준에서 설명하느라 그 부분을 빼먹었군. 정령과 신이

구별되는 가장 큰 이유가 그것이다. 신은 혼돈의 조각, 그러니까 심장이 있지만 정령은 심장이 없다.]

신은 신체와 영혼이 모두 있어야 물질적 활동과 더불어 영적 활동을 할 수 있지만 정령은 물질적 요소 없이 영혼만으로도 충분히 영적인 활동을 할 수 있는 영적 존재였다.

다만 신과 소통하기 위해서는 신체를 만들어야 하는데, 그들은 심장이 없기 때문에 신력을 만들 수 없어 제공받아야만 한다.

[늘 신력이 부족하기 때문에 평소에는 거의 무의식 상태로 존재한다. 그리고 아까 영혼의 성질을 설명할 때 영혼이 쪼개질 수 있다고 말했지. 정령왕의 영혼은 온 세상에 잘게 쪼개져 있다. 그리고 그것들 하나하나가 정령이 될 수 있어. 설명하자면…….]

흙 인형이 이아나의 손가락을 만지작거렸다.

[이건 이아나 너의 손가락이지. 팔, 목, 머리, 다리, 발……. 이 모든 게 이아나라는 존재의 일부다. 더 나아가 네 머리카락 한 올, 거기서 더 나아가면 피부 한 조각까지 이아나의 일부. 이해하겠나?]

"그래."

[정령을 팔, 목, 머리와 같은 신체의 일부에 대입하고, 정령왕을 신체의 주인에게 대입하면 된다. 그래서 정령들이 우리의 일부라는 말을 쓰는 거다. 또한…… 아.]

이아나의 손을 쓸어 만지던 흙 인형이 손목 안쪽에 위치한 작은 점을 발견하고 툭툭 두들겼다.

[마침 그대의 손목에 작은 점이 있군. 이 점은 손목의 점도 되지만 그대의 점도 돼. 정령왕의 영혼의 일부기 때문에 모든 정령들의 생각과 감정은 본체인 정령왕에게 공유된다. 따라서 정령왕은 정령들을 이루고 있

는 물질의 근본이고 그들의 모든 것을 지배하는 정신적 지주다. 이만하면 왕이라고 불러도 되지 않겠나?]

"그렇군. 충분해."

[더해서, 정령은 정령왕의 일부이기 때문에 만일 전 세계에서 흙의 하급 정령들이 소환되어 있다 하더라도 그대가 나를 소환한다면 그 정령들은 모두 사라지고 나만 이 세상에 존재한다. 왜냐하면 그들은 나의 일부기 때문이다. 마찬가지로 그대가 작은 흙더미 정령을 만졌을 때 내가 소환될 수 있었던 것도 흙더미가 내 일부여서다. 예를 들자면 멀리 있던 그대의 손가락을 붙잡고 힘을 주어 그대를 끌어당긴 경우라고 할 수 있지.]

핀이 소환한 흙덩어리나 물 덩어리는 정령왕들의 일부. 자신이 정령을 만졌을 때 정령이 제 신력을 흡수하고 완전체인 정령왕으로 재탄생했던 현상이 이에 근거했다.

역소환되면 본체인 정령왕에게 모든 기억이 쌓인다고 했다. 물고기가 핀을 기억하고 있는 현상 또한 물고기의 일부인 물덩어리가 핀과 놀아 주던 기억이 공유되었기 때문일 터.

그리고 오늘 가장 묻고 싶었던 것.

"너희가 신력을 대가로 소환된다고 했었나."

[그래. 정령계에서 물질계에 현신하기 위해서는 우리 또한 신체가 있어야 한다. 신체는 신력으로 연성되니 신력이 필요해. 우리들은 간식이라고 즐겨 부르지만, 대가라고도 할 수 있겠지.]

"그렇다면 너희들을 부르는 대가가 신력, 즉 생명인가? 너희를 부르면 부를수록 수명이 줄어드는 건가?"

이아나의 말에 흙 인형은 잠시 고민을 하더니 고개를 끄덕였다.

[부정할 수 없다. 우리들이 계속해서 신들의 신력을 소모해도 신들은 신력을 계속 생성할 수 있었기 때문에 영생을 살 수 있었지만 인간들은 그럴 수가 없으니 수명이 줄어든다는 말이 맞다. 무엇보다 인간들은 아주 소량의 신력을 지녔기 때문에 설령 신력을 제어할 수 있다 하더라도 우리를 소환하지 못해.]

"그럼 나는……."

이아나가 말끝을 흐리자 흙 인형이 이아나의 손가락을 잡고 흔들어 댔다.

[그대는 평범한 인간과는 경우가 달라. 우리가 작은 몸으로 현신해 본체로 현신했을 때보다 신력을 아주 조금 소모하는 탓도 있지만…….]

그때 흙 인형이 눈치를 슬쩍 보았다.

[강제로 신력을 먹은 점은 정말 미안하다. 그대가 우리를 부르지 않았음에도 그대를 만나고 싶은 마음에 허락도 받지 않고 현신을…….]

흙 인형이 고개를 꾸벅꾸벅 숙이자 이아나가 고개를 저었다.

"괜찮아. 그보다는 소모하는 탓도 있지만 다음의 말은?"

[그대의 심장 안에 강대한 신력이 꽉꽉 눌려 있는 게 어렴풋이 느껴져. 신력이 얼마나 되는지 정확히는 모르겠지만 어림잡아 내 본체도 몇 번이나 불러낼 수 있을 양인 듯해. 이런 몸의 나는 얼마든지 불러내도 되고.]

그 말에 이아나는 르보니의 말을 선명하게 기억해 냈다. 네가 태어나면서 로베르슈타인의 신력을 모조리 다 빼앗았기에 자신은 모든 것을 잃었다는 그 비명소리가 아직도 머릿속에서 맴돌았다. 호르비의 심장을 찔렀을 때 터져 나온 신력이 제 몸으로 흡수되던 현상 또한 기억해 냈다. 그것이 심장에 그대로 쌓여 있는 모양이었다.

[어떤 생물이든 간에 신력은 심장 주변에 강하게 붙잡혀 있는 게 정상인데 그대의 신력은 밖에 고여 있는 아주 적은 양이 다다. 즉 심장 안에 신력이 있다는 말이고, 역시나 심장에서 아주 많은 양의 신력이 느껴진단 말이지. 결론을 내리자면, 그대의 신력은 마치 벽에 막혀 있는 것처럼 심장 안에 억눌려 있다.]

바로 이거다. 오늘 가장 해결하고 싶었던 의문.

"벽이 대체 뭐지? 심장의 막?"

흙 인형이 고개를 저었다.

[그런 물질적인 요소는 신력의 움직임을 통제할 수 없다.]

"그럼 뭔지 알아봐 줄 수 없을까?"

[불가능하다. 심장은 흙과 물로 만들어졌지만 오로지 영혼의 주인에게만 귀속되는 것, 내가 침범할 수 없는 영역이라서. 하지만 내 생각엔 봉인…… 같은데.]

이아나는 봉인이라는 말을 르보니에게 들은 적이 있었다.

"그런데 종말 이전에, 그분은 모든 신력을 내게 넘겨주시고 잘 부탁한다는 이상한 말과 함께 나를 봉인하셨지."

이아나는 바짝 긴장했다. 신성시대의 비밀은 캐도 캐도 끝이 없다. 하지만 이것만큼은 반드시 알아야 했다. 신성시대의 신인 르보니가 여태껏 살아 있을 수 있었던 이유. 제 심장의 비밀.

마음이 급해진 이아나가 흙 인형을 재촉했다.

"어서 봉인이 뭔지 가르쳐 줘."

[신력을 이용해 부릴 수 있는 이능 중 하나인데 인간들은 모를 거다.

내가 역소환될 시간이 다 되어 가서 설명은 다음에 해야 할 듯해. 그리고 말이 봉인 같다는 거지 나도 확신할 순 없다. 봉인이라기에는 이상한 점도 많고⋯⋯ 차근차근 알아보자.]

흙 인형이 이아나의 손을 토닥였다. 그런 작은 행동에 마음이 가라앉는 걸 느꼈다. 조그마한 흙 인형이 이렇게 든든하게 느껴질 줄은 몰랐다. 마치 깜깜한 어둠 속에서 유일하게 빛나는 등불 같았다.

이아나는 저도 모르게 흙 인형의 작은 머리를 손가락으로 슥슥 쓰다듬어 주었다.

"⋯⋯내 신력은 어떻게 나오는 걸까? 벽 같은 것에 갇혀 있다면서."

[추측컨대 그대의 신력은 벽의 어딘가에 위치한 틈에서 새어 나와 심장 외부에 고이는 구조를 취하는 듯하다. 음⋯⋯ 혹시 내가 지금 저번보다 훨씬 오랜 시간을 머물고 있다는 걸 알고 있나?]

그러고 보니 그랬다. 처음에 물고기만 불러냈을 때, 아무리 팔을 치료했다지만 물고기는 아주 짧은 시간만 머물다가 가 버렸었다. 그런데 흙 인형은 오늘 긴 이야기를 하고도 평온한 얼굴로 이곳에 존재하고 있었다.

[그대가 우리를 불러내는 횟수가 늘어날수록 심장의 외부에 고여 있는 신력의 양이 조금씩 늘어나고 있어. 우리를 불러낸 게 지금 세 번째던가. 오늘은 그대가 처음 촐랑이를 불러냈을 때보다 훨씬 많은 양의 신력이 심장에 고여 있었다.]

"그게 무슨 현상이지?"

[나도 잘은 모르겠지만 신력을 소모하면 할수록 벽의 틈이 벌어지는

게 아닐까 싶…… 아.]

흙 인형이 갑자기 축 처지더니 이아나의 손가락을 쭉 잡아 당겼다.

[미안하지만 돌아갈 시간이 다 되었다. 이야기는 다음에 마저 해야 할 거 같아. 이야기를 하다가 끊길 거다.]

충분히 많은 시간을 이곳에서 보냈다. 얻은 것도 많았다. 하지만 이아나는 아쉬움을 감추지 못했다. 묻지 못한 게 산더미처럼 쌓여 있었기 때문이다.

"그렇구나. 그런데 부탁할 게 있는데."

이아나가 조심스레 말을 꺼내자마자 흙 인형은 몸을 한차례 부르르 떨었다. 그도 잠시, 손가락을 꽉 껴안은 흙 인형이 설렘이 가득한 어조로 외쳤다.

[무엇이든 부탁해도 된다. 내가 할 수 있는 것이라면 무엇이든 해 주 겠다! 산이 필요한가? 아니면 깊은 구덩이가? 그것도 아니면 저 깊은 땅 속에 묻어 버릴 죄인이라도 있나?]

흙 인형이 심하게 좋아하자 부탁하는 입장이라 조심스러운 태도를 보였던 이아나는 떨떠름했다.

"그런 거창한 게 아니라…… 앞으로 계속 너희와 신성시대에 대한 이야기들을 해 줄 수 있겠나?"

뜻밖의 말에 흙 인형이 고개를 갸웃했다.

[상관은 없지만…… 그대는 어째서 신성시대에 대해서 그렇게 궁금해하 는 거지? 마도시대에서 살아가는 생명체들에게 신성시대에 대한 지식은 별반 쓸모 있지는 않을 터인데. 학구열이라고 해도 과한걸.]

"나는."

이아나가 흙 인형의 머리에 얹고 있던 손을 떼었다. 흙 인형이 손이 움직이는 경로를 따라 시선을 옮기다 손이 짚은 심장을 물끄러미 바라보았다.

"내 심장에 있다는 신력의 비밀을 알고 싶다. 너는 잘 모르겠지만 내 인생은 이것 때문에 뒤틀렸어. 그러니 이건 내 인생이 기묘하게 흘러가는 이유를 알 수 있는 유일한 실마리야."

[……]

"그걸 위해서는 그 근원부터 알아야 해. 그리고 너희는 그걸 알려 줄 수 있는 유일한 존재들이다."

호기심을 표출하던 흙 인형이 이아나의 단호한 말에 이내 고개를 주억거렸다.

[흠. 그래. 그런 이유 때문이 아니더라도 그대가 궁금하다면 당연히 이야기를 해 줘야지. 다만 우리는 신성시대에서 세상을 뒤덮어 갔던 악마의 마력 때문에 현신하지 못했던 말기 즈음의 일들은 전혀 모른다. 그래도 괜찮겠나?]

"상관없어. 어차피 나에게 그 시절에 대해 이야기해 줄 수 있는 존재는 너희밖에 없으니까."

[좋아. 그럼 그렇게 하지. 다음 소환 때부터 이야기해 주도록 하겠다. 까마득한 신성시대의 방대한 기억을 되새기려면 시간이 필요하니 정령계로 돌아가 다른 녀석들과 그대에게 해줄 이야기들을 정리해 두도록 하마.]

흙 인형의 몸이 풍화되는 것처럼 먼지를 일으키며 부슬부슬하게 떨어지기 시작했다.

[몸이 부스러지는 걸 보아 하니 정말 얼마 남지 않았구나. 아쉽지만 인사를 해야 할 것 같다.]

이아나가 흙 인형의 머리를 슥슥 쓰다듬자 흙 인형이 기분 좋은 표정으로 눈을 감았다.

"계속 일방적으로 묻기만 하는 것 같아 미안하다."

이렇게 제 손길 하나만으로도 행복해하는 정령들에게 하는 짓이라고는 제 필요 때문에 불러내어 다그치듯 신성시대에 대해 묻는 게 다니 몹쓸 짓을 하는 기분이었다. 이아나의 말에 흙 인형이 눈을 동그랗게 뜨고는 그게 아니라고 고개를 획획 저었다.

[괜찮다. 그대가 미안해할 필요는 전혀 없어. 그대야말로 우리에게 주는 것이 많다. 너무나 많은 세월이 흘러 정적 속에서 차츰차츰 잠들어 가던 우리에게 변화를 주는 것도 그렇고. 우리는 그대에게 무언가를 해 주는 것만으로도 즐겁다. 이렇게 대화를 나눌 수 있다는 것만으로도 행복해. 하지만…….]

바슬바슬하게 바스러지는 흙 인형이 이아나의 손가락을 흔들었다.

[나중에 우리 정령들에게 그대의 이야기도 해 줄 수 있겠나? 그대는 특별한 인간이다. 보통 인간과는 무언가 느낌이 달라. 분명 인간인데, 라오스의 신력과 권능을 빌려 우리가 빚어낸 인간인 건 분명한데…….]

미약한 힘으로 손가락을 흔드는 행동은 간절하기까지 했다.

[어째서 신력에서 우리가 사랑했던 붉은 신의 신력의 맛이 나는 건지, 붉은 신은 차치하고 어떻게 이렇게 멋진 맛의 신력을 가질 수 있는 건지. 우리는 그대의 삶에 대해 알고 싶어. 신력에 의해 뒤틀렸다는 인생이 어떠했는지, 또 그 인생을 어찌 살아왔는지도 알고 싶다. 우린 그대와 친해지고 싶어.]

이아나는 묘한 기분을 느꼈다. 제 인생이 누군가에게 말할 가치가 있는 것이던가. 또 제 기묘한 인생을 말한다 하더라도 믿어 줄 이가 있는가.

저 홀로 안고 있을 수밖에 없었던 이야기를 들려 달라는 말이 어색했으나, 눈앞의 정령왕도 제 인생 못지않게 아주 기묘한 존재라는 생각에 이아나는 천천히 고개를 끄덕였다.

이아나가 말이 없자 불안해하던 흙 인형은 정적 끝에 내려진 승낙에 흙먼지로 폭삭 무너졌다. 이제는 그런 행동이 너무 기쁠 때 보이는 행동이라는 걸 확실히 안 이아나는 흙 인형을 귀엽게 보았다.

[정말 좋구나. 정말 행복하다.]

흙 인형이 다시 몸을 만들어 냈지만 이리저리 꿀렁거리는 몸은 작별의 시간이 금방이라고 경고했다. 이아나는 골치가 아파 왔다.

"혹시나 해서 묻는 건데."

[응?]

"역소환될 때마다 엄청난 양의 물이나 흙이 쏟아지는 걸 막을 수 있는 방법이 없나? 뒤처리하기가 곤란해서."

[흐음? 나를 이루고 있는 흙은 생명이 충만한 흙이라 몹시 질이 좋다. 이 흙이 키워 내는 생물들은 세상을 생동감 넘치게 가꾸어 줄 것이기에 나쁠 게 없지만, 그대가 원한다면 역소환되어 강제로 돌아가지 않는 한 내가 우주로 보낼 수 있어.]

그런 흙이라면 내버려 두는 게 이득이겠지만, 이것이 마법인 줄 알고 이러면 안 된다며 경고하는 사람들에게 일일이 가르

쳐 줄 수도 없는 일이다. 이아나는 가지고 가 달라 부탁했고
흙 인형은 가볍게 승낙했다.

[그럼 다음 만나는 그날까지 몸 건강히 잘 지내길.]

흙 인형의 말대로 이번에는 그 몸이 터지지 않고 점으로 압
축되면서 이 세상에서 흔적조차 없이 깔끔하게 사라졌다.

혹시나 해서 핀을 옆구리에 끼고 피할 준비를 하고 있던 이
아나는 살짝 민망했다. 그녀는 핀을 내려놓으며 작게 속삭였다.

"미안해, 핀."

"네? 뭐가요?"

핀이 나는 아무것도 몰라요라는 표정으로 이아나를 올려다
보자 정말로 미안해졌다. 그녀가 정령과 나누었던 대화를 정말
열심히 듣던 핀이었으니 정령을 불러내는 대가가 제 생명이라
는 것도 알았을 텐데도 어려서 이해하지 못하는 건지 변함없
이 순진한 얼굴을 하고 있었다. 이아나는 떨어지지 않는 입을
억지로 열었다.

"널 찾아와 정령을 불러낼 때마다 네 생명이⋯⋯."

"음. 누나는 제가 정령을 불러내면 불러낼수록 오래 못 산다
는 걸 미안해하시는 거예요?"

핀은 정확하게 이해하고 있었다.

"그런 거라면 미안해하실 필요 없어요. 엄마가 엘프가 기나
긴 세월을 살아가는 건 정령과 함께하기 위해서라고 했는걸요.
정령을 불러내 같이 노는 건 제가 정말 어릴 때부터 하던 거
고, 누나가 부탁할 때뿐만 아니라 평소에도 불러내요. 히히.
저는 오히려 늘 몰래 불러내 놀 수밖에 없었던 정령들을 누나

와 함께 볼 수 있어서 되게 좋은데. 아무도 모르는 옛날이야기 듣는 것도 좋아요. 제가 고마워해야 하는 건데…….”

상냥한 말에 이아나는 저도 모르게 핀을 꼭 끌어안았다. 좋아서 까르르 거리는 웃음소리와 함께 전해지는 따뜻한 호의에 핀을 안고 있는 이아나의 손에 힘이 들어갔다.

“고마워, 핀.”

이아나의 마음은 부드러워지는 한편, 한 가지 결심과 함께 잔인하게 가라앉고 있었다. 이 착하고 상냥한 꼬마를 상대로 몹쓸 짓을 저지르려는 것들은 그것이 몬스터든 인간이든 제게 발각되는 즉시 잔인하게 응징하겠다고 말이다.

이아나는 어린 새싹의 잎처럼 부드러운 핀의 머리카락을 천천히 쓰다듬었다.

숲을 빠져나와서도 이아나는 핀의 손을 잡고 한참이나 시내 구경을 하며 돌아다녔다. 핀은 몹시 상기된 표정으로 두리번거렸다. 수도에 사는데도 시내 구경을 좋아하는 이유는 무르시가 잘나가는 상단의 주인이라서 핀과 함께 놀아 줄 시간이 얼마 없었던 탓이다.

그렇다고 해서 어린 핀을 홀로 내보낼 수는 없는 노릇이었다. 아무리 치안이 좋다고 해도 무르시의 아들임을 아는 자들은 돈을 노리고 핀을 유괴할 수 있었다. 또, 핀은 엘프의 자식인 만큼 곱상한 외모를 지녔으므로 자칫했다가는 무도한 노예상에게 납치당해 팔릴 가능성이 있었다.

하지만 무르시가 누군가에게 호위를 맡겨서라도 핀을 밖에 내보낼 수 없는 가장 큰 이유는 하나밖에 남지 않는 가족인 핀이 불안해서 제 시야에서 떠나보낼 수 없었기 때문이다.

이는 소중한 아내와 아들을 뒤로하고 상행을 떠났다가 아내가 잔해조차 남기지 않고 잡아먹힌 참사에서 비롯된 끔찍한 불안감이었다. 무르시는 핀에게 무슨 일이 생길까 봐 곁에서 떼어 놓을 수가 없었다.

악몽을 극복한 이후, 핀은 바깥에 나가 놀고 싶었다. 아무리 책을 읽는 것을 좋아한다 하더라도 마음껏 뛰놀고 싶은 건 아이로서 어쩔 수 없는 본능이었다.

자연에서 자유롭게 살아가는 엘프의 특성까지 이어받은 핀은 항상 몸이 근질근질했다. 하지만 제 아비의 불안을 알고 있는 착한 핀은 떼를 쓰지 않고 무르시의 옆에서 얌전히 책만 주구장창 읽었다.

그렇게 노심초사하던 무르시지만 이아나가 핀을 구해 준 이후로 그녀만큼은 완전히 믿을 수 있게 되어 이아나가 찾아오는 날에는 몹시 고마워하며 핀을 맡기곤 했다.

그래서 핀은 이아나가 찾아오는 날만을 손꼽아 기다렸다. 안 그래도 정말 좋아하는 누나인데 그녀 덕에 바깥 구경까지 할 수 있게 되니 이아나가 찾아오는 날을 기다리는 건 당연했다.

"……."

노점상에서 이아나가 사 준 분홍빛 솜사탕을 물고 좋아하는 핀의 옆에서 이아나가 슬쩍 미간을 좁혔다.

'누군가가 따라붙었다.'

결심한 지 얼마나 되었다고 사람이 따라붙는가. 첫날부터 제 결심을 시험하는 듯한 꼴이 거슬린 이아나의 속내가 뒤틀렸다.

그녀는 구경을 하느라 정신이 없는 핀의 뒤에서 입술을 비틀었다. 미행을 하면서도 기척을 죽이지 못할 정도로 하찮은 실력을 지닌 주제에, 감히 호위하는 자가 여자라고 무시하는가?

때를 노리는 듯 달려들 듯 말 듯한 기척이 느껴졌다. 이아나는 아무것도 모르는 척 핀을 데리고 사람이 많은 곳을 골라 구경하며 떨어져나갈 기회를 주었다. 하지만 끈질기게 따라붙는 기색에 싱긋 웃은 이아나는 살며시 어두운 골목으로 들어갔다.

핀은 화려한 밖과는 확연하게 차이 나는 초라하고 음습한 어둠에 눈을 동그랗게 떴다.

"핀, 누나가 됐다고 할 때까지 눈 감고 귀를 좀 막아 볼래?"

"네? 알겠어요."

핀은 고분고분하게 시키는 대로 했다. 그들의 어깨 위로 짙은 어둠이 내려앉을수록 미행자와 그들 사이의 거리는 가까워졌다. 그리고 어느 순간, 이아나는 미행자가 제게 손을 뻗는 것을 알았다.

뿌득.

이아나는 손가락에 힘을 주었다.

쐐애액!

몸을 돌림과 동시에 손을 세게 내질렀다. 시야에 남루한 옷차림의 남자가 들어왔다. 뻗은 손에는 손수건 한 장이 들려 있었다. 예민한 후각은 불쾌한 냄새를 감지했다.

눈을 동그랗게 뜬 남자가 어떤 조치를 취하기도 전에 이아나는 손톱을 세워 남자의 두꺼운 목을 움켜쥐어 벽에 그대로 찍어 넣었다.

콰아아아아아앙!

"끅!"

와드드득.

단단한 벽돌 벽이 으깨질 정도로 세게 부딪친 남자의 목뼈가 어긋나는 끔찍한 소리가 들렸지만 그륵 대며 발버둥치는 험상궂은 생김새의 남자를 보는 이아나의 눈빛은 냉정하기만 했다.

"떨어져 나갈 기회를 주었건만 이 뒷골목까지 따라와 더러운 손을 뻗은 목적은 뭔가."

이아나는 눈동자를 굴려 숨이 막혀 고통 섞인 비명조차 내지르지 못하는 남자 옆에 떨어져 있는 누런 손수건을 보았다. 저 더러운 물건에는 사람을 기절시키는 약품이 묻어 있을 게 분명하고 손수건을 들고 있던 더러운 목적 또한 명백했다.

"역시 납치인가."

벽에 메다꽂힌 남자가 목 졸린 소리를 지르며 발버둥을 쳤다. 꾸드득. 이아나가 손에 힘을 주자 뼈와 근육이 뒤틀리는 이상한 소리가 났다.

이걸 어떻게 처리해야 하나— 하고 잠시 고민에 빠져 있던 이아나는 제 손에서 축 늘어지는 남자를 느끼고 손을 떼어 냈다. 벽에서 주르륵 흘러내린 남자의 목에 두 손가락을 대어 보니 맥이 미약하게 뛰는 것이 아직 살아 있긴 했다. 기절한 와중에도 숨을 가쁘게 몰아쉬는 걸 보며 남자의 축 늘어진 손을 세게 짓밟았다.

"아아아악!"

남자가 비명을 지르며 정신을 차리자 이아나는 손에서 발을 떼는 대신 남자의 입을 발로 세게 밟아서 벽에 처박아 넣었다.

퍼어어어억!

"크으으읍! 컥, 커헉!"

부츠의 단단한 굽으로 서서히 더 강한 힘을 실어 가며 짓누르자 이빨이 부러지고 찢어진 남자의 입에서 피가 줄줄 흘러내리기 시작했다.

"버러지, 시끄럽게 굴지 마라."

이아나가 상체를 남자에게로 천천히 기울였다. 섬뜩하리만치 무표정한 얼굴로 조용히 속삭였다.

"꼬마가 듣잖나."

"으…… 으으……."

이아나가 제 턱뼈를 으깨는 것도 모자라 죽일 거라고 생각한 남자는 눈물, 콧물도 모자라서 아랫도리까지 축축하게 적셨다.

스르릉.

이아나가 검을 빼 들었다. 무심하기 짝이 없는 붉은 눈동자를 마주한 남자는 아무 말도 못 한 채 몸을 달달 떨었다.

남자를 죽일 생각이었던 이아나는 문득 뒤에 있는 핀을 돌아보았다가 제 손을 보았다. 누군가를 죽인 손으로 순수하고 깨끗한 꼬마를 만지고 싶지는 않았다. 뒤처리도 귀찮았다.

"운 좋은데."

잠시 고민한 그녀는 흠뻑 젖어 있는 남자의 얼굴을 내려다보며 입술을 둥글게 말았다.

"오래 살고 싶다면 내 눈에 띄지 마라. 띄는 날이 네놈의 기일이 될 테니."

미소였지만, 미소가 아니었다. 극악무도한 살기를 이겨 내지 못한 남자는 결국 거품을 물며 기절했다.

입에서 발을 떼어 낸 이아나는 부츠에 묻은 더러운 이물질을 남자의 옷에 비벼 닦아 냈다. 남자의 우스운 꼴을 내려다보던 것도 잠시, 남자를 주변의 쓰레기통 안에 박아 넣은 후 핀을 안아 올린 채 그곳을 유유히 떠났다.

"이제 눈 떠도 돼."

이아나가 바닥에 내려놓고 손을 잡자 핀이 눈을 반짝 떴다.

"뭐였어요?"

"아무것도. 그냥 나쁜 아저씨가 있어서 누나가 혼을 좀 내 줬어."

"헤. 누나가 혼내는 거……."

이아나가 저를 구해 준 그날, 섬뜩했으나 한편으로는 불꽃처럼 아름다웠던 붉은 마나를 떠올린 핀의 눈이 몽롱하게 젖어 들었다. 감동적이기까지 했던 그 장면은 가슴에 사무치도록 남아 있었다.

"다음번엔 그냥 보면 안 돼요? 저번에 미노타우루스를 혼쭐내실 때도 멋있었는데."

핀이 아쉬워하며 중얼거리자 이아나는 어이가 없어서 입술을 씰룩였다. 이 꼬마, 어려서부터 간덩이가 너무 크게 부은 게 아닌가.

하나 핀이 이제껏 무슨 일을 겪었는지 찬찬히 생각해 본 이아나는 눈살을 찌푸렸다. 눈앞에서 어미가 잡아먹히고, 미노타우루스가 반으로 갈라지는 장면을 목격한 꼬마의 유년기는 아무리 생각해도 정상이 아니었다.

"안 돼. 꼬마는 그런 거 보는 거 아니야."

"힝."

조금 더 거리를 거닐다가 해가 왕궁 너머로 뉘엿뉘엿 저물어 가자 핀을 상단에 데려다 주었다. 입구에서 무르시와 핀의 배웅을 받으며 갈색 로브를 머리에 뒤집어쓴 이아나는 파엘라 상단 건물을 떠났다.

이아나는 거리를 따라 걸었다.

'아.'

평소 같았다면 기숙사로 돌아가는 평범한 길이었을 터다. 하지만 평범하지 않게 되어 버린 까닭은 우연히 그녀의 최대 관심사인 남자를 발견한 탓이다.

검은 로브를 뒤집어쓴 아르하드는 갈색 로브를 쓰고 있던 이아나를 발견하지 못했다. 아르하드를 보자마자 기척을 죽인 이아나는 벽 뒤로 몸을 숨기고 그를 주시했다.

아르하드는 캄캄한 어둠이 내려앉기 시작한 골목 앞에 서 있었다. 그는 품에서 아무런 문양도 없는 하얀 가면을 꺼내 쓰고는 안으로 성큼성큼 발걸음을 옮겼다.

'흰 가면…… 그리고 검은 로브?'

검은 로브, 기이한 기시감이 엄습했으나 이아나는 이내 단호하게 고개를 저었다. 검은 로브를 입는 자가 어디 한둘이냔 말이다. 이아나는 자신이 떠올린 어이없는 가정을 바로 기각했다.

기시감이 썰물처럼 사라지자 이번에는 호기심이 밀물처럼 들어왔다. 이아나는 아르하드가 정체를 숨긴 채 뒷골목에 들어

갈 이유가 뭐가 있을지 곰곰이 생각해 봤다.

모르겠다. 하나 뭔지는 몰라도 재미있는 일을 벌이고 있을 것 같지 않은가.

흥미가 동한 이아나는 숨을 죽이고 기척도 죽인 채 아르하드가 들어간 골목 안을 들여다보았다. 어두워서 앞이 잘 보이지 않지만 어둠의 저편, 저 멀리서 아르하드의 저벅거리는 걸음소리가 울려 퍼졌다.

이아나는 어둠 속으로 발을 한 짝 슬쩍 내밀고는 녹아들듯 몸 전체를 어둠 안으로 들였다. 그리고 살금살금 그의 뒤를 쫓기 시작했다.

—학술원 편 終

8. 노예상 편(1)

8. 노예상 편(1)

 기척을 죽이고 미행을 하는 일은 미행을 눈치채는 일보다는 훨씬 쉽다. 몸을 숨길 수 있는 장애물이 많은 장소라면 더더욱 그랬다.

 물론 마나의 흐름에 민감한 이들, 고된 수련 끝에 일반인의 범주를 벗어난 자들은 기감에 몹시 민감해서 그들을 몰래 따라다니는 건 결코 쉽지 않다.

 이아나는 미행은 처음이지만 그래도 남들에게 들키지 않을 정도로 기척을 지우는 일 정도는 얼마든지 할 수 있었다. 대상이 아무 생각 없이 고개를 돌렸는데 시선이 마주치는 둥 우연히 들키지 않는 이상 누구에게도 들키지 않을 자신이 있었다.

 그러나 상대가 아르하드라면 말이 다르다. 지금 그가 젊은 아르하드일지라도 미행을 하려면 진심이 될 필요가 있었다.

이아나는 유령이 된 것처럼 땅을 스치는 소리도 내지 않았다. 호흡을 느리게 하며 심장의 박동을 느릿한 흐름 속에 맡겼다. 시간이 흐를수록 녹아들듯 주변의 기운과 동화되어 이아나의 뚜렷한 생김새조차 흐려지는 기이한 현상이 벌어졌다. 이 상태라면 누군가 이아나와 마주친다 하더라도 그 존재를 눈치채지 못하고 지나갈 터였다.

이아나는 아르하드가 방향을 틀어 다른 골목에 들어갈 때마다 함께 움직여서 새로운 건물 뒤에 몸을 숨기며 뒤를 따랐다. 다행히도 아르하드는 알아차리지 못하고 큼직한 보폭으로 걷고 있었다. 그 걸음걸이에는 어떤 것도 제 앞을 막아설 수 없다는 오만함이 서려 있어 과거의 그를 보는 듯했다. 학술원에서의 답답한 모습과는 차원이 달랐다.

이아나는 설핏 웃었다. 저자가 바로 자신을 꺾은 그 아르하드였다.

어둡고 좁은 길에 들어설수록 뿌연 먼지의 텁텁한 냄새에 쓰레기 냄새, 약물 냄새도 섞여서 났다. 찍찍거리며 바닥을 기어 다니는 회색 쥐들도 많아졌다. 쥐 한 마리가 존재감이 없는 이아나의 발 위로 지나가려 했다. 불쾌해진 이아나가 아르하드에게서 눈을 떼고 쥐를 옆으로 걷어차자 깜짝 놀란 쥐가 찍하고 외마디 비명을 질렀다.

아무리 외진 곳에 위치하고 있다고는 하나 그래도 수도의 일부고 꽤 넓은 면적을 차지하는 곳인데 이리 상태가 좋지 않은 까닭은 이곳이 사람들의 이목을 피해 비밀스레 움직이는 세력들의 아지트고, 관심 받지 못하는 비렁뱅이들이 살아가는 곳이기 때문이다.

밝은 곳이 유지되기 위해서는 밝은 곳에서 배출되는 어둠을 받아들이는 장소도 필요하다. 밝은 곳의 상태에 신경 쓰는 데만도 바쁜 왕궁이 버린 이곳은 건들기 꺼림칙한 필요악의 장소였다.

"거기, 검은 로브 오빠! 나 한번 안아 주지 않을래, 으응? 내가 싸게 해 줄게."

화장을 두껍게 한 여자가 건물에서 문을 열고 뛰쳐나왔다. 헐벗은 가슴을 들이밀면서 여자는 아르하드에게 오빠, 오빠 거리며 달려갔다.

이곳에는 싼값에 몸을 파는 싸구려 여자들이 산다. 여자들은 화려한 유흥가에 자리를 잡지 못해 고급 창부들보다 훨씬 값싼 화대로 남자들의 욕망을 부추겼다. 암흑가에서 활동하는 패거리들이 아지트에 모여 그런 여자들을 데리고 단체로 진한 농탕질을 벌이는 경우가 많으므로 수입은 나쁘지 않았다.

"히익!"

그런데 아르하드의 가면을 마주하자마자 여자는 나올 때의 박력에 무색하게 비명을 지르며 다시 건물 안으로 들어갔다.

이아나는 의아해서 고개를 갸웃했다. 수입이 나쁘지는 않다 해도 버는 돈이 모조리 치장비나 생활비로 사용되기 때문에 여자들은 목표로 삼은 남자에게 끈질기게 달라붙곤 했다. 하지만 여자는 아르하드의 흰 가면을 보자마자 소스라치게 놀라 유혹을 포기했다.

'흰 가면이 뭔가를 의미하는 건가?'

여자의 태도는 이아나의 호기심에 불을 지폈다. 여자가 다가왔다가 도망갈 때까지 시선 한번 주지 않은 아르하드는 계속해서 걸었다.

"왔습니까?"

그로부터 얼마 지나지 않아 누군가가 한 건물의 2층에 위치한 창문에서 풀쩍 뛰어내려 아르하드의 앞에 내려앉았다. 아르하드처럼 흰 가면에 검은 로브를 꽁꽁 뒤집어쓴 자였다. 그러나 다른 게 있다면 흰 가면의 왼쪽 눈 아래에 눈물형태의 검은 문양이 그려져 있다는 점이었다.

"브루스가 오늘은 특히 더 경계하고 있을 겁니다. 당신 사정 때문에 요새 우리가 활동하지 않았으니 이 자식들이 또 무슨 일을 꾸미고 있나 의심하고 있을 테고, 오늘은 또 날이 날이니까요."

가래가 낀 듯 걸걸하게 찢어지는 목소리는 듣기 싫은 음색이다. 저런 목소리를 내기도 쉽진 않은데 잎담배나 마약을 자주하여 성대라도 상한 모양이라, 이아나는 다소 쓸데없는 생각을 하며 그들의 대화에 귀를 기울였다.

"그나저나 당신 정체 알아내려고 지금 혈안이 되어 있으니 항상 조심해서 행동하십쇼."

아르하드의 수하인가 싶었더니 주인에게 말하는 말투치고는 오만방자해서 그건 또 아닌 것 같다. 하지만 흰 가면을 쓰고 있는 것으로 보아 같은 단체인 건 분명해 보였다.

남자의 말을 듣고 있던 아르하드가 가만히 고개를 끄덕인다.

"쓸데없는 걱정 마라. 몸은 나보다는 네가 좀 사리는 게 좋을 텐데."

태연스레 울려 퍼진 목소리는 익숙한 아르하드의 것이 아닌 낮고 중후한 중년 남성의 목소리였다.

순간 흠칫 놀란 이아나의 집중력이 흐트러졌고, 아주 조용한 와중에 발로 슥— 하는 소리를 내고 말았다. 아차, 싶었다. 설마 자신이 사람을 잘못 보고 따라온 건가 싶어 당황하는 바람에 저지른 어처구니없는 실수였다.

피이이잉!

옆에 있던 남자의 허벅지 벨트에 꽂혀 있던 작은 비도가 남자의 손이 닿음과 동시에 흰 섬광을 빛냈다.

이아나는 벽 뒤에 숨어 있었으므로 쏘아지는 비도는 두툼한 벽돌 벽으로 향했다. 일반인이 봤다면 비도가 벽에 가로막힐 게 분명하다며 남자를 비웃었을 것이다. 하지만 이아나는 그 빛을 확인하자마자 순식간에 자리에서 벗어나 다른 어둠 속에 녹아들었다.

그리고 비도는 젓가락이 두부를 통과하듯 부드럽게 벽을 뚫고 이아나가 있던 자리까지 쇄도했다.

푸욱! 퍽!

찍, 찌익!

회색 쥐는 그저 먹이를 찾아 헤맸을 뿐이었다. 그러다 한 인간의 신발 주변에 있는 음식물 찌꺼기를 발견했고, 즉시 달려들어 그것을 맛있게 먹었을 뿐이었다. 그러나 그것이 제 명을 재촉하는 일이었을 줄 어찌 알았을까.

오물거리며 찌꺼기를 먹고 있던 회색 쥐는 인식조차 하지 못한 채 인간의 발길질에 공중으로 떠올랐고, 그와 동시에 비도에 관통 당했다. 쥐는 단말마의 비명을 지르며 퍼덕거리다 이내 축 늘어졌다.

와서 제가 죽인 것의 정체를 확인한 남자가 어이없다는 표정을 지었다.

"뭐야. 쥐였나. 진짜 요상한 쥐새끼네."

남자가 혀를 쯧 하고 차며 피 묻은 비도를 회수하고는 아르하드에게로 돌아갔다.

"하긴 당신이 미행을 허용할 리가 없지."

그가 멀어짐과 동시에 이아나는 뒤쪽에서 조용히 모습을 드러냈다.

비도를 잡고 꺼내서 강기를 둘러 던진다. 이 과정이 순식간에 이루어졌다. 가공할 만한 속도였다. 비도를 날리는 일련의 동작은 몹시 깔끔하고 숨 쉬듯 당연해 보였다. 남자는 흔치 않은 실력자였다.

"누가 나를 몰래 쫓고 있긴 하나 이 근처에는 없어."

이아나가 제 갈색 로브를 꼭꼭 싸매면서 벽을 짚었다. 다시 걸음을 옮기기 시작한 남자들을 혼란스러운 기분으로 바라보았다.

가면을 쓰고 골목으로 들어가기 전 보았던 얼굴은 분명히 아르하드의 것이었다. 잘못 보았을 리가 없었다. 그러나 목소리가 어찌 저렇단 말인가. 저자가 정말 아르하드가 맞는가?

의심스러운 기분으로 그들을 뒤쫓는 도중에 이아나는 문득 마법 중에 생김새를 조작하는 생체 마법이 있다는 것을 기억해 냈다. 신체를 변이시키는 생체 마법은 고난이도이지만 생체 마법을 집중적으로 연구한 고위 마법사라면 능히 펼칠 수 있었다. 고위 귀족들이 암행을 나갈 때 즐겨 쓰는 아티팩트에도 생체 마법이 각인되어 있었다.

협조자 중에 고위 마법사가 있어 성대를 조작해 주었거나 아티팩트의 힘으로 목소리를 바꾼 게 아닐까.

이는 뒷골목에 들어오기 전에 보았던 아르하드의 얼굴 하나만을 진실로 삼아 짜 맞춘 허술한 가정이었으나 이아나는 제가 보았던 것에 확신했고 그 가정을 믿기로 했다.

그사이 그들은 좁은 골목 사이로 사라졌다. 이아나는 발걸음 소리가 멀어지자 골목으로 다가가 안을 살짝 들여다보았다. 사람 한 명이 드나들 수 있을 법한 너비였다. 골목으로 들어갔다가는 아무리 기척을 잘 감춘다 하더라도 몸을 숨길 엄폐물이 없으므로 들킬 가능성이 높았다.

이아나는 미행이 발각되는 것을 바라지 않았다. 누군가를 몰래 뒤따랐다는 불명예스러운 수치는 둘째 치고 이목을 피해 은밀하게 행동하는 저들에게 틀림없이 수상쩍은 놈으로 찍힐 것이다. 그러니 저들이 먼저 집단에 들어오기를 권유하며 제게 접촉해 오지 않는 한 모습을 드러내는 건 좋지 않았다.

그렇다고 해서 여기서 아무것도 얻지 못하고 포기하는 건 성미에 맞지 않았고, 정말 오래간만에 무럭무럭 샘솟은 호기심을 해결하지 못한 채 가라앉히기도 싫었다.

무엇보다 아르하드의 일거수일투족을 주시하지 않고도 그의 비밀을 알 수 있는 기회를 이리 우연히 얻는 경우는 두 번 다시 없을지도 몰랐다.

남자들의 기척이 멀어지는 걸 느끼며 어떻게 해야 저들을 쫓아갈 수 있을까— 하고 머리를 굴리던 이아나는 남자들이 들어간 골목을 형성하는 건물들을 올려다보았다. 건물이 그리 높지는 않았다. 중간중간에 튀어나온 창틀을 받침으로 삼아 지붕 위로 올라갈 수 있을 법도 했다.

생각은 즉시 행동으로 옮겼다. 혹시라도 아르하드에게 들킬까 싶어 마나를 일으키지 않은 채 순수한 육체의 능력만으로 도약하고, 창틀을 쥐고, 그 위에 올라서서 또다시 도약하는 방식으로 건물 위로 올라갔다.

하지만 지붕 위에 올라섰을 때 그들은 감쪽같이 사라져 있었다. 놀란 이아나가 마나를 감응시켜 그들의 기척을 찾아보고자 했으나 느껴지지 않았다. 아르하드는 실력자니 그렇다 치더라도 남자의 기척조차 느낄 수 없다는 건 그들이 마나 방지벽을 가진 건물 안으로 들어갔거나 기척을 느낄 수 없는 거리만큼 떨어져 있다는 것을 의미했다.

"……후……."

이아나는 심신을 엄습하는 허무함과 울컥거리며 치솟는 짜증으로 미간을 좁혔다. 이로써 그의 과거를 알 수 있는 천금 같은 기회가 사라졌다. 어울리지 않는 미행까지 해 가며 알고자 했는데 이리 허무하게 놓쳐 버리자 이아나는 몹시 피로해졌다.

물론 아르하드의 비밀을 캐낼 의무는 없었고 여기서 호기심

을 털어 내고 돌아간다 하여도 그의 검이 될 미래에 문제 될
건 없었다. 아르하드는 반드시 제게 손을 내밀 것이므로 그 순
간을 기다리면 되는 것이었다.

그럼에도 이리 성이 나는 이유는 끊어 낼 수 없는 호기심
때문이다.

이아나는 머리카락을 엉망으로 헝클어뜨리며 입술을 깨물었
다. 그녀는 아르하드에 대해 아는 게 없었다. 어릴 적, 종이에
아르하드라는 인간에 대해 적어 보고자 했으나 아무것도 적을
수 없었다. 그녀가 아는 아르하드는 황제로서의 그, 최강의 검
사로서의 그뿐이었다.

백지를 보며 느꼈던 한심함과 멋쩍음은 호기심이 되었고 욕
망이 되었다. 아르하드를 모시고자 하는 이아나는 진정한 그에
대해 알고 싶었다.

꼬마였을 때는 아르하드에 대해 알 수도 없었을뿐더러 그에
대해 알아낸다고 해 봤자 도움을 줄 수도 없었다. 욕망은 가슴
깊은 곳에 짓눌러 두고 강해지기 위한 수련만을 악착같이 할
수밖에 없었다.

하지만 지금은 아니다. 욕망을 제 힘으로 이룰 수 있는 나이
였다. 그래서 진실을 코앞에 두고도 허무하게 놓쳐 버린 지금
의 상황이 아주 억울했다.

이아나는 포기하고 학술원으로 돌아갈까 하다가 일단 오늘
밤까지는 지붕 위에서 대기해 보기로 작정했다. 멀리 간 게 아
니라 건물 안으로 사라진 것이라면 다시 나올 가능성이 높았다.

"젠장, 이 자식들 어디 갔어?"

그렇게 마음먹자마자 들려온 건 한 남자의 짜증 어린 목소리였다.

"누가 나를 몰래 쫓고 있긴 하나 이 근처에는 없어."

아르하드에게 온 신경이 쏠려 있었지만 이아나도 멀찍이서 뒤따르는 기척 하나가 있었다는 것쯤은 알고 있었다. 그러나 그 기운이 시궁창을 돌아다니는 쥐의 것만큼이나 보잘것없었던지라 관심을 줄 가치를 느끼지 못하고 무시했다.

그런데 위에서 내려다본 남자는 어째, 이아나에게 익숙했다. 으깨지지 않은 다른 손으로 단검을 쥔 채 주변을 두리번거리는 남자는 바로 오늘 그녀가 곤죽으로 만들어 쓰레기통에 박아 놨던 무도한 납치범이었다.

살의가 힐끗 솟아 있는 것으로 보아 저를 뒤쫓아 온 것일지도 모른다. 기척을 숨긴다 하더라도 모습이 투명해지는 건 아니므로 얼마든지 제 모습을 뒤쫓아 따라올 수 있었으리라.

이아나는 먹잇감을 노리는 범처럼 눈을 가늘게 좁혔다가 지붕에서 뛰어내렸다.

타아악.

가벼운 착지음과 함께 내려앉은 곳에 흙먼지가 날렸다. 눈앞의 좁은 골목길을 유심히 쳐다보던 남자가 골목 안으로 들어가려 하자 이아나는 남자의 뒷덜미를 잡아채 바닥에 세게 내팽개쳤다.

쿠당탕!

"크악!"

정체 모를 힘에 잡아당겨져 단단한 바닥에 요란하게 엉덩방아를 찧은 남자가 외마디 비명을 내질렀다. 안 그래도 아픈 몸에 충격이 가해지자 남자는 한동안 정신을 차리지 못하고 바닥에 드러누운 채 끙끙 앓았다.

"제길……."

차츰 통증이 가라앉고 참을 만해지자 남자가 욕설을 지껄였다. 자신을 이리 내던진 망할 자식을 가만두지 않을 생각이었다.

"씹, 누…… 커헉!"

그러나 그 망할 자식이 낮에 자신을 두들겨 패고 쓰레기통에 처박은 무서운 여자임을 알자마자 벌벌 떨며 그녀에게 손가락질했다.

"왜, 왜 여기에! 나를 죽이기 위해 따라온 거냐! 아, 아니 따라온 겁니까!"

"……너."

보복을 하기 위해 따라왔느냐고 물으려 했었다. 그 대답 여하에 따라 남자의 운명이 달라졌겠으나 남자의 말을 듣고 이아나는 생각을 수정할 필요성을 느꼈다.

'이 남자는 내가 아닌 아르하드를 쫓아왔어.'

이아나는 공포에 질린 남자를 조용히 내려다보았다. 이 쓰레기가 왜 아르하드를 쫓았을까.

그녀가 '네가 연장을 들고 로브를 쓴 남자들을 쫓아온 이유가 뭐냐.'라고 물으려고 할 때였다.

"사, 살려 주십쇼!"

남자의 눈에는 고심하는 이아나의 모습이 자신을 어떻게 죽일지 고민하는 것으로 보였다. 넙죽 엎드린 남자는 이마를 바닥에 쿵하고 찧었다.

"절대로, 위에서 아무리 명령한다 해도 저는 앞으로 절대 그 도련님께 손을 대지 않겠습니다요. 제 거시기를 걸고 맹세하겠습니다요!"

이아나가 꺼내고자 했던 말이 입안에서 흩어졌다. 잘못 들은 게 아니라면 남자는 방금 상부에서 핀의 납치를 명령했다고 했다.

'누가? 왜? 그 아이가 희귀한 하프엘프라는 걸 알고? 혹은 단순히 부잣집 아이라서?'

이아나는 말없이 옆으로 고개를 살짝 기울였다. 이 남자에게 얻어 내야 할 것이 꽤나 많아졌다.

"힉······."

이아나는 아무런 생각이 없었음에도 빤히 쳐다보며 고개를 기울이는 행동은 남자에게 공포로 다가왔다. 귀신을 보는 것 같았다. 이아나가 입을 열었다.

"내 말에 똑바로 대답해라. 잠시라도 망설이면 죽는다."

"예, 예에. 예."

남자는 정신없이 고개를 끄덕이며 훌쩍거렸다. 어둠 속에서 제 목숨을 틀어쥔 자의 적안을 마주하자 낮에 으깨진 입안이 다시 욱신거리고 으스러진 손이 미치도록 아파 왔다. 이미 낮에 적셨던 바지가 또다시 젖는 것 같았다.

"네 조직에서 꼬마를 납치하려 하는 이유는?"

"저는 하급 조직원이라 아무것도 모릅니다요. 임무가 내려오면 그 명령에 따르는 것뿐입죠. 임무가 없을 때는 그냥 아무나 납치를 하굽쇼!"

허둥지둥 지껄이는 남자의 말에 거짓은 없어 보였다. 암지에 존재하는 거대 조직들의 경우 보통 상부는 베일에 가려져 있고 겉으로 드러나는 건 명령을 받아 일개미처럼 일하는 하급 조직원들이었다.

'그렇다면 아르하드 또한 이 남자의 상부에서 쫓으라고 명했단 말?'

"흰 가면을 쓰고 검은 로브를 뒤집어쓴 자들을 쫓은 이유는?"

"카마트로스!"

남자의 입은 깃털처럼 가벼웠다.

"그놈들이 카마트로스이기 때문입죠! 제 조직의 철천지원수입죠! 보스께서 놈들만 보면 이를 가시는지라 발견하면 일단 찌르고 보라는 말씀을……! 찔러서 끌고 오면 상부에서 막대한 상금을!"

카마트로스. 이아나는 낯선 단어를 입에서 다시 한 번 되뇌어 보았다. 어디서 들어 본 것 같기도 하고 처음 들어 보는 것 같기도 한 그 이름이 아르하드와 관련이 있었다.

'카마트로스에 아르하드가 속해 있는 이유는 뭐지?'

상황으로 봤을 때 아르하드가 바하무트를 공격하기 위해 키우고 있는 무력단체일 가능성이 높다. 하지만 대체 왜 암흑가에서 이 쓰레기가 속한 조직과 겨루고 있단 말인가?

이아나는 남자가 몸담고 있는 조직의 정체가 궁금해졌다.

"네가 무슨 조직인데."

"그, 그건······."

스경— 푸우우욱!

남자가 머뭇거리자 이아나가 허리춤에서 검을 뽑아 벽에 찍어 넣었다. 남자는 힉— 하고 숨넘어가는 소리를 내고는 제 볼을 가볍게 베고 부드러운 케이크를 찌르기라도 한 것처럼 단단한 벽에 푹 박힌 검을 겁을 잔뜩 집어먹은 표정으로 곁눈질했다.

"말하지 않는다면 방법은 있지."

벽에서 검을 뽑아 낸 이아나가 남자를 무표정하게 내려다보며 스산하게 속삭였다.

"시간은 5초. 말하지 않으면 오른쪽 소지를 자르겠다. 5, 4······."

"으허허헝, 브, 블랙폭시!"

소름 끼치도록 잔인한 발언에 울음을 터뜨린 남자가 머뭇거림을 버리고 고함질렀다. 손으로 천천히 다가오는 검을 빨리 멈추어야 했다. 조직명, 블랙폭시를 밝히는 건 금기사항이지만 이 상황에서 금기 따위는 남자의 안중에도 없었다.

"블랙폭시입니다요!"

블랙폭시.

블랙폭시와 연결되자마자 카마트로스라는 단어를 어디서 들었는지 기억할 수 있었다. 카마트로스는 회귀 전, 이아나가 공작이 되기 전에 블랙폭시와 피 터지게 싸웠다는 조직이었다.

이아나가 주춤하자 공포에 질려 눈물을 쏟아 내던 남자의 기세가 갑자기 살아났다.

"그래, 내가 바로 블랙폭시 조직원이다! 날 건드리면 조직에서 네년을 가만두지 않을걸! 아니, 네년이 명령을 수행하는 데 최대 방해물이라고 말하면 네년에게 척살령이 떨어질 거다! 하지만 날 살려 보낸다면 네년에 대해서는 입을 다물고 있겠다!"

남자의 횡설수설을 듣고 있던 이아나는 의아함을 느꼈다. 폭력이 뇌에 충격이라도 주었는가 싶었다.

빠각!

부츠의 단단한 굽으로 남자의 얼굴을 세게 걷어찼다. 강한 충격에 이미 피투성이였던 남자의 입에서 붉은 피가 덕지덕지 묻은 이빨 몇 개가 튀어나오고 남자는 땅바닥에 엎어졌다.

"……!"

남자는 조직의 이름이 먹히지 않았음에 충격을 먹고 엎드려서 제 몸을 지탱하고 있는 팔다리를 벌벌 떨었다.

"내가 언제 널 살려 준다고 했지?"

그 말에 남자가 충격의 도가니탕에 빠져 허우적거리는 사이 이아나는 생각에 잠긴 채 손으로 얼굴을 천천히 쓸었다.

'블랙폭시가 핀을 납치하라고 명한다. 그리고 아르하드와 블랙폭시가 서로 적대하고 있다?'

블랙폭시는 바하무트 제국의 사냥개다. 재화, 인력, 정보라는 사냥감을 물어 주인에게 바치는 역할을 맡고 있었다.

훗날 아르하드가 바하무트의 황제가 되었을 때도 블랙폭시는 건재했었다. 그런데 지금 미래의 주인과 철천지원수처럼 적대하고 있다니…….

'블랙폭시는 지금 아르하드가 바하무트의 황자라는 걸 알고

있는가? 아르하드가 나중에 휘하로 흡수한 걸까?'

상황이 어찌 돌아가는지 알 수 없으니 속단할 수 없지만 일반적으로 주인을 물려고 혈안이 된 사냥개는 죽여야 마땅했다. 언제 통제에서 벗어나 뒤에서 물어뜯을지 모르니까.

"어쭈……."

이아나가 스산하게 웃었다. 제가 생각에 빠져 있는 사이 엉금엉금 기어 도망가려던 남자의 뒤통수를 검집으로 후려쳤다. 비명도 지르지 못하고 땅에 얼굴을 박은 남자의 옷 뒷덜미를 잡아 올려 벽에 내동댕이쳤다.

꺽, 하고 숨 막힌 소리를 내며 처박힌 남자의 목 바로 옆에 검이 쑤셔 박혔다. 섬뜩한 빛을 반사하는 검이 남자의 살을 얇게 저몄다.

"아악!"

"방금 네 행동으로 결정했다. 네놈이 아는 것을 뽑아낼 만큼 뽑아내고 죽여 주마."

"잘못했습니다! 제발 살려 주십쇼!"

해롱거리던 남자는 정신을 차리자마자 살기등등한 이아나의 앞에 바로 넙죽 몸을 눕혔다.

"제게는 여우같은 마누라와 토끼 같은 자식들이……!"

"진부한 사연이군."

이아나가 심드렁하게 남자의 사연을 기각했다.

"제, 제발 살려 주십쇼. 저는 블랙폭시를 믿고 나대는 쓰레기에 불과하다굽쇼!"

남자는 저를 쓰레기로 칭하면서까지 간절히 목숨을 구걸했다.

"이 쓰레기를 베면 아가씨의 검만 더러워질 거라굽쇼! 검이 울 거라굽쇼!"

구걸은 점점 더 강도를 더해 갔다. 그리하여 구걸이 절정에 달할 때 즈음 이아나가 슬쩍 틈을 보였다.

"좋아. 네놈이 말만 잘한다면 고문하지 않고 살려 보내 줄 의향도 있다."

이 이상 몰아붙였다가는 자포자기할 가능성도 있으므로 이쯤에서 협박을 느슨히 해야 한다. 이아나는 의향이라는 말에 강조를 두었으나 남자는 살려 보내 준다는 말에만 의의를 두고 얼굴을 밝혔다.

"뭘, 뭘 말씀드리면 될깝쇼? 뭐든 물어 보십쇼!"

"카마트로스가 어떤 단체인지에 대해서. 그리고 블랙폭시와 카마트로스의 관계."

남자는 말 그대로 하급 조직원이기에 상부의 정체는커녕 위치조차 모를 것이다. 오히려 과거 블랙폭시의 정보를 열람해 본 적 있는 제가 더 잘 알 터였다.

블랙폭시의 상부의 정체는 삼중 사중으로 감춰져 있다. 그도 모자라 주기적으로 신분 세탁을 하기 때문에 아지트를 급습해도 허탕을 치기 일쑤였고 간부를 잡는 일은 불가능에 가까웠다.

그런 만큼 조직원들조차 상부의 정확한 정체나 그들이 기거하는 장소를 모르는 게 당연한 조직이 블랙폭시였다.

그러니 남자가 블랙폭시에 속해 있다 하더라도 상부의 꼬리를 잡아채는 일에는 쓸모없는 패다. 남자에게 블랙폭시에 대해 묻는 것은 시간낭비이므로 암흑가의 사람들만이 알 법한 내용을 물어보는 수밖에 없다.

즉 남자에게서 얻어 내야 할 정보는 아르하드가 속한 카마트로스라는 단체, 그리고 카마트로스와 블랙폭시의 대략적인 관계였다.

"카, 카마트로스를 모르십니까요? 카마트로스는 검은 로브를 입고 하얀 가면을 쓰고 다니는 놈들의 단체입니다요."

남자는 입안에 고여 있던 피와 침을 목울대를 들썩이며 꼴깍 삼켰다.

"아무리 쓰레기들이 모인 암흑가라도 이 바닥에서 건드려서는 절대 안 될 두 세력이 있습니다요. 그건 바로 블랙폭시와 카마트로스입죠. 건드리는 즉시 그 인간이 속한 조직이 그대로 공중분해 되니 말입니다요."

꽤 덩치가 큰 조직인 모양이었다. 그런 조직에 아르하드가 어찌 몸을 담았을까. 아르하드는 위에 있는 놈들을 죽였으면 죽였지 결코 누군가의 아래에 있지는 않을, 뿌리부터 지배자인 남자였다.

그렇다면 아르하드가 카마트로스의 주인인 건가.

이아나의 생각의 추가 그쪽으로 기울었다. 아르하드가 누군가의 명령을 받드는 것보다는 그쪽이 더 신빙성 있었다.

"다만 암흑가에서 엄청난 세력의 실세라는 건 알아요."

언젠가 리키젠이 했던 말 또한 생각에 무게를 더했다.

이어진 남자의 말은 이러했다.

카마트로스는 몇 년 전에 나타난 신흥 조직이다. 지금이야 거대 조직인 블랙폭시가 카마트로스와 대놓고 적대하고 있기 때문에 암흑가 사람들 대부분은 알고 있지만, 몇 년 전만 해도 카마트로스는 아주 은밀하게 활동하던 정체불명의 조직이었다.

카마트로스가 적대하는 상대는 블랙폭시뿐이었다. 그들의 목적은 오로지 블랙폭시의 뿌리를 뽑는 것이라는 듯, 카마트로스는 한 왕국을 거점으로 삼고 그곳에 위치한 블랙폭시의 지부들을 파괴하는 행동으로 이를 증명해 보였다.

블랙폭시는 차츰차츰 줄어드는 지부의 수에 수상함을 느꼈다. 지부가 사람들의 이목이 닿지 않는 은밀한 곳에 거점을 두고 있긴 하나 위치가 발각되어 사라지는 건 종종 있어 왔던 일이다. 하지만 한 왕국을 중심으로 모조리 쓸려 나가는 일이 반복되는 상황은 몹시 비정상적이었다. 흰 종이 위에 찍힌 검은 점처럼 위치가 선명하게 보인다는 듯 한 지역만 집중적으로 처리되는 경우는 극히 드물었던 탓이다.

그리하여 상부는 전 조직원들에게 막대한 상금까지 제시하며 범인의 정체와 종적을 찾아내고자 했지만 조직원들은커녕 정보를 주관하는 보스, 정보상조차 그들의 정체를 알아내지 못했다.

알아낸 건 딱 하나, 습격당할 때 블랙폭시가 아닌 척 무서웠다는 둥, 나쁜 놈들을 무찔러 줘서 감사하다는 둥 혼신의 연기를 펼쳐 간신히 목숨을 건진 창부가 보고한 하얀 가면과 검은 로브를 뒤집어썼다는 특이한 차림새뿐이었다.

카마트로스가 블랙폭시를 야금야금 먹어 치우고, 블랙폭시의 상부가 그들을 반드시 처리해야 할 천적으로 주시하기 시작할 무렵의 어느 날, 그들은 블랙폭시의 본부가 위치한 로안느 왕국의 수도 테오도르에도 모습을 드러내 그들의 조직명이 카마트로스임을 암흑가에 널리 선포했다.

수도에 나타난 카마트로스들은 모두 다 간부라고 말해도 과언이 아닐 정도로 강한 무력을 지닌 실력자들이었다. 카마트로스의 구성원들은 모두 마나 제어에 숙련된 자들이었고 그들의 전투에는 고위 마법과 검기가 난무했다. 결코 길거리를 어슬렁거리는 왈짜패들이 상대할 만한 자들이 아니었다.

그래서 몇 년 전만 해도 블랙폭시가 전 세계의 지하세계를 점령하고 있었지만, 머릿수로 승부하는 블랙폭시는 강한 실력자들만이 엄선된 카마트로스에 속수무책이었다. 암흑가 세력의 판도는 시간이 흐를수록 양분되었다.

처음에 카마트로스는 블랙폭시에 깊은 원한을 진 실력자들의 모임이라고 여겨졌다. 하지만 이제는 여기에 더해 블랙폭시가 못마땅한데 자기 손을 더럽히기는 싫은 왕실이나 최상위층의 귀족들이, 혹은 거대한 부를 축적한 상인들이 비밀리에 뒷배를 봐주고 있는 게 분명하다는 소문이 파다했다.

블랙폭시는 작정하고 나서서 카마트로스의 활동자금 유통 경로를 캤지만 실마리도 잡을 수 없었다. 어마어마한 세력권을 가진 블랙폭시인데도 이렇게까지 정보를 얻을 수 없다는 것은 거대 세력에서 카마트로스를 돕고 있기 때문이 분명했다.

"그놈들은 블랙폭시만 찾아내는 눈이라도 가진 겐지, 나타날 때마다 수도에 위치한 블랙폭시의 아지트를 불태우고 상인들

을 제거했습죠. 그래서 저와는 차원이 다른 실력자들로 구성된
조직의 간부들이 대대적으로 나서서 손을 쓰려 했습니다만 불
가능했습니다요. 그 이유는 바로 카마트로스의 주인, 그 괴물
같은 작자 때문이었습죠. 쿨럭.”

남자가 피가래를 뱉어 내고는 이아나의 눈치를 보았다. 이아
나는 몹시 흥미롭다는 표정으로 이야기에 집중하고 있었고 희
망을 얻은 남자의 표정이 조금은 밝아졌다.

“엄청난 무력과 목소리로 판단했을 때 사십 대로 추정되는
카마트로스의 주인은 그들이 일을 벌일 때 뒤에서 지켜볼 뿐
이지만 위험해 보일 때는 직접 나서서 수수깡 베듯 우리 조직
원들을 순식간에 처리한다고 합니다요.”

이쯤 되어서 이아나는 이야기를 쏟아 내고 있는 남자에게
수상함을 느꼈다.

“하급 조직원에 불과한 네가 어찌 카마트로스에 대해 그리
잘 아는 거지?”

“그야 천적인 카마트로스에 대해 달달 외우고 있으라는 상부
의 지시가 내려왔으니 잘 알 수밖에 없습죠. 카마트로스의 활
동내역은 저뿐만 아니라 블랙폭시의 모든 조직원들이 알고 있
습니다요. 그래서 더 카마트로스가 싫습죠. 그놈들이 제 조직
의 세력을 줄이고 있으니깝쇼. 퉷.”

못마땅한 표정으로 피를 뱉어 내는 남자를 보며 이아나는
그런 지시를 내린 블랙폭시 상부의 생각을 추측했다.

‘아마 조직원들에게 카마트로스에 대한 증오를 심으려고 했
겠지.’

블랙폭시의 경우 일반인들이 가장 무서워하고 왕국들조차 꺼려하는 대륙 최고이자 최악의 암흑가 조직이기 때문에 조직원들의 자부심이 대단했다. 카마트로스의 활동내역을 외우라는 상부의 지시는 카마트로스가 계속해서 활동하면 너희들이 법을 무시하고 마음대로 행동할 수 있게 해 주는 조직이 작아진다, 그러니 너희가 계속 떵떵거리고 싶다면 카마트로스를 만나자마자 덤벼들어 처리하라는 식의 세뇌나 마찬가지였다.

"어쨌든 우리 간부 나리들은 카마트로스라고 하면 아주 치를 떱니다요. 오늘은 또 특급 노예 경매가 열리는 날이라 상부에서 카마트로스만 보면 목숨을 바쳐서라도 그놈들을 찔러 죽이거나 그놈들의 위치를 보고하라는 지시가 내려와서, 그래서 놈들을 쫓아간 겁니다요⋯⋯."

이야기의 끝을 맺는 남자의 말끝이 흐려졌다. 불안한 표정으로 눈동자를 데굴데굴 굴려 대기 시작한 남자는 이아나가 제 운명을 좋은 방향으로 결정해 주기만을 바라며 기다렸다.

이아나는 남자의 말에 포함된 특급 노예 경매라는 단어에 주목했다. 잠시 고민하던 그녀가 고개를 끄덕이고는 남자의 멱살을 우악스레 쥐어서 일으켜 세웠다. 남자는 기겁을 했다.

"힉— 아는 것만 다 말하면 살려 주신담서요!"

"앞장서."

"예?"

이해하지 못한 남자가 반문하자 이아나가 남자의 얼굴을 제 코 앞으로 끌어당기고는 친절하게 대답해 주었다.

"그 노예 경매가 열리는 곳으로 나를 데려가라고."

"노, 노예를 사시려 합니까요? 그런데 블랙폭시의 노예 경매는 초대받은 분들만 들어갈 수 있는뎁쇼."

노예는 아주 유용했다. 소유물에 불과한 노예들은 절대 주인에게 반항할 수 없었고 주인은 제가 원하는 대로 노예들을 다룰 수 있었다.

그중에서도 블랙폭시가 이따금씩 개최하는 노예 경매에서 취급하는 노예들은 아주 매력적이었다. 다른 노예상에서 구매한 노예들이 반항을 할 수 있다면 블랙폭시의 노예들의 경우에는 이마에 세뇌 계열 마법 처리가 된 아티팩트의 낙인이 찍혀 제일 처음 보는 자를 주인으로 삼아 그 사람만을 따르게 되기 때문이었다.

그래서 블랙폭시의 아름다운 노예들은 절찬리에 판매되곤 했다. 늙은 반려자 몰래 밤놀이를 즐기는 귀족들에게 있어 블랙폭시의 성노예들은 그들의 취미 생활을 즐기기에는 제격이었다.

이런 비밀스러운 취미를 가지고 있는 귀족들도 있지만 소수는 다른 목적으로 블랙폭시의 노예들을 구매하곤 했다. 어려서부터 심복으로 키우려고 어린 노예를 구하거나, 특수한 목적에 이용할 도구로서 구매하는 경우가 그런 목적에 부합했다.

문제가 생기면 처리하기도 쉬운 탓에 이따금씩 열리는 블랙폭시의 노예 경매는 부자들이 즐겨 찾았다. 그래서 부자들은 수많은 인신매매 조직 중에서도 특별히 블랙폭시를 비밀리에 뒤를 지원하고 있었다.

인신매매의 노예들은 대부분이 전쟁포로지만 납치당해 강제로 끌려온 경우도 많기 때문에 거의 모든 왕국이 체면을 위해 겉으로는 비인도적인 인신매매를 금하고 있었다. 하지만 인신매매가 귀족들의 지지를 한 몸에 받고 있고, 전 대륙적으로 널리 성행하고 있는 탓에 암묵적으로는 용인하고 있었다.

그래도 겉으로 드러나면 좋을 게 없었으므로 노예 경매는 사람의 이목을 피하기 위해 소수에게만 알려지고, 또 소수만 출입할 수 있는 은밀한 장소에서 개최되었다.

이아나는 노예 구매에 눈곱만큼의 관심도 없었다. 아르하드가 무슨 꿍꿍이속인지 궁금했을 뿐이다.

남자에게서 들은 카마트로스의 행적을 고려해 봤을 때 이아나가 쫓아다니던 몇 주간 얌전히 학술원에만 있던 아르하드가 오늘 이곳에 온 까닭은 특급 노예 경매장을 급습하기 위해서인 게 분명했다.

회귀 전에 블랙폭시는 건재했다. 노예상과 마약상 또한 활개를 치고 다녔다. 블랙폭시를 그냥 둔 것을 봤을 때 아르하드는 매력적인 인물상이지만 정의롭지는 않았다. 그는 선보다는 절대적인 카리스마로 타인을 지배하는 남자였다.

아르하드의 인물됨을 보았을 때 틀림없이 그가 카마트로스의 주인일 것이다. 블랙폭시와 반목하고 있는 건 그의 뜻이라는 말이었다.

이상하다. 제 수족이 될 블랙폭시의 세력을 줄이고, 악질적인 노예상과 마약상들을 없애고 다니다니?

호기심이 샘솟았다. 그리고 호기심을 풀 수 있을지도 모르는 열쇠를 이번에는 결코 놓치고 싶지 않았다.

이아나는 엉거주춤 서 있는 남자의 얼굴 옆에 손을 짚었다.

"잘 들어라."

쩌저저적!

이아나의 손에 핏줄이 돋자 건물 벽에 거미줄처럼 금이 갔다. 남자는 떨어지는 건물의 부스러기를 맞으면서 덜덜 떨었다. 이아나는 남자를 내려다보며 설핏 웃었다.

"나는 힘만으로도 네 목을 비트는 것은 물론, 감옥의 쇠창살도 뜯어 낼 수 있어."

남자는 목뼈가 꺾일 뻔했던 낮의 일을 기억하고 정신없이 고개를 끄덕였다.

"헛된 짓을 하면 죽을 것이되, 내가 시키는 대로만 잘하면 정말로 놓아주겠다."

"대, 대체 무슨 일을?"

남자의 물음에 이아나가 로브의 모자를 벗었다. 남자는 이아나의 외모를 보고 우울해졌다. 다시 봐도 쓸 만한 미모에 몸매였다. 이아나의 외모는 성노예로 팔리던 아름다운 여자들과 비교해 보더라도 상등품에 속했다.

처음에는 아이만 납치할 생각이었지만 이아나를 노예상에 판다면 꽤나 짭짤한 돈을 만질 수 있을 것이라 생각한 남자는 그녀를 함께 납치하고자 마음먹었다. 그리고 그 결단은 남자를 지옥으로 밀어 넣었다.

"나를 납치한 척, 노예 경매를 하는 곳으로 데려가라. 너는 그저 나를 경매 담당자에게 팔아넘기고 오늘 있었던 일과 나에 대해서는 모두 잊으면 된다. 아무 일도 없었던 것처럼."

이아나의 정신 나간 듯한 말에 남자의 얼굴이 요상해졌다. 이 여자가 지금 저를 놀리는 게 아닌가 싶었다.

"지, 진심이십니까요?"

"너는 닥치고 내 말만 따라. 단, 내가 검을 찰 수 있도록 나를 팔 때 귀족들이 장식용으로 혹할 여검사라고 입을 놀려라. 그리고⋯⋯."

이아나의 주변을 맴돌던 마나가 요동치며 스스로를 날카롭게 다듬기 시작했다. 그렇게 만들어진 살기는 자욱한 안개가 손을 뻗어 목을 조이듯 남자를 압박했다.

남자는 숨이 턱 막혀서 컥컥거렸다. 다리에 힘이 들어가지 않아 제대로 서지도 못했다. 남자가 주저앉으려 하자 이아나가 멱살을 붙잡아 당겼다. 멱살을 틀어 쥐여 힘없이 버둥거리는 남자의 눈동자는 명백하게 공포로 물들어 있었다.

"네가 입을 잘못 놀려 내가 일을 벌이지도 않았는데 네놈의 조직에서 나를 견제해 오는 일이 생기면 모든 것을 네 책임으로 알고 무슨 일이 있더라도 네가 어디로 숨든 악착같이 찾아가 친히 죽여 주도록 할 테니, 명심해라."

남자는 이아나가 시킨 대로 행동했다. 남자는 경매 담당자에게 이 예쁜 계집이 검은 잘 못 쓰지만 그래도 찾아보기 힘든 여검사라면서, 수련으로 다져진 이 훌륭한 몸매를 보라면서, 헛바람 든 남자 귀족들이 희귀함에 혀를 빼어 물고 달려들 것이라며 감칠맛 나게 입을 놀렸다. 목숨을 빌 때처럼 확실히 입담만큼은 대단한 남자였다.

그에 넘어간 담당자는 흡족한 표정을 지었고, 좋은 건수를 물어 왔다는 칭찬 한마디와 함께 꽤 많은 돈을 남자의 손에 쥐어 주었다. 남자는 돈을 받고 헤— 하고 웃다가 이아나와 눈이 마주치자마자 화들짝 놀라 허둥지둥 그곳을 떠났다.

"자, 들어가라!"

이아나가 굵은 밧줄에 몸과 두 손이 칭칭 감긴 채 떠밀려 들어간 지하 감옥에는 절망에 몸부림치는 자들이 한가득 있었다.

"흐흐흑."

"흐윽……."

이아나가 들어온 방에는 여자들과 아이들이, 창살 너머의 방에는 남자들이 갇혀 있었다. 여자들은 울다 지쳐 잠든 이들을 제외하고는 대부분이 눈가를 붉게 물들인 채 하염없이 눈물을 흘리고 있었다.

아이들 중에는 상황을 이해하지 못해 멀뚱하니 있는 아이도 있었고 어릴 때부터 험하게 살아 지금 저가 처한 상황을 알고 침울하게 있는 아이도 있었으며 엄마가 보고 싶다며 큰 소리로 울다가 닥치라는 간수의 말에 겁먹은 채 여자들에게 안겨 있는 아이들도 있었다.

남자들은 우는 이는 얼마 없었으나 하나같이 침통하고 분한, 혹은 체념한 표정이었다. 몇몇은 반항을 하다가 매질을 당했는지 붉은 피비린내를 풍기며 바닥에 널브러져 있었다.

먼 곳에서 구슬피 울려 퍼지는 짐승의 울음소리로 보아 동물들도 있는 것 같았다.

무인들의 경우 몸이 쇠사슬로 꽁꽁 묶이고 마나 구속구까지 채워진다. 하지만 이아나는 일반 밧줄에 몸이 묶이고 일반 노예처럼 발에 쇠고랑을 찼다. 여검사라는 특수성 때문에 내려진 느슨한 조치였다.

협박당한 남자는 이아나를 팔 때 실력은 쥐뿔도 없다고 입을 놀렸고 경매 담당자는 남자의 말을 믿었다. 말단 조직원에게 힘없이 끌려온 이아나는 겉만 번지르르한 뜨내기인 게 분명했다.

담당자는 비싼 마나 구속구는 고사하고 쇠사슬도 채우지 않았다. 이아나는 무인 노예가 아니라 성노예로 팔릴 예정이었으므로 쇠사슬 때문에 피부에 쇳독이 오르거나 상처가 생기는 건 막아야 했다.

그래서 이아나는 일반 남자 노예처럼 평범한 밧줄로 양 손목이 등 뒤로 묶이고 가슴 아래의 부위에서 몸이 칭칭 동여매졌다. 여자들은 자신들보다 훨씬 더 심한 처우의 이아나가 등이 떠밀려 감옥 안으로 들어오자 그녀를 측은하게 바라보았다.

"칫."

밧줄을 끊을지도 모른다는 이유로 검은 간수에게 빼앗겼다. 하지만 이아나는 침착했다. 경매에서 차례가 오면 여검사라는 걸 강조하기 위해 검을 매 줘야겠다는 담당자의 혼잣말을 들은 데다, 무엇보다 빼앗긴 검이 하품을 쩍쩍 하는 간수의 옆에 세워져 있었기 때문이다. 여차하면 창살을 부수고 나가 검을 가져갈 수도 있었다.

이아나는 손목을 묶은 밧줄을 양쪽으로 팽팽하게 당겨 보았다.

'이 정도는 쉽게 끊어 낼 수 있겠는걸.'

절망이 들어찬 그곳에서 홀로 태평스런 마음이었다. 이아나는 별다른 걱정 없이 저벅저벅 걸어가 차가운 벽에 기대앉았다.

블랙폭시표 노예. 세뇌 마법을 각인한 최고급 아티팩트, 구속의 낙인을 찍어 낸 존재들.

블랙폭시는 노예가 될 자들에게 낙인을 찍을 때 따로 약을 쓰지 않는다. 정신 계열 마법은 상대가 제정신일 때 더욱 조작 효과가 좋기 때문이다.

경매가 끝나고 낙찰자가 대금을 지불하면 낙찰자를 정면에서 마주 보게 한 채 약을 쓰는 노예의 몸에 낙인을 찍는다. 노예는 낙인이 찍히자마자 언제 반항했냐는 것처럼 공손하게 머리를 조아린다.

낙찰자가 낙찰받자마자 호탕하게 돈을 지불하여 그 자리에서 즉시 노예에게 낙인을 찍는 일도 종종 벌어지곤 했는데 이는 아주 재밌는 구경거리였다.

물론 낙인을 남용할 수는 없다. 그랬다면 블랙폭시는 낙인을 남발했을 테고 이 세상은 미쳐 돌아갔을지도 모른다.

남용할 수 없는 까닭으로는 사람의 정신을 조작하는 고도의 마법인 만큼 소모되는 마나가 상상을 초월했으므로 비싼 마나석의 도움을 받지 않는 이상 낙인을 찍는 게 불가능하다는 게 첫 번째 이유고, 세뇌 마법이 마법사가 직접 시전하는 마법이 아닌 아티팩트에 새겨진 마법이 발현되는 것에 지나지 않는지라 강도가 몹시 약하다는 게 두 번째 이유다. 그러니 약화된 세뇌 마법을 이겨 낼 만큼 대상의 정신력이 강하다면 낙인도 소용이 없었다.

하지만 일반인들 중에 낙인의 마법을 이겨 낼 수 있는 자는 거의 없었다. 마나를 제어할 수 있는 사람이라도 어느 정도의 경지를 넘어서지 않는 이상 마법을 거부하는 건 불가능했다.

결론은 이곳에 있는 자들 대부분이 노예가 될 거란 말이었다.

"힝. 히이잉."

의도치 않게도 이아나가 앉아 있는 곳으로부터 팔 하나만큼 떨어진 곳에는 겨우 일곱 살 정도 되었을 법한 아이가 닭똥 같은 눈물을 흘리며 엉엉 울고 있었다.

"엄마, 엄마…… 잘못했어……. 다시는 손 안 놓을게요……. 엄마, 엄마, 가지 마세요. 무서워요…… 살려 주세요…… 히잉."

괜히 기분이 나빠진 이아나가 눈을 돌렸다. 아이가 우는 모습만 보면 어째서인지 기분이 착잡해지곤 했다. 울컥하고 심장에서 뭔가가 북받쳐 오르고, 제 능력이 닿는 데까지 도와주고 손을 잡아 주고 싶었다.

최우선은 제 몸의 안전이지만 아이들이 곤경에 처했을 때 웬만하면 죄다 도와주는 이유가 이런 마음 때문이었다. 두려움에 떨며 울고 있는 아이만 보면 끌어안아 주고 싶고, 손을 잡아 주고 싶고, 도와주고 싶은 이 마음은 대체 어디서 기인하는 것인지 몰랐다.

이아나는 눈을 감으며 뒤통수를 벽에 툭 댔다.

핀. 착하고 예쁜 아이였다. 모든 추측이 어긋나 아르하드가 이곳에 오지 않는다 하더라도 그녀에게는 해야 할 일이 있었다.

특급이라는 단어가 붙은 노예 경매인만큼 블랙폭시의 높은 간부가 이곳에 있을 가능성이 높았다. 이아나의 예상대로 아르하드를 비롯한 카마트로스가 이곳을 습격한다면 그럴 필요가 없지만, 만에 하나라도 오지 않을 경우를 대비해 이아나는 간부 하나를 납치해 탈출할 계획을 세웠다.

그 과정에서 적지 않은 소란이 생길 테고 낙인이 찍히지 않은 이들도 능력이 된다면 탈출할 수 있을 터다.

이아나가 그런 무지막지한 일을 계획하고 있는 까닭은 그녀에게 의무에 가까운 각오가 있었던 탓이다. 간부를 붙잡아 어린 핀을 노리는 이유를 캐내고, 블랙폭시에 대한 자신의 태도를 결정하기 위해서였다.

아무리 훗날 아르하드의 것이 될 집단이라지만 이제 소중한 동생인 핀이 그때까지 납치의 두려움에 떨며 살아가는 것은 이아나가 용납하지 못했다. 만일 블랙폭시가 핀을 포기하지 못한다면 블랙폭시를 적으로 삼고 살육의 현장에 발을 들일 생각이었다.

'그나저나 노예 경매면 노예 경매지 어째서 특급 노예 경매일까.'

특급이라는 단어는 아주 특수한 경우에만 붙는 단어가 아니었던가? 그렇다면 이번 경매에서 아주 특별한 노예가 나올 테고 경매가 시작되기 전까지 할 일이 없었던 이아나는 심심풀이로 그 존재를 추측해 보기로 했다.

망국의 공주, 명망 높은 기사, 나라를 뒤흔들 만한 미인, 신비한 능력을 가진 능력자, 외양이 몹시 특이한 인간, 포악해서 생포하기 쉽지 않은 몬스터, 멸종 위기의 짐승, 새로 발견된

종의 생명체……

여러 가지 경우를 따져 보던 이아나는 더 이상 나열할 만한 대상이 생각나지 않아 미간을 좁혔다. 물론 이종족이 나온다면 무조건 특급 경매지만 그럴 일은 없었기에 제외했다.

"꺼져라, 이 개보다 못한 인간들! 나한테 가까이 오지 마!"

그때 분노에 가득 찬 걸걸한 목소리가 감옥을 쩌렁하니 울렸다.

"댁이 정말 드워프요? 어쩌다 끌려온 거요?"

"닥쳐라, 말 걸지 말란 말이다!"

이아나의 몸이 삐끗했다. 순간 헛소리를 들었다고 생각했지만 감옥 저편에서 걸걸한 목소리의 주인이 계속해서 자신은 인간과 다른 종이라는 듯 가까이 오지 말라며 악에 받친 고함을 질러 대고 있었다.

자신이 처한 상황을 견디는 것만으로도 힘들었던 사람들은 드워프에게 관심을 주지 않았다. 그들은 이미 드워프의 고함에 익숙해져 시끄럽다는 듯 귀를 막을 뿐이었다. 놀란 건 이아나 하나였다.

"허……"

바람 새는 웃음을 흘리며 일어난 이아나는 감옥의 창살에 가까이 다가갔다.

드워프. 대장장이 일에 특화된 난쟁이 이종족이다. 무구를 만드는 일에 일생을 보내고, 화로의 백화 속에 열정을 불태우는 엄청난 장인이기도 했다.

남부 대륙 최남단에는 드워프들이 살아가는 험준한 카란켈 바위산맥이 있다. 드워프의 경우 자급자족을 할 수 있는 엘프와는 다르게 생필품과 식량의 조달 문제 때문에 인간과 어느 정도 교류를 나누고 있었다.

그중에서도 대상단인 자벨론 상단과 화염 계열 마법에 능통한 대마법사 마이마예는 각별한 친분을 쌓고 있었다.

자벨론 상단의 경우에는 친분의 이유가 특별한 맥주 때문이었다. 드워프들은 자신들의 작품을 인간들에게 내놓고 싶지 않았지만 제작이라는 행위에만 몰두하며 살기 위해서는 지속적인 생필품과 식량의 공급이 필요했다. 그래서 옛날부터 인간들과 가끔 거래를 하곤 했다.

그런데 그들을 처음 찾아온 자벨론 상단주가 선물이라며 대량으로 가져다준 맥주의 맛에 흠뻑 빠져 버리고 말았다. 그 후로 드워프들은 식량, 생필품과 함께 자벨론표 맥주를 대량으로 공급받는 것을 조건으로 자벨론 상단에만 독점적으로 일 년에 한 번 무기와 방어구를 소량으로 팔게 되었다.

그로 인해 자벨론 상단은 엄청난 명성과 부를 얻었다. 드워프의 물품은 자벨론 상단을 통해 극소량만 유통되고 있으며, 가격은 어지간한 귀족은 엄두도 내지 못할 정도로 비쌌다. 소량의 무구는 왕실이나 세력이 큰 거대 귀족 가문으로 유입되므로 드워프의 물건을 일반인이 보는 것은 하늘에서 별 따기보다 어려운 일로 비유되곤 했다.

그래서 무구를 제작할 수 있는 드워프 노예는 돈방석의 보증서나 마찬가지였다.

불의 내마법사인 마이마예는 드워프들을 위한 아디팩트를

만들어 그들에게 선물해 주었다. 그다지 힘을 들이지 않고도 화염 계열 마법 중에서도 초고위급 마법인 헬파이어를 일으킬 수 있는 귀중한 아티팩트였다.

고온의 불을 좋아하는 드워프들은 환호했고 음험한 욕심이 없는 마이마예를 그들의 친구로 맞이했다.

하지만 마법에 대한 호기심으로 마이마예의 마탑에 기거하면서 그와 함께 마법검에 대한 연구를 하고 있는 하니델프라는 드워프를 제외하면 인간들과 함께 지내던 시절 그다지 좋은 꼴을 보지 못한 드워프들은 거주지인 험준한 바위산에서 절대 나오려 하지 않았다. 만나고 싶어도 만날 수 없는 존재가 그들이었다.

그런데 믿을 수 없게도 지금 그 드워프가 이아나의 눈앞에 있었다.

"후욱, 후욱."

벌겋게 충혈된 눈을 한 채 씨근덕거리는 드워프는 책에서 묘사된 것처럼 귀가 살짝 뾰족하고 수염은 덥수룩하게 자랐으며 일반 남성의 허리를 조금 넘을까 싶을 정도로 키가 작았다. 몸은 근육이란 근육은 다 가져다 붙인 것처럼 울룩불룩했고 피부는 짙은 빛을 띠고 있었다.

그에게는 한 가지 특이한 점이 있었는데, 피부가 화상을 입은 것처럼 보기 싫은 흉으로 얼룩덜룩했다. 그런 드워프의 옆에서는 멍청해 보이는 남자 하나가 계속해서 말을 걸고 있었다.

"그런데 손은 왜 그런 거요?"

그 말에 저도 모르게 시선을 드워프의 손으로 옮긴 이아나가 몸을 흠칫 떨었다. 손목 위로 있어야 할 두 손이, 드워프에게는 없었다.

"이 새끼가…… 죽고 싶냐!"

빠악!

눈이 벌게진 드워프가 콧김을 뿜어내며 벌떡 일어서더니 제 단단한 머리를 남자의 인중 쪽에 세게 때려 박았다.

"어이쿠!"

"죽어!"

남자는 코피를 뿜어내며 뒤로 발라당 넘어갔고 드워프는 그 위에 올라탔다. 그러더니 손이 없어 손목의 끝으로 남자를 마구 두들겨 패기 시작했다.

퍼억! 퍼억!

"이 몬스터만도 못한 인간 놈들!"

드워프는 거친 숨을 내뱉으며 남자의 얼굴을 후려쳤다. 인간을 향한 증오가 지독하게 서려 있는 그의 고함은 듣고 있는 인간들을 섬뜩하게 했다.

남자를 때릴 때마다 드워프의 숨결이 점차 엇박자를 띄었다. 엇박자에 맞추어 드워프의 얼굴에서는 투명한 무언가가 후드득 떨어져 내리고 있었다.

"너희에게 끔찍한 저주가 내릴 것이다! 너희들은, 너희들은, 괴물들이다!"

드워프의 한 맺힌 고함소리가 감옥 가득히 울려 퍼졌다.

"카, 카란켈, 흐으……."

드워프는 몽롱한 표정으로 카란켈이라는 말을 내뱉더니 남자를 패는 것도 그만두고 끅끅대며 눈물을 쏟아 냈다.

"라오스 신이여, 저를 부디 불쌍히 여기시어 카란켈로 돌아 가게 해 주소서! 고향의 품에서 죽게 해 주소서!"

라오스 신을 울부짖으며 저를 고향에 데려가 달라 애원한 드워프는 더 이상 아무 말도 하지 못하고 눈물만 줄줄 흘려 댔다.

드워프가 울음을 터뜨린 지 얼마 지나지 않아 신경질적인 표정의 간수가 도시락 통을 들고 나타났다.

"어휴, 저런 것도 쓸모가 있다고. 밧줄로 묶어 놓으면 발작 을 일으키고…… 귀찮아."

간수는 감옥 문을 열고 들어오자마자 울고 있는 드워프의 뒷목을 때려 기절시켰다. 드워프가 털썩— 하고 쓰러지자 간수 는 지겹다는 듯 하품을 하며 밖으로 나가 감옥 문을 잠갔고 창살 앞에 비치된 의자에 앉아 아무렇지도 않게 첩첩거리며 도시락을 까먹기 시작했다.

사람들은 어느새 울음을 뚝 그치고 간수와 드워프를 번갈아 보고 있었다. 드워프가 보인 깊디깊은 증오에는 현재 납치당한 자신들의 참담한 심정보다 수십 배는 격렬하고 차원이 다른 분노가 똬리를 틀고 있었던지라 그들은 저도 모르게 눈물을 그치고 숨을 죽였던 것이었다. 간수는 그들에게 경고했다.

"너희들 저 드워프 자극하지 마라. 가만히 있다가도 인간이 관심을 보이면 발작하는 녀석이니까."

이아나는 기절한 드워프를 가라앉은 눈으로 바라보았다. 분 명 뛰어난 장인이었을 텐데 두 손이 베여 나가 악밖에 남지 않은 드워프의 초라한 모습은 무척 가였다. 어쩌다가 드워프의 전부와 마찬가지인 두 손을 잃게 되었는가.

원인은 몰라도 범인은 명백했다. 피울음과 함께 내비친 증오를 봤을 때, 범인은 바로 인간이었다.

'특급 노예 경매에 붙은 특급은 저 드워프 때문인가.'

드워프는 이미 드워프로서의 가치를 잃은 상태다. 그렇다면 대체 저 드워프에게 무슨 가치가 있기에 특급이라는 요란한 수식어가 붙는단 말인가. 손이 없기는 하나 드워프라는 종족의 희귀한 가치 때문에?

그럴 법하다. 드워프의 희귀성도 희귀성이거니와 머리에 쌓여 있는 지식만 해도 천금을 줘도 얻을 수 없는 보물이었다.

인간의 잔인성에 이아나는 침묵했다. 그리고 얼마 지나지 않아 다시 깨어난 드워프도 말이 없었다.

"자아, 좋은 값에 팔려 나가도록 다들 치장을 합시다. 좋은 주인을 만나야죠?"

노예 경매가 시작할 때가 다 되었다. 화장 두께가 손톱 굵기만 한 여자들이 분내를 폴폴 풍기며 들어오더니 겁에 질린 여자들을 하나하나 데리고 나가기 시작했다. 이아나도 마찬가지였다.

이아나는 다른 여자처럼 몸을 뒤트는 반항 따위는 일절 하지 않으며 얌전히 뒤를 따랐다. 이아나가 떠밀려 들어간 방은 여자들과 미동들이 가득한 곳이었다. 주인의 밤 시중을 들기 위해 팔려 나갈 게 명백해 보이는 이들이었다.

　노예상의 직원들은 노예가 될 이들을 화려하고 아름답게 치장해 주었다. 동물을 파는 가게에서 애완견의 값을 두둑이 받기 위해 리본을 묶어주고 털을 빗어주는 등의 행위와 전혀 다를 바 없는 모습이었다.

　그때 덜덜 떨며 화장을 받고 있던 한 여자가 저를 담당하는 여자에게 물기에 젖은 목소리로 물었다.

　"노예가 되면, 저는 어떻게 되는 거죠?"

　"어떻게 되긴요. 좋은 주인님을 만나게 되는 거죠. 안심해요. 노예의 낙인이 찍혀도 당신에게 나쁜 건 없답니다. 고통도 전혀 없어요. 다만 당신의 생각이 조금 변할 뿐이죠. 장담하건대 여러분은 행복해질 거예요. 정말이에요. 제 모든 것을 걸고 장담해요."

　악랄한 계집. 이아나는 혀를 차며 여자를 그리 평했다. 그들은 반항을 줄이기 위해 노예들에게 사근사근하게 굴고 입에 발린 소리를 하고 있었다.

　노예들에게 찍히는 구속의 낙인은 블랙폭시에서도 극비로 취급하는 사항이다. 대부분의 일반인들은 노예가 어떤 마법적 처리를 받는지 몰랐다. 직원들은 노예가 되면 행복해질 것이라고 진심을 담아 거듭 강조했고, 사람들은 그들의 말에서 진정성을 느끼고 혼란스러워했다.

　여자의 말이 사실이기 때문에 진실로 들리는 건 당연하다. 정신을 조작당한 노예들은 이지를 잃지 않은 채 주인을 모시며 행복을 느낀다.

하나 이지를 잃지 않는다 하더라도 본연의 자신을 잃고 주인을 따르는 것에만 행복을 느끼는 번견으로 전락하는 일이 어찌 생각이 조금 변하는 일과 같을 수 있을까. 어찌 그런 삶이 행복이라는 단어로 치환될 수 있단 말인가.

행복은 행복이되 진실한 것이 아닌 인위적인 것이었다. 달콤하되 스스로를 죽이는 독약이었다. 이아나는 그렇게 될 바에는 차라리 죽는 게 낫다고 생각했다.

화장이 끝난 여자들은 건장한 남자 둘에게 양쪽 팔을 붙잡혀 하나하나 문 밖으로 끌려 나갔다. 무대에 올릴 준비를 하는 것이다.

"어머나, 자기는 여검사야? 어쩜. 과시하기 좋아하는 귀족들 취향이네."

이아나를 화장해 주기 위해 다가온 여자가 깔깔 웃으며 놀리듯 칭찬했다. 여자가 쥐고 있는 싸구려 분과 연지를 물끄러미 바라보던 이아나가 대답 없이 눈을 감았다. 여자는 입술을 삐죽하니 내밀고는 손을 뻗어 화장을 해 주기 시작했다.

무시당해서 성이 났던 여자의 손놀림은 처음에는 아주 거칠었지만 화장을 마무리할 쯤에는 아주 섬세해져 있었다. 화장을 끝낸 여자는 이아나의 얼굴을 보고 와— 하고 감탄했다.

"예쁘다. 자기 복장에 화려한 화장은 어울리지 않을 것 같아서 옅게 해 봤는데, 어쩜…… 정말 예쁘네. 우아한 귀족 같아. 이대로라면 오늘 가장 비싼 값에 팔릴 거야. 좋지?"

이 여자는 지금 상대가 좋아할 거라고 정말 진심으로 생각하고 저런 말을 하는 건가. 진심이라면 블랙폭시에 몸을 오래

담고 있는 바람에 머리가 어떻게 된 게 분명했다.

여자의 너스레를 잠자코 듣고 있던 이아나가 요사하게 웃었다. 연지로 인해 붉어진 입술은 그녀의 비웃음을 그리 보이게 했다.

"할 일 끝났으면 냄새나는 그 입 닥치고 꺼져."

여자는 이아나의 거친 말이 순간 이해가 되질 않아 멍하니 서 있었다. 하지만 그도 잠시 이내 얼굴을 붉히며 손을 위로 홱 들어 올렸다.

"어딜 감히 노예 계집 주제에!"

설마 뺨을 때릴 생각인가. 이아나는 어이가 없어서 허— 하는 바람 빠지는 소리를 내뱉고는 허리를 살짝 뒤로 젖히는 정도로 매섭게 날아온 손바닥을 피했다.

이아나가 피할 거라고는 생각도 못 했던 여자는 저 혼자 균형을 잃고 비틀거렸다. 이아나가 모르는 척 다리까지 걸자 여자는 결국 앞으로 쿠당탕 넘어지고 말았다.

"어머."

다른 여자들의 시선이 소란의 중심으로 향했다. 치마가 뒤집어진 채 엎어져 있는 여자의 꼴사나운 모습에 사방에서 까르르하고 웃음이 터져 나왔다.

부들거리며 일어나는 여자는 치욕과 분노로 인해 익은 토마토처럼 빨간 얼굴을 하고 있었다.

"너 뭐 하니. 꼴사납게 혼자서 광대놀이라도 하는 거니?"

"아니, 언니. 이 계집이!"

"계집이라니. 귀한 상품이 될 분께 함부로 말하지 마렴. 게다가 너 혼자 헛손질해서 넘어졌으면서 왜 그분께 난리야? 깔깔!"

"말 다 했어?"

"다 했는데. 뭐. 여기서 내가 할 말이 뭐가 더 있니?"

이아나는 방금 발생한 해프닝이 저와는 전혀 관계없다는 듯 시큰둥한 표정으로 여자 둘의 말싸움을 쳐다보고 있다가 저 멀리서 웅웅거리며 퍼져 오는 소리에 귀를 기울였다. 경매가 열리고 있는 회장에서 들려오는 소리였다.

이아나가 있는 방을 나가 허름한 복도를 지나치면 무대로 들어가는 작은 문이 있다. 작은 문을 열고 몇 개 되지 않는 계단에 올라서서 커튼을 걷고 계단의 마지막 층에 발을 올리면, 그곳은 마법 조명을 받아 화려한 빛을 뽐내는 무대다. 바로 이곳에서 노예들은 물건처럼 팔렸다.

무대의 옆에서는 깔끔하게 차려입은 한 남자가 음량증폭 아티팩트를 들고 싱글벙글 웃으며 무대 앞의 관객들에게 인사하고 있었다.

[예. 오늘 이 자리를 빛내 주신 귀빈 여러분, 진심으로 환영합니다. 저는 오늘 경매를 신나게 진행해서 여러분들의 흥을 돋워 드릴 맥이라고 합니다. 제가 이 특별한 경매를 잘 진행할 수 있도록 뜨거운 박수와 함께 맞아 주시면 감사하겠습니다!]

맥은 제가 귀족이라도 된 양 오른손은 제 심장이 위치한 가슴으로, 왼손은 등 뒤의 허리춤으로 보내며 허리를 숙였다. 전혀 귀족답지 않은 익살스러운 모습에 박수소리와 함께 웃음소리도 회장 안에 울려 퍼졌다.

커다란 계단 형태인 객석의 양 가장자리에는 사람이 오갈 수 있는 작은 계단이 있다. 객석의 각 층에는 과일 접시와 와인 잔을 얹을 수 있는 테이블과 푹신푹신한 고급 소파가 죽 나열되어 있고 그곳에는 경매의 참가자들이 앉아 있다.

박수를 보내는 참가자들은 하나같이 가면을 쓰고 분장을 한 상태였다. 아무리 암묵적으로 허용된다 하더라도 노예 매매는 사회적으로 눈총을 받는 행위였으므로 사람들은 제 신분이 노출되는 것을 꺼려했다.

가면은 평소의 자신과 다른 행동을 할 수 있게 해 주는 마법 같은 효과가 있다. 개인적, 사회적 관계에서 취하는 공개적인 가면과는 또 다른 가면으로서 그들의 본질을 가려 주는 탓이다.

평소의 귀족들이었다면 목에 핏대를 세우고 모욕이다 뭐다 하며 맥을 손가락질했을 텐데 오늘만큼은 가면 뒤로 제 신분이 가려져 너그러웠다. 오늘의 경매 앞에 붙은 특급이라는 단어도 그들이 너그러워지는 데 한몫했다.

그들은 특급 노예를 기대하고 있었다. 수수께끼에 휩싸인 노예는 그들의 호기심을 부채질했다.

[자, 오늘은 엄선하고 엄선한 희귀하고 아름다운 상품들이 많답니다! 자, 시작해 볼까요? 첫 번째 상품, 나와 주세요!]

맥이 손짓하자 한 여자가 무대 뒤에서 떠밀리듯 나왔다. 그녀는 윤기 넘치는 짙은 갈색 머리칼에 금빛 눈동자를 지니고 있었다. 안 그래도 눈꼬리가 축 처져 순해 보이는데 성격도 순했던 그녀는 자신의 가격을 매기기 위해 구석구석 훑어 내리는 가면 쓴 자들의 시선에 사시나무 떨듯 벌벌 떨었다.

[캬, 핥으면 녹아내릴 듯한 초콜릿빛 머리카락, 벌꿀처럼 달콤한 색을 품은 눈동자, 첫판부터 이러면 어쩌나. 이렇게 달달한 여인네가 나오면 우리 손님들은 불끈불끈하셔서 어쩌나. 자아, 자아. 10골드부터 시작하겠습니다!]

한 남자가 느긋하게 손가락 두 개를 들어 올렸다.

[예, 두 배. 20골드 나왔습니다! 아아, 또 두 배네요. 40골드입니다! 오우, 무려 네 배입니다! 160골드으으!]

맥이 행복한 비명을 지르며 두 손을 번쩍 들었다.

그 여자, 그 여자, 그 여자, 그 여자, 그 여자!

라오스가 만들어 낸 이 세계를 뒤엎으며 찢어진 파편을 하나하나 되찾는다. 제 자신을 서서히, 서서히 되찾아 간다. 찾으면 찾을수록, 조각이 맞춰지면 맞춰질수록, 온전한 영혼이 완성되면 완성될수록! 뜨거운 사막의 열사 위에서 몸부림치는 갈증, 검게 타들어 가는 심장이 요구하는 갈급, 홧홧하게, 집요하게, 붉은 열기를 찾아 헤매는 소유욕!

갈퀴 같은 손을 뻗어 붉음을 움켜쥐고 싶어 아우성치는 심장 속의 미친 악마.

그리고 언제나처럼 냉정하게 거부하는 붉은 여자.

자신의 곁에 있는 것을 질색하는 빌어먹을 여자.

그래, 너는 나를 거부했다.

너를 광적으로 바라는 내 손길에 넘어가 나와 질펀하게 놀아난 주제에, 나를 버리지 않겠다는 말로 희망을 심어 준 주제에, 그런 너는 나를 끝끝내 거부했고, 나를 배신했고, 나를 떠났고, 나를 죽였다.

그리고 다시 만난 시간의 길 위에서 너는 당연하다는 듯 또다시 거부한다.

그래서 이것이 진실한 끝이고 마지막이었다.

모든 것을 포기하고 끝을 내기 위해 제 손으로 집착의 쇠사슬을 끊어 낸 남자의 시야가 뒤흔들렸다. 온 감각이 자극적으로 곤두선다. 이미 죽은 여자를 손가락질하며 비웃는 이들이 자아내는 웅웅거림. 흙바닥 위에 흩어져 갈색 먼지로 더럽혀진 붉은 머리카락.

"후우, 하아……."

숨이 턱 막혀 호흡이 어려움에도 발악하듯 숨을 몰아쉬는 남자의 흠뻑 젖은 이마에서 피와 땀이 섞인 붉은 액체가 뚜욱뚝 흘러내린다. 초점이 흐려진 두 눈동자는 여자의 심장을 찌를 때의 잔인함은 거짓이었던 것처럼 흐리멍덩하기만 했다. 광기가 정신을 어지럽히고 폐부를 조였다. 이미 숨이 끊겨, 영혼이 떠나, 끈 떨어진 인형처럼 땅에 널브러진 여자의 시신. 지저분한 흙이 묻어 빛을 잃은 붉은 여자.

너의 초라한 이 모습이 이제는 정말로 끝일 줄 알았다.

"손대는 자, 손이 잘려 나갈 줄 알라."

남자는 충성스런 부하들이 시신을 수습하려는 것을 역한 분노와 함께 뿌리치고 여자의 축 처진 육체를 꽉 끌어안았다. 당연하게도 품 안의 여자는 아직 따뜻했다. 그러나 순리를 따르듯 시간이 흐를수록 차갑게 식어 갈 것이다.

여자는 생명이 끊기고 나서야 전쟁 최고의 전리품으로서 제 소유가 되었다. 바라고 바랐던 숨결은 빠져나가고 쓸모없는 흙 인형이 되어 제 곁에 안겨 있다.

여자의 시신을 쥔 그의 손에 푸른 핏줄이 돋고, 힘이 가득 들어갔다.

"이번…… 생은 끝났다. 그러나……."

로베르슈타인…….

"다음 생에는 너의 적……이 아닌 너의 기사가 되……리……."

이아나……!

언제나 나를 베기만 했던 너의 검을, 나를 위해 들겠다고?

빌어먹을 여자가 심장이 꿰뚫렸음에도 마지막 의지로 내뱉은 말은 남자를 정말로 미치게 했다.

젠장맞을, 망할, 이 빌어먹을 여자!

언제나 기대를 심어 주고 언제나 배신한 주제에 또다시 희망을 주는 여자의 말을 들은 멍청한 남자는 언제나처럼 어울리지 않는 희망을 품을 수밖에 없다.

"이제 경매가 어느 정도 진행됐겠네요."

이아나가 미행할 때 비도를 날렸던 눈물 문양의 하얀 가면이 제 비도에 묻은 피를 툭툭 털어 내며 경매장의 입구를 보았다. 그의 주변에는 검은 로브에 하얀 가면을 쓴 자들이 서른 명 정도 더 있었다. 하지만 바닥에 쓰러져 있는 사람들은 그 두 배에 이르는 인원이었다.

승자들의 하얀 가면에는 각기 다른 문양이 그려져 있었다. 아무것도 그려지지 않은 가면을 쓴 한 남자만 빼고.

"그래서, 어떠셨나."

남자는 피가 뚝뚝 떨어지는 대검을 검집에 꽂아 넣고는 건물의 한쪽을 향해 손짓했다. 그리고 그곳에서 나타난 자색 로브를 쓴 자는 떨떠름한 표정으로 순식간에 정리된 노예상의 입구를 보았다.

"훌륭하오, 카마트로스의 주인이여. 그대의 실력은 왕실의 수많은 실력자들을 보아 온 나조차 경악할 정도구려."

"좋게 봐줘 고맙군. 어찌 됐든 나는 이번 거래가 그대의 주인에게 충분히 만족스러울 것이라고 확신하오."

"그래. 그대들 카마트로스의 뒤에 전하의 이름이 있음을 알리는 것도 나쁘지 않을 듯하오. 이제는 우리 대 로안느 왕국에 암약하고 있는 더러운 종자들의 뿌리를 뽑을 때가 되었소. 한

낯 암흑조직을 무서워서 건들지 못한다는 불명예 또한 씻어
낼 수 있겠지."

자색 로브는 그 말을 끝으로 잠시 침묵했다가 다시 입을 열
었다.

"그러나 확실하게 하시오. 뒤탈 없이 블랙폭시의 뿌리를 뽑
는 것을 조건으로 우리 전하께서 당신들에게 후원을 약속하셨
다는 것을 말이오. 그리고 오늘, 약속은 실효를 가지게 되었다
는 것을 잊지 마시오."

"물론이오."

"으음, 좋은 거래였소."

가면을 쓰고 있어 어떻게 생겼는지도, 무슨 표정을 짓고 있
는지도 알 수 없는 남자를 자색 로브는 유심히 바라보았다. 백
색 가면 너머로 냉철하게 가라앉은 황금빛 눈동자만이 남자를
대표하는 특징이었다.

목소리로 추정했을 때 사십 대로 추정되는 이 남자는 괴물
이었다. 그 어떤 세력도 블랙폭시의 아성에 도전하지 못했는데
남자는 몇 년 지나지도 않아 세력을 반 토막 내 버렸다. 그리
고 오늘 직접 확인한 그의 실력은 엄청났다. 숨을 한 번 들이
마시고 내쉬듯 자연스러운 베기 한 번으로 여러 명의 숨통을
끊어 놓던 장면을 떠올리자 절로 몸이 섬뜩해졌다.

"그나저나, 멀리서 조금 더 구경해도 되겠소? 이 늙은이가 오
랜만에 무도한 놈들이 쓸리는 장면을 보고 있으니 신나는구려."

"마음대로. 하지만 경매장에는 우리들이 모두 진입한 후에
들어오시오."

"알겠소."

자색 로브는 대답과 함께 어디론가 사라졌다.

"다시 한 번 말씀드리는 거지만 당신 무력만 믿고 날뛰는 건 절대 안 됩니다. 당신의 몸도 몸이지만 우리의 목적은 블랙 폭시를 무너뜨리고, 조직원을 키운 후 카마트로스의 이름을 버리는 거니까."

눈물 가면이 흰 가면의 남자에게 다가와 진지하게 말했다. 남자는 귀찮다는 듯 손을 몇 번 흔들었다.

"나도 알아. 대체 몇 번을 말하는 거야."

"당신 혼자 날뛰어 대니까 하는 말입니다. 수하들에게 경외를 심어 주는 건 좋지만 적당히 하세요. 마나도 쓰면 절대 안 돼요. 당신이 날뛸수록 당신의 심장은……."

"그만해라."

눈물 가면은 몹시 불만스러웠지만 남자가 경고하자 어쩔 수 없이 고개를 끄덕였다.

"어쨌든 이것으로 저쪽의 시선을 로안느 왕국으로 돌릴 수 있게 되었네요. 그런데 정말 당신의 실력으로도 황태자를 이기지 못합니까? 당신도 괴물이잖아요."

"아직은 불가하다."

"……하아."

남자의 즉답에 눈물 가면은 복잡한 감정이 가득 담긴 한숨을 내쉬고는 고개를 끄덕였다.

"그래요. 앞으로도 이대로 갑시다. 이제부터는 제3의 세력인 로안느 왕국을 방패 삼아 블랙폭시의 꼬리에서부터 머리까지

야금야금 처리해 가면 되니 정체를 숨기려고 애쓰지 않아도
되겠군요."

남자가 그 말에 동의하여 고개를 끄덕이고는 입구로 고갯짓
했다.

"먼저 들어가 있지. 정리하고 한꺼번에 들어와."

"예."

그는 시신을 밟고 지나가 경매장으로 들어가는 입구의 앞에
서 문을 열고 안으로 들어갔다.

객석은 어두웠고 무대만이 밝은 빛으로 반짝이고 있었는데,
그곳에는 밧줄에 꽁꽁 묶인 채 억지로 무릎이 꿇려진 남자가
한 명 있었다. 그는 고개를 푹 떨군 채 눈물을 뚝뚝 흘렸다.
자신을 상대로 열띤 경매가 벌어지고 있는 이 상황이 너무 참
담해서 차마 고개조차 들지 못했다.

흰 가면은 천천히 주변을 둘러보다가 맨 뒤쪽에 비어 있는
객석으로 걸어갔다. 객석에는 손님을 배려하여 촉감이 좋은 푹
신한 소파들이 배치되어 있었기에 나른하게 휴식하기에 적합
했다.

그는 검을 풀어내 옆에 세워 놓고는 소파에 몸을 누였다. 팔
걸이에 팔꿈치를 얹고, 손등에 얼굴을 기대었다. 몸을 편안히
한 채 감정 한 줌 깃들지 않은 무심한 눈으로 무대를 보았다.

"응?"

경매가 다 끝나 가도 내내 비어 있던 옆의 객석이 채워지자
옆에 앉아 있던 사람이 저도 모르게 남자를 봤다가 아무 표정
변화 없이 무대로 다시 시선을 주었다. 무대를 보는 사람의 표

정이 점점 요상하게 굳어 갔다. 그리고 믿을 수 없다는 듯 경악한 표정으로 고개를 홱 돌려 남자의 가면을 본 후 헉하고 헛숨을 들이켰다.

[예, 쌍검을 사용하는 실력 좋은 검사가 천사백 골드에 낙찰되었습니다!]

겁에 잔뜩 질린 사람은 아무 말도 하지 못하고 눈동자만 데굴데굴 굴리다 결심한 듯 자리를 박차고 일어났다. 그리고 화장실에 가고 싶은 것처럼 헐레벌떡 밖으로 뛰쳐나갔다.

흰 가면은 앞으로 일어나게 될 일을 예측하고 도망친 놈 따위는 안중에도 없었다. 그저 수하들이 들어오기 전까지 할 일이 없어서 무대를 바라보고 있었을 뿐이다.

[예, 다음은…… 오오, 정열적인 외모의 아가씨네요! 미모면 미모, 몸매면 몸매! 오늘 아가씨들 중에서도 당당하게 상위를 차지한다고 저, 맥은 자신 있게 말씀드립니다!]

그러나 무대 위에 올라서는 한 여자를 보고 남자의 몸은 돌처럼 경직되었다.

"……."

남자는 지금의 상황이 이해가 가질 않아 미간을 좁혔다.

'내가 헛것을 보고 있는 건가.'

그는 허리를 똑바로 세우고 무대를 노려보았다. 자신이 여자를 상대로 이따위의 상상을 할 리도 없을뿐더러 착각할 리도 없다. 지금 무대에 서 있는 여자는 결코 환상이 아니다.

그렇다면 정말 본인이란 말인가?

무심하던 황금색 눈동자가 태풍을 맞이한 바다처럼 당혹감으로 요동쳤다.

"저 여자가 대체 왜 저기에……."

[왜 다른 아가씨들처럼 드레스를 입지 않았나— 하고 의아하게 생각했더니 허엇, 특이사항이 있습니다. 이 아가씨는 눈을 씻고도 찾아보기 힘들다는 여검사라고 합니다! 검을 다룰 줄 아는 진짜 검사 말입니다!]

저 여자가 대체 왜, 저 더럽기 짝이 없는 곳에 서서 쓰레기들의 더러운 시선을 받고 있는 건가.

[이런 외모의 아가씨, 흔치 않은 것 다들 알고 계실 겁니다.]

경매의 진행자가 밧줄을 잡아당기자 여자가 비틀거렸다.

[도도하고 앙칼진 이 외모를 보십시오. 이 얼굴이 여러분의 손에 의해 일그러지는 것을 보고 싶지 않으십니까? 어린데도 빵빵한 쓰리사이즈를 보십시오. 마른 통나무를 만지는 것보다는 훨씬 큰 만족감을 선사할 겁니다. 얼굴도 죽여주고 몸매도 죽여주고 체력도 죽여주니 밤새도록 비밀스런 취미를 즐기기에도 좋습니다!]

남자는 여자에게서 시선을 떼고 가늘게 찢어진 동공으로 천박하게 떠벌리고 있는 블랙폭시의 진행자를 보았다.

'저런 놈들에게 납치당할 만한 여자가 아닌데, 설마 방심한 상태에서 약이나 마나 구속구에 당한 건가.'

자신이 오늘 이곳에 올 계획이 아니었다면, 이 기막힌 우연이 없었다면 저 여자는…….

벌려진 입에서 새어 나오는 남자의 숨결이 더할 나위 없이 싸늘했다.

"제깟 것들이 감히……."

남자의 손가락이 톡톡 소파의 팔걸이를 두들겼다. 그 기묘한 간극에서 금방이라도 터져 나올 듯한 노기가 웃돌았다.

잠시 후, 동요는 묵직하게 가라앉히고 냉혹함을 품은 남자는 손에 깍지를 끼고 무대 위에 서 있는 여자의 가격이 올라가는 상황을 잠자코 지켜보았다. 마지막으로 팔천칠백 골드를 부른 한 살찐 인간의 외양을 담아 낸 금안이 사나운 기운을 물씬 풍겼다.

"모두 처리했습니다. 들어오라고 할까요?"

어느새 경매장에 들어온 눈물 가면이 다가와 속삭이자 남자는 이제 만 골드를 부르고 있는 살찐 남자를 향해 고갯짓했다.

"다른 자들은 나가게 내버려 두더라도 저 남자는 잡아. 내가 직접 처리할 테니 납치해서 지하에 처박아 놓으라고 해."

"……예? 왜요? 저 남자가 당신에게 무슨 짓이라도 했습니까?"

"저 무대를 봐라."

눈물 가면은 남자가 왜 이러는지 몰라 어리둥절해하다가 그의 말대로 무대를 바라보았다. 그리고 침묵했다.

"……."

남자는 천천히 손등에 얼굴을 괴고 여자를 보았다.

한낱 흙으로 빚어진 장난감에 불과한 놈들은 너의 가치를 결코 알지 못한다. 그렇지 않나. 단순한 황금으로 너를 살 수 있다고? 어처구니가 없다. 황금이 너를 유혹하여 꾀어낼 수 있었다면, 너는 결코 나를 버리지 못했을 터인데.

남자는 시큰둥해 보이는 여자를 물끄러미, 아주 물끄러미 바라보았다.

저 여자는 머리부터 발끝까지 붉다. 저것을 움켜쥐고, 끌어안고, 놓아주고 싶지 않았다. 감아쥐고 싶은 붉은 머리카락도,

저만 향하게 하고 싶은 붉은 눈동자도, 베어 물고 싶은 붉은 입술도, 눈물이 날 것 같은 붉은 영혼도 모두 지독하게 욕심이 났다.

태어난 그 순간부터 저 손에 죽고, 현재를 지나, 과거를 되풀이하여, 이제는 불안한 끝이 보이는 미래, 마지막까지 제 모든 것을 움켜쥘 단 하나의 의미, 그것이 바로 저 붉은 여자였다.

그래서 목이 갈라질 듯한 지독한 갈증이 일고, 금이 간 심장이 깨질 것처럼 욱신거렸다.

여자 중에서는 이아나가 마지막이었다. 남자들도 거의 다 팔렸기 때문에 이아나가 팔리고 나면 얼마 지나지 않아 드워프의 경매가 시작될 예정이었다.

백 골드, 이백 골드, 사백 골드……. 가격이 평민은 입에 쉽게 담을 수 없는 단위로 치솟기 시작했다.

이아나는 자신의 가치가 평가당하는 이 상황에서도 느긋한 태도를 고수하고 있었다. 객석을 둘러본 그녀는 제 얼굴을 빤히 바라보며 경직되어 있는 이들이 있다는 것을 눈치채고 설핏 웃었다. 여기에는 부유한 평민도 있겠지만 귀족이 대다수의 자리를 채우고 있을 것이다. 자신이 수도에 온 지 꽤 되었으니 제 외양을 알고 있는 귀족들도 있을 터였다.

이아나의 생각대로였다. 이아나의 얼굴을 보고 그녀의 신분을 알아챈 사람이 소수 있었는데, 그중에는 귀족 영애가 노예 경매의 상품으로 무대 위에 서 있는 이유를 생각하며 머리를 굴리고 있는 이들도 있었고, 백작령의 미운오리새끼이자 천한 계집의 피가 섞인 이아나를 구해 줄 이유를 찾지 못하고 상황을 지켜보는 이들도 있었다.

반면에 어설픈 태도로 값을 부르는 이들도 있었다. 어쨌든 백작가의 일원이니, 백작에게 빚을 지울 생각으로 입찰하는 이들이었다.

이아나의 신분을 아는 누구도 이아나가 그곳에 있어서 안 된다고 주장하지는 않았다. 블랙폭시의 노예 경매에 올라온 이상 과거에 누구였든 간에 노예에 불과했다. 섣불리 블랙폭시의 심기를 거슬렀다가는 기가 막힐 정도로 지독한 보복을 당할 게 분명했다. 물론 이아나가 위험을 무릅쓰고 나설 만한 가치가 없기 때문이기도 했다.

하지만 이아나의 신분을 알아챈 사람은 극소수였고, 이상함을 느꼈다 하더라도 설마 귀족 영애가 이런 노예 경매에 나올까 싶어 의심을 패대기치고 가격을 부르짖는 이들이 대부분이었다.

'어쨌든 추잡한 소문은 돌겠군.'

이아나는 그들을 보며 웃었다. 이 사건은 추문의 형태로 귀족들에게 알려질 거고, 제 평판은 바닥에 처박힐 게 분명하다. 사라체와의 약속 때문에 내년에 사교계에 데뷔를 해야 하니 소문은 귀족으로서의 삶에 치명적일 것이다.

하지만 아무래도 좋았다. 몇 년 후에 왕국을 버릴 테니 로안 느의 인간들이 제 인생에 간섭할 수 있는 여지는 없었다.

이아나는 주변을 휘휘 돌아보았다. 어두운 데다가 모두가 가면을 쓰고 있어서 누가 누구인지 구별이 가지 않았다. 지금의 제 순서가 오기까지 카마트로스에 의한 소동은 일어나지 않은 듯했다. 무대에 오른 지금 경매장의 분위기는 즐겁기만 했다.

'오지 않는 건가.'

이아나는 제 추측이 엇나갔나 싶어 눈을 깜빡였다. 추측이 어긋나 아르하드가 이곳에 오지 않았다는 사실에 심사가 뒤틀렸다.

"육천 골드!"

"칠천 골드!"

가격은 이제 천정부지로 치솟고 있었다. 이아나는 제 가격이 매겨지고 있는 이 상황을 비웃었다. 과연 이곳에 있는 썩은 인간들이 판단한 제 가격이 얼마쯤 될지, 이아나는 흥미와 가소로운 감정이 뒤섞인 요상한 표정으로 가격이 정해지는 과정을 지켜보았다.

"팔천칠백 골드! 이 이상을 불러 주실 호탕한 분 어디 없으십니까?"

25골드가 학술원의 한 학기 학비와 숙식비를 합한 금액이니 팔천칠백 골드는 정말 큰 액수였다. 하지만 이아나는 어이가 없어서 콧방귀를 뀌었다.

"내 가치가 그것밖에 되지 않나? 아니, 저 작자들 눈알이 썩었거나 씀씀이가 그것밖에 되지 않는 모양이군."

[아니, 이 아가씨가 뭐라고 하셨는지 아십니까? 여러분들의 배포가 그 정도밖에 되지 않느냐고 비난하고 있습니다! 제가 경매를 수십 수백 번 진행해 봤지만 이런 당돌한 아가씨는 처음 봅니다!]

"허헛, 저런 발칙한 계집을 보았나."

"눕혀 놓고 희롱하는 맛이 있겠군."

팔천칠백 골드를 불렀던 기름진 대머리의 남자가 징글맞게 웃더니 호기롭게 만 골드를 불렀다. 단순한 밤노예 하나의 인생을 사기에는 너무 큰 액수에 모두가 술렁거렸다.

멍청하다고 손가락질하는 이들도 있었지만 일단 귀족들의 관심이 제게 집중되어 쏟아지자 남자의 전신에 만족스러운 쾌감이 치솟았다.

자신이 쌓아 온 부에 만 골드는 아무 문제도 되지 않을뿐더러 무대 위의 계집은 취향에 들어맞는 외양을 갖추고 있었다. 지금은 소녀의 분위기도 풍겨서 어린 맛이 좀 있지만, 나중에 성인이 되면 턱에 붙어 있는 젖살은 쏙 빠지고 몸매는 농밀하게 익어 더욱 아름다워질 것이다. 남자는 여자의 외모를 평하고 먼 훗날을 내다보는 데에는 일가견이 있었다.

그뿐만 아니라 호위기사로 데리고 다니며 시시때때로 희롱하고 은밀한 곳으로 데리고 가 농탕질을 벌일 수도 있으니 그것만으로도 꽤 괜찮은 거래가 아닌가.

만 골드. 낙찰되는 순간부터 저 고고한 척하는 어린 계집을 만 골드 값어치만큼 굴려 먹어 줄 생각이니 절대 아깝지 않았다. 남자는 이 정도면 너도 만족하겠지, 하고 무대 위의 이아나에게 씨익 웃어 보였다.

"만 골드라…… 실망이군. 보는 눈들이 최저다."

이아나는 더러운 미소를 심드렁한 표정으로 마주 하였다. 맥은 이아나의 말을 들었지만 확성 아티팩트에 옮겨 말하지는 않았다. 다만 미친 여자를 보듯 이아나를 한 번 쓱 쳐다보았다가 웃으면서 손을 흔들었다.

없습니까? 없나요? 맥의 말이 들려온다. 낙찰이 되는 즉시 내 바로 돈을 지불해서 낙인을 찍도록 하지! 남자가 호기롭게 외친 말에 주위에서 오오— 하는 환호성을 지른다. 거부감에 몸부림치던 자가 순식간에 무릎을 꿇고 주인에게 복종하는 구경거리는 같이 보는 사람이 많을수록 더욱 즐거운 법이다. 경매 참가자들은 남자의 씀씀이에 만족했다.

"후후……."

이아나는 맥이 입이 째지도록 웃고 있는 것을 보며 입술을 비틀어 웃었다. 낙찰이라는 말을 꺼내는 순간이 제 인생이 끝나는 순간이라는 걸 이 남자는 알고 있을까?

모르니 저리 웃고 있을 터다. 납치해서 모든 정보를 뽑아내고 죽일 예정이기 때문에 이아나는 맥이 즐거워하는 모습을 너그럽게 봐주었다.

경매가 끝나고 낙인을 찍는 순간이 왔을 때 다 죽이고 간부 한 명만을 기절시키고 탈출할 생각이었건만 아무래도 계획과 맞지 않게 대놓고 난동을 부려야 할 듯했다.

낙인이 찍힌다고 해 봤자 세너 마법은 제게 아무런 영향도 미칠 수 없다. 하지만 뜨겁게 달궈진 낙인으로 살을 지져 마법진을 새기기 때문에 물리적인 흉터는 남을 터였다. 마법은 통하지 않는다 해도 피부에 그런 소름 끼치는 물건이 닿아 흔적을 남기는 것은 사양이다.

이아나가 주먹을 세게 쥐었다. 손목에 힘줄이 솟고, 밧줄에서 투둑투둑 하는 소리가 나기 시작했다. 맥이 카운트다운을 하려고 하는 그때였다.

"백만 골드면 되나."

객석의 맨 끝자락에서 흘러나온 낮은 목소리는 앞으로 빠르게 퍼져 나갔다. 목소리는 입을 거세게 후려치기라도 한 것처럼 객석에 앉아 있는 자들이 입을 다물게 만들었다.

정적이 흘렀다. 이곳에서 농담은 용납되지 않지만 이번만큼은 농담을 한 자의 무지를 이해하고 그 말을 물리도록 아량을 베풀어 주어야 할 듯했다.

무려 백만 골드였다. 백만 골드면 마을 하나를 사고도 남을 돈이었다. 대체 누가 달아오른 분위기에 찬물을 끼얹는 질 나쁜 농담을 하나 싶어 참가자들의 얼굴이 목소리가 들려온 가장 뒤쪽의 객석으로 돌아갔다.

객석의 맨 끝줄에 앉아 있던 이들은 모두 어디로 갔는지 그곳에는 흰 가면을 쓴 남자 하나만 앉아 있었다. 다리를 꼰 채 팔걸이에 팔꿈치를 괴고 손등에 턱을 받친 남자는 이아나를 보고 있었다. 가면의 틈 사이로 빛나는 두 눈은 흉흉했다.

이아나의 적안과 그의 금안이 허공에서 일직선을 그리며 부딪쳤다.

"그것도 부족하다면, 천만 골드는?"

천문학적인 금액을 아무렇지도 않게 입에 담는 행동은 블랙폭시를 조롱하는 것으로밖에 보이지 않았다.

검은 로브에 흰 가면. 그리고 황금빛 눈동자.

드러나는 부분은 그뿐이었다. 하지만 사람들은 그 모습을 눈에 담는 것만으로도 숨통이 틀어막히는 듯한 압박감을 느꼈다.

검은 로브에 흰 가면, 그리고 형형하게 빛나는 황금 눈동자의 조합은 블랙폭시 조직원들에게 몹시 악명이 높되 공포를 선사하는 사람의 특징이었다.

그를 알아본 맥이 입을 떡 벌리고 확성 아티팩트를 떨어뜨렸다.

"……밖의 놈들은 대부분이 상위 조직원들과 간부들이었는데."

맥이 멍하니 중얼거렸다. 비싸서 조심히 다뤄야 하는 아티팩트를 떨어뜨렸는데도 맥은 주울 생각도 못 하고 멍청한 얼굴로 앞만 봤다.

흰 가면이 어둠 속에서 둥둥 떠다녔다.

맥은 저 남자를 직접 마주친 적은 없지만 멀리서 일방적으로 본 적은 있었다. 사자의 손에 틀어쥐인 토끼처럼 옴짝달싹할 수 없게 만드는 저 권태로움을 느껴 본 적 있었다.

그 남자였다.

……카마트로스의 주인.

귀족들은 사색이 되어 남자의 주변에서 허둥지둥 벗어났다.

"카, 카, 카마트로스의 주인? 진짜인가?"

카마트로스, 블랙폭시와 대놓고 대적하는 강력한 무인들의 집단. 은밀한 곳에 숨겨진 블랙폭시의 지부를 하나하나 찾아다니며 파괴할 정도로 엄청난 정보력을 지닌 자들.

카마트로스의 이름값도 이름값이지만 카마트로스의 주인의 명성은 암흑가뿐만 아니라 암흑가에 관심이 많은 귀족들에게도 알음알음 알려져 있었다. 직접 보지는 못했지만 제 앞길을 막아서는 적을 무기와 함께 썩둑썩둑 베어 가른다는 무용담은 듣기만 해도 오금이 저리고 기가 질리게 할 정도였다.

소문을 통해 그의 옷차림을 알고 있던 사람들은 앞으로 벌어질 일을 예상하고 비명을 지르기 시작했다.

"진짜다!"

"흐엇, 렌프, 이놈아. 서둘러라. 빨리 빠져나가자!"

"예? 경매에 더 이상 참여하지 않으시는 겁니까? 아직 특급 상품이 남았습니다만."

거슬리는 가면마저 내팽개치고 하인을 재촉하던 남자는 하인의 멍청한 질문에 고함을 버럭 질렀다.

"이런 멍청한 놈! 곧 블랙폭시와 카마트로스의 싸움이 일어날 거란 말이다! 거기에 섞여 있다간 죽을 수도 있어! 컥!"

카마트로스의 조직원들이 쏟아져 들어와 블랙폭시의 조직원들과 칼바람을 일으키기 시작했다. 귓가가 맹맹할 정도로 커다란 고함소리가 난무하는 그곳에서, 이아나는 입꼬리를 끌어 올려 웃었다. 그 웃음이 마치 '멍청하긴. 돈으로는 나를 살 수 없어.'라고 말하는 것 같아 남자는 입매를 비틀었다.

"……그래, 돈으로 살 수 있는 값싼 여자였다면 내가 이리 멍청하게 굴 일도 없겠지……."

남자의 낮은 혼잣말을 소란 속에서도 그에게만 집중하고 있던 이아나는 놓치지 않는다. 짙은 욕심이 어린 황금빛은 너무나 익숙해서 의심조차 할 수 없었다.

역시, 당신은 아르하드구나. 회귀 전이나 회귀 후나 어쩜 이리 다를 바가 없는지 우스웠다.

대체 아르하드의 욕심은 어디에서부터 비롯되는 것일까. 자신의 검이 대체 무엇이건대, 대체 자신이 그의 마음속에서 어떤 의미이건대 만난 지 얼마 되지도 않은 자신을 이리도 바라는지 이아나는 이해할 수가 없었다.

이해할 수 없는 것은 자신도 마찬가지다. 저 근원을 알 수 없는 집착이 당연하다고 생각하는 자신을 도저히 이해할 수 없었다.

"푸."

다물려 있던 이아나의 입술에서 바람이 샜다. 시곗바늘이 거꾸로 돌아 지나온 시간이 소멸했기 때문에 회귀 후의 삶은 결코 전생의 연장선이 될 수 없음에도 회귀 전과 한 치의 다를 바 없이 저를 바라는 아르하드가 웃기고, 처음 만난 날부터 그가 제게 이리 목을 매는 것이 당연하다고 생각하고 있는 자신이 웃겨서 결국 이아나는 참지 못하고 크게 웃음을 터뜨렸다.

"아하하하! 하하하하!"

웃음은 정신없이 돌아가는 살벌한 상황에 전혀 어울리지 않는 맑은 것이라서, 더욱 두드러졌다.

—노예상 편(1) 終

—3권에 계속

번외. 신화 편(1)

번외. 신화 편(1)

으웃차―

팔과 다리를 쭉 뻗어 보았습니다. 오늘따라 유난히 따끈따끈한 햇살이네요. 금빛 햇살에 몸을 내밀고 있으니 정말 기분이 좋지만 나른하기도 해요. 이렇게 몽롱한 기분에 잠겨 있으니 여러 가지 생각이 듭니다.

그렇지, 이런 날씨엔 옛날이야기가 제격입니다. 이 세계의 신화와 같은 오래된 이야기들 말이죠. 저는 정말 아주아주아주 오래 살았기 때문에 여러분이 알지 못하는 이야기들을 모두 알고 있답니다. 마침 제 이야기를 들어 주실 여러분들도 앞에 계시니 이야기보따리를 한번 풀어 보겠습니다.

제가 누구냐고요? 제 이야기를 들어 보세요. 그러면 자연스럽게 알게 되실 테니까요. 그럼 시작하겠습니다.

그러니까 태초의 이야기입니다.

저는 세상에 최초로 탄생한 영혼입니다. 제가 스스로를 자각하고 영혼으로 탄생했을 때, 세상에는 엄청난 양의 원기만 존재했습니다. 저와 원기, 그 외에는 아무것도 없었습니다. 원기는 스스로 불어나는 성질이 있는지 점점 더 많아졌습니다.

그렇게 오랜 시간을 혼자 지냈습니다. 혼자 지내는 동안 외롭지 않았냐고요? 그럴 리가요. 제 권능으로 본 미래는 그때로서는 이해할 수 없을 정도로 아름답고 다채로운 경치로 뒤덮여 있었고, 제 주변엔 수없이 많은 존재들이 살아 숨 쉬고 있었습니다. 그래서 저는 기다릴 수 있었습니다.

원기는 아주 특별했어요. 모든 것을 가능케 하는 근원의 기운이라고 해도 과언이 아니었죠. 원기는 계속 생성되었고, 어떤 원기들은 영체들로 탄생했습니다. 하지만 탄생이 있으면 소멸도 있겠죠. 영체는 다시 원기로 돌아가기도 했습니다.

그러던 어느 날, 제 주변에 있던 많은 양의 영체들이 뭉치더니 아주 거대한 네 영령들로 변이했습니다. 네 개의 영령은 꿈틀거리며 주변의 원기를 흡수했습니다. 그들은 스스로를 자각하지 못한 상태였음에도 물, 불, 흙, 바람을 균형 있게 섞은 물질— 입자들을 꾸역꾸역 만들어 냈습니다. 와, 이제는 물질도 생겼어요!

아주 긴 시간이 흐르고 흘렀습니다. 그런데도 혼돈에서 사고를 할 수 있는 존재는 아직 저밖에 없었어요.

두근, 두근.

혼돈에서 원기는 시간이 지나면 지날수록 늘어만 갔습니다. 아직 자아를 깨우치지 못한 네 영령들은 계속해서 입자들을 만들어 내고, 한편으로는 주변의 원기를 열심히 흡수했지만 그러고도 원기는 남아돌았어요. 혼돈은 과도한 양의 원기 때문에 터지기 직전의 풍선처럼 점점 팽창했습니다.

두근, 두근.

공백에 도사린 혼돈은 진흙처럼 질척거리기도 했고 뿌연 안개처럼 흩어지기도 했답니다. 혼돈의 정체는 종잡을 수가 없었어요. 다만 혼돈이 물질, 영체, 원기…… 모든 게 뒤섞인 존재이고 혼돈 안의 존재들이 탄생과 소멸을 반복하며 혼돈의 몸을 불리고 있다는 점은 확실했습니다.

그리고 혼돈의 중심에서는 어떤 정체불명의 인력이 작용해 혼돈의 모든 요소를 끌어당기고 있었지요. 그 기이한 힘은 혼돈이 공백에 푹 퍼지지 않도록 꽉 붙들고 있었습니다.

두근, 두근.

혼돈은 그렇게 기나긴 시간 동안 세차게 박동했답니다. 혼돈 내부에서 온갖 입자와 영체와 함께 대류하던 원기는 혼돈 표면으로 불쑥 치솟으며 무수히 많은 뿔을 만들어 냈다가 가라앉았습니다. 혼돈의 양쪽으로 치우쳐 혼돈이 공백을 집어삼킬

듯 입을 쩍 벌리게 했다가 입안으로 쏟아져 다시 혼돈을 채우기도 했습니다. 그러한 일들의 연속이었습니다.

그러던 어느 날, 저는 엄청난 답답함을 느꼈습니다. 당장 쭈욱— 하고 기지개를 켜고 싶었습니다! 그리고 제 주변에서 꿈틀거리던 네 영령이 갑자기 원기를 먹어 치우는 것을 멈추고 빵빵하게 부풀기 시작했습니다!

부르르 진동하던 그들은 서로를 갈래갈래 얽더니 하나의 거대한 뿔이 되었습니다. 혼돈을 꿰뚫고 나가 뚝하니 혼돈에서 떨어져 나갔습니다. 혼돈의 대부분을 이루고 있던 가장 위대하되 거대하며 특이했던 네 가지 영령들은 결국 혼돈에서 독립을 할 수 있을 정도로 강한 힘을 지니게 된 것이었습니다.

비집고 나온 혼돈의 구멍에서 안개처럼 흘러나오는 원기를 받아먹은 네 영령의 몸이 점점 뚜렷하게 변했습니다. 아, 마침내 다른 존재의 탄생이었습니다!

그들은 저에게 반갑게 인사했습니다. 그들은 스스로를 흙, 물, 불, 바람이라 일컬었습니다. 그들의 권능은 원기를 이용해 각자가 관장하는 물질적인 요소를 만들어 내는 것. 그들은 네 갈래로 쩍— 하니 갈라져 구를 네 개로 쪼갠 모양새로 혼돈을 둥글게 감싸며 넓게 뻗어져 나갔습니다.

흙은 남쪽으로, 바람은 동쪽으로, 물은 북쪽으로, 불은 서쪽으로 쏟아졌습니다. 흙이 뻗어져 나간 남쪽으로는 흙을 주로 하여 바람과 불이 힘을 합친 메마른 바위산맥이, 바람이 뻗어져 나간 동쪽으로는 바람을 주로 하여 물과 흙이 힘을 합친 깨끗한 바람이 부는 비옥한 대지가, 물이 뻗어져 나간 북쪽으로는 물을 주로 하여 불과 바람이 힘을 합친 물과 얼음으로 뒤덮인 빙원이, 불이 뻗어 나간 서쪽으로는 불을 주로 하여 흙과 물이 힘을 합친 거대한 모래사막이 생겨났습니다.

아아, 마침내!

쪼개졌던 그들이 자신들이 뚫고 나왔던 구멍의 정반대편에 모이는 순간, 나는 그들을 애타게 불렀습니다.

이리로 와요, 저도 밖으로 내보내 주세요!

제 부름을 듣고 한데 뒤섞인 그들은 다시 혼돈으로 빨려 들어왔습니다. 그러나 다시 혼돈과 합쳐진 것은 아니었습니다. 그들은 쇠뇌로 심장을 꿰뚫듯 불안정한 혼돈을 거세게 관통하며 빠르게 다가오더니 저를 붙잡았습니다.

저는 아주 짧은 시간 동안 그들의 권능을 집중적으로 받았습니다. 그러자 제 영혼을 어떤 특별한 것이 뒤덮기 시작합니다. 저의 신체가 만들어진 것이었습니다. 제 몸은 아주 작은 씨앗이었습니다. 네 존재가 계속해서 권능을 발휘해 주자 몸은 점점 커졌고 답답해진 저는 몸부림을 쳐서 껍질을 깨며 뿌리들을 내밀었습니다.

그 순간, 네 존재는 자신들이 뚫고 나갔던 구멍을 향해 다시 솟구쳐 올랐습니다. 저는 혼돈에서부터 그들이 만들어 놓은 토대까지 깊은 뿌리를 내리고, 거대한 줄기를 뻗어 내며 구멍 밖으로 거대하게 자라났습니다.

콰아아아아앙!

그리고 제가 완전히 자라나 네 존재의 힘을 품은 알록달록한 잎사귀들을 피워 내는 순간 그들이 산산이 흩어지며 아무것도 없었던 공백에 산사태처럼 쏟아지기 시작했습니다. 그 여파로 공백에는 온갖 별과 행성과 같은 천체들이 생겨났습니다. 그것들은 혼돈을 중심으로 아주 천천히 회전했지요.

그중에서도 두 천체는 주목할 만했습니다. 불과 바람은 힘을 합쳐 세상을 빛으로 감싸는 별, 태양을 만들었습니다. 엄청난 양의 원기를 품은 태양은 뜨겁게 타올랐습니다. 물과 흙은 세상의 균형을 위해 차가운 한기를 머금어 어둑하게 가라앉은 동그란 뭉텅이, 달을 만들어 냈습니다.

태양과 달은 궤도를 달리하여 맴돌며 세상에 낮과 밤, 활기와 안식을 선사했습니다.

네 존재가 한데 뭉쳤던 장소이자 가장 처음으로 만들어 낸 세계에서는 저를 중심으로 하여 아름다운 낙원이 탄생했습니다. 저는 세상에 나오자마자 홀로 잉태한 저의 아이들을 지상으로 흥건히 떨쳐 냈습니다. 아이들은 새로운 영혼과 혼돈의 조각을 가지고 탄생했습니다. 저를 닮은 새로운 생명들이었습니다.

갖가지 나무들이 영양가 넘치는 토양을 머금고 푸르게 자라났습니다. 푸른 잎사귀 사이에서 갖가지 꽃이 빠끔히 고개를 내미는 나무들도 있었고 새콤달콤한 열매들이 주렁주렁 열리는 과일나무도 있었습니다. 푸르게 자라난 잔디들이 메마른 땅을 뒤덮으며 초원이 되고, 풀들 사이에서는 아름다운 꽃들이 피었습니다. 아이들은 낙원에서부터 세상으로 넓게 퍼져 나갔습니다.

어디선가 선선히 불어오는 바람은 풀들을 간질이기도 했지만 가끔은 거대한 나무뿌리를 뽑아 놓을 듯 휘몰아치기도 했습니다. 곳곳에서 맑고 깨끗한 강이 흘렀으며 강들은 한데 모여 거대한 바다를 만들어 냈습니다.

비가 주룩주룩 쏟아지는 날이면 생명은 제 목마름을 해갈했습니다. 생명이 의지하는 대지의 밑에서는 불을 품은 뜨거운 용암이 흘렀습니다. 불은 산을 꿰뚫고 폭발할 때도 있었고 생명을 무자비하게 불태우기도 했지만, 흙을 굳혀 온갖 바위와 금속들을 만들어 내어 낙원을 다채롭게 꾸며 주었으며 무엇보다 따스한 온기를 낙원에 전해 주었습니다.

우리는 세계의 토대가 되는 존재들. 고유한 자아를 가진 우리는 너무나 다른 우리의 존재를 구별 짓고 서로를 부를 이름이 필요했어요. 그리고 우리는 이미 이름을 가지고 있었습니다.

그들은 자신들을 정령精靈이라고 일컬으며 흙, 물, 불, 바람인 개개인이 토우, 이니스, 카고마인, 시웨아라는 진명眞名을 가지고 있다고 말했습니다.

저도 정령들에게 이름들을 말해 주었습니다. 저와 제 아이들은 식물植物이며 세계수世界樹인 저의 진명은⋯⋯.

후후. 비밀이에요. 한번 맞혀 보세요.

정령들과 저는 이 세상을 우주라고 부르기로 했습니다. 우주가 곧 정령이자 정령이 곧 우주였습니다. 그래서 정령들은 우주 전체를 자신들의 안식처로 삼았습니다. 이 세계 전체가 정령계였습니다.

이쯤 되자 정령들은 거대한 신체를 유지하거나 권능을 발현하는 게 어려워지기 시작했습니다. 저와 정령들은 혼돈의 조각을 가지지 않고 영혼만 가진, 신체가 없어도 사고할 수 있는 특이한 존재들. 하지만 조각이 없었기 때문에 원기를 스스로 생산할 수 없었습니다.

저의 뿌리는 혼돈에 닿아 있습니다. 그래서 저는 괜찮았어요. 하지만 혼돈과 완전히 떨어진 정령들은 그게 불가능했습니다. 제가 혼돈에서 원기를 뽑아 올려 정령들에게 공급했지만 그 양이 영혼을 유지하며 소멸하지 않게 해 주는 정도지, 거대한 신체를 유지하며 권능을 흩뿌리고 다닐 만큼 충분하지는 않았습니다.

점점 잠들어 있을 때가 많아지던 정령들은 어느 날 신체를 유지하고 있을 필요성을 느끼지 못하겠다고 제게 말했습니다.

신체가 없으면 낙원에서 뛰어노는 건 불가능합니다. 낙원은 죄다 물질로 이루어져 있기 때문이죠.

너희들은 노는 걸 좋아하잖아.

제가 그리 걱정하자 그들은 본체를 만들어 내지 않아도 자기들의 영혼을 잘게 쪼갠 작은 영혼, 작은 원기로 작은 신체를 만들어 내 노닐 수는 있다고 말했습니다. 비록 본체보다 몸이 작고, 사고력이 떨어지고, 권능을 발현하는 데에 한계가 있다고 해도 어쨌든 자신들의 일부고 자신들이나 마찬가지이니 충분히 즐거움을 공유할 수 있다면서 말이죠.

그래서 세계는 잠시나마 작은 정령들이 북적거리며 뛰어노는 낙원이 됩니다. 그러나 네 정령은 그들과 저밖에 존재하지 않는 영계에서 시간이 흐를수록 무의식에 가까운 상태에 빠져들었고 그 때문에 작은 정령들도 조금씩 사라졌습니다. 하지만 본체가 거의 무의식 상태에 있을지언정 완전히 잠든 것은 아니었기에 의식을 잃지 않은 작은 정령들은 낙원에서 노닐었습니다.

그러던 어느 날, 저는 제가 뿌리박은 혼돈에서 이상을 느꼈습니다. 네 존재가 거세게 꿰뚫어 놓은 혼돈에 금이 가기 시작한 것입니다. 유리잔이 딱딱한 바닥에 부딪쳐 깨지듯, 조각들은 큰 조각부터 차례대로 챙강챙강 깨지기 시작했습니다. 조각 하나하나에는 영혼이 깃들어 있었습니다.

알 수 없는 미지의 인력에 의해 혼돈의 중심에 붙잡혀 있는 조각들. 저는 인력을 이겨 내고 조각들을 끌어 올려야 한다는 강한 의무감을 느꼈습니다. 그것은 저밖에 할 수 없는 일이었고, 반드시 제가 해야만 하는 일이었습니다.

저는 황급히 뿌리로 조각들을 하나하나 낙원으로 끌어 올렸습니다.

낙원에 모습을 드러낸 영혼들은 흙, 물, 불, 바람, 그리고 제가 있는 낙원과 접촉하였고 세상에 조화롭게 어우러지기 위해 그들만의 균형 있는 신체를 만들어 내었습니다. 어떻게 만들었냐고요?

정령들에게 정신이 확 들 정도의 색다른 원기를 제공하고 그들의 힘을 빌려 조각을 두근두근 뛰어 대는 심장으로 변형시킨 후 심장을 중심으로 해서 영혼과 가장 어울리는 자기만의 신체를 만들어 낸 것이죠.

따뜻한 피가 돌고, 물을 마셔야 하고, 굶주림에 열매를 따먹어야 하며, 온기를 바라고, 제 욕망을 채우길 바라는 자들.

이들이 바로 영혼을 근본으로 하여 탄생한 이들— 신.

신들이 탄생하는 순간이었습니다!

가장 먼저 태어난 신은 바로 신들의 수장이 될 붉은 신이었습니다. 세계수를 타고 낙원으로 나와 길쭉한 팔과 길쭉하고 늘씬한 몸, 길쭉한 다리를 가진 육체를 만들어 낸 그녀는 스스로를 로베르슈타인이라 일컬었습니다. 그리고 이름이 기니 스스로를 '로'라고 불러 달라고 했습니다.

그녀는 가장 먼저 태어난 만큼 정령들이나 저와 견줄 수 있을 정도로 가장 거대한 혼돈을 품고 있었으며 눈이 부실 정도로 아름다운 원기— 이제부터는 신력이라고 불리는 기운을 품고 있었습니다.

그녀는 저와 정령들을 제외한 최초의 지적 생명체라는 점에서 정령들의 모든 관심과 애정을 한데 받았습니다. 그녀의 강렬하고 독특한 원기에 완전히 매료된 정령들은 그녀에게 다가가 엉켜들고 좋다고 속살거렸습니다.

그리고 그녀의 뒤를 이어 엄청난 수의 신들이 탄생하였습니다. 그들 중에는 토끼, 돼지, 곰과 호랑이 같은 짐승도 있었고 개미, 귀뚜라미와 나비 같은 작은 곤충도 있었습니다. 참새와 독수리 같은 새도 있었으며 붕어와 송사리 같은 물고기도 있었고 그밖에도 양서류, 파충류의 형태를 한 신들도 있었습니다. 그러나 그중에서도 가장 눈에 띄는 건 붉은 신과 비슷한 형상을 한, 뛰어난 지능을 지니고 탄생한 신들이었습니다.

지능이 높은 신들은 대부분이 뇌라는 신체 부위를 가졌습니다. 뇌는 중요한 중추였습니다. 뇌가 정신활동의 매개체나 다름없었거든요. 뇌가 있는 신들은 더욱 지성적이고, 더욱 감정적이었습니다. 그런 생각들, 감정들 하나하나가 세상을 풍부하게 만들었습니다.

저는 뿌듯한 마음으로 스스로의 탄생을 기뻐하는 신들을 쭉 지켜봤습니다. 대부분의 신들은 영혼이 깃든 혼돈의 조각을 신체 가장 깊숙한 곳에서 굵직굵직한 뼈 안에 두고 보호했습니다. 신력을 머금은 변형된 혼돈의 조각— 아니, 심장은 두근대며 뛰어 댔습니다. 그 박동은 무척 아름다웠습니다. 그런 생명의 움직임 하나하나가 이 낙원에 생기를 부여했습니다.

이제 혼돈이 존재했던 지저에는 신력을 만들어 내지 못하는 쭉정이 입자들만이 흥건하게 남았습니다. 신력을 조금이라도 생산할 수 있는 혼돈의 조각들은 모조리 빠져나와 낙원에서 신으로서 탄생했고 남은 것이 쭉정이 입자들뿐인 이상, 지저에서 더 이상 탄생할 신은 없었습니다.

신들은 그들의 발원지이자 고향에 경의를 표했습니다. 누구도 알 수 없는 미지의 인력이 작용하는 곳, 모든 것을 빨아당기려 하는 세상의 중심.

신들은 그들의 발원지이자 고향에 경의를 표하며 쭉정이 입자만 둥둥 떠다니는 그곳을 대혼돈大混沌—판데모니엄이라고 불렀습니다. 그리고 고향을 잊고 낙원에서 즐겁게 살아갔습니다.

스멀스멀—

그렇지만 저는 어느 날 깨달았습니다. 신력을 생산해 낼 수는 없었지만 판데모니엄에 남아 있던 수많은 쭉정이 입자들이 안간힘을 다해 꽁꽁 뭉쳐 하나의 영혼을 형성했다는 것을요.

움직일 수 없는 그 영혼은 신들이 웃고 떠드는 동안 차디찬 어둠 속에 갇혀 있었습니다. 저의 뿌리를 타고 아주아주 조금씩 흐르는 신력을 받아 마시며 간신히 스스로를 자각하고 있던 쭉정이의 영혼, 그것은 아주 가끔 신체를 만들어 낼 때마다 한곳만을 바라보며 멍하니 웅크리고 있었습니다.

머나먼 옛날에 정령들이 낙원의 정반대편에 뚫어 놓은 구멍. 그 구멍 사이로 그가 볼 수 있는 것은 딱 세 가지뿐이었습니다. 새카만 하늘과, 보이지 않는 태양이 쏟아 내는 빛, 그리고 그 빛을 받아 황금빛으로 은은하게 물든 달이었습니다.

어라, 날이 저물고 있습니다. 태양이 산 너머로 뉘엿뉘엿 넘어가네요. 오랜만에 옛날이야기를 하다 보니 신이 나서 시간이 이렇게 됐는지도 몰랐어요. 어쩐지 잠이 오더라…….

밤은 편안히 잠을 자는 시간이에요. 이제 자야죠, 그렇지요?

이야기는 깨어나서 계속하도록 할게요. 나중에 봐요.